D0465013

LA MUJER DEL RELOJ

LA MUJER DEL RELOJ

Álvaro Arbina

3907505169384 1

GRUPO ZETA

Barcelona • Madrid • Bogotá • Buenos Aires • Caracas • México D.F. • Miami • Montevideo • Santiago de Chile

1.ª edición: enero 2016
1.ª reimpresión: enero 2016
2.ª reimpresión: enero 2016

© Álvaro Arbina, 2016
© Mapas e ilustraciones: Álvaro Arbina, 2016
© Ediciones B, S. A., 2016
    Consell de Cent, 425-427 - 08009 Barcelona (España)
    www.edicionesb.com

Printed in Spain
ISBN: 978-84-666-5829-4

DL B 26233-2015

Impreso por EGEDSA

Todos los derechos reservados. Bajo las sanciones establecidas
en el ordenamiento jurídico, queda rigurosamente prohibida,
sin autorización escrita de los titulares del *copyright*, la reproducción
total o parcial de esta obra por cualquier medio o procedimiento,
comprendidos la reprografía y el tratamiento informático, así como
la distribución de ejemplares mediante alquiler o préstamo públicos.

Para aita

Agradecimientos

A Pello Salaburu, por la claridad de tus palabras, cuando me hiciste creer en el valor de mi novela. Por la ayuda y la confianza que depositaste en mí durante el tiempo de espera, en el que nada parecía llegar.

A Manuel Septien, por compartir tu experiencia y animarme a escribir a las editoriales.

A Lucía Luengo, mi editora, por encontrarme entre tantísimos nombres, títulos y propuestas editoriales que aterrizan en tu mesa. Por creer en el manuscrito de un desconocido, sin obra previa, sin antecedentes literarios, sin recomendaciones. Por brindarme esta oportunidad.

A mis amigos y todos aquellos que habéis leído la novela: a Ubay y a tus interesantes comentarios; a Julen, porque no todo es arquitectura; a Txitxar y a tu emocionante llamada, «a los abrazos de cima»; a Iñigo, mi compañero incansable, cómplice silencioso en las noches de universidad en que me encerraba en la habitación, cuando todo esto empezaba a crecer; a Giorgio, aunque aún no la hayas leído, por todas esas horas que hemos pasado juntos; a otras amistades de siempre, de tantas pasiones compartidas que seguro algo han tenido que ver; a Paula, por tus críticas y por leerla en cinco días; a Trupu, por tu sinceridad, por tu ayuda, y por tu ilusión de siempre, por esas palabras llenas de sueños que es un regalo escuchar.

A Marian y tu lectura que tanto me importaba. A ese hogar que tanto quiero.

A la familia Corres-Benito, por estar ahí ese día mágico, en el que recibí una llamada que llevaba meses esperando.

A mi familia, porque aún me seguís viendo todos los días. A mis abuelas, porque la terminaréis leyendo; a mi tía, porque al final la leíste; a mi hermano, por tu gran hazaña al leer tantas páginas y por dejarte sorprender al final; y a mi padre, por reunir esa biblioteca con más de dos mil historias, por dejarlas ahí, en el salón de casa, para que pudiera perderme en ellas.

A mis dos primeras lectoras.

A mi madre, por tu incansable labor y la minuciosidad de tus correcciones. Por esa incontable cantidad de anotaciones que pueblan los cuadernos y las carpetas de los borradores. Porque tuyos son gran parte de los engranajes de esta historia.

Y a Sara, porque necesito tu palabra sobre cada una de mis palabras. Porque detrás de esto hay muchos días, algunos que sonríen y otros que lloran. Y porque en todos has estado tú.

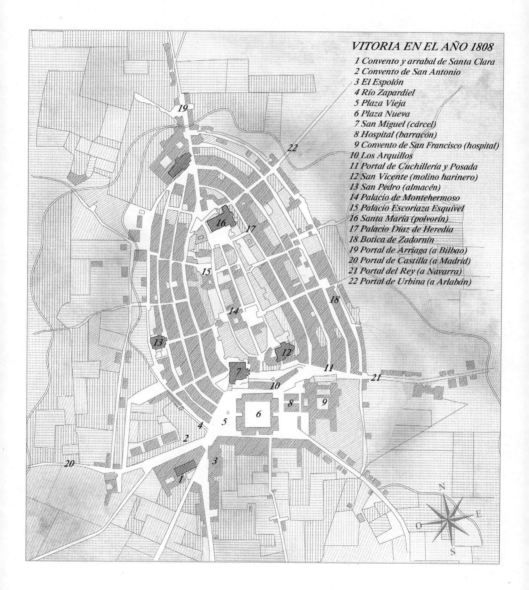

VITORIA EN EL AÑO 1808

1 Convento y arrabal de Santa Clara
2 Convento de San Antonio
3 El Espolón
4 Río Zapardiel
5 Plaza Vieja
6 Plaza Nueva
7 San Miguel (cárcel)
8 Hospital (barracón)
9 Convento de San Francisco (hospital)
10 Los Arquillos
11 Portal de Cuchillería y Posada
12 San Vicente (molino harinero)
13 San Pedro (almacén)
14 Palacio de Montehermoso
15 Palacio Escoriaza Esquível
16 Santa María (polvorín)
17 Palacio Díaz de Heredia
18 Botica de Zadornín
19 Portal de Arriaga (a Bilbao)
20 Portal de Castilla (a Madrid)
21 Portal del Rey (a Navarra)
22 Portal de Urbina (a Arlabán)

Prólogo

La habitación está vacía.

Solo hay un escritorio de nácar en el centro, con varios cartapacios de cuero perfectamente ordenados, con un cenicero, una caja de cigarrillos, un candil, un tintero y una araña de cristal como pisapapeles. Solo hay un sillón tapizado, una alfombra exótica, dos vitrinas llenas de objetos de oro y plata, varios cuadros y una escultura de origen griego. Solo hay cuatro paredes, iluminadas por candelabros y cubiertas por cortinaje y un frisón de madera tallada.

Solo hay un hombre, sentado sobre el sillón tapizado y con un cigarro humeando en la mano.

Solo hay un hombre, con el rostro oscuro, envuelto en tinieblas, velado por halos de humo que se suspenden en el aire. Solo hay un hombre, un hombre que vaga a la deriva, un hombre que cree haber perdido el alma.

Sus ojos, antaño intensos y bellos, carecen de brillo, y yacen hundidos en el abismo de la desesperanza. Su mirada busca un anhelo, y se posa en la luz de un candil cercano, en un extremo de la mesa. Sus haces amarillentos parecen aliviar su mente, envolviéndola en un manto cálido y haciéndola viajar en el tiempo, muchos años antes, al origen de sus recuerdos, los recuerdos de la historia que lo ha llevado a una habitación vacía...

Tierras del norte

Principios de 1808 – Verano de 1810

Febrero de 1808
En algún lugar del Camino Real

Amanecía. Las primeras luces del alba emergieron difusas y tímidas, iluminando el manto de niebla que cubría el paisaje helado. Los campos despertaron cubiertos de escarcha, y el camino que los cruzaba estaba tan endurecido por el frío que hubiera crujido a la más mínima pisada. Ni una sola brizna de viento rompía el silencio. Un silencio profundo pero débil al mismo tiempo, susceptible de romperse con un ligero silbido, con un leve movimiento. Parecía que el tiempo se hubiese congelado, detenido en su letargo.

La sombra de un jinete pasó al galope, veloz, rasgando ferozmente la calma que inundaba el lugar.

Espoleaba a su caballo con desesperación, apretando flancos e inclinándose sobre su crin para aumentar la velocidad. Sus oscuros ropajes ondeaban ante las violentas sacudidas de la galopada. Comenzó a sentir un dolor agudo en las manos, demasiado tiempo sujetando con fuerza las riendas. Pese a los guantes de cuero que las protegían, notaba los dedos entumecidos y en un acto reflejo procuró moverlos. La misma sensación se instalaba en su nariz, sus mejillas o sus orejas, a esas horas tan frías que apenas las sentía. Pero debía hacer caso omiso a tales molestias. No podía permitirse aminorar la marcha. No podía.

El jinete se llamaba Franz Giesler y miró atrás por enésima vez.

Durante la noche la niebla había sido una sombra sin apenas presencia, pero con las primeras luces del día se había tornado en un verdadero obstáculo. Limitaba la visión a unos quince pasos, velando el camino en un denso manto de inquietud. Por eso cuando miró atrás no pudo ver nada. A pesar de ello, sus crispados músculos no se relajaron. Sabía que lo perseguían.

—¡Vamos, *Haize*, ya falta poco! —Franz llevaba toda la noche alentando a su montura. Cubierto el bocado de espuma, el animal estaba al límite de sus fuerzas, emanando con su respiración agónicas vaharadas de vapor que se deshacían en el aire. Temía que se desplomara agotado en cualquier momento.

Mientras azuzaba a su cabalgadura, se imaginó la siniestra figura de su perseguidor perfilándose en algún punto tras aquel manto de niebla, acercándosele implacable, como la sombra de una muerte inminente. Aquel pensamiento lo aterrorizó.

Con manos insensibles volvió a comprobar que sus alforjas permanecieran bien cerradas. Su contenido era la razón de que le persiguieran. Se estremeció al pensar en la enorme responsabilidad que se le había legado. Debía proteger aquello a toda costa.

Por su mente cruzaron una vez más los recuerdos que le venían asolando durante la huida; surcaron de nuevo sus pensamientos como virutas de hielo lanzadas por el viento, causando dolorosos pinchazos en su cabeza.

Los principales miembros de la Orden se habían reunido la noche anterior en la casa señorial del antiguo conde de Taavedra, un viejo palacio a las afueras de Madrid, abandonado desde que su dueño muriera años atrás. Las decisiones que en aquel encuentro se estaban tomando tenían suma importancia para el porvenir de la nación. El acto transcurría según lo previsto hasta que un miembro de la hermandad hizo entrada en el salón principal entre jadeos y sudores, alertando de extraños movimientos en el exterior. Al acercarse a las cristaleras y correr levemente el grueso cortinaje que escondía la iluminación a ojos intrusos, pudieron ver media docena de figuras envueltas en capas acercándose a la verja del jardín. Sabían que llevaban meses tras ellos, pero no pudieron evitar sorprenderse al constatar que los habían descubierto en mitad de un encuentro.

Los miembros de la Orden recogieron sus papeles con sumo apremio y descendieron por la escalera al sótano, donde se escondía la salida al túnel que les conduciría al otro lado de la calle, en la trasera de la casa.

Cuando todos los miembros habían descendido ya, Gaspard detuvo a Franz. Sus sabios ojos grises lo miraron con la calma que solo da la paz encontrada.

—Estoy viejo, hijo mío. No podré seguiros.

Aquellas duras palabras sacudieron el alma del hijo del maestro y este se negó tajantemente a dejarlo a merced de aquellos hombres. Trató de convencerlo de que huyera con él, negándose ante la evidencia de que su cuerpo marchito no le permitiría cabalgar con el suficiente brío para huir con éxito. Sus profundos temores vieron la luz cuando los primeros estruendos sacudieron la casa en lamentable sentencia.

El maestro Gaspard Giesler von Valberg posó ambas manos sobre los hombros de su hijo y lo miró con una serenidad sobrecogedora.

—Antes de que te vayas he de confiarte algo —le dijo.

Y le entregó un bulto pequeño, envuelto en cuero desgastado y atado con un grueso cordel.

—¿Qué es esto, padre?

Las palabras de Gaspard resonaron en cada rincón de la sala.

—El último de los legajos, hijo mío. Sálvalo y reúnelo con los demás. Salva mi legado, Franz.

Este contempló la pesada carga que le cedía su padre y no pudo evitar que unas lágrimas recorrieran sus ojos.

—Pero, padre... —musitó.

Cuando alzó la vista, la encorvada silueta de Gaspard se perdía en las tinieblas de la casa, secundada por los golpes que ya amenazaban con derribar la puerta. Franz sabía que no podían atraparlo vivo. Él lo sabía todo, y si le obligaban a hablar sería el fin. Mientras contemplaba cómo su padre desaparecía escaleras arriba, supo de inmediato adónde se dirigía. Iba a sacrificarse, a esperar a la muerte. Todo por salvar sus secretos.

Un relincho de *Haize* lo sacó de sus pensamientos. Franz se sobresaltó ante el nerviosismo de su caballo. Cuando miró atrás, una tenue sombra comenzaba a perfilarse entre la niebla. Pronto acertó a distinguir las ondulaciones de unos oscuros ropajes que se sacudían con violencia a lomos de una soberbia montura, formando lenta e implacablemente la silueta de un jinete. El estruendo de los cascos comenzó a inundar sus oídos. Le estaban dando alcance.

Azuzó a su montura agitando las riendas con desesperación. Sus flancos, apretados por las agarrotadas piernas del jinete, palpitaban con violencia, cubiertos de un sudor que no remitía pese al aire gélido.

—Por el amor de Dios. ¡Vamos! —gritó. Sabía que era en vano.

Tras huir de la casa, había cabalgado sin descanso durante toda la noche, cruzando el Camino Real hacia el norte, surcando tierras castellanas. Durante un descanso para que *Haize* bebiera agua, había acercado el oído a la tierra y el retumbar de un jinete al galope había hecho temblar el suelo. Entonces, varias horas antes, el jinete aún estaba a media legua de distancia.

Mientras Franz gritaba con impotencia a su montura, estaba ya a solo quince pasos.

Sintió cómo el resonar de los cascos se intensificaba tras él en imparable estruendo. Retumbaban en sus oídos, como redobles de tambores, secundando la marcha de la muerte que le iba a dar alcance. Un temor atroz atenazó sus extremidades al tiempo que su corazón palpitaba alocadamente. Sus agrietados labios comenzaron a murmurar bajo el gélido viento que los golpeaba, rezando. Rezando por su alma. Rezando por la salvación de aquel bulto que contenían sus alforjas. El legado de su padre, aquel cuyo contenido solo él conocía, aquel cuyo contenido tantos hombres deseaban.

—Dios mío... no permitas que esto suceda...

Sintió los relinchos de la bestia tras él. Sintió sus nubes de vaho congelándole la nuca. El pánico lo enloqueció. No miró atrás y cerró los ojos. El golpe fue implacable y le derribó al instante de su montura. Salió volando, cediendo su agarre a las riendas, su presión en los flancos. Cayó y todo en él crujió como la escarcha que aplastó.

Quedó inmóvil, tendido en medio del camino blanco, aturdido y mareado. Un dolor atroz le oprimía el pecho y la espalda y le hizo recuperar la lucidez. El caballo de su perseguidor se detuvo a escasos pasos de él, revelando el silencio espantoso que reinaba en el lugar. En su inmovilidad, Franz acertó a ver cómo unas botas negras se deslizaban hasta el suelo y caminaban hacia él entre jirones de niebla.

La voz resultó tan fría como el acero que asomó de la capa negra de aquel hombre.

—Posee una gran montura, señor Giesler... No ha sido fácil darle alcance.

Aterrado, Franz buscó con la mirada a su caballo y lo encontró detenido algo más adelante, en mitad del camino. No pudo evitar contemplar furtivamente sus alforjas. Ojalá no se hubiera detenido, ojalá hubiera seguido hacia delante, perdiéndose en las montañas...

El hombre llevaba una capucha que le ocultaba el rostro. Estaba envuelto en tinieblas y Franz se imaginó un semblante sin formas, una sombra indefinida, propia de la muerte. El hombre se acercó y le hincó la rodilla en el pecho. Franz abrió la boca en busca de aire. Boqueó. El hombre cedió la presión y entonces se llevó la mano a la capucha, retirándosela.

Aparecieron unos ojos negros, tan negros como la noche sin luna.

A Franz se le detuvo el corazón. La mirada de aquel hombre hizo que el tiempo se congelara en torno a él, hizo que su mente gritara, que la sorpresa rugiera en sus oídos.

Sus labios se movieron, incrédulos.

—No puede ser... —murmuró.

Algo hizo que el hombre pareciera dudar, pero al ver el rostro de sorpresa de Franz, un extraño atisbo de temor cruzó su semblante oscuro. Sus manos portaban una daga gris y no dudaron en hundirla en el pecho de la víctima.

Franz abrió mucho los ojos y se quedó inmóvil, con la mirada clavada en aquel hombre. Un hilillo de sangre emanó de su boca.

—No puede ser...

1

Julián se detuvo ante el rastro del animal. Observó con ojo experto los indicios de su paso por aquel hueco que se abría entre los arbustos. Las huellas eran recientes y había ramitas rotas en el suelo. Sin duda alguna se trataba de un jabalí. Si conseguía alcanzar a su presa tendrían carne para todo el mes. Y en los tiempos inciertos que corrían, aquello supondría un verdadero alivio.

El bosque se iba cerrando a medida que subía por la pendiente. La niebla que cubría el valle empezaba a quedarse atrás y el muchacho pudo apreciar cómo el día despertaba despejado. La luz se filtraba entre las copas de los árboles, arrancando brillos y destellos al rocío que cubría la selva de helechos que le rodeaban y apenas le dejaban ver el camino. Tenía frío. Las plantas le estaban calando los calzones y las polainas y agradeció los primeros rayos de sol.

Julián tenía dieciséis años recién cumplidos. Se encontraba en ese punto en el que uno alcanza la altura de un hombre pero no su cuerpo. Su constitución aún era delgada y ligera, a pesar de que sus brazos y su espalda fueran fuertes y firmes por el duro trabajo en el campo. Portaba un rifle de caza envuelto en un paño para protegerlo de la humedad de los helechos. No sería la primera vez que la cazoleta le fallaba porque la pólvora se había mojado. Llevaba un pequeño macuto del que colgaba una cantimplora de piel y un cinturón con varios cartuchos de papel encerado.

Caminaba agazapado, pisando como su padre le había enseñado: posando el pie con suavidad sobre la mullida tierra, y siempre atento de no aplastar ramas y hojas caídas. Se detuvo expulsando nubes de vaho que se deshacían en el aire y escrutó los alrededores en busca de algún movimiento extraño. No se veía nada. Debía andar ojo avizor, los jabalíes podían ser animales peligrosos si se veían amenazados.

Los domingos no trabajaban en el campo y antes de la hora de misa subían a los montes que rodeaban el valle en busca de alguna presa que cazar. Aquel día no fue diferente salvo porque su padre no lo había acompañado. Hasta no hacía demasiado tiempo, ambos cazaban juntos. Él le había enseñado los secretos del bosque, le había enseñado a interpretar huellas, a poner cepos, a usar el rifle, a distinguir las plantas medicinales y a reconocer las setas y los frutos comestibles.

Sin embargo, últimamente, su padre se ausentaba a menudo. Tenía asuntos que resolver con su abuelo Gaspard y solía permanecer varios días o incluso semanas fuera, durante los cuales Julián se hacía cargo del trabajo en el campo.

Habían transcurrido siete días desde que Franz partiera rumbo a la capital del país, asegurando a Julián que volvería aquel día. «Viajaré de noche, hijo. Estaré de vuelta la mañana del séptimo día.» Julián estaba deseando volver a verlo.

Un pequeño chasquido captó su atención. Provenía de un hayedo que se extendía a su derecha. Antes de avanzar hacia allí, resolvió mantenerse inmóvil, conteniendo la respiración y aguzando el oído. El aleteo de un pájaro en las alturas de las copas, el pulular de un búho, gotas de agua cayendo sobre las hojas, su corazón retumbando en sus sienes... Con cautela, retiró el paño que envolvía el rifle y lo guardó en el macuto. Extrajo un cartucho del cinturón; lo mordió y cebó la cazoleta de pólvora. Después, sacó una bala de un bolsillo del cinturón y la introdujo en el cañón. Finalmente, empujó suavemente con la baqueta, evitando hacer ningún ruido y terminando de cargar el rifle.

Avanzó hacia el hayedo, apartando con cuidado los helechos a su paso y con el arma en alto, alejada del agua que desprendían las plantas. Entonces volvió a oír aquel ruido, tras la selva de helechos.

Siguió avanzando, cada vez más rápido. Su corazón se aceleró, sus manos apretaban la madera del rifle. De pronto salió a un claro.

Y allí estaba su presa, entre hayas y montones de nieve, en una pequeña hondonada.

Desde su posición, Julián no gozaba de buena visión y dudaba de que pudiera hacer blanco con fiabilidad. Solo disponía de un tiro, en caso de errar el animal huiría antes de que pudiera cargar de nuevo. Se tumbó y avanzó a rastras entre pequeños neveros y raíces de árboles. El viento venía de frente, bajando de las alturas, y evitaba que el animal pudiera olerlo.

Alcanzó el tronco de un árbol a escasos cincuenta pasos de su presa. Apuntó. El animal se comportaba de manera extraña; permanecía sobre las cuatro patas, pero agitaba la cabeza con nerviosismo y su cuerpo parecía temblar con violencia. Julián rozó el gatillo con su dedo índice. De pronto algo le hizo detenerse. Un bulto cayó al suelo entre las patas del animal. El joven entornó los ojos, y entonces, aquel bulto empezó a moverse. Parpadeó, aturdido, y levantó la cabeza para ver mejor, no podía creer lo que estaba viendo.

Era una cría. Estaba pariendo.

El animal volvió a estremecerse y otro bulto cayó al suelo. Una segunda cría. Entonces la madre cayó exhausta mientras sus crías se arrimaban a ella en busca de calor.

Julián levantó el arma conmocionado por la escena. Jamás había visto nacer a un jabalí. Los observó unos instantes más. Las crías parecían haber sobrevivido al parto y se arremolinaban en torno a su madre. Esbozó una sonrisa. «Otra vez será.»

Volvió sobre sus pasos y se encaminó pendiente abajo.

Si el joven hubiese disparado a aquella hembra, sus crías habrían quedado indefensas, y habrían muerto enseguida. Habría roto el curso de la vida. Desde pequeño, su padre le había enseñado a aprovechar todo lo que les proporcionaba la tierra. Pero siempre con gran respeto por esta, puesto que su maltrato les negaría el uso de ella en el porvenir. Sus vidas y las de los demás pobladores del valle estaban directamente relacionadas con la naturaleza y sus elementos. De ella extraían el trigo que plantaban en las eras, y las verduras y las legumbres en los huertos. De ella extraían los frutos silvestres en primavera y verano, o las setas y las castañas en otoño. Aunque había algunas setas que comenzaban su brote en primavera. Ella les proporcionaba animales que cazar y ríos donde pescar. Vivían gracias a ella y tenían que respetarla.

En años de malas cosechas, los que no tuvieran algún corral, cerdos que sacrificar o los reales suficientes para acudir al mercado en busca de alimentos con que completar su dieta, podían llegar a pasarlo realmente mal. Por ello había un sentimiento de comunidad en la aldea y cuando una familia sufría estrechez se la ayudaba, proporcionándole tierras comunales de la aldea para su cultivo.

Julián salió a un claro dejando atrás la oscuridad del bosque. Se deleitó durante unos instantes bajo los rayos solares, dejando que le calentaran el cuerpo y le secaran la ropa.

El claro se abría como un balcón sobre el ancho valle rodeado de blancas montañas. Pudo distinguir las murallas de Vitoria en el centro, encaramadas a lo alto de una loma. Desde allí, la villa coronaba el valle, con sus cuatro torres recortadas por las finas mantas de la neblina desgarrada.

Alrededor de ella se extendía el inmenso valle donde Julián había desarrollado toda su vida; conocido como la Llanada, se trataba de un paisaje ondulante que alternaba terrenos llanos y suaves colinas y moría en las faldas de las montañas nevadas. Desde el lugar donde se encontraba, en las pendientes de las montañas del sur, Julián podía apreciar el mosaico infinito de colores verdes y pardos que formaba el tapiz que cubría la Llanada; eran cientos de campos de cultivo, ríos, espesos bosques y las pequeñas aldeas de los campesinos y los pobladores del lugar, que asomaban con timidez entre las finas columnas de humo de las casas y los campanarios de las iglesias.

Una de esas congregaciones de casitas era su aldea. Se asentaba un poco más al este, en las faldas de las mismas montañas donde se encontraba. Observó el sol y dispuso las dos manos abiertas entre la posición del astro y el horizonte. Cabían dos manos y media, unos diez dedos porque el pulgar no contaba. Si había amanecido a las ocho serían las diez y media, una hora por cada cuatro dedos. No quedaba mucho para mediodía. Debía darse prisa. Sus dos amigos lo esperaban un poco más abajo y debían llegar a misa para las doce.

Aceleró el paso pendiente abajo, dejando el pequeño balcón natural atrás. Cuanto más bajaba, el bosque era menos espeso, ya no había nieve y hacía menos frío. Poco después halló otro claro. Y allí los vio, esperándolo.

Lur permanecía con el hocico en la tierra, pastando en los hierbajos del claro. Era un maravilloso caballo de pelaje castaño. Lo había acompañado desde pequeño, estando presente en los momentos más importantes de su vida. Juntos habían compartido infinidad de aventuras, protagonizado excursiones por la Llanada y los reinos de alrededor, descubriendo lugares inhóspitos y vírgenes, rincones escondidos que nadie conocía. Juntos habían compartido cientos de noches estrelladas en las que solo existían ellos dos y los sueños del más allá. Era un hecho poco común disponer de caballos entre los agricultores, a no ser que fueran de origen salvaje. Además, podía resultar costoso mantenerlos. Pero *Lur*, junto con su hermano *Haize*, que era el ejemplar que montaba su padre, habían sido dos regalos de su abuelo hacía ya ocho años. Y pese a la comida y el cuidado que requerían en el establo de casa, habían llegado a ser muy útiles en los campos, comiéndose las malas hierbas y abonando la tierra con sus excrementos. Además, en alguna ocasión los habían ayudado como animales de carga, cuando la tierra estaba muy dura y era difícil ararla a mano.

Lur levantó la cabeza al olerlo y movió la cola. Se alegraba de verlo y Julián sonrió.

—Hola, viejo amigo —le susurró al oído mientras le acariciaba el lomo y la crin. El caballo lo miró con sus enormes ojos negros y el joven sintió cómo sus músculos se relajaban bajo su contacto. Amplió su sonrisa—. ¿Y dónde se esconde nuestra pequeña acompañante? —añadió, mirando alrededor.

—No soy pequeña...

Una niña de unos siete años apareció de los árboles que rodeaban el claro cargada con una cesta más grande que ella. Avanzaba con dificultad, sus bracitos no le daban para abrazar la carga y parecía que su contenido se fuera a caer en cualquier momento.

—Si fuera una niña pequeña no la habría cargado de perretxikos.

Dejó caer la cesta al suelo y se sentó en una piedra con los brazos cruzados. Julián rio alegre ante la presencia de la niña.

—¿Has tenido algún problema para encontrarlos? —le preguntó.

—¡Qué va! —exclamó Miriam, orgullosa—. Perretxikos de primavera: en febrero solo nacen en claros bajo el sol, tienen un sombrero blanco y se encuentran en grupos.

Julián aplaudió con efusividad.

—¡Veo que te has aprendido bien la lección!

Ella le restó importancia con un ademán de la mano muy exagerado.

—Ya te lo decía. No soy tan pequeña como tú te piensas. —Se había vuelto a levantar porque unas ramitas le habían llamado la atención—. ¡Mira! —exclamó mientras las alzaba emocionada—. Secas y pequeñas. ¡Perfectas para hacer un fuego!

Julián rio con agrado y observó a su pequeña amiga. Miriam era una niña incansable. Tenía la tez pálida y un revoltoso pelo enmarañado, y sus intensos ojos azules se movían curiosos, deseosos de captarlo todo. Estaba hecha un palillo y parecía tremendamente frágil, pero ello no impedía que se moviera con brío.

Julián recogió la cesta y la ató a los arreos de *Lur*.

—Vamos, Miriam, nos esperan en la aldea.

La niña asintió y dejó su juego a regañadientes. Julián estaba impaciente. Quería llegar a la aldea cuanto antes porque sabía que su padre ya estaría de vuelta. Bajaron por un estrecho sendero hasta el Camino Real.

El Camino Real era el principal y más transitado de aquella zona. Unía las principales ciudades del país y cruzaba el valle de lado a lado, entrando por el suroeste, pasando por Vitoria y saliendo por el este. Alrededor de él, asomaban cientos de caminos y senderos más estrechos y embarrados que se perdían en el laberinto de campos y bosques de la Llanada. Algunos conducían a las aldeas, otros a ermitas perdidas por el valle, muchos comunicaban los campos de labranza entre sí, y también había los que conducían a las montañas y a las tierras pastoriles como el que habían empleado ellos. Julián llevaba años recorriendo esos senderos, y siempre acababa descubriendo nuevas rutas y nuevos lugares.

Miriam montaba a *Lur*, porque, aunque no quisiera admitirlo, estaba cansada.

—Madre y padre estarán muy contentos de que sepa montar a *Lur* —comentó ella, relajada.

Era hija única. Sus padres vivían en la casa más humilde de la aldea y, desde que Julián tenía memoria, ambas familias, la suya y la de Miriam, habían sido inseparables. Por ello, muchas veces Miriam hacía compañía a Julián mientras trabajaba o subía a los montes en busca de frutos.

—Mi madre dice que eres un cielo. Dice que te estará agradecida toda la vida por enseñarme tantas cosas.

—Pues dile que eres mi amiga y a los amigos hay que cuidarlos.

Teresa, la madre de Miriam, e Isabel, la de Julián, habían compartido una estrecha amistad desde su infancia. Ambas habían vivido toda la vida en la aldea, compartiendo juegos, secretos de niños y no tan de niños, experiencias alegres y también experiencias tristes. Siempre se habían tenido la una a la otra para apoyarse mutuamente hasta que una extraña enfermedad se llevó a la madre de Julián cuando este contaba cuatro años.

Tras aquello, y tras la muerte poco después del hermano mayor de Julián, Miguel, Teresa y su marido, Pascual, se habían volcado en ayudarlo a él y a su padre. A menudo, ella se había prestado para limpiar su casa y lavar sus ropas en el lavadero; por otro lado, Pascual había sido el inseparable compañero de Franz durante las largas y duras jornadas de trabajo en el campo.

A pesar de ello, el mayor apoyo que había tenido Julián durante todos aquellos años era el de su padre. Y sabía que el sentimiento era mutuo. Ellos habían convivido bajo el mismo techo, aquel que albergaba aún el olor de sus seres queridos, compartiendo aquellas largas noches de invierno en silencio, con las miradas perdidas en el fuego de la chimenea y en los felices recuerdos de años atrás. En aquellos momentos junto al calor de la hoguera apenas hablaban. No lo necesitaban. Tenían el firme sentimiento de que aquella carga la compartían entre los dos, y el joven sabía que cuando una carga así la compartes con un ser querido, su peso no se reduce hasta la mitad, se reduce mucho más.

Lo había percibido con los años, cuando empezó a ser consciente del orgullo que delataban los ojos de su padre cuando lo miraba, del empeño con que le enseñaba los secretos del campo y del monte, de la ilusión con que le levantaba cada día, cuando todavía era de noche, para desayunar juntos e iniciar el nuevo día con las estrellas aún centelleando en la oscuridad.

—Tienes que buscar tus sueños, hijo, y no dejes que nadie se interponga en tu camino hacia ellos —solía decirle casi de madrugada, mientras pasaban el arado por los duros surcos de tierra—. Yo encontré mi sueño aquí, en estas tierras, en nuestra casita, en la vida junto a tu madre y junto a vosotros.

Cuando le decía eso, no podía disimular la melancolía que le embargaba la voz.

Julián era muy pequeño cuando sucedió, aún albergaba un corazón de niño, y cuando se es niño uno tiene una especie de coraza alrededor que lo protege de los golpes de la cruda realidad, velándolo todo como si de un sueño se tratase. Aun así, con los años comenzó a darse cuenta de que lo único que le quedaba a su padre en el mundo era él, su verdadera razón para continuar sonriendo, el último trazo de su sueño, aquel que, si no fuera por su existencia, se habría desmoronado hacía tiempo. Y Julián, consciente de ello, se había esforzado siempre por ser un buen hijo y no defraudarlo.

Franz provenía de una antiquísima familia noble de origen alemán. Había nacido en el castillo de Valberg, en la Baja Sajonia alemana, y era hijo de Gaspard Giesler von Valberg y Catalina de Marlón, los abuelos de Julián. Catalina había fallecido antes de que él naciera. Franz siempre había tenido un espíritu inquieto, de pensamientos propios y muy firmes. A los veinte años había abandonado sus estudios y su vida en Alemania para emprender un viaje por otros países.

Según sus palabras, «en busca de una nueva vida, en busca de sus sueños».

Y allí, en aquella remota aldea al sur de la Llanada, había encontrado a Isabel. Los padres de ella, a los que Julián jamás llegó a conocer, eran labriegos de origen humilde, pero a Franz jamás llegó a importarle, la vida que encontró en la Llanada era la vida con la que había soñado siempre.

Por lo que Julián sabía, que Franz contrajera matrimonio con una campesina no supuso ningún problema para su padre. Gaspard era un hombre visionario que hacía caso omiso de las arraigadas costumbres aristocráticas a las que por apellido y poder pertenecía, y Franz había heredado esa misma actitud desinteresada. En torno a la figura del abuelo de Julián siempre había habido un halo de misterio. Los visitaba a menudo, sobre todo cuando Franz y él habían de emprender alguno de sus viajes. Cada una de sus visitas era diferente y el muchacho siempre las esperaba con ilusión. Su abuelo era un gran contador de historias y le deleitaba con ellas al calor de la chimenea.

Su padre siempre hablaba de Gaspard como si fuera uno de aquellos héroes caballerescos de los libros. Decía de él que no había nadie en la Tierra que hubiera visto más mundo. Según sus palabras, había recorrido en solitario caminos que vagaban por los límites del mundo conocido, descubriendo reinos lejanos cuyos habitantes vivían en tribus y hablaban lenguas ininteligibles. Decía, incluso, que había compartido mesa con reyes y gobernantes de otros países y que había conocido a las personas más inteligentes y más sabias de la Tierra. Personas con dones especiales, personas que sabían cómo leer el pasado, el presente y el futuro en la manera que se dejan leer.

Cuando era pequeño, Julián no entendía por qué su abuelo vivía en un castillo y ellos en una humilde casa de labriegos.

—Padre, ¿por qué el abuelo vive en un castillo y nosotros no? —le había preguntado.

Franz lo había mirado con ternura.

—¿Eres feliz, hijo mío?

—Sí... aunque lo estoy más cuando juegas conmigo o cuando tenemos carne con verduras para cenar.

—Pero son más las veces que estás contento que las que estás triste, ¿verdad?

Julián había asentido con efusividad, como dando por sentado algo que ya se sabía.

—¡Claro que sí!

—Entonces —le había dicho su padre—, ¿para qué quieres un castillo?

Ante la pregunta Julián no había sabido qué responder y Franz le había posado la mano en el hombro, sonriéndole con cariño.

—Verás, hijo. El que uno posea un castillo no significa que vaya a alcanzar la felicidad. Puedes tener todos los tesoros del mundo guardados entre sus muros, pero jamás serás capaz de amarlos a todos porque tu corazón no es tan grande. Te sentirás perdido, cegado por tanto brillo. Yo prefiero tener unos pocos tesoros bien elegidos a los que sienta que dedico todo el amor que se merecen...

Miriam lo despertó de sus pensamientos. Absorto en ellos, se había quedado algo rezagado.

—Vamos, ¡a tu paso no llegaremos!

—¡Ya voy, ya voy! —Julián corrió hacia ella, las botas crujían sobre la tierra helada.

Tenía ganas de volver a ver a su padre. Tal vez, con un poco de suerte, Gaspard estaría con él.

En algunos puntos el camino era lo bastante ancho para que pasaran dos carros a la vez. Aquel día no se habían cruzado con nadie, puesto que aquellas horas pertenecían a la iglesia y la gente se acicalaba con sus mejores ropas para acudir a misa.

En otros tiempos los caminos habían sido más seguros, pero las crisis de las cosechas habían producido un aumento considerable en los asaltos y las emboscadas, con especial ímpetu en las zonas más boscosas. Estas, pobladas de encinas y robles, además de albergar buena leña y abundantes bestias que cazar, habían pasado a ser refugio de bandidos y proscritos.

El camino trazaba una ligera curva hacia la izquierda, encarándose a la ciudad de Vitoria, la cual aún no veían y que Julián calculaba que tenía que hallarse a menos de una legua de distancia. Enseguida debían encontrar el desvío a la derecha que conducía hasta la aldea.

La curva no les permitió oír el sonido de los cascos de media docena de caballos que venían por detrás. Era un escuadrón de jinetes franceses y pasaron al galope muy cerca, casi rozándolos. *Lur* caracoleó inquieto y Miriam soltó un pequeño grito. Los jinetes se alejaron dejando una nube de polvo tras de sí, ninguno volvió la mirada.

Julián cogió a *Lur* por el ronzal y le acarició el hocico para que se relajase.

—Soo... tranquilo, tranquilo. —Levantó la mirada hacia su pequeña amiga. Estaba algo asustada—. ¿Estás bien?

—Quiero bajar... —musitó con los ojos humedecidos.

—De acuerdo, bajemos entonces. —Y Julián ayudó a su amiga a
bajar del caballo—. No te preocupes, enseguida llegaremos a casa
—empleó su tono más tranquilizador, no quería que la niña se asus-
tase por aquellos extranjeros.

Ya habían transcurrido tres meses desde que las tropas francesas
cruzaran los Pirineos y llegaran a sus tierras y aún seguían acampados
en el valle; sobre todo en Vitoria y sus inmediaciones. Aunque, en
realidad, por las noticias que traían los arrieros y mercaderes de otros
lugares, se debían de haber asentado en todo el país, en torno a los
caminos principales y las ciudades más importantes.

En los últimos tiempos todo el mundo había oído hablar de las
conquistas que el emperador de los franceses, Napoleón Bonaparte,
protagonizaba en otros lugares de Europa, los cuales sonaban lejanos
e inhóspitos para la mayoría de la gente. Sus poderosos ejércitos vencían allá donde iban, borrando fronteras, cambiando dinastías y te-
jiendo un gran imperio.

Muchos hablaban en favor del emperador, diciendo que traía la
modernidad y el progreso que la Revolución Francesa había engen-
drado veinte años atrás. Pero otros se referían a él como un dictador,
un cruel y despiadado caudillo que ambicionaba ser el dominador del
mundo y que solo traía muerte y desolación con sus guerras.

El pueblo no entendía de alianzas y tratados, pero se confiaba en
el buen hacer de los reyes. Por eso, cuando Carlos IV, rey de España,
y sus más allegados asesores firmaron aquel tratado con el emperador
francés, todo el mundo creyó que era por el bien de la nación.

A pesar de ello, cuando a principios de noviembre del año anterior
asomaron los primeros rumores de la inminente llegada de las tropas
francesas, la gente comenzó a presentir con resquemor, curiosidad e
incluso miedo los inminentes acontecimientos.

Julián y su padre habían acudido a Vitoria para presenciar el espectáculo. La ciudad se había paralizado de tal forma que las obras
más importantes que se estaban llevando a cabo, como la reforma del
hospital de Santiago, se suspendieron en su totalidad. Recordaba con
claridad aquel día. El cielo estaba encapotado y hacía un frío que penetraba hasta los huesos. Eran las diez de la mañana cuando se empezaron a escuchar los redobles de los tambores a lo lejos, aumentando
en intensidad. Poco más tarde, el retumbar del paso firme y marcial de

la infantería francesa y las pisadas de los caballos inundó las calles repletas de gente. Todos los vitorianos, confundidos, inquietos y excitados al mismo tiempo, veían atravesar por sus calles miles de soldados franceses a bandera desplegada con destino a Portugal. Julián recordaba a un oficial, encaramado en lo alto de un carro, pregonando con acento francés que, en virtud de aquel dichoso tratado que los reyes habían firmado, mientras las tropas se alojaran en suelo español estas deberían ser alimentadas y mantenidas a costa de los nativos.

Al principio aquello no preocupó demasiado a la gente, pero no pasó mucho tiempo antes de que la extraña situación empezara a adquirir tintes más oscuros.

Al pasar la primera avalancha de soldados, quedaron acampados en Vitoria y sus inmediaciones más de seis mil hombres al mando de un conde francés llamado Verdier. Todos en la ciudad y en las aldeas pensaban que estarían solo unos pocos días, pero las semanas pasaban y aquellos hombres seguían allí acuartelados, conviviendo con ellos. Empezaron a llegar noticias de que estaba pasando lo mismo en otros puntos de la península, con el estacionamiento de guarniciones. Se empezaron a oír rumores de desmanes cometidos por las tropas francesas, de nuevos impuestos y requisas que se hacían a la fuerza por los soldados intrusos para mantener y costear su alojamiento. Los nervios aumentaron cuando en diciembre un segundo cuerpo del ejército francés hizo su entrada en Vitoria. Se dijo que su general, un tal Dupont, desde el primer contacto con las autoridades locales había dado muestras de una actitud muy poco amistosa.

La confianza en el buen hacer de los reyes perdía firmeza, y lo que aquel tratado traía consigo se revelaba como una situación inquietante que despertaba temores en el pueblo.

Al menos, en la aldea la vida continuaba su curso habitual. Se hallaba a cinco leguas de la ciudad, al amparo de las montañas y entre colinas y bosques, privilegiada aún de no ser testigo directo de la presencia francesa. A pesar de ello, los vecinos se mostraban temerosos de ser objeto en breve de los sangrantes impuestos para alimentar a las tropas extranjeras.

Alentado por lo ocurrido y la inquietud de sus pensamientos, Julián había acelerado el paso sin percatarse de que Miriam se había rezagado. La pobre niña daba dos pasitos mientras él, con sus largas piernas, solo daba uno.

Fue en ese momento cuando el estruendo de los cascos volvió a inundar el lugar. Julián vio asomar por la curva del camino seis jinetes franceses, acercándose al galope. El sol había secado la tierra y nubes de polvo secundaban a las bestias, que, con los pechos sudorosos, resoplaban emitiendo espuma por la boca.

Miriam se encontraba en mitad del camino y los caballos no aminoraban su imponente marcha. Eran sementales enormes, con unos cuartos extraordinariamente fuertes que hacían temblar la tierra. Miriam comenzó a correr todo lo que sus delgadas y cortas piernas le permitían. Parecía una flor bella y frágil bajo el estruendo de la terrible fuerza de los cascos que amenazaban con aplastarla.

Julián gritó. Gritó a Miriam para que se apartase del camino, gritó a los jinetes para que redujeran la marcha. Pero nadie le oía. Uno de los franceses azuzó a su montura y se adelantó de la formación. Sus cascos retumbaron, abalanzándose en imparable sentencia sobre la pobre niña.

Entonces hubo un ligero tirón de riendas, en el último momento. Sus flancos rozaron el cabello de la niña, haciendo que le ondulara suavemente, de manera despreocupada. Y el jinete pasó de largo.

Julián respiró. Miriam se había hecho a un lado del camino y estaba intacta. El jinete se detuvo, secundado de inmediato por el resto del escuadrón. Julián corrió hacia su amiga y la abrazó con fuerza. Ella lloraba.

Sin soltarla, fulminó con la mirada al jinete que casi la había atropellado, y le sorprendió ver una sonrisa amarillenta asomar en un rostro inquietante. El francés tenía la casaca azul propia de su ejército, descolorida y desabrochada hasta el pecho, y sujetaba a su montura de las riendas. Su sonrisa se amplió, arqueando una barba descuidada. No había disculpa en su mirada, solo burla. Una burla que enfureció a Julián e hizo arder sus venas. Había estado a punto de matar a una niña, y solo se había tratado de un juego para él. ¿Cómo demonios podía reaccionar de esa manera? ¿Cómo podía estar sonriéndole?

—Cuida mejor a tu hermanita —le chapurreó el francés en castellano.

—Cuide usted a su caballo y a su mente temeraria —le escupió Julián en un inesperado alarde de valentía.

Al francés no pareció agradarle la respuesta y su sonrisa desapareció. Su mano derecha soltó la rienda y se acercó al pomo de la pistola enfundada en uno de los arzones de piel que colgaban de su silla de montar. La rozó con la yema de los dedos.

—Más te vale esconder esa lengua, rapaz. O te la cortaré.

La amenaza tambaleó la firmeza del joven. Apretó más a Miriam contra su pecho en un afán por evitar que oyera aquellas palabras. Procuró no parecer amedrentado, aunque hubo de contenerse. Su lengua deseaba responder, no dispuesta a dejar pasar por alto la injusticia acontecida. Pero pensó en Miriam y supo de inmediato que corría gran riesgo si se mostraba demasiado imprudente. Resolvió mantenerse en silencio, aunque sin bajar la mirada.

Por un momento ambos se contemplaron en un reto silencioso.

Entonces, la voz de otro de los franceses alivió la tensión que se había producido. Era rubio y con dos trenzas colgándole de las sienes hasta los hombros. Su uniforme aparecía inmaculado, con un dormán azul brillando bajo el sol y los arreos de su montura impecablemente acicalados.

—Déjalo, Croix. Vámonos ya.

El francés de la barba descuidada fulminaba con la mirada a Julián. Permaneció quieto, sobre su montura, pensativo. Al fin pareció esbozar una nueva sonrisa, una sonrisa lobuna de dientes amarillos que no agradó al joven y sustituyó cualquier palabra. El soldado tiró de las riendas y se dio la vuelta, haciendo trotar a su cabalgadura hasta llegar a la altura de sus compañeros.

Volvieron a clavar espuelas y el escuadrón se alejó de allí.

Poco después, cuando el polvo se hubo disipado y el silencio se hubo hecho, la voz de Miriam asomó de entre los brazos de Julián.

—Quiero volver a casa...

Después de lo sucedido, Julián caminaba con brío mientras con una mano sujetaba a *Lur* del ronzal y con la otra agarraba la de Miriam con fuerza. Su pecho se estremecía bajo su camisa empapada en sudor; deseaba llegar a casa cuanto antes.

Las primeras casitas de la aldea los recibieron tras una colina y la sensación de estar de vuelta lo tranquilizó. Allí se sentía seguro.

La suya era la más alejada. Había que atravesar la aldea entera, que constaba de doce hogares, la iglesia y el lavadero, hasta acercarse a los pies de las montañas.

El lugar permanecía inmerso en un extraño silencio impropio de los domingos. No había nadie trabajando en los campos, ni en las huertas o las eras que rodeaban las casas. Tampoco vieron a nadie en la entrada a los zaguanes de aquellos hogares de piedra con buhardilla a dos aguas, ni en las cuadras y las bordas donde guardaban la paja, los granos y los aperos de labranza. No había nadie asomando por las ventanas.

No se oía el salmo del párroco en el interior de la iglesia.

—¿Dónde están todos? —preguntó Miriam.

Julián la tranquilizó. Desde el suceso con los franceses, la muchacha parecía estar muy sensible, deseando volver con sus padres.

—Vayamos a mi casa a dejar a *Lur* en el establo, y después los buscaremos.

Miriam asintió, de buena gana.

Pese a sus palabras, a Julián le extrañaba no ver ni una sola alma.

En cuanto recorrieron el sendero que conducía a su casa, supieron de inmediato que algo no iba bien. Enseguida descubrieron la razón de por qué la aldea estaba desierta. Sucedió al asomar los muros de su hogar al final del camino. En la entrada a su casa, estaban todos los habitantes de la aldea, reunidos en torno a algo que desde la distancia Julián no podía distinguir.

—¡Mira! —exclamó Miriam, soltándose de su mano—. ¡Están ahí!

Julián vio cómo los aldeanos se percataban de su llegada y se volvían hacia ellos. Vio a Pascual y a Teresa salir del grupo para reunirse con su hija, que ya corría con los brazos abiertos. Cuando llegó a la altura de su madre saltó sobre ella y la envolvió en un abrazo. Pero el semblante de esta estaba envuelto en lágrimas y enseguida dejó a su hija para centrar su atención en Julián.

Este había fruncido el ceño, extrañado ante la presencia de los aldeanos en la entrada de su casa. Cuando contempló cómo Pascual y Teresa se le acercaban, sintió una repentina sacudida en el estómago.

—¿Qué sucede? —preguntó.

Las mejillas de Teresa brillaban bajo la luz del sol, cubiertas de lágrimas. Su voz tembló, quebrada por la emoción.

—Es tu padre... —balbuceó.

Julián sintió cómo la inquietud se apoderaba de él. El corazón se le cerró, contrayéndose en un puño.

Pascual, que acompañaba a su mujer del brazo, se le acercó con el semblante abatido. Sus ojos azules, siempre saltones y vivos, yacían hundidos. Su habitual buen humor había desaparecido. Sus botas crujieron al cruzar la tierra encharcada y se detuvieron frente a Julián.

—Franz ha muerto.

Franz ha muerto.

Fue un impacto, como un tremendo golpe en la cabeza. Un golpe que le sacudió la mente con una violencia brutal, sin piedad. Parpadeó, aturdido, sin entender lo que estaba sucediendo. Negó con la cabeza, y sintió cómo un velo brumoso lo envolvía con una serenidad heladora, convirtiéndolo todo en un gélido sueño, un sueño fatal. Pero no. La figura de Pascual seguía ahí. Delante de él, observándolo con el rostro derrotado. Y detrás estaban Teresa y Miriam. Y más atrás, el pueblo entero.

—No es posible... —fue lo único que llegó a decir.

Pero en su interior lo repetía, lo repetía una y otra vez. «No es posible, no es posible...» Lo repetía, mientras se acercaba a la puerta de su casa, negando aquella realidad que cada vez se asentaba más y más en su interior, poco a poco, despiadadamente, con el peso de un yunque de hierro, aplastándole sin compasión, mientras los aldeanos se apartaban para dejarle pasar. Y al fin, ante él, asomó un carro, custodiado por dos alguaciles.

Tendido sobre los maderos estaba el cadáver de su padre.

2

—*In nomine Patris, et Filii, et Spiritus Sancti, Amen.*
—*Amen.*

Las sagradas palabras pronunciadas por el sacerdote fueron acompañadas de la señal de la cruz, ejecutada al mismo tiempo por todos los presentes. Lo hicieron mientras los cuatro aldeanos más cercanos a Franz Giesler descendían su cuerpo mediante unas cuerdas hacia el interior del agujero que ellos mismos habían cavado y delimitado con unas tablillas.

Los asistentes, envueltos en sus oscuros abrigos de paño tosco, se acercaban a los muros del lado sur de la iglesia para guarecerse del gélido viento y de las rachas de lluvia que azotaban la aldea en aquella fría mañana.

Pascual, los hermanos López de Aberasturi, y el viejo Etxábarri, con los rostros enrojecidos por el frío y el esfuerzo, y las camisas y los pantalones de tabardo completamente empapados, luchaban por no resbalarse en el embarrado borde de la tumba, ya que sus abarcas de cuero apenas les sujetaban al resbaladizo suelo. Ellos habían cargado con el cadáver desde su casa hasta la iglesia encabezando el cortejo para el oficio de la misa.

Los cuatro aldeanos dejaron que la cuerda corriera por sus callosas manos de labrador, mientras observaban con tristeza cómo el cuerpo de su compañero y amigo se posaba sobre el fondo embarrado. Los demás asistentes, un tanto alejados de la tumba, miraron por última vez al que había sido uno de los hombres más queridos de la aldea.

Solo Julián había resuelto no alejarse de la tumba y permanecía junto a los cuatro aldeanos en el centro del camposanto, expuesto a las inclemencias del tiempo. Quería mirar de frente a su padre, despedirse como era debido. El frío no existía en aquel momento, no tenía ninguna importancia ante la última imagen que iba a tener de él. Se había olvidado del pequeño reguero proveniente de las aguas que caían del tejado del templo y que cruzaba entre sus piernas. Hacía rato que le había inundado el interior de las alpargatas haciendo que sus pies se hundieran ligeramente en el barro. Apenas sentía el enorme peso de su abrigo, completamente empapado. Tampoco era consciente de las gotas que golpeaban su rostro, y lo recorrían suavemente, acariciándolo, sustitutas de un llanto que no había.

Julián no quiso apartar la mirada cuando retiraron las cuerdas y las primeras paladas de tierra empezaron a caer sobre el cuerpo inerte. Antes de que le cubrieran el rostro grabó en su memoria aquella visión, la última de su padre, la del descanso eterno, como decía el párroco Damián. Sus facciones estaban relajadas, incluso una ligera sonrisa aparecía en sus labios. Al menos eso quiso creer.

Aquella última palada, la que hizo desaparecer a Franz del mundo, la fue a dar Pascual, el mejor amigo de su padre. Pero antes de hacerlo, este lo miró y sus ojos azules mostraron una sincera complicidad, lo cual Julián agradeció profundamente. Cuando aquella tierra húmeda acabó por cubrirlo todo, el joven apretó los puños y la mandíbula. Se había dicho a sí mismo que no iba a llorar, pero no pudo reprimir una lágrima. Una sola lágrima que asomó de sus temblorosos ojos y se fundió con todas las demás.

Mientras concluían, contempló la cruz de madera que asomaba en la fosa de la izquierda. Era la de su madre, Isabel. Franz y él tenían como costumbre acudir a visitarla todos los domingos al atardecer. Se sentaban frente a ella, sobre la tierra en la que descansaba, y le contaban lo sucedido en la última semana. Después Julián se levantaba, besaba la cruz y se alejaba hasta un olivo cercano. Aguardaba apoyado en su tronco, mientras dejaba que sus padres tuvieran un momento de intimidad.

Al ver cómo Pascual golpeaba con un martillo de piedra la punta de la cruz de su padre, sintió un sincero consuelo al pensar que los dos yacían juntos, uno al lado del otro. Entonces se percató de que la lluvia había cesado y miró hacia lo alto de los imponentes muros de la iglesia. Todo estaba gris, el cielo seguía plomizo y no descartaba que volviera a llover. Encendieron *las cuatro hachas* de nuevo, las antorchas que les habían acompañado durante el cortejo fúnebre, la misa y el entierro, pero que se habían apagado con la lluvia. Pascual y los otros tres amigos de Franz se recuperaban del esfuerzo, compartiendo una bota de vino. La gente junto a los muros comenzó a moverse con una oscura y silenciosa solemnidad que llenó de desaliento a Julián. En aquel momento, él anhelaba estar tranquilo, protegido tras las labores del campo; a pesar de ello, hubo de prepararse para recibir los pésames.

Desde que la mañana anterior llegara a su casa y se encontrara a todo el pueblo junto al cadáver de su padre, el tiempo había transcurrido con lentitud. Tras el dolor de las primeras horas, su mente se había protegido a sí misma dejándose caer en un estado somnoliento, cubriéndose el entorno que le rodeaba de un halo brumoso donde los sonidos y las imágenes aparecían desfasados.

Al parecer, el cuerpo de su padre había aparecido junto al Camino Real, a unas diez leguas al oeste de Vitoria, con una puñalada en el pecho. Un conocido boticario que volvía a la ciudad lo había encontrado poco después del amanecer. Él había avisado a los guardianes de los caminos y estos habían traído el cuerpo a la aldea.

Había sido tan repentino, tan inesperado, que no parecía que pudiera ser cierto. Aun así todos parecían asumir en silencio la repentina marcha de su padre. Aceptándolo sin exigir respuestas. Y no les faltaban razones. No era la primera vez que un cadáver aparecía desvalijado en mitad de un camino.

«Los tiempos que corren son muy malos —le había dicho Pascual—, los caminos no son seguros y menos por las noches.» Ya desde el inicio de la crisis de las cosechas, varios años antes, mucha gente había empezado a pasarlo realmente mal. Los precios empezaron a subir y con ello la escasez de productos en los mercados. El hambre empezó a azotar a las clases más pobres y Julián sabía que cuando se pasa hambre la gente es capaz de hacer cualquier cosa: robar o incluso llegar a matar por un mísero mendrugo de pan.

La llegada de los franceses no había hecho más que acentuar la situación. Con ella, mucha gente hambrienta y desesperada se había empezado a esconder en los bosques y acechar en los bordes de los caminos a la espera de una presa fácil.

Por otro lado, la actitud de los soldados vecinos del norte no parecía ser tan amistosa como les hicieron creer en un principio. Desde su llegada se habían multiplicado los rumores de muertes en extrañas circunstancias tanto en el pueblo como en el Ejército Imperial. No sería la primera vez que alguien hablaba del cadáver francés hallado en el fondo de un pozo o entre la paja de un gallinero. No sería la primera vez que una familia entera de campesinos eran descubiertos colgados de un árbol o quemados dentro de sus propias granjas.

Los presentes en la ceremonia ya se habían empezado a acercar. Aparte de los habitantes de la aldea, había gente de la ciudad y de otros pueblos. La mayoría le lanzaban miradas disimuladas, acompañadas de murmullos por lo bajo, lo cual incomodó al joven. Se imaginaba lo que estarían diciendo, «pobre mozo, se ha quedado solo e indefenso...».

El padre Damián, el párroco de la iglesia, encabezaba a los asistentes. Su sotana blanca con sutiles ribeteados púrpuras contrastaba con las oscuras ropas de invierno de los aldeanos. Al contrario que muchos clérigos de otras aldeas que solo pensaban en los diezmos y en las aportaciones que la gente hacía a la Iglesia, Damián era un hombre de buen corazón que ayudaba a los más necesitados.

—Tu padre fue un buen hombre —le dijo con sencillez—, Dios lo acogerá en su seno junto a tu madre. Haremos misa mañana a las doce del mediodía y rezaremos por él cada domingo de este mes.

Julián lo agradeció con un cordial asentimiento.

Después se acercó Teresa acompañada de Marina, la mujer del viejo Etxábarri.

Teresa, que no se había separado de él en todo el día, fue a decirle algo, pero al mirarlo a los ojos no pudo contener las lágrimas y se derrumbó. Julián la abrazó con ternura y dejó que sollozara en su hombro. Tras ella, apareció Pascual llevando de la mano a una asustada Miriam que no sabía muy bien cómo actuar. Al ver que los enormes ojos azules de su hijita empezaban a temblar Pascual habló por los dos.

—Miriam quiere que sepas que puedes ir a jugar con ella cada vez que te sientas solo.

—Incluso si es por la noche y no puedes dormir —le cortó ella, apresurada, algo más resuelta—, aunque me despiertes, no me importa.

Julián se agachó y le dio un beso en la mejilla.

—Gracias, Miriam, no dudaré en hacerlo. —Y se volvió a levantar a la altura de Pascual. Este, portador de los enormes ojos saltones que había heredado su hija, era más bajo y más delgado que Julián. Con amplias entradas que abarcaban hasta la coronilla y una descuidada barba canosa de tres días, había lucido larga melena y músculos propios del legendario Sansón en sus tiempos mozos. Pero, según decía él, las largas jornadas de trabajo en el campo habían adaptado su cuerpo a labores de resistencia en las que la fuerza bruta pasaba a un segundo plano. Ahora era un hombre nervudo con la espalda ligeramente encorvada por las interminables horas agachado recogiendo malas hierbas o pasando la azada.

—Teresa quiere que vengas a cenar esta noche —le dijo con una forzada sonrisa amplia, sin duda la muerte de Franz también había sido un duro golpe para él—, mañana subo con los demás al monte a dar candela a las carboneras. Te lo digo por si quieres venir, ya sabes, para liberar la mente y todo eso.

—Gracias —le respondió Julián—, aunque prefiero estar un par de días tranquilo. Avisadme cuando haya que descargarlo.

Antes de irse, Pascual le posó la mano en el hombro y se lo apretó fuertemente.

—No te encierres y no seas cenizo, ¿eh? —Le dio unas pequeñas palmaditas en la mejilla. Pascual siempre tenía esa manera de hablar, parecía un poco brusco a veces, gastando bromas todo el día mientras Miriam no paraba de reírse y Teresa ponía los ojos en blanco. Pero albergaba un gran corazón y había sido el mejor amigo de su padre—. Por las barbas de Belcebú, Julián, si no sales de casa, bajo y te saco a rastras, que no me entere yo.

Julián asintió, suspirando. Apreciaba que Pascual y los demás se preocuparan por él. Se había quedado solo en su caserío y los demás querían volcarse en ayudarlo. Pero no comprendían que ya tenía la edad suficiente para cuidarse por sí mismo. Conservaba su casa, la huerta y la era de dos fanegas; con trabajo duro sería capaz de sacar las cosechas adelante.

La noche anterior, mientras dormitaba junto a la mesa donde descansaba su padre en el zaguán de la casa, oyó una conversación entre Pascual y varios aldeanos en el piso superior. El cuerpo de su padre estaba expuesto para que los campesinos fueran a rezar por su alma y a darle el último adiós antes de que fuera sepultado y encomendado al Señor. Algunos aldeanos habían subido a almorzar algo de pan con tocino y queso, unos pocos higos y un porrón de vino, siguiendo la costumbre de ofrecer comida en los velatorios.

—Una pena que esos malhechores de mierda le hayan desprovisto del caballo —oyó decir, reconociendo la voz de Galarza. El caballo de Franz, *Haize*, era el hermano de *Lur* y había desaparecido tras el asesinato—. Al menos sus ropas y el resto de sus objetos personales seguían consigo cuando lo trajeron. A otros los desvalijan vivos. Hasta los dientes de oro he oído que les quitan.

—El resto de sus objetos personales... —comentó el viejo Etxábarri—, curioso que le dejaran el zurrón y la cartera de cuero con los quince reales. Si hubiera sido yo, me llevo hasta los calcetines, que sé que el bueno de Franz los llevaba.

—Haced el favor y dejad de decir sandeces —les abroncó Pascual. Era extraño oírle tan serio, él siempre era el primero en hacer bromas—, Franz merece todo nuestro respeto, y más Julián. Ahora debemos cuidar de él y protegerlo.

—Estoy de acuerdo en eso, Pascual. El joven necesitará de nuestro apoyo... —oyó como respondía Etxábarri—. Pero estarás conmigo en que no deja de ser un hecho insólito que no se llevaran el dinero.

—Etxábarri, deja de indagar en río revuelto. —La voz de Pascual se había tornado seria y cortante, acallando de inmediato a todos los presentes—. Insólito o no, ha sucedido así.

Tras aquello se hizo el silencio entre los hombres y alguien propuso un brindis.

—Por el alma de Franz y porque el futuro de Julián sea lo más llano posible.

Al despedirse de Pascual y Miriam, Julián suspiró y se preparó para recibir el pésame de todos los demás cuando algo lo distrajo. A las afueras del cementerio, junto a uno de los robustos contrafuertes de la iglesia y apartado del resto de la gente, un niño le observaba. No contaría con más de nueve años y se protegía con un abrigo pardo calado hasta las cejas. Lo estaba mirando fijamente, pero cuando Julián lo descubrió, apartó la mirada nervioso. No recordaba haberle visto antes, no parecía ninguno de los hijos de los labradores de la aldea. Se preguntó qué estaría haciendo allí cuando un campesino rubio, de ojos muy juntos y nariz prominente fue a darle el pésame. No era de la aldea, pero a veces solía venir en época de recogida para ganarse un jornal en las tierras comunales. Cuando lo hubo atendido volvió a mirar hacia el contrafuerte. El niño ya no estaba.

Tras atender a varias familias, entre la multitud, divisó una cara conocida que hacía mucho que no veía. El corazón le dio un vuelco en el pecho. Era Clara, la hija del arrendatario de su tierra. Iba acompañada de sus padres y se extrañó de no haberlos visto antes durante el funeral.

Alfredo Díaz de Heredia era un rico noble rural que poseía muchas tierras en la Llanada y las arrendaba a los campesinos, recibiendo un porcentaje de las cosechas. La familia Díaz de Heredia descendía de uno de los linajes más antiguos del reino de Álava, y vivían en uno de los palacios más grandes de la ciudad, aunque las malas lenguas aseguraban que pasaban por problemas económicos. Julián sabía por boca de su padre que el señor Díaz de Heredia tenía cierta propensión a descuidar la gestión de sus negocios y se decía que era amante de la buena vida: acostumbraba a salir de caza, a beber buen vino y organizar comidas y banquetes por todo lo alto. Al parecer, los últimos años había perdido grandes fortunas en el juego y las apuestas. A pesar de sus tendencias irresponsables, era buena persona, devota y fiel a su familia. Además, se mostraba generoso y flexible con el cobro del arrendamiento, y a Julián no le daba la sensación de que fueran una excepción alimentada por la buena relación que había mantenido siempre con su padre.

Tal relación se remontaba a muchos años atrás, cuando Franz contrajo matrimonio con Isabel. Las tierras que trabajaban sus padres en el caserío Aldecoa eran propiedad de don Alfredo, y este solía acudir para charlar con Franz, lo cual se tradujo en una costumbre con el paso de los años. Les visitaba con su hija Clara, de la edad de Julián. Por aquel entonces era una niña de mofletes sonrosados y mirada traviesa que acompañaba a su padre a todos los lados vistiendo pantalones y montando un pequeño poni. Le gustaban más los juegos de chicos y cuando aparecía por la aldea siempre molestaba a Julián en su trabajo. Mientras Franz ofrecía el almuerzo a don Alfredo y charlaban animadamente, ella pellizcaba en el trasero a Julián o le daba una patada y lo tiraba al suelo. Él se enfadaba y la perseguía mientras ella reía.

Con el tiempo empezaron a compartir juegos y llegaron a hacerse buenos amigos. Aprovechaban la distracción de sus padres para entrar en el bosque que se extendía junto a la aldea y llenarse la tripa con fresas y moras. Julián le enseñaba sus lugares secretos del bosque y ella siempre quería conocer más, instándole a perderse entre los árboles centenarios y provocando que al volver tarde, sus padres les regañaran con duras reprimendas.

Cuando crecieron ella se fue a Barcelona a la casa del conde Maró. Era el hermano de la señora Díaz de Heredia y tenía varias hijas de la edad de Clara. Pasó allí tres años estudiando junto a sus primas las ciencias que se suponía que debía saber una señorita de su condición. A su regreso, se había convertido en toda una mujer. Ya no era la niña traviesa y temeraria que vestía como un chico. Había cambiado por completo y ni siquiera habían vuelto a hablar. Alguno de los días de mercado en los que Julián había acudido a la ciudad, la había visto entre la multitud acompañada por varias damas, luciendo vestidos de seda y comportándose como una verdadera señorita. Julián comprendió entonces que ella se había olvidado de él, inmersa en la vida que por condición le correspondía. Se encontraba en edad de casarse y los últimos rumores hablaban de una larga lista de jóvenes nobles que la pretendían.

Julián no pudo evitar ruborizarse al verla pasear junto a su madre entre los asistentes a la ceremonia. Iba ataviada con un elegante abrigo de piel, el cual se ceñía a su cuerpo lo suficiente para permitir adivinar sus bellas formas femeninas. Su pelo castaño lucía recogido en un moño mediante una cinta negra que revoloteaba ante el viento con sutileza. Su rostro, perfilado por una suave mandíbula y unos carnosos labios, se cubría por una piel blanca como la luna que contrastaba con el abrigo oscuro. Julián observó, inquieto, cómo se acercaba hacia él.

Fue entonces cuando sus miradas se cruzaron y él bajó la suya, turbado. Pese a ello, enseguida recuperó la compostura, resuelto a no dejarse encandilar por los encantos de la joven en un momento como aquel.

Intentó centrarse y recibió el pésame de media docena de asistentes cuando llegó el turno de los Díaz de Heredia. Disimuló una sorpresa contenida al verlos, a la cual la primera en responder fue la madre de Clara, Eugenia. Una mujer de unos cuarenta años de edad, con un vestido de talle alto, mirada altiva y ciertos aires de grandeza, que jamás habían agradado demasiado a Julián.

—Siento la pérdida de tu padre —le dijo con un claro deje de indiferencia—. Ve con Dios, hijo.

Julián había dejado de escucharla porque sus sentidos habían desviado su atención, centrándose en Clara. La joven se acercó con pasos dubitativos, despacio, como queriendo alargar el encuentro o dándose unos últimos segundos para pensar bien lo que iba a decir. Tardó demasiado y Julián sentía que el corazón le podía estallar en cualquier momento.

—Hola —acabó soltando él con un desesperado suspiro—. Cuánto tiempo... te veo bien.

Clara lo miró con timidez, nada en su actitud reservada recordaba a la niña descarada y decidida que Julián había conocido.

—Siento lo de tu padre... —musitó tan bajo que pareció un susurro—. Era un buen hombre, mi padre y yo le guardamos un gran aprecio...

—Os agradezco mucho que hayáis venido.

—Faltaría más... —contestó Clara al instante, con cierto alivio en la voz—, nuestros padres siempre fueron grandes amigos.

—Cierto... —asintió Julián—... como nosotros.

Se arrepintió en el mismo instante en que sus labios pronunciaron aquellas palabras. Temía haber sido demasiado brusco y haberla incomodado. Julián sabía que ya no eran dos niños que podían jugar juntos. Ella se había convertido en una mujer, en una dama de alta alcurnia que estaba a punto de casarse y que ya no sentía interés por mancharse de barro en el campo. Era normal que su amistad hubiera concluido con su marcha a Barcelona. Tal vez se hubiera excedido con su atrevimiento.

Pese a ello, apenas se mostró alterada ante el comentario. Permaneció con la mirada ligeramente agachada, levantándola tímidamente para no resultar indecorosa. Cada vez que lo hacía, sus enormes ojos color miel turbaban a Julián. No los recordaba tan grandes, ni tan brillantes.

—Como nosotros... —acabó susurrando ella al fin. Fue a añadir algo, pero al ver que su padre aguardaba junto a media docena de personas, hizo ademán de irse. Julián se inclinó, reverente.

—Ha sido un placer.

Ella no correspondió a la reverencia, puesto que su cuerpo y la expresión de su mirada permanecieron inmóviles, contemplándolo con una fijeza que hizo desviar la vista al joven con cierto pudor.

—El jueves de la semana que viene es el santo de mi padre y organizamos una pequeña fiesta en casa. —Su voz mostró decisión por primera vez—. Vendrán amigos de la familia. He pensado que tal vez quisieras venir... Que tal vez te vendría bien.

Arqueó las cejas, sorprendido. Ante la repentina invitación, tardó un rato en responder.

—Vaya... yo... os agradezco la invitación a ti y a tu familia —resolvió al fin—. Pero siento no poder ofrecerte una respuesta definitiva porque el trabajo aquí no permite demasiados descansos. —Pareció una excusa razonable que le permitía tener tiempo para considerar con detenimiento la invitación.

—En ese caso espero que el jueves decidas darte un respiro —le contestó ella con una sonrisa. Sus enormes ojos lo miraron con un descaro desconocido hasta entonces. Julián no pudo más que ceder e inclinarse de nuevo—. El jueves sobre las cuatro estaría bien... —había cierta picardía en el fondo de sus palabras—. Recuerdas dónde vivo ¿verdad?

Cómo no iba a recordarlo.

—Sí, lo recuerdo.

Ante los ojos de Julián la joven se alejó junto a su madre, que ya aguardaba a los pies de un carruaje tirado por dos preciosos corceles que se había acercado momentos antes. Después se acercó don Alfredo Díaz de Heredia, luciendo una elegante capa y un sombrero de tres picos, además de una enorme barriga que se sujetaba con un ancho cinturón de cuero.

—Si pasas por problemas no tienes por qué pagarme el mes que viene. —Le dio varias palmaditas en la espalda con amabilidad—. Sin apuros. Sabes que por tu padre haría cualquier cosa... ¡Ah! Y considera el ofrecimiento de mi hija para el jueves.

Julián agradeció sus palabras con un ademán de cabeza. Pensaba en la conversación que había mantenido con Clara. Él había dado por hecho que su amistad había concluido al dejar de ser unos niños y se preguntaba por qué le habría invitado después de tanto tiempo sin hablarse.

Don Alfredo se montó en el carruaje haciendo un gesto al cochero para que les llevara a casa. Este hizo desaparecer el vehículo por el camino que detrás de la iglesia salía en dirección a Vitoria. Julián la había visto muy hermosa. No le extrañaban, pues, todas las comidillas que se habían oído en la aldea acerca de la larga lista de pretendientes que debía de tener detrás. Decían que incluso el hijo de un importante duque andaluz, cuyo nombre no recordaba, había mostrado interés por ella. A Julián no le gustaría que se fuera hasta tierras andaluzas. Estaban muy lejos.

Cuando ya estaba terminando de atender a los últimos, vio cómo un hombre con ropa de cazador y polainas de becerro, que no había acudido al funeral, interrumpía a un grupo de campesinos que se habían quedado a charlar a las afueras del cementerio. Habló durante unos instantes. Las caras de los campesinos fueron mostrando más gestos de preocupación a medida que el hombre relataba su historia. Julián no fue el único que se percató de la escena, porque, al igual que él, cada vez más curiosos se fueron acercando. El hombre relataba algo que hizo que los presentes empezaran a exaltarse, alzando la voz presos de la inquietud.

—¿Qué sucede? —preguntó uno de los curiosos que, al igual que Julián, se había unido al grupo.

El cazador se percató de la presencia de los recién llegados y resumió la historia.

—Vengo de Armentia —comentó muy serio. Armentia era una aldea muy cercana a las murallas de Vitoria. Por lo que habían oído, miles de soldados franceses estaban acampados en sus inmediaciones—. He de informarles de las nuevas que asolan la ciudad. A los dos ejércitos franceses que vinieron hace dos meses, hay que añadir un tercero que acaba de llegar esta madrugada al mando de un tal Moncey. Siento decirles que se cuentan por miles y que su campamento rodea nuestra aldea.

—¡Pero eso no es posible! —exclamó uno de los recién llegados—. ¿Para qué vienen tantos ejércitos si solo pretenden conquistar Portugal? ¡Ese dichoso tratado es una farsa!

—Pero ¿quién demonios firmó ese tratado? —preguntó una mujer de pelo canoso, que se frotaba las manos con nerviosismo.

El cazador se volvió hacia ella.

—El Tratado de Fontainebleau lo firmó nuestro querido ministro Godoy con los franceses.

A nadie le había pasado desapercibido el desprecio con que había pronunciado el nombre del ministro. Manuel de Godoy era el hombre en quien el rey Carlos IV había depositado su confianza. Según palabras de Franz, el monarca languidecía en su trono desde hacía tiempo y relegaba las riendas del país en otros súbditos suyos, entre ellos su propio hijo, el heredero al trono Fernando VII, y el ministro Godoy. Aunque se rumoreaba que era este último el que realmente tenía el poder. Además de eso, se decía que era amante de la reina y que Fernando lo odiaba por eso. Al parecer no era el único; la mayoría de la gente, impulsada también por el clero, miraba con malos ojos a Godoy.

—¿Y en qué consiste? —insistió la mujer.

Todos los aldeanos se volvieron al cazador. La mayoría creían saber en qué consistía aquel tratado, pero nadie lo entendía realmente.

—Es una alianza entre Francia y España para la conquista de Portugal y el reparto de sus tierras —respondió este. Parecía estar muy informado sobre la situación—. De ese modo, Napoleón consigue derrocar a uno de los mayores aliados de su mayor enemigo, Inglaterra, y además bloquea los puertos portugueses y el comercio que estos mantienen con ese país, debilitando así a los británicos. Para ello, según el tratado, veinticinco mil soldados franceses tienen permiso para entrar en nuestro territorio y, uniéndose a otro cuerpo similar español, marchar hacia Lisboa.

—Y, entonces —lo interrumpió la mujer con gesto confundido—, ¿por qué acampan en nuestras tierras si han de marchar a Portugal?

El rostro del cazador se ensombreció.

—No lo sé, señora... Pero que se queden aquí no es lo peor. Lo que más preocupa en la ciudad y las aldeas de alrededor es la actitud hostil con la que este nuevo ejército ha llegado. Dicen que sus tropas han atropellado a un niño en la entrada del Portal del Rey. Además, se rumorea que han saqueado un convento de benedictinas en las cercanías de Salvatierra.

La inquietud se incrementó al oírse aquello.

—¡Que Dios nos pille confesados! —pronunció la mujer, alzando los brazos al cielo—. Cómo se han atrevido a profanar la casa de Dios... Y ahora atropellan a una pobre criatura... ¡Qué va a ser de nosotros!

—¡Cálmense todos! —dijo uno con tono apaciguador. Era el señor Goienetxea, el único que poseía sus propias tierras en la aldea. Se podría decir que era hidalgo, pero no podía vivir de las rentas y también trabajaba sus tierras—. El Ejército Imperial es nuestro aliado. Están aquí de paso. Tengan paciencia, damas y caballeros.

—¿Paciencia? —le espetó el cazador. Parecía indignado—. Debería ver las veces que esos perros han entrado en mi casa en busca de algo para comer. Y no dan nada a cambio. Yo no veo amistad en su actitud hacia nosotros. Se lo advierto, tengan cuidado. Los de su aldea se sienten muy seguros aquí, al amparo de las montañas y lejos de la ciudad. Pero como esos gabachos continúen entre nuestras tierras durante mucho tiempo, pronto los tendrán aquí. Se lo puedo asegurar.

Las discusiones prosiguieron y Julián se alejó del grupo. No quería oír más. Las últimas horas habían sido de emociones fuertes y las consecuencias de estas se mostraban mediante agudos pinchazos en las sienes y la frente.

El comportamiento de las tropas francesas le preocupaba, pero en aquel momento solo pensaba en tumbarse sobre su jergón y olvidarse de todo. Comenzó a andar en dirección a su casa a las afueras de la aldea. Saltó a uno de los laterales del camino, donde crecía la hierba, para no embarrar más sus alpargatas, cuando una pequeña figura le cortó el paso.

Era el niño que había visto antes, junto al contrafuerte de la iglesia. Miró a Julián durante unos instantes, como cerciorándose de que definitivamente era la persona que buscaba. Entonces, sin pronunciar palabra alguna, le tendió un pequeño papel doblado. Julián lo cogió extrañado. Volvió a mirar al niño, pero este salió corriendo por el camino.

—¡Espera! —le gritó. Pero el niño no se detuvo. Julián lo observó alejarse chapoteando por el barro hasta desaparecer tras las últimas casas.

¿Quién demonios era aquel niño? Cuando abrió el papelito que le había tendido descubrió una letra casi ininteligible.

Dentro de tres días. En mi botica: caño de la calle Nueva Dentro, en los corredores que discurren entre las casas y la muralla. A la altura del cantón de Santa María, gire a la izquierda y la segunda puerta que encuentre.

ZADORNÍN,
boticario, médico, cirujano y veterinario.
Aficionado a la astronomía, y todo tipo
de ciencias ocultas a ojos de la Iglesia.

Julián parpadeó varias veces, confundido. Tardó unos instantes en comprender que aquella carta pertenecía al hombre que encontró el cadáver de su padre. El boticario. Todas sus dudas se disiparon cuando leyó la última parte:

P. D.: Si desea saber cuál fue la última voluntad de su padre antes de morir, aquí le espero. Recuerde. Dentro de tres días. Ni antes ni después.

Julián se quedó de piedra. Su padre aún vivía cuando lo encontraron.

3

El general francés Louis Le Duc consultó la hora en su reloj de bolsillo. Las siete de la mañana. Se reincorporó y dio un pequeño sorbo a la humeante taza de té que le había traído uno de los criados. Miró por la ventana. El sol bajo empezaba a asomar entre los tejados de las casas circundantes, iluminando su aposento.

Fiel al rutinario procedimiento de todos los días, procedió a acicalarse con esmero; se acercó al aguamanil y comenzó a afeitarse deslizando su navaja de cachas de marfil con movimientos lentos y mecánicos. Después se lavó la cara y dispuso su negro cabello hacia atrás, perfectamente alineado y brillante. Se secó con uno de los paños de lino y vistió su uniforme. Al contrario que el resto de oficiales franceses, con sus uniformes llenos de plumas, condecoraciones y doradas botonaduras hasta el cuello de sus casacas, Le Duc apenas lucía dos entorchados plateados en las hombreras. Se enfundó su casaca negra y se abotonó con paciencia cada uno de los botones de plata, mientras se miraba al espejo con una expresión fría y altanera. Él no era como los demás oficiales. Por eso vestía de negro y no de azul o blanco carmesí. Él estaba allí por otra razón. Una razón mucho más relevante que las que podían tener el resto de los soldados, oficiales, capitanes, mariscales o generales. Se sentó en la silla que había junto a la cama y terminó con las botas negras de ternera impecablemente lustradas.

Tocaron a la puerta. Uno de los criados.

—Le traigo la correspondencia que acaba de llegar. Y el último número de la *Gaceta*. ¿Desea que se lo lleve al estudio?

—No es necesario —respondió Le Duc sin levantar la vista de sus botas—, déjamelo sobre el escritorio.

Cuando el criado se hubo ido, abrió uno de los cajones de la mesa de noche y extrajo de él una pequeña caja de latón que contenía sus cigarros. Se acercó el quinqué encendido, giró la ruedecilla de la mecha para aumentar la llama y encendió un cigarro. Dio una larga chupada y exhaló el humo despacio, con la mirada perdida en las empedradas calles del otro lado de la ventana.

Volvió a consultar el reloj de bolsillo. Las siete y media. Sus hombres debían de estar al llegar. Esperaba que trajeran noticias satisfactorias. De lo contrario su trabajo allí se complicaría de manera considerable. La razón por la que permanecía en aquella villa al sur de los Pirineos llamada Vitoria, y no en su palacio a las afueras de Nantes controlando su imperio de negocios, solo la conocían un puñado de personas del selecto círculo del emperador. Su contenido era alto secreto. Él no estaba allí para comandar ninguna división ni regimiento. El Estado Mayor le había dado carta blanca para desempeñar su misión sin tener que atender a obligaciones de contenido militar.

El general Louis Le Duc era muy consciente de la responsabilidad que tenía. Tras meses certificando la veracidad de los graves rumores que amenazaban a la nación francesa, las investigaciones del Servicio Secreto del Estado Mayor le habían conducido hasta aquellas tierras. Las diferentes informaciones suministradas por los agentes que el servicio al mando del ministro de Policía, Joseph Fouché, tenía desperdigados por todo el imperio, coincidían. La conspiración era real. Los rumores eran ciertos.

Ante tales averiguaciones, el emperador de Francia, Napoleón Bonaparte, había sido claro al respecto; quería ver cómo esclarecían de una vez por todas aquella trama que amenazaba con hacer tambalear al imperio.

Apuró su cigarro y lo aplastó en el cenicero de plata que tenía en la mesilla de noche, procediendo, de inmediato, a sentarse y revisar la correspondencia en el pequeño escritorio de sus aposentos. Aquella tarea acostumbraba a realizarla en su estudio que estaba al otro lado del pasillo, pero en aquel momento prefirió hacerlo allí. La primera carta la firmaba Charles Marbout, el administrador de sus tierras de Francia. Le informaba de que la demanda de hierro y carbón se había disparado con las últimas guerras del emperador. Le consultaba la apertura de un nuevo alto horno en un pueblecito cerca de la ciudad de Lille; con ese serían quince los que tenían esparcidos por toda

Francia. Louis Le Duc era el mayor productor de hierro del país y, desde la extensión de los dominios del Imperio Francés por toda Europa, se había convertido en el principal proveedor de un ejército que cada vez necesitaba más armamento. El hierro se empleaba en las fábricas de armas, tanto en fusiles, como en artillería, y en arreos para berlingas y carros. Y lo que era más importante, Le Duc controlaba varias minas de carbón en los pueblos mineros del norte de Calais. Y el carbón era la materia con la que se movía el mundo. Con él se calentaban las casas y se alimentaban los braseros. Pero lo más importante, con él se hacía la pólvora, y con las guerras su producción había subido por las nubes. Louis Le Duc poseía un imperio en auge, un imperio que lo había convertido en un hombre rico.

Una mueca inexpresiva que podría ser una sonrisa asomó a su rostro. Sabía lo que se preguntaban el resto de los generales cuando le veían con su uniforme negro en las tertulias y fiestas que se organizaban en la ciudad. Cualquiera podría preguntarse qué hacía un productor de hierro en aquella guerra, con el grado de general y sin apenas instrucción militar. Pero él no era un simple productor de hierro. Él era mucho más.

Las campanas de una iglesia cercana dieron las ocho. De pronto, llamaron a la puerta y Le Duc contestó sin apartar los ojos de su correspondencia.

—Adelante.

—Sus hombres han llegado. —Era el criado encargado de las cocheras. Se preguntó por qué había subido hasta allí en vez de comunicárselo a su mayordomo principal.

—Que me esperen en la antesala del estudio, ahora mismo voy. Y otra cuestión —añadió antes de verlo partir—, la próxima vez se lo comunicas al mayordomo de la entrada. Tu lugar está en los establos.

El criado desapareció tras la puerta con el rabo entre las piernas y una temblorosa disculpa. Le Duc quería que le tuvieran aquel respeto. Pero detestaba que no hicieran bien su trabajo, ese hombre no debía entrar en casa y manchar sus barnizados suelos con el barro y la paja de los establos.

Salió de sus aposentos al pasillo del segundo piso de su palacio. Había llegado el momento que llevaba días aguardando.

Flanqueado por una lujosa ornamentación, cruzó el pasillo en dirección al estudio. Estaba satisfecho con la adquisición de aquel palacio. Cuando llegó con el II Cuerpo del Ejército de la Gironda, al mando del general Dupont, el 26 de diciembre, no se imaginaba que pudiera ser tan sencillo conseguir una mansión tan adecuada. Se asentaba en el centro de un pequeño arrabal junto a las murallas de Vitoria; las inmediaciones de la ciudad habían sido ocupadas por el ejército de su Ilustrísima: el soldado raso, alojado en las casas de campesinos y artesanos o en tiendas de campaña sobre los campos, y los oficiales, en las casas de la gente más notoria. El antiguo propietario del palacio, un rico comerciante local llamado don Francisco Manuel de Echanove, se había enriquecido en las Américas con una explotación de tabaco. Al volver construyó aquella hermosa casa señorial, pero con la llegada de los franceses decidió huir al otro lado del océano. Entonces, Le Duc se hizo con su palacio por una considerable suma de dinero. Muchos no lo entendieron cuando podría haberlo conseguido sin pagar ni un solo franco. Pero no sabían. Él quería dejar un aspecto bien claro. Aquel palacio era suyo, de su propiedad. Y tenía el poder suficiente para pagarlo por la suma que fuera.

Y era perfecto; con sus altos muros y sus dos torres elevándose casi más alto que la iglesia del arrabal, su portalón blasonado, su pétrea escalinata que conducía a la entrada y sus exóticos jardines. Transmitía una idea de preeminencia, aumentando la distancia con los dueños de las pequeñas casas campesinas que lo circundaban. Aquella distancia respecto al resto de la comunidad, aquella elevación sobre esta, como un lugar distinguido del pueblo. Aquello era exactamente lo que buscaba.

Al llegar a la altura de su estudio, abrió la puerta y cruzó la antesala. Sentados en sendas sillas estaban sus dos hombres principales, esperando. Habían sido seleccionados expresamente para aquella misión. Eran sus brazos ejecutores, los que se manchaban las manos, aunque Louis Le Duc también lo hacía, a su manera.

Cruzaron la puerta tras él y esperaron de pie a que se sentara tras su escritorio. Parecían inquietos. El general resolvió aguardar a que ellos hablaran primero mientras los observaba con atención. No podían ser más diferentes entre sí.

El más bajo y corpulento era Croix, una verdadera bestia. Fuerte y robusto, de mirada lobuna y dientes amarillos tras una descuidada barba cobriza, había sido contratado por Le Duc cinco años antes. Lo sacó de las calles cuando lo vio tumbar a su contrincante en una lucha callejera. Malvivía de esa forma como matón y luchador, tras haber convivido con un padre que lo abandonó al nacer y una madre que se prostituía delante de él. Le Duc le proporcionó una estabilidad como guardaespaldas suyo y desde entonces le debía lealtad. Se trataba de un hombre despiadado, sin escrúpulos. Perfecto para él.

Marcel era todo lo contrario. Alto y delgado, bien vestido con su dormán azul y su uniforme inmaculado, con dos trenzas rubias que le colgaban por las sienes hasta los hombros, propio del Cuerpo de Húsares. Provenía de la nobleza media y cuando Le Duc dio con él, era un teniente del II Regimiento de Húsares recién graduado en la Academia Militar. En su caso, Le Duc lo había elegido expresamente para aquella misión. Antes de partir para España, acudió a la Academia y buscó en los registros. Encontró su nombre como el mejor candidato, su expediente era brillante y su perfil perfecto: hombre joven, inteligente, pausado y cultivado bajo una educación noble. Lo contrario a Croix, embrutecido, despiadado y poco dado a pensar. El contrapeso perfecto para la balanza.

No le agradó en absoluto el silencio de los dos hombres.

—Bien. Informadme —ordenó al fin.

—Recibimos el mensaje demasiado tarde, *mesié* —dijo Marcel, perfectamente erguido—. Para cuando llegamos al lugar donde se reunían, todos habían huido.

No eran noticias alentadoras y Le Duc decidió tratar directamente la cuestión más relevante.

—¿Y el maestro de la Orden? —preguntó.

—El profesor se encerró en una de las habitaciones del piso superior. Cuando conseguimos entrar, lo encontramos tendido sobre la mesa, con un bote de cianuro en la mano. Se había quitado la vida.

Al oír aquello Le Duc cerró los ojos. Si se alteró, apenas se le notó.

—¿Encontraron algo junto a su cuerpo?

—Absolutamente nada, *mesié*. La habitación estaba vacía... al igual que la casa.

Marcel se había mantenido erguido al otro lado del escritorio, con el casco de húsares en la mano derecha y hablando con voz firme. Pero en aquel momento agachó la cabeza, centrando su mirada en sus botas de montar. Incluso Croix, que se había mantenido en silencio y que nunca se amedrentaba ante nada, también miraba al suelo.

—¿Hay algo más de lo que debáis informarme?

Croix fue el primero que levantó la cabeza. Miró a su compañero y pareció rumiar por lo bajo. Se rascó la oreja y dijo:

—A la mañana siguiente encontraron un cadáver a varias leguas de aquí, junto al camino que viene de Madrid. Era el hijo del maestro, señor. Franz se llamaba.

—Fue el último de la hermandad en salir de la casa —continuó Marcel—. Mientras intentábamos echar la puerta abajo, lo vimos bajar por la escalera a través de una de las rendijas que habíamos abierto. Croix afirma haberle visto con un bulto de cuero bajo el brazo. Creemos... —Hizo un alto, cogiendo aire como queriendo enfatizar sus últimas palabras—. *Mesié*, creemos que el maestro pudo haberle confiado algo en el último momento. Tal vez sea lo que buscamos.

—Entiendo... —murmuró Le Duc.

—Pero, *mesié* —añadió Marcel—, no se encontró nada junto al cadáver. Ni rastro del contenido de ese forraje.

—¿Y qué es lo que quieres decir con eso?

—No lo sé... tal vez alguien se nos adelantara. Tal vez no seamos los únicos que andamos tras ellos.

Louis Le Duc pareció incomodarse.

—¿Y quién demonios piensas que puede andar tras ellos?

—Lo desconozco, *mesié*... Pero los informadores del Servicio Secreto nos dijeron que se trataba de un asunto bastante importante...

—Un asunto de extrema gravedad para la seguridad de la nación —lo interrumpió Le Duc. Marcel pareció afirmarlo con un movimiento de cabeza.

—En fin —prosiguió este—, en tal caso, sería lógico pensar que pudiera haber más intereses además del mostrado por el emperador..., más amenazas acechando, no sé si me entiende.

El general pareció asentir para sus adentros. A Marcel le aterraba aquella mirada inexpresiva de su superior, era harto difícil imaginarse lo que pudiera estar escondiendo tras aquellos fríos ojos, casi inhumanos.

—De acuerdo —dijo tras una breve reflexión que pareció durar una eternidad—, ¿qué sabéis sobre ese hombre, ese tal Franz?

—Era el hijo del maestro...

—El profesor Gaspard Giesler, el verdadero cerebro —lo cortó *mesié* Le Duc.

—En efecto. El Gran Maestre de la hermandad —prosiguió Marcel—. No sabemos quién sería su mano derecha dentro de la Orden, pero si efectivamente el último en estar con él fue su hijo, suponemos que sería este el más cercano a los secretos que el maestro pudiera albergar.

—Y ante la muerte de Franz Giesler...

—No sabemos quién podría sustituirlo en la línea sucesoria. Tal vez algún otro de los miembros más antiguos de la hermandad. O tal vez el hijo de este. El nieto de Gaspard. —Le Duc no pareció inmutarse ante aquella suposición. Ante su pasividad, Marcel prosiguió—. Un joven que no contará más de dieciséis años. Creemos que vivía con su padre en una aldea cercana a las montañas que nacen al sur. Aunque deberíamos confirmarlo.

—¿Cómo tenéis toda esta información?

—Nos han informado los guardianes de los caminos. Debieron de ser los que llevaron el cadáver a la aldea.

—¿Qué hacemos con el chico? —inquirió Croix. Hacía tiempo que no intervenía y parecía ansioso.

—Yo me ocuparé del chico —ordenó Le Duc—. ¿Sabéis quién encontró el cadáver?

—No, pero podemos investigarlo —contestó Marcel.

—Quiero que averigüéis quién encontró al cadáver y qué es lo que vio.

—A sus órdenes —exclamó Marcel, golpeándose los talones y volviendo a erguirse, adquiriendo ese aspecto marcial que tanto caracterizaba a los húsares—. ¿Desea algo más, *mesié*?

Louis Le Duc alzó la mano con gesto de hastío.

—Nada más. Ya os podéis retirar.

Una vez que se quedó solo en su estudio, *mesié* Le Duc encendió un nuevo cigarro y dejó que sus ojos, negros e inexpresivos, se perdieran tras el ventanal.

Su plan se había alterado ligeramente, pero aún conservaba las vías que necesitaba completamente abiertas.

Cumplir con éxito la misión que le había asignado el emperador era de vital importancia no solo para la nación, sino también para la consecución de sus intereses personales. Le Duc sabía que si no conseguía desentrañar aquella conspiración, sus secretas ambiciones de futuro se esfumarían como los halos de humo que emanaban de su cigarro y envolvían su rostro antes de desaparecer. En aquella mañana de finales de febrero, frente a la ventana, sus ojos miraban más allá del honor de salvar al imperio de aquella gravedad que solo él podía evitar.

4

Julián se despertó al alba. Al abrigo de la cama, miró a través de los cristales congelados. El cielo empezaba a clarear entre las montañas cercanas. Se desprendió de la manta y cuando sus pies tocaron la fría madera del suelo sintió cómo el vello de los brazos se le erizaba.

Se puso el jersey y los calzones. Su habitación era muy sencilla. En un extremo descansaba la cama, una plataforma con un viejo colchón y una gruesa manta que le abrigaba en noches como aquella. Junto a la ventana, una mesa sostenía sus libros perfectamente ordenados. La construyeron cuando Julián aprendió a leer y su abuelo Gaspard lo empezó a surtir de literatura cada vez que los visitaba. Estaba hecha con la madera de un roble centenario que se había secado cerca de allí. Antes de acostarse, cuando el canto de los grillos comenzaba a inundar la casa y sus alrededores, Julián encendía el candil que tenía en un extremo de la mesa y leía hasta bien entrada la noche. En la habitación de su padre había más lecturas apiladas sobre una pequeña estantería y Julián las había leído todas varias veces.

Se consideraba un verdadero afortunado por saber leer. De aquel modo, podía acceder a historias fabulosas con las que soñar y viajar en su imaginación. La mayoría de la gente no gozaba de esa suerte, en la aldea nadie salvo el párroco Damián y él sabían leer. Los libros se consideraban un verdadero tesoro y solo se encontraban en las iglesias y en las bibliotecas de los nobles.

Tras calzarse las alpargatas, salió de la estancia arrastrando los pies con cuidado de no hacer crujir la madera del suelo. De pronto se percató de que no había nadie a quien despertar. Aún no se había acostumbrado a esa sensación.

El silencio propio de aquellas horas que no pertenecían ni a la noche ni al día se había adueñado de la casa. La fría luz del amanecer invernal se empezaba a colar por los huecos, iluminando las paredes de piedra con un débil tono azulado.

Tras avivar la lumbre de la chimenea, desayunó un cuenco de vino en el que untó media hogaza de pan. Lo hizo de pie, en mitad de la cocina, mientras observaba absorto los jarros de loza pintada que había hecho de pequeño con la ayuda de su madre. Estaban dispuestos como siempre, en perfecta hilera sobre la piedra de la chimenea.

De cara al fuego había dos sillas donde acostumbraban a sentarse su padre y él antes de comenzar las labores del día; permanecían en la misma posición que días atrás, cuando desayunaron juntos por última vez. Por un momento le pareció oír cómo crujían las maderas en la habitación de Franz. Miró hacia la puerta y soñó con que apareciera su silueta, sonriéndole con la misma ilusión de todas las mañanas y dedicándole sus habituales palabras de que aquel día había mucho trabajo por hacer.

Tras permanecer unos instantes con la mirada perdida, Julián descendió al zaguán, donde tenían un pequeño almacén en el que guardaban los aperos de labranza y los granos de cereal, y el establo cubierto de paja donde descansaba *Lur*. En un extremo, sobre la mesa donde había descansado su padre antes del funeral, aún permanecían su zurrón y su cartera de cuero. Recordó que los quince reales aún debían permanecer en su interior; era mucho dinero, con él podían ir al mercado y conseguir alimento para un mes. Cuando terminara las labores del día, lo guardaría junto al resto de los ahorros que escondían bajo el cado de la chimenea.

Al día siguiente se cumplían tres días desde que recibiera el mensaje del boticario Zadornín. Iba a ser jueves y su cita coincidía en día con la fiesta que organizaban los Díaz de Heredia. Julián había releído varias veces las palabras del boticario. Hablaban de la última voluntad de su padre, y teniendo en cuenta que Zadornín le había citado, quería pensar que los últimos pensamientos de Franz habían estado dirigidos a él. Lamentaba profundamente que no se hubieran podido despedir y pensar que su padre le podía haber dedicado un último adiós aliviaba su dolor.

Pese a ello, no sabía nada acerca del boticario Zadornín. Nunca había oído hablar de él antes de aquello y pensó que tal vez Pascual, que había visitado la ciudad muchas más veces que él, supiera algo del boticario. Si tenía la oportunidad de verlo antes de ir a Vitoria, le preguntaría.

Se acercó a *Lur* y le acarició el hocico; el animal relinchó agradecido al verse conducido al exterior. La mañana era fresca y Julián dio una gran bocanada, dejando que sus pulmones se llenaran del aire puro que bajaba de las montañas. Dejó libre a *Lur* para que pastara por los alrededores.

Se remangó el jersey con brío y se dispuso a comenzar las labores del día. Aquellos meses de invierno eran de poca actividad en los campos. La siembra estaba hecha y solo había que ocuparse de mantener la tierra sin rastrojos ni malas hierbas y cuidarla de las heladas. Eran meses de reparaciones en la casa y de puesta a punto de las herramientas. Recorrió los campos que aquel año estaban sembrando para ver los daños que había causado la última helada. Afortunadamente no eran demasiados y el cultivo parecía haberse salvado. Aquellos días despejados no eran buenos porque durante la noche las temperaturas descendían mucho.

Sus tierras eran las más alejadas de la aldea y terminaban en las faldas de las montañas, dejando que los frondosos bosques que tupían sus pendientes las limitaran.

Trabajó arduamente durante toda la mañana, escardando las malas hierbas que habían aparecido junto a los surcos. La tarea solía realizarse con la entrada de la primavera, pero a veces salían hierbajos en las zonas más húmedas antes de lo previsto y debían retirarlos.

Tras afanarse sin descanso durante varias horas, se sorprendió con la camisa empapada en sudor. Había trabajado como un poseso, sin percatarse del avance de la mañana. Decidió tomarse un respiro para almorzar un poco de queso regado con el vino de una bota. El almuerzo siempre había sido un gran momento. Los músculos se relajaban del trabajo físico y el estómago volvía a almacenar fuerzas. Recordó cuando los compartía con su padre, siempre comentaban algún incidente que hubiera sucedido y organizaban el trabajo hasta la hora de comer. El almuerzo jamás volvería a ser igual y Julián debería acostumbrarse a hacerlo solo. Se quedó sumido en sus pensamientos durante largo rato, masticando con desgana hasta que reaccionó. Una vez más intentó apartar de su mente esos pensamientos que le venían acompañando los últimos días. Le entristecían.

La mayoría de los aldeanos estaban en los montes trabajando en las carboneras y lamentó no haber subido con ellos. Una mano de más servía de mucha ayuda y además había descubierto que el trabajo duro suponía su único alivio. Cuando los músculos se contraían y el cuerpo sudaba, la mente se quedaba en blanco en un afán por conservar todas las fuerzas para el esfuerzo físico. Así dejaba de pensar. Y de recordar.

Luchando por no caer en la melancolía, continuó sus trabajos con más ahínco, pasando el escardillo con fuerza y determinación, haciendo caso omiso de los dolores y pinchazos de sus brazos fatigados.

Entonces oyó los pasos apresurados de alguien correteando por el camino de la aldea que acababa en su casa. Se alegró de ver el rostro de Miriam. Tenía las mejillas enrojecidas y respiraba afanosamente.

—Buenos días, Miriam —la saludó Julián mientras se retiraba el sudor de la frente—. ¿Qué sucede?

Ella intentaba recobrar la respiración mientras señalaba hacia los montes con los ojos muy abiertos.

—¡Madre dice que ha salido humo azul!

Julián miró hacia donde ella señalaba. Efectivamente, a lo lejos, por encima de las copas más altas, vio cómo una columna de humo azulado se alzaba de las profundidades del bosque y se perdía en las alturas.

—Necesitarán nuestra ayuda —dijo Julián.

Pese a ir a pie y cargar con una pequeña carreta de madera, Julián no tardó mucho en subir. Se sabía de memoria el camino hacia lo alto de las cumbres. El humo azulado significaba que las carboneras estaban listas. La leña ya se debía de haber carbonizado.

Julián se sentía aliviado al tener que subir para ayudarlos a descargar los sacos de carbón que al día siguiente querrían vender en el mercado. Además de eso, hallaría a Pascual arriba y veía una oportunidad inmejorable para preguntarle sobre Zadornín.

A medida que ganaba altura, pronto el bosque dejó paso a una zona de pasto y un claro se abrió ante él. Encontró a la media docena de aldeanos junto a dos montículos de unas tres varas de altura, compuestos de tierra, musgo y hojas secas. Galarza estaba sobre uno de los montículos, abriendo agujeros con un palo de madera en diferentes zonas del promontorio. De todas brotaba humo azul. Eso significaba que los troncos que habían apilado en el hueco que había dentro del montículo ya se habían cocido, convirtiéndose en carbón. Dos aldeanos se acercaron para ayudarle a sellar los respiraderos y después vertieron dos cubos de agua para que las carboneras se enfriaran. La otra carbonera ya parecía estar sellada.

El éxito de la obtención del carbón dependía de la cocción lenta y sin llama, y requería de una obstinada vigilancia durante varios días. Lo elaboraban en el monte, donde se encontraba la leña, habitualmente de árboles trasmochos como las hayas. Se trataba de un trabajo de épocas en las que la madera se encontraba más seca. Pero en invierno también solían hacerlos, sobre todo si había necesidad, bien por las malas cosechas o por los grandes impuestos de las hermandades, los arriendos o los diezmos. En invierno las carboneras solían ser más pequeñas, con el producto de peor calidad, pues la madera aún estaba verde y no se cocía bien.

La cuadrilla enseguida se percató de su presencia. La mayoría descansaban sentados junto a la carbonera mientras esperaban a que se enfriase. Casi todos se levantaron para saludarlo y para darle unas palmaditas de ánimo en la espalda. Pascual lo observó unos instantes, como queriendo evaluar su estado. Entonces le ofreció asiento junto a él, acercándole la bota de vino.

—Sabe a rayos, pero te aliviará la sequedad.

Julián dejó la carreta junto a otras que ya esperaban su carga y se sentó junto a Pascual. Dio un buen trago, estaba sediento después de la subida. Al terminar se percató de que todos lo observaban con atención, en silencio, pero enseguida cada uno volvió a lo suyo. Las conversaciones se reanudaron y entonces Galarza les indicó que ya podían desarmar los montículos.

Julián les ayudó. Tuvieron mucho cuidado de que no se produjeran fuegos. A veces había zonas que se quedaban sin enfriar del todo y con el movimiento podían resultar peligrosas. Después desmontaron la estructura. Primero los troncos más finos que sujetaban la capa de protección, después los más gruesos, que uno tras otro formaban una circunferencia en la base y se juntaban en punta en lo alto. Así llegaron hasta la leña carbonizada y mediante palas la cargaron sobre las carretas. En el centro quedó el hueco de la chimenea, delimitado por estacas de madera.

Al terminar todos se mostraron muy satisfechos por el trabajo.

—¡Ya era hora! —exclamó Pascual—. Tengo un hambre de mil demonios. Vamos a las chozas. Nos queda algo de las alubias que subieron las mujeres el otro día.

Un poco más adelante, un par de rudimentarias cabañas formadas con palos y cubiertas de césped se protegían tras unas rocas de los fuertes vientos que podían soplar allí arriba. Los días de carboneras apenas se bajaba al pueblo, se alimentaban a base de pan, tocino, huevos, vino y legumbres en el mejor de los casos. Las mujeres de la aldea se encargaban de llevarles los alimentos. Apenas disponían de agua para lavarse, dormían sobre camastros hechos con ramas para elevarlos del suelo y aislarlos de la humedad.

Mientras se sentaban en corro junto a las chozas, el puchero de alubias ya se estaba calentando en la hoguera que había en el centro. Era una buena comida para los tiempos que corrían y todos estaban hambrientos. Pasaron unos cuencos de madera sucios y grasientos que debían de llevar días sin lavarse. Cuando la comida se hubo calentado la repartieron en cantidades iguales, pero, cuando llegó su turno, Julián apreció cómo a él le daban una cantidad considerablemente superior.

—Vamos, que estás en los huesos y tienes que recuperar —le dijo uno de los hermanos López de Aberasturi. Le llamaban el Cocinillas, aunque solo se dedicara a calentarla y racionarla, puesto que en la aldea las únicas que sabían cocinar eran las mujeres.

Julián hizo ademán de quejarse, pero luego pensó que podía resultar ofensivo y decidió callar y concentrarse en sus alubias. Todos comieron hambrientos. Con los rostros y las ropas tiznados de carbón, rebanaban con sus manos ennegrecidas el cuenco hasta que no quedaba nada. Entre cada bocado, Julián atisbaba miradas de soslayo que le lanzaban los aldeanos.

El silencio terminó con la comida, y como era costumbre, el viejo Etxábarri comenzó a relatar una de sus historias. Pese a rondar los sesenta, era un verdadero cascarrabias que todavía tenía cuerda para dar y tomar. Había captado la atención de los aldeanos con una nueva leyenda sobre las *Maris*.

Julián aprovechó la oportunidad para dirigirse a Pascual en voz baja.

—Hay algo de lo que me gustaría que habláramos...

Pascual acababa de echar un trago a la bota y se limpió el morro con su ennegrecida mano.

—Dispara, muchacho —dijo con entusiasmo—. Sabes que estoy para eso y mucho más.

Julián observó cómo los aldeanos se habían enzarzado en una discusión. Bajó la voz.

—Será mejor que lo hablemos a solas.

El labriego lo miró con gesto preocupado.

—Como quieras, hombre.

Se levantaron con la excusa de que iban a estirar las piernas. Por suerte todos estaban atentos a las palabras de Etxábarri y nadie decidió acompañarlos. Cuando se hubieron alejado, Pascual habló primero.

—¿Cómo es que has subido solo? Se suponía que mi mujer y mi hija vendrían contigo al ver el humo azul.

—Miriam me avisó. Pensaba que llegarían después de mí.

Pascual frunció el entrecejo.

—Es extraño —dijo—, se suponía que las mujeres subirían a la hora de comer. Para ayudarnos a bajar la carga... ¡Ah! —Pareció recordar algo—. No te lo había dicho. Nos quedaremos para una nueva tirada. Hay que aprovechar la ausencia de lluvias y nevadas de estos días. Lo decía por si te quieres quedar. No se me han pasado por alto tus ojeras, a ver qué te vas a creer. —Le dio unas palmaditas en la espalda al tiempo que lo miraba con gesto cómplice—. Que eso de quedarte solo trabajando en la era me parece una idea de lo más brillante, por cierto. —Había una ironía amable en sus palabras.

Julián guardó silencio y se encogió de hombros, hasta que su amigo posó la mano en uno de ellos y se lo apretó. Su voz se tornó tierna.

—Eh, compañero. Aún quedamos nosotros, también somos tu familia.

Julián le agradeció el último comentario.

—Lo sé... pero he de acostumbrarme a mi nueva vida. Y vosotros deberíais de comprenderlo... ya no soy un niño.

Pascual le dio unas palmaditas y perdió la vista hacia las carboneras.

—Ya, hijo, ya...

Julián se frotó las manos que ya habían perdido el calor de los pucheros. El aire era frío en aquel calvero de las montañas.

—Mañana hay mercado —comentó—. Si quieres puedo llevar algunos sacos al almacenista. Tengo que ir a la ciudad por otros asuntos... —Hizo una pausa— .Y precisamente por eso quería hablarte. —Se detuvo, volviéndose hacia Pascual y antes de que este dijera nada le preguntó directamente—. ¿Quién es el boticario Zadornín?

Pascual parpadeó ante la pregunta, sin poder esconder su asombro. Desvió la mirada con inquietud, tardando en responder.

—Es el hombre que encontró el cadáver de tu padre —contestó al fin.

El viejo labriego siempre se mostraba muy erguido, hablando muy alto y gastando bromas. Que hiciera aquel gesto significaba que no se había sentido cómodo ante la pregunta.

—¿Qué sabes de él? —insistió Julián.

Se tomó, de nuevo, unos instantes para reflexionar.

—No mucho... —murmuró—. Un tipo raro, dicen. —Pareció dudar, pero al final continuó—: No debe de salir mucho de su casa, por eso me extrañó que encontrara él a tu padre. Los que han entrado en su botica dicen que siempre está a oscuras, y repleta de extraños objetos y de frascos llenos de un líquido en el que flotan extremidades de animales. Muchos aseguran que no está muy bien de la cabeza. Que los vapores con los que trabaja le han trastocado el cerebro. Pero al parecer debe ser bueno en lo que hace. Hace poco salvó al marqués de Montehermoso de unos fuertes dolores en el estómago. No se sabe lo que le hizo, pero cuando el marqués salió de su botica, varias horas más tarde, estaba como nuevo, sin un solo dolor.

—Recibí una carta suya, después del funeral —dijo Julián de pronto—. Me ha citado para mañana. En su botica.

Pascual abrió mucho los ojos al oír aquello.

—No deberías ir... —murmuró.

Se sorprendió ante la respuesta de su amigo.

—¿Por qué no?

—No vayas, Julián.

Este arrugó la frente ante el tajante insistir de Pascual.

—¿Qué hay de malo en ello? —preguntó, extrañado.

Su amigo no contestó y volvió a desviar la mirada hacia las chozas. Julián empezó a sentirse molesto.

—Seré yo quien tendrá que decidirlo, ¿no? —dijo con cierto enojo en la voz.

—Sería mejor que lo dejaras pasar. —El rostro de Pascual permanecía serio, escondiendo cierta preocupación que inquietó al joven—. A veces —continuó—, indagar demasiado puede resultar peligroso.

Aquellas últimas palabras extrañaron a Julián y despertaron un recuerdo en su mente. Pascual había acallado a Etxábarri cuando hablaba de los objetos que encontraron junto a Franz. Lo había hecho con una expresión similar cuando su cuerpo inerte descansaba en el zaguán de la casa y Julián dormitaba junto a él: «Deja de indagar en río revuelto», le había dicho.

Al recordar aquello Julián se enfureció.

—¿A qué viene tanto ocultismo, Pascual? —exclamó.

Ante el tono ofendido de Julián, la firmeza del labriego cedió un tanto. Agachó la cabeza, concentrando la mirada en sus abarcas, que removían la tierra.

—Os oí el otro día, en mi casa —continuó Julián—. Sé que a mi padre no le quitaron el dinero. Sé que los proscritos de los bosques y los asaltantes de los caminos se lo llevan todo, hasta las dentaduras de oro. ¿Hay algo más que deba saber?

Pascual lo miró con sus enormes ojos saltones. Tenía la cara completamente ennegrecida y el escaso pelo de su cabeza, un tanto enmarañado. No dijo nada.

—¡Era mi padre, por el amor de Dios!

Pascual apretó la mandíbula y carraspeó, nervioso.

—Es posible que Franz no fuera víctima de un robo... —acabó diciendo.

—¿Entonces? —insistió Julián—. ¿Qué otro motivo puede haber?

Un soplo de aire gélido hizo que ambos se estremecieran.

—Lo desconozco, compañero... Lo único que sé es que apareció con todo.

—¿Entonces? ¿Insinúas que puede haber otra razón? —Julián alzó la voz—. Vamos, Pascual...

El viejo labrador se refugió, de nuevo, en sus alpargatas, que volvían a hurgar en la tierra. El resto de los aldeanos continuaban charlando animadamente a cierta distancia. Nadie podía oírles.

—Tal vez el único motivo fuera acabar con él... —acabó, musitando con un hilo de voz—. Tal vez... solo quisieran matar a tu padre.

Julián sintió cómo las piernas le empezaban a temblar.

—Pero... —Se sentía confuso—. ¿Por qué iban a querer matar a mi padre? ¡Franz nunca hizo nada malo a nadie!

Al ver el dolor que albergaban las palabras del joven, Pascual volvió a alzar la cabeza, haciendo un esfuerzo por hablar con serenidad.

—No lo sé, Julián —le contestó—. Pero tu padre andaba metido en muchas cosas. A veces, mientras trabajábamos, hablaba de esos viajes que hacía con tu abuelo. Me decía que estaban haciendo algo grande, algo que cambiaría el mundo. —Hizo una pausa, como queriendo encontrar las palabras adecuadas—. ¡Atiza!, Julián, la vida me ha enseñado que cuando intentas hacer algo grande los obstáculos que te encuentras también son muy grandes. A veces son tan grandes que incluso pueden llegar a acabar con tu vida... —Pareció emocionarse—. Cuando tu padre me decía eso, yo le creía. Por los clavos de Cristo, Julián, te digo que nunca fue un fanfarrón.

Julián alzó la voz.

—¿Qué era lo que estaban haciendo?

Pascual se encogió de hombros.

—Eso lo desconozco. Franz siempre se mostró muy reservado en torno a ese tema.

—¿Por qué yo no sabía nada de todo eso? —Sus palabras fluían temblorosas. Su padre nunca le había hablado demasiado de los viajes que realizaba con Gaspard. Por un momento lo vio como un desconocido. Y aquella visión le hizo sentirse traicionado. El temblor de las piernas se volvió incontrolable. No eran temblores de temor, eran de rabia.

—Tu padre siempre quiso protegerte —dijo Pascual—. Tras su muerte, Teresa y yo habíamos pensado que tal vez sería mejor no hablarte de esas cosas. Ya sabes, no son más que sospechas sin fundamento. —Lo miró a los ojos y le puso una mano en el hombro con la torpe delicadeza que daban sus manazas de labrador. Por un momento Julián cerró los ojos, agradeciendo el contacto de alguien—. Creíamos que sería mejor dejarlo como está.

La última frase le hizo abrir los ojos y se libró del contacto de su amigo con un manotazo brusco. Vio el asombro en el semblante de Pascual.

—¡No necesito de vuestra protección! —escupió con rabia. Pese al frío, sentía cómo la piel se le adhería al grueso jersey, envuelta en sudor. Por un instante ardió en deseos de desahogarse, de tirar piedras, de coger un tronco y destrozarlo a patadas. Jamás se había sentido así.

El rostro de Pascual mostraba tristeza, pero en aquel momento no le importó.

El sonido de las pisadas sobre la hierba del prado los interrumpió. Teresa y varias mujeres de los aldeanos se acercaban cargadas con cestas. Julián intentó serenarse cuando vio a Miriam acercarse corriendo y lanzarse en los brazos de su padre. A pesar de que ambos intentaron disimular, él sentía cómo la rabia lo carcomía por dentro.

—¡Mi pequeña flor! —exclamó Pascual mientras la levantaba en brazos—. Os he echado mucho de menos. ¿Lo sabías?

—¡Claro que lo sabía!

Tras dejar su cesta dentro de una de las cabañas, Teresa se acercó con gesto preocupado.

—¿Qué sucede, cariño? —preguntó Pascual.

—Han vuelto a pasarse los de la Hermandad —dijo tras besar a su marido. Los impuestos municipales y estatales los cobraban los encargados de cada Hermandad en especias o incluso en metálico. El reino estaba dividido en varias hermandades y cada una abarcaba una serie de aldeas—. Nos han requisado la mitad de lo que teníamos de trigo.

—¡Pero si vinieron el mes pasado! —se quejó Pascual.

Teresa tenía profundas ojeras en los ojos, parecía abatida.

—Todo esto es por la manutención de las tropas francesas... —explicó—, me lo ha dicho doña María, que lo sabe porque el marido de su prima es funcionario en la Casa Consistorial. Solo nos queda un cuarto de fanega, cariño. Como las lluvias primaverales nos destrocen las cosechas, no tendremos nada a partir de julio. —Teresa se dirigió a Julián—. Hijo, a ti también te han quitado una parte, les he tenido que acompañar a tu casa, lo siento.

Pascual parecía muy indignado.

—Maldigo el momento en que nuestros reyes firmaron el dichoso tratado ese. Maldigo el momento en que se decidió que debíamos mantener a esos gabachos mientras estuvieran en nuestro suelo.

—Podemos maldecir todo lo que queramos, los que han decidido eso lo han hecho porque ellos no pagarán nada —intervino Julián—. Siempre seremos nosotros los que paguemos.

—Al menos nos queda el carbón —dijo Pascual, y miró a Julián—. Si vas a ir mañana al mercado, tal vez podrías llevar nuestra parte al almacenista... —Lo pidió con suma delicadeza. El desencuentro continuaba reciente.

Julián asintió con la cabeza. No estaba de humor para hablar mucho más.

—Si es posible —continuó Pascual—, lo que ganes con él gástalo en un poco de carne. Aunque sea la más barata que encuentres, llevamos semanas sin probarla.

Teresa interrumpió a su marido.

—Eso no es muy prudente por tu parte. Sobre todo después de lo que nos ha sucedido. Deberíamos emplear ese dinero en legumbres y verduras. Con la carne no tendríamos ni para tres días.

—Necesitamos un poco de carne para el trabajo en el campo —repuso Pascual—. Ya no me quedarán fuerzas para las recogidas del grano si nos alimentamos a base de hortalizas y de vez en cuando algunas alubias o lentejas. —Se acercó a su mujer y la cogió de la mano con ternura—. Vamos, cariño...

Miriam comenzó a dar saltos a su alrededor, emocionada.

—¡Por favor, madre! —exclamó—. ¡Tenemos ganas de carne!

Teresa contempló a ambos con las manos dispuestas en la cintura.

A Pascual la camisa ennegrecida le quedaba enorme y Miriam estaba hecha un palillo. Un poco de carne no les vendría mal. Su semblante se ablandó y el suspiro que dio dejó entrever el ceder de su postura.

—Creo que va siendo hora de que me vaya. Mañana he de madrugar —dijo Julián. Estaba deseando irse. Quería dormir y olvidarse de todo.

Teresa se volvió hacia él, sacudiéndole con la mano restos de carbón.

—¿Estás bien, hijo mío?

—Estoy bien —le contestó Julián con sequedad. Ya no lo soportaba más, quería irse.

Tras separar el cisco que emplearían para uso propio y cargar el resto del carbón que pensaban vender, se despidió con el brazo y los dejó atrás. Arrastrando la carreta, empezó a bajar la pendiente del monte.

La conversación con Pascual le había afectado. El hecho de pensar que su padre había sido asesinado de manera premeditada le llenaba de una inquietud insoportable. Mientras bajaba la pendiente notaba cómo algo ardía en su interior. Las pulsaciones se le habían acelerado, su corazón palpitaba con desesperada fuerza. Podía haber sentido miedo. Pero en aquel momento sus manos se cerraban en puños. Se sorprendió bajando por el sendero corriendo, jugándose los tobillos en las raíces. Buscando una caída que le partiera la crisma. La carreta estuvo a punto de volcar y verter todo el carbón.

Estaba furioso y lo peor de todo es que no sabía con quién estarlo. ¿Con el asesino de su padre? Ni siquiera sabía quién era. ¿Con su padre por no haberle contado nada?, ¿por haberle ocultado cosas que podían poner su vida en peligro?, ¿con él mismo por no haber merecido saber nada?

Tal vez estuviera furioso consigo mismo, con su padre, con Pascual y Teresa, con la aldea y con todos los habitantes de los reinos, tal vez estuviera furioso con aquellos montes, aquellos árboles cuyas raíces pisaba con violencia, con aquellas ramas que se rompían a su paso, tal vez estaba furioso con Dios, por crear aquel mundo tan cruel.

Al llegar a casa casi había anochecido. No comió nada. Quería olvidarse de todo, quería buscar refugio en el sueño, esconderse tras ese velo que todo lo tapa, aunque solo fuera por un tiempo. Quería soñar con su madre y con su vida pasada. Fue directamente a la cama y se protegió bajo la manta, acurrucándose y cerrando los ojos con fuerza.

El velo lo envolvió.

Veía cómo una figura encapuchada se abalanzaba sobre su víctima. Veía cómo la derribaba mientras esta gritaba, desesperada, pidiendo piedad.

La víctima era su padre. Vio su rostro y vio cómo le asestaban varias puñaladas... Lo vio todo...

Julián se levantó de un salto en mitad de la noche. Estaba sudando y jadeando. El cuerpo le temblaba. No sabía qué hora era, pero le dio igual. Se enfundó el jersey y se puso su capa y las botas. Después cogió un farol de petróleo y encendió el quinqué.

Salió de la casa. Había luna llena y la noche estaba despejada, gélida. Se veía bien.

No tardó mucho en llegar a la iglesia. La sombra de la imponente construcción se alzaba en mitad de la noche sobre el resto de las casas. Entró en el recinto del cementerio y caminó entre las tumbas.

Entonces se detuvo e iluminó la tumba de sus padres. Las cruces ya estaban grabadas. Allí leyó:

ISABEL DE ALDECOA 1771-1797
FRANZ GIESLER 1769-1808

Deslizó la mano por la cruz y sintió en sus yemas la madera rasgada, ennegrecida por el tiempo.

—Descubriré la verdad. —Su voz sonó firme y sus palabras retumbaron en la oscuridad—. Descubriré la verdad sobre tu muerte y haré justicia. Lo juro.

Entonces se derrumbó.

Lloró como nunca lo había hecho. Lloró tanto que no supo cuánto tiempo estuvo así. Podría haber amanecido y él no se habría dado cuenta.

5

La despertó la criada portando un aguamanil y la bandeja del desayuno. Clara se desperezó y se frotó los ojos mientras la muchacha posaba la bandeja en un extremo de la cama y retiraba el brasero que la había calentado durante la noche. La chimenea de estilo francés estaba en el otro extremo de la habitación y en las noches más frías el calor no llegaba a reconfortarla.

—Por el amor de Dios, Julieta. Sabes que no es necesario traerme el desayuno...

La criada, una muchacha de cara pecosa y pelo rojizo, se encogió de hombros.

—Disculpe, señorita. Pero ya sabe lo que dice la señora...

—A mi madre le gustará que le lleves el café a su alcoba, pero yo prefiero servírmelo en el salón, junto a mi padre y las nuevas de la *Gaceta* —le dijo Clara con cara de reproche.

—Disculpe, señorita... —La criada bajó la mirada, arrepentida.

—No te preocupes. —El tono de Clara se había suavizado—. Solo recuérdalo la próxima vez, ¿de acuerdo? Aprovéchalo para tener un rato libre por las mañanas, seguro que te hará falta.

La criada asintió sumisa. Clara se incomodaba a menudo con el trato del servicio, ella no necesitaba tantas atenciones. Mientras Julieta corría las cortinas y abría las ventanas, ella se lavó la cara y las manos en el aguamanil. La mañana era gris y una corriente fría estremeció la habitación.

—Si quieres, ya puedes retirarte, Julieta.

—¿No quiere que le sirva? —dijo la muchacha, señalando la bandeja.

—No, gracias, lo haré yo misma.

—Como guste, señorita. Volveré cuando haya terminado para el cepillado y la elección del vestido.

Clara asintió centrando la mirada en el desayuno; con motivo del santo de su padre, aquella tarde celebraban la fiesta que con tanto esmero había organizado su madre.

En cuanto Julieta se hubo retirado, se recostó sobre su mullido colchón de plumas, se sirvió café con leche, untó con mantequilla un bollo suizo, y le añadió una exquisita mermelada de fresa. Después lo degustó con tranquilidad, sentada sobre la cama con las piernas extendidas. El bollo aún estaba caliente y en contraste con la mermelada fresca y dulce era realmente delicioso. Pese a que el día parecía frío y lluvioso, la brisilla que se colaba por las ventanas le resultaba reconfortante, aunque pronto se quedaría fría y tendría que cerrarlas.

Aún no había terminado con el desayuno cuando entró su madre en la habitación seguida de cerca por Julieta. Eugenia iba perfectamente maquillada y perfumada; con un vestido de talle alto, de aquella carísima tela de muselina que habían puesto de moda las damas de París y que a Clara le parecía demasiado ostentosa.

—Buenos días, madre —la saludó.

—Buenos días, hija. —Siempre que Eugenia visitaba su alcoba, lo primero que hacía era repasarla con aquella mirada altanera, barbilla elevada y pose majestuosa.

Clara aún seguía en camisón, disfrutaba del segundo de los bollos y tenía la boca llena. Su madre le lanzó una mirada recriminatoria.

—¿Estás lista?

Tragó el bollo sin saborearlo todo lo que le hubiera gustado.

—¿Lista para qué? —preguntó.

—Has de prepararte. El día de hoy es muy importante.

—Los invitados no llegan hasta las cuatro, madre. Aún dispongo de tiempo para prepararme con esmero —terció Clara. Iba a untar un poco de mantequilla en un tercer bollo, pero su madre le arrebató la bandeja de las manos sin darle tiempo a protestar.

—Hija, ya es suficiente de comer bollos. Dios te ha obsequiado con la belleza y más te vale procurar aprovecharla. Ya tendrás tiempo de ensanchar caderas cuando tengas hijos. De momento, procura mantener tu figura hasta que contraigas matrimonio, ¿me has oído?

Clara puso los ojos en blanco, cansada de oír siempre lo mismo. Su madre no paraba de recriminarla por todo; cuando no era por sus modales en la mesa, era por su afición a montar a caballo o su gusto por la cacería y los paseos por el campo.

Al contrario que ella, Eugenia siempre había demostrado una asombrosa habilidad para comportarse en todo momento según el protocolo para una dama. Y precisamente el hecho de que Clara no mostrara interés por aquello había sido el motivo de la mayoría de sus disputas. Desde que volviera de casa del conde Maró había estado siempre encima de ella y apenas la dejaba respirar.

Eugenia descendía de uno de los linajes más nobles del norte de Cataluña. El condado de los Maró disponía de vastas extensiones en la zona pirenaica de la Cerdaña. Siendo la menor de siete hermanos, con dieciséis años recién cumplidos había sido colocada mediante matrimonio de conveniencia con el hijo mayor de los Díaz de Heredia: su padre. A lo largo de los años, Clara había descubierto que entre sus padres jamás hubo amor. Por eso no creía en aquellas uniones familiares que se resolvían mediante el matrimonio entre los hijos; y estaba convencida de que su madre tampoco. Aún recordaba aquellas noches antes de dormirse cuando todavía era una niña y su madre le hablaba de historias en las que galantes caballeros salvaban a damas cautivas en altas torres. Clara soñaba con el día en el que algún caballero viniera a salvarla, y cuando miraba a su madre, veía lo mismo en sus ojos.

Aquello sucedía cuando aún se llevaban bien. A medida que Clara se convertía en mujer, su madre cambió, volviéndose más adusta y seria. Clara pensó que había perdido la esperanza, pensó que ya no creía que un caballero pudiera venir a salvarla.

Eugenia aún seguía de pie junto a la cama, con los brazos cruzados y mirada seria.

—Tu padre y yo hemos hecho un gran esfuerzo por organizar el encuentro de hoy —le dijo con severidad—. Vendrán todos, los marqueses de Alameda, los de Narrós, la familia del conde Salazar, los Esquível e incluso el marqués de Montehermoso y su mujer María Pilar de Acedo. Y lo que es más importante, nos consta que también tendremos invitados muy importantes de la nueva aristocracia.

Clara era consciente de quiénes componían la nueva aristocracia.

—¿Se refiere, madre, a los oficiales y generales franceses y sus damas de peinados extravagantes? —dijo con tono ofendido—. ¿Los que vienen sin permiso, se alojan donde desean y degustan nuestras mejores comidas a costa del sufrimiento del pueblo? Claro, a esa aristocracia se refiere.

—Cuida tu lengua, jovencita —la cortó su madre—. Los franceses traerán progreso para nuestra nación, todo el mundo sabe que son la base de nuestro futuro y la fuerza de la nueva alta sociedad. Y por eso necesitamos que nuestro apellido se coloque en una buena posición.

Clara sabía perfectamente a qué se refería con el último comentario. No se le había pasado por alto la verdadera razón de que hubieran hecho semejante esfuerzo simplemente para organizar el santo de su padre.

En cuanto abrió la boca, supo que iba a sorprender a su madre.

—Tenemos problemas de dinero, ¿no es así? —inquirió con brusquedad.

El rostro de Eugenia pareció contraerse por momentos; parpadeó nerviosa, desconcertada ante la pregunta. Clara siempre había sido muy incisiva, incluso demasiado indiscreta en ocasiones con sus comentarios y preguntas. Eugenia lanzó una fugaz mirada a la criada, que hizo como si no se enterara de nada.

—Perdona, hija, ¿a qué te refieres? —preguntó tambaleante.

Clara estaba resuelta a continuar con su indiscreción.

—Me refiero a las finanzas de padre.

El semblante altanero y aparentemente inalterable de Eugenia había cambiado por completo. Se mostraba sumamente inquieta y volvió a mirar a Julieta.

—Es cierto que tu padre ha de resolver unos pequeños asuntos... pero confiamos que pronto pasen a ser cosa del pasado —dijo, volviéndose hacia su hija en un vano intento por evitar que la criada lo escuchara.

—Y será gracias a mí... —insistió Clara. «La mejor defensa es un buen ataque», pensó.

Eugenia arrugó la frente y su rostro se tornó ofendido. Clara supo de inmediato que se había excedido.

—¿Cómo puedes ser tan injusta con tus padres? —exclamó, irritada—. El conde Maró no te acogió a la ligera, ¿sabes? ¡Nos gastamos una fortuna en que recibieras una educación adecuada y después me ha costado Dios y ayuda mantenerte centrada en tus obligaciones y prepararte para días como el de hoy! —Hizo una pausa y la miró directamente a los ojos—. Esta tarde te presentaremos en sociedad. Sabes que tienes varios pretendientes con grandes fortunas. No los pierdas, Clara, has de contraer matrimonio. Es tu obligación como mujer.

Sin darse un respiro, Eugenia hizo un ademán a Julieta para que las demás criadas prepararan la bañera. Clara refunfuñó pero no dijo nada; se levantó a regañadientes de la cama y se sentó frente al espejo, dejando que Julieta le cepillara el pelo.

Sabía que no podría retrasar más la elección de un pretendiente. Llevaba meses rechazando propuestas, y en su fuero interno admitía que muchas de ellas las había desechado sin siquiera valorarlas. Cierto era que algunos jóvenes no le habían resultado tan horribles. No eran malos partidos, muchos eran ricos, olían bien, eran medianamente guapos, bebían con mesura y no vestían con amaneramiento. Pero todos se habían mostrado según el protocolo que dictaban las normas de la alta sociedad, siendo aburridos y previsibles. Y Clara sentía que aquello no era lo que su corazón le pedía; con ninguno había llegado a sentir aquel cosquilleo del que tanto hablaban sus amigas, y mucho menos el arrobo del amor que con ansias esperaba que algún día llegase.

Mientras Julieta terminaba de cepillarle el pelo e iniciaban el cepillado de dientes con polvo de coral y el agua de mirra, el agobio de Clara comenzó a comprimirle el pecho y pensó que tal vez debería tomar el aire. Las criadas habían traído la bañera de latón, pero ella hizo un gesto para que se detuvieran.

—Necesito tomar el aire... Acompañaré a Marina y las demás al mercado.

Su madre no pareció oponerse a la idea con tal de que se bañara después, pero antes la hizo levantarse para elegir el vestido que luciría aquella noche. Clara suspiró, sabiendo lo que significaba aquello. Durante más de una hora estuvo yendo y viniendo del dormitorio al vestidor mientras Eugenia contemplaba las confecciones. Un traje azul cielo con el escote pronunciado, otro sencillo de color verde manzana, uno violeta lleno de volantitos... Su madre los desechaba al tiempo que le traían el cofrecillo de los aceites y perfumes para antes de la fiesta y le recordaba que no se olvidase de embadurnarse la cara con crema de algarrobo, y de pintarse los labios y el rojete de las mejillas...

Como tantas otras veces, Clara asentía en silencio, con la cabeza muy lejos de allí.

La ciudad de Vitoria apareció a lo lejos, velada por la lluvia. Lo hizo cuando Julián se expuso a las vastas extensiones de la Llanada, poco después de abandonar la aldea y dejar atrás las suaves colinas que la protegían.

Encaramada sobre una colina y protegida tras sus grises murallas, parecía un centinela de piedra que vigilaba los peligros que pudieran acechar desde las entradas del ancho valle. Era conocida entre los forasteros y viajeros que cruzaban la Llanada como *la ciudad de las cuatro torres,* por las iglesias que se alzaban majestuosas sobre el perfil de la muralla, amenazando con rasgar el grueso manto de nubes que las asolaban.

Desde sus inicios como villa muchos siglos atrás, la ciudad había sido víctima de multitud de asedios e incendios. En la época de los reyes castellanos, su posición entre Navarra y Castilla y el dominio que ejercía sobre las llanuras circundantes había sido motivo de múltiples luchas, cambiando de bando en numerosas ocasiones. Pese a ello, había conseguido prosperar gracias a encontrarse en varios puntos de paso importantes, como el Camino Real, que unía Francia con Madrid.

Un viento glacial barría la llanura, insensibilizándole la cara y las manos. Iba acompañado de fuertes rachas de lluvia. Julián se protegió con la capucha y se enfundó bien la gruesa capa de paño tosco. Tras comprobar las cinchas que sujetaban la carreta con los ocho sacos de carbón, se inclinó sobre la grupa de *Lur* y agitó las riendas para que aumentara el paso. A ambos lados del embarrado camino se extendían los campos y los bosques, grises, velados por la lluvia, salpicados de vez en cuando por la silueta de algún labrador solitario trabajando la tierra.

Aquella desapacible mañana de finales de febrero, mientras se acercaba a la ciudad, Julián notaba cómo el cosquilleo en su estómago aumentaba por momentos. Las palabras de Pascual acerca de su padre habían acrecentado su interés por acudir a la cita de Zadornín y habían eclipsado todo pensamiento relacionado con la invitación de Clara. Sin tener decidido lo que pensaba hacer, antes de salir había resuelto acicalarse con esmero, vistiendo sus mejores prendas: una camisa limpia y unos calzones de fieltro, además de la mejor prenda del escaso vestuario de la casa, el chaleco de su padre. Recordaba a Franz muy elegante cuando se lo ponía y él siempre había deseado probárselo. Al enfundárselo había notado que le sentaba bien. Tenía varios años y estaba ligeramente desgastado en las hombreras, pero estaba limpio y era muy bonito.

A medida que se fueron acercando a las inmediaciones de la ciudad, la presencia de caseríos y ventas fue aumentando. Alrededor del cerro de Vitoria, se extendían varios arrabales que habían nacido extramuros. Tras cruzar el barrio de Santa Clara y dejar las tapias del convento del mismo nombre a la derecha, Julián desembocó en una gran extensión en cuesta, llamada la plaza de la Virgen Blanca. Al otro lado, cruzando la explanada, se alzaba la ciudad vieja protegida tras sus murallas.

Dentro de sus muros, la ciudad estaba dividida en tres partes. En lo alto de la colina, en la zona central, se encontraba la Ciudadela, el barrio más antiguo de la ciudad. Allí se ubicaban los palacios y las casas de los más acomodados. A ambos lados de esta y adaptándose a las pendientes del cerro se habían formado dos urbes bajas, cuyas calles se escalonaban hacia el llano.

La plaza que se extendía ante Julián, amplia e informe, descendía desde el lado sur de las murallas, donde se encontraba la torre del Reloj y la iglesia de San Miguel, cuyas fachadas continuaba la muralla. A su izquierda, los portales que conducían a las calles de la urbe oeste horadaban la muralla, limitando la plaza por uno de sus lados. En el lado este, una nueva construcción definía la plaza. Se trataba de la plaza Nueva y sus obras habían concluido hacía ocho años. Símbolo de la Ilustración y de la nueva arquitectura neoclásica, estaba formaba por un cuadrado regular rodeado de porches sobre los que se sostenían dos pisos de viviendas. Tras ella, sin que Julián la pudiera ver, se extendía la urbe este. Allí estaban las entradas a las calles Cuchillería, Pintorería y, al final, la calle Nueva Dentro, conocida antiguamente como la calle de la Judería, antes de que los Reyes Católicos expulsaran a los judíos. Y según la carta que Julián guardaba en el bolsillo de su chaleco, la botica de Zadornín debía hallarse allí. Pero antes de acudir a su cita, tenía otro quehacer.

Era jueves, día de mercado, y la plaza bullía repleta de gente.

Los aldeanos, con sus puestos de hortalizas y frutas, vociferaban junto con los vendedores de trigo y cebada, colocados entre los portales de Herrería y Zapatería y en la escalera de la iglesia de San Miguel. Un poco más cerca, los puestos de los vendedores de caza y animales trataban de atender a la multitud allí reunida. Julián vio corderos y varios cabritos colgados de un tenderete, vio cómo un hombre descolgaba un conejo más adelante, mientras su mujer cobraba a una criada. A Julián se le hizo la boca agua, no había desayunado y empezaba a tener hambre. Su objetivo en el mercado era conseguir uno de esos animales y llevarlo a casa tal y como Pascual le había pedido. Se preguntó a cuánto estarían. Había también pescado salado traído de la costa. Más al fondo estaban las carretas, con sus bueyes y cargadas de leña y paja, en un lugar determinado para no estorbar el paso. La gente se arremolinaba en torno a los puestos, intentando encontrar el mejor precio.

A medida que se internaba en la plaza, todo a su alrededor se convirtió en un caos, un festín de colores, voces, gritos y olores de todo tipo. Los días de mercado, el ambiente y el bullicio que se respiraba en la ciudad era muy distinto al de la aldea.

Pero de pronto algo llamó su atención; no todo eran aldeanos, campesinos, artesanos y burgueses. La mitad de la multitud la componían soldados franceses, vestidos con sus uniformes azules. Avanzaban entre la gente, con el fusil al hombro y en actitud prepotente y arrogante. Muchos vigilaban desde lo alto de sus caballos, otros lo hacían a pie, dando empujones para avanzar entre el pueblo, atentos a los movimientos que se dieran en la plaza.

La gente intentaba evitarlos. Al contrario que en tiempos anteriores, en los que los lugareños, tras realizar las compras o ventas oportunas, charlaban relajados y compartían chismes y nuevas, Julián observó cómo una tensión añadida se había adueñado de los allí presentes. Había mucho movimiento, pero todo ello envuelto en un mar de intranquilidad. Los vecinos se daban prisa en hacer sus recados y marchaban rápidamente a sus casas.

En el momento en el que iban a adentrarse en el mercado uno de los soldados detuvo a una carreta tirada por dos mulas que iba delante. Julián se puso nervioso. ¿Por qué les paraban? El campesino de la carreta se quejó de algo y acabó cediendo ante la presión de los soldados. Cuando Julián se acercó, un infante francés de rasgos anchos y patillas enormes le comunicó en un castellano casi ininteligible que se estaba cobrando un impuesto a todo género que entrase en la ciudad. ¿Desde cuándo tenían que cobrar aquel impuesto? El cobro de aranceles había sido algo habitual en otros tiempos, pero a Julián jamás le habían cobrado nada que fuera a vender en el mercado. Por desgracia, como también pensaba vender, tenía que pagar. Bajó de su caballo y miró en los bolsillos interiores de su abrigo, donde escondía el dinero siempre que iba a la ciudad, en un afán por protegerlo de los ladrones. Cada vez que se podían permitir acudir al mercado, cogían algo de los ahorros de Franz. En aquella ocasión llevaba tres reales y cincuenta maravedíes, no era mucho, pero tras el pago, apenas le quedaban tres reales.

Antes de integrarse en el bullicio del mercado, subió a la carreta entre los sacos y escudriñó entre la multitud. Al fondo, junto al portal de Herrería, distinguió a un almacenista de carbón. Cogió a *Lur* por las riendas y lo condujo a pie abriéndose paso entre la gente.

Tenía que hacer grandes esfuerzos para conducir la carreta, la multitud le aprisionaba por ambos lados, y tenía que empujar para poder avanzar. Agarraba con fuerza las correas y miraba con frecuencia los sacos del carbón. Entre tanta gente, cualquiera podía robarle uno y echar a correr. Entonces se le acercó un soldado mirando con admiración a *Lur*. Le faltaban varios dientes y empezó a acariciarle el lomo.

—Menudo ejemplar... —murmuró en francés. Julián sabía algo del idioma, ya que muchas de las lecturas con las que le surtía Gaspard estaban escritas en francés. Las traducciones al castellano escaseaban y la mayoría de las grandes obras eran francesas. El francés observaba a *Lur* con admiración—. Haría un magnífico trabajo sirviendo al emperador en las filas de nuestro ejército.

Julián agarró con fuerza las riendas. Notó cómo *Lur* se ponía nervioso y se le erizaba la piel ante el contacto del desconocido. Julián pasó miedo, tiró de las bridas y empujó a la montura entre la multitud. Por suerte, el soldado pareció perder el interés, mirándolos con su sonrisa desdentada mientras le dejaban atrás. Julián pensó que tal vez no debiera haber llevado a *Lur*. Con un ejército alojado en la ciudad, los caballos se convertían en piezas muy valiosas. No permitiría que le quitaran a su mejor amigo. «Por encima de mi cadáver», murmuró para sí.

—Vamos, *Lur* —lo calmó mientras avanzaban—. Ya nos ha dejado en paz.

No volvió a soltar las riendas.

Al fin llegó al puesto del almacenista. Desarrollaba su trabajo bajo un tenderete que cubría una vasta mesa de madera. Detrás del mostrador iba almacenando los sacos. Tenía un compañero que los recogía y los montaba en una carreta. Cuando esta estaba totalmente cargada, la conducía tirada por una mula al almacén que tendrían en la Ciudadela. De allí se distribuiría a las fundiciones o a las casas, para alimentar las cocinillas, los braseros y dar calor a los hogares.

Delante de Julián, un hombre y su hijo descargaban media docena de sacos. Eran más pequeños que los suyos. El almacenista abrió uno de ellos y desparramó parte de su contenido sobre la mesa. Volvió a abrir otro e hizo la misma operación comprobando con ojo experto que el carbón era de la misma calidad. Así se protegía de posibles engaños de adulterio con la mercancía.

—Género de invierno, calidad mediana —escupió entre dientes.

A continuación, con una facilidad que sorprendió a Julián, cargó uno de los sacos en un peso de latón que tenía sobre la mesa.

—Cincuenta libras. —Volvió a repetir la operación con otro saco escogido al azar—. Seis sacos de cincuenta libras de calidad mediana, a real las cincuenta libras, son seis reales.

Viendo a cuánto los pagaba, Julián esperaba sacar al menos ocho reales de los ocho sacos. Con eso le daría para conseguir la carne que necesitaban y dar una alegría a Miriam y a sus padres.

El almacenista pagó lo acordado al padre y pasó la mercancía a la parte de atrás. Entonces miró a Julián con impaciencia. Era su turno. Repitió la misma operación con los sacos de este. Él tenía dos sacos más que los anteriores. Después de pesar el hombre dijo:

—Son seis reales.

—Disculpe —lo atajó Julián—, creo que se ha equivocado. Yo tengo ocho sacos y de más peso que los anteriores.

—Cierto, ocho sacos de sesenta libras. Pero de baja calidad. Tu carbón se consumirá el doble de rápido. Llevo en esto toda la vida, será mejor que no discutas mis precios o te buscas otro almacenista.

Julián maldijo por lo bajo. Aquello eran malas noticias. Por un momento sopesó la posibilidad de buscar a otro. Pero no había visto ninguno por la plaza, y no quería arriesgarse a quedarse con las manos vacías. Al final recibió los seis reales a regañadientes. La carne era el alimento más preciado y ahora tendría más problemas para conseguirla.

Hizo cálculos. Cuatro libras de carne de carnero o de cerdo solían valer alrededor de cinco reales. Necesitaba conseguir un buen precio si quería llevar suficiente comida a la casa de sus amigos.

Paseó por los puestos de carne, dejándose llevar por los olores, oteando mercancías hasta que vio carne de cordero troceada para el guiso que tenía un buen aspecto.

—¿A cuánto está la libra? —preguntó.

El carnicero era un hombre de mediana edad; llevaba un delantal manchado de sangre. Parecía muy atareado y contestó sin mirarlo.

—A cuatro reales.

Julián no podía creerse lo que estaba oyendo, la libra costaba cuatro veces más de lo normal y a ese precio solo podría permitirse una miseria. Se imaginó la desilusión de Miriam cuando volviera a casa.

—¿Cuatro reales? ¿Desde cuándo están los precios tan altos? —protestó.

—Esta es la realidad, muchacho, o la tomas o la dejas.

—Es demasiado... Pocos podrán pagarlo —decidió insistir, aunque sin demasiadas esperanzas.

El otro andaba en sus labores atendiendo a otra gente, troceando carne y envolviéndola. La presencia de Julián le empezó a molestar desde que vio que no iba a comprarle nada. Al final se detuvo frente a él y lo miró a la cara, no parecía mala persona.

—Mira, rapaz, los caminos son muy peligrosos ahora, están llenos de bandidos que nos asaltan y nos roban todo, por eso tenemos que transportar el género con escolta, a la cual tenemos que pagar. Además —señaló a varios soldados con disimulo—, estos invitados que tenemos no facilitan las cosas, nos están cosiendo a impuestos, los precios de todos los géneros están subiendo como la espuma, y aún no ha llegado lo peor.

Con el dinero del carbón no le llegaba ni para dos libras, una miseria, no les daría para los cuatro. A cuatro reales la libra, necesitaba dieciséis reales. Aparte de los seis del carbón, tenía otros tres de su padre, en total nueve. Le faltaban siete. Se maldijo a sí mismo por no haber cogido algo más, no haber sido lo suficientemente previsor. Sabía que se lo hubiera podido permitir, porque su padre guardaba ahorros suficientes. No podía volver con las manos vacías, debía buscar en algún otro puesto un precio mejor.

El carnicero debió intuir su desilusión.

—No encontrarás mejor precio, chico, el carnero es lo más barato junto al cerdo. A ver, cuánto necesitas.

—Cuatro libras.

—Y cuánto tienes.

—Nueve reales —contestó Julián, esperanzado.

El hombre lo miró durante unos instantes. Parecía sopesar detenidamente la situación.

—Te pongo cuatro libras de ese ejemplar de ahí —dijo al final, señalando a un carnero—. A nueve reales.

Julián estuvo a punto de saltar de alegría, no sabía cómo agradecérselo. Gracias a él había conseguido la carne.

—Es usted un buen hombre... —musitó emocionado—. Se lo agradezco mucho.

El carnicero asintió con la cabeza.

—Si no nos ayudamos entre nosotros —le dijo con una sonrisa—, ¿quién más lo hará?

Julián le pagó lo acordado y le estrechó la mano con fuerza. Se sentía muy agradecido. Tras recibir la carne, la metió en uno de los sacos del carbón que estaban vacíos y lo sujetó bien a los correajes de la silla de montar de *Lur*. Se despidió del carnicero.

Tirando de las riendas, cruzó la plaza dejando a un lado la fuente de ocho caños situada en el centro de la misma. Bajo la atenta mirada de dos soldados, varias mozas hacían cola para llenar los cántaros. Normalmente aquel era el momento propicio para contar chismes y rumores entre ellas, y siempre había algún grupillo de mozos, aprendices o desocupados, en las inmediaciones prodigándoles donaires desenfadados o equívocos guiños. Eso estaba cambiando, y ahora las jóvenes, al terminar su tarea, marchaban con prisas a sus casas sin detenerse a charlar con las conocidas.

En paralelo a la muralla, Julián recorrió la calle Mateo Benigno de Moraza, que discurría entre la fachada trasera de la plaza Nueva, donde estaba el Ayuntamiento, y Los Arquillos. Después desembocó en lo que era uno de los tramos más concurridos de la ciudad, llamado el Portal del Rey. En él confluían los caminos de Pamplona y Francia, por donde siempre habían pasado y parado cientos de peregrinos en dirección a Santiago de Compostela. A la izquierda terminaban Los Arquillos, dejando paso a las murallas con la iglesia de San Vicente, compartiendo muro, y más adelante los portales a las calles de Cuchillería, Pintorería y Nueva Dentro. A la derecha se abrió la plaza de Oriente, con el hospital de Santiago y más adelante, el convento de San Francisco.

Un rapaz pasó corriendo a su lado gritando a sus compinches que le seguían detrás.

—Vamos. ¡Ya llegan!

De pronto la gente que había en la cuesta empezó a murmurar y a señalar al final de la calle. Tras unos instantes de tensión la multitud de enfrente empezó a dejar paso a una columna de frailes que caminaban cabizbajos. Cada uno llevaba un saco a sus espaldas. Guiaban varias carretas tiradas por mulas, cargadas de cajas de madera. Iban vestidos con una túnica larga de color gris ceniza, capucha, cuerda y calzones.

Los reconoció por su austera vestimenta. Eran franciscanos.

Iban escoltados por varios soldados franceses que apartaban a la gente a empujones. La muchedumbre se había detenido y, con caras de pena y resignación, observaban a los religiosos, dejándoles paso. Los monjes les ofrecían los crucifijos que llevaban colgados y la gente se inclinaba para besarlos.

Tras unos instantes de tensión, la muchedumbre se empezó a alterar, empujando a los soldados que escoltaban a los frailes.

—¡Traidores! ¡Ateos! ¡Herejes! ¡Demonios! ¡Iréis al infierno por esto!

Los franceses reaccionaron con culatazos de fusiles para apartar al pueblo enardecido. Julián se vio envuelto en un caos de golpes, empujones y gritos cuando alguien le llamó por la espalda.

Un muchacho bajito de pelo rojizo le hacía señas para que le siguiera. Julián lo reconoció, era Martín. Sus padres regentaban una posada en la entrada de la calle Pintorería y siempre que viajaban a la ciudad dejaban los caballos en su establo. Eran de la misma edad y desde niños se habían llevado bien.

Martín lo sacó de allí y lo condujo hasta una de las entradas a la ciudad, donde un mástil anclado al muro de piedra de la muralla chirriaba por el viento. En él aparecía pintada la figura de un caballo.

Era la Posada del Caballo Andante.

Entraron entre jadeos por un amplio portón a lo que era el zaguán y la entrada a la posada. Giraron a la derecha y se encontraron en una estancia oscura. El suelo de tierra aprisionada pasó a estar cubierto de paja, el olor a abono y forraje y los relinchos de algunos caballos les indicaron que se encontraban en los establos.

—Será mejor que protejas bien a *Lur* —le dijo Martín mientras Julián le pasaba las riendas de su caballo y colocaban el carro en un extremo de la estancia—, están confiscando todo a la gente, y los caballos en especial, sobre todo los ejemplares como el tuyo. He oído que hay muchas quejas de pérdidas, tanto en recuas como en carros, producidas por las requisas que hacen sin dar explicaciones. —Se volvió hacia él—. Por cierto, me alegro de verte. ¿Dónde está tu padre?

Julián lo saludó con un apretón de manos, pero intentó eludir la última pregunta.

—¿Has visto lo de los frailes? ¿Qué está pasando? —preguntó.

Martín suspiró mientras despojaba a *Lur* de sus correajes y lo metía en uno de los pesebres; estaba limpio y con paja fresca.

—Veo que llegas tarde —le dijo cuando hubo terminado—. Son los franciscanos. Supongo que los llevarán a algún otro lado donde los acojan miembros de su misma orden.

—Pero ¿por qué abandonan su convento?

—Son esos malditos franceses, se están apropiando de todo lo que encuentran y los han expulsado... —Martín hizo una pausa y miró a Julián con resignación—. Hemos sufrido grandes cambios desde la última vez —continuó—. Están ocupando todas las iglesias, dicen que San Pedro se usa como almacén de ropa, San Miguel como cárcel para los presos, San Ildefonso como hospital, San Vicente como molino de harina y Santa María como polvorín. A saber en qué convertirán su convento... tal vez en cuadras o en cuartel como han hecho con el hospital de Santiago...

Tras escuchar aquello, a Julián le hubiera gustado pensar que tanto el rey Carlos, como su hijo Fernando y el ministro Godoy sabían lo que hacían aliándose con los franceses. Lo que sucedía se alejaba mucho de un permiso de paso amistoso.

—Además —prosiguió Martín—, la mitad de los ciudadanos han tenido que hospedar a algún soldado. Nosotros tenemos la posada repleta de ellos. Los oficiales están en las viviendas de los más pudientes, los soldados rasos en las más pobres. Son ya casi más que nosotros, ¡dicen que puede haber hasta diez mil solo en Vitoria y en los pueblos de alrededor! Los vecinos que se lo pueden permitir han huido por miedo a lo que nos viene encima. Y lo peor de todo es que las autoridades locales y el alcalde hacen como si no sucediera nada, nos dicen que estemos tranquilos, que esto es pasajero. Pero ¿es que no han visto lo que sucede en la calle?

Julián sabía que la gente podría aguantar un tiempo conviviendo con los nuevos inquilinos del otro lado de los Pirineos. Pero que les quitaran sus propias iglesias, que les robaran la poca comida que tenían, y se les metieran en sus propias casas... aquello no era una situación sostenible.

—Por cierto —lo interrumpió Martín—. ¿Hay algo más que debas hacer en la ciudad? —Le señaló el carro vacío.

—Me dirijo a la botica de Zadornín —le contestó Julián.

—¡Ah! —exclamó Martín—. He oído hablar de él... Te acompaño entonces, padre me da un rato libre antes de comer.

Julián se despidió de *Lur* y salieron de nuevo al exterior. El ambiente en la calle se había tranquilizado. Subieron por la cuesta de San Francisco a lo largo de la muralla hasta un enorme portón con un cartel que rezaba: «Portal de Nueva Dentro.»

Antes de entrar, Martín le señaló hacia un puesto de perfumería que había un poco más adelante, siguiendo la muralla y entre la multitud. Julián miró hacia allí. En torno al mostrador exterior, varias damas probaban muestras de las nuevas fragancias que estaban expuestas.

—Mira —le dijo Martín, señalando hacia el mostrador—, tu vieja amiga.

Al oír aquello la inquietud se apoderó de Julián y sus ojos buscaron entre las damas con nerviosismo. Entonces la vio. Era Clara. Discutía con el vendedor mientras señalaba un pequeño frasquito con un líquido rosáceo. Fruncía el ceño y apretaba los labios formando una delgada línea que no hacía más que embellecer su rostro aún más.

—¿Sabes que hoy su familia organiza una gran fiesta? —Martín le dio un pequeño codazo en el costado. Julián se había quedado atontado—. Toda la ciudad ha oído hablar de ella. Se dice que la quieren emparejar con algún pretendiente de alta cuna y que la tertulia no es más que una excusa para exponerla. Todas las familias más nobles de la ciudad y de los alrededores acudirán al palacio de los Díaz de Heredia.

—Algo había oído —murmuró Julián. Las palabras de Martín dando importancia al asunto hicieron que sus dudas se incrementaran. ¿Qué iba a hacer él en una fiesta de aristócratas? Si acudía con sus ropajes de labriego haría el ridículo.

Tiró del abrigo de Martín para que se adentraran en la Ciudadela. Si Clara lo veía no tendría otro remedio que aceptar su invitación.

Antes de que dieran el primer paso, Clara se volvió hacia donde estaban ellos y Julián contuvo la respiración. Ella paseó la mirada pero no pareció verlos. Él suspiró. Ya se iban cuando los ojos de la joven se posaron en los suyos y su rostro esbozó una sonrisa. El corazón de Julián dio un salto dentro de su pecho. Él también sonrió. Sus temores se hicieron realidad cuando la joven dejó al vendedor en mitad de la discusión y se les acercó.

—¡Julián! —gritó emocionada cuando llegó a su altura—. ¡Has decidido dejar las labores en el campo para acudir a mi fiesta! ¡Me alegro mucho!

Sus temores se habían hecho realidad. Clara se detuvo ante él, sonriente. Su elegante abrigo de piel, cuyo plumaje se ondulaba con el viento, le acariciaba las tersas y frescas mejillas. Julián pensó que tenía que ser la mujer más bella de la ciudad entera. Ante aquella visión no tuvo más remedio, ya no quedaba escapatoria posible.

—Allí estaré... —dijo con la boca pequeña.

—Me alegro, de veras. —Clara no paraba de sonreír. Entonces se volvió. Una de las damas que la acompañaba la había llamado desde la perfumería—. Recuerda. A las cuatro estaría bien. ¡Te espero en casa!

Y se alejó enfundada en su maravilloso abrigo.

—Vaya, vaya... Estoy realmente impresionado —le susurró Martín al oído—. Si una mujer como esa me hablara así, estaría tan emocionado que no dormiría durante días.

Mientras su amigo reía, Julián lo empujó dentro de las murallas.

La calle era estrecha. Aprisionada entre casas que parecían empujarse para lograr un hueco, discurría tortuosa sin dejar ver el final. Caían goteras de los tejados que parecían unirse por arriba y apenas dejaban entrar la luz. El empedrado de la calle hacía que patinaran en las zonas más desgastadas, aunque desde luego era mejor que el barro.

Martín lo guio a través del gentío. En los zaguanes de las casas, el griterío que salía de las tabernas, mesones, posadas y burdeles hacía que la calle fuera muy ruidosa, al menos para Julián. Avanzaron por la callejuela y poco a poco fueron alejándose del bullicio de la entrada y adentrándose en una zona más tranquila.

La calle giraba levemente, adecuándose a la forma ovalada de la colina. A ambos lados y de vez en cuando, surgían los cantones, con sus empinadas cuestas que subían directamente desde las murallas a lo alto de la ciudad. Finalmente, en un punto en que apenas paseaban transeúntes, alcanzaron la esquina del Cantón de Santa María.

Martín se detuvo.

—Ahí abajo —dijo, señalando hacia la derecha. El cantón terminaba en los muros de la muralla—, en las traseras de las casas, se halla la botica que buscas. —Miró a Julián con inquietud—. Buena suerte, amigo.

Julián le agradeció que le hubiera acompañado. Martín era un buen chico y un gran amigo. Pensar que su montura se hallaba en la posada de sus padres lo tranquilizaba.

—Iré a recoger a *Lur* al atardecer —le dijo al tiempo que le estrechaba la mano.

—Allí estaré.

Tras despedirse, Julián encaró el Cantón y bajó por la pendiente hasta los corredores que discurrían entre las traseras de las viviendas y las murallas. Por fin había llegado.

El estrecho corredor tenía un aspecto desolado y oscuro. Empezó a llover otra vez. Las gotas caían con intensidad, muy frías.

Tragó saliva, se puso la capucha y se adentró en el angosto pasillo.

Golpeó varias veces el viejo portón y esperó. La respuesta fue el silencio. Volvió a llamar y entonces se oyó un chirrido y los engranajes de la puerta se movieron. Julián se quedó inmóvil. Alguien la había entreabierto, dejando una franja negra tan estrecha que apenas se podía ver el interior. La puerta no se abría más y tras unos instantes de duda, comprendió que tal vez debía entrar.

Empujó el portón despacio, con cuidado. La puerta chirrió. Dentro todo estaba oscuro como la boca del lobo, no alcanzaba a distinguir nada. Se quedó plantado en el umbral; el corazón le palpitaba con fuerza, resonando en el pecho y la cabeza. Al fin se quitó la capucha, suspiró y se adentró en las tinieblas.

Olía fuerte. No era un olor desagradable, era como el olor a jabón, pero mucho más intenso. Un golpe a su espalda indicó que la puerta volvió a cerrarse. Julián se giró sorprendido y sintió cómo una sombra correteaba a su alrededor.

—Gracias por aceptar mi invitación, jovencito. —La voz sonó quebradiza, como un susurro. Venía desde algún punto en la oscuridad. Julián permaneció unos instantes quieto, escudriñando las sombras que le rodeaban.

La luz de una vela rasgó la oscuridad y un rostro lleno de arrugas apareció iluminado junto a la llama. Un anciano de rasgos afilados y nariz aguileña lo observaba tras unas lentes que aumentaban el tamaño de sus ojos hasta el punto de resultar cómico. Asomaba entre varias columnas de libros polvorientos, que se apilaban sobre una mesa de roble tallada en extrañas formas. Ante el haz de luz, Julián descubrió decenas de pergaminos desperdigados por el suelo. En el escritorio había extraños utensilios con formas raras, pequeños frascos y recipientes de cerámica con líquidos negros. Tras el anciano, una estantería ocupaba casi toda la pared y se perdía en la oscuridad de los techos. Sus baldas estaban repletas de tarros de cerámica con inscripciones y símbolos extraños.

El rostro del anciano esbozó una ligera sonrisa y después desapareció entre las columnas de libros. Por un momento Julián lo perdió de vista. Pero volvió aparecer al otro lado.

—Ya puede disculparnos —dijo mientras paseaba por la estancia. Se movía muy despacio, ligeramente encorvado. Julián no entendía cómo aquel hombre había encontrado a su padre en el camino, apenas podría montar a caballo—, a veces acostumbramos a trabajar casi a oscuras, porque algunos experimentos así lo requieren.

Con movimientos exageradamente lentos, el anciano le dio la espalda y empezó a ordenar varios frascos en una de las estanterías. Los apilaba en grupos de tres. Julián se fijó en que todos estaban ordenados de la misma manera. Pese al aparente caos que reinaba en la estancia, parecía haber un cierto orden.

—¿Qué tal está el camino desde su aldea? —le preguntó sin volverse hacia él.

—Embarrado pero seguro, señor —contestó Julián.

El anciano se volvió hacia él.

—¿Llueve?

Julián asintió con la cabeza y Zadornín volvió a sus quehaceres.

—Hoy es día de mercado... —comentó—. Me imagino que la ciudad estará bulliciosa pese a la lluvia...

Julián asintió de nuevo, paseando la mirada por la lóbrega y silenciosa estancia.

—Algo más que su botica, señor. Si me permite decirlo.

Zadornín soltó una risita antes de colocar un nuevo tarro lleno de tierra sobre una de las estanterías. Lo hacía con sorprendente lentitud y paciencia, centrando toda su atención en cada movimiento.

—Desde luego, jovencito, se trata de dos ambientes que distan mucho entre sí... —comentó divertido—. Ahí afuera cada vez os movéis más deprisa, parece que algo os persiguiera. Aquí, en cambio, la paciencia es la mayor virtud que tenemos... La vocación que nos une entre estos muros exige largas esperas para poder apreciar sus frutos. Por eso, solo nos queda disfrutar con lo que hacemos. ¿Verdad, Artzeiz?

Una sombra volvió a corretear tras Julián y tras unos instantes una diminuta figura apareció dentro del círculo de luz. Era un muchacho de mirada asustadiza, vestía una camisa y unos calzones que le quedaban enormes. Julián enseguida lo reconoció. Era el niño que le había dado la carta.

Se acercó al viejo Zadornín y este le acarició suavemente el pelo mientras sonreía lleno de orgullo. El muchacho emitió un pequeño sonido ahogado, como un gruñido. Entonces el anciano volvió a mirar a Julián.

—Oh... perdone, jovencito. No les he presentado. Este es Artzeiz, mi ayudante y amigo. —El muchacho lo saludó con una leve inclinación de cabeza. Julián hizo lo propio—. No se sienta ofendido si no le habla, es mudo. Pero más inteligente que nosotros dos juntos, y lo mejor de todo, tiene ganas de aprender. —Volvió a girarse hacia su ayudante, dando la espalda a Julián—. Haz el favor de ayudarme con esto. Gracias.

Estuvieron ordenando, limpiando y etiquetando frascos durante un tiempo que empezaba a hacérsele eterno. El hombre no paraba de hablar y Julián dudaba de si le estaba hablando a él o lo hacía para sí mismo.

—La naturaleza tiene otra edad... Es como las montañas... dicen que se mueven, pero claro, apenas medio palmo cada cien años...

Julián arrugó la frente. El anciano parecía haberse olvidado de su presencia. Finalmente, decidió interrumpirlo.

—Disculpe, señor Zadornín. Usted me había hecho venir por algo en concreto...

El anciano se giró y su rostro volvió a iluminarse por la vela. Lo miró unos instantes, sorprendido, como si efectivamente se hubiera olvidado de él.

—No se preocupe, joven —le contestó mientras se giraba de nuevo hacia la estantería—, todo a su debido tiempo. No le he hecho venir aquí para nada.

Y siguió con sus quehaceres, hablando de los avances de la medicina, de libros antiguos e incluso tarareando viejas canciones. Mientras tanto ordenaba sus estanterías. Siempre en grupos de tres. Julián empezó a cuestionarse su presencia allí, lo mismo no tenía nada que decirle.

—Perdone... pero sigo aquí, señor Zadornín.

El boticario interrumpió su tarea y su rostro volvió a aparecer junto a la vela. Sus lentes brillaban ante los haces de luz. Julián se fijó en los enormes mechones blancos que le salían de los orificios de la nariz y las orejas. El anciano sopló sobre uno de los libros y una nube de polvo invadió la habitación.

—Si lo prefiere puede sentarse. —Julián estuvo a punto de estornudar por las motas de polvo que, descubiertas por los haces de luz del candil, bailoteaban a su alrededor. Retiró unos quebradizos papeles de una de las sillas—. Con cuidado, por favor —lo interrumpió el anciano. Julián los depositó con suma delicadeza sobre la mesa.

El anciano se sentó al otro lado de la misma. La mesa era bastante alta y apenas le asomaba la cabeza y el cuello, parecía diminuto entre tantos libros. Lo observó durante largo rato sin decirle nada, estudiándolo tras aquellas enormes lentes. Al final, cansado de tanta espera, Julián decidió hablar primero e ir al grano.

—En la carta usted hablaba sobre mi padre...

Zadornín permanecía atento, observador. No decía nada.

—¿Es cierto que mi padre seguía vivo cuando lo encontró?

El anciano esbozó una ligera sonrisa y decenas de arrugas marcaron su rostro.

—Su voz y la de su padre son idénticas, si me permite decirlo... —Julián arqueó las cejas ante la respuesta—. También se parecen en el aspecto, aunque esa mirada deduzco que debía pertenecer a su madre... ¿Me equivoco?

Julián desvió la mirada y contestó con un suspiro.

—Eso dicen... —murmuró.

—Por las palabras de su padre me imagino que ya no le queda familia...

Julián abrió los ojos y miró al anciano.

—Entonces es cierto —dijo con renovado interés—. Mi padre le dijo algo antes de morir.

—Ya le he mencionado que sus voces son idénticas, jovencito. Desde luego que hablé con él. Aunque no se tratara de la habitual conversación entre dos personas que acaban de conocerse... claro.

El anciano guardó silencio de nuevo. Julián se revolvió en su asiento.

—¿Y qué le dijo? —preguntó, temiendo que el boticario desviara la conversación.

El cuerpo del anciano no se movió, pero sí sus agrietados labios.

—Acababa de amanecer y yo viajaba a Burgos a por unas plantas medicinales que solo nacen allí. Entonces lo encontré tendido en el borde del camino. —Zadornín hablaba sin moverse un ápice, encorvado sobre su silla y refugiado tras sus lentes. Continuó—: Quiero que sepa que cuando llegué ya era demasiado tarde... no pude hacer nada, había perdido mucha sangre. —Julián se estremeció. No se había preparado para imaginar cómo su padre yacía moribundo en el camino... Tuvo que hacer un gran esfuerzo para controlar sus emociones e intentar serenarse. El anciano parecía leerle los pensamientos—. ¿Quiere que le deje más tiempo para mentalizarse? Lo que le voy a contar puede que le sea duro de escuchar...

Julián no podía aguardar más. Se preparó para escuchar lo que fuera.

—No... No se preocupe. Continúe por favor.

El anciano pareció dudar unos instantes. Pero al final prosiguió.

—Cuando lo encontré no paraba de decir cosas sin sentido. Estaba delirando. Le apreté con fuerza el estómago e intenté cortar la hemorragia, tenía una herida muy... —se calló, mirando a Julián.

—No. Siga, por favor. —Julián no quería que omitiera detalles—. ¿Qué decía mi padre?

Tras sopesarlo unos instantes, Zadornín reanudó su relato.

—En aquel momento eran cosas sin sentido... La verdad es que no lo recuerdo con claridad.

Julián hizo un esfuerzo para no alzar la voz.

—Por el amor de Dios, ¡intente recordar!

—Ya le digo que no lo recuerdo con claridad. Deliraba y no se le entendía bien. Se le veía... se le veía aterrorizado, parecía muy asustado... —Zadornín hizo una pausa y cerró los ojos, frunciendo el ceño en un afán por intentar recordar. Pareció asentir, con gesto serio—. Entonces hubo un momento en que pareció recobrar la cordura —continuó—. Sus ojos me enfocaron y me miraron con fijeza. Me dio un mensaje para usted, joven.

Julián tragó saliva. Su mente había visualizado lo descrito por el boticario y de pronto sintió cómo su aparente firmeza se veía zarandeada como un castillo de naipes ante una ligera brisilla. Las lágrimas amenazaban con asomar a sus ojos.

—Y... ¿qué le dijo? —preguntó con voz temblorosa.

El boticario lo miró tras sus enormes lentes, sus viejos ojos transmitían tristeza y complicidad.

—Su padre me agarró de la manga y me acercó hacia él —siguió relatando—. «Esto es para mi hijo», me dijo. «Dígale que aguarde. Alguien vendrá en su busca. Él le guiará.»

Julián agarró el apoyabrazos de madera y se irguió sobre la silla, sobresaltado.

—¿Le dijo quién?

Zadornín negó con la cabeza.

—Después me dijo algo más... dijo que se mantuviera firme. —Hizo una pausa, remarcando sus últimas palabras—. Dijo que no se desviara del camino.

Julián tenía las manos apretadas en torno a la silla. ¿Que no se desviara del camino? ¿A qué se referiría con eso?

—¿Eso es todo? —preguntó con los ojos muy abiertos—. ¿No le dijo nada más?

Zadornín pareció extrañarse.

—¿Le parece poco?

Julián permaneció en silencio, mirando al boticario con los ojos vidriosos.

—Después volvió a delirar —continuó él—. Al final tuvo otro momento de lucidez y se obcecó en que mirara en las alforjas que permanecían varios pasos más adelante. Me pidió que le describiera lo que contenían. Le dije que había quince reales, un juego de plumas, algo de papel en blanco, una manta y dos cacerolas. Desesperado, insistió en que mirara mejor, pero no había nada más. Me volví a acercar a él. Se había puesto muy nervioso. No paraba... no paraba de retorcerse desesperado. No paraba de repetir algo... algo de que la Orden estaba en peligro. Y entonces dio su último suspiro —concluyó el boticario con aire de cansancio—. Así acabó su vida.

Al terminar el relato del boticario, Julián agachó la cabeza. Lo había visto en su mente, había visto cómo su padre moría, al igual que en la pesadilla de la noche anterior. Volvió a sentir sus emociones a flor de piel. Le temblaba el labio inferior y había escondido las manos bajo la mesa, apretando los puños en un afán por contenerse. Luchó por no derrumbarse allí mismo, ante el anciano. Al final consiguió serenarse y volvió a alzar la mirada. Zadornín pasaba la mano continuamente por la vieja madera de la mesa, quitando el polvo. Sus lentos movimientos se habían tornado nerviosos y temblorosos. Julián frunció el ceño, le ocultaba algo.

—¿Hay algo más que tenga que contarme?

El anciano lo miró apenas una fracción de segundo. No dijo nada, pero fue suficiente.

Entonces la firmeza de Julián se desmoronó. Las emociones que había conseguido doblegar le asaltaron súbitamente, sin previo aviso. Pero no aparecieron en forma de lágrimas. La tristeza que había sentido hasta entonces cambió por una repentina ráfaga de ira contenida. Fue como si la barrera entre sus emociones fuera tan fina como la hoja de un papel. Y no pudo contenerse.

Se levantó de la silla y de manera violenta golpeó los puños sobre la mesa, inclinándose de golpe ante el boticario.

Este se sobresaltó y se echó hacia atrás, revelándose el temor en sus ojos.

—¿Hay algo más que desee contarme? —repitió Julián con fiereza. Se sorprendió de su propia voz. Fría y distante.

El niño, que hasta ese momento había seguido limpiando en las estanterías, se asustó y se refugió tras su maestro. Julián miró al pobre anciano proteger a su aprendiz con manos temblorosas. Los dos juntos parecían muy frágiles, inofensivos. Aquella gente no merecía un trato hostil. Fue entonces cuando se percató de la reacción que había tenido. Aturdido, empezó a retirarse, sentándose con cuidado sobre la silla.

La voz del anciano asomó temblorosa.

—Verá... esto no es más que una impresión mía. Antes lo he omitido porque dudo que le aporte algo... —murmuró.

Julián bajó la cabeza y cerró los ojos con fuerza.

—Cuando su padre deliraba no entendía lo que decía, pero... su mirada era la de un hombre aterrado... y no creo que fuera por miedo a la muerte. —Guardó silencio, sus ojos se desviaron, recordando—. Parecía haber visto algo que le afectaba enormemente... en fin, no lo sé.

Julián sintió cómo las lágrimas le asolaban. Se inclinó sobre la silla llevándose las manos a la cabeza. No pudo evitar un sollozo.

Al ver aquello, el anciano se levantó de su silla y, con suma delicadeza, rodeó la mesa hasta quedarse junto al joven. Le posó una mano sobre la espalda.

—Tienes la voz de tu padre y la mirada de tu madre... —musitó tuteándolo—. La naturaleza es sabia y no borra el rastro de nadie.

Artzeiz asomó junto a Julián y le tendió un pañuelo. El joven se enjugó las lágrimas y se levantó de la silla, devolviendo el pañuelo al muchacho mudo. Miró a Zadornín, que lo observaba tras sus enormes lentes.

—Gracias —le dijo.

Sonó sincero. Y lo fue.

Entonces se volvió y se dirigió a la puerta. Al abrirla, la frágil voz del anciano lo detuvo desde el fondo de la estancia.

—No te desvíes del camino, hijo.

Julián asintió en silencio y salió al exterior. Había dejado de llover. Pese a seguir nublado, tuvo que hacer un esfuerzo para acostumbrarse a la luz.

Al salir del corredor, no se percató de la figura que lo observaba desde el fondo del callejón, oculta entre las sombras.

6

El palacio de los Díaz de Heredia asomó con sus ostentosas formas en mitad de la calle empedrada, iluminada por faroles. Se encontraba en lo alto de la ciudad, la urbe antigua, donde se alzaban la mayoría de los palacios renacentistas con sus imponentes fachadas, patios, arquerías y galerías.

El edificio era uno de los más señoriales de la ciudad. Hacía años que no pasaba por allí y Julián se deleitó ante sus imponentes muros. La tenue luz de los faroles dotaba de una gran belleza a las amplias balaustradas y balcones y, en contraste con la débil luz azulada del anochecer invernal, añadían un contrapunto especial al entorno, casi mágico.

Las campanas empezaron a sonar inundando con su repiqueteo la calle donde se encontraba. Sobre la confusa maraña de tejados, Julián vio cómo sobresalía el campanario de la iglesia de Santa María, en lo alto de la ciudad.

Ya eran las cuatro y había llegado puntual.

El criado de la entrada, envuelto en una capa para guarecerse del frío, atendía a una pareja, dándoles la bienvenida a la casa con una amplia sonrisa. Julián se acercó tras ellos. No había comido nada en todo el día y hasta ese mismo momento su mente solo había pensado en un buen guiso de patatas. Pero fue entonces cuando la angustia y los nervios le empezaron a atenazar la garganta. Temía sentirse fuera de lugar una vez dentro; según palabras de Martín, entre los invitados estaban los personajes más ilustres de la ciudad, miembros de la alta nobleza a la cual él no pertenecía. Se miró los ropajes. Llevaba los mejores que se podía permitir. Los pantalones tenían algunas salpicaduras de barro e intentó quitárselas frotando con la manga del abrigo. Al menos el chaleco de su padre seguía intacto, protegido tras la gruesa prenda del tabardo.

El criado lo observó durante unos instantes, erguido sobre la escalinata.

—El señorito Aldecoa, si no me equivoco —pronunció con seriedad.

Julián asintió, incómodo. Cuando el mayordomo se disponía a dejarle entrar, una cara sonriente apareció tras él. Era Clara.

—¡Te he visto venir desde la ventana! —lo saludó—. Aunque aún no he terminado de prepararme... —añadió divertida.

El criado se alarmó.

—Señorita Clara, haga el favor de subir a sus aposentos. Su madre estará impaciente.

Clara no pareció hacerle demasiado caso y cogió a Julián por el brazo, guiándole al interior de la casa. Sorprendido, el joven no tuvo más remedio que dejarse guiar, sin que su aturdida boca gozase de un momento para hablar.

Una chimenea calentaba la entrada y el contraste de temperatura con el exterior le pareció maravilloso.

—Disculpa a Octavio, a veces es demasiado serio. Mira, esas son las cocinas —dijo ella, señalando a la izquierda del pasillo. Había una puerta ligeramente abierta y se percibía mucho movimiento y fragor al otro lado. Les invadió un intenso olor a pan recién horneado. Julián casi se mareó.

»Nunca has estado en mi casa, ¿verdad?

Julián negó con la cabeza. Él sabía perfectamente que nunca había estado allí, pero ella no parecía acordarse.

Cruzaron el pasillo y aparecieron en un amplio patio. Era un espacio realmente majestuoso, de piedra blanca como la nieve y doble arquería de pisos. Los arcos estaban decorados con figuras y representaciones de hombres barbudos y seres mitológicos. Salvo en las iglesias, Julián nunca había visto esculturas tan reales. Miró a aquellos seres con cierto temor, muchos de ellos con el rostro desencajado por la locura.

Había una enorme escalera de piedra en uno de los laterales. Clara señaló hacia ella.

—Arriba están las dependencias y los aposentos. Te enseñaría mi alcoba, pero creo que ahora no es el mejor momento. —Desvió la mirada hacia la amplia entrada que había al otro lado del patio. De ella emanaba una luz cálida y el murmullo de decenas de invitados—. Es el salón principal; los invitados ya están esperando y yo debería subir y terminar de arreglarme. ¡Mi madre estará preguntándose dónde demonios me he metido! —exclamó divertida.

Antes de marcharse llamó a un criado vestido de librea que asomaba por el pasillo de las cocinas.

—Miguel, ¿quieres hacer el favor de llevar a mi amigo junto a tío Simón y mi padre?

Clara había dicho «mi amigo». Y le había salido natural. Julián no pudo evitar una amplia sonrisa antes de despedirse de ella. Se quedó mirando cómo subía corriendo la escalera hasta que el criado lo interrumpió.

—Por favor, sígame.

Lo condujo hasta la entrada del salón. A medida que se acercaban, las voces y los murmullos de los invitados fueron aumentando; distinguió la sosegada música de un violín, el tintineo de las copas al chocar entre ellas y el reconfortante calor de una chimenea emanando de la sala. Sintió cómo su corazón empezaba a palpitar con más fuerza.

Entró tras el criado y se encontró ante una gran sala repleta de invitados vestidos de gala.

El ambiente majestuoso que se respiraba invadió todos sus sentidos y no pudo evitar sentirse abrumado. La sala brillaba bajo la cálida luz de los candelabros y candiles. Los invitados lucían coloridos uniformes y vestidos de fiesta y se concentraban en grupos a lo largo de la lujosa estancia. Las mujeres, con vestidos de suaves telas y zapatos que parecían de lino, charlaban sentadas en amplios sofás y sillones con brazos decorados, junto a unas amplias vidrieras que daban al jardín. Los caballeros, engalanados con fracs, levitas y chalecos ombligueros, y con copas y cigarros en la mano, estaban reunidos en grupos. Algunos conversaban sobre las últimas nuevas con periódicos y gacetas en la mano, otros jugaban a las cartas o al rocambor. También había grupos de jóvenes charlando y compartiendo risas junto a los ventanales.

Julián se sintió sobrecogido ante tanta pomposidad. Entre aquellos muros, se respiraba un ambiente muy diferente al de la calle; parecía estar adentrándose en otro mundo, un mundo muy alejado del que conocía.

Siguió al criado entre la gente. Mientras cruzaba la estancia tuvo la sensación de que algunos se volvían para mirarlo, aunque tal vez solo se tratara de su imaginación. La sala estaba cubierta por una bóveda estrellada y decorada con amplios cortinajes recogidos en las vidrieras, además de alfombras, vitrinas y cuadros religiosos. Había bargueños de una madera oscura y brillante en las esquinas, arcas con cajoncillos y gavetas de donde los criados sacaban cuberterías que parecían de plata. En el centro había una enorme mesa cubierta por un mantel, salpicada de copas y platos de diferentes tamaños, candelabros, braseros y lámparas.

El criado lo condujo hasta un grupo de varios hombres que conversaban de pie junto a la enorme mesa que había en el centro.

—Señores —dijo con una breve reverencia—, les presento al señorito Aldecoa.

Después le recogió la capa y lo dejó con aquellos caballeros. Julián se sentía como un pescador segando el cereal, o como un gato en mitad de una jauría de perros. Más fuera que dentro. Aquellos hombres interrumpieron su conversación para observarlo. De pronto el calor de la chimenea se volvió insoportable, el cuello de la camisa le apretaba y las gotas de sudor le recorrían la espalda.

Ver al señor Díaz de Heredia acercarse con una amplia sonrisa supuso un verdadero alivio. Al menos una cara conocida.

—Un verdadero placer tenerte aquí —le dijo mientras le estrechaba la mano con fuerza. Se volvió hacia el resto de los caballeros que componían el grupo, eran cuatro—. Caballeros, les presento al hijo de un gran amigo mío que, por desgracia, falleció la semana pasada.

Los hombres le dieron el pésame y Julián inclinó la cabeza en señal de agradecimiento.

—Te presento a mi hermano Simón —continuó Alfredo, señalándole hacia un hombre de facciones agraciadas, bastante alto y de figura esbelta. Vestía los hábitos clericales y le estrechó la mano con firmeza—. No hay nadie que conozca mejor a Clara que su querido tío —añadió con una sonrisa.

A continuación, el señor Díaz de Heredia le presentó al resto de los caballeros. Primero a don Miguel Ricardo de Álava y Esquível, un conocido militar alavés, capitán de fragata y concejal en el Ayuntamiento; después al marqués de Narrós, y finalmente al alcalde de Vitoria, Francisco Javier de Urbina, conocido como el marqués de Alameda, cuyo palacio era uno de los más grandes de la ciudad.

Ellos le fueron saludando con leves inclinaciones de cabeza y ninguno pareció hacerlo con desdén. Poco a poco, los sudores de Julián fueron remitiendo.

Tras las presentaciones, Alfredo tenía invitados a los que atender y se alejó del grupo. Los caballeros reanudaron la conversación sobre los impuestos de las hermandades que mantenían antes de que Julián llegara. Al parecer las arcas municipales estaban vacías y el marqués de Alameda parecía muy preocupado.

Julián paseó la mirada por el salón. El señor Díaz de Heredia se había acercado a la biblioteca y atendía a un distinguido grupo de caballeros. Entre ellos reconoció al marqués de Montehermoso y varios nobles más, pero lo que más le llamó la atención fueron los hombres uniformados, los militares.

El joven no cabía en sí de asombro. Eran tres y vestían de azul y blanco, como los oficiales franceses. Se quedó observándolos, estupefacto. ¿Qué demonios hacían allí? ¿Acaso el señor Díaz de Heredia era uno de esos afrancesados afines a las ideas napoleónicas? En la aldea los odiaban por traidores. Julián había oído que en Vitoria había varios entre la aristocracia local, como el marqués de Montehermoso. Pero ¿Alfredo, afrancesado?; de él sí que no se lo esperaba.

La voz de Simón, el tío de Clara, sacó a Julián de sus pensamientos. Había dejado la conversación sobre los impuestos y se dirigía a él.

—Clara me hablaba mucho de ti —le dijo con un tono cordial en un afán por entablar conversación. Hablaba más bien bajo, con tranquilidad. Pese a ello su voz era penetrante, profunda y se desmarcaba de todas las demás—. Volvía entusiasmada de los paseos a vuestra aldea. Al parecer os divertíais mucho.

Julián se alegró de oír aquello.

—Fuimos amigos antes de que se fuera a Barcelona —contestó con toda la cordialidad de la que fue capaz.

Simón sonrió.

—Desde que era niña, Clara siempre fue una joven muy especial... —comentó mientras paseaba la mirada por el salón con cierta indiferencia—. Nunca se sintió demasiado integrada en ambientes como este. Su lugar parecía estar muy lejos de aquí... —Seguía repasando con la mirada a los invitados con gesto pensativo—. Es una buena chica, de buen corazón.

Julián se quedó sorprendido ante las palabras del clérigo. No entendía muy bien a qué hacían referencia. Asintió, más bien por cortesía que por convicción.

Entonces algo llamó la atención de los invitados. Todos volvieron la cabeza en dirección a la entrada y Julián miró hacia allí.

Cuando Clara entró en la sala, se quedó ensimismado, contemplándola con los ojos congelados en ella. Llevaba un sencillo vestido de un suave azul cielo que rozaba la suave y mullida alfombra. Su pelo descendía en bucles oscuros enmarcándole el rostro y contrastando con la palidez y las suaves formas de sus facciones. Su cuerpo se movía con suavidad, deslizándose por la estancia con una belleza que deslumbraba en perfecta armonía con su hermosa figura.

Julián escuchó al marqués de Narrós hablar en voz baja tras él.

—Con razón la pretenden todos...

Clara saludó a varios invitados que se le acercaron. Julián vio cómo le presentaban a varios caballeros de pose alto y camisas de seda. Vio cómo ella se inclinaba sutilmente con una ligera sonrisa al tiempo que ellos le besaban la mano. Después se quedó a hablar con un joven alto y atractivo de unos veinticinco años. Julián se fijó en él. Llevaba el mentón reluciente tras un buen afeitado, el bigote perfectamente marcado y las patillas a la moda. Se movía y hablaba con elegancia. Ella le sonreía. Seguro que estaba totalmente perfumado, pensó. Era uno de esos *petimetres*, como calificaban en la aldea a los jóvenes nobles.

No hablaron durante mucho tiempo y Clara pasó a atender a otros invitados. Después miró hacia donde ellos estaban y una sonrisa iluminó su rostro.

—¡Vaya! —exclamó al tiempo que se acercaba—. ¡Veo que ya os habéis conocido!

Una vez que se acercó, Julián no pudo evitar contemplarla de cerca; aquella piel, blanca y perfecta como la porcelana, descendía por su fino cuello interrumpido por una cinta azul, hasta perderse por el escote de su vestido.

Fue entonces cuando algo distrajo la atención de todos. Un ejército de sirvientes portando bandejas con aperitivos hizo su entrada en el salón y le recordaron a Julián que tenía un hambre de mil demonios. En pocos segundos, la mesa se llenó de decenas de bebidas y pasteles de todos los colores posibles. Lo más llamativo eran las bandejas que contenían montañas de pastas. Julián las contemplaba con los ojos abiertos como platos y la boca hecha agua. También había pan, cortado en finas rebanadas alargadas. No era el típico pan moreno al que estaba acostumbrado. Era pan de flor, y solo en una ocasión había tenido la suerte de probarlo. Jamás había imaginado que se pudieran cocinar tantos dulces diferentes. Y, por supuesto, jamás había visto tanta comida junta en una sola mesa ni en ningún otro lado. Se preguntaba cuánto costaría conseguir todo aquello, más teniendo en cuenta la subida de los precios que había visto en el mercado.

Al verle la cara de entusiasmo, Clara esbozó una sonrisa amplia, lo cogió por el brazo y le empezó a explicar qué era cada cosa.

—Primero te recomiendo que empieces con los refrescos, porque luego traerán el chocolate caliente...

—¿Chocolate?

—Sí —le explicó Clara, sonriente—, el chocolate es el producto estelar del banquete. Pero antes —continuó mientras le señalaba los refrescos—, elige un refresco. Tienes limonada, naranjada, agua de albaricoque, horchata, leche sola o aromatizada, agua de canela y... agua de agraz. Creo que eso es todo.

Julián la miró entusiasmado.

—¿Crees? ¡Con tanta comida no me extrañaría que te olvidaras de algo! —exclamó.

Se acercó a los refrescos con sus llamativos colores y los olfateó. Muchos no tenían gran olor, pero emanaban frescura. Era una lástima tener tanta comida para una sola ocasión. Le gustaría llevarse un poco de todo a casa para que Miriam y sus padres también pudieran probar.

Seducido por el olor, eligió la leche aromatizada; pero lo que más le apetecía era comer y enseguida empezó a atiborrarse de pastas. Después trajeron el chocolate. Se lo sirvieron en una humeante tacita y supo al instante que recordaría toda la vida el momento en que el suave y cremoso líquido entró en su boca y su sabor lo inundó todo.

Comió hasta que no pudo más. Durante un tiempo se olvidó de todo lo que le rodeaba. Mientras los demás degustaban con tranquilidad al tiempo que mantenían conversaciones, él se centró en intentar probarlo todo.

Un rato después los invitados parecían haberse satisfecho y cada vez eran menos los que se acercaban a la mesa. Todavía quedaban muchísimos dulces en las bandejas y Julián se preguntó qué harían con ellos. ¿Los tirarían? No, sería una aberración tirarlos. Probablemente los guardarían para ir comiéndolos poco a poco. Soñó con llevarse a la aldea unos pocos de esos bollos de leche que tanto le habían gustado. Se imaginaba las caras de Pascual, Teresa y Miriam. Después desechó la idea, si lo pillaban, lo mirarían como a un pobre hambriento.

Se fijó en los invitados. Nadie miraba la mesa, todos estaban entretenidos en sus conversaciones y juegos. Tal vez pudiera coger unos pocos sin que nadie se diera cuenta. Se metió las manos en los bolsillos, eran grandes.

Sin pensárselo, se acercó a la mesa, alargó la mano sobre la bandeja más próxima y cogió un bollo. Lo hizo cuatro veces más, hasta que se llenó los bolsillos. Miró alrededor, nadie parecía haberlo visto. Respiró aliviado.

Contento por poder llevar ese regalo a casa, paseó la mirada por la sala. Clara estaba sentada en uno de los sillones, conversando con unas amigas. Apartó de su mente la idea de acercarse, había demasiada gente rodeándola. En un extremo del salón, en lo que parecía una pequeña biblioteca con sillones frailunos y estanterías hasta los techos, vio al señor Díaz de Heredia y a su hermano Simón, participando en una de las conversaciones más animadas de la fiesta. El clérigo se dio la vuelta y al verlo, lo obsequió con una sonrisa, acercándosele.

—¿Ya has terminado? —le dijo con tono de broma—. Clara y yo hemos tenido que dejarte a solas, no había quien te detuviera.

Julián se ruborizó un tanto y se llevó la mano a la tripa en señal de saciedad.

—Ya me he llenado.

El clérigo lo miró unos instantes. Al final ambos se echaron a reír a carcajada limpia.

—Acompáñame —le dijo entonces el monje—, la conversación se ha puesto interesante.

Antes de seguirlo, Julián lanzó una última mirada hacia donde estaba Clara. Parecía tener una conversación trivial con otra dama, puesto que ambas reían con agrado. Mantuvo la mirada más de lo debido y ella se percató de que la estaba observando; pero antes de que el joven se ruborizara, Clara le dedicó una sonrisa. Y él le respondió con la mejor que le pudo ofrecer.

Simón lo condujo hasta el grupo que conversaba animadamente. Al parecer estaban enzarzados en una discusión seria. Los tres oficiales franceses parecían estar involucrados en el tema tratado y ante la presencia de los extranjeros, Julián no se sentía demasiado cómodo.

El marqués de Montehermoso tenía tomada la palabra. Hablaba con entusiasmo, de pie en el centro de la sala. Era bastante mayor, pero decían que su mujer era la más hermosa de todo el reino.

—Señores —decía—, es un hecho harto conocido que los gobiernos europeos, con sus reyes y su antigua nobleza, se hallan en una profunda decadencia —hablaba con suma altanería—. Solo la revitalización, gracias a las nuevas y frescas ideas que inculcan nuestros invitados —hizo una leve reverencia hacia los oficiales franceses—, puede salvar a la vieja Europa de caer en el más profundo de los abismos. España, con el rey Carlos y el ministro Godoy, no es más que un país encarcelado en sus viejas tradiciones, desfasadas en los tiempos que corren. Yo defiendo una Europa sin fronteras, cuna de la modernidad que el Siglo de las Luces nos ha ofrecido.

—¿Se refiere usted a la Europa con la que con tanta amabilidad nos obsequia Napoleón? ¿Una Europa forjada a base de guerras y muertes de inocentes?

El que había hablado era un hombre de edad avanzada que estaba de pie a la derecha de Julián, con barriga prominente y la peluca ligeramente torcida. Tenía el rostro congestionado, tal vez por indignación o tal vez por haber tomado alguna copa de más.

—Cálmense, señores —intervino con gesto conciliador el señor Díaz de Heredia, estaba en el centro del grupo a modo de moderador y no se le veía cómodo.

—¿Que me calme? —exclamó el hombre de la peluca torcida—. ¡Estos hombres se están riendo ante nosotros! ¡Portugal es solo una excusa para meterse hasta el fondo de nuestros hogares!

Uno de los franceses, con el uniforme de oficial cubierto de entorchados dorados, habló sin dejar su asiento; lo hizo en un castellano bastante correcto, pero Julián distinguió un deje de desprecio en sus palabras. Parecía que las estuviera escupiendo.

—Sus reyes deberían entregarse a la generosidad del emperador —pronunció—. Con su poderosa protección, ustedes deberían sentirse agradecidos al envío de tropas y pruebas de amistad.

—¿Qué pruebas de amistad, noble caballero? —Esta vez fue Simón el que habló—. Han llegado noticias de que en pocos días ustedes se han apoderado de Portugal, el principal aliado de sus enemigos, los ingleses. Sabemos que los soberanos lusos han huido a Brasil sin que el pueblo ni el ejército opusiese mayor resistencia. Si han conseguido su objetivo, dígame, ¿por qué entran más tropas en nuestro territorio?

Se trataba de un buen argumento y Julián sintió curiosidad por saber qué respondería el francés.

—No olviden que somos tropas amigas y venimos en son de paz —dijo este—. Si mantenemos tropas en Portugal se debe a nuestro interés por mantener el bloqueo de sus puertos para debilitar el comercio con Inglaterra.

Julián supo de inmediato que el francés se estaba intentando librar de la encerrona de Simón.

—Perdone, pero no ha respondido a la pregunta.

Todos lo miraron sorprendidos. Esta vez era Julián quien había hablado. Y no se amedrentó.

—¿Por qué siguen entrando tropas francesas? —continuó—. ¿Alguien de ustedes se ha fijado en el trato que recibe el pueblo? ¿Me puede explicar, señor, cómo es posible que la gente de la calle les tema si, como usted ha dicho, solo se trata de tropas amigas?

El oficial lo fulminó con la mirada.

—Todo es por seguridad —contestó sin alterarse demasiado—. No nos fiamos de Godoy y sus querellas palaciegas, sabemos que tiene apoyos en el ejército español y no queremos golpes de Estado. Nuestra única intención es deponer a vuestro odiado Godoy y sustituir al débil Carlos IV por su hijo Fernando...

—¡Y una mierda! —El rostro del de la peluca torcida no podía estar más congestionado. El improperio no había pasado desapercibido entre los presentes y Alfredo intentó en vano calmarlo—. ¡Yo veo una contradicción! El Tratado de Fontainebleau lo negociasteis precisamente con el ministro Godoy, ¡y ahora queréis mandarlo al matadero! —El hombre había alzado la voz y toda la sala había centrado su atención en él. Tras sus palabras reinaba un poso incómodo de silencio.

—Por favor, Aquilino, ya es suficiente... —murmuró el señor Díaz de Heredia en voz baja al tiempo que lo agarraba del chaleco—. Los invitados se están incomodando.

Aquilino no le hizo el menor caso, sudaba y respiraba entrecortadamente fuera de sí. Se volvió y lo señaló con un dedo acusatorio.

—¡Tú! ¿Cómo te atreves a traerlos aquí? ¡No eres más que uno de ellos! ¡Un maldito afrancesado! —La gente se empezó a asustar. Alguna dama soltó un grito ahogado. El señor Díaz de Heredia tenía el rostro pálido. Aquilino seguía muy alterado y entonces se dirigió al resto de los invitados—. ¡Estáis todos ciegos! Vosotros los que os hacéis llamar aristócratas y ricachones. ¡Entre fiesta y fiesta no veis lo que en realidad sucede! Deberíais salir a la calle, allí es un secreto a voces. Todos saben las verdaderas intenciones de los franceses.

Alfredo había hecho llamar a un par de criados jóvenes y fuertes. Estos entraron en la sala y cogieron a Aquilino por los brazos. El hombre se resistió en vano y empezó a gritar mientras se lo llevaban casi a rastras.

—¡Recordad esto! —exclamó mientras desaparecía por la entrada—. El emperador va a deponer al rey, sí, ¡pero no pondrá a Fernando en el trono! ¡Recordad esto último! —clamaba mientras se alejaba—. No pondrá a Fernando en el trono...

Su voz se extinguió por los pasillos.

Hubo un silencio sepulcral, nadie hablaba, nadie se movía.

Entonces, en perfecta sincronización, la gente empezó a murmurar por lo bajo, tan exaltada como conmocionada. Los músicos empezaron a tocar más alto, el violinista empezó a moverse más rápido haciendo fluir las notas con más ritmo en un intento por animar al público. El señor Díaz de Heredia se frotaba las manos, nervioso. El escándalo no debería haber pasado, casi había arruinado la fiesta. Aunque a Julián, en el fondo, le alegraba que el hombre hubiera hablado de lo que sucedía en la calle delante de las autoridades locales. Ellos tenían la responsabilidad de defender al pueblo. Además, había puesto en evidencia a aquellos franceses.

Pese a ello, los oficiales extranjeros se mantenían impasibles; continuaban sentados en los sillones, relajados al tiempo que fumaban y charlaban entre ellos. Julián los observó; parecían confiados, con ciertos aires de grandeza, de superioridad. Le resultó llamativo un cuarto hombre que se había mantenido callado durante la conversación y que también podía ser francés. Estaba sentado junto a los otros tres, pero su uniforme no era como el de sus compañeros. Vestía de negro, completamente de negro. Tenía el pelo del mismo color, tan negro como el azabache. Su rostro era de rasgos afilados, y su mirada, penetrante; esto, añadido a su inmaculado y extraño uniforme, lo dotaba de un aspecto amenazador y elegante al mismo tiempo. Había algo en él que a Julián le resultó familiar, tal vez lo hubiera visto antes. Estaba sentado en su butaca, relajado, con las piernas cruzadas y ligeramente apoyado en uno de los respaldos, dando largas chupadas a un cigarro mientras escuchaba distraídamente la conversación. De pronto, Julián sintió los ojos negros de aquel hombre clavados en él, observándolo con detenimiento. Aquella mirada no le resultó nada cómoda y le provocó un escalofrío que le recorrió la espalda de arriba abajo. Apartó la vista enseguida, contrariado.

Pero pronto volvió a alzarla porque a los pocos segundos el señor Díaz de Heredia apareció acompañado de Clara y se la presentó a aquel extraño individuo. El francés se levantó y ambos se dedicaron las debidas genuflexiones, terminando con un beso sutil y fugaz en la frágil mano de ella. Clara le sonrió sin dejar de mirarlo con aquellos enormes ojos oscuros.

Mientras contemplaba la escena, Julián comprendió que había allí varios invitados que pretendían la mano de Clara. Todos ellos, apuestos caballeros, adinerados y poderosos. Gente de la nobleza.

Clara continuaba con el caballero de negro, manteniendo una

conversación formal en la que ella asentía con timidez sin dejar de obsequiar sutiles sonrisas. El hombre parecía estar seduciéndola con sus palabras y sus miradas. Julián decidió volver a apartar la vista y centrarse en otra cosa. Pensó que tal vez era hora de irse, pero hacerlo sin despedirse de Clara le parecía una falta de respeto. Fue a acercarse a Simón, que volvía a conversar con el marqués de Alameda y el militar Ricardo de Álava.

Entonces una mano sobre su hombro derecho lo retuvo. Se volvió y casi le dio un vuelco el corazón. El rostro de Clara le sonreía.

—¿Quieres venir al jardín? Aún no lo has visto.

Julián le devolvió la sonrisa. Para cuando quiso darse cuenta, asentía con la cabeza y de la mano de Clara se dejaba llevar hacia el exterior. Al acercarse a las puertas de vidrieras, pudo apreciar cómo los amigos de ella los miraban con gestos de extrañeza. El alto caballero del mentón reluciente y el bigote a la moda que Julián había visto hablar con Clara poco antes tenía el ceño fruncido. Vio por primera vez a la señora Díaz de Heredia, en la zona de los sofás junto a otras señoras, lanzar una mirada asesina a su hija. Pero a ella no pareció importarle.

Con los entretenimientos de la fiesta, apenas se había dado cuenta de que ya era noche cerrada. Las cálidas luces del salón atravesaban los cristales y se proyectaban, sesgadas, en el suelo de piedra que conducía al jardín. Hacía bastante frío, lo cual Julián agradeció porque la piel se le erizó y los sudores que amenazaban con aparecer se quedaron en el intento.

Clara se había detenido frente a una fuente de piedra que había en el centro, tenía los codos apoyados en ella y miraba a las estrellas. Seguía con su vestido azul, sin abrigarse.

—Te vas a quedar fría —le dijo Julián. De haber conservado su abrigo, la habría protegido con él.

A ella no parecía importarle el frío.

—Es una lástima que lo veas en invierno... —susurró. Sus labios emanaban halos de vapor que se deshacían en jirones en el aire cristalino de la noche—. En primavera se llena de flores... las rosas son mis favoritas. Aparecen con espinas, fuertes y rojas como el fuego. Cuando hace buen tiempo me suelo sentar en ese banco de ahí y leo hasta que los ojos se me cierran. —Señaló hacia un banco de piedra que había en un extremo del jardín, rodeado de dos árboles frutales y varios arbustos.

Julián sentía la garganta atenazada, aun así consiguió articular palabra.

—A mí también me gusta leer —murmuró—. Mi abuelo...

—Lo sé —le cortó Clara—, tu abuelo te traía muchos libros. Lo recuerdo de cuando iba a tu aldea con mi padre, ya los tenías entonces.

Julián se alegró de que Clara recordara aquello. La miró de reojo. Ella tenía la mirada perdida en la bóveda celeste. Algo brillaba con suma intensidad en sus ojos. Julián los observó con detenimiento. Eran las estrellas, que habían decidido reflejarse en ellos.

—Siempre las he mirado imaginándome que contienen otros mundos —murmuró Clara; se la veía sumamente relajada—. Me pregunto si alguna vez podremos acudir a ellas y descubrir qué es lo que guardan.

—Mi abuelo decía que estamos hechos del mismo material que las estrellas —contestó Julián, él también se había dejado llevar por aquella noche fría, clara y silenciosa que conseguía alejar el murmullo de los invitados—. Decía que hay algo que nos une, y que por eso nos sentimos identificados con ellas.

Clara lo miró a los ojos.

—Del mismo material... puede que por dentro seamos tan bellos como ellas.

—Es algo esperanzador —contestó Julián, mirándola.

Clara asintió en silencio mientras volvía la mirada hacia lo alto. Tenía la boca ligeramente abierta, soñadora...

—¡Clara! —La voz los interrumpió, rompiendo el hechizo. Venía de atrás. Julián se dio la vuelta y maldijo entre dientes. El caballero alto del mentón reluciente y la camisa de seda asomaba por la puerta de las vidrieras—. Te estamos esperando para un brindis.

—¡Ahora mismo voy! —le contestó ella.

Julián y Clara se miraron un momento. Ella le dedicó una pequeña sonrisa. Al joven le pareció triste, pero nunca llegó a estar seguro de ello.

El caballero les sostuvo la puerta mientras entraban en el salón. Cuando pasó siguiendo a Clara, el hombre lo miró de arriba abajo con profundo desprecio y ciertos aires de grandeza. Julián dibujó un semblante similar y se aseguró de que el petimetre se lo viera también.

El alto del mentón reluciente cedió su sillón a Clara y Julián se quedó de pie junto a ella. Les dieron unas copas. Había unos diez amigos de Clara, ataviados con sus lujosos trajes y sentados en varios sillones y un amplio sofá. El alto del mentón reluciente alzó su copa.

—Por Clara, para que elija sabiamente el mejor de sus futuros. —Todos asintieron con entusiasmo, el caballero se llevó la copa a los labios sin despegar los ojos de la anfitriona y Julián vio cómo esta enrojecía.

Después todos hablaron del suceso del día, el escándalo del señor Aquilino.

—Ese pobre desgraciado es un borracho, no decía más que sandeces —comentó el alto del mentón reluciente—. Estamos ante una gran oportunidad. Con los franceses por fin sacaremos a esta nación de su incultura y su pobreza. No os creáis lo que ese lunático nos ha dicho.

Julián se mordió la lengua. Había visto el sufrimiento del pueblo en la calle y le dolía que alguien pensara así y lo compartiera con los demás intentando convencerles de ello. Mientras aquel hombre enseñaba los dientes con extremo orgullo tras su fino bigote, agradeciendo las opiniones de apoyo de los presentes, él sintió náuseas. ¿Cómo podía negar lo que sucedía en las calles? ¿Cómo podía estar diciendo eso? ¿Acaso estaba ciego?

Julián fue consciente de que la ira llenaba su boca y le hacía hablar.

—¿Dónde vives? —le preguntó con fiereza, tuteándole con osadía.

El caballero lo miró sorprendido.

—¿Perdona?

Se lo repitió y el petimetre le contestó, hinchándose de orgullo.

—Provengo de Bilbao —pronunció—, del palacio de los Cortázar Amador. Soy el heredero de la fortuna de mi difunto padre, el mayor comerciante de especias del norte.

—¿Y en Bilbao frecuentas la calle? —le preguntó Julián sin apenas poder moderar sus palabras.

El hombre lo miró con extrañeza.

—¿No has visto cómo tus amigos, los franceses, empujan, amedrentan y roban a la gente?, ¿a tus propios vecinos? ¿O es que la fortuna de tu padre te tiene cegado?

Supo al instante que se había excedido, pero no aguantaba las tonterías que decía aquel tipo, no soportaba la petulancia con la que se movía, la altanería con la que sonreía.

La gente presente contuvo el aliento. Clara se había llevado la mano a la boca, estupefacta. El alto del mentón reluciente parecía haberse atragantado, las venas de las sienes y la frente se le habían hinchado y, tras su maquillaje, Julián juraría que su rostro estaba adquiriendo un preocupante tono amoratado. Pero enseguida pareció recuperarse y en pocos segundos había adquirido su desagradable postura habitual.

—¿Qué demonios te sucede con los franceses, rapaz? ¿Acaso te han robado tus cuatro vacas famélicas?

Julián apretó la mandíbula y se contuvo. El caballero continuó.

—¿O violaron a tu madre y tu padre ya no quiere tocarla?

Aquellas palabras fueron como una bofetada y le hicieron daño. Julián tuvo que hacer un gran esfuerzo para no perder la compostura.

Clara se levantó de su asiento, muy disgustada.

—Amadeo, ¡ya basta!

El caballero no se detuvo y prosiguió, haciendo un gesto a los invitados para que se fijaran en Julián.

—Fijaos en sus alpargatas llenas de barro... Y mirad su chalequillo —señaló a la prenda de su padre. Todos se fijaron en ella, incluso Clara lo hizo también—, le sale pelusilla en las hombreras, ¡y seguro que es su traje de gala!

Todos rieron y Julián cerró los ojos con fuerza.

—¿Qué son esos bultos que llevas ahí, rapaz?

Julián abrió los ojos y se miró sus pantalones de color pardo, eran los mejores que tenía y aún los llevaba manchados de barro por el camino de la mañana. Los bolsillos se veían a rebosar y asomaba un dulce por arriba, desmigajado. Se temió lo peor. El petimetre alzó bien la voz, para que todos le oyeran.

—¡Pero si lleva un reguero de migas! ¿Lo habéis visto?, el pobre es un muerto de hambre, ¡tiene los bolsillos a rebosar de bizcochos!

La carcajada fue monumental.

Julián volvió a cerrar los ojos ante la humillación. El pecho le ardía de rabia. Los párpados comenzaron a temblarle, rebosando unas lágrimas que no podía dejar aparecer. Intentó evadirse del mundo, de las carcajadas que aún sonaban. Tras un inmenso esfuerzo volvió a abrir los ojos y se enfrentó de nuevo a la cruda realidad que le rodeaba.

El caballero alto lo miraba triunfante. Le sacaba dos cabezas y al menos diez años de edad, Julián parecía más pequeño enfrentado a él. La sensación de inferioridad que experimentó hizo que sus ojos volvieran a temblar. No podía dejarse ver así en público. Y menos con Clara delante. No se atrevía a mirarla. Hubiera salido corriendo, pero no podía.

Entonces hizo lo único que se sintió capaz de hacer.

—Que pasen una buena velada.

Se fue de allí con la poca dignidad que había encontrado, dejando un reguero de humillación a su paso y secundado por las risas que no remitían. No volvió a mirar atrás. No quería pensar en las miradas, morbosas ante la afrenta recibida, que se le habían quedado clavadas en la espalda. No quería pensar en nada. Solo en correr, lejos de allí.

Salió lo más rápido que pudo. Uno de los criados le devolvió el abrigo al llegar al pasillo de la cocina. Al abrir el portón con sus manos trémulas, el frío le recordó dónde estaba, quién era. Se caló su abrigo de tabardo y se alejó de allí.

Poco después, creyó oír los gritos de Clara pidiéndole que volviera. Pero él continuó su camino. Las lágrimas le recorrían las mejillas y no podía dejar que ella las viera.

La noche reinaba en la ciudad y las calles aparecían desoladas, envueltas en tinieblas a pesar de la solitaria luz de algún farol. Julián caminaba presuroso pegado a una de las fachadas. Llevaba el corazón envenenado de rabia.

Su respiración afanosa se convertía en densas nubes de vaho. El sonido de sus alpargatas sobre el empedrado helado rompía el silencio sepulcral que se había adueñado de las oscuras calles. Pisaba con fuerza y podría haberse resbalado en cualquier momento.

No se veía ningún alma. Tal vez fuera por el toque de queda. Julián sabía que durante la noche, la gente de bien se encerraba en sus casas y las calles se transformaban en laberintos oscuros propicios para las gentes más extrañas.

Alentado por sus pensamientos, aceleró el paso. Anduvo callejeando durante un rato en dirección a los establos de la Posada del Caballo Andante.

No se percató de la presencia del extraño hasta que lo tuvo delante. La figura, enfundada en un abrigo oscuro, lo observaba inmóvil junto a la fachada de la casa más próxima. Procuró pasar de largo con la cabeza gacha.

—Mal momento para andar por la calle —dijo la voz desde las sombras—. ¿Acaso no tienes miedo a la oscuridad?

Julián hizo caso omiso. Con el corazón en la boca, procuraba pasar de largo, cuando la voz del desconocido le hizo detenerse.

—Es curioso cuando uno se encuentra rodeado de tinieblas, ¿verdad, Julián?

El joven se quedó paralizado al oír su nombre. Miró al desconocido. Su rostro, oculto en las sombras de la noche, fue tenuemente iluminado por la brasa de un cigarro que sostenía en la mano derecha. Aun así, apenas podía verlo.

—¿Quién es usted?

—Nadie al que tengas que temer —contestó el extraño—. Me pregunto qué sientes cuando la oscuridad te rodea, cuando todo alrededor parece cobrar vida y ves demonios en cada rincón.

Un escalofrío le sacudió el cuerpo bajo la capa.

—¿Me conoce de algo?

No hubo respuesta. El individuo fumaba en silencio, observándolo. El tenue halo de humo azul difuminaba los oscuros rasgos de su rostro. Solo cuando se acercaba el cigarro a la boca, era capaz de vislumbrar levemente las afiladas formas de sus facciones, iluminadas en tonos rojizos, envueltas enseguida por nuevos brotes de humo que exhalaba despacio, con un largo suspiro.

Entonces la brasa del cigarro se extinguió. Y todo se sumió en tinieblas.

—Me pregunto por qué los humanos necesitan la luz para sobrevivir... Sin ella, nace el miedo y nos sentimos perdidos. Creo que es cuestión de control, de saber dominar la oscuridad. —Su voz sonaba como un desgarro. Julián empezó a retroceder, dispuesto a irse—. Y tú, ¿cómo lo llevas?

—¿Cómo llevó el qué?

—Me refiero a cómo llevas la oscuridad. —Hizo una pausa—. O mejor dicho, cómo llevas la muerte de tu padre, Julián.

Se le congeló la sangre. ¿Quién demonios era aquel individuo? Tras unos instantes de aturdimiento en que no supo cómo reaccionar, el calor volvió a su cuerpo. Lejos de amedrentarse, comenzó a hartarse de aquella situación; se imaginó a aquel hombre sonriendo bajo la capucha y no estaba dispuesto a que se volvieran a reír de él.

—¿Cómo sabe eso? ¿Quién demonios se ha creído que es? —Lo dijo con severidad, sin que le temblara la voz.

Hubo un momento de silencio. El otro no contestaba.

—Más le vale hablar —soltó Julián.

—¿Es una amenaza? —Sus palabras llegaron tenebrosas. Julián se mantuvo firme.

—Lo es —dijo con toda la firmeza del mundo.

—Tranquilízate —susurró el otro desde la oscuridad.

—Primero déjese usted de tonterías. —El hecho de no verle el rostro al extraño le sacaba de quicio—. Es usted un cobarde. ¡Enseñe su rostro de una vez! —Sin darse cuenta había dado unos pasos hacia el individuo, con los puños cerrados. La figura permanecía impasible, quieta como una estatua en la oscuridad.

—Yo que tú no me acercaría más. —Su voz sonó fría como el hielo, impasible, sin levantar el tono. Aquello sí que era una amenaza. Julián pensó que tal vez se hubiera excedido de valiente.

—¿De qué conoce a mi padre?

—No estoy aquí para hacerte daño, Julián. —La voz del hombre volvió a la normalidad—. Sé por lo que estás pasando.

—Usted no tiene ni idea de lo que estoy pasando.

Las palabras del hombre empezaron a sonar más amables.

—Conocí a tu padre —dijo con suavidad—. Siento su pérdida tan... incomprensible.

—¿Incomprensible? —exclamó Julián—. ¿Qué es lo que sabe?

El extrañó pareció moverse tras las sombras, amagando con irse.

—Solo quiero advertirte que permanezcas con los ojos bien abiertos —lo dijo intranquilo—. Es posible que tras su muerte haya lobos hambrientos acechando.

—Perdone, ¿acechando? ¿A qué se refiere? ¿Quién es usted?

El hombre le había dado la espalda y se estaba alejando.

—Digamos que no soy un lobo —dijo sin volverse. Sus pasos resonaban en la oscuridad—. Nos veremos pronto, Julián.

7

La muchedumbre se apartaba al paso de los dos soldados. Muchos lo hacían con la mirada baja y los rostros temerosos, pero no todo era sumisión. Al teniente del II de Húsares, Marcel Roland, no le pasaban desapercibidas las miradas hostiles que sentía clavadas en la espalda cuando salía a la calle. Notaba cómo algunos murmuraban en voz baja y escupían al suelo a su paso.

Cinco meses después de que llegaran allí, los habitantes de aquella ciudad del sur de los Pirineos los temían y los odiaban por partes iguales.

Cruzaron las murallas y entraron en la ciudad por el portal del norte. Después se desviaron hacia la urbe este, por una de las calles más cercanas a los muros. Conocían la identidad del hombre que descubrió el cadáver de Franz Giesler: un boticario de la ciudad con fama de brujo excéntrico que desempeñaba su oficio en uno de los callejones de aquella zona.

Mientras cruzaban aquella calle empedrada, Marcel miró a su compañero. Croix mostraba aquella mirada lobuna que tanto le caracterizaba cuando olía presas cerca. Y aquel día contaban con una. Marcel esperaba que el viejo boticario no se resistiera a revelarles todo lo que sabía, de lo contrario temía que Croix ejerciera la violencia sobre él como ya le había visto hacerlo anteriormente con otras víctimas. Mientras observaba a su embrutecido compañero, pensó que no tenían nada en común.

Marcel Roland procedía de una familia acomodada del sur de Génova. Su padre, antiguo coronel de caballería, había sido el principal impulsor de su ingreso en la Academia Militar. Había completado sus estudios en la sección de caballería con resultados brillantes y enseguida había sido destinado al II Regimiento de Húsares con el grado de teniente, algo poco usual en un recién salido de la academia. Pero sus aspiraciones como jinete del Ejército Imperial pronto se habían visto truncadas ante la asignación de aquella empresa.

Todos en el regimiento le felicitaron cuando se conoció la noticia de que los del Servicio Secreto lo habían elegido para uno de sus trabajos. Su padre se sintió muy orgulloso. Y él también. Eran muy pocos los privilegiados que tenían ocasión de ingresar en las selectas secciones de Inteligencia Militar.

Croix empujó a un aldeano, enviándolo al suelo.

—¡Apártate! —El pobre hombre se levantó aterrado y se esfumó corriendo calle abajo.

Los abusos en el trato con los civiles se sucedían todos los días y Marcel no estaba de acuerdo con aquel proceder. Él no se había alistado para maltratar a inocentes; lo había hecho en busca del honor y la gloria de la que tanto hablaban los veteranos. Para luchar en un embarrado campo de batalla, contra otro ejército y junto con sus compañeros del escuadrón, por una idea en la que creyese. Pero, pese a que su misión estuviera alejada del campo de batalla, sabía que las tropas imperiales apenas estaban encontrando oponente y se preguntaba cuáles eran las verdaderas intenciones de Napoleón en la península.

Cuanto más indagaban en la investigación que les concernía, más interrogantes aparecían. Tras la misión fallida en aquel palacete de las afueras de Madrid, todo rastro de los miembros de aquella hermandad parecía haberse esfumado. Ni siquiera sabían exactamente por qué les perseguían. Los del Servicio Secreto apenas les contaron nada, solo que siguieran las órdenes de su inmediato superior. Y así lo estaban haciendo, pero este no daba demasiadas explicaciones y Marcel tenía la sensación de estar procediendo a ciegas.

En cuanto fue informado de que iba a trabajar con el general Louis Le Duc, Marcel investigó su trayectoria en los archivos de la Academia Militar. Se sorprendió al comprobar que no había pasado por la Academia y que no tenía antecedentes militares. Su nombramiento como general se había producido dos semanas antes de que Marcel fuera informado de la misión.

No tuvo que indagar mucho para descubrir que Louis Le Duc era uno de los hombres más poderosos de Francia a la edad prematura de veintisiete años. Poseía un imperio de negocios basado en la producción de hierro y la fabricación de armamento, dirigido desde sus dominios en Nantes. Pero sus ingresos no solo se basaban en el hierro; desde sus extensas tierras él controlaba la mayoría de los negocios que se desarrollaban en la ciudad. Al parecer, daba protección a la gente frente a robos y maleantes de poca monta a cambio de pequeños porcentajes de sus ingresos. El pueblo de Nantes lo respetaba y lo temía al mismo tiempo. Incluso la guardia cívica de la ciudad miraba para otro lado ante su poder sobre el pueblo. El control allí era suyo.

Se decía que había sido la principal causa del hundimiento de los hornos más importantes del país; arruinándolos a base de engaños y trapicheos, saboteando sus hornos y después comprándoselos a precios irrisorios.

Marcel sabía que trabajaba para un hombre peligroso. Tras su semblante frío e inalterable, se escondía una mente inteligente y despiadada. Llevaban cinco meses en aquel país y en vez de alojarse en las casas señoriales de la villa como habían hecho los demás generales, él había sorprendido a todos gastándose una fortuna en la adquisición de un palacio al norte de la ciudad; compra que acomodaba la estancia de Marcel y Croix de manera notoria, permitiéndoles disponer de sus propias dependencias en lugar de tener que dormir en tiendas de campaña o en casas de campesinos. Pese a ello, Marcel se preguntaba cuáles serían las razones para que Le Duc quisiera asentarse en aquella ciudad adquiriendo un gran palacio.

Sus pensamientos se vieron truncados cuando la voz de Croix sonó junto a él.

—Es este el callejón que buscamos.

Se habían detenido al final de un cantón que descendía hasta las murallas. Marcel vio los dientes amarillentos de Croix esbozar una sonrisa tras su descuidado mostacho. Su compañero llevaba varios años trabajando para Le Duc y se preguntaba qué atrocidades habría llegado a cometer.

Bajaron hasta los muros y se internaron en el callejón. Marcel deseó que Croix no cobrara ninguna presa aquel día.

El Tratado de Fontainebleau, firmado por Eugenio Izquierdo por parte española y el general Duroc como representante francés, el 27 de octubre de 1807, estipulaba que los ejércitos imperiales, a su paso por la península, debían ser mantenidos por el pueblo español.

Louis Le Duc era muy consciente de las consecuencias que el tratado conllevaría. Y estaba seguro de que para entonces, aquella chusma de incultos españoles lo habían probado en sus propias carnes, y si aún no lo habían hecho, desde luego lo harían pronto.

Mientras disfrutaba de uno de sus cigarros matinales en el estudio de su palacio, Le Duc aguardaba la llegada de sus hombres con el informe de la interrogación al boticario. Pero aquella no era la visita más importante del día y el general francés no dejaba de pensar en la que se debía producir poco después, a las doce en punto. Para el éxito de aquel encuentro, sabía que tenía una importancia determinante la serie de acontecimientos que se iban produciendo en aquella ocupación militar. A aquellas alturas, la gente tenía que haberse percatado de que aquello no era un simple permiso de paso. Y si no lo habían hecho, desde luego, pronto lo harían.

Si los empobrecidos ejércitos españoles seguían acantonados en sus cuarteles sin hacer nada, si el pueblo inculto español continuaba soportando los desmanes del Ejército Imperial, era debido a la confianza ciega que tenían depositada en los monarcas españoles. Y estos confiaban, a su vez, en las buenas intenciones de Napoleón.

Mientras Le Duc pensaba en los borbones que reinaban en España, sus labios se movieron débilmente: «Marionetas de Francia... ineptos y estúpidos. Están ciegos.»

Para entonces la ocupación militar era total. Las fuerzas francesas se habían acantonado en las ciudades y puntos neurálgicos del país, desde donde eran capaces de garantizar la posesión de las principales vías de comunicación por medio de columnas y destacamentos que patrullaban amplias zonas, sujetando a la población y desbaratando cualquier sublevación que pronto pudiera producirse.

Los reinos vascongados habían sido considerados piezas clave, tanto por su condición fronteriza como por ser una vía natural de penetración desde Bayona hacia Castilla. Y, por lo tanto, los compatriotas de Le Duc no habían descuidado la zona. Un posible levantamiento allí podía bloquear la entrada de nuevos refuerzos haciendo peligrosa la estancia de las tropas acantonadas en el interior.

Vitoria, por su situación estratégica, servía como cuartel permanente, y, por lo tanto, estaba obligada a costear las vituallas de las tropas guarnecidas y las de tránsito. Además de la manutención y el alojamiento de los soldados, se estaban empezando a entregar mantas, ropas y otros utensilios para los hospitales militares.

Le Duc sabía que las arcas locales se estaban quedando sin recursos para satisfacer las necesidades de los militares franceses. Ciertamente, los gastos estaban siendo inmensos y las autoridades se estaban planteando adaptar el aparato fiscal. Hasta aquel momento, la solución había consistido en multiplicar las derramas y los impuestos al pueblo mediante el tradicional reparto por «hoja de Hermandad»; el cual se distribuía a partes iguales entre los pagadores, pechando lo mismo el comerciante acaudalado que el labrador más humilde.

Pero el sistema ya no daba para más. La Casa Consistorial de la ciudad y su alcalde estaban desesperados; si pedían más al pueblo, la gente empezaría a morirse de hambre. Y por eso se había recurrido al sistema francés: la contribución única, mediante la cual se contribuía en función de la capacidad económica que cada cual tenía. La burguesía y los más pudientes iban a empezar a costear el gasto de la ocupación a través de continuos préstamos que Le Duc sabía que difícilmente iban a ser devueltos.

Aquel cambio en el sistema de recaudación era la solución que Le Duc había estado esperando. Era el momento de hacer uso de ella. Lo que pretendía conseguir con el hombre al que esperaba era una parte importante de su plan. «No podrá rechazar mi oferta», se dijo.

Tocaron a la puerta y el rostro de una de las criadas asomó por la entrada de la antesala.

—Son sus hombres, señor. Acaban de llegar.

Le Duc miró el reloj; las doce menos cuarto. Tenían quince minutos.

—Que pasen.

Sus dos principales hombres cruzaron la estancia a grandes zancadas. Croix parecía satisfecho y fue el primero en hablar.

—El boticario no ha tardado mucho en abrir la boca, señor.

Marcel se mostraba cabizbajo. Le Duc sabía que no estaba de acuerdo con los métodos de Croix. Pronto se acostumbraría.

—Bien, informadme.

Los dos hombres hablaron sobre el relato del boticario. Este les había revelado las últimas palabras de Franz Giesler antes de morir; les había hablado del extraño mensaje de que alguien vendría en busca de su hijo y la visita que este había hecho días antes a la botica en busca de respuestas.

—El boticario recibió una visita más, poco después de que el chico se fuera —añadió Marcel.

—¿Y qué tiene de malo eso? —contestó Le Duc—. Es una botica, recibirá visitas todos los días.

—No, *mesié*. —Marcel permanecía muy serio—. Por lo que dijo el viejo, debió de tratarse de una visita extraña. Un individuo que no enseñaba su rostro y que preguntó con insistencia por las últimas palabras de Franz Giesler.

—¿Que no enseñaba su rostro?

Marcel afirmó con la cabeza.

—Esa botica está casi a oscuras y, al parecer, debía de esconderse tras una capucha. Lo que le dije, *mesié*, no somos los únicos.

Le Duc sopesó la última información unos momentos.

—De acuerdo... me ocuparé de averiguar quién demonios puede ser ese individuo del que habláis.

—Alguien tuvo que matar a Franz Giesler... —repuso Marcel con firmeza.

Le Duc lo mandó callar con un gesto de la mano.

—Lo sé —sentenció—. Yo me ocuparé de eso. De momento queda esperar a que aparezca esa persona enviada a por el chico. Parece que la Orden vuelve a dar señales de vida.

Desde que había oído hablar del hijo de Franz, Croix estaba inquieto.

—Jefe —dijo—, ¿qué hacemos entonces? ¿Vigilamos de cerca al chico?

La criada los interrumpió.

—Su visita ha llegado, señor.

Al recibir la noticia, Le Duc esbozó una extraña mueca. Su rostro se ensombreció por momentos.

—Cuando termine con mi invitado, subid y trataremos sobre nuestra manera de proceder... —murmuró.

Cuando sus dos hombres se hubieron ido, Le Duc se recostó sobre su asiento y extrajo su caja de cigarrillos. Se preparó para cambiar de registro y mostrar lo bien que se desenvolvía hablando en castellano.

El hombre que apareció ante él vestía a la antigua, pero sus ropajes eran de buena calidad. Se despojó nervioso de su abrigo y su sombrero de tres picos y se detuvo sin saber muy bien qué hacer, mirándole temeroso. A Le Duc le gustaba aquella sensación de tenerlo bajo control.

—Siéntese, por favor. ¿Un cigarrillo?

El hombre se sentó y negó con la cabeza.

—Me alegro de tenerle aquí conmigo... —Le Duc extrajo un cigarrillo de su caja de latón y alzó la vista, directa al hombre que se había sentado ante él—. Señor Díaz de Heredia.

El noble vitoriano no se encontraba allí por casualidad. Le Duc lo había elegido porque era perfecto para lo que él quería. Se había informado y lo sabía todo sobre él.

La familia Díaz de Heredia se encontraba en una endeble situación económica. La mala gestión y la dejadez de los últimos años habían esquilmado la productividad de sus bienes y tierras. En otros tiempos habían comerciado con sedas, lanas y algodón, heredado de los negocios del padre del hombre que en aquel momento tenía ante él. Pero las pocas dotes que mostró el heredero y actual señor de sus tierras acabaron por cerrar el negocio. Desde entonces vivían en base a sus posesiones y a los beneficios que proporcionaban las tierras arrendadas. Pero la mala gestión había hecho que todo empezara a decaer.

Lo peor para la familia había venido con la llegada de los franceses. Tras la instauración de la contribución única, los importantes impuestos a los que se estaban viendo sometidos los estaban ahogando. Habían tenido que vender joyas y mobiliario de lujo que poseían para poder pagarlas. Le Duc se había enterado de que acababan de recibir la noticia de varios abandonos de sus arriendos ante la incapacidad de los colonos para pagar las nuevas rentas de las tierras que exigía la ocupación. Sus tierras estaban quedando desiertas, inútiles.

Por eso buscaban un marido acaudalado para su hija, la joven y bella Clara. Por esa razón organizaron la tertulia con el pretexto del cumpleaños de su padre, para presentarla ante la sociedad. Le Duc había acudido y se había presentado. Ahora había citado al jefe de la familia para ejecutar su plan. Solo tenía que convencerlo; no se podría resistir, lo que se proponía ofrecerle era demasiado bueno para rechazarlo. Además venía en el momento adecuado...

—Me he informado sobre su situación, señor Díaz de Heredia —le dijo despacio mientras se encendía un cigarrillo—. Y conozco el estado poco alentador de sus arcas. —Con el cigarrillo humeando entre sus dedos, sacó del primer cajón de la derecha uno de sus informes y le mencionó parte de sus problemas financieros. Mientras se los recitaba, el rostro del viejo aristócrata empezó a crisparse por la sorpresa.

»Hace poco me presenté a usted y a su familia —continuó—. Como bien sabrá, poseo una fortuna considerable, gracias a mis negocios en el sur de Francia. Mis asesores de confianza se encargan ahora de la gestión de todo ello ya que mi intención actual se centra en ampliar fronteras. Y he decidido desarrollar mis negocios aquí.

El señor Díaz de Heredia lo miró confundido. Sus ojos verdes se movían inquietos.

—Con el debido respeto... general. ¿Cuánto tiempo piensa usted quedarse en nuestras tierras?

Le Duc se recostó en la silla y dejó su informe sobre la mesa. Entonces reveló la primera de las sorpresas.

—Tal vez aún no se haya percatado, caballero... pero he de comunicarle que las verdaderas intenciones de mi nación son asentar raíces aquí, en su tierra. —Dio una chupada a su cigarro—. Estamos aquí para alumbrarles con las ideas de la Ilustración que Napoleón quiere extender por toda Europa. Les liberaremos del yugo atrasado y tradicional al que les tienen sometidos sus monarcas absolutistas.

El señor Díaz de Heredia parpadeó, contrariado.

—Perdone... no entiendo a qué se refiere.

Le Duc se tomó su tiempo.

—Verá... —dijo despacio—, se lo dejaré bien claro. Napoleón pretende gobernar en España y lo que aquí está sucediendo es una invasión. Una invasión de su país. Por parte del mío.

El señor Díaz de Heredia fue a decir algo, pero no alcanzó a hilar palabra alguna ante tamaña revelación.

—Me extraña que no lo sospechara ya... —añadió el francés—. Tranquilícese. No se debería alarmar. Es un secreto a voces que Napoleón pretende la corona de España. Su país pasará a formar parte del Imperio Napoleónico.

Estaba disfrutando con aquello. Exhaló, despacio, el contenido de su cigarro y dejó unos segundos para que el aristócrata asimilara la información. Este comenzó a balbucear algo.

—Jamás llegué a pensar que...

—¿Que fuera cierto lo que decían? Aquel pobre hombre al que echaron de la fiesta tenía razón. Es evidente, solo hay que ver lo que sucede en las calles. No se preocupe —lo consoló—. Si sabe acercarse al bando correcto, no tendrá ningún problema, se lo aseguro. Bien... como decía, mi interés es afincarme en estas tierras una vez que su pueblo asuma el control francés...

—Habrá guerra...

Le Duc no pareció preocuparse ante las palabras del aristócrata.

—Es posible... —murmuró—. Verá, no se me ha pasado por alto el trato que está recibiendo el pueblo por parte de mis compatriotas. Nos odian y no nos quieren aquí. Cuando mi país gane la guerra y pase a gobernar, jamás seré bien visto ni respetado si no uno lazos con este territorio. —Esperó a que el humo dejara de velar sus ojos negros y fulminó con la mirada al viejo noble—. Quiero que usted y su familia sean mi llave para ello.

El señor Díaz de Heredia levantó sus huidizos ojos verdes, alarmado.

—¿Qué?

—Mi propuesta es la siguiente —continuó Le Duc—: pasaré a formar parte de su familia y de ese modo compartiremos negocios... y beneficios. Usted recibirá parte de mis beneficios en Francia, que aportarán una seguridad económica a su familia, que, de otra manera, veo inalcanzable dada su situación actual. Y al mismo tiempo, sus tierras serán también mías... Es decir, gozaré del estatus de su apellido y no seré visto como un forastero.

Alfredo Díaz de Heredia no pudo disimular su conmoción; los rayos de luz que entraban por la ventana rasgaban la estancia y hacían brillar las gotas de sudor que bañaban su frente como pequeños trozos de cristal. Extrajo un pañuelo de su casaca y, con manos trémulas, se la secó en un intento por serenarse.

—Perdone, mi general... —consiguió decir no sin dificultades—. ¿A... a qué se refiere con pasar a formar parte de mi familia?

—Muy sencillo, me casaré con su hija.

El viejo aristócrata se aferró al apoyabrazos de su silla. Su rostro se había congestionado de manera preocupante.

—Eso no es posible... —balbuceó, incrédulo—. Mi hija no querrá... además... discúlpeme pero es usted francés, eso no sería bien visto aquí... la condenaría.

Le Duc había conducido a aquel hombre a su terreno, al punto exacto que pretendía.

—Déjeme enseñarle algo... —Sin soltar su cigarro, abrió de nuevo el cajón de la mesa y sacó un cartapacio de cuero. Extrajo de él una hoja de papel y se la extendió a su invitado.

»Este escrito formará parte de la edición impresa de *La Gaceta* de mañana. —Dejó que el señor Díaz de Heredia lo empezara a leer—. Es el último decreto tomado como medida por la Casa Consistorial y será promulgado mañana a los cuatro vientos. —Los ojos del aristócrata iban abriéndose aterrorizados a medida que leían.

—No puede ser... —balbuceó con el papel temblando entre sus manos—. Nos van a arruinar, esto destrozará la economía del reino.

—Se trata del último empréstito decretado a fecha de ayer, por el cual será obligatorio a partir de mañana el abono de seis millones de reales pagaderos entre los doscientos alaveses mejor acomodados divididos en cuatro clases —añadió, señalando a la hoja—. Temo decirle que usted está entre los de la primera clase; deberá pues abonar la cantidad de sesenta mil reales.

Díaz de Heredia se había quedado con la mirada perdida en el papel que sus manos apenas podían sostener con firmeza. Le Duc supo con certeza que lo había llevado al punto que deseaba.

—Las arcas locales están prácticamente vacías y ante los nuevos impuestos que se van a decretar, el Ayuntamiento está vendiendo casas propias de la ciudad a compradores privados. Y lo mismo va a pasar con las tierras concejiles de todas las aldeas y hermandades del reino, tendrán que subastarlas. Usted tendrá que hacer lo mismo y sin tierras no dispondrá de beneficios. A la larga, sus deudas le harán vender el palacio y expulsarán a su familia a la calle.

Lágrimas de terror se confundían en su rostro bañado en sudor.

—Yo estoy aquí para proporcionarle una solución —continuó el general—. Este es el procedimiento: usted subasta las tierras y yo pujaré fuerte por ellas. Esos terrenos aparecerán a mi nombre en las escrituras, pero los beneficios que aporten serán suyos. Y a cambio yo solo le pido una cosa, solo una. —Se levantó del asiento y se apoyó en el escritorio. Podía oír cómo el corazón de aquel hombre latía desesperado—: Que nuestros apellidos se unan.

El rostro de Díaz de Heredia emitió una mueca de dolor.

—Además... recibirá un porcentaje de los ingresos de todos mis negocios y situará a su hija en una posición muy elevada en la nueva sociedad ilustrada. Si no acepta, estará perdido. Se lo aseguro.

El viejo aristócrata alzó la cabeza y lo miró, sin comprender, con un semblante derrotado.

—No le comprendo del todo... Usted sale perdiendo.

—Según cómo lo vea.

—Ha rechazado acomodarse en casa de los marqueses de Alameda y... en su lugar se ha gastado una fortuna en adquirir un palacio —repuso Díaz de Heredia—. Ahora... ahora quiere unirse a mi familia y gozar de la protección de mi apellido. ¿A qué viene tanto interés en afincarse en estas tierras? ¡Tiene todo lo que desea en Francia!

La voz de Le Duc sonó tajante.

—Digamos que tengo mis razones, y si no le importa, deseo reservármelas.

—Pero los ingresos que me proporcionan mis tierras son escasos... Hay muchas manos muertas. No haría buen negocio adquiriéndolas.

—No se ofenda, pero la gestión que ha hecho de sus tierras deja mucho que desear. Haremos cambios, no se preocupe... Pondremos a nuevos labradores en las manos muertas y a familias numerosas que puedan trabajar bien la tierra y aprovecharla al máximo. Los exprimiremos más... Tengo cierta experiencia en ello.

—¿A qué se refiere con que los exprimiremos más? —preguntó Alfredo.

—El porcentaje que se lleva usted es demasiado bajo. Subiremos los impuestos. Además, en las tierras que se trabajan, tiene a familias con pocos miembros que no son capaces de sacar el máximo fruto a sus recursos, eso habrá que solucionarlo. No se preocupe, déjelo a mi cargo...

—Pero esas familias no podrán con las requisas de su ejército y si además les subimos nosotros el precio a pagarnos... ¡pasará lo mismo, tendrán que abandonarlas! —se quejó Alfredo.

—No se preocupe, yo me ocuparé de eso. Confíe en mí, haremos profundos cambios para la mejora de la producción. —Le Duc se había acercado al viejo aristócrata y le posó la mano en el hombro. El otro lo miró, temeroso, en su mente aún resonaban sus últimas palabras: «profundos cambios...». El semblante del general se había ensombrecido—. ¿Acepta?

Díaz de Heredia lo sopesó un largo rato. Un leve susurro pareció emanar de sus labios: «Lo siento, hija mía...»

Ya lo tenía.

—¿Acepta?

—Acepto.

8

No se oía más que el tintineo de las agujas, el sonido de las copas de vino dulce, sorbete o chocolate al posarse sobre sus correspondientes bandejitas de porcelana y las voces inalterables y altaneras de las amigas de su madre. Era costumbre que dos o tres veces por semana, Eugenia organizara en casa tertulias femeninas, en las que los chismes y las últimas nuevas siempre eran objeto de cotilleo.

Clara bebió un sorbo de su taza de chocolate, la dejó sobre su bandejita y miró por la ventana. Las amplias vidrieras del salón dejaban entrar un sol radiante. Ya era primavera, pronto podría disfrutar de sus paseos con Simón y hacer excursiones con su padre, e incluso ir algún día de caza. Sobre el regazo tenía un bastidor con un bordado a medio hacer. La costura le parecía un aburrimiento. Y más aún la conversación de las amigas de su madre.

—... como el vestido que lució la marquesa de Montehermoso —estaba diciendo la marquesa de San Millán. Comentaban la fiesta del mes anterior.

—¿A qué se refiere usía? —se interesó María, la hija de un rico comerciante de la ciudad. Clara se había fijado en ella desde su llegada. Vestida con camisa y el ceñidor bajo el pecho, sin ajustador, María estaba en su tercer mes de embarazo. Eran de la misma edad y habían sido amigas desde pequeñas, pero al contrario que ella, pronto vio resueltas sus aspiraciones uniéndose en matrimonio con el marqués de Amárita, hombre de buen porte y acaudalado. Gozaba desde entonces de una buena posición social y el futuro allanado. Aseguraba estar enamorada de su marido, pero Clara ya no veía en ella esa personalidad juvenil que tantos buenos momentos les hizo pasar juntas en el pasado. Ahora no veía más allá que por los ojos de su marido, y ni tan siquiera hablaba ya de sus propios pensamientos.

—Por Dios, doña María —se escandalizó la marquesa—. ¿No se han fijado vuestras mercedes en sus últimas confecciones? Lo último de la moda en París.

—Faltaría más, ¿no saben que posee una costurera y una bordadora que trabajaban tomando ideas de la última moda francesa e inglesa? —añadió la madre de Clara, realmente afectada por el tema.

—Y que lo diga su merced —intervino la marquesa de Alameda—, Pero saben de sobra las buenas relaciones que mantiene su marido con la corte parisina.

Hacía tiempo que Clara había perdido el interés por tantas habladurías sin sentido. Sus preocupaciones iban centradas en otra dirección. Le sorprendía que las amigas de su madre estuvieran escandalizándose por un vestido cuando los últimos acontecimientos que habían asolado al país tenían en vilo al pueblo entero.

Hacía dos semanas que habían empezado a llegar las primeras noticias de la corte española. Al parecer, el ministro Godoy, que seguía controlando al pobre Carlos IV, visto el comportamiento hostil y de ocupación que estaban tomando las tropas francesas y las intenciones que se decía que tenían de deponerlo del cargo, había decidido tomar medidas de seguridad. Como consecuencia, a principios de marzo, la familia real había dispuesto trasladar su corte de Aranjuez a Andalucía, cerca de una posible vía de escape por mar. Pero al parecer Fernando, el hijo del rey y heredero a la corona, había conspirado contra Godoy y el 17 de marzo una multitud de partidarios del príncipe se trasladaron a Aranjuez y asaltaron la residencia del ministro, sin encontrarlo. No contenta, la muchedumbre se había dirigido al Palacio Real, obligando al rey Carlos IV a cesar a su valido. Y el rey, débil y atemorizado por la presión de la gente enardecida, decidió abdicar en favor de su hijo Fernando. Poco después, Godoy fue encontrado, encarcelado y destituido de sus cargos.

El recién proclamado rey de España, Fernando VII, entró en Madrid el 24 de marzo, y por lo que decían, fue aclamado y vitoreado por los madrileños como si de un héroe se tratara. El nuevo rey confiaba en la alianza con los franceses y había prometido a Napoleón estrechar al máximo los vínculos de amistad entre las dos naciones. Murat, comandante en jefe de los franceses en la península, cuyas tropas estaban situadas en las inmediaciones de Madrid, comunicó a Fernando que el mismo Napoleón quería citarse con él para reconocerlo como nuevo rey. Fernando, ansioso por ser reconocido por el hombre más poderoso del mundo, acordó que se encontrarían en Madrid. Pero el emperador cambió de opinión, oficiando su cita en Burgos, más cerca de la frontera. Para sorpresa de todos, cuando el rey acudió a su nueva cita, Napoleón no estaba, y entonces, las oficialidades francesas le comunicaron que le esperaba en Vitoria. Sin dudarlo, Fernando se dirigió a la ciudad, haciendo su entrada hacía una semana, el 13 de abril. Clara había sido testigo de su entrada triunfal en una ciudad custodiada por los franceses. Pero allí nadie había visto a Napoleón; de haber llegado, todos se hubieran enterado.

Habían sido días de tensión en la ciudad. Fernando esperaba la llegada del emperador, pero esta no ocurría. El padre de Clara había estado presente en las reuniones que el monarca había celebrado durante aquellos días con las autoridades de la ciudad, las cuales le prevenían y le aconsejaban que no se fiara del emperador francés. Al final, llegó la carta de Napoleón Bonaparte. En ella le conminaba a dirigirse a Bayona para sostener la prometida entrevista.

El pueblo se había enterado de lo que estaba ocurriendo y la mañana en la que el rey salió de la residencia para montar en el carruaje con destino a Francia, había muchedumbre esperándolo, que se abalanzó sobre el carro, instándole a que no se fuera. Las autoridades perdieron el control ante la avalancha de gente y se empezaron a oír rumores de que el general francés Savary iba a sacar a los granaderos y a la artillería de los cuarteles para acabar con el motín. Debió de faltar muy poco para ello, pero al final el rey pudo salir hacia Francia escoltado por un escuadrón de soldados franceses y una guardia de honor a caballo por un comandante y veintidós jóvenes pertenecientes a las más nobles familias alavesas.

Desde entonces habían pasado dos días y la gente estaba inquieta, a la espera de noticias desde la frontera.

«No toda la gente, al parecer», pensó Clara mientras observaba a las amigas de su madre enzarzadas en una discusión sobre los zapatos de lino. Con las manos inmóviles sobre el bordado inacabado, Clara volvió a mirar a través de las vidrieras. El cielo lucía despejado, de un azul intenso carente de una sola nube. Hacía un día maravilloso y mientras tanto estaba allí, soportando aquella aburrida tertulia.

El recuerdo de la fiesta del mes anterior aún perduraba nítido en su mente. No había terminado como le hubiera gustado. Aquel monstruo de Amadeo se había excedido con Julián, y Clara llevaba días preocupada. Se lo imaginaba trabajando en el campo, bajo aquel sol y aquella brisilla de primavera que debía de estar soplando.

Por un momento cerró los ojos y dejó que su imaginación la deleitara con la sensación del viento primaveral acariciándole la cara. Entonces, una idea vino a su mente.

Abrió los ojos, emocionada. Los deseos de salir se habían vuelto incontrolables y retiró el bordado inacabado de su regazo, dejándolo en la mesilla.

—Disculpen —se levantó con una leve reverencia—, si me lo permiten sus señorías, a veces padezco de jaquecas y necesito tomar el aire... con su permiso, madre. —Esta la miró sorprendida, pero no dijo nada.

Salió del salón lo más rápido que pudo. Por supuesto, lo de las jaquecas era una excusa. Cuando su mente la seducía con algo no había quien la detuviese. Cruzaba el patio con pasos animados cuando vio a su padre, al que no había visto durante la comida, subiendo la escalera con gesto serio.

—¿Le sucede algo, padre?

Él la miró sorprendido, pareció salir de su ensimismamiento.

—¿Eh? Ah... no hija, estoy bien...

Aquel soleado día de abril, Julián ayudaba a Miriam a cortar la hierba que asomaba en las orillas de los caminos que había junto a los campos, con el fin de alimentar a las cinco gallinas que tenían en el diminuto corral de la borda.

La primavera hacía su entrada y la vida en la Llanada empezaba a despertar de su letargo invernal. Los días iban alargando. Los bosques empezaban a forrarse de un manto de hojas frescas y los campos reverdecían con el asomo de sus frutos y sus flores. Las aguas bajaban con brío desde las montañas, serpenteando, saltando por las pendientes y regando los campos.

El trabajo en las eras empezaba a intensificarse, dejando de un lado las labores invernales como las reparaciones en las casas y las bordas.

Julián se levantó y estiró el cuerpo. Llevaban un rato arrodillados sobre la tierra y se le habían entumecido los músculos. Se quitó el sudor de la frente y dio un trago de agua de la calabaza. Miriam no parecía cansarse y tarareaba una canción infantil mientras apilaba la hierba en cuatro montoncitos iguales. Después los metía en uno de los sacos y volvía a buscar más hierba que cortar. Tenía el remendado y descolorido vestido manchado de barro y Julián sabía que Teresa tendría un gran trabajo en el lavadero del pueblo.

Aspiró una gran bocanada de aquel aire fresco primaveral y disfrutó de un segundo trago. Los campesinos de la aldea trabajaban en los campos con las labores de escarda; a su izquierda, Pascual se afanaba en el espaciado de las plantas y en el arranque de los sobrantes; retirando las malas hierbas que habían crecido junto a las plantas del trigo. La mayoría de los aldeanos disponían de tierras arrendadas a nobles rurales como el señor Díaz de Heredia, pero la situación de Pascual era diferente; los campos que trabajaba no estaban arrendados, pero tampoco eran de su propiedad puesto que pertenecían a la aldea. Eran tierras comunales que solían rotarse entre los campesinos cada tres años mediante el sistema de *rozas*. Pero ante los escasos recursos de los que disponían Pascual y su familia, y gracias al sentimiento de comunidad que había en la aldea, llevaban casi seis años trabajando y viviendo de ella en propiedad de *quebranto*. Era lo único que tenían para subsistir aparte de la huerta. En julio, si todo iba bien, recogerían el trigo que les alimentaría durante el resto del año.

A la derecha del camino donde trabajaban Julián y Miriam, estaba la casa del viejo Etxábarri. Tenían la borda y los establos más grandes de la aldea y, además, eran los únicos que poseían ganado: cinco cabezas de vacuno. Clementina, la hija de los Etxábarri, salió de los establos acompañada de su madre; sacaban a las cinco vacas para que alimentaran el campo con sus deposiciones. Pese a haber permanecido todo el invierno en los establos provistas del forraje recogido en los pastos de verano, estaban delgadas.

Julián observó a Clementina guiar a las vacas. Vestía de *neska* con su pañuelo de cuadros, las abarcas y los calcetines gruesos; la blusa blanca con lorzas y el chaleco escondían su voluminoso busto por encima del *gerriko* atado a la cintura. Por la forma en que ella lo miraba cuando recogían el grano en época de cosecha, o por las tímidas palabras que desde que eran niños le había dirigido, Julián siempre había pensado que ella bebía los vientos por él; y cuando Clara le visitaba antes de que se fuera a Barcelona, Julián sabía que Clementina sentía celos.

Por un momento pensó en Clara y recordó lo sucedido en el santo de su padre. Aún le escocía la humillación recibida delante de los invitados, pero prefería no pensar demasiado en ello. Tal vez nunca debiera haber acudido a aquella fiesta, se había tratado de un error; su lugar no estaba entre la nobleza, su lugar estaba allí, en la aldea, entre las colinas, campos y bosques que formaban su hogar.

Miriam lo abroncó por haberse quedado demasiado tiempo sin trabajar. Julián se disculpó y se apresuró a seguir ayudándola, aunque ya tenían hierba suficiente para toda la primavera. Pero dedujo que aquello se había convertido en un juego para su amiga, y él no estaba dispuesto a fastidiárselo.

Anduvieron atareados el resto de la mañana hasta que la entrada en el pueblo de un forastero distrajo a los aldeanos.

Montaba una yegua vieja que cojeaba de los cuartos traseros. Por sus ropajes, enseguida lo reconocieron. Era uno de los recaudadores de la Hermandad.

Julián observó al hombre mientras se preguntaba la razón de su presencia allí. ¿Acaso pensaban exigirles una nueva requisa? Los continuos impuestos de los últimos meses estaban ahogando a los campesinos y salvo los pocos que poseían más de cinco fanegas de trigo y cebada, la mayoría apenas tenían para llegar a la trilla de los granos. A Julián le habían quitado más de la mitad de la cosecha del año anterior.

Los recaudadores solían comenzar por las casas de la entrada a la aldea y la recorrían puerta por puerta hasta llegar a la última, la de Julián. Pero en aquella ocasión el hombre pasó delante de ellos dirigiéndose directamente a la casa más humilde de todas, la de los padres de Miriam. Pascual se había percatado de la llegada del recaudador y con gesto preocupado se acercó a grandes zancadas a la entrada de su hogar. Julián iba a hacer lo propio. Pero Miriam parecía haber intuido que algo no iba bien.

—¿Qué pasa? —preguntó, asustada.

—No lo sé, Miriam. Quédate ahí, no te muevas, ¿de acuerdo?

La niña asintió y se quedó plantada entre cuatro montoncitos de hierba, sin saber qué hacer. Julián se acercó a la casa. Al girar la esquina se encontró a Teresa, con la tabla de lavar, el tajo de jabón y el cesto de ropa mojada volcados en sus pies, recién venida del lavadero. Lo había dejado todo en el suelo para sostener el documento sellado que le había tendido el recién llegado. Las lágrimas recorrían sus ojos. El recaudador, un hombre de mediana edad con un sombrero de ala y un capote con vuelta de grana, la intentaba consolar en vano. Pascual, que había oído sus palabras, alzaba las manos al cielo y murmuraba una plegaria a Dios, desconsolado.

—¿Qué sucede? —preguntó Julián, alarmado.

Pascual y Teresa estaban demasiado afectados para responderle. Le habló Galarza, que estaba junto a ellos y había oído al recaudador.

—Parece que las arcas locales están vacías y no tienen más dinero para pagar al ejército francés.

—¡Pero si no paramos de pagar!

—Lo sé. —Galarza bajó la voz—. Pero no parece ser suficiente. Por eso las hermandades han decidido tasar todas las tierras concejiles del reino y subastarlas al mejor postor para conseguir el dinero.

Julián se quedó de piedra. ¿Subastar las tierras concejiles? ¿Y qué pasaría con las familias que dependían de ellas para sobrevivir? ¿Qué pasaría con Miriam? No podían hacer eso.

—¡Esas tierras ya tenían propietario! —declaró al recaudador—. ¡La comunidad de la aldea se las cedió! ¡El sistema de quebranto así lo atestigua desde hace décadas!

El recaudador se encogió de hombros. Él no podía hacer nada, solo cumplía con su trabajo. Teresa se acercó a Julián y le tendió el documento con manos temblorosas. Tenía el sello oficial del Ayuntamiento.

Julián lo leyó. El texto era escueto y directo. En pocas líneas corroboraba las palabras de Galarza y, para su desgracia, no dejaba duda al respecto. A fecha de 25 de marzo, la fanega comunal de Teresa y Pascual había sido vendida por ochocientos reales.

Julián suspiró y miró con tristeza a Teresa, que, al verle la cara abrazó a su marido. Se habían quedado sin tierras donde trabajar. Sin fuente de alimento. Solo tenían la huerta y los recursos del bosque. Según el documento, disponían de cuatro meses para abandonar la tierra. Al menos podrían recoger la cosecha de julio y vivir de ella un año más. Pero ¿qué sucedería después? Sin esa fanega no podrían sobrevivir. Morirían de hambre.

La comida transcurrió en el más absoluto silencio. Aunque no duró mucho, porque apenas tenían qué comer. Julián había ayudado a avivar la lumbre para calentar el puchero con los garbanzos que sobraron del día anterior. Se percató de que había algunos gusanos en la olla y Teresa le había dicho que lo hirviera más para que Miriam no los viera. Después de hervirlos durante un buen rato, las legumbres se mezclaron con los gusanos. Comieron puré de garbanzos.

Hacía casi un mes que las cuatro libras de carnero se habían agotado. Al menos trajeron tres días de entusiasmo al sentarse a la mesa.

Lo mejor fue la carita de Miriam al ver los bollos de leche. Se le iluminaron los ojos como dos platos reflejados bajo el sol. Aquello no tenía precio. Por supuesto no les dijo cómo los había conseguido.

Teresa se había obcecado en que les acompañara a la mesa todos lo días. Y Julián no se sentía bien, porque apenas tenían para ellos solos, como para alimentar una boca más.

Su humilde hogar consistía en un solo espacio. Allí estaban la mesa y los fogones donde Teresa cocinaba, y más al fondo, junto a un diminuto ventanuco, los dos jergones donde dormían los tres.

No podían comentar lo sucedido con el recaudador. Miriam no debía saberlo por el momento. Julián seguía teniendo un agujero en el estómago, pero no dijo nada. En cambio, Miriam sí, se la veía hecha un palillo.

—Madre, tengo más hambre...

Teresa miró los platos vacíos. Tenía los ojos vidriosos.

—Lo siento, cariño, no hay más por hoy... —le temblaba la voz—. Mañana haremos un buen guiso y te llenarás esa tripita, ya lo verás.

La mujer se levantó de su asiento, profundamente afectada. Teresa era el verdadero sostén de la familia; administraba los escasos alimentos, cocinaba, lavaba y cosía remiendos para la ropa... Y se notaba en su rostro. No tendría más de treinta y cinco años, pero aparentaba muchos más. A veces mostraba una mirada fatigada, reflejo del paso del tiempo bajo una vida pobre y repleta de preocupaciones. Pascual se pasaba el día entero en los campos y en los montes, trabajando a destajo para poder tener algo de qué comer, y los problemas de cómo llevar la comida a la mesa los tenía que solucionar Teresa. Y así llevaban años y años, día tras día.

Teresa salió al exterior.

Julián sabía que iba a llorar. Pascual se quedó pensativo, con los hombros caídos y las manos juntas sobre el regazo, sentado a la mesa con aspecto derrotado. Fijó sus inagotables ojos azules en su hija, que continuaba sentada, y ambos se miraron durante unos segundos, sin decir palabra. Entonces cogió el puchero vacío que seguía sobre la mesa e hizo como que se servía. Para sorpresa de todos, cogió la cuchara de madera y empezó a comer con avidez, se llevaba la cuchara vacía a la boca y hacía como que masticaba gesticulando de placer.

—Está riquísimo —decía, aparentando tener la boca llena—. Servíos, hombre. Que yo no puedo con todo.

Miriam lo miraba con cara extrañada.

—¡Pero si está vacío, padre!

Julián enseguida comprendió a su amigo y decidió ayudarle a salir del apuro. Cogió el puchero con ambas manos y se empezó a servir. Cogió la tinaja de vino vacía y vertió su contenido invisible sobre una de las tazas de barro. Se dirigió a Miriam:

—¡Si no te das prisa acabamos con todo entre los dos!

Y Pascual asentía con la boca llena, totalmente inmerso en su papel. Miriam los siguió mirando extrañada, pero enseguida una pequeña sonrisa iluminó su carita y les empezó a imitar. Parecía divertirle el juego.

—¡Qué bueno! —exclamó con la boca llena.

Cuando Teresa entró poco después, todos estaban saciados, con la tripa llena.

—Lo siento, mamá, no te hemos dejado nada, nos lo hemos comido todo.

Pascual le guiñó un ojo cómplice a su mujer.

Aquella tarde, antes de volver al trabajo del campo, Julián acompañó a Pascual a recoger leña. Pese al buen día que hacía, las noches aún eran frías y necesitaban calentarse. Mientras cargaban la leña del cobertizo a la carreta, Julián se dirigió a su amigo:

—No tenéis de qué preocuparos, aún tenemos las dos fanegas de mi casa. Ahora son demasiadas para mí solo. Podremos compartirlas y tirar con ellas.

Pascual dejó su labor y apoyó su callosa mano de labrador sobre el hombro de Julián. Sus enormes ojos azules brillaban como perlas. Se le veía más delgado que nunca.

—Te lo agradezco, compañero... —su voz reveló emoción—. Pero he de hablarlo con Teresa. Si no podemos seguir aquí, tal vez vayamos a casa de mis padres.

Los padres de Pascual vivían en un pueblecito a las afueras de Madrid. Julián pensó que no debían rendirse, aún podían vivir en la Llanada. La naturaleza los mantendría vivos porque ellos siempre la habían respetado. Eso le había dicho siempre su padre.

—Saldremos adelante —le dijo seguro de sí mismo—, las montañas y sus bosques nos darán lo que necesitemos. Siempre lo han hecho.

Pascual asintió en silencio, aunque no se le veía muy convencido. Y Julián lo comprendía. En aquellos tiempos inciertos, uno no sabía qué le podía deparar el porvenir y el de Julián estaba más negro que nunca. Una neblina de incertidumbre no le dejaba ver más allá de los días siguientes. Pero no se iba a doblegar. Tras ver la situación de la gente en la ciudad, tras enterarse de los desmanes cometidos por los temidos forrajeros en otras aldeas de la Llanada, tras oír a los arrieros los rumores acerca de la oscura trama que estaba urdiendo Napoleón contra los monarcas españoles, sabía que no podía convertirse en una víctima más. No se dejaría. Se había convencido durante aquellos días. Estaba dispuesto a luchar por ser dueño de su propio destino. Ya le habían quitado a su familia y no pensaba quedarse de brazos cruzados.

Desde que volviera de la ciudad no había dejado de pensar en las palabras de Zadornín y en el extraño encuentro con aquel individuo la noche de la fiesta. En más de una ocasión había estado a punto de hablar a Pascual sobre el asunto, pero viendo que él no le había preguntado sobre la cita con el boticario había preferido no hacerlo.

Le apenaba ver tan serio a un hombre que tenía un gran sentido del humor, que trabajaba de sol a sol y adoraba a su familia. A menudo se fijaba en lo orgulloso que se mostraba cuando cogía a su hija en brazos, o en el amor que irradiaban sus ojos cuando compartía miradas con Teresa. En aquellas ocasiones, Julián recordaba a sus padres. Ellos también se amaban.

Cuando fueron a entrar en la casa cargados de leña, oyeron el galope de un caballo. Miraron hacia la entrada del pueblo y vieron la silueta de un jinete acercarse montado en un precioso corcel blanco de raza andaluza.

El jinete tiró suavemente de las riendas de su caballo y lo redujo al paso. Se detuvo ante ellos, llevaba la capucha puesta y no le vieron el rostro hasta que se la retiró.

El brillante cabello cayó suavemente, ondulado, rodeando un fino cuello de cisne que Julián ya conocía. Era Clara.

9

Julián no pudo evitar su cara de asombro cuando Clara bajó de su montura. Pascual se adelantó con una leve reverencia.

—Nos alegramos de tenerla entre nosotros, señorita Clara.

Ella le dedicó una sonrisa encantadora.

—El placer es mío, Pascual.

—No esperaba verte aquí... —comentó Julián con sorpresa contenida. El recuerdo de lo sucedido en la fiesta continuaba reciente—. No es seguro cabalgar sola desde la ciudad. ¿Qué te ha hecho venir hasta la aldea?

Clara tardó unos instantes en responder.

—Estaba probando la nueva montura de mi padre... —musitó, acariciando la grupa del bello semental—, por cierto, ¿sabéis las nuevas de nuestro rey?

—Por lo que hemos oído estuvo en Vitoria hasta el día diecinueve —respondió Julián.

—Sí —contestó Clara—, en estos momentos se encontrará cerca de la frontera. En la ciudad la gente está aterrada. No saben qué va a suceder.

—¡Menudo necio tenemos como monarca! —protestó Pascual—. Ha salido igual a su padre... bueno a su supuesto padre. —Rio por lo bajo—. Porque ya sabéis... —los miró como dando por hecho que conocían los rumores— que Godoy es el verdadero padre de Fernando —volvió a reír—. ¿No es irónico?

Julián y Clara no parecieron encontrarle ninguna gracia. Había cierta tensión entre los dos que Pascual captó de inmediato.

—En fin... —dijo dando unos pasos hacia atrás—, si me necesitáis para algo... ya sabéis. Estaré dentro. Un placer, señorita... —Hizo un torpe ademán y se esfumó por la puerta.

—Llevabas años sin venir a la aldea... —comentó Julián una vez que se quedaron solos—. Salvo el día del funeral de mi padre, claro.

Clara pareció dudar unos instantes.

—Siento lo del otro día... —Sus ojos oscuros se posaron en los de Julián—. No debería haber sucedido.

Julián se ruborizó ante la sinceridad de ella. Parecía haber cabalgado desde la ciudad solo para mostrarle sus disculpas por el comportamiento de uno de sus invitados. Miró a la joven de reojo, la cual se había vuelto a centrar en el lomo de su montura. No supo qué decir.

—No era necesario que vinieras por eso... —contestó al fin—. Aunque me alegra tu presencia en la aldea.

Ella sonrió con timidez y agachó la cabeza. Los dos se callaron y el silencio se apoderó de la fugaz conversación. Después del gesto de Clara, Julián tenía la sensación de que le correspondía a él continuar.

—No debí ir a aquella fiesta —acabó soltando—. Yo mismo me gané la humillación de aquel tipo.

—Piensas que hice mal en invitarte, ¿verdad?

Julián desvió la mirada un momento, pero enseguida respondió.

—Mi lugar está aquí, en la aldea. No en los banquetes que celebráis en la ciudad.

Clara pareció asentir en silencio, con la mano sujeta al ronzal de su caballo andaluz. De pronto, su semblante cambió. Paseó los ojos por la aldea y esbozó una sonrisa.

—Hacía tiempo que no venía a estas tierras en un día soleado... —Tomó una gran bocanada de aire y se deleitó, complacida—. Lo había olvidado... ¡qué aire más puro!

—El aire de las montañas —contestó Julián con una sonrisa.

Ella asintió, en silencio, contemplando los alrededores con los ojos ensimismados y los labios ligeramente entreabiertos.

—Lo echaba de menos...

Julián la observó. Sus ojos oscuros se tornaban del color de la miel ante la luz del sol. Brillaban intensos, llenos de vida.

—¿Te gustaría dar un paseo?

Ella lo miró con sorpresa, su sonrisa también brillaba.

—¿Es una invitación? —preguntó con picardía.

La brusca pregunta lo pilló desprevenido y Julián dudó en su respuesta. Se miró las manos, nervioso.

—Me encantaría —se adelantó ella.

Acabaron paseando entre los campos de labranza y disfrutando de aquel hermoso día de principios de primavera. En ningún momento volvieron a hacer mención de lo sucedido en la fiesta ni de los últimos años de Clara en Barcelona. Se limitaron a bromear y a contarse historias, a comentar cosas sin importancia. Julián le enseñó la era de su casa, y cómo los primeros brotes verdes del cereal de invierno empezaban a asomar. Clara atendía entusiasmada y le preguntaba sobre los secretos del bosque, sobre las aventuras que había vivido con *Lur* y sobre los nuevos lugares que había conocido en los últimos años. El tiempo pasó volando, y cuando empezaba a anochecer, Julián la acompañó a la entrada de la ciudad.

Solo cuando volvía cabalgando a la aldea se percató de que había olvidado por completo sus obligaciones en el campo, descuidando el trabajo de aquella tarde. Al día siguiente debería omitir descansos para recobrar lo perdido; pero no le importaba.

Tres días después Clara volvió a aparecer en la aldea. Montaba su precioso caballo andaluz e iba vestida de hombre, con la capucha cubriendo su cara. Dijo que aprovechaba la siesta de su madre para escapar y se aliaba con su criada para que le excusara durante su ausencia alegando que había ido a jugar al rocambor a casa de su amiga María.

Tardes como aquella se repitieron en varias ocasiones. Clara parecía disfrutar como una niña, feliz y relajada mientras paseaban entre exuberantes bosques y campos verdes. Julián continuó ausentándose del trabajo, pero se aliviaba pensando que en la época de la siega lo recuperaría no permitiéndose descansos.

Un día, al volver a la ciudad, Julián se ofreció para ir a buscarla al palacio la tarde siguiente como alternativa a que ella tuviera que cabalgar sola hasta la aldea.

—Será mejor que no... —le contestó Clara—. Si alguien nos viera podrían surgir habladurías... espero que lo entiendas.

—Sí, claro... —Julián se desanimó, no quería que aquello terminase.

—¿Mañana por la tarde te viene bien? —le preguntó Clara al instante—. Conozco un lugar al que me gustaría que fuéramos.

Aquella noche al acostarse, Julián se protegió con la manta mientras su mente rememoraba aquellos días. Afuera, los sonidos que venían del bosque rodeaban su casa como un manto calmado. Poco antes de ser alcanzado por el sueño, esbozó una sonrisa en la oscuridad, con los ojos cerrados. Hacía mucho que no sonreía en soledad.

A la tarde siguiente, Clara lo llevó a un montículo que asomaba a una legua al sur de las murallas de Vitoria. Lo llamaban el monte Olárizu. Era el único promontorio en toda la Llanada más alto que la colina donde se asentaba la ciudad, sin tener en cuenta las montañas que les rodeaban. Desde allí las vistas eran espectaculares. Se apreciaban las inmensas extensiones del ancho valle; tenían los montes del sur y la aldea de Julián a sus espaldas. Y delante de ellos veían Vitoria y sus cuatro torres con las montañas del norte de fondo. Algunas de ellas eran muy altas y aún tenían sus picos nevados. Se sentaron en una gran piedra que había en lo más alto de la colina. Clara se sujetaba las rodillas con ambas manos. Llevaba un vestido de color crema y el cabello suelto.

—Aquí me traía mi padre a veces cuando era pequeña. Antes de que fuera a casa de mi tío, el conde Maró —comentó ella.

Era la primera vez que hacía mención a eso. Durante aquellos días habían eludido hablar de ello. Y había sido maravilloso. No se habían tenido que preocupar de nada, solo de disfrutar. Pero Julián sabía que no podían seguir evitándolo mucho tiempo. Por alguna razón ella lo había olvidado cuando volvió. Y por alguna razón ella estaba en aquel momento con él mientras los solteros más ricos de la ciudad e incluso de otros reinos más lejanos la pretendían.

Pasaron varias horas hablando, mientras el sol descendía lentamente por el horizonte. Clara le habló de su pasado, de cuando era niña. Le habló de sus padres y de su tío Simón y el cariño que sentía por él. Le dijo que era la persona que mejor la comprendía; desde pequeña ella se había desahogado con él, le había hablado de sus temores adolescentes, de sus preocupaciones e inquietudes. Julián esperaba que ella dijera algo más de sus años en Barcelona, pero no volvió a hacer ninguna mención al respecto.

—Creo que es una suerte tener a alguien que me ayude y me comprenda como lo hace mi tío Simón... —había continuado ella—, me imagino que será muy duro... —no terminó la frase.

Julián se volvió hacia ella. Se había callado, vacilante.

—¿Perdona?

—Me imagino que será muy duro perder a alguien así... tan importante... —volvió a vacilar.

Julián meditó unos instantes antes de contestar, con la mirada en las montañas que se recortaban en el horizonte.

—Intentas no pensar en ello pero al final te das cuenta de que no puedes... —Tomó aire, eligiendo bien las palabras que expresaran lo que sentía—. Sientes su ausencia en cada rincón y no puedes hacer caso omiso de ella.

—Debe de ser muy duro...

Julián asintió. Desde que falleciera su padre, se había mostrado reservado respecto a sus sentimientos. No había hablado de su sufrimiento con nadie e intentaba esconder los días en los que el recuerdo de sus padres se volvía fuerte y la tristeza y la soledad le embargaban. Aquellos días, cuando en la aldea alguien comentaba alguna gracia, él intentaba reír como los demás; no quería preocupar a nadie. Pero en aquel momento, junto a Clara, sintió que podía hablar.

—Al final comprendes que su ausencia te acompañará toda la vida y que no puedes darle la espalda —dijo—. Has de aprender a vivir con ello.

—No sabía si preguntarte, temía abrir heridas...

—No te preocupes, es algo que siempre estará ahí... —Julián reflexionó durante un momento. Clara desconocía la verdad sobre la muerte de Franz. Mientras veía cómo el sol bajaba lentamente, reflejándose en la confusa maraña de los tejados de la ciudad, decidió contárselo—. Hay algo que no sabes... —continuó—. Mi padre no murió por casualidad.

Clara lo miró, confundida.

—¿A qué te refieres?

Julián seguía contemplando la ciudad que se arremolinaba sobre el cerro.

—Hay algo extraño en su muerte y pienso descubrir qué es —dijo.

—¿Algo extraño? —Clara parecía haberse asustado.

Intentó explicárselo en pocas palabras.

—Sé que suena inverosímil —comenzó—, pero hay muchas coincidencias que así lo indican. No fueron los asaltantes de los caminos como todos piensan. No le robaron el dinero, sus pertenencias más valiosas seguían con él cuando le encontraron. —Se quedó pensativo unos momentos—. Lo asesinaron por alguna razón que no alcanzo a entender. Y he de descubrir por qué lo hicieron.

—¿Hablas en serio? —Clara no parecía poder creérselo.

Julián asintió con la cabeza.

—Hubo unas palabras que mi padre me dedicó antes de morir con las que creo que intentaba transmitirme algo... y estoy seguro de que tiene relación con lo que debo averiguar.

La joven parecía asustada.

—Parece peligroso, Julián.

Las palabras de advertencia del extraño individuo que lo acosó la noche de la fiesta cobraron fuerza en su mente. «Lobos acechando», había dicho.

—Puede que lo sea...

—¿Y cómo piensas averiguarlo?

—De momento tengo que esperar.

Ella lo miró extrañada.

—¿Esperar a qué?

—Esperar a que venga alguien enviado por mi padre.

Clara reflexionó durante unos segundos. Julián se imaginaba lo que podía estar pensando. Que aquello era una locura, que no tenía ningún sentido.

—No parece muy buena idea...

—Es lo único que me mantiene unido a mi padre y no lo dejaré de lado.

Clara no quiso inmiscuirse más y asintió ante la seguridad de Julián. Aunque en el fondo las dudas asolaban al joven como agudas escarpias. Pero era lo único que tenía y debía aferrarse a ello.

Clara se había quedado anclada en sus últimas palabras, pensativa. Sus ojos estaban muy abiertos, ensimismados en el horizonte, tan grandes y hermosos como siempre. De pronto pareció que sus pensamientos más íntimos hablaban por ella.

—Creo entenderte, Julián —musitó—. A veces es difícil tener ni siquiera la opción de luchar por lo que uno cree que quiere en su vida. A mí me sucede en algunas ocasiones. Siento en mi interior algo que ansía gritar y salir al exterior. Es como si tuviera unas alas deseando alzarme en vuelo. Pero la vida no siempre me deja volar. Supongo que tú estás intentando hacerlo...

Clara parecía haberse arrancado las últimas palabras de un lugar muy profundo dentro de ella. Julián la vio emocionada y por un momento se sintió profundamente unido a ella. Parecía que solo existieran ellos dos, solos, en aquella colina, observando el mundo a sus pies. Era una sensación maravillosa.

Permanecieron en silencio mientras observaban el anochecer. El sol estaba rozando el horizonte. El cielo azul claro estaba tiñéndose de una amplia amalgama de tonos dorados y rojizos. Suaves pinceladas anaranjadas empezaron a coger fuerza en la bóveda celeste, cada vez con más intensidad, por encima y delante de ellos, mientras el sol dejaba paso a la tranquilidad de la noche.

El viento soplaba suave, acariciándoles las mejillas y el contorno de los ojos. Julián de vez en cuando miraba a Clara. Tenía el cabello suelto y dejaba que su pelo ondulado fluyera libremente ante el soplo de la brisa. Sus ojos brillaban y reflejaban la inmensidad de aquel cielo nacarado. Sus labios esbozaban una leve sonrisa, leve pero sincera, de aquellas que en un breve y fugaz instante reflejan el rostro del alma iluminándose de felicidad.

Se percató de que llevaba largo rato contemplándola. Ella parecía haberse dado cuenta, pero no dijo nada. Parecía estar a gusto y feliz.

Julián quería acariciarle el rostro. Quería abrazarla y oler su cabello. Quería mirarla a los ojos y decirle lo hermosa que era. Decirle que con ella se sentía libre, se olvidaba de sus tristezas y volvía a sentirse como antaño. Decirle que hablar con ella era tan fácil como hablar con uno mismo, pero tan emocionante como hablar con un ser querido al que no ves desde hace años. Quería decirle que se olvidara de todos sus pretendientes ricos y nobles y se escapara con él, lejos.

Pero no dijo nada. Quería saber qué pensaba ella. «¿Por qué estás conmigo y no eligiendo un marido? ¿Qué te puedo dar yo que no te dé uno de esos aristócratas?» De pronto Julián comprendió la cruda realidad. Nada. «No te puedo ofrecer nada. Esto no son más que imaginaciones mías. Ella es una dama cotizada y yo un vulgar campesino.»

No dijo nada. Esta vez Clara lo miraba fijamente, como esperando algo. Pero Julián permaneció en silencio. Ella esperó unos instantes más. Podía oler su perfume de esencias, no quería que desapareciera, era demasiado bello, demasiado perfecto como para renunciar a él.

—Creo que tengo que irme —dijo ella. Parecía desilusionada—. Pronto oscurecerá y no puedo llegar tan tarde a casa.

Julián sabía una cosa, las palabras que no se decían se perdían para siempre.

Cuando llegaron al portal de Cuchillería el ambiente en la ciudad estaba muy enrarecido. Anochecía y la gente que había en la calle volvía inquieta a sus casas mientras pelotones de soldados franceses patrullaban por los alrededores de las murallas con aspecto marcial.

No oyeron los gritos del niño hasta que este pasó corriendo junto a ellos. A su paso caían decenas de panfletos por todas partes. Cuando las palabras del muchacho se alzaron en la silenciosa calle, todos se quedaron de piedra.

—¡El pueblo madrileño se ha alzado! ¡Levantamiento en Madrid! ¡Guerra contra el francés!

Julián y Clara compartieron una mirada temerosa. ¿Que Madrid se había alzado?

La confusión inundó la calle. Algunos corrieron a sus casas para encerrarse tras sus portones, otros se llevaron las manos a la cabeza y empezaron a murmurar con los que tenían al lado mientras cogían los pasquines del suelo y ponían caras de terror. El niño desapareció por el portal de Nueva Dentro, perseguido por un pelotón de fusileros.

Julián recogió uno de los panfletos del suelo y los dos leyeron lo que ponía. El escrito relataba un levantamiento en masa en la ciudad de Madrid el día 2 de mayo. Se habían producido duros enfrentamientos entre el pueblo, armado con cuchillos, navajas y escopetas de caza, y las tropas francesas acantonadas en la capital. Al parecer, los enfrentamientos habían continuado durante todo el día; todos, civiles y militares unidos contra el opresor, se habían alzado no dispuestos a permitir la ocupación francesa que cada vez parecía más evidente. Como respuesta, el general al mando del ejército francés en la capital, Murat, herido en lo más profundo de su orgullo, había mandado numerosas tropas para aplastar la sublevación, y tras una heroica batalla callejera habían derrotado a los rebeldes. Se decía que lo peor habían sido las represalias. La misma noche del levantamiento se había producido una implacable persecución a los presuntos sublevados. Todo aquel que llevase una navaja era arrestado y fusilado sin juicio previo. Centenares de civiles habían sido abatidos por las balas francesas.

—Dios mío... —exclamó Clara, una vez hubieron terminado.

—Se veía venir —dijo Julián, visiblemente afectado—. La gente no aguantará mucho esto. No aguantaremos. ¿Recuerdas las palabras de aquel amigo de tu padre, Aquilino, el exaltado de la fiesta? Dijo que todo esto era un engaño, una trama urdida por Napoleón para conquistarnos.

—Y aún no tenemos noticias de la frontera... —añadió Clara, desanimada.

Varios mozos de tabernas y mancebos de herrerías cercanas que se habían reunido bajo los muros de las murallas empezaron a exaltarse incitando a la rebelión a grito pelado.

—¡Muerte al francés!

—¡Quieren secuestrar a nuestro rey! ¡Guerra contra el gabacho!

Ante el alboroto, Julián vio cómo tres pelotones franceses bajaban por la cuesta de la iglesia de San Vicente con los fusiles cargados.

—Será mejor que volvamos a casa —dijo, volviéndose hacia Clara—. Va a haber un enfrentamiento.

Ella asintió aterrada. A Julián le hubiera gustado que se despidieran como era debido y que acordaran un nuevo encuentro, pero no tuvieron tiempo. Los jóvenes mozos se mostraban más violentos, insultando a los invasores e incluso lanzándoles piedras. Julián contempló, horrorizado, cómo alguno de los franceses se detenía para cargar su mosquete. Iban a abrir fuego.

—¡No hay tiempo! —gritó él.

Ayudó a Clara a subir a lomos de su caballo y lo azotó para que saliera despedido. La joven no tuvo tiempo ni de volverse para mirarle y Julián la vio desaparecer por el portal de Cuchillería.

Sin perder ni un segundo, sujetó a *Lur* por las cinchas, puso el pie en el estribo y se hizo a sus lomos. Tiró fuerte de las bridas para que su amigo retrocediese y se diera la vuelta cuando los franceses alcanzaron a la muchedumbre a base de culatazos. Se oyó algún disparo aislado.

Julián espoleó con fuerza a su montura para salir cuanto antes de allí.

Cuando Clara entró en el salón de su casa, sus padres ya estaban cenando y la chimenea crepitaba. La joven entró alterada, con el corazón aún latiéndole acelerado. Su madre a punto estuvo de atragantarse con el pastel de arándanos cuando la vio aparecer.

—¿Dónde te habías metido, hija? ¡Estábamos muy preocupados!

—¿No os habéis enterado? ¡Madrid se ha alzado en armas! ¡Ha habido una rebelión!

Su padre intentó calmarla.

—Lo sabemos, hija. —Se limpió los labios con una servilleta y le hizo una señal para que se sentase. Clara se preocupó por él, su rostro parecía en tensión y tenía profundas ojeras—. Esas no son las únicas nuevas —le dijo muy serio—. Tenemos noticias de la frontera y no son nada alentadoras.

—¿Qué? ¿Cuándo han llegado?

—Esta tarde.

—¿Y qué ha sucedido? —Clara se temía lo peor. Su padre suspiró profundamente.

—Cuando la comitiva de Fernando llegó a Bayona, efectivamente, les esperaba Napoleón.

—¿Y qué sucedió?

—El rey seguía en su ceguera y pensaba que lo iban a recibir con los brazos abiertos como nuevo monarca de España. Pero lo que se encontró fue bastante distinto. Prácticamente sin mediar palabra, el emperador le exigió broncamente su renuncia inmediata a la corona.

—¡Con las veces que se lo advertisteis cuando estuvo aquí! —se lamentó Clara—. Con lo cerca que estuvisteis de hacerle huir a Inglaterra...

—Sí, hija... pero el joven Fernando no supo verlo, y después de tan ansiada cita, después de tantos y tantos engaños y millas para nada, decepcionado y humillado, se debió negar a tan deshonroso pacto.

—¿Cómo no supo verlo? —exclamó Clara—. ¡Si lo sospechaba todo el pueblo!

Alfredo asintió decepcionado y continuó.

—Después de aquello, Napoleón lo tuvo retenido durante varios días, hasta que el 30 de abril llegaron a Bayona los padres del rey, Carlos y María Luisa. El emperador inició una reunión solicitando a toda la familia que exigiese a Fernando la devolución de la corona a favor de su padre. Los débiles padres presionaron a su hijo y Napoleón hizo lo mismo: amenazó de palabra a Fernando con juzgarlo, ponerlo entre rejas y ejecutarlo públicamente como rebelde por la manera en que se había proclamado rey tras los sucesos de Aranjuez si no accedía a devolver la corona a su padre.

Alfredo miró con severidad a su hija.

—Entonces vino lo irremediable, la verdadera trama del emperador, el plan que había tenido preparado desde el principio, cociéndose lentamente, ante los ojos y el temor de todos, con nuestra inepta familia real como peones de juguete. —Alfredo había cerrado los puños sobre la mesa, afectado—. Ante las presiones, Fernando VII no tuvo más remedio que renunciar y devolvió el trono español a su padre Carlos IV hace tres días en Bayona. Y este, como era de esperar con lo débil que ha sido siempre, a su vez cedió la corona de España al astuto e implacable Napoleón Bonaparte.

Clara se llevó las manos a la cabeza.

—Napoleón ya lo tenía preparado —continuó su padre con resignación en la voz—. Su hermano Joseph, a la sazón rey de Nápoles, ha sido nombrado nuevo rey de España. Pronto entrará en el país, rumbo a la capital.

—Nos han manipulado como si fuéramos títeres. —Clara se sentía engañada.

Alfredo se tomó un tiempo para contestarle. Finalmente, la miró fijamente a los ojos y la cogió de la mano con ternura.

—Esto es una invasión, hija mía. Desde el principio lo ha sido.

Clara notó cómo se le erizaba la piel de la nuca. La palabra «invasión» hizo que el terror la embargara por momentos.

—¿Y qué sucederá a partir de ahora? —preguntó con voz trémula.

Su padre bajó la mirada, se le veía cansado y muy triste.

—Ojalá lo supiera, hija mía...

La cena continuó en el más profundo de los silencios. Clara apenas comió nada, los acontecimientos la habían alterado y tenía el estómago revuelto. Cuando se retiraron, se dirigió a sus aposentos, pero antes de entrar, su madre la retuvo.

—Tu padre no ha querido mencionarlo antes. Hemos concertado una cita muy importante para dentro de unos días y tendrás que acudir.

—¿Una cita? —se extrañó Clara—. ¿Con quién?

Eugenia eludió la respuesta.

—Limítate a estar preparada para entonces, ¿de acuerdo?

Clara estaba agotada y se sentía algo indispuesta, por lo que asintió sin darle demasiadas vueltas. Había sido un día intenso y necesitaba descansar. Al entrar en sus aposentos, se despojó de los ropajes y sin lavarse la cara se tumbó sobre el lecho. Cayó rendida.

10

La noticia de la toma del poder por parte de José Bonaparte, el hermano de Napoleón, corrió como la pólvora por los reinos del país, tanto los del norte, como los que se extendían hacia las tierras del sur.

Los rumores se multiplicaban con la llegada de los arrieros a los pueblos. Se decía que tras los sucesos en Madrid del 2 de mayo y las noticias de Bayona, el pueblo español se estaba alzando en armas. En las zonas con menos presencia francesa, como en el reino de Asturias, parecía haberse organizado una Junta Suprema que había declarado oficialmente la guerra a los franceses. Más tarde también debieron de hacerlo en algunas otras zonas del norte y de Castilla, además de la sublevación en masa de Cataluña y Andalucía. Corrían rumores de que en muchas ciudades se había iniciado la caza de los afrancesados declarados y los capturados habían sido pasados por las armas del pueblo, ejecutados por sus propios vecinos, sin juicio previo.

Julián recordaba las palabras de un vendedor de utensilios de labranza que pasó por la aldea a mediados de mayo, junto con los carromatos de un convoy de arrieros. El hombre, un pobre desdentado que viajaba con su hijo, dijo que muchos sublevados se habían refugiado en los montes, en los bosques y en los valles secretos para unirse en cuadrillas y partidas y atacar a los franceses. «Se mueven cerca de los caminos principales —les había dicho—, observan tras las sombras de los árboles y desde los altos de los montes y cuando ven pasar algún francés, atacan como fieras. Se abalanzan con gritos desgarradores que aterrorizan al más valiente. Los que los han visto y han sobrevivido a la experiencia dicen que parecen lobos hambrientos, viven de lo que encuentran en el bosque, visten harapos, van armados con palos, hoces y guadañas y no tienen piedad.»

En la Llanada y en los demás reinos vascongados no hubo muchas posibilidades de alzarse, especialmente en las ciudades. La mayoría estaban fuertemente ocupadas por las guarniciones francesas. Dado el punto estratégico que suponían, como puente entre el centro peninsular y Francia, el control era enorme y se sofocaba cualquier intento de rebelión. Pero ello no quitaba que fuera de las ciudades, como en los montes y en la gran cantidad de boscosos valles que formaban aquellas tierras del norte, se escondieran los temidos guerrilleros.

En la aldea, ante los posibles acontecimientos que pudiera depararles el futuro, se afanaban en la cosecha de los primeros granos de trigo, apresurándose a recogerlos antes de que cualquier incidente pudiera truncar tan importante labor. La protección que les proporcionaban las colinas de la Llanada y los montes del sur hacía que todavía no hubieran tenido contacto directo con la invasión. Pero sabían que aquella paz no duraría mucho tiempo.

Por eso, dos semanas después de San Juan, todos los aldeanos estaban en los campos, segando las tierras de trigo y trabajando a destajo. Aquella mañana, Julián segaba con fuerza; su hoz dentada cortaba el viento con un silbido, haciendo que las espigas saltaran por el aire. Trabajaba acompañado de Pascual, Teresa y otros aldeanos, mientras los demás hacían lo propio en otros puntos del campo. Pocos pasos detrás de ellos, Miriam agrupaba el cereal segado en pequeños manojos atados, apoyándolos en forma de cono con las espigas en lo alto y así, de esa manera, los dejaba listos para ser transportados después a los almacenes y las bordas de las casas, donde estarían más seguros antes del trillo. Era importante que el grano saliera bueno y pudiera alimentarles durante todo el año, porque se trataba de la última cosecha antes de que Pascual y su familia perdieran la era. Al más mínimo contratiempo, no tendrían suficiente alimento para sobrevivir.

La siega era una de las mejores tareas del año, por fin recogían el grano. La tranquilidad de que no hubiera sido destrozado por heladas o granizadas suponía un profundo alivio. Era un trabajo físico pero que traía satisfacción. En otras ocasiones descansaban con frecuencia, sentándose juntos a la sombra y disfrutando de una buena bota de vino mientras charlaban, cantaban y reían. Pero en aquel momento solo se oía el zumbido de la hoz rasgar el aire y cortar la espiga; decenas, centenares de zumbidos repitiéndose al unísono por todas las aldeas de la Llanada.

Julián no era consciente del oscuro presagio que traía consigo aquel sonido monótono, frío y estremecedor. Algo se avecinaba; algo se cernía imparable sobre toda la aldea, y sobre él en particular. Y ya estaba muy cerca.

El vigoroso sol aún no había alcanzado su cenit cuando en los campos adyacentes los aldeanos dejaron las hoces para acercarse al recién llegado.

Había hecho su entrada montado en una yegua salivosa y enseguida lo reconocieron por sus ropajes de clérigo. Era el párroco de Castillo, una aldea que distaba una legua hacia el este. Cuando se transmitían mensajes entre las aldeas para avisarse de manadas de lobos que atacaban en los pastos al ganado o de hongos que se extendían por las cosechas, solían enviarse jóvenes campesinos. Y por eso todos se sorprendieron al ver al párroco.

El padre Damián salió a recibirlo con los brazos abiertos, pero enseguida se detuvo contrariado al ver la seriedad en el rostro del otro. Toda la aldea se acercó para ver cuáles eran las nuevas.

—¡En nombre de Dios! —exclamó el clérigo sin descender de su montura—, debéis preparaos para la llegada de los forrajeros.

Sus palabras hicieron realidad lo que tanto tiempo llevaban temiendo. Los aldeanos permanecieron en silencio, sabían que los forrajeros eran soldados del ejército francés encargados de recorrer las aldeas para requisar alimentos. Eran harto conocidos los muchos desmanes que habían cometido en otros lugares.

—¿Estáis seguro, padre? —preguntó Pascual.

—Completamente —respondió el párroco—, se dirigen hacia aquí, los hemos visto pasar por el camino que discurre bajo la colina de nuestro pueblo, me he adelantado por el atajo del páramo para avisaros. No tardarán mucho en llegar.

El silencio se rompió y la inquietud y el terror se apoderaron de todos los presentes. Un murmullo de nerviosismo se extendió entre los aldeanos, algunos rezaban y lanzaban plegarias a Dios.

—No es momento de perder los nervios —intervino Pascual, alzando su voz entre los murmullos de temor. Volvió a hacerse el silencio—. Debemos recoger los manojos de las espigas segadas y guardarlas en las bordas antes de que lleguen.

—Podéis entrar en el templo —sugirió Damián, señalando a la iglesia—, es lugar sagrado, no podrán hacernos nada.

—Con todos los respetos, padre, pero no creo que sea buena idea —terció Etxábarri—, en otros lugares no han tenido ningún respeto por la casa de Dios.

Julián estaba de acuerdo, había visto con sus propios ojos lo que habían hecho en las iglesias de Vitoria, convertidas en almacenes y polvorines, objetos sus muros de prácticas de tiro. Además no podían abandonar sus casas, no solo eran sus vidas las que tenían que defender, también estaba su forma de vivir, su fuente de alimento, el grano de trigo; sin él, tampoco tendrían muchas posibilidades. Aquellos manojos tenían el peso de una vida.

—Creo que deberíamos encerrarnos en nuestras casas —sugirió entonces él, captando las miradas de los demás—. Debemos defender lo nuestro. Si nos lo quitan todo, en pocos meses habremos muerto de hambre.

Pascual sacudió la cabeza con brusquedad.

—Creo que es la mejor idea, recogemos lo segado y cada familia se encerrará en su casa. ¡Manos a la obra!

Volvieron a los campos a recoger los manojos del día mientras los párrocos vigilaban el camino de la entrada al pueblo. En menos de una hora lo habían transportado todo a las bordas; salvo lo que aún estaba por segar, ya no quedaba nada por recoger en los campos.

Después, todos se encerraron en sus casas y atrancaron las puertas por dentro. La casa de Julián era la más alejada y protegida, por lo que la dejaron desocupada y él se quedó con Miriam y sus padres. Teresa cerró las contraventanas de los ventanucos.

Se oyó una última puerta cerrarse a lo lejos y el silencio se hizo en la aldea.

Todos se sentaron a la mesa y esperaron. Esperaron sin pronunciar palabra alguna, los labios sellados, guardando los temores y la inquietud que se agrandaban por dentro. Solo se oía el viento soplar sobre los tejados y los latidos de cada uno retumbar en los oídos. Teresa compartió una mirada fugaz con su marido, sus ojos apenas se contemplaron un instante, suficiente para transmitirse sentimientos profundos que asolaban sus aterrorizadas almas. Julián pudo comprenderlo: si les arrebataban la cosecha de trigo sería el fin; además, tenían a Miriam.

El tiempo pasaba y aún no se oía nada en la aldea. Julián se levantó y abrió ligeramente un ventanuco. No vio nada. La calle estaba desierta. Miriam comenzó a aburrirse y la dejaron jugar en el suelo con unos pequeños objetos de madera y un cordel. Teresa rezaba con el rosario entre las manos y Pascual intentaba relajarse con los ojos cerrados, aunque tenía perlas de sudor brillándole en la frente. La espera, corta por el momento, se estaba haciendo interminable.

Julián se había vuelto a sentar cuando los primeros ladridos de los perros rompieron el silencio de la aldea.

—Ya están aquí —susurró Pascual con los ojos muy abiertos y angustia en la voz.

Miriam corrió a los brazos de su madre y esta la abrazó con fuerza al tiempo que extendía su mano derecha en busca de la de su marido. Miriam tenía la cara escondida en el pecho de su madre, creyendo fervientemente que nada existía en el mundo capaz de quebrar la protección que le daban sus brazos. Julián se preguntaba a menudo, cómo un cuerpecillo tan frágil podía albergar tanta bondad, tanta dulzura.

Aguzaron el oído, en absoluto silencio, con los ojos cerrados. Voces en francés se oyeron a lo lejos, secundadas por algunos relinchos de caballos.

Ya estaban a la altura de la iglesia.

Luego vinieron algunas carcajadas. Después se alzó una voz, una voz de advertencia, que se extendió por toda la aldea. Julián no entendió lo que decían, era francés, desde luego, pero las palabras quedaban desfiguradas por los muros de la casa. Volvieron a repetirse las mismas palabras, en aquella ocasión, portadoras de una clara amenaza. La respuesta fue el silencio. Los aldeanos permanecían encerrados, nadie se atrevía a responder. Entonces se oyó un disparo y todos dieron un brinco en sus sillas de madera, asustados. Miriam empezó a llorar, pero Teresa le selló la boca con la mano y consiguió que se callase. Julián y Pascual se miraron alarmados.

Se oyeron los primeros golpes en la puerta. Unos golpes tremendos. Los cuatro miraron los cuatro tablones de madera con el travesaño horizontal.

Volvió a oírse otro golpe, esta vez acompañado de un chasquido, pero la puerta no se estremeció. No era la suya. Estaban intentando derribar la puerta de otra casa.

Gritos de angustia rasgaron el silencio inquieto de la aldea. Julián aguzó el oído. Sin duda alguna era la joven Clementina, en la casa de al lado. Sus gritos iban acompañados por las risas de los franceses, y el joven apretó la mandíbula. Oyeron la voz desgarrada del viejo Etxábarri y después pareció haber un forcejeo. Miriam volvía a llorar y su madre ya no podía tranquilizarla. Entonces los gritos de desesperación se intensificaron y Julián no pudo soportarlo más. Se levantó de un salto y Pascual lo miró angustiado.

—¿Qué haces?

—Necesitan nuestra ayuda.

Pascual se quedó mirándolo, parecía confundido. Vaciló un momento y después sus ojos se volvieron hacia su mujer, quien le contemplaba con la angustia reflejada en un llanto silencioso. Sin despegar los ojos de ella, Pascual asintió para sí mismo. Se levantó y besó a Teresa y a su hija, asegurándoles que todo iba a salir bien y abrazándolas con fuerza. Después, cuando se encaminó hacia Julián, apenas se adivinaba ya en su rostro la firmeza mostrada a su familia; en su lugar quedaba al descubierto un miedo atroz.

Retiraron el travesaño de la puerta y salieron al exterior.

Vieron a cinco franceses. Dos de ellos agarraban con fuerza al viejo Etxábarri en la entrada de su casa; lo tenían amordazado y le estaban atando las manos a la espalda. El hombre aún se retorcía como un loco, balbuceando con un pañuelo que le tapaba la boca. Un tercer francés con cara de niño sujetaba a una Marina amordazada mientras era obligada a ver la escena con la cara desencajada por la impotencia. Un cuarto, pelirrojo, con un fino bigote y poco mayor que Julián, tenía a Clementina y la empujó al centro del camino. Le habían pegado en la mejilla y tenía la blusa bajada hasta la cintura, con los pechos al descubierto.

Julián se quedó estupefacto ante la escena.

La tiraron al suelo de tierra levantando una pequeña polvareda. Ella se empezó a retorcer mientras, desesperada, pedía ayuda. El soldado la sujetó de los brazos y la inmovilizó boca abajo. El quinto, parecía el más veterano de todos. Tenía un poblado mostacho y se había quitado el sombrero y el sable, tenía la casaca abierta y el chaleco azul desabrochado a la altura del pecho. Se acercó a la pobre muchacha con una sonrisa despiadada en la boca. Cuando llegó a su altura se empezó a bajar los pantalones. Clementina empezó a forcejear y a gritar de dolor, pero el soldado la tenía bien sujeta.

Julián sintió cómo un terror paralizante le recorría todo el cuerpo. A su lado, Pascual no se movía ni un ápice. El veterano se agachó sobre su víctima y empezó a retirarle la falda. Los gritos de Clementina se convirtieron en sollozos. Aquello era demasiado.

Comprendió que no podía quedarse allí, quieto, mientras le hacían eso a la joven muchacha. Intentó serenarse y superar su propio aturdimiento. El soldado se disponía a violarla y nadie iba a hacer nada por evitarlo. Entonces no pensó en las consecuencias, no había tiempo.

—Pronto bajarán y os colgarán del árbol más cercano —dijo en el mejor francés que pudo.

Los franceses no se habían percatado de la presencia de los dos aldeanos y se volvieron hacia él, sorprendidos. El veterano se levantó de un salto, se subió los pantalones y cogió su sable que tenía colgado del carromato que habían traído. Julián esperaba que le hubieran entendido, no sabía si se habían sorprendido más por el hecho de que un aldeano hablara su idioma o por lo que había dicho en sí: «Pronto bajarán y os colgarán del árbol más cercano.» Había soltado la idea más disparatada que le había aflorado en la mente. No había tenido tiempo para pensar nada más. En aquel momento no tenía otra salida, debía continuar con el farol.

El veterano del mostacho poblado se le acercó con el ceño fruncido y cierta alarma en su mirada, mientras se abrochaba los pantalones y se colgaba el sable.

—¿Qué has dicho? —le preguntó.

Julián se sorprendió, había hablado en castellano. Su potente y profunda voz era la que se había oído cuando estaban encerrados en casa. Parecía estar al mando. Julián no se amedrentó, su actuación debía ser convincente, de lo contrario no le creerían. Respiró hondo e intentó no pensar en nada, solo en las palabras que le salían fluidas.

—El bosque —señaló hacia los árboles centenarios de las montañas que tenían tras ellos—, están ahí, observándonos, pueden bajar en cualquier momento.

—¿Quiénes pueden bajar? —El acento francés del soldado ya no mostraba tanta curiosidad. Se le veía ligeramente alarmado.

Julián procuró mantener la mente en blanco; dejó de lado la posibilidad real de que en cualquier momento le podían tachar de embustero y volarle la cabeza, de que podían llevarlo a algún cuartel y torturarle hasta que hablara. No pensó en nada de eso. Se lo tomó como si de un juego se tratase, como si estuviera contándole un cuento a Miriam después de cenar, mientras miraban las estrellas, sentados en las dos piedras que tenían junto a la huerta.

—De ellos nos escondemos —contestó con toda la serenidad de la que fue capaz—, a veces vienen y nos roban el ganado. —Julián estaba aprovechando los rumores de los asaltos a franceses por parte de los misteriosos guerrilleros sublevados. Estaba convencido de que aquellos soldados sabían de lo que estaba hablando—. Están bastante hambrientos y quieren comida. Les tememos porque son muchos: más de veinte —veinte era un número apropiado, suficiente para sembrar el temor entre los franceses, pero sin ser demasiados para no resultar inverosímil—, y están fuertemente armados.

El francés estudió su semblante durante unos segundos. Julián intentó mantenerse firme.

—¿Dónde dices que se esconden esos *brigants de megde*? —preguntó mirando a las montañas, que, imponentes, parecían estar cayéndoseles encima.

Julián se volvió y señaló a lo largo de toda la sierra.

—Por todas ellas, de este a oeste. Se mueven continuamente.

—¿Y tú cómo sabes eso?

La pregunta le pilló desprevenido. No se la esperaba y un ligero tembleque en las piernas amenazó con delatarlo.

—Vemos sus hogueras por la noche, entre los árboles. —Pascual le salvó del apuro. Sabía mentir bien—. Sabemos dónde acampan.

El veterano frunció el ceño mientras se pasaba, pensativo, la mano por el mostacho. Julián no se había dado cuenta, pero muchos habían ido asomando por las puertas de sus casas y algunos se habían acercado a contemplar la escena, inquietando aún más a los soldados jóvenes. Tras ellos, los López de Aberasturi estaban muy nerviosos, rumiando entre sí a unos treinta pasos de distancia, como queriendo organizar un ataque contra los franceses. Teresa y Miriam también asomaron por la puerta, pero Pascual se apresuró a instarles con un ademán para que volvieran dentro. El francés no lo pasó por alto.

—¿Esa es tu mujer? —preguntó con una desagradable mueca en su mostacho rubio. Tenía el rostro surcado por decenas de cicatrices.

Pascual agachó la cabeza, después de lo que habían visto hacer a Clementina, podían temerse lo peor.

—Sí... señor —le tembló la voz y el francés se percató de ello.

—Si me entero de que me habéis engañado... —el veterano miró hacia la puerta de la casa de Pascual y volvió a asomar aquella horrible mueca en su boca— probaré a tu mujer... me gustan más maduras que esa niñata de ahí... por muy grandes que los tenga —dijo, señalando los pechos de Clementina, que aún seguía maniatada por el soldado pelirrojo del fino bigote—. ¿Me habéis engañado?

Pascual no esperaba la pregunta, tragó saliva.

—En absoluto, señor. Líbreme Dios.

El soldado lo escrutó durante unos segundos y enseguida volvió a desviar la mirada hacia el bosque de los altos.

—¿Qué sucede, teniente? —se preocupó el francés que tenía maniatada a Marina. Julián se fijo en él, apenas era un muchacho y se sorprendió al verlo allí, colaborando en aquel abuso, sin que le temblara el pulso a pesar de su corta edad.

—*Brigants de megde* —contestó en francés el teniente veterano sin despegar los ojos del bosque—, en las montañas.

Uno de los soldados se estremeció.

—¡Entonces, vayámonos! —exclamó—. ¡Ya visteis lo que hicieron a Jean Claude!

—Antes llenaremos el carro —ordenó el despiadado veterano, volviéndose a sus hombres—. Si volvemos al cuartel sin nada os quitarán el rancho de la semana. ¿Es eso lo que queréis, inútiles?

Los demás negaron con la cabeza.

—Soltadlos —añadió—. Y daos prisa en desvalijar todo lo que podáis. No tenemos mucho tiempo.

Los aldeanos contemplaron cómo entraban en sus propias casas y salían cargados de tarros con legumbres, manojos de verduras, trozos de pan moreno, botas de vino, higos secos, quesos, mantas, utensilios de labranza, cuchillos de cocina, algún puchero... Permanecieron quietos, impotentes, mientras aquellos franceses, entre risas y comentarios despectivos, desvalijaban lo conseguido a lo largo de los años en apenas unos segundos. Julián vio cómo algunos contenían a los López de Aberasturi, vio lo mucho que le brillaban los ojos a Pascual cuando salían de su casa con la poca comida que guardaban. Vio a los Etxábarri, abrazados en un rincón del camino. El viejo Etxábarri abrazaba a su hija como si le fuera la vida en ello. Nadie había visto jamás llorar al viejo.

Cuando los franceses pusieron en marcha su carromato, Julián volvió a fijarse en el rostro del soldado más joven. Le sorprendió ver un vacío de indiferencia impropio en su mirada juvenil; sus rasgos, desprovistos de todo vello facial, no parecían mostrar maldad, terror o satisfacción, simplemente no mostraban nada, como si hubiera protagonizado un mero hecho rutinario. Se preguntó si aquel muchacho habría sido siempre así.

Cuando se hubieron ido, se percataron de que habían atado a los dos clérigos al tronco de un árbol a la entrada de la aldea. Los desataron.

El desánimo entre los aldeanos era tal que apenas se comentó lo sucedido y volvieron a sus casas, cabizbajos y sumidos en la tristeza. Algunos miraron a Julián sorprendidos por lo que había hecho, por la manera en que había salvado a los Etxábarri y al pueblo entero de unos desmanes mucho peores. Otros lo saludaron con el sombrero en señal de agradecimiento y respeto.

Algunos corrieron más suerte que otros; en casa de Miriam habían dejado algunas legumbres que tenían bajo el jergón y un par de matas de borraja. Los pocos reales que guardaban seguían escondidos tras una piedra suelta del muro. Los manojos seguían en la borda. No era mucho, pero con lo que quedaba por segar aún podrían tener posibilidades de aguantar un año más.

Julián notaba el cuerpo molido, hecho polvo, como si hubiera subido al monte varias veces. Se encaminaba hacia su casa cuando Pascual le detuvo por el brazo.

—Buen trabajo, compañero —le dio unas palmaditas en la espalda—, te he visto muy hábil.

—Tú tampoco has estado nada mal. Fogatas durante la noche... Hay que tener imaginación para eso.

Pascual señaló a su hija, que ayudaba a Teresa a ordenar lo poco que les quedaba.

—Por ellas, le echo imaginación hasta para un Nuevo Testamento.

—No me cabe la menor duda.

Se despidieron con un fuerte abrazo.

Julián caminó hasta el final del camino y entró en el zaguán de su casa. Todo estaba como siempre, quieto y en silencio. Se apoyó en el portón de la entrada y dio un profundo suspiro. En la intimidad de su casa se sentía seguro.

La luz de la tarde entraba por uno de los ventanucos que agujereaban el muro sur e iluminaba la paja y el forraje sobre el que descansaba *Lur*. Julián se acercó a su amigo y se tumbó junto a él, sobre la paja, apoyando la cabeza en el costado del animal. Se volvió sobre el lado derecho y le acarició el hocico.

—Me alegro de que no hayas estado presente hoy... —le susurró a su enorme oreja—, hay cosas que es mejor no ver jamás.

Se quedó allí tumbado, sintiendo la acompasada y poderosa respiración de su fiel amigo. Notó cómo el cansancio lo vencía, el calor de la tarde era reconfortante.

Se despertó pronto, con el amanecer. Pese a haber dormido profundamente durante largas horas, aún notaba la tensión del día anterior adosada a sus agarrotados músculos. No era la primera vez que dormía en los establos junto con *Lur*; en las noches cálidas de verano solía hacerlo a menudo. Tras subir a la cocina, encender la chimenea y comer algo, cogió la tinaja con agua sucia y salió de la casa en dirección al río. Llevaba días sin lavarse.

Se alejó de la era, adentrándose en el bosque y subiendo por las pendientes que seguían el curso del río. Al final, alcanzó una zona de hayas altas en la que las aguas saltarinas discurrían con más fuerza. Vació la tinaja y la rellenó con agua fresca. Los primeros rayos del día se empezaban a colar, sesgados, por las copas de los árboles. Se quitó la camisa y empezó a lavarse en el agua del río. Estaba muy fresca y acabó desnudándose y sumergiéndose en su cauce. Complacido y limpio, se puso la ropa seca cuando aún tenía la piel húmeda.

Cogió la tinaja y se apresuró a bajar. Se había entretenido y pronto empezarían los trabajos en el campo.

Cuando entró en el zaguán, vio la puerta de la entrada abierta y se preguntó quién le habría visitado. Las primeras voces vinieron del piso de arriba y dejaron a Julián petrificado. No eran voces familiares, eran voces de varios hombres y hablaban en francés.

El crujir del primer objeto al romperse le heló la sangre.

Por un momento se quedó quieto, expectante. El segundo golpetazo sobre el suelo lo sacó de su ensimismamiento. Dejó la tinaja en el suelo y corrió escaleras arriba. Al llegar al piso de la vivienda se detuvo en seco.

Cuatro franceses registraban su casa, poniéndolo todo patas arriba. No eran los forrajeros del día anterior. Habían volcado la mesa y las sillas; los pucheros y las cacerolas estaban esparcidos por el suelo.

—¿Qué demonios es esto? —vociferó.

Los soldados se volvieron hacia él. Uno de ellos escupió tabaco mascado sobre la madera del suelo y se le acercó. Tenía el chaleco desabrochado y la camisa remangada; su manera de moverse, ligeramente encorvada, sus dientes amarillos y su barba descolorida le recordaron a algo. No era la primera vez que Julián veía a aquel hombre. Enseguida lo reconoció, era el soldado que casi atropelló a Miriam. El francés le sonrió, enseñando su dentadura lobuna.

—Ya puedes despedirte de tu dulce hogar... —le susurró en castellano.

—¿Despedirme de mi casa? ¿Qué diablos está diciendo?

Se le acercó otro de los soldados; era rubio, alto y estaba elegantemente uniformado, con dos trenzas colgándole de las sienes. Antes de que Julián pudiera entender nada, desplegó un papel adornado con un llamativo sello rojo. Pese a que sus palabras sonaron más amables, el contenido de estas resultó sentenciador.

—¿Eres Julián de Aldecoa, hijo de Franz Giesler e Isabel de Aldecoa?

Julián asintió, desconcertado.

«A fecha de 12 de junio del año de gracia de 1808, todos los bienes y posesiones materiales del señor Díaz de Heredia, marqués de Los Holleros, así como sus tierras arrendadas y las viviendas que las ocupan, pasaron a formar parte de las posesiones de *mesié* Louis Le Duc, general de las fuerzas del ejército de su ilustrísima, el emperador de los franceses, Napoleón Bonaparte.»

El soldado volvió a enrollar el decreto y miró al joven con cierta tristeza. Julián negó con la cabeza.

—No puede ser... no entiendo a qué se refieren...

El de la mirada lobuna se volvió hacia él con brusquedad.

—Que te quedas sin casa, estúpido, estos muros ya no te pertenecen.

Julián no podía creerse lo que estaba oyendo.

—Es imposible... no pueden hacernos esto... —Sus palabras sonaron desesperadas, creyendo inútilmente que albergaban el poder de cambiar una realidad que se negaba a aceptar. Pero solo pudieron alargar la temible sentencia de la verdad.

El soldado rubio y alto se adelantó.

—El señor Díaz de Heredia cerró un trato con el general Louis Le Duc. Esta propiedad ya no le pertenece.

Julián se llevó las manos a la cabeza mientras la realidad se asentaba sobre él, aplastándole sin piedad; no podía aceptar lo que aquellos desconocidos le decían. Pronto comprendió lo que estaba sucediendo; por lo visto las amistades de Alfredo Díaz de Heredia con los franceses habían ido más allá... y le habían salpicado directamente a él. Alfredo los había abandonado dejándolos en las manos de los usurpadores extranjeros. Los había traicionado.

—No pueden hacernos esto... —repitió, aturdido.

—Claro que podemos... —Croix se había acercado a la repisa de la chimenea, toqueteaba con sus sucias manos los jarrones pintados por la madre de Julián.

—No toque eso, por favor...

—Tendrás que buscarte otro cobijo... —el sarcasmo del francés fue seguido del caer de uno de los jarrones al suelo. Julián vio cómo se hacía añicos ante el impacto.

—¡No! —gritó. Se lanzó sobre el segundo jarrón que ya caía, consiguiendo atraparlo a tiempo. Con manos temblorosas fue a levantarse para dejarlo en su sitio cuando un tercero volvió a caer y se rompió a escaso medio palmo de sus pies. Julián fulminó con la mirada a aquel horrible soldado. Este le sonrió, satisfecho, disfrutando de todo aquello. Pero al ver el odio con el que lo miraba el chico su semblante cambió y le propinó una bofetada en el lado derecho del rostro.

El sabor de la sangre en su boca fue lo primero que sintió. Después, todo pareció dar vueltas a su alrededor, y sin darse cuenta había caído de rodillas. El soldado rubio apremió a su compañero.

—Ya es suficiente, Croix. Acabemos con esto de una vez.

El otro rumió algo y se metió en la habitación de Franz. Julián oyó cómo lo revolvía todo.

—Deberías recoger todo lo que puedas e irte. —El soldado rubio se había agachado junto a él, quedándose a su altura y mirándolo apenado.

Julián oía cómo Croix destrozaba la habitación de su padre, los recuerdos que aún conservaba de él. Sintió cómo las lágrimas asomaban a sus ojos. El brutal soldado salió cargado de varios libros.

—¡Vosotros! —vociferó, señalando a los otros dos soldados que permanecían inmóviles, contemplando la escena—. Buscad en la otra habitación, tiene que haber algo. Mirad en las cajas, en las arcas y entre las hojas de los libros. Cualquier escrito o documento, ¡lo que sea!

Julián se reincorporó, extrañado.

—¿Qué diablos buscan?

Los soldados entraron en su habitación, sin ofrecerle respuesta. Croix dejó caer los libros al suelo, junto a la chimenea. Cogió *Las aventuras de Robinson Crusoe* y lo puso boca abajo, abriendo las páginas y zarandeándolo con violencia. Julián sentía como si le estuvieran zarandeando a él mismo; aquel manuscrito era uno de sus cuentos favoritos, Franz se lo solía leer antes de dormir cuando aún era un niño. Sus ojos siguieron la dirección del libro, que, ante el descontento de Croix por no contener lo que buscaba, salió disparado y cayó dentro de la chimenea.

Ante los ojos atónitos de Julián, sus hojas y su cuidada encuadernación de cuero se empezaron a calcinar entre las llamas.

—¡Los libros no! —El joven sintió cómo sus brazos se levantaban en dirección a las llamas, en un intento desesperado por salvarlo. El otro volvía a zarandear otros libros, y sonreía mientras los tiraba uno a uno al fuego.

Una terrible rabia ardió en el interior de Julián, cada vez que caía un libro entre las llamas le rasgaban un trozo del alma. La sangre fluyó en sus venas con desesperada violencia, haciéndolas retumbar poderosas en brazos y sienes.

Se levantó de un salto, las piernas le respondieron.

Sin pensárselo, se abalanzó sobre aquel hombre con las manos por delante.

Lo pilló por sorpresa y le arañó en la cara con todas sus fuerzas. El otro se protegió con las manos al tiempo que se echaba hacia atrás, golpeándose contra el muro de la cocina. Pero la desesperación de Julián era tal que no pudo librarse tan fácilmente. El joven no se soltaba del soldado, tenía las uñas clavadas en la carne de sus pómulos y sus mejillas. Tras un desesperado forcejeo, Croix consiguió zafarse y lanzó un tremendo puñetazo que impactó en el rostro de Julián y le hizo caer al suelo.

—Maldita sea —escupió el joven. Sangraba del labio. Se volvió a levantar, pero lo empujó con una fuerza extrema y volvió a caer al suelo, junto a los guijarros de lo que una vez fueron los jarrones de su madre. Intentó volver a levantarse pero el otro lo retuvo con su bota de cuero, presionándole fuerte en el pecho.

»¡No! —Julián se movía con brusquedad, intentando zafarse de la presión del soldado. Aún podría volver a levantarse. No podía creer lo que estaba sucediendo. Volvió a moverse con violencia, pero solo se retorcieron sus piernas, el pecho estaba clavado al suelo.

Se dio cuenta de que apenas podía respirar. Sentía el pecho hundirse ante la fuerza de aquella bestia.

—No... —sus intentos seguían siendo de escabullirse y volver a enfrentarse a él. Se estaba quedando sin respiración— no... —se iba a ahogar— no... no puedo respirar...

Croix alivió la presión y Julián aspiró una desesperada bocanada de aire. Al reincorporarse, volvió a recibir dos enormes zarpazos; el primero le dio en la nariz y el segundo le hirió en la mejilla y le hizo saltar las lágrimas y el orgullo.

Entonces, el brutal soldado lo agarró de la camisa, desgarrándosela por el cuello y acercó su rostro al de él. Su aliento apestaba a tabaco y a pólvora. Fue a decirle algo, pero pareció pensárselo mejor y lo soltó, llevándose la mano al pomo de su sable y desenvainando la hoja con un sonido metálico. La lámina de acero era ancha y gruesa, capaz de cortar el cuello de una vaca de un solo tajo, y el joven, impotente y aterrado, recorrió con los ojos el movimiento del sable, cuya punta acabó por posarse en su cuello con absoluta precisión. El contacto frío del acero hizo que se le cortara la respiración. Su ejecutor esbozó una sonrisa maquiavélica. Iba a morir.

—Tu padre se merecía estar criando malvas —le escupió a la boca—. Estaba jugando con fuego y acabó donde tenía que acabar...

Presionó sobre su cuello. Julián se preparó para morir. Una gota de sangre emanó de su piel y tiñó de rojo la punta del sable.

—¡Ya es suficiente, Croix! —gritó el soldado rubio—. ¡El jefe lo quiere vivo!

Croix frunció el ceño, pensándoselo. Entonces la presión cedió. Julián estaba mareado y aturdido por los golpes y el terror de verse muerto. Se sorprendió a sí mismo hecho un ovillo sobre el suelo, sollozando y convulsionando como un bebé, con la nariz chorreándole sangre.

—Me voy a mear —dijo Croix—. Cuando vuelva no quiero verlo aquí...

Bajó por la escalera y el soldado rubio se acercó a Julián, inclinándose sobre él.

—Vamos, recoge todo lo que puedas y vete. No dudará en matarte si sigues aquí. Y yo no podré hacer nada para impedirlo —le ayudó a levantarse y le dio un pañuelo para que se limpiase la cara.

—Fuisteis vosotros, malditos... —consiguió pronunciar el joven con un hilo de voz y lágrimas en los ojos—. Vosotros matasteis a mi padre.

—No —le contestó Marcel—, no fuimos nosotros.

Le ayudó a mantenerse en pie y le recompuso la camisa desgarrada por el cuello.

—Será mejor que olvides la muerte de tu padre —añadió el húsar al tiempo que lo miraba fijamente—. No te hará ningún bien.

Julián jadeaba y aún estaba mareado, pero reunió fuerzas para sostener la mirada al francés.

—Jamás lo olvidaré —la voz le tembló—, y tampoco olvidaré esto. Lo que ha sucedido hoy aquí.

Marcel lo contempló unos instantes, escrutándole, como queriendo leerle el pensamiento. Julián se mantuvo todo lo firme que sus frágiles piernas le permitieron. Entonces, el francés desvió su atención hacia los otros dos soldados, que aguardaban silenciosos, con las manos vacías.

—No hemos encontrado nada, teniente.

—Seguiremos buscando después —ordenó Marcel—. Dejémosle un momento de intimidad.

—Tal vez él sepa algo —sugirió uno de los soldados.

Los ojos claros del teniente observaron a Julián, y en ellos destelló un fugaz brillo de complicidad.

—Él no sabe nada —sentenció, levantándose y saliendo de la habitación. Los otros dos soldados lo siguieron escaleras abajo.

Julián se quedó solo en la cocina de su casa, con el extraño chispazo del teniente aún reverberando en sus retinas.

Se mantuvo inmóvil, de pie y tambaleante, buscando una serenidad que cortara el temblor de su cuerpo. Cuando entró en su habitación y la descubrió destartalada, el llanto amenazó con asomar. Intentó tranquilizarse, tenía poco tiempo antes de que esa bestia de Croix volviera con su espada. «Piensa, Julián —se dijo—, ahora no es momento de desmoronarse.»

Se acercó a su jergón y retirándose el pañuelo de la nariz, cogió el macuto de lona. Después, enrolló la manta de su cama; no sabía dónde iba a dormir y la necesitaría en las frías noches. Se hizo con una camisa de repuesto, la capa de paño, aguja e hilo para remendar su escasa ropa, y algunos cordeles para hacer cepos de caza. Los metió en uno de los bolsillos interiores de la capa y lo guardó todo en el macuto.

Revisó los libros de la estantería. No podía llevárselos todos, no le cabrían en el macuto y había cosas más importantes. Pasó la mano por cada uno de los tomos, acariciándolos, sabiendo que no los volvería a ver. Se llevaría uno. Cogió *La República* de Platón. Le temblaban las manos cuando sostuvo el grueso tomo. Sabía que era el más especial para Franz. Acarició suavemente el cuero de sus cubiertas, lo apretó contra su rostro y pudo percibir el olor a su padre, al menos eso quiso creer. Que olía a su padre.

Se mordió los labios en un afán por no llorar y salió de la habitación decidido a no mirar atrás.

Se acercó a la despensa y cogió lo que quedaba de queso y media hogaza de pan, envolviéndolo todo en un paño limpio. Después se hizo con una piedra y eslabón para hacer fuego, colgándose, por último, la cantimplora de cuero de su padre.

Mientras revisaba la cocina, allí donde tantos buenos momentos habían compartido Franz y él, apenas pudo contener las lágrimas. Recogió las dos sillas que permanecían tiradas en el suelo. A una le habían roto la pata. Las volvió a poner de cara a la chimenea, tal y como habían quedado la noche antes de que Franz partiera. Allí estaban los restos de los jarros y las tinas de barro pintados por su madre, esparcidos por el suelo. Los recogió todos y los depositó en un montoncito junto al resto, sobre la piedra de la chimenea.

Allí estaba toda su existencia, en aquella casita. Una casita escondida entre colinas verdes que durante años había sido su hogar, su protección, su mundo lleno de amor y felicidad.

Y entonces se desmoronó.

Se dejó caer de rodillas y se llevó las manos a la cara. No pudo soportarlo más y lloró. Lloró en profundos y largos sollozos.

«No te alejes del camino...» Las palabras que su padre le dedicó antes de morir retumbaron en su mente como los martillazos de un herrero. Julián creía que le pedía que no se derrumbara, que se mantuviera firme e hiciera justicia.

Continuaba de rodillas sobre el suelo de la cocina.

—No puedo, padre... no soy tan fuerte...

Se quedó arrodillado unos instantes hasta que alguien tiró una piedra desde el exterior y rompió la ventana. Debía darse prisa o volverían a entrar.

Se levantó acercándose al lado de la chimenea donde escondían sus ahorros y cogió todo lo que había. Treinta reales y quince maravedíes de plata. No era mucho pero sí lo suficiente para sobrevivir durante varios meses.

Bajó al zaguán y abrió la *kutxa* de madera que había junto al lavadero. Allí estaba el rifle de caza, un cinturón con doce cartuchos de papel encerado, un saquito de paño encerado lleno de pólvora y una bolsa con balas. También había una navaja en su funda de cuero. Se echó el rifle al hombro, se puso el cinturón y metió el resto en el macuto.

Iba a salir. Aún dejaba muchas cosas, cosas íntimas que solo pertenecían a su familia. Le hubiera gustado cogerlas todas, pero no podía. Las tenía que abandonar, seguramente las quemarían. Había muchos recuerdos, intentó repasarlos todos en un afán por recordar alguno que sobresaliera y pudiera salvar.

Entonces recordó el arca de su madre.

Al menos eso creía, que aquella arca contenía los recuerdos de su madre. Jamás había visto lo que contenía, pero muchas noches oía cómo su padre subía al desván y la abría. A veces lo oía llorar. Subió al desván y allí la vio. La cogió con los dos brazos, pesaba mucho. La bajó al zaguán y a duras penas pudo cargar con todo.

Salió de la casa arrastrándose; magullado y herido en el orgullo, cargado con lo que había elegido salvar. Los franceses se empezaron a reír.

—¡Date prisa, mocoso! —le arengó Croix.

Se tropezó con una de las ramas que sobresalían en la era y se le cayó el arcón, desparramándose por el suelo las cosas de su madre. Vio varios sobres que supuso que serían cartas, un anillo de latón, unas flores secas, un peine y algo de ropa. Todos empezaron a reír mientras se agachaba para recogerlas. Las lágrimas le corrían por las mejillas.

El soldado rubio que no parecía compartir las risas de los demás se le acercó y le ayudó a recoger las cosas.

—¿Te ayudo a cargarlo?

—Espera —lo interceptó Croix, y registró bruscamente los objetos caídos—. Veamos qué se lleva.

Julián contempló aquellas manos manchadas de sangre, maltratando los recuerdos de su madre. Apretó la mandíbula, y los ojos.

—No hay nada —escupió entonces el francés.

El joven volvió a levantarse con todo sobre sus brazos y consiguió llevarlo hasta donde *Lur* había estado pastando. Su amigo piafaba y caracoleaba inquieto ante la presencia de los desconocidos. Julián le pasó la mano por el lomo para tranquilizarlo.

—Tranquilo, viejo amigo. Ya nos vamos —tenía la voz quebrada.

Con manos temblorosas, cargó las alforjas, ató el rifle en las correas de la silla y sujetó la manta enrollada en la parte de atrás. Hizo acopio de todas sus fuerzas para alzar el arca por delante del pomo de la silla de montar. Después, se subió con dificultad a lomos de *Lur*.

No quiso mirar atrás. Aún podía oír las risas de los franceses.

Antes de abandonar el lugar, a lo lejos, en lo alto de una pequeña loma a las afueras de la aldea, alcanzó a ver una esbelta figura que se recortaba en el horizonte. Sin duda era un oficial francés, con la casaca y el sombrero negros. La figura permanecía quieta como una estatua, a más de cien pasos de distancia, por lo que Julián no pudo enfocar su rostro. Pero los ojos de aquel individuo se clavaban en él como puñales.

Tal vez fuera el nuevo dueño de sus tierras. Se obligó a recordar el nombre que había mencionado el soldado francés al leerle el decreto: *mesié* Louis Le Duc. Un general del ejército francés. No pensaba olvidarlo. Algún día, volvería para recuperar lo que era suyo. Algún día...

Aquello le hizo recordar que los Díaz de Heredia habían sido los verdaderos responsables; habían vendido sus tierras a un francés, a un extranjero, sabiendo lo que les iban a hacer. Julián se sintió profundamente traicionado. Franz no lo hubiera dejado pasar por alto. Y él tampoco estaba dispuesto a hacerlo.

Clavó espuelas con saña y dejó atrás lo que había sido su hogar.

Condujo a *Lur* lo más rápido que pudo y lo detuvo frente a la casa de Miriam y sus padres. Teresa salió y no pudo reprimir un pequeño grito al ver el aspecto del joven.

—¡Virgen María! ¡Qué te han hecho, hijo!

Julián no tenía tiempo para conceder explicaciones. La rabia y la sed de venganza le atenazaban la garganta y temía desmoronarse en sollozos allí mismo si empezaba a hablar.

—Teresa, guárdame esto, por favor.

Julián descargó el arca de su madre y la dejó a los pies de su amiga.

—¿Qué diablos ha pasado? —Julián montó de nuevo a *Lur*—. ¿Adónde vas?

Tiró de las riendas de su montura y la encaminó en dirección a Vitoria. Cuando espoleó a su caballo, sus cuerdas vocales solo articularon una frase, un grito de rabia:

—¡A obrar justicia!

11

El 12 de julio de 1808, el recién proclamado rey de España José I hizo su primera escala rumbo a Madrid en la ciudad de Vitoria. El pueblo no salió a recibirlo y cuando el séquito de su majestad alcanzó las puertas de las murallas en dirección a la Casa Consistorial, solo había en la calle bayonetas francesas que vitoreaban en gabacho. Clara, acompañada de su madre y dos de sus damas, observaba el recibimiento desde la distancia que daba la cuesta de San Vicente.

Pocas semanas antes, después de posar la corona española sobre la cabeza de su hermano, Napoleón Bonaparte había pedido al duque de Berg que convocara de inmediato una asamblea en Bayona. Allí comenzó a fraguarse una nueva Constitución para el nuevo gobierno de José I. Decían que, para ganarse al pueblo, se le había intentado dotar de cierto carácter popular, aunque ya empezaba a ser conocida como «la farsa de Bayona». Para armar la nueva ley, en un intento por dar a entender que la redacción iba a ser española, fueron convocados más de sesenta y cinco diputados de todo el país invadido, muchos de los cuales, decían, acudieron bajo amenaza. Fue aprobada en diez sesiones, aunque se rumoreaba que ya estaba redactada de antemano por un experto francés apellidado Esmerand que trabajaba a las órdenes de Napoleón.

Un día antes de la llegada del rey a Vitoria, el padre de Clara llegó muy acalorado a su casa. Se habían reunido las Juntas Generales de Álava ante la llegada desde Bayona de uno de sus más importantes diputados, el marqués de Montehermoso. Este se había adelantado al séquito real portando consigo una sorprendente noticia que presentó ante las autoridades locales en la reunión de las Juntas: o acataban de inmediato al nuevo José I o peligraban sus haciendas. Alfredo llevaba varios días alicaído y aquella amenaza no hizo más que acrecentar sus malestares. Les reveló que la mayoría de los diputados se habían negado ante tales amenazas. Entonces, aquella misma tarde, llegó un destacamento francés a casa y se lo llevaron. Habían detenido a todos los diputados y los retuvieron durante horas. Alfredo no habló de lo que les sucedió durante ese tiempo, pero al día siguiente, todos, incluido él, juraron la nueva Constitución reconociendo al nuevo monarca.

Clara observaba al nuevo séquito real detenerse frente a la Casa Consistorial, donde aguardaban el marqués de Alameda, alcalde de la ciudad, y el resto de autoridades locales. Su padre estaba presente junto con los demás diputados. José I descendió de su berlina elegantemente ataviado y con aires de grandeza. Para decepción y tristeza de todos, la ciudad vio cómo sus autoridades rendían homenaje a un rey intruso, con los honores debidos, arrodillándose ante la figura del nuevo monarca. Clara vio en la inmensa mayoría de los diputados temor y vergüenza.

—¡Afrancesados!

—¡Vendidos!

Los gritos y los abucheos procedían de los balcones y ventanas de las casas adyacentes. Cuando, avergonzado, Alfredo agachó la cabeza, Clara se temió lo peor. Estaba condenado, lo iban a considerar un traidor, un afrancesado.

Cuando terminaron los honores y el protocolo del recibimiento, en casa de los Díaz de Heredia la comida estuvo presidida por el mayor de los silencios. Al menos disfrutaban del *manjar blanco*, uno de los platos favoritos de Clara, compuesto por harina de arroz, pechuga de ave, leche y azúcar. Hacía semanas que no lo preparaban porque se trataba de un plato costoso. El hecho de que volvieran a disfrutar de aquel manjar significaba que tal vez hubieran solucionado sus problemas. Además, no era el único signo de ello; la última semana habían recuperado algunos muebles vendidos tiempo atrás. Aquella tarde recibirían una visita importante de la cual sus padres no le habían dado detalles. Tal vez Alfredo había cerrado un negocio trascendental para la economía familiar.

Clara terminaba con su plato cuando los primeros gritos inundaron la casa.

Todos se quedaron inmóviles, con la comida en la boca, aún por masticar.

—¿Qué demonios ha sido eso? —preguntó Eugenia.

Clara aguzó el oído. Volvieron a oírse los gritos, procedentes de la calle. Notó cómo se le tensaban los músculos cuando unos golpes sacudieron el portón de la entrada. ¿Qué demonios pasaba? Oyeron los pasos apresurados de los criados por los pasillos. Nuevos gritos, esta vez fueron más claros.

Clara estuvo a punto de atragantarse cuando reconoció la voz. Era Julián.

—¡Alfredo! —gritó—. ¡Alfredo Díaz de Heredia!

Los pocos transeúntes que cruzaban la calle se detenían para observarlo. Pero a Julián no le importaba; las ventanas seguían cerradas y nadie daba señales de vida.

Había surcado la ciudad con la rabia clavada en el rostro. Bajo la presión de sus rodillas, los cascos de *Lur* habían repicado en el empedrado de la urbe alta, hasta alcanzar la entrada blasonada del palacio.

Volvió a gritar y golpeó la puerta varias veces, haciendo caso omiso de las punzadas en las costillas y del hinchazón en el pómulo derecho. Nadie respondió y comprobó cómo alguien corría el cortinaje por dentro. Le estaban dando la espalda. «Primero traidores y ahora cobardes», pensó, loco de furia.

—¡Alfredo, dé la cara como un hombre!

El portón de la entrada se abrió de golpe, pero en lugar del señor Díaz de Heredia, aparecieron dos hombres fuertemente armados que se abalanzaron sobre Julián. Uno de ellos lo cogió del cuello y lo empujó hacia el otro lado de la calle.

—¡Vete de aquí, mocoso!

Fue a contestar pero el otro acabó arrojándolo al suelo de un fuerte empujón en el pecho. Se golpeó en el costado y no pudo reprimir un grito ahogado ante la punzada en las magulladas costillas.

—¡Largo de aquí, rapaz! —le escupió—. ¡Te vamos a cortar la lengua como sigas gritando!

—Tengo derecho a...

El más grande le propinó una patada y por suerte pudo evitar que le diera en el costado. Se arrastró varios pasos hacia atrás y se agarró a la silla de montar de *Lur,* que, nervioso, amenazaba a los dos hombres levantando las patas delanteras. Estos retrocedieron varios pasos, aunque extrayendo de sus cinturones de cuero sendas dagas de más de dos palmos de longitud. Por un momento, Julián temió por la vida de su caballo y se ayudó de las bridas para levantarse y tranquilizar al animal.

—Vámonos... —le dijo al oído—, no tenemos nada que esperar de esta gente.

Montó sobre su cabalgadura y tiró de las riendas para que retrocediera. Lanzó una última mirada a las ventanas, una pareció entreabrirse, pero solo eso, no asomó nadie. Los dos hombres esperaron a que se fuera.

Alfredo le había dado la espalda, encerrándose en su casa. Era un cobarde. Pero lo que Julián más sentía era que Clara había hecho lo mismo, escondiéndose junto a su padre entre los muros de su palacio. Aquello sí que le dolía.

Salió de la ciudad cabizbajo, con las riendas flojas, al paso. Cuando se hubo alejado de sus muros y ya solo lo rodeaban los dorados campos de trigo, empezó a oír los cascos de un caballo acercándose al galope. Miró hacia atrás, un jinete se acercaba a gran velocidad por el camino. Julián tensó las riendas y se hizo a un lado. Cuando el jinete llegó a su altura detuvo su precioso semental andaluz ante él, enseguida la reconoció: era Clara.

Traía un gesto sumamente preocupado y vestía una capa fina de lana verde para protegerse del polvo del camino. Julián no le hizo caso alguno y retomó el andar, dándole la espalda.

—¡Espera, Julián! —le gritó tras él—. ¡Espera, por favor! ¡Tenemos que hablar!

Tiró de las riendas y se volvió.

—¡Hablar de qué! —exclamó con una mueca de dolor—. ¿De cómo la avaricia de tu padre ha destrozado lo único que me quedaba?

El joven mostraba un aspecto lamentable, con la camisa desgarrada y las heridas de la cara. Clara retrocedió con su caballo levemente, avergonzada.

—Yo... —musitó—. Yo no sabía nada. Te lo juro. Mi padre me lo acaba de contar.

—¿Y está satisfecho con el negocio perpetrado? ¿Le ha pagado bien ese maldito francés adinerado?

—No lo sé, Julián...

—¡Yo sí que lo sé! Sé que gracias a la miseria de algunos, vosotros, la aristocracia acaudalada, podréis permitiros organizar más fiestas por todo lo alto. Podréis permitiros montañas de dulces y decenas de refrescos mientras otros derramarán lágrimas y sudor por un mísero mendrugo de pan.

Clara parecía profundamente dolida, pero Julián no había terminado.

—Lo más repugnante es ver a tu padre aliándose con esos usurpadores. Todo por más dinero, por estar mejor posicionado. ¡Eso es traición! Traición a su país, a sus amigos y a su pueblo.

Ella apenas pudo contener las lágrimas ante la crudeza de sus palabras.

—No tienes ni idea... —murmuró.

—¿Idea de qué? —Julián alzó los brazos—. ¿Acaso tú tienes idea de algo?

—No tienes ni idea de nada. Si acaso supieras lo que ha sufrido mi padre...

—Sé lo suficiente. Vi a esos invitados en la tertulia que organizasteis, esos oficiales gabachos. Sus amigos.

—No, Julián. —El rostro de Clara se había endurecido—. ¡Amigos, no! ¡Mi padre está tan encarcelado como vosotros! Esos franceses lo han puesto entre la espada y la pared, ¡no tiene opción a elegir!

—Al menos mantenéis vuestro hogar. ¡Vuestro palacio!

—Pero no la dignidad —le cortó ella, tajante—. Mi padre será visto como un traidor toda su vida, como el hombre que dio la espalda a sus amigos, vecinos y compatriotas por arrimarse al usurpador que parecía más fuerte.

—Él se lo ha buscado...

—¡No! —exclamó ella con ira en la voz—. ¡Mi padre se negó a aceptar a su rey! Pero esos franceses... esos franceses vinieron a casa con sus fusiles y sus bayonetas y se lo llevaron a él y a todos los diputados. ¡Cuando los trajeron de vuelta todos habían cambiado de opinión! ¡Habían aceptado a José I! Dios sabe con qué les amenazaron... tal vez con sus familias.

Julián desconocía todo eso y, desprevenido, no supo qué contestar.

—Hoy ha llegado el nuevo rey a Vitoria —continuó ella—. De camino a Madrid. Todas las autoridades de la ciudad, incluido mi padre, han hincado las rodillas para recibirlo mientras el pueblo les abucheaba tachándolos de traidores y afrancesados. Vi sus rostros avergonzados y humillados con mis propios ojos. ¡Los han obligado! —Señaló con un dedo tembloroso a Julián—. ¡Tú hubieras hecho lo mismo con tal de defender a tus seres más queridos!

El joven se encogió de hombros ante el disgusto de ella, en su expresión la ira iba cediendo paso a la empatía.

—Mi padre no ha buscado nada de todo esto... —murmuró ella. La dureza de su rostro había desaparecido, parecía triste.

Julián había bajado la mirada a la tierra seca, arrepentido de sus enojadas palabras descargadas contra Clara. Ella lo intuyó y sus facciones pronto mostraron complicidad. Descabalgó, extrajo un paño de las alforjas y se acercó a una de las acequias cuya agua correteaba al borde del camino. Mojó la prenda en el agua y se volvió hacia él señalando su rostro.

—Deja que te limpie esas heridas, estás hecho un cuadro.

Julián se inquietó cuando sintió la presencia de la joven tan cerca y le puso el paño fresco en el pómulo derecho. Notó un gran alivio. Sus rostros estaban muy cerca el uno del otro y no se atrevió a mirarla a los ojos. En su lugar distrajo la mirada por los campos de trigo que ondeaban al viento y brillaban bajo el sol. No sabía si los de ella le miraban o no.

—Menuda te han hecho esos brutos...

Julián le mostró las manos y señaló con el mentón hacia sus uñas.

—Le habré obsequiado con unas bonitas marcas... Seguro que se acordará de mí.

—Ellos con sus sables y tú con tus poderosas uñas... —Clara sonrió—. Eso sí que es un buen negocio.

Entonces sus miradas se cruzaron. Los ojos de ella lucían más grandes que nunca, a medio palmo de los de Julián. Jamás los había visto tan de cerca y sintió cómo el corazón se le aceleraba. Podía ver el brillo de sus pupilas y el dorado de los campos reflejándose en ellas.

De pronto ambos comenzaron a reír, y retomaron el caminar juntos, en dirección a la aldea, con los caballos cogidos de los ronzales.

Tras cruzar los campos que rodeaban la aldea alcanzaron las pendientes de las montañas y se adentraron en el bosque por un sendero estrecho. Clara se fijó en Julián mientras serpenteaban entre los nudosos árboles. Su semblante había cambiado, continuaba con el pómulo hinchado, pero sus ojos no revelaban la ira de antes. Parecía absorto observando las hojas que bailoteaban sobre sus cabezas, entreteniéndose con los rayos de luz que se colaban entre ellas.

—¿Qué crees que sucederá a partir de ahora? —le preguntó.

Julián continuaba caminando sendero arriba. Parecía estar en calma.

—Me dolería alejarme de aquí... —murmuró. Su voz se unió a los sonidos del bosque, a los cánticos de los pajarillos que se oían más allá—. Me dolería desprenderme de mi vida en la aldea.

Cruzaron un pequeño riachuelo que correteaba cuesta abajo y pronto llegaron a lo más profundo del bosque, donde árboles milenarios se retorcían entre simas y rocas. Las copas de los árboles se volvían más espesas por encima de ellos y apenas dejaban entrar la luz. La tierra emanaba vida y frescura.

—Mis años han transcurrido aquí y no conozco otra cosa —continuó mientras dejaba libre a *Lur*—. Mi padre me enseñó a amar esta tierra, y a descubrir los tesoros que alberga —sonrió—. Recuerdo cuando mi padre me trajo por primera vez a esta zona del bosque. Me enseñó cómo mirar estos árboles, cómo mirar más allá de la belleza de su corteza y de la exuberancia de sus copas. Me hizo pensar en los cientos de años que habían pasado anclados a la tierra, privilegiados espectadores de la historia del mundo. Recuerdo que estuve sentado bajo un gran roble, imaginándome su paso en el tiempo.

Clara lo miraba con los ojos abiertos, su voz había sonado como un murmullo que se colaba entre las hojas.

—Aquel día descubrí algo nuevo —continuó él—. Muchos de esos tesoros permanecen a la vista de todos, pero solo brillan para quien aprende a verlos. Para quien aprende a cuidarlos.

Clara contempló cómo las hojas silbaban sobre sus cabezas según el capricho del viento.

—Ojalá hubiera conocido mejor a tu padre —suspiró—. Siempre me pareció un hombre de buen corazón.

Una sonrisa aleteó en el rostro de Julián.

—Lo era.

Clara se arrimó a la base de un roble; su tronco era enorme y su corteza estaba cubierta por un musgo de verde intenso, que crecía con fuerza.

—¿Sabes? —dijo, sentándose sobre una de las raíces—. Me imagino cómo era gracias a ti.

—Mi padre tuvo valor para dejarlo todo y buscar lo que quería. —Julián se sentó junto a ella, sus ojos delataban emoción—. Viajó en busca de sus sueños. Fue sincero consigo mismo y me enseñó a serlo yo también. Temo que sin su presencia pueda llegar a olvidarme de ello...

Clara sabía de lo que hablaba.

—Simón dice que negarse a uno mismo es el primer paso hacia la perdición. Pero no habla de lo difícil que es no hacerlo a veces.

Julián descubrió cómo los ojos de esta mostraban una sincera complicidad.

—Mi padre intentó cumplir su sueño aquí... y creo que lo consiguió. Al menos durante un tiempo.

Clara se compadeció de él. Franz había formado una familia junto con Isabel, pero esta se había ido desmoronando poco a poco, hasta quedar solo él. Posó la mano en la rodilla del joven, pero no dispuso del aplomo suficiente para decir nada. Fue Julián el que habló.

—La muerte de mi madre y de mi hermano marcaron a mi padre de por vida... Yo siempre me esforcé en suplir ese vacío; me esforcé en ser un buen hijo...

Su voz había estado cerca de quebrarse y Clara no supo cómo consolarlo. Permaneció junto a él, acompañándole en el silencio. El bosque continuaba con sus sonidos llenos de vida, capaces de aliviar penas y tristezas.

—Supongo que sabrás algo de lo que sucedió con mi hermano...

—Algo he oído...

—Lo entiendo, a la gente le gusta hablar de la vida de los demás y la muerte de mi hermano dispuso de todos los ingredientes propicios para las habladurías. No me extraña que las historias te hayan alcanzado. Aun así, quiero que sepas la verdad.

»Mi hermano Miguel nació diez años antes que yo; entre ambos, mi madre tuvo dos embarazos más, pero ninguno llegó a buen término. Debió de ser un niño muy sensible, con una necesidad inmensa de cariño, y desde pequeño estuvo muy unido a mi madre. Hasta que nací yo, no se separaba de ella.

—No es necesario que me lo cuentes... —le cortó Clara en un susurro.

—No; quiero que sepas lo que ocurrió realmente —terció Julián con seriedad.

Clara asintió en silencio y tras una pausa, continuó con su relato.

—Tiempo después, cuando cumplí cuatro años, mi madre enfermó. Recuerdo ver cómo su bella cara se tornaba pálida, cómo sus ojos se hundían y sus labios se agrietaban. Miguel y yo estábamos muy asustados porque siempre había sido muy fuerte y nunca la habíamos visto así. Mi padre nos aseguró que solo eran fiebres y que pronto se recuperaría.

»Pero ella no mejoraba; permanecía en la cama, envuelta en sudores y vomitando todo lo que comía. Su rostro fue marchitándose poco a poco, su cuerpo se hundía entre las mantas mientras nosotros no nos separábamos de ella.

»Un día nos visitó el abuelo Gaspard. Como en otras ocasiones, quería que mi padre lo acompañara, debiendo, como solía ocurrir, permanecer un tiempo fuera. Aquel día, mi madre se sentía con algo más de fuerza, pues sus fiebres habían remitido un tanto. Pese a que padre no quería dejarla, ella insistió; dijo que con la ayuda de Teresa y Pascual, nosotros la cuidaríamos.

»Sin embargo, durante la ausencia de mi padre, mi madre empeoró. Recuerdo a Teresa poniéndole paños frescos en la frente mientras no paraba de rezar y nos decía que marcháramos fuera a jugar. Pero nosotros no nos movíamos; nadie quería asumir la cruda realidad. Yo aguantaba hasta que los gemidos de mi madre me hacían llorar y, aterrado, salía de allí. Mi hermano, en cambio, permanecía mudo e inmóvil, contemplándola.

»El día en que mi padre volvió mi madre nos abandonó. Y el corazón de mi hermano se fue con ella.

»A partir de entonces, Miguel se apartó de nosotros. Al principio se sumió en el más absoluto de los silencios, permaneciendo durante horas sentado en el banco de piedra de la era, con la mirada perdida en las montañas, ausente. Mi padre intentó acercarse a él, pero fue en vano. Mi hermano no reaccionaba.

»Cuando por fin lo hizo había transcurrido casi un mes, y enseguida comprendimos que Miguel no era el de antes. Se volvió violento, hablaba a gritos, contestaba a padre de malas maneras, no colaboraba en las tareas del campo y comenzó a asustarme y a hacerme daño; hasta el punto que un día tuve que confesarle entre lágrimas a mi padre que tenía miedo de mi hermano. Ese día Franz pagó con tres cerdos y dos vacas lecheras a un monasterio benedictino de la Llanada para que aceptaran a Miguel como novicio. Mi padre tenía la esperanza de que la vida con los monjes lo enderezara, de que le hiciera encontrar la paz y el camino de vuelta.

»Mi hermano acató la decisión en silencio, sin protestar. El día que ingresó ni siquiera se despidió de nosotros; recuerdo con pena que su mirada no delataba nada, solo vacío. Mi padre sabía que su hijo le odiaría por eso, pero albergaba la firme creencia de que aquello sería por su bien. Yo estaba seguro de que pensaba recuperarlo con el tiempo.

»Desde su ingreso, los acontecimientos transcurrieron en un suspiro. Al parecer, uno de los frailes, el maestro de Historia y Latín, abusaba de Miguel. Por lo que supimos después, mi hermano debió soportar sus vejaciones durante varios meses, hasta que un día intentó librarse de sus tocamientos con un violento empujón que provocó que el monje tropezara y se golpeara en la cabeza, muriendo en el acto.

»Entonces huyó del monasterio hacia las montañas y la noticia sacudió la Llanada. Los alguaciles siguieron su rastro durante varios días, con perros adiestrados, mientras nosotros esperábamos noticias en casa. Recuerdo a mi padre sentado en la cocina con la mirada en el fuego; sus ojos revelaban cómo se le rasgaba el alma.

»Debieron de darle alcance en unos altos que hay unas diez leguas al este, donde la caída hacia el sur es abrupta y rocosa. Según el relato de los alguaciles, lo acorralaron en uno de los desfiladeros, sin que tuviera escapatoria. Mi hermano intentó destrepar por la pendiente en un intento desesperado por huir, pero debió de resbalar y cayó al vacío. El terreno era muy accidentado y no se pudo encontrar el cuerpo.

Julián terminó con un profundo suspiro, sentía cómo su corazón se aligeraba, desprendiéndose de un silencio que, con los años, había llegado a pesar. Jamás había hablado de aquellos años. Clara había llorado durante el relato y sus ojos brillaban como dos perlas preciosas.

—Lo siento, Julián —musitó ella—. Debió de ser muy duro para vosotros...

—Quería que supieras la verdad tal y como fue —contestó—. Se habló mucho de lo que sucedió entonces y los rumores deforman el origen de las historias.

Tras sus lágrimas, Clara parecía haber encontrado alivio.

—Se dijeron muchas cosas pero yo jamás quise preguntarte —dijo con media sonrisa dibujada en sus labios—. Me alegro de que hayas querido contármelo ahora. Si lo hubieras hecho cuando éramos unos niños aún seguiría llorando.

A Julián le hizo gracia el comentario.

—No lo creo —contestó divertido—, eras más dura que una roca.

Ambos rieron agradecidos de alejar historias tristes.

—¿Recuerdas aquella vez en la que te besé junto al arroyo que cruza por mi era? —preguntó Julián con agrado mientras se cruzaba de brazos sobre la raíz.

—Claro que me acuerdo —contestó ella, volviendo a tumbarse—, éramos unos críos.

—Te enfadaste y me diste una torta.

—Y te hice llorar —añadió ella entre risas.

—Te eché de menos cuando te fuiste a Barcelona —dijo entonces

Julián, sus palabras emanaron sin esperar a la reflexión. Clara había dejado de reír y tenía los ojos centrados en las hojas que danzaban sobre ellos. No lo miró.

—Pronto tendrás que contraer matrimonio, ¿verdad?

Clara se volvió de costado y le dio la espalda sin responderle. Julián creyó haber rebasado la línea de la indiscreción y maldijo sus últimas palabras. Entonces ella se volvió, con el enojo en sus ojos muy abiertos.

—No es fácil estar en mi lugar ¿sabes? Sé que crees que mi vida está plena de lujos y facilidades, pero no todo es así... —sus palabras brotaban temblorosas—. Mi destino estaba escrito antes de que naciera. Cuando estuve en Barcelona en casa de mis tíos, me di cuenta de que me preparaban para lo que se suponía que tenía que ser, no para lo que quería ser. Y a toda la gente que me rodea parece satisfacerle. Hasta mis amigas son aburridas, parecen aceptar de buena gana que sus vidas las decidan otros. Como si no tuvieran alma propia.

Julián sintió escuchar aquellas palabras y se encogió de hombros.

—No te olvidé, ¿sabes? —dijo ella, visiblemente emocionada—. Y cuando volví no me atrevía a acercarme a ti porque pensaba que me tratarías como a una egoísta, por desaparecer y no escribirte. ¿Quieres saber la verdad? —Clara seguía con el ceño fruncido, los ojos muy abiertos, vidriosos y brillantes, tan grandes como dos lunas llenas—. La verdad es que preferiría estar en tu lugar, vivir en la aldea y luchar por mis sueños. Como hacía tu padre, como haces tú. Aunque lo tuviera difícil y fuera una vida mucho más sacrificada, al menos tendría la oportunidad de escribir mis propios pasos.

Se volvió a tumbar con los brazos sobre el regazo, dejando a Julián con el semblante inmóvil y absorto, anclado a aquellas ramas, sin saber qué decir ni qué hacer.

Le invadía un sentimiento de culpabilidad por haber sido el desencadenante de la tristeza de Clara, pero, por otro lado, se sentía alegre. Ella no le había olvidado.

La observó de reojo con preocupación. Temía hablar y molestarla aún más; no quería perderla por una discusión. Dejó que sus ojos vagasen por el rostro de ella. Pronto se sorprendió deleitándose en sus facciones, completamente maravillado. Sus labios, húmedos por el enojo y rodeados por esa irresistible piel fresca y perfecta, permanecían ligeramente abiertos como dos pétalos de flor, en perfecta armonía con la vida del bosque. El cabello, recogido en una cofia de cintas blancas y cayéndole en suaves bucles a ambos lados del rostro, le confería un aspecto sutil y elegante. Pero había algo salvaje y arrebatadoramente atractivo en la manera en que aquellas formas onduladas del color de la miel le descendían libres por la palidez y blancura de ambas sienes, hasta posarse, despreocupadas, sobre su capa verde.

De pronto, toda inquietud había desaparecido de un plumazo, aplacada por un irresistible deseo que Julián no supo cómo apartar.

«Que sea lo que Dios quiera», se dijo mientras se recostaba sobre su costado izquierdo y miraba a Clara a los ojos. Ella se mostró sorprendida y sus enojadas facciones parecieron relajarse un ápice. Hubo un instante, un instante fugaz y discreto, en que sus enormes ojos se deslizaron a los labios de Julián. Y algo dentro de él lo interpretó como una señal. Contempló los florecientes labios de Clara, rojos e intensos, abrirse algo más. Y entonces se inclinó sobre ellos, posándose con suavidad y dulzura.

Y ella respondió.

Yacieron al amparo del roble, ajenos a los rayos del sol que completaban su recorrido entre las ramas. Pasaron las horas y solo existió el amor revelado que, sin que ambos lo supieran, los unía desde hacía años.

Cuando el día fue perdiendo intensidad, bajaron cogidos de la mano, con los caballos por detrás. Todo alrededor parecía desplazarse con la misma suavidad que ellos; el bosque suspiraba embriagado y los pájaros habían cesado su cántico; el viento que se colaba entre los árboles les acariciaba los rostros y sus pisadas sobre las hojas parecían suaves y mullidas. Julián la acompañó hasta el camino que conducía a Vitoria. Se detuvieron uno frente al otro, ambos sabían que tenían que despedirse.

—¿Qué harás a partir de ahora? —le preguntó Clara con cierta angustia en la voz.

Julián le acarició el cuello con dulzura.

—Esta noche la pasaré en un pequeño refugio que hay más arriba y entonces decidiré qué hacer.

—¿Por qué no te alojas en casa de Pascual?

—Ellos ya tienen suficiente con sus penurias. Además, esos franceses vigilan la aldea. No debería acercarme.

—Vendré a verte mañana —le dijo ella con decisión. Julián le apretó las manos con ternura.

—No sé qué sucederá mañana... —La miró fijamente—. No puedo permanecer escondido aquí mucho tiempo. Si no llega la persona a la que espero, es muy probable que tenga que marchar en busca de respuestas.

Los ojos de Clara se humedecieron y Julián la envolvió entre sus brazos. Permanecieron así, en silencio, temerosos ambos del camino abrupto que les esperaba si pretendían estar juntos. Entonces se besaron, depositando todo el amor que sus almas fueron capaces de dar, como si en tal entrega estuviera la clave para soportar cualquier tempestad que pudiera separarles.

—Permanece en casa y aguarda mi vuelta. Vendré a por ti. Lo juro.

Las lágrimas recorrían las mejillas de ella.

—Suena a que no te veré en bastante tiempo.

—Volveré. Te lo prometo.

Cuando Clara entró en el patio de su casa, su madre estaba que se subía por las paredes. La noche la había alcanzado por el camino y con las prisas apenas se había desprendido del polvo de cabalgar.

—¡La injuria recibida no se volverá a repetir! —le gritó Eugenia—. No volverás a abandonar esta casa sin permiso. ¡Última vez!

Clara no entendía semejante enojo.

—¿Qué sucede, madre? ¿Qué falta he cometido esta vez?

—¿Qué falta? —Su madre alzó los brazos—. Por el amor de Dios, hija, ¿dónde tienes la cabeza?

Su padre, que estaba sentado a la mesa, intervino con el tono de voz más relajado, pero no por ello menos duro y severo.

—Hoy recibíamos una visita muy importante para el futuro de nuestra familia, Clara —parecía defraudado—. Tu presencia era indispensable. Y has desaparecido.

Entonces lo recordó. ¡La cita de aquella tarde! ¡Se le había olvidado por completo! Al instante inclinó la cabeza.

—Mis sinceras disculpas, padre —procuró que su voz sonara arrepentida, aunque en el fondo, tras aquella maravillosa tarde con Julián, su corazón aleteaba de alegría. Estaba deseando volver a verlo—. Pero no se me había informado de que mi presencia en la cita de hoy fuera tan importante... —añadió.

—¡Pues lo era! —exclamó Eugenia—. ¡Sin ti no tenía sentido celebrarla!

Clara se extrañó.

—¿Y eso por qué?

—Porque hoy venía tu prometido, hija. Te vas a casar.

12

El general Louis Le Duc permanecía impasible ante la presencia de aquel hombre enviado por el Servicio Secreto. Vestía casaca negra y pantalones de montar. Sin ninguna distinción. Tenía el bigote perfectamente perfilado, a la última moda en París, con el pelo repeinado hacia un lado.

—Siéntese, por favor. —Le ofreció asiento frente a su escritorio, pero el agente apenas movió un músculo. Siguió de pie, erguido como un mariscal de campo en mitad de su despacho.

—Me envía el ministro Fouché —comenzó—, el emperador está impaciente. Quiere resultados inmediatos.

Le Duc no se alteró lo más mínimo ante las palabras del agente.

—Los tendrá —respondió—, acabamos de registrar la propiedad de uno de los nueve hermanos. El hijo del Gran Maestre.

—¿Y bien?

—Sin resultados satisfactorios, pero tenemos la casa controlada. El nieto espera a alguien enviado por su padre, tiene que ser de la Cúpula. —Le Duc esbozó una mueca sombría—. Cuando acuda a la casa del joven, nos encontrará a nosotros esperándole...

—Les recomiendo que no esperen demasiado —le advirtió el agente con cierta insolencia—. El Ilustre está muy preocupado y dentro del Servicio también lo estamos. Están más extendidos de lo que creíamos. Hemos detectado indicios de amenazas en otros puntos de Europa.

—Estuvimos a punto de cazarlos —inquirió Le Duc con aspereza; no le gustaba el tono exigente de aquel hombre—. La próxima vez no fallaremos.

—Córtenles de raíz, aquí. Descubran las identidades de los verdaderos artífices de todo esto. Y sobre todo —el agente puso un dedo sobre la mesa—, certifiquen la existencia del legado del Gran Maestre.

El hombre del Servicio Secreto irguió la cabeza, se golpeó de tacones e hizo el saludo militar. Le Duc le respondió con desgana y lo acompañó hasta la salida.

Julián volvía a las montañas por estrechos senderos que discurrían entre los campos, alejado del camino principal que conducía a la aldea. Llevaba las riendas sueltas, dejándose guiar por *Lur*, que conocía el camino. Anochecía lentamente y el sol de poniente se escondía a su derecha con la pereza del verano, tiñendo los trigales de un rojo intenso.

Veía las casitas de su aldea asomar media legua hacia el este, entre varias colinas y lomas anaranjadas. Se imaginó a sus amigos cenando un caldo aguado con las sobras del mediodía en la única estancia de su humilde hogar. Pronto se irían a la cama para despertar al día siguiente con las primeras luces del alba. Calculaba que en dos días concluirían la siega, después, perderían el derecho a trabajar en sus tierras, y Julián se preguntó qué sería de ellos.

Acababa de despedirse de Clara y no sabía cuándo volvería a verla. Ella le había hecho olvidarse de todo. Pero en aquel momento, sin su presencia, se vio invadido por una intensa sensación de soledad. Fiel compañera de recuerdos dolorosos, trajo consigo nítidas imágenes de cómo destrozaban su hogar, obligando a Julián a hacer un esfuerzo para no verse dominado por la furia.

A esas alturas estaba seguro de que los franceses, aquel general llamado Louis Le Duc y sus hombres, andaban tras algún rastro que pudo dejar su padre en vida. Julián había visto cómo buscaban algo en su casa y se preguntaba qué podía poseer Franz que les interesara tanto. Los vaticinios de peligro expuestos por Pascual y el misterioso hombre sin rostro se habían transformado en realidad. Todo parecía apuntar en la misma dirección. ¿En qué andaba metido su padre antes de morir? ¿Qué oscura trama se cernía tras su muerte? ¿Qué quería de él?

Habría jurado que aquellos hombres eran los asesinos de su padre, pero el soldado rubio le había asegurado que no. Y por mucho que le costara admitirlo, Julián había visto sinceridad en sus ojos azules.

Mientras *Lur* subía por las pendientes, se estrujaba el cerebro en busca de una solución. ¿Qué debía hacer? ¿Continuar esperando?

A partir de entonces debería hacerlo escondido en las montañas y comprendió que tal vez lo más sensato sería partir en busca de respuestas. Y la manera más directa de hacerlo era buscando a su abuelo. En ese caso, debería cruzar los Pirineos y después territorio francés para llegar al castillo de Valberg, en el sur de Alemania; se trataba de un camino muy largo pero tenía confianza en sí mismo y en la resistencia de *Lur*.

Absorto en sus pensamientos, no se había percatado de que su montura se estaba desviando ligeramente del sendero que llevaba a la cueva donde pensaba pasar la noche. Siempre que acudía a aquel lugar lo hacía serpenteando por la pendiente, por un recorrido más largo pero más seguro.

Inmersos en el bosque oscuro, el sendero les hacía subir la pendiente de costado. Se adentraron en un hayedo, donde los árboles habían ganado la partida a la fuerte inclinación, con la certeza de que sus raíces no les permitirían volcar. La pendiente se acentuó y Julián tuvo que amarrar bien el macuto y clavar rodillas para alentar a su amigo, que resoplaba con fuerza.

Julián no dudaba de que podría subirla. Era un caballo extraordinario, gracias a él, habían podido visitar lugares más alejados y remotos. Sabía que era capaz de subir pendientes extremas y llevarle a escondrijos difíciles de acceder.

Pero no siempre iba a ser así.

Lo vio venir antes de que ocurriera, pero no supo evitarlo. La pendiente se inclinó de costado y entonces vio el tramo arenoso.

—¡No! —gritó.

Intentó reconducir a *Lur* con un brusco tirón de riendas, pero ya era tarde y fue demasiado para las herraduras del animal.

Lur no pudo mantenerse, resbaló y arrojó a Julián. Este se quedó clavado en el suelo. Pero su amigo no. Lo vio caer hacia abajo como una bala, arrastrándose por la tierra suelta, inexorable, mientras intentaba patalear en vano para reincorporarse. *Lur* cogía cada vez más velocidad y Julián veía impotente cómo su amigo relinchaba aterrado. Temió por su vida.

Entonces lo detuvo un grueso tronco unos veinte pasos más abajo.

—¡No, *Lur*!

Se oyó un terrible chasquido. El golpe retumbó en todo el bosque e hizo que los pájaros de las ramas volaran asustados. Julián emitió un grito desesperado y bajó por la pendiente como un poseso, jugándose su propia vida. *Lur* seguía tendido sobre el tronco, con la silla y las alforjas sujetas a su cuerpo, sin moverse. Julián se arrastró hacia él, completamente aterrado.

—¡Dios mío, no!

Cuando llegó a la altura del animal, este se levantó enseguida. Julián no se lo podía creer. Suspiró con el corazón a punto de salírsele por la boca. *Lur* se movió un poco, cojeaba ligeramente de la pata izquierda.

Julián respiraba entrecortadamente. Había sentido que le perdía.

—¡Mierda, *Lur*! —le abroncó—. ¿Qué demonios hacías, eh? ¡Podías haber muerto!

El caballo lo miró con sus grandes ojos e inclinó la cabeza, escondiendo el hocico en un espeso arbusto.

—¡No podías fallarme! ¡Hoy no! ¡Hoy no!

Julián sentía el corazón latiendo con fuerza, las venas arderle de furia.

Y entonces volvió a gritarle; le echó la culpa de todo lo que le estaba pasando, de todo el dolor que le asolaba. Se desahogó con él y desató toda la rabia que le carcomía por dentro, contra su amigo, que cargó con todo en absoluto silencio, sin moverse ni un ápice.

Entonces se detuvo, envuelto en sudor y con el pecho trabajando como un fuelle. Vio a su amigo inmóvil, recibiendo la dura reprimenda con la cabeza escondida entre las patas, y se preguntó qué demonios estaba haciendo.

Mientras lo contemplaba con el sabor amargo del arrepentimiento subiendo a su boca, rememoró la cantidad de momentos en los que su amigo le había acompañado, siempre junto a él, apoyándole en silencio. Le había visto llorar y saltar de alegría mil veces, le había oído hablar de cosas que solo se hablan cuando uno está solo. Habían crecido juntos y las vivencia compartidas habían forjado un lazo inquebrantable que los unía a ambos.

Lo contempló; contempló cómo le miraban sus enormes ojos. Daba igual lo que pasase, lo veía en el brillo de su mirada, en él estaba clavado un amor incondicional, de esos que duran hasta el último suspiro.

Entonces se odió a sí mismo. Se dejó caer sobre la tierra y se quedó sentado, callado, abatido, junto a su amigo. Este se le acercó, lamiéndole en la mejilla herida, y Julián le respondió con una caricia en el hocico.

—Lo siento... —se disculpó con un hilo de voz—. Por un momento pensé... tú no tienes la culpa de esto, amigo mío... Lo siento.

Julián le miró el muslo de la pata izquierda y comprobó que tenía una contusión muy fuerte. Supo de inmediato que no era buena idea continuar subiendo. Bajarían un poco más, donde se extendía una zona bastante llana en la que podrían descansar. La noche se les echaba encima y no parecía haber ninguna nube. Acamparían al raso.

—Tendremos estrellas, *Lur*.

Cuando guiaba a su magullado amigo pendiente abajo era consciente de que sus nervios volvían a estar a flor de piel. Debía hacer un esfuerzo por aplacar el dolor, la impotencia y la rabia que sentía. Intentó apaciguarlos concentrándose en sobrevivir, en las tareas que debía realizar para pasar la noche en las montañas.

Se detuvieron en una zona lisa libre de raíces y piedras, rodeada de un hermoso hayedo de troncos blancos y espigados. Julián despojó a *Lur* de sus arreos y de la silla de montar para que su lomo respirara libre. Se lo acarició con delicadeza y le susurró al oído:

—Buen trabajo, amigo. Te has ganado un merecido descanso.

Su amigo relajó los músculos al contacto de su mano.

Sacó la capa del macuto y buscó en los bolsillitos de su interior la piedra y el eslabón. También sacó los cordeles para hacer cepos. Desconocía cuánto tiempo estaría sin comer. Dejó todo y se internó en el bosque en busca de ramas y hojas secas para hacer fuego. Mientras buscaba un claro donde hubiera dado el sol y la hierba o las hojas estuvieran secas, entre la oscuridad que ya se cernía en el bosque, oyó el suave susurro de un riachuelo que corría escondido tras unos arbustos. Al acercarse pasó por un estrecho paso entre varios arbustos espinosos y vio rastros de animales. Decidió que aquel sería un buen sitio para colocar un cepo y colocó un sencillo nudo poco mayor que la cabeza de un conejo.

Después de asegurarse de que el cepo funcionaba bien se acercó al riachuelo que bajaba por las pendientes algo más adelante. Discurría por unas rocas y se perdía hacia abajo, hacia el norte. Llenó la cantimplora y se lavó la sucia cara en las saltarinas aguas. Notó cómo le escocían las heridas de la mejilla y la nariz; aunque se las hubiera limpiado Clara, aún no le habían cicatrizado.

Después, de vuelta al campamento, encontró un hueco en el tronco de un árbol que parecía estar seco y consiguió madera, a la que añadió ramitas que arrancó de debajo de las copas más espesas que encontró en el camino.

Se puso a encender el fuego, rodeando el montón de madera seca que había machacado con una pirámide de ramitas y ramas cada vez más gruesas. Después, frotó con intensidad el eslabón sobre la piedra en la base de la pirámide y consiguió hacer fuego bastante rápido. Las llamas enseguida empezaron a crecer calentándole las manos y el rostro. Pronto el olor a leña lo inundó todo. Tenía preparado otro montoncito de troncos para avivarlo cuando fuera perdiendo fuerza.

Tras comer un poco del pan con queso que había cogido de casa, dejó que su mirada se perdiera en el crepitar de las llamas. Pronto los sonidos del bosque empezaron a inundarlo todo con su cántico celestial y enseguida los párpados comenzaron a cerrársele. Notaba la mente en blanco y los músculos abatidos.

Desplegó la manta sobre una zona lisa y desprovista de humedad. Echó un último vistazo alrededor para cerciorarse de que todo estaba en su sitio y que *Lur* descansaba junto a él. Entonces se acurrucó bien al amparo de la capa y cerró los ojos. El calor del fuego le resultaba reconfortante.

Tras saciar su sed con la tina de agua, Pascual volvió a salir por la puerta de su casa y dejó el candil en el hueco del ventanuco. Se frotó las manos al sentir el aire fresco de la noche y se sentó en el poyo junto al muro, abrigándose con una manta. Su mujer y su hija llevaban horas dormidas y él no podía permitirse hacerlo. Debía protegerlas ante cualquier infortunio. La amenaza del forrajero contra su familia se le había grabado en la mente.

Pero él no era el único inquieto aquella noche. Todos en la aldea estaban encerrados en sus casas, temerosos de lo que les pudiera suceder.

Pascual sabía de los franceses que custodiaban la casa de los Aldecoa. Ya se habían llevado todos los excedentes de granos que tenían en la borda y se preguntaba por qué la estarían vigilando. Los vecinos estaban alarmados ante lo sucedido a Julián y se preguntaban cómo el señor Díaz de Heredia había sido capaz de vender sus tierras a un invasor.

Miró hacia las sombrías montañas que se alzaban por encima de él y le pareció ver un punto de luz entre los árboles, a medio camino entre las cimas y la aldea. Tuvo la certeza de que era Julián. Sabía que pasaría la noche en las montañas, junto a su caballo. En la aldea estaban preocupados por él y temían que no volviera a aparecer por allí. Teresa le había preparado un poco de tocino para que se lo subiera al día siguiente y así consiguiera hablar con él. Tal vez le hiciera entrar en razón.

Sobre las oscuras siluetas de las montañas el cielo estaba raso y las estrellas aprovechaban la ausencia de luna para centellear en todo su esplendor.

Entonces unas pisadas sobre el camino que llegaba a la aldea hicieron que Pascual apartara la mirada de la bóveda celeste. Escrutó el sendero.

Al principio apenas pudo distinguir nada entre las sombras de la noche, la luz del candil lo deslumbraba. Pero el sonido de los pasos persistía, cada vez más claro. Pronto comenzó a formarse una figura, cada vez más nítida a medida que se acercaba y entraba en el haz de luz. El jinete montaba un enorme semental negro y vestía ropas oscuras y un sombrero de tres picos. Su capa estaba cubierta de polvo. Pascual se estremeció bajo la manta. ¿Quién demonios podía aventurarse a recorrer los caminos de noche? Para su sorpresa, el forastero se detuvo frente al muro de piedras que cercaba su propiedad. Pascual tensó sus músculos y se levantó de la silla con cierto temor.

—¿Quién vive? —preguntó.

El desconocido no descendió de su caballo.

—Buenas noches, buen hombre —habló con un acento extraño, y Pascual tuvo la certeza de que era extranjero, pero no parecía francés ni tampoco inglés.

—¿Qué le trae por estos lares? —preguntó el campesino, con angustia en la voz—. Se encuentra muy apartado de los caminos principales.

—Busco a alguien de esta aldea —dijo el desconocido.

—Tal vez pueda ayudarle.

El forastero paseó la mirada por los oscuros alrededores. Al girarse sobre su montura, la capa se hizo a un lado y Pascual pudo apreciar el brillo del pomo de una espada. Sintió cómo le embargaba el terror. El hombre se volvió hacia él.

—Busco a Julián de Aldecoa Giesler.

Algo hizo que Julián abriera los ojos y parpadeara con desgana. Se revolvió con pereza dentro de su manta. El sueño aún no le había abandonado y se sentía muy reconfortado bajo el calor de su abrigo. Miró hacia lo alto y vio las estrellas centelleando entre las ramas de los árboles. Parpadeó de nuevo y enseguida notó cómo se le volvían a cerrar los ojos...

Craaac. El chasquido de una rama. Y esta vez captó el sonido.

Lur relinchó inquieto y Julián se levantó junto a él de un salto. Aguzó el oído y escrutó las masas oscuras que se cernían a su alrededor. Las hojas de un arbusto cercano empezaron a moverse como si una brusca ráfaga de viento las estuviera azotando. Pero no soplaba el viento, algo se movía entre ellas. Sin dejar de mirar al arbusto, Julián se acercó a su caballo y extrajo su rifle del arzón con suma delicadeza.

Apenas había sacado el arma cuando una silueta asomó con confianza a veinte pasos de él. Julián no pudo reprimir un suspiro de alivio al ver a Pascual acercarse con su bastón de monte.

—Pascual, ¿qué haces aquí? Me has dado un susto de muerte.

—Julián —le cortó el aldeano con severidad—, no tenemos mucho tiempo. Has de acompañarme a la aldea.

—No puedo hacer eso. Los franceses vigilan desde mi casa.

—Lo sé —le contestó el otro con aire cansino—. Llevo toda la noche en vela. Pero has de acompañarme. Es muy importante. Alguien ha venido a verte.

Julián arqueó ambas cejas.

—¿Alguien? ¿Quién?

—No lo sé, pero parece venir de muy lejos. Me ha preguntado por tu casa pero le he advertido de los franceses.

El corazón le dio un vuelco. Se afanó en recoger el campamento a toda prisa y descendieron por el monte con cuidado para que *Lur* no se volviera a lastimar. Salieron del bosque un centenar de pasos al oeste de la aldea, con cuidado de que los franceses que custodiaban su casa no les vieran. Cruzaron varios campos en barbechera hasta alcanzar la casa de Pascual por la parte de atrás. Allí les esperaba Teresa con gesto preocupado y ojeras oscuras. Miriam dormitaba entre sus brazos.

—Daos prisa —susurró una vez que la alcanzaron—. Julián, el hombre aguarda dentro. Nosotros esperaremos aquí.

El joven asintió nervioso, notaba un cosquilleo de nervios rumiándole en el estómago. Antes de rodear la casa para entrar por el otro lado, vio el caballo del forastero. Estaba protegido por la vivienda, de cara a los campos para no ser visto desde el camino. Era un frisón negro. Tenía el hocico metido en un charco y era enorme, un verdadero semental. Debía medir al menos veinte palmos hasta la cruz y tenía un pecho poderoso. Julián admiró su figura. Llevaba la cola y la crin cuidadosamente recortadas y cargaba con unas alforjas llenas. Observó la pistola enfundada en uno de los arzones que colgaban de la silla de montar y tampoco pasó por alto la culata del fusil que asomaba por uno de los faldones laterales de la silla de cuero. Atrás, anudada a las correas de las alforjas, había una gruesa manta enrollada. Se preguntó quién esperaría dentro de la casa. A juzgar por el aspecto de su caballo —sediento y con las patas cubiertas de polvo—, y las alforjas a reventar, debía de ser un viajero. Y por las armas que llevaba, un tipo peligroso, o al menos alguien que pudiera llegar a serlo.

Tragó saliva, y rodeó la casa asegurándose de que no hubiera nadie en el oscuro camino. Entró.

Un hombre de unos cuarenta años esperaba sentado al otro lado de la mesa. Lo iluminaba un pequeño farol que había junto a la chimenea, revelando sus ropajes cubiertos de polvo. El hombre parecía grande y robusto.

Se quedó plantado en la entrada, observándolo.

El individuo daba largas chupadas a una pipa de madera, y exhalaba el humo suavemente por debajo de un enorme mostacho cubierto de canas. Sobre la mesa tenía un sombrero negro de tres picos también cubierto de polvo de los caminos. Su rostro, encabezado por una fuerte nariz de halcón, se mostraba tostado y curtido por años de exposición a las inclemencias del tiempo.

Entonces su mirada se posó en Julián y este sintió un ligero estremecimiento. Sus ojos grises, enmarcados por un mar de arrugas, lo miraban tranquilos y serenos, ligeramente velados tras el halo de humo.

—Hola, Julián —le dijo con una voz grave y calmada. Entonces hizo un leve ademán con la pipa invitándole a tomar asiento.

El joven vaciló unos instantes, y ante su desconfianza, el viajero se recostó en la silla y se dirigió a él.

—Vengo desde muy lejos para encontrarte.

—¿Quién es usted? —preguntó Julián con aspereza.

El desconocido soltó una larga bocanada de humo con los ojos entornados. Parecía sopesar la respuesta.

—Me envía tu padre —dijo escuetamente.

Julián se mantuvo firme.

—¿Quién es usted? —volvió a preguntar.

El hombre lo miró fijamente, escrutándolo con aquellos ojos grises. Parecía estar asintiendo, como confirmando algo que ya sabía.

—Tal vez tu padre no te haya hablado de mí —pronunció muy despacio—. Soy su hermano, Roman Giesler.

13

Julián se movió, inquieto, mientras el hombre lo escrutaba fijamente con la mirada. Las sombras de su rostro bailoteaban ante los saltos de la llama del candil, y había momentos en los que apenas podía verle los ojos.

—Mi padre jamás mencionó que tuviera un hermano...

El desconocido que se hacía llamar Roman esbozó una sonrisa.

—Muy propio de Franz —murmuró enseñando los dientes—. Forjando su propia vida a costa de su pasado.

—Mi abuelo tampoco lo hizo —mencionó Julián más convencido—. Nunca me habló de usted. Le esperaba a él. ¿Dónde está?

—Franz sabía que podía morir —respondió el otro—. Y por eso estoy aquí.

Julián frunció el ceño. Roman había eludido la pregunta con presteza pero a él no le pasó desapercibido y volvió a formularla.

—¿Dónde está Gaspard? —insistió.

El viajero pareció revolverse sobre su asiento, solo un poco, de forma apenas perceptible.

—No es un buen momento para responder a esa pregunta —le contestó, tajante.

Julián estaba de pie, ante la mesa, con las mangas remangadas y los brazos cruzados. Aquel hombre no le iba a engañar.

—Está bien —dijo con cierta insolencia—. Entonces, dígame. ¿Por qué todo esto? —Alzó las manos y señaló a su alrededor—. ¿Por qué la muerte de mi padre? —Alzó la voz—. ¿Por qué lo revolvían todo en mi casa? ¿Por qué me la arrebataron? ¿Qué diablos se esconde detrás de todo esto? Usted sabe lo que realmente está sucediendo, ¿no es así?

El hombre se había quedado velado tras el humo de su pipa, observándole en silencio mientras se pasaba la mano libre por el bigote. No dijo nada. Julián se adelantó con brusquedad y apoyó las manos sobre la mesa.

—¡Dígame! —exclamó—. ¿Qué diablos se esconde detrás de todo esto?

El forastero ni siquiera pestañeó.

—No creo que sea el momento para hablar de eso.

—Pues entonces váyase —escupió Julián con fiereza—. Si no va a ayudarme, no le necesito.

Roman no se alteró lo más mínimo. Parecía relajado y continuaba acariciándose el bigote.

—Comprendo tu malestar... —dijo con la mirada distraída—. Pascual me ha contado lo sucedido. La venganza y el odio están a la orden del día.

A Julián le pareció que sus palabras estaban cargadas de ironía. Aquello hizo que apretara los dientes. Le ponía furioso que no le tomaran en serio.

—Aun así —continuó el viajero—, temo decirte que no creo que tengas posibilidad alguna de conseguir lo que sea que te propones mientras estés escondido en las montañas como un proscrito. —Sus ojos grises lo miraban serios—. Se avecinan tiempos inciertos. Tu padre me pidió algo y yo solo cumplo mi palabra.

—De acuerdo, pues —farfulló Julián—. Si de verdad es quién dice ser, hábleme de mi padre. Dígame en qué andaba metido. Cuéntemelo todo.

Roman dio un largo suspiro.

—Verás, muchacho...

—No me llame muchacho.

Roman abrió los ojos, asombrado. Las sombras que proyectaba el candil y que oscilaban en su curtido rostro parecieron retirarse y dejaron tras de sí un semblante severo que hizo que Julián se retrajera en su bravuconería.

—Está bien —dijo con claro fastidio—. No te lo pienso repetir dos veces. —El viajero se incorporó sobre la silla y lo fulminó con aquella mirada gris. Su tono de voz era firme e imponente como una roca—. Podrás decir lo que te plazca, pero lo que yo veo es a un pobre muchacho que no tiene dónde caerse muerto. Un muchacho que solo posee un caballo cojo. —Julián se preguntó cómo demonios sabría aquello—. Tus únicos amigos son esta familia, pero no te pueden ayudar porque están sumidos en la pobreza. Apenas tienes dinero, no tienes comida, piensas vengar la muerte de tu padre pero no sabes nada. O te dejas ayudar, o me voy y no me vuelves a ver. ¿Comprendes?

Julián mantuvo la compostura ante la dura lección, guardando silencio y mordiéndose la lengua. Por mucho que le costara admitirlo, lo que decía aquel hombre representaba fielmente la realidad. Desconocía si era el hermano de Franz, pero comprendía que era la única salida que tenía.

—¿Y qué quiere que hagamos?

—De momento marcharnos de aquí.

—¿Adónde?

—A un lugar seguro.

—¿Y dónde se encuentra ese lugar?

Roman fue a levantarse pero se detuvo ante la pregunta.

—Sé que no confías en mí. Pero soy lo único que tienes, así que más te vale aferrarte sin hacer más preguntas de las necesarias.

Comprendió que aquel hombre lo tenía a su merced, y que parecía estar a un palmo de hartarse y mandarlo a tomar vientos. Se resignó y decidió cerrar la boca.

Roman se levantó de la silla y se movió con la firmeza de una roca. Al inclinarse para recoger su sombrero negro de tres picos, a Julián no le pasó desapercibida la espada que colgaba de su cintura.

—Ah, una cosa más —añadió mientras se guardaba la pipa en el bolsillo y desempolvaba el sombrero con cuidado—. No he venido hasta aquí para soportar a un maldito niñato enrabietado. No vuelvas a hablarme con esa arrogancia, muchacho.

Cuando salieron afuera, estaba amaneciendo. Roman estrechó la mano de Pascual y se despidió de Teresa posando la mano sobre la punta del sombrero e inclinándolo ligeramente.

—Han sido muy amables recibiéndome en su casa. —Después, les tendió un pequeño sobre—. Por si necesitan nuestra ayuda.

Pascual y Teresa recibieron el agradecimiento y el sobre con agrado, y enseguida centraron su atención en Julián. Teresa tenía lágrimas en los ojos.

—Debéis marcharos —musitó ella mientras se abrazaban—. Si se hace de día, podrán veros.

—Gracias por todo, Teresa.

Ella se apartó mientras se enjugaba las lágrimas con la tela de la saya. Pascual le estrechó la mano con firmeza pero acabó rodeándole con un fuerte abrazo.

—Nos veremos pronto, compañero.

—Pronto —repitió Julián.

Después se acercó con sigilo a donde Miriam dormitaba y la besó suavemente en la frente. Le pareció que ella entornaba los ojos, y una lágrima se fugó de ellos.

—Miriam, ¿estás despierta? —Ella no contestó—. Cuídate, pequeña amiga.

—Tenemos que irnos —inquirió Roman.

Julián no quiso hacerlo esperar y se apresuró a recoger sus cosas. Después sujetó a *Lur* del ronzal.

—Guardad el arca de mi madre —les pidió antes de partir.

Ellos asintieron de buena gana. Claro que lo harían, también querían a Isabel. El viejo matrimonio se despidió diciéndole adiós con las manos y Julián no volvió a mirar atrás.

Partieron sin saber cuándo volverían.

Llevaban más de tres horas viajando hacia el oeste, recorriendo el Camino Real, y pronto llegarían a los límites occidentales de la Llanada. Se acercaba el mediodía y el sol estaba en lo alto; su avance era lento, puesto que, pese a que Roman montaba su frisón negro, Julián tenía que ir a pie para liberar de su peso a *Lur*. Estaba bastante preocupado por su caballo; su cojera se estaba acentuando a medida que pasaban las leguas y como no sabía adónde se dirigían, temía que se desplomara antes de llegar a su destino.

Roman cabalgaba ligeramente adelantado y Julián aprovechó para observarlo. No le encontraba parentesco alguno con su padre. Era mucho más grande y las facciones del rostro no albergaban coincidencias: Franz tenía la nariz fina y los pómulos marcados, y era considerablemente más bajo aunque más esbelto. Las facciones de aquel hombre eran mucho más toscas, y su cuerpo, más robusto y fuerte.

Se tropezó con algo y salió de su ensimismamiento. Al mirar atrás, vio un pequeño bulto negro. Era el cadáver de una codorniz en medio del camino y aún humeaba de un pequeño orificio en las tripas. Tal vez estuvieran de caza por los alrededores, aunque le extrañaba no haber oído el disparo. El camino se estrechó ligeramente para cruzar una zona boscosa. Roman alzó la mano izquierda para que se detuvieran.

—¿Qué sucede?

De pronto una figura emergió de los matorrales y se plantó ante ellos.

Julián supo que algo no iba bien en cuando observó el aspecto de aquel hombre. Era bajo y fornido, vestía una camisa sucia y unas alpargatas desgastadas, y se había plantado en mitad del camino. Tenía una enorme navaja de dos palmos en la mano derecha y les miraba con una sonrisa lobuna.

—Bienvenidos a la nueva aduana, señores —masculló con aspereza.

Tras sus palabras los matorrales que los rodeaban se movieron y de ambos lados del camino asomaron una docena de hombres, todos tan desarrapados y desaliñados como su compañero. Llevaban cuchillos tan grandes como el suyo, escopetas y trabucos. Julián vio cómo un muchacho con la cara manchada recogía la codorniz del suelo. Roman permanecía muy quieto, en las alturas que daba su enorme montura.

—Bien, señores —continuó el fornido—, ya se están despidiendo de todo lo que llevan encima.

—Por el bien de la patria —dijo otro—, es una aportación a una causa justa. Ya saben, luchamos contra los invasores.

El resto de los hombres se echaron a reír.

—Y esos preciosos sementales también —añadió el escuálido muchacho del pájaro mientras miraba a los caballos con los dientes largos.

Lur piafó inquieto. La idea de que se lo arrebataran aterraba a Julián, quien miró a Roman con inquietud. Este continuaba muy sereno, apenas había cambiado su semblante y sus hombros descansaban tranquilos. Julián, en cambio, se sorprendió con los músculos tensos y las manos aferradas con desesperación al ronzal.

—Yo te conozco. —La voz había salido del fondo del grupo, y tras ella asomó un hombre calvo con unas pobladas patillas de pelo enmarañado. Era uno de los que mejor armados iban, con un trabuco bajo el brazo y una canana llena de cartuchos. Señaló a Julián—. Tú eres el hijo de Franz Giesler, y el hermano pequeño de Miguel.

Reconoció a aquel hombre al instante. Era el alguacil Roca, al menos lo había sido años atrás. Le sorprendió verlo allí, asaltando caminos, cuando antaño era un hombre de justicia. El alguacil Roca había participado en la orden de búsqueda y captura de su hermano Miguel años antes, y él mismo había sido el que les había comunicado a Franz y a él la noticia de su muerte en los acantilados. Julián no lo recordaba como un mal hombre, al contrario, los meses posteriores a la desgracia los visitaba de vez en cuando en la aldea. Aferrándose a aquel último pensamiento, Julián intentó hallar una salida a la emboscada.

—Por los viejos tiempos, don Domingo —dijo bien alto para que todos le oyeran. Esperaba no errar con su nombre, Domingo Roca, creía recordar—. No merecemos este asalto.

El otro arrugó la frente durante unos segundos, miró a sus compañeros y después se volvió hacia él.

—Tienes razón —dijo al fin—. La familia de este joven tuvo mi favor en el pasado. Son buena gente, no merecen nuestro pillaje.

Para alivio de Julián, algunos parecieron asentir, pero otros no se mostraron tan satisfechos.

—¿Y su compañero? —exclamó uno señalando a Roman—. ¿Acaso él también es de su familia? —Roca negó con la cabeza—. ¡Mirad su caballo! —continuó el otro—. ¡Tiene unas patas poderosas! ¡Me encantaría montarlo!

Otros acompañaron el entusiasmo del asaltante mientras miraban al frisón de Roman con los dientes largos.

Julián vio a su compañero posar la mano sobre la empuñadura de la espada. Lo hizo con calma, casi acariciándola. Fue un mínimo movimiento, pero también una amenaza, y resultó heladora.

Y por supuesto la mayoría lo percibió. Cualquiera hubiera estallado en carcajadas ante el movimiento de Roman, puesto que solo era uno y los bandidos muchos más. Pero la frialdad y la seguridad que demostró atemorizó a la mayoría de los presentes. Julián apreció cómo muchos cedían en su entusiasmo.

—Bien, ¡vámonos! —ordenó Domingo—. No debemos permanecer mucho tiempo en el camino.

—No —le atajó uno con la dentadura destrozada. Fulminaba con la mirada a la montura de Roman—. Yo quiero ese caballo para mí.

El sonido de la vaina al desenfundarse sonó como un rayo y paralizó a todos los presentes; un intenso destello deslumbró al bandido. Julián dirigió los ojos hacia el origen de la luz y abrió la boca, asombrado.

El viajero blandía una enorme espada y la alzaba sobre sus cabezas con una firmeza sobrehumana. El reflejo del sol hacía que la lámina pareciera arder.

El asaltante retrocedió unos pasos con el temor clavado en el rostro. Los demás hicieron lo propio. Nadie dijo nada. En pocos segundos, la partida desapareció con la misma rapidez con la que habían aparecido. Roman volvió a enfundar su espada y miró a Julián.

—Hemos de continuar.

El joven no dijo nada y reanudaron la marcha.

Nunca había oído nada acerca de grupos de asaltantes de caminos tan numerosos. Dedujo que debían de ser los conocidos sublevados, los guerrilleros que se habían echado a los montes para combatir a los franceses. Aunque no esperaba que fueran así.

—Pensaba que los sublevados eran hombres de honor que combatían solo al francés. No bandidos ni asaltantes de caminos —comentó contrariado.

Roman lo miró desde lo alto de su montura.

—No todos los sublevados se comportarán como la chusma que acabamos de ver. La guerra la comparten gentes honorables y gentes con conductas de la más torva y fiera humanidad.

Al llegar a la desembocadura de la Llanada giraron a la derecha dejando el Camino Real y adentrándose por un camino más tortuoso que no tenía la anchura suficiente para un carro. Se internaron en una zona de valles estrechos y alargados donde picos escarpados parecían echárseles encima. Cada cierto tiempo, Roman detenía al caballo y sacaba de debajo de la casaca un grueso papel cuidadosamente doblado y lo observaba durante unos instantes. Julián pudo observar desde atrás, se trataba de un mapa.

—Conozco estas tierras y apenas las cruzan caminos. ¿Adónde nos dirigimos? —preguntó, intrigado.

—A algún lugar entre vuestra Llanada alavesa y el reino de Cantabria.

Aquella era una vasta extensión repleta de afilados riscos y tupidos bosques que escondían valles en su interior. Se alejaban de cualquier ruta importante y se adentraban en unas tierras aisladas del exterior. Julián había oído leyendas acerca de aquellos parajes. Apenas estaban habitados por humanos. Los pocos caminos que los cruzaban eran senderos tan estrechos como aquel.

Lur cojeaba más intensamente y Julián se preocupó. Si la marcha se demoraba demasiado deberían detenerse.

Continuaron, sin embargo, varias leguas más, hasta percatarse de que llevaban largo rato caminando junto a un frondoso bosque que limitaba con el camino por la izquierda. Hacia la derecha se extendían praderas de pasto y frente a ellos, pronto las pendientes escarpadas de unos riscos les cortaron el paso.

Roman consultó de nuevo el mapa y dio la orden de girar a la izquierda. Se adentraron en un estrecho cañón que discurría entre los acantilados de los picos y el enorme bosque que no parecía acabar nunca. Las aguas de un caudaloso río rugían bajo ellos, a los pies del acantilado.

Anduvieron un par de leguas por el tortuoso camino hasta desembocar en un pequeño valle montañés.

Estaba rodeado por los picos a un lado y el bosque al otro. Este debía de ser inmenso, porque se extendía aún más hacia el horizonte. Julián comprendió enseguida que la única entrada al valle era el cañón que acababan de atravesar.

Avanzaron por las verdes praderas que tupían el recóndito paraje. Entre algunas colinas pudieron divisar plantaciones de maíz y los tejados de algunos caseríos a lo lejos, de cuyo interior emanaban columnas de humo. No había muchos, apenas cuatro edificaciones aisladas. De no ser por eso, el valle parecía deshabitado.

Para su sorpresa, la silueta de una torre asomó, solitaria, tras una loma verde.

Destacaba en el valle como un faro en la costa. Julián pensó que se trataba de una parroquia o una ermita, pero a medida que se acercaban se percató de que no era así. Sus muros eran más consistentes y los atravesaban estrechos huecos. No se veía en su plenitud porque aparecía recortada por la colina; el grisáceo de sus piedras contrastaba con el verde de la hierba.

Era una torre medieval, de carácter defensivo. La existencia de aquel tipo de construcciones en las tierras del norte se debía a las guerras banderizas que azotaron aquellos parajes siglos atrás. Durante cientos de años, los clanes vascones compuestos por los linajes más ancestrales de la nobleza rural se aglutinaron en dos familias principales: los Gamboa y los Oinaz, dando origen a dos bandos. Sus continuas guerras habían dividido el país durante años, sembrando el pánico entre los campesinos.

Las familias más importantes de cada linaje habían habitado casas torre como aquella en el pasado. Se construían en lugares estratégicos como en las orillas de los ríos, al pie de los caminos principales o en la defensa de las villas... Según las historias que Julián había escuchado entre los aldeanos, la antigüedad de aquellas torres se sumergía en la leyenda.

Aquella torre, en cambio, no parecía asentarse en ningún lugar estratégico. Estaba en un lateral del valle, enfrentada al bosque.

Remontaron la suave colina por un sendero embarrado desde el que Julián pudo ver la torre en su plenitud. Más que sus imponentes muros de piedra, le sorprendió la frenética actividad que se cernía sobre ella.

Un ejército de monjes se afanaba cargando sacos de varias carretas hacia el interior de la construcción, como si estuvieran abasteciéndola. Contempló la edificación a medida que se acercaba a ella. La torre estaba construida con muros de sillería. Un par de monjes jóvenes, seguramente novicios, retiraban un andamiaje del muro este tras haber reparado lo que pudo ser un desprendimiento. La estructura se alzaba en tres plantas y los pocos huecos que se abrían eran saeteras, aunque muchas parecían haber sido ampliadas. Pero lo que más captó su atención fue la reforma que los monjes estaban concluyendo en la parte superior. Donde antes debía de haber la continuación del muro hasta la cubierta, en aquel momento había una gran galería de madera totalmente abierta por uno de los lados.

—Se trata de una *loggia* —dijo una voz.

Julián descendió la mirada de la torre y descubrió a un monje que se les había acercado. Era bajo y enjuto, con el pelo canoso y cortado casi al rape, y los miraba con una enorme sonrisa en el rostro.

—Permítanme presentarme —añadió—, soy el hermano Agustín. ¿Qué les trae por estas remotas tierras? ¿Son viajeros?

Roman hizo que su frisón negro se adelantara varios pasos.

—Buenas tardes, hermano Agustín —lo saludó con su acento germánico—. Soy Roman Giesler, hijo de Gaspard, y este es Julián de Aldecoa Giesler, su nieto. Mi padre me habló de su nueva propiedad... Venimos en su lugar —añadió, señalando a la torre.

Los rasgos del monje mostraron sorpresa.

—¡Vaya!, ¡es todo un honor conocerles! Gaspard me habló de su familia con sumo orgullo cuando nos visitó en el monasterio y nos encargó que le acondicionáramos su retiro —explicó—. ¿Dónde está? Le esperábamos a él.

Julián no entendía nada de todo aquello. ¿Su retiro? Ante la última pregunta del monje, el rostro de Roman se ensombreció.

—Hermano Agustín... —Sus ojos grises miraron de soslayo a Julián por un instante, lo que provocó en el joven un extraño estremecimiento—. Siento decirle que mi padre, el señor Gaspard Giesler von Valberg, barón de Valberg, falleció hace cinco meses.

Al mencionar aquellas palabras, unos pájaros revolotearon hacia el cielo desde el bosque cercano. Roman desvió la mirada hacia el horizonte, con los ojos entornados por el sol. El rostro dicharachero de Agustín se contrajo y pareció ensombrecerse. Sin mencionar palabra alguna, se retiró con lágrimas en los ojos y se sentó en una piedra que había más adelante, comenzando a mover los labios en una plegaria a Dios.

Julián sentía que le faltaba el aire. A su alrededor los monjes proseguían con el trabajo, como si el mundo continuase igual. El sol brillaba con la misma intensidad; en el cielo seguía sin haber una sola nube, y en el suelo el viento ondulaba la hierba.

—Vamos, muchacho —le dijo de pronto Roman.

Julián lo miró; su semblante se había endurecido.

—Vamos, no te quedes ahí pasmado. Encájalo, ya no podemos devolverle a este mundo. —Sus palabras sonaban duras.

Julián pestañeó, con la mente aturdida. «Falleció hace cinco meses.» Coincidía con la fecha en que murió su padre. Pero sus cuerpos no aparecieron juntos. El monje se había vuelto a acercar, aún tenía las mejillas humedecidas, pero había una sonrisa dibujada en sus labios, en aquella ocasión no tan amplia.

—Gaspard fue un gran amigo —declaró—. Rezaremos tres misas por el alma de nuestro hermano y una por cada mes que pase.

Roman asintió con la cabeza en señal de agradecimiento.

—Bien... —continuó el hermano Agustín con unos sorprendentes ánimos renovados—, la vida sigue y el alma de nuestro querido hermano descansará al amparo del Señor Todopoderoso... —Hizo la señal de la cruz—. Ante su muerte, la propiedad de la casa pasa a sus descendientes aquí presentes. Y mi misión, ahora, es encargarme de que así sea. Seguidme, por favor.

Roman descabalgó y siguió al monje a pie. Julián tardó en advertir que se alejaban y los siguió, sintiendo que apenas tenía fuerzas para caminar, con los sentimientos a flor de piel bloqueando su voluntad y su pensamiento.

El monje Agustín los condujo a lo alto de una loma desde la que podían ver el valle entero.

—Les presento el valle solitario de Haritzarre —relató con entusiasmo—, solo conocido hoy en día por los moradores de aquellos caseríos lejanos, algún cazador de los bosques, y por nosotros, los hermanos del monasterio de las Montañas Nubladas, que se encuentra cubierto por aquella niebla alta. —Señaló hacia unos afilados picos del norte, donde se podía apreciar una enorme mole de roca que destacaba de las demás y se alzaba rasgando el cielo—. Tuve el placer de conocer al señor Giesler hace dos años, cuando nos visitó en el monasterio. Permaneció con nosotros más de un mes, durante el cual ambos forjamos una estrecha amistad. Gaspard se encontraba en la última etapa de su vida y ansiaba un retiro en el que encontrar la paz. Le ofrecimos los hábitos monacales pero los rechazó con amabilidad;

él ya había elegido su morada. Me habló del amor que sentía por estas tierras y me reveló que ya estaba cansado de su castillo en la lejana Sajonia alemana. En su vida diaria debía de ser un hombre con sumas tareas que pronto le hicieron partir. Nos aseguró que volvería cuando concluyera varios proyectos que debía de tener pendientes. Añadió que cuando lo hiciera, sería para quedarse, pero antes de partir nos encomendó una misión: acondicionar la casa torre de Haritzarre, su ansiado retiro. —Agustín miró con un deje de orgullo la nueva edificación—. Tenían que haberla visto entonces, era una ruina que solo albergaba telarañas y gatos vagabundos.

—¿Y él que os dio a cambio? —preguntó Roman.

—Nos surtió de una amplia biblioteca... —murmuró Agustín, no demasiado alto.

El aturdimiento de Julián había cedido un tanto y sintió que su voz pugnaba por hacerse oír. Necesitaba hablar para liberarse de la presión que le oprimía el pecho.

—¿Qué le pasó? —preguntó—. ¿Cómo murió Gaspard?

La pregunta surcó el aire y se quedó inmóvil, suspendida entre los tres.

El monje permaneció muy quieto, al igual que Roman. Julián aguardó su respuesta pero algo le decía que no la iba a tener.

Y así fue. Tras unos momentos de reflexión, Roman guardó silencio. Y Julián no insistió. Ya había aprendido la lección. Pero tenía algo claro: volvería a preguntar. Lo haría hasta que obtuviera una respuesta, aunque le fuera la vida en ello.

Desde lo alto de la loma, el monje miró hacia la casa torre con una mueca de orgullo.

—Gaspard estará satisfecho del trabajo... —murmuró.

—¿Por qué no se ubica en la única entrada al valle? —preguntó entonces Julián.

El monje se volvió hacia él.

—¿Perdona?

—Es una casa torre, de las guerras banderizas. El antiguo señor del valle debiera haberla construido en la entrada del mismo y no frente al bosque.

Agustín arqueó las cejas, sorprendido.

—Veo que posees una gran capacidad de observación... —comentó con asombro—. Ciertamente, el antiguo señor de Haritzarre la construyó allí cuando volvió de guerrear en Tierra Santa hace más de cuatrocientos años. La leyenda cuenta que lo hizo para defenderse de lo que venía del bosque. Al parecer, antiguamente, este gran bosque estaba habitado por gentes incivilizadas, rechazadas por la sociedad y obligadas a huir al amparo de un escondite.

—Proscritos —aclaró Julián.

El monje se estremeció un tanto.

—En efecto, proscritos —afirmó, frotándose las manos—. Y no solo eso, también había fugitivos, malhechores y gente malformada que no era aceptada en las ciudades. Cuando la comida en el bosque escaseaba salían al valle y entonces era cuando se generaban los enfrentamientos. El señor de Haritzarre sabía de todo esto cuando volvió enriquecido, por eso construyó su torre, para defenderse. Aguantaron durante años, pero entonces hubo una gran hambruna y en uno de los enfrentamientos su familia y él perecieron ante la desesperada violencia de los hambrientos proscritos. —El monje hizo un ademán con la mano, relajando sus facciones con una sonrisa—. Afortunadamente —añadió—, los bosques se volvieron a limpiar de gentes extrañas. Hace ya mucho tiempo que sucedió.

Volvieron a la torre cuando algunos monjes azuzaban a las mulas para volver al monasterio. Otros terminaban de acarrear con las maderas del andamiaje que ya habían desmontado y un tercer grupo estaba limpiando los restos de la obra, aguando el sobrante de los morteros para verterlos en el río, y recogiendo las herramientas que habían empleado. Parecían haber terminado con su tarea.

Agustín se detuvo y se volvió hacia ellos.

—Nuestro trabajo aquí ha concluido —declaró con las manos metidas en los bolsillos de su hábito pardo—. Ya hemos cumplido con nuestra parte. Que sea pues, por el alma de nuestro difunto hermano.

Hicieron la señal de la cruz imitando los movimientos del monje. Julián apretó la mandíbula.

—Abajo encontrarán el zaguán con el establo y el almacén —continuó el monje, señalando a la casa—; en la primera planta está la cocina, la habitación destinada originariamente a Gaspard, y la sala de respeto. En la planta superior hallarán la biblioteca y el estudio. Hemos dejado provisiones para diez meses. Tienen el río a la entrada del valle y tinajas de sobra para traer agua. Hay paja fresca y forraje en el establo para que los caballos se alimenten. Sobre todo el semental de pelaje castaño que tanto cojea. —Agustín cerró los ojos y arrugó la frente afanándose en recordar—. Creo que eso es todo. Por lo que a mí respecta, mi trabajo aquí ha concluido. Espero que nos visiten en el monasterio.

Roman agradeció la labor de los monjes.

—Han hecho una gran obra, hermano Agustín.

—Ojalá les sirva en la empresa que deben llevar a cabo —respondió el monje con un deje enigmático. Miró a Julián y sus ojos enérgicos le penetraron con intensidad—. No dudo en que pronto volveré a verles.

—Que así sea —respondió Roman. Y los tres se estrecharon la mano.

Tras la despedida, el monje subió a la última carreta que abandonaba el lugar.

—Vamos —le dijo Roman cuando se quedaron solos—. El sol se está poniendo.

El astro había desaparecido en algún lugar tras la muralla de riscos y las verdes praderas del valle empezaban a oscurecer.

Siguió a su tío hacia el interior de la torre llevando a *Lur* de las riendas. La entrada se hacía desde un lateral y se notaba que el hueco se había ampliado, aunque aún se podía apreciar el escudo del antiguo señor de Haritzarre: una cruz de doble brazo flanqueada por dos picos. Se veía el trabajo de limpieza que habían efectuado los monjes, pero, aun así, la exuberancia de aquellas tierras era tal, que las enredaderas y el musgo se colaban entre las rocas del muro y hacían que aquel lugar pareciera llevar siglos anclado en el tiempo.

Entró en el zaguán. Roman había desensillado su caballo y ya había subido. Despojó a *Lur* de sus arreos y se aseguró de que estaba bien provisto de agua y forraje. Observó su pata izquierda y comprobó que continuaba hinchada. Pese a ello, ya habían llegado a su destino y podría recuperarse.

La escalera que subía al piso de arriba se adosaba al muro norte y era muy estrecha aunque firme, ya que estaba hecha de piedra. Desembocó en la sala principal. Todas las paredes eran de piedra y gracias a la ampliación de las saeteras aún entraba algo de luz; pese a ello, los monjes habían dejado un par de candiles encendidos. En el centro había una basta mesa de madera, una chimenea de piedra que bien podía tener cuatrocientos años, y un par de sillones de tapices agrietados. El suelo era de madera y parecía muy viejo, aunque estaba cubierto en gran parte por una mullida alfombra con ornamentaciones de carácter religioso.

Buscó a Roman en la cocina pero no lo encontró. Al final lo halló en el dormitorio. Solo había un humilde camastro sobre el que descansaba un jergón de lana apelmazado. Roman ya se estaba instalando y se lavaba el rostro en una jofaina de agua fresca. Había dejado las alforjas sobre una silla que había junto a una pequeña mesita de noche, donde solo descansaba una palmatoria con un cabo de vela sin estrenar.

—¿Por qué no me contaste lo de Gaspard cuando te pregunté en la aldea? —Julián estaba decidido a conseguir una respuesta.

Roman no le contestó al instante, se tomó su tiempo para desprenderse de las correas de su vaina de acero y depositarlas cuidadosamente en un extremo del jergón. Debajo de la almohada, Julián vio asomar el pomo barnizado de una de sus pistolas.

—Consideré que no era el momento oportuno —contestó al fin—. Estabas demasiado alterado.

—¿Te dijo mi padre que viniéramos aquí?

Roman se tumbó sobre la cama y cruzó los brazos tras la nuca. Dio un profundo suspiro.

—Dios mío... no hay nada como un jergón apelmazado. Llevaba días durmiendo sobre tierra dura...

Julián necesitaba saber algo.

—¿Qué te dijo mi padre? —insistió.

Roman abrió los ojos e incorporó la cabeza para poder mirarlo. Pareció sopesar una respuesta.

—Cuando te vayas, ¿querrás cerrarme la puerta? —fue todo lo que dijo.

El joven vio cómo su tío se volvía a tumbar, cerrando los ojos. Al final, resignado, entornó la puerta y se fue.

Se quedó solo en la sala de respeto; tras los ventanucos todo estaba oscuro y la única luz que había era la de los candiles. Pensó en sentarse sobre los sillones, pero luego recordó el estudio de arriba. Cuando subió la escalera y entró en él, lo sorprendió una estancia completamente construida en madera de roble. De día, gracias a la gran *loggia*, debía de ser muy luminosa. Todas las paredes tenían adosadas estanterías que desgraciadamente aparecían desnudas.

Posó el candil, sus alforjas y su macuto sobre una mesa que había en el centro y se despojó de las botas. Sacó su rifle del arzón de piel y lo depositó con cuidado junto al único sillón de la sala. Después se acercó a una de las ventanas de madera y la abrió para que entrara el frescor de la noche. Los sonidos nocturnos del bosque inundaron cada rincón de la estancia.

Desenrolló la manta de viaje y, tras sentarse en el mullido asiento, se la echó encima y cerró los ojos. No quería pensar en nada, pero a su mente acudieron recuerdos intensos de su niñez; sus padres sonriendo, su hermano Miguel, su casa humilde y acogedora, la aldea. Ya no quedaba nada de eso. También su abuelo lo había abandonado y en su lugar acudía quién decía ser su tío, un hombre que no parecía mostrar sentimiento alguno. Todo se agolpó en su mente y en su corazón. Y entonces sí, acurrucado en el sillón como estaba, comenzó a llorar desconsoladamente, como el niño que todavía era.

14

«Los mejores besos son los que se dan a escondidas. Pero no solo en la intimidad, sino cuando no quieres que te vean.» Aquella fue una de las muchas revelaciones con las que le obsequió su prima mayor mientras se formaba en casa de los Maró. Clara no tenía más experiencias con las que comparar, pero notaba que aquel primer beso con Julián había sido algo único. Algo especial.

Cuando aquella maravillosa tarde volvió a casa y se encontró con la noticia de su matrimonio convenido, sintió que todo se resquebrajaba a su alrededor. Por fin parecía haber encontrado el amor que tanto tiempo había anhelado, esa persona con la que había soñado desde pequeña. Y no podía creer que se lo quisieran arrebatar.

Desde entonces había permanecido encerrada en su habitación, negándose a salir y a comer, y sin atender a su madre. Y menos aún a su futuro marido; solo con pensar en conocerle le asaltaban violentas arcadas. Las criadas, en cambio, entraban todos los días para cambiarle el contenido del aguamanil y poner sábanas limpias. Había compartido algunas palabras con Julieta, pero enseguida evitaba su contacto porque notaba que subía con órdenes precisas de sus padres de intentar calmarla y hacerla entrar en razón. «Sus padres están muy preocupados, debería salir...», solía decirle.

Aquel día de mediados de verano, Clara se abanicaba el rostro mientras observaba la calle empedrada por las cristaleras del ventanal de su habitación. Ansiaba salir y dar un paseo con Simón por los campos. Así podría hablarle de sus sentimientos... y de Julián.

Entonces tocaron a la puerta y Clara pensó que sería Julieta.

—Adelante.

Para sorpresa suya la que asomó por la entrada fue su madre.

Se quedó quieta en el umbral de la puerta, sin llegar a entrar y sin mencionar palabra alguna. Clara no dijo nada, simplemente le dio la espalda y con aire enojado volvió a centrar su atención en la calle.

Oyó cómo la puerta se cerraba con un leve chasquido y unos pasos dubitativos se le acercaron por detrás.

—Tu padre lo está pasando muy mal... —musitó Eugenia a su espalda—, está convencido de que le odias y no se atreve a subir. —El tono de su madre no era el de siempre, esta vez era suave, bajo, sin la autoridad a la que la tenía acostumbrada—. Creo que deberías salir y tomar el aire, hija. Dale una alegría al pobre hombre.

Clara se volvió y vio a su madre sentada en el borde de su colchón de plumas, apoyándose en la madera lustrada de una de las columnas de su armazón. Para su asombro, no iba maquillada y mostraba unas profundas ojeras de no haber dormido en muchos días. Ver a su madre tan desmejorada la conmovió ligeramente, pero apartó su sentimiento de inmediato. Su voz sonó dura y recriminatoria.

—Madre, cómo ha podido permitir esto... Cuando usted sabe lo que supone, lo que significa unirse con alguien a quien no se ama.

Eugenia guardó silencio, cabizbaja.

—Lo he pensado mucho, hija... —dijo sin levantar la mirada—. Es cierto, no amaba a tu padre cuando nos casamos. Le quiero, sí, pero tal vez no como debería querer a su marido una mujer. —Eugenia seguía apoyada en la columna de madera, afanándose en encontrar un apoyo—. Yo sellé mi destino el día que cedí a los consejos de mi familia y me casé —continuó—. Me negué a encontrar ese amor que Dios dejó en el mundo para todos nosotros, me lo negué para toda la vida.

La voz le temblaba y Clara observó cómo varias lágrimas acariciaban aquella piel que, sin maquillaje, comenzaba a marchitarse. Jamás había visto llorar a su madre y sintió deseos de acercarse a ella.

—A veces debemos tomar decisiones complicadas... —continuó Eugenia—, y una decisión complicada la ha de tomar una misma. No podría soportar pensar que te negué el amor...

Su madre se tapó el rostro con ambas manos y rompió a llorar.

Clara se quedó inmóvil, sin saber qué hacer. Entonces comprendió que no podía quedarse ahí quieta, viendo a su madre deshacerse en lágrimas. Conmovida, se acercó a ella.

—Madre... —le dijo mientras la abrazaba—, nos arruinaremos si no me caso con ese hombre, ¿verdad?

—No importa eso, hija —le contestó ella mientras se limpiaba la cara con un pañuelo—. Ya lo hemos hablado tu padre y yo. Si hace falta venderemos lo que nos queda y nos iremos a un lugar más humilde...

—¿Y el palacio?

—El palacio ya lo hemos hipotecado.

Clara se vio invadida por el miedo, su familia estaba completamente arruinada.

—Oh, madre, no pensaba que la situación fuera tan difícil...

Eugenia la miró con ojos enrojecidos.

—Tú decidirás, hija, no nosotros. Y ahora haz el favor de darte un baño y salir para que te dé el aire. Que te vea tu padre, por favor.

Clara asintió.

—De acuerdo, madre, pero no llore más.

Unos golpes en las pantorrillas lo despertaron de su profundo sueño. Abrió los ojos legañosos y descubrió a Roman, de pie junto a él. Los golpes que le sacudían provenían de sus enormes botas de cuero a modo de pequeños puntapiés.

—Vamos, ya es tarde —le espetó.

Se frotó los ojos y miró por las ventanas de la *loggia*, aún era de noche. Mientras se vestía, el recuerdo del día anterior lo inundó de desasosiego.

Bajó tras los pasos de su tío. Las maderas de aquella torre rugían tanto como sus tripas. Al bajar a los establos recordó que el día anterior apenas habían comido nada. El estómago aullaba dentro de él, vacío como la bolsa de un mendigo.

—¿No vamos a desayunar nada?

Roman hizo caso omiso a su pregunta y extrajo un hacha del interior de un cobertizo que había adosado a los muros del establo, y se la tendió.

—Los monjes no nos han dejado leña. Cuando la cortes, tráela al almacén y amontónala en esa esquina hasta que alcance tu altura.

—Las noches todavía son templadas —protestó Julián—. ¿Para qué necesitaremos avivar la lumbre?

—Pronto dejarán de serlo. Las noches empezarán a ser frías antes de que las hojas caigan en otoño.

No parecía haber lugar para la discusión, por lo que Julián salió al exterior por el portón de doble hoja sin rechistar. Si pretendía conseguir que su tío hablase, debería acatar sus órdenes.

Fuera, el alba hacía signos de querer hacer su entrada, aunque el cielo aún estaba oscuro. Un aire fresco proveniente del cercano bosque le acariciaba el rostro con dulzura. Parecía que una sosegada calma reinaba en aquel lugar, el momento en que aún todo permanece dormido, preparando su despertar.

Blandió su hacha de cortar leña y se dirigió a uno de los árboles más cercanos que había sido cortado recientemente, probablemente por los monjes para construir los andamiajes y la *loggia*. Había astillas y restos de maderas a su alrededor, por lo que pensó que le facilitarían la tarea.

Pese a ello, estuvo media mañana cortando leña.

Era un ejercicio muy físico y como llevaba tiempo sin comer le costó un gran esfuerzo hacerlo. Cuando creía haber cortado la cantidad que le había indicado Roman, la cargó en una carreta y la descargó en el almacén. No llegaba a su altura, se quedaba en unos cuatro palmos, pero calculó que sería suficiente para las noches frías que pudieran tener antes de que la llegada del invierno les obligara a coger más.

Mientras tanto, su tío había trabajado con calma; tomándose su tiempo para cepillar a los caballos, limpiar los arreos y engrasarlos debidamente.

—Vamos, te quedan otros cuatro palmos —dijo cuando vio el montón de leña.

—Con eso es suficiente...

—Cuatro palmos, muchacho.

Prefirió morderse la lengua y continuó el resto de la mañana acarreando la leña. Cuando terminó, estaba exhausto y mareado.

—Tienes algo de sopa y un muslo de pollo en la cocina. Recupérate.

Desgraciadamente, el descanso no duró mucho. Después de lanzarse con ambas manos sobre el muslo de pollo y dejarlo deshuesado, su tío subió a la cocina, y sin darle tregua alguna, le instó a continuar.

—No tenemos agua —dijo—. Tendrás que traerla del río.

El río estaba a media legua de distancia, en la entrada al valle. *Lur* debía recuperarse, por lo que decidió cargar con las tinajas de agua él mismo, haciendo varios viajes que le llevaron toda la tarde.

Cuando terminó ya era de noche en el valle y Roman se había retirado a descansar.

En los días siguientes continuó desempeñando tareas muy duras, la mayor parte de las cuales le parecían innecesarias. Roman lo observaba trabajar mientras se entretenía con el tallo de alguna de las maderas que había acarreado el joven. Este llegó a pensar que tal vez lo estuviera probando, que tal vez estaba midiendo su dureza, su grado de determinación. Al sospechar aquello, comenzó a emplearse más a fondo, decidido a no darle el gusto de rendirse. Le demostraría que era capaz de hacer cualquier cosa por muy difícil que fuera, tenía que ganarse su derecho a pedir respuestas. «Más le vale tenerlas», pensó.

Plantó una huerta, revolviendo la tierra y quitando las piedras y las ramas. Pasó el arado para marcar los surcos y llegó a plantar semillas. Siguió trabajando dos días más, sin dar muestras de flaqueza. Notó cómo sus músculos se endurecían y su cuerpo asimilaba cada vez mejor cualquier tipo de trabajo. Roman había dejado de hacer nada y, sentado sobre un taburete en la entrada a los establos, con su canoso pelo recogido en una coleta y los pies descalzos, parecía observarlo incrédulo. Al final del sexto día, Julián se dio cuenta de que aquello era una estupidez; Roman se estaba burlando en sus narices.

Se detuvo ante él y le tiró el arado a los pies.

—Ya es suficiente —exclamó con fastidio—. No pienso seguir con esto.

Roman esbozó una leve sonrisa tras su poblado mostacho gris.

—Vaya, vaya... —comentó con calma—. He de confesar que me has sorprendido. Casi más por tu estupidez que por tu cabezonería.

Julián se sintió humillado. Se había pasado la última semana trabajando a destajo solo para divertirle.

—No eres buena persona —le dijo ofendido.

—Tenía que ver de qué pasta estás hecho, muchacho. Por cierto, he preparado un guiso con patatas y abundante chorizo para esta noche. Supongo que necesitarás recobrar fuerzas.

Julián se sintió mucho mejor tras la comida caliente. Lo acompañaron con una hogaza de pan y un poco de vino. Era la primera vez que comían juntos y lo hicieron en la mesa de la sala, junto a la chimenea que habían encendido para calentar la cazuela.

Al terminar, se quedaron en silencio observando el fuego. Roman fumaba en su pipa y formaba aros de humo. Sus ojos grises estaban absortos en las llamas, seguramente muy lejos de allí.

Julián se preguntaba qué tipo de vida habría tenido. Junto a la mesa había dejado su sable, del que nunca se apartaba. La bruñida hoja de acero asomaba fuera de la vaina, brillando con intensidad, roja como el fuego.

Aquella lámina metálica solo le traía un recuerdo.

—¿Me enseñarás a usar la espada? —soltó de pronto.

Roman no le hizo caso al instante. Estaba aprisionando tabaco dentro de su pipa. Usó las yescas para encenderla de nuevo y dio varias caladas hasta que al final su mirada gris se posó en él.

—No es una espada. Es un sable —terció con seriedad—. Antes de aprender a usar esto, has de preguntarte por qué quieres hacerlo.

—Quiero justicia.

—La justicia es un bello disfraz para la venganza —le atajó Roman—. Dota de una falsa honestidad al más bajo de los sentimientos.

Julián no contestó y desvió la mirada hacia las llamas. ¿Acaso era cierto? Tal vez sí. Pero no era solo eso. El recuerdo de aquella punta metálica en su cuello lo acosaba cada noche. Aún podía sentir el agudo pinchazo y la gota de sangre recorriéndole la piel; podía oír la risa malévola de aquel hombre y las tinas de su madre resquebrajarse ante él. Le habían apartado de su hogar y no podía dejar que aquello volviera a suceder.

—No volveré a dejar que destruyan mi vida ante mis propios ojos —declaró—. Quiero ser capaz de defender lo que más quiero en este mundo.

Por primera vez desde que le había conocido, Julián pudo atisbar un brillo de emoción en los viejos ojos grises de su tío.

—Eso suena diferente —dijo este al fin. Su semblante volvió a ser el de siempre, frío y duro como una roca—. Aunque sigo pensando lo mismo sobre tu concepto de la justicia, al menos uno de tus motivos parece más honorable.

Permanecieron en silencio, observando el crepitar de las llamas hasta que Julián se despidió y se retiró a dormir.

En el dormitorio, una suave brisa entraba por las ventanas abiertas y recorría la habitación con un ligero silbido, removiendo las cortinas y los papeles sobre la mesa, y acariciando suavemente su rostro. Se acercó a la ventana y apoyó sus manos en el marco. Podía disfrutar de la luna llena. Blanca y enorme, flotaba en mitad de la bóveda celeste, aislada y dominadora al mismo tiempo que todas las estrellas centelleaban alrededor. Su tenue luz inundaba toda la habitación con sus tonos azulados y mágicos, hasta el punto que permitiría leer a Julián sin la ayuda de un farol.

Contempló cómo el bosque dormía tranquilo. Cerró los ojos y se dejó llevar por el sonido de los árboles moviéndose al son de la brisilla. Pronto apreció los cientos de miles de hojas y ramas danzando en armonía, componiendo la suave marejadilla de aquel mar verde que se perdía en el horizonte de la noche. Sintió el canto nocturno de los grillos, el aleteo de algún pajarillo, el recorrer de las aguas nerviosas de algún riachuelo...

Permaneció así un buen rato, olvidado de su propia presencia. Hacía tiempo que no se sentía de aquella manera, tan cerca de la naturaleza. Hacía tiempo que no pensaba en sus sueños, en los sueños de su padre. Fue una sensación maravillosa poder revivir algo del pasado, poder rozarlo con las yemas de los dedos... aunque solo fuera durante un instante.

Pensó en Clara y se la imaginó en su cómoda habitación, durmiendo plácidamente con las ventanas abiertas. Ojalá pudiera estar allí, disfrutando con él de aquel momento. Se preguntaba cuándo volvería a verla.

Fue a retirarse cuando percibió una pequeña silueta en el límite de las sombras del bosque.

Era una niña y lo miraba fijamente, sin moverse ni un ápice.

Julián pestañeó varias veces y se frotó los ojos, creyendo que estaba en un sueño. Pero no, la niña continuaba allí.

Vestía un pequeño camisón e iba descalza. Julián se quedó inmóvil, observándola. Se preguntó de dónde habría salido y pensó que habría escapado de alguna de las casuchas del valle. De pronto, la niña miró hacia la oscuridad del bosque. Algo la había llamado desde allí. Entonces echó a correr y se perdió entre las sombras de los árboles.

Escrutó el lugar por donde había desaparecido y al no verla pronto la inquietud se apoderó de él. Recordó la historia de cómo la familia noble de aquella torre había perecido siglos atrás, de cómo les habían asaltado los proscritos del bosque.

Encendió uno de los candiles y bajó corriendo a los establos, atrancando la puerta para que nadie pudiera entrar. Suspirando, volvió sobre sus pasos subiendo hasta el estudio cuando algo le impidió abrir la puerta.

Unos gritos.

Al principio pensaba que provenían del exterior, del bosque. Pensó en la reciente visión de la niña, pero al bajar la escalera de nuevo se percató de que en realidad procedían del interior de la casa. Se sintió aterrado. Venían de la habitación de Roman.

Volvió para recoger el rifle y con manos nerviosas cebó la cazoleta. Se cercioró de que estaba cargado. Bajó por la escalera con cuidado de no hacer crujir las maderas y se acercó a la puerta del dormitorio de donde provenían los gritos.

A medida que se acercaba, le parecieron sollozos desesperados. Apenas podía contener la templanza mientras abría la puerta con sumo cuidado.

Roman estaba tendido en la cama. Pero no era la mole de roca que había conocido. Estaba hecho un ovillo y alternaba gritos espeluznantes con sollozos silenciosos. Su figura imponente se había desvanecido completamente y en su lugar parecía haber un niño completamente aterrado.

Se quedó absorto contemplando la escena.

Entonces susurró su nombre. Quería ayudarle pero no consideraba apropiado acercarse. Desgraciadamente, Roman no le contestaba. En su lugar pronunciaba palabras ininteligibles en lo que Julián creyó que sería alemán. Tras escuchar con atención, alcanzó a distinguir algo.

Su tío no paraba de sollozar y de repetir un nombre: Emelie.

Se sintió conmovido ante la desesperación con la que parecía aferrarse a aquel nombre. ¿Quién era Emelie?

Se quedó plantado en el umbral de la puerta, hasta que la pesadilla dejó de asolarle. Entonces, se sentó en el suelo con el rifle entre las piernas y esperó; de vez en cuando le oía gemir con muecas de dolor, pero pronto dejaron paso a una respiración calmada. Fue una sensación extraña para el joven sentir que cuidaba de su tío sin que este lo supiera; pese a la situación, le hizo sentirse bien. Se preguntaba qué estaría soñando, parecía aterrador.

Pronto temió que pudiera despertar y encontrarle allí, por lo que se retiró a su dormitorio.

15

Julián bajó a los establos. Aún era temprano pero le extrañaba que Roman no le hubiera despertado sacudiéndole con las botas.

Saludó a *Lur* acariciándole la grupa y su amigo relinchó agradecido, sacando el hocico de un saco de pasto seco. El trabajo continuo de los últimos días no le había permitido cuidar demasiado de él y aprovechó ese momento para dedicárselo.

El frisón negro de Roman descansaba en el otro extremo del establo, junto a otro saco de forraje. Cogió el ronzal de una pequeña arca de madera y le desató las riendas. Después se lo colocó a *Lur* por detrás de las orejas, sujetándolo bien en el hocico.

—Veamos cómo tienes esa pata, compañero.

Retiró la tranca de madera que había empleado la noche anterior para cerrar la torre y abrió el portón. Antes de salir, escrutó los alrededores. El bosque parecía respirar tranquilo. Una niebla baja flotaba a la altura de su pecho y cubría todo el valle, no dejando ver mucho más allá. No parecía muy densa y pensó que se disiparía antes del mediodía.

Guio a *Lur* por el ronzal haciéndole caminar alrededor de la torre. La pata izquierda de su amigo parecía estar curándose, y su cojera había remitido mucho, hasta el punto de que apenas se notaba. El caballo hundía las pezuñas en la húmeda tierra y las sacaba con fuerza, expulsando montones de hierba a su paso. Julián se alegró profundamente, el descanso había surtido su efecto.

—¡Vamos, *Lur*! —le espetó—. ¡Trotemos un poco!

Y ambos empezaron a corretear por el valle. Estuvieron así hasta que Julián comenzó a cansarse y volvieron a las inmediaciones de la torre. Las patas de su amigo eran mucho más largas y potentes y enseguida aceleraba el paso sin proponérselo. Deseaba montarlo, pero debía ser precavido y evitar que su muslo izquierdo soportara más peso del necesario.

Al volver a la casa se encontraron a Roman en la puerta del zaguán.

Volvía a ser el de siempre, aunque su rostro parecía años mayor, con sus ojos más oscuros de lo habitual y hundidos en el mar de arrugas. Julián prefirió no mencionar nada respecto a lo sucedido durante la noche.

—Comamos algo —masculló Roman con la voz ronca—. Nos espera una jornada exigente.

Se preguntaba qué le depararía aquel día. Desde luego, no estaba dispuesto a repetir trabajos forzados que no tuvieran sentido alguno.

Después de dar buena cuenta de unas gachas de avena acompañadas de un vaso de vino templado, volvieron al exterior. La niebla se disipaba en jirones, dejando que la luz del sol acariciara la tierra. Su tío llevaba consigo dos rifles envueltos en sendas fundas de cuero que Julián jamás había visto. Se alejaron de la torre hasta un olivo solitario que parecía haberse desprendido del bosque.

Roman desenfundó uno de los rifles y le tendió el otro. Era el suyo.

—Si no guardas tu rifle en una funda, la cazoleta y el cañón se estropearán con la humedad y un día dejará de disparar —le explicó. En alguna ocasión Julián había empleado algún trapo, sobre todo en días de lluvia, pero desconocía que aquello fuera tan importante.

»¿Ves esas siluetas de ahí? —Señalaba hacia el límite del bosque, que distaba a unos setenta pasos. Entre los árboles asomaban unas siluetas humanas hechas con troncos de madera—. Me vinieron muy bien tus troncos, por algo te pedí cuatro palmos más...

Así que era eso. Había estado preparando aquello desde el primer día. Julián sostenía su rifle con la mano derecha y Roman se refirió a él.

—Pensaba que tenías un fusil —observó—, no un rifle Baker.

—¿Y qué diferencia hay?

—Mucha —contestó Roman con la frente arrugada—. Un fusil es más largo, casi metro y medio, con más potencia y, por lo tanto, más alcance. Dispara balas muy pesadas con una gran potencia, capaz de detener a un bisonte en plena carrera a la distancia adecuada. —Roman señaló su arma—. Mi fusil es una adaptación del modelo inglés Brown Bess, más corta, acercándose a la versión de un rifle.

—Yo tengo un rifle de caza —intervino Julián—, me lo regaló mi abuelo.

—Y no tienes cualquier rifle... —añadió Roman con entusiasmo—, tienes nada menos que uno de los modelos de Ezequiel Baker. El arma más precisa. Es mucho más corta, de poco más de un metro y está basada en los rifles de caza de los colonos americanos. El secreto para que sea tan precisa son unas estrías grabadas en el interior del cañón, que hace que la bala salga mucho más controlada. El problema que tiene es que se tarda más en cargarla. —Se remangó y se cruzó de brazos—. Supongo que habrás adivinado nuestra tarea de la mañana. Veamos cómo lo haces.

Julián intuyó que quería que disparara, por lo que cogió el rifle, lo colocó horizontal bajo el brazo y levantó el rastrillo para abrir la cazoleta. Cogió uno de los cartuchos que habían traído colgados del cinturón, lo rompió con los dientes y vertió parte de la pólvora en el orificio de la cazoleta, cebándola. Volvió a bajar el rastrillo y puso el fusil vertical. Entonces echó el resto de la pólvora del cartucho dentro del cañón. Tras la pólvora, metió una de las balas y después el papel encerado a modo de taco. Por último, sacó la baqueta que estaba debajo del cañón y atacó con dos golpes fuertes para introducir bien al fondo lo vertido. Extrajo la baqueta.

—Ya está —suspiró satisfecho.

—Has tardado un minuto en cargarla, muchacho —parecía haber contado mentalmente—. En el ejército los más rápidos son capaces de hacer tres disparos por minuto; en el tiempo que tú disparas una bala, ellos te envían tres.

Hasta aquel día Julián había creído que era bastante habilidoso con el rifle. Al oír aquello, se quedó impresionado, había que ser muy rápido.

—Algunos veteranos somos capaces de hacer cuatro disparos por minuto —continuó su tío.

—¡Pero si no da tiempo! ¡Es físicamente imposible!

—No si cambias el procedimiento conocido —atajó Roman con una sonrisa enigmática—. Verás; mira mi fusil, mira el orificio de la cazoleta, justo ahí, por donde introduces la pólvora... ¿Ves que el mío es considerablemente superior? Gracias a eso puedo introducir toda la pólvora por la cazoleta porque ese orificio deja que el resto entre en el cañón directamente. Entonces nos ahorramos el tener que meter la pólvora en el cañón después. Eso sí, antes de disparar hay que golpear fuerte con la culata en el suelo, para cebar bien la cazoleta. Pero con la fuerza justa, no la vayas a romper.

Contempló el orificio del rifle de Roman. Lo que decía tenía sentido, si la pólvora pasaba al cañón desde la cazoleta por un brusco golpe, era posible ahorrarse un movimiento.

—Vamos —le instó su tío—, practiquemos.

Los siguientes días los pasaron en el campo de tiro, practicando con dureza hasta que el sol se ponía. En una semana Julián consiguió hacer tres disparos por minuto con buena precisión. En un mes interiorizó la mecánica de tal manera que era capaz de hacerlo mientras pensaba en otras cosas. Aprendió a cuidar su arma, cambiándole el percutor, una piedra de sílex que al apretar el gatillo chocaba produciendo la chispa que encendía la pólvora, cada vez que esta se desgastaba.

Con la llegada del otoño, Julián manejaba el rifle como un profesional del ejército.

Pero no todo se centraba en el manejo del rifle. También trabajaban en la huerta e iban al bosque a cazar y a buscar frutos. Roman le enseñaba nuevas técnicas para poner cepos y para interpretar el rastro de los animales. Y durante los descansos, y sobre todo después de las cenas, comenzaron a mantener conversaciones cada vez más largas. Mientras fumaba su pipa, Roman le hablaba de infinidad de cosas.

Le hablaba sobre política, historia y filosofía. Sobre la invasión de la que estaban siendo objeto en España, sobre las batallas que decían se estaban dando en otros puntos del país entre los franceses y el esquilmado ejército regular español; contadas todas por derrotas nativas. Parecía minuciosamente informado y, según sus palabras, las tropas francesas se habían extendido por casi todo el territorio mientras José I intentaba reinar desde Madrid, aunque aún resistía un pequeño ejército español en el sur de la península, en tierras andaluzas. En el resto de la nación, la única resistencia que existía era la ejercida por los sublevados, los guerrilleros que se escondían en las montañas y los bosques y emboscaban las columnas francesas que surcaban los caminos.

También hablaron sobre las guerras que se libraban en el resto del Viejo Mundo. Roman le explicaba la verdadera situación social de la mayoría de los países de Europa. Parecía conocer los entresijos políticos de cada nación, las aspiraciones de cada rey y gobernante, el estado de los pueblos y la economía. Le hablaba sobre las revoluciones sociales y políticas que se habían dado a lo largo de la Historia, desde los tiempos faraónicos en Egipto, pasando por Grecia y Roma, la Edad Media, y llegando hasta los tiempos de la Enciclopedia y la Ilustración.

Con el tiempo, Julián acabó adquiriendo una visión más completa del camino recorrido por el ser humano a lo largo de siglos de historia; comprendió las relaciones que se daban entre los países, las alianzas y las guerras; aprendió a interpretar las razones que llevaban a una nación a crear paz y prosperidad, o guerra, odio y pobreza, en función de los intereses que siempre había detrás y que se ocultaban a los ciudadanos de a pie.

Roman parecía albergar amplios conocimientos acerca de aquellos temas y Julián se preguntaba sobre el origen de su cultivo.

Discutieron sobre Francia y su emperador Napoleón, sobre sus aspiraciones y sus ansias de poder. Le contó la historia del temido estratega corso, de sus tiempos como oficial de artillería, de cómo había llegado al poder y de su genialidad en los campos de batalla.

—De ahí que su ejército sea conocido como la *Grande Armée* —le relataba Roman un día nublado de principios de otoño—. Ver a un regimiento imperial en batalla es algo único y terrorífico a la vez; parecen murallas de casacas azules avanzando impasibles, al son de *La Marsellesa*. No importa lo que hagas porque al final llegarán a ti y te despellejarán vivo. A día de hoy, no parece haber ejército capaz de hacerles frente.

—¿Y la guerrilla? —intervino Julián—. Su forma de luchar es diferente, se esconden, emboscan y huyen. Los franceses no están acostumbrados a un ejército que no les presente batalla en campo abierto.

Roman salió de su ensimismamiento ante la reflexión del joven.

—Es cierto lo que dices; pero la guerrilla no puede ganar la guerra por sí sola.

Las conversaciones se alargaban hasta el anochecer y así transcurrían los días de otoño, mientras las hojas caían y el paisaje se teñía de vivos tonos anaranjados.

Un día salieron del valle por el cañón y desanduvieron el camino que había al otro lado del bosque, alcanzando una zona algo más transitada por la que solían pasar pelotones franceses y carromatos de viajeros.

Una vez allí, echaron pie a tierra y acercaron la oreja al suelo. Entonces esperaron, hasta apreciar un retumbar lejano que se hacía más intenso al paso de los segundos, llegando un momento en que su fuerza era tal que el suelo temblaba ligeramente. Se escabulleron del camino y se escondieron tras un zarzal en el límite del bosque. Enseguida pasó un escuadrón francés de dragones a caballo, no más de veinte.

—Así suena la caballería —le explicó Roman.

Volvieron al camino y aquella vez oyeron un sonido más débil. En aquel caso no era un retumbar, sino un ligero sonido que parecía arrastrarse, tan débil que Julián siguió con la oreja pegada al suelo hasta que se percató de que el sonido lo percibía por el aire. Poco después apareció una carreta de un vendedor de licores.

—Nunca descuides el sonido que viene del aire. En el suelo se perciben los golpes fuertes, como el de un jinete.

Estuvieron varios días visitando los caminos más cercanos donde el tránsito fuera mayor. Solo por el sonido, aprendió a distinguir a casi una legua si se acercaba una compañía de fusileros a pie, un escuadrón de caballería, una berlinga, una carreta, un convoy de arrieros o un viajero solitario. También aprendió a distinguirlos por el polvo que desprendían a su paso.

En una ocasión estuvieron a punto de ser descubiertos. Se trataba de un escuadrón de húsares, cabalgaban orgullosos sobre sus monturas con sus dormanes y pieles, y sus cascos metálicos brillando bajo el sol. Venían al trote, y por eso no pudieron apreciar su cercanía.

Se escondieron tras unos arbustos en el límite del bosque, esperando a que pasaran. Cuando llegaron a su altura, Julián percibió unos movimientos extraños a su derecha, que provenían del interior del bosque. Parecían sombras moviéndose entre los árboles, agazapándose y hablando bajo.

Entonces oyeron los disparos.

Varias columnas de humo salieron del interior del bosque y se deshicieron por el camino. Al instante, cinco jinetes se desplomaron de sus monturas, alcanzados por una bala. Los supervivientes se quedaron aturdidos, mirando hacia los oscuros y nudosos árboles, con los sables desenvainados, mientras hacían caracolear a sus caballos en un afán por convertirse en un blanco más difícil.

Primero vinieron los gritos, gritos desgarradores a escasos pasos a la derecha de ellos, provenientes de las sombras que Julián había percibido. Después vieron las caras de terror de los soldados franceses que, amparadas por sus cascos y chacós, veían cómo la muerte se les echaba encima.

Una veintena de guerrilleros invadieron el camino en cuestión de segundos, abalanzándose como bestias sobre las monturas galas. Vestían calzones, pantalones de labriego, casacas de paño pardo y polainas. Iban armados con fusiles, trabucos y navajas de más de dos palmos. Los húsares apenas pudieron hacer nada, soltaron sablazos por doquier en un afán desesperado por salvarse. Pero los asaltantes eran muchos más y enseguida conseguían zafarse a las cinchas de los caballos y derribaban a sus jinetes, rematándolos en el suelo.

Tío y sobrino permanecieron muy quietos, agazapados tras los arbustos, observando cómo aquellos hombres desvalijaban a los franceses una vez que hubieron acabado con ellos. Les arrebataron todo lo que pudieron; desde los bruñidos sables de acero, pasando por los pistolones de caballería, los cascos, las pieles húngaras, los dormanes, las botas de cuero y hasta los dientes de oro que pudieran esconder las bocas de los cadáveres. También se llevaron los caballos que habían sobrevivido. Después enterraron los cadáveres al borde del camino.

Una vez que terminaron hicieron ademán de irse, pero uno de ellos se detuvo a escrutar el bosque, mirando hacia donde se escondían ellos.

—Ya podéis salir —exclamó el guerrillero—, los de la maleza.

Descubiertos, no tuvieron más remedio que salir al camino. Los guerrilleros estaban demasiado entretenidos cargando con el botín y apenas les lanzaron unas miradas curiosas. El hombre que había hablado tenía el brazo ensangrentado, pero no parecía sentir dolor. Por la manera en que se dirigía a los demás, parecía estar al mando. Los observó durante unos instantes y después su mirada se centró en Roman desplazándose, por último, al sable que le colgaba del cinturón.

—¿Qué hacen ustedes por aquí? —les preguntó al fin.

—Vivimos al otro lado del bosque —contestó Julián.

—¿En el valle?

Asintieron.

El guerrillero sacó un paño rojo de su zurrón y limpió la vaina de su espada. No hizo caso a la sangre de su brazo.

—Nosotros vivimos en el bosque desde hace varios meses —dijo mientras guardaba el paño de nuevo. Miró a Julián y añadió—: Entonces son ustedes. Mi hija dice haberlos visto viviendo en la casa torre de los Haritzarre.

Julián recordó a la niña que vio aquella noche en el límite del bosque y entonces lo entendió.

—¿Era su hija?

El hombre esbozó media sonrisa y sacudió la cabeza en señal de asentimiento.

—Les ha estado observando desde que llegaron. Debíamos cerciorarnos de que ustedes dos eran de fiar.

—¿Viven con sus familias? —intervino Roman por primera vez.

—Los que las tenemos, sí; las mujeres y los niños nos esperan en el campamento del bosque, a media legua de aquí. —El guerrillero desvió la mirada hacia sus hombres, los cuales se adentraban ya entre los árboles cargados con el botín—. Llevamos tres meses combatiendo al francés —añadió—. Cinco emboscadas. Dos escuadrones de caballería, un pelotón de fusileros y dos mensajeros.

—¿Siempre efectúan un solo disparo? —se interesó Roman.

El hombre entornó los ojos y lo escrutó durante unos instantes. Volvió a mirar de reojo el sable. Al final asintió.

—Un disparo y nos abalanzamos sobre ellos, aprovechando el factor sorpresa. Solo atacamos si vemos ventaja clara. Después, eliminamos cualquier señal y volvemos al bosque.

Los guerrilleros habían desaparecido entre los árboles y el hombre hizo ademán de irse enfundando su espada en una funda de cuero. Pero antes miró de nuevo a Roman y dijo:

—¿Desean unirse a nuestra partida? Necesitamos gente que sepa luchar... —Se encogió de hombros—. No es solo cuestión de honor, también es una manera de vivir. Para los que lo han perdido todo, la única.

Roman agradeció el ofrecimiento, pero lo acabó rechazando con cortesía.

—¿Saben si hay muchos más como ustedes? —insistió antes de que el guerrillero se fuera.

—Tenemos constancia de que cada vez somos más. Hay noticias de nuevos grupos que están surgiendo por todo el país y cada vez se suceden más ataques sorpresa.

—Eso son buenas noticias —dijo Julián.

El guerrillero esbozó una ligera sonrisa de dientes amarillos.

—No parecen estar al tanto de las últimas nuevas... —comentó—. Hace varias semanas llegaron noticias del sur. Al parecer los franceses fueron derrotados en un pueblecito de Andalucía... Bailén creo que se llama.

—¿Derrotados? ¿Por quién? —preguntó Roman. Su voz denotaba sorpresa.

—Aunque parezca mentira, derrotados por el ejército regular español al mando de un tal Castaños. Les debieron de hacer más de dos mil bajas y veinte mil prisioneros.

Julián arqueó las cejas. Aquello era una derrota aplastante.

—Es la primera derrota francesa en más de veinte años —comentó Roman.

—Sí, pero no todo acaba ahí. Las tropas francesas se retiran hacia el norte y la corte del rey José I abandona Madrid para instalarse en Vitoria. Piensan organizar sus líneas defensivas a lo largo del río Ebro.

Julián parpadeó, sorprendido gratamente al escuchar la última nueva. Parecía un hecho inverosímil que las invencibles tropas francesas hubieran cedido terreno. Se había hecho a la idea de su fuerte dominio en todo el país y pensar que en aquel momento solo controlaban las tierras del norte le insufló grandes esperanzas. Tal vez la guerra pudiera acabar pronto. Se imaginó volviendo a la aldea en unos meses y su corazón saltó de emoción.

Pero el semblante del guerrillero no mostraba tanta alegría.

—Lo que les he relatado son las buenas noticias... —comentó.

Julián se temió lo peor.

—¿Y las malas? —preguntó.

El guerrillero suspiró con tristeza.

—Dicen que Napoleón viene hacia aquí para solventar la situación... Con un ejército de doscientos mil hombres.

Tras decir aquello, el guerrillero se despidió, esfumándose entre los árboles y dejando tras de sí un profundo poso de silencio. Doscientos mil hombres aplastarían cualquier resistencia, por muy feroz que fuera.

16

La noche del 5 de noviembre de 1808, el frío se alió con el miedo y la ciudad de Vitoria no durmió.

Napoleón Bonaparte, emperador de los franceses, había hecho su entrada en la ciudad tras recorrer veinte mil leguas durante veinticinco días al mando del mejor ejército del mundo: la *Grande Armée*, compuesta por doscientos cincuenta mil veteranos de guerra y conquistadores de media Europa.

El pueblo se había encerrado en sus casas, sin aventurarse a salir. Los prados y los campos de labranza, las casas de los arrabales y las aldeas más cercanas a las murallas de la villa habían sido colonizadas en pocas horas por el inmenso ejército invasor.

Mientras el invencible general corso arrasaba en el viejo continente, le habían llegado las nefastas noticias de la península Ibérica. Su hermano, el rey José, había abandonado Madrid y huido a Vitoria. La razón, la primera derrota del legendario e invencible ejército francés en veinte años. Una afrenta mayúscula si se le añadía que había sucedido ante los indisciplinados batallones españoles. La incredulidad azotaba Europa, y el emperador había montado en cólera, dejando su campaña en Austria para dirigirse a la península a sofocar la resistencia.

Se había anunciado su llegada en la villa con sesenta cañonazos. José lo recibió en su nueva corte en el palacio Montehermoso, en lo alto de la Ciudadela. Tras una breve charla fraternal, el emperador optó por hospedarse a las afueras de la ciudad, en la casa del banquero José Fernández de la Cuesta, junto a la salida del Camino Real rumbo a Castilla. Lo hizo acompañado de su séquito, formado por los mariscales Soult y Lannes, los escoltas de su guardia integrada por los Cazadores a caballo, los Granaderos de a pie, Roustan, el mameluco paje imperial, y los criados y postillones de su carruaje, una berlina corta.

La intención de Napoleón era permanecer allí los días necesarios para convocar al Consejo del Estado Mayor y trazar los planes y las estrategias que tenían que llevar a cabo para recuperar el dominio de la península.

Mientras tanto, la nación española temblaba.

Y el general Louis Le Duc también tenía razones para ello.

El Ilustre le había hecho acudir a su lugar de hospedaje la misma noche de su llegada: quería resultados, y él no tenía nada que ofrecerle. El registro de la casa no había aportado información alguna, y el plan de controlarla a la espera de la llegada de un miembro de la Cúpula parecía haber sido infructuoso. El joven Giesler había desaparecido y ellos habían perdido toda posibilidad de contactar con la Orden.

Mientras Le Duc paseaba inquieto por la sala de espera, al otro lado de la puerta el Consejo del Estado Mayor celebraba su primera reunión. Cuando terminasen, sería su turno.

La puerta de la sala principal se abrió de par en par y salieron los generales y mariscales de campo que componían el Consejo; mostraban aspectos fatigados y caras de preocupación. Le Duc se irguió y se hizo a un lado para dejarles pasar.

Una vez que salieron al exterior, se hizo el silencio en la casa. El general esperaba y notaba las pulsaciones de su corazón a modo de palpitaciones en las sienes. Las puertas de la sala se habían quedado abiertas y no se percibía movimiento ni sonido alguno en su interior.

Entonces oyó aquella voz, ronca y autoritaria, aquella voz imponente cuyas órdenes habían doblegado a más de una nación:

—Ya puede pasar.

Mesié Le Duc respiró hondo y entró en la sala.

Allí estaba el Ilustre, sentado en un sillón, con sus relucientes botas negras y el uniforme de campaña. Parecía exhausto con los brazos tendidos a ambos lados del sillón. Le Duc se plantó irguiéndose en mitad de la sala, juntando tacones y con el sombrero apoyado en el costado derecho, expectante.

Bonaparte sacó, no sin dificultades, un pañuelo rojo del bolsillo del chaleco y se secó la frente, donde los escasos resquicios de su flequillo se pegaban a la sudorosa piel.

—Recorro media Europa y debilito mi frente en Austria para tratar con esta pandilla de inútiles...

Louis Le Duc escuchaba sus palabras en silencio. Cierto era que las tropas francesas que había en la península estaban compuestas, en su mayoría, por jóvenes reclutas de poca experiencia y que un desliz como el de Bailén podía suceder. Pero no dejaban de pertenecer al ejército más disciplinado y mejor armado del mundo. La situación se reconduciría, y más con la presencia del emperador y la *Grande Armée* entre ellos.

Desde la revuelta y posterior masacre del 2 de mayo en Madrid, cada vez eran más las noticias de emboscadas y desapariciones de soldados. Decían que pequeños grupos de *brigands* o guerrilleros se estaban extendiendo por toda España, escondiéndose en las zonas montañosas, emboscando en los caminos y ayudando al ejército regular español que les había derrotado en Bailén. Era la primera vez que el Ejército Imperial tenía que lidiar contra partidas guerrilleras compuestas por gente del pueblo, pero todos pensaban que no tardarían mucho en sofocar el alzamiento.

—No le veo muy buena cara, Louis —comentó el corso sin levantarse del sillón. Hizo un desganado ademán hacia una pequeña mesa donde una bandeja de plata obsequiaba varias botellas de alcohol—. Sírvase usted mismo. Tiene coñac, un Courvoisier que he traído de mis almacenes en Bercy. Más de diez años de añejamiento en barricas. Fantástico.

Louis Le Duc se sirvió sin hacer comentario alguno. La amabilidad del Ilustre siempre escondía una gran dosis de impaciencia, la cual no contemplaba no ser correspondida. En la entrada al salón había un sirviente de rasgos orientales. Le Duc lo miró incómodo.

—Roustan —ordenó Napoleón—, espera fuera.

Le Duc aguardó a que el mameluco saliera. Después se hizo el silencio. Notaba cómo una gota de sudor le recorría la espalda. Se volvió hacia su superior.

—Infórmeme —oyó decir antes de girarse por completo.

Su rostro había cambiado. Lo fulminaba con aquella mirada que ya conocía. Una mirada de águila, de cazador implacable. De alguien a quien no se le resistía nada de lo que se propusiera, ni siquiera ser el dueño del mundo.

—Llevamos varios meses sin saber nada de ellos, *sire...* —informó irguiéndose todo lo que pudo—. Tras la muerte del maestro nuestras pesquisas han sufrido un ligero estancamiento, pero seguimos tras ellos y le aseguro que conseguiremos resultados.

Napoleón lo observó sin inmutarse. No dijo nada, pero sus ojos claros permanecían más abiertos de lo habitual. Apoyando con desgana las manos en los costados del sillón, se levantó del asiento, y con una lentitud desesperante se acercó a la mesa mientras volvía a pasarse el pañuelo por la frente. Se sirvió él mismo una copa de coñac llenándola hasta arriba, a punto de ser desbordada. Se la bebió de un trago, en un solo movimiento, eficaz e implacable.

—Me preocupa el último informe del ministro Fouché... —sus palabras sonaban contenidas, predecesoras de la ira a punto de estallar—. Cinco fuentes diferentes del Servicio Secreto siguen apuntando hacia lo mismo. Primero la revuelta del 2 de mayo, ahora partidas de rebeldes que se esconden en las montañas y nos atacan por sorpresa... En Prusia cientos de civiles se están alistando en organizaciones militares rebeldes. El agente con que contamos en Polonia habla de revueltas ante el palacio... No paran de llegar informaciones de toda Europa indicando lo mismo.

Mesié Le Duc se mantuvo en silencio mientras escuchaba al emperador. El Servicio Secreto era el departamento más restringido y muy pocos conocían su funcionamiento. Dentro de él, el Estado Mayor disponía de dos secciones criptográficas denominadas *Cifraje* y *Descifraje*. La primera era de acción exterior, y estaba sujeta a la fortuna de una red de agentes que suministraban todo tipo de informaciones sospechosas y posibles amenazas desde diferentes puntos del imperio. La de acción interior tenía al frente al ministro de la Policía, Joseph Fouché, y se dedicaba a analizar la llegada de esas informaciones. Se trataba de un sistema ideado tras las conquistas del emperador para mantener la seguridad de una nación que cada vez se extendía más; un sistema que obsesionaba a Napoleón y cuyas informaciones rara vez traían resultados concluyentes. Pero en aquella ocasión, las amenazas se multiplicaban desde hacía meses, y todas parecían apuntar en la misma dirección.

—Estoy seguro de que los responsables son esos hombres... —prosiguió Napoleón. Su frente volvía a brillar por el sudor mientras cruzaba la sala de un lado a otro, con las manos terciadas a la espalda—. ¡Están más extendidos de lo que creíamos!

Louis Le Duc permaneció en silencio, con la cabeza ligeramente inclinada.

—¡Y ustedes no hacen nada por evitarlo! —escupió Napoleón deteniéndose para mirarlo. Le Duc sintió cómo le atravesaba con sus ojos, dos pequeños carbones ardientes de ira—. Son tan inútiles como ese hermano mío que es incapaz de gobernar. Y eso que se lo dejé todo hecho, ¡le di el país en bandeja de oro tras mi plan de Bayona! Maldita sea, ¡son todos unos ineptos!

Le Duc permanecía con la mirada gacha. Intentó explicarse.

—Mis hombres llegaron a tener contacto visual con los miembros de la Cúpula —declaró en un afán por relajar al emperador—. Les sorprendimos en uno de sus cónclaves. Volveremos a hacerlo, *sire*. Se lo aseguro, no volverán a escapar.

—Le advertiré de algo, Louis. —La voz del Ilustre se había vuelto imperial, aquella misma voz que ordenó conquistar Egipto o invadir media Europa—. En una guerra, las fuerzas más peligrosas son aquellas que no se ven, aquellas que se agrandan en la oscuridad, convirtiéndose en enormes conjuras urdidas a espaldas de todos. Asoman cuando menos te lo esperas y te destruyen sin que puedas hacer nada... Esas fuerzas no se pueden doblegar con un ejército.

Se hizo el silencio. El emperador retomó la palabra.

—No podemos dejar que se repita lo de la revolución de hace veinte años.

—No permitiremos que suceda nada semejante, *sire*.

—Esto es a escala mundial, y usted lo sabe.

Le Duc asintió con efusividad.

—Sí, *sire*.

—Quieren aprovechar mi imperio para zarandear el mundo que conocemos como jamás se ha visto en la historia —pronunció Bonaparte—. Yo terminaré guillotinado y los gobiernos del Viejo Mundo desaparecerán. Lo que esos hombres están construyendo viene desde abajo, y está a punto de explotar como un volcán.

—Soy consciente de ello, *sire*.

—¡Pues actúe en consecuencia! —gritó Napoleón—. La única manera es cortándoles de raíz, en la misma Cúpula. Descubra las identidades de los ocho maestros que aún viven, solo ellos conocen la magnitud de su creación... Solo así podrán acceder a los documentos personales del maestro Giesler y acabar con todo esto —continuó el emperador; su rostro se había ensombrecido y miró fijamente al general—. Se lo advierto, esto es responsabilidad suya. Si fracasa, más le vale no volver a pisar suelo francés.

Louis Le Duc tragó saliva.

—Sí, *sire*.

Bonaparte se dejó caer en el sillón pesadamente.

—Le mandaremos periódicamente desde París a un agente para que nos informe de los avances... —añadió mientras cerraba los ojos.

Levantó la mano y con cierta desgana señaló hacia la salida—. Ya está todo dicho, ahora déjeme descansar...

Mesié Le Duc golpeó tacones y los brazos a los costados mientras se inclinaba con efusividad para hacer el saludo militar.

—*Sire*.

El Ilustre no se movió un ápice y el general dejó la estancia a grandes zancadas. El mameluco Roustan cerró las puertas a su espalda y entonces se quedó solo en la sala de espera.

Se detuvo un momento en ella, antes de salir al exterior.

Sus hombres aguardaban fuera y se percató de que sudaba abundantemente. El encuentro le había desdibujado un tanto la compostura y no podía permitirse presentarse así ante ellos.

Sacó un pañuelo de la casaca y se secó la frente. Se abrochó los botones del cuello y se colocó el sombrero mientras se contemplaba ante un espejo. Entonces se enfundó el capote y levantó el mentón, adoptando un aire frío y altivo. Al verse recompuesto, respiró aliviado. Replantearía sus próximos pasos. Ya no había tiempo que perder.

A partir de aquel momento, resolvió, el fin justificaría los medios.

Cuando salió al exterior, el gélido viento nocturno congeló su cara y eliminó todo rastro de sudor. Sus hombres esperaban encorvados y agazapados junto a las monturas, envueltos en sus capotes y las bufandas subidas hasta las cejas. Lo que vieron en su superior fue el frío y distante semblante al que estaban acostumbrados.

—No podemos esperar más. El chico sigue sin dar señales de vida. Es muy posible que hayan esquivado nuestra celada sobre la casa. —Disponían de cuatro hombres, vigilando día y noche las tierras de los Aldecoa—. Hemos de descubrir dónde se esconde —sentenció.

—¿Y cómo lo hacemos, *mesié*? —preguntó Croix. Mascaba tabaco mientras se encorvaba con las manos en los bolsillos.

—Buscaremos el eslabón más débil dentro del círculo de confianza del chico —dijo el general con frialdad—. Alguien que se amedrente fácilmente.

Croix sonrió y sus dientes amarillos brillaron en la oscuridad.

—Buscaremos a la persona idónea, señor.

Marcel había permanecido en silencio. Mientras los escuchaba, sintió que su respiración se entrecortaba. Y no era por el gélido viento. Presentía tiempos duros y acciones crueles.

Tic tac, tic tac...

Lo único que se oía era el péndulo del reloj de la pared. Su rítmico golpeteo regulaba el movimiento de las manecillas para marcar la hora. Y esta ya había llegado. La espera se estaba alargando, y cuanto más lo hacía, mayor tortura suponía.

Clara permanecía sentada junto a sus padres en uno de los sillones frailunos del salón. Se abanicaba con energía; pero no era por calor, era para sofocar el nerviosismo que la asolaba, para contrarrestar el desesperante y monótono golpeteo del reloj.

La habían ataviado con uno de sus mejores vestidos, embadurnándola con perfumes de flores y frotándole la piel con esencia de rosas. Lucía carmín encarnado en los labios y rojete en las mejillas. En palabras de su madre, estaba preciosa. Y todo por el hombre al que esperaban, su prometido.

Desde que mantuvo aquella conversación con su madre, había dispuesto de tiempo suficiente para pensar con claridad.

La situación de su familia dependía de ella, de su decisión. Sus padres no decían nada, pero ella veía cómo objetos y muebles de la casa empezaban a desaparecer. La mesa se disponía con alimentos básicos, muy lejos de aquellos manjares con los que disfrutaban en otros tiempos.

A medida que la situación empeoraba, Clara comenzó a padecer de terribles sueños en los que veía a sus padres sumidos en la pobreza, mendigando por las calles. Se despertaba envuelta en sudores, llorando. Aquellas visiones la torturaban.

Mientras tanto, había aguardado con desesperación noticias de Julián, permaneciendo atenta a los correos y adelantándose a sus padres. Pero continuaba sin saber nada de él y con el tiempo el calor de su presencia comenzó a disiparse en su mente, y con ello, la fuerza de su amor. Empezó a pensar que la aventura vivida tal vez solo se debiera quedar en eso, en una aventura.

A pesar de ello había algo en el fondo de su ser que le decía que aquello había sido algo especial. Era esa voz interior que a veces gritaba y ansiaba con salir volando. En otra situación hubiera atendido más aquellos avisos, pero decidió que lo mejor para ella era no hacerles caso. Su familia la necesitaba.

Dadas las circunstancias, había decidido acceder a conocer a aquel noble pretendiente. Al parecer se lo habían presentado en la fiesta del santo de su padre, pero había conocido a tantos pretendientes que apenas lo recordaba.

Lo que más temía era su nacionalidad francesa, o peor aún, su grado de general en el Ejército Imperial. Temía profundamente las consecuencias que aquello pudiera tener en el porvenir de su familia; serían considerados afrancesados, y por tanto traidores. Clara prefería no pensar en eso puesto que no parecían gozar de alternativa alguna.

Por fin, uno de los criados abrió la puerta del salón. Era Octavio, el mayordomo.

—Señores —dijo con su habitual tono marcial que tanto gustaba a Eugenia—, les informo de que su visita acaba de llegar.

Clara se irguió sobre el asiento, y sintió que el corazón le latía con fuerza, entrecortándole la respiración.

—Muy bien, Octavio. Que pase, pues —ordenó su madre.

El mayordomo abrió la puerta un poco más y su mirada se desplazó siguiendo los pasos de alguien acercándose a la entrada. Sus padres se levantaron, expectantes, y un silencio profundo se hizo en la casa. La espera se demoró, y toda ella pareció concentrarse en el pecho de Clara, que amenazó con rasgarse.

Apareció un general francés, uniformado de negro y luciendo bordados plateados. Se detuvo en el umbral de la puerta y se golpeó de tacones al tiempo que se retiraba el sombrero e inclinaba la cabeza a modo de saludo, como recitaban las normas de cortesía.

—Les presento al general Louis Le Duc —pronunció Octavio.

17

El invierno languidecía y, salvo por lo que habían averiguado a través de los guerrilleros, apenas tenían noticias de lo que acontecía en el país. El pequeño valle se escondía entre afilados riscos y extensos bosques y la comunicación con el exterior era escasa.

Julián continuaba recibiendo enseñanzas de Roman y se afanaba con ahínco en aprender. Las nevadas y los días de vientos gélidos no eran excusa para dejar el trabajo. Para entonces dominaba el rifle siendo capaz de hacer blanco a doscientos pasos de distancia nueve de cada diez veces. Continuaban cazando y moviéndose por el bosque, y las conversaciones entre los dos cada vez eran más largas y profundas, percibiéndose en su tío un mayor entusiasmo por ellas.

Pese a ello, Roman jamás hablaba de sus propias experiencias y Julián lo desconocía todo sobre su pasado. Sus pesadillas continuaban sucediéndose aunque de manera más aislada; pero siempre gritaba el mismo nombre: Emelie. Julián seguía bajando a su dormitorio y se quedaba hasta que su tío se relajaba.

Una noche Roman despertó en mitad de una pesadilla y lo descubrió sentado junto a la puerta.

—¿Qué diablos haces? —le preguntó con sorpresa entre jadeos y sudores.

—Tenías una pesadilla.

Su tío calló al otro lado de la habitación. Julián no podía ver su rostro pero oía cómo aún respiraba con dificultad.

—No vuelvas a entrar aquí —dijo de pronto.

Tras aquel encuentro, Roman estuvo algo distante durante varios días y tras la cena se retiraba pronto a dormir. Julián se quedaba hasta medianoche junto a la chimenea y pensaba en Clara. Construía su rostro en la mente, y se recreaba en sus enormes ojos color miel, su piel de porcelana, sus labios rosáceos... Se imaginaba a los dos viviendo juntos, en una pequeña casa junto a un río y unas tierras florecientes. Podía oír el sonido de las aguas y la risa de ella fundiéndose con ellas. Deseaba volver a verla y hablarle de ello.

Había noches en las que pensamientos sombríos se interponían entre Clara y él. Y entonces veía los rostros de aquellos franceses que destruyeron su casa. Veía una oscura figura en lo alto de una loma, su rostro estaba envuelto en tinieblas y se reía de él mientras pisoteaba la tumba de sus padres. Aquella figura era la del general francés Louis Le Duc, el nuevo dueño de su hogar. Aquellas noches recordaba a sus padres y los deseos de hacer justicia se hacían incontrolables. Solo entonces Julián comprendió que para soñar con pensamientos felices, primero debía eliminar los sombríos.

Con el paso de los días, volvieron las conversaciones frente a la chimenea. A la luz del fuego y reconfortados por su calor, hablaban hasta bien entrada la madrugada, envueltos en mantas, entre aquellas paredes de piedra, solo cubiertas por una mullida alfombra.

—En este país, el pueblo ama incondicionalmente a sus reyes, los ven pasar con sus extensas comitivas y sus lujosos atuendos por los caminos reales y durante el resto de su vida creen que vieron a un Dios, a un grande de la Tierra —decía Roman con la pipa en la boca. Parecía haber recobrado el buen humor y se le veía cómodo—. La gente piensa que portan sangre divina, pero no dejan de ser de carne y hueso; tan humanos como el más pobre labrador.

Después le relataba historias de antiguos héroes de origen humilde que gobernaron en sus tierras, personajes como el escocés William Wallace y el rey Arturo.

—Fue el único que pudo extraer la espada de la piedra. Se llamaba *Excalibur* y jamás ha existido un arma tan poderosa...

Mientras le relataba aquella historia, Julián no había dejado de contemplar el sable de su tío; el acero asomaba tímidamente de la funda, brillando ante las llamas.

—Me gustaría aprender a manejarla —dijo de pronto.

Roman detuvo su historia y miró a su sobrino. Sus ojos se ensombrecieron por un momento.

—El arte de la esgrima es muy complejo. Requiere años de aprendizaje.

—Enséñame —insistió Julián.

—No tenemos tiempo suficiente —lo dijo desviando la mirada hacia el fuego, y al joven le pareció que su voz había brotado más débil de lo habitual, dubitativa.

—Aprenderé rápido.

Roman torció el bigote en lo que parecía una mueca de complicidad. Julián pudo apreciar un brillo de emoción en sus viejos ojos grises.

—La espada es el arma más noble que hay. —Las palabras de su tío sonaron frías y serenas. Era una soleada mañana de primavera y ambos estaban de pie en mitad del prado que había junto a la torre—. Con una pistola se mata de lejos y con un cuchillo se hace a lo bestia. Para reducir a tu oponente con la espada hace falta estar muy cerca de él y tener mucha destreza. Requiere de fuerza, agilidad, técnica, conocimiento y sobre todo equilibrio mental, frialdad para no dejarse dominar por el pánico y el miedo. Dominarla adecuadamente es todo un arte. Con el tiempo del que disponemos dudo de que aprendas algo, muchacho.

Roman se despojó de su camisa y su torso quedó desnudo. Al volverse, Julián contempló su espalda y apenas pudo disimular su sorpresa. Estaba destrozada, repleta de enormes y espantosas cicatrices que la cruzaban de arriba abajo.

Aquel día no vio ni rastro de armas y lo completaron realizando ejercicios de equilibrio. Los sucesivos transcurrieron igual; Roman le mandaba sostenerse sobre un pie durante tiempos cada vez más largos, caminar por un estrecho tronco oscilante, transportar tinajas de agua sobre la cabeza y repetirlo hasta que no derramara ni una sola gota. Después, ejercitaron la resistencia de los músculos y Julián sintió que estos desfallecían numerosas veces, cuando tenía que sostener una piedra con el brazo horizontal. No alcanzó a entender el significado de aquellos ejercicios, pero los realizaba sin protestar.

Al cabo de una semana pasaron a practicar una serie de movimientos dentro de un círculo delimitado con piedras. Era una especie de danza, que realizaban uno frente al otro, cuya ejecución duraba casi diez minutos y que iban repitiendo una y otra vez, sin descanso. Comenzaba con un caminar lento, siguiendo el trazo circular de las piedras, y después proseguía con una serie de gestos lanzados al aire, solo con los brazos e impulsados con las piernas. El joven se percató de que, a pesar de que los movimientos se repetían, el orden variaba, y su tarea consistía en seleccionar uno concreto en respuesta al que hubiera iniciado Roman, por lo que hubo de aprendérselos de memoria: si él optaba por acercársele por el costado izquierdo, tenía que ladearse hacia la derecha y mostrarle el frente.

Al principio Julián se sentía muy torpe, muchos de los movimientos de aquella danza requerían de agilidad y equilibrio a un nivel del que él carecía. Roman lo detenía constantemente para corregirlo. Pese a su envergadura, su tío era muy ágil y realizaba los movimientos con una fluidez asombrosa.

Pasaron dos semanas repitiendo continuamente aquella danza. Tras muchos esfuerzos, Julián empezó a dominar la técnica. Ya no perdía el equilibrio y podía seguir el ritmo de Roman. Pero este continuaba con sus constantes correcciones y Julián se quejaba.

—¡Pero si ya la domino!

—Has cogido el concepto de la danza, pero ahora has de centrarte más en cada movimiento —le decía mientras le erguía la pierna derecha—. Sigues cometiendo muchos fallos, muchacho. Cuando vayas percatándote de cada mínimo detalle los comprenderás y los dominarás. Repitamos.

A veces, Julián se sentía confuso e impotente. No llegaba a concebir una razón para la que le pudiera servir aquella danza. Pasaban las semanas, perdían el tiempo y aún no había tocado la espada. A pesar de ello, estaba resuelto a emplearse con denuedo.

Cada noche, antes de acostarse, imaginaba en su mente cada movimiento, se detenía fijándose en la posición de todas las partes de su cuerpo, cerciorándose de que estuvieran en el punto adecuado. Lo hacía hasta que se quedaba exhausto y el sueño lo vencía.

Al cabo de un mes, tenía la danza forjada con fuego en su mente. Su tío ya no lo corregía y Julián habría asegurado que lo hacía tan bien como él.

En ocasiones, Roman le ordenaba continuar mientras él se refrescaba con la tinaja de agua, momento que aprovechaba para observarlo. El joven realizaba los movimientos más lento de lo habitual. Aquel peculiar estilo era más complicado de ser ejecutado satisfactoriamente, puesto que el mínimo error saltaba a la vista. Y por eso al principio su danza había estado salpicada por multitud de inexactitudes. Pero en los últimos días su avance había sido asombroso. Roman no le veía fallos, realizaba sus movimientos con una fluidez y una belleza que jamás había visto en ningún otro.

Una mañana de principios de verano, cuando el sol estaba a punto de iluminar el valle, Julián salió desperezándose al prado junto a la casa. Allí le esperaba Roman, de pie como siempre, con el mostacho bien cuidado, las piernas ligeramente abiertas y las manos terciadas atrás. Se adentró en el círculo todavía dormido dispuesto a reiniciar la danza.

Pero aquella vez había algo esperándolo en el centro del aro de piedras.

Una espada.

Su bruñida lámina de acero brillaba con un tenue azul mágico en la aún oscura mañana. Miró a Roman, completamente sorprendido.

—Cuando luchas solo existen tres cosas —comenzó su tío—: la espada, el cuerpo y la mente. Y la clave reside en su control absoluto. Muchos se lanzan como fieras asestando mandobles a destajo, pero, recuerda: en juego está tu vida, no hay lugar para correr riesgos. Si consigues no desmoronar *el control de tus tres partes*, acabarás venciendo.

Julián trató de interiorizar aquellas palabras: *el control de tus tres partes...*

Las armas terminaban en un botón de cuero relleno de lana para no lastimarse. Roman le dijo que ante la falta de tiempo, se ahorrarían espadas de madera y lucharían con sables de verdad.

Julián sostuvo el arma con su mano derecha. Imitó el movimiento de Roman y la elevó hasta una postura horizontal.

—Lo primero que has de hacer es acostumbrarte a su peso —le explicó—. Ha de convertirse en la extensión de tu brazo. Para ello tu unión con ella ha de ser perfecta. —Roman se acercó y comprobó la empuñadura de Julián. Arqueó las cejas al ver la firmeza con la que la sostenía—. No aprietes tanto, muchacho, o acabarás agarrotado.

Roman se acercó al perímetro del círculo y comenzó a andar siguiéndolo por su interior, mientras mantenía la espada elevada con la punta en dirección a Julián. El joven lo imitó. Inmediatamente, aquel movimiento le resultó familiar.

Se percató de que así comenzaba la danza.

—Lo primero que has de tener en cuenta es tu radio de acción. La extensión de tu brazo junto con la del sable es tu círculo de seguridad. Ahí dentro mandas tú. Cuando invadas el círculo de tu oponente, estarás en territorio enemigo y los riesgos se multiplicarán. Antes de comenzar un combate has de conocer a tu adversario, tanteando su círculo pero sin descuidar el tuyo. Has de estudiar cómo se comporta: la firmeza de su unión con la espada, si es lento o rápido, si tiende a mostrarse ofensivo y desproteger su guardia... —Roman rozó con su punta la espada de Julián y este sintió una intensa vibración—. Pero lo más importante, has de medir su control de las tres partes. Tu objetivo consiste en intentar desmoronarlo antes de que él desmorone el tuyo.

Las siguientes semanas transcurrieron en el círculo de combate, compartiendo mandobles con cuidado. Julián enseguida se percató de la enorme utilidad de la danza que había practicado. Sus movimientos simulaban manejar un sable y aquello le insufló confianza, no se veía tan perdido.

Por su parte, Roman fue apreciando la destreza que iba adquiriendo su sobrino. Observaba que la vibración que ejercía sobre él cuando unían armas era cada vez más intensa, por lo que resolvió incrementar la velocidad de los movimientos. El joven, sin embargo, no respondió a tales cambios. Al principio creyó que se debía a una falta de confianza, pero pronto se percató de que en realidad mantenía la calma, su control de las tres partes. Su particular danza lenta pero fluida se veía reflejada en su manera de combatir.

Una vez descubierto el origen de su comportamiento, Roman se centró en tratar de romper *su control* mediante todo tipo de artimañas; le provocaba y le insultaba, le vacilaba y se reía de él, pero el joven era más listo de lo que creía y no perdía el control. Siempre mantenía la calma.

Un día Roman lo sacó del círculo y lo llevó al almacén, poniéndose en guardia.

—¿Por qué luchamos aquí? —preguntó Julián un tanto molesto. Se había acostumbrado al círculo y aquello le desconcertaba.

—¿Acaso crees que vas a luchar siempre en un círculo hecho con piedras? —le provocó Roman—. La esgrima no es una zona de juegos para niños, la lucha surge en cualquier momento. Nadie elige el escenario. Nadie dicta las reglas. Has de estar preparado para luchar en cualquier lugar.

Sin ofrecerle tiempo para asimilarlo, lo sorprendió con una estocada en segunda, rápida como una centella. Julián la bloqueó a duras penas y arremetió con dos medias estocadas que hicieron retroceder a Roman. Este se dio la vuelta y con la punta de la espada rajó un saco de trigo y empleó la hoja para lanzarle un puñado de granos a la cara. Julián perdió la visión momentáneamente y para cuando la recuperó, tenía la punta del sable de su tío posada sobre su cuello.

—¡Eso ha sido indigno! —protestó el joven.

—Un hombre honorable tal vez no haga esto —declaró Roman—, pero no siempre combatirás con hombres honorables. En la lucha por la supervivencia cualquier artimaña vale.

—Yo los venceré con honor, sin artimañas.

—En la guerra no rigen las reglas, muchacho. La guerra es sucia y enseña la peor cara de la vida... Será mejor que aprendas esa lección antes de que sea demasiado tarde.

Los días de verano transcurrían y las jornadas cada vez eran más exigentes. Entrenaban hasta la hora de cenar y luego se abalanzaban como fieras sobre la comida. Una vez que saciaban sus estómagos Roman se recostaba en el sillón y hablaba de los planes de entrenamiento para el día siguiente con entusiasmo desconocido hasta entonces. En ocasiones, incluso se permitía unas copas de vino que los monjes habían dejado en la despensa y acababa cantando canciones en alemán. Julián aprendió algunas y muchas veces lo acompañaba, terminando ambos a grito pelado sin preocuparse de que nadie en el valle los oyera.

El verano pasó, lo que suponía que hacía un año largo que había abandonado la Llanada. El recuerdo de Clara lo asaltaba cada vez con más frecuencia, a medida que él mismo se iba sintiendo más preparado para enfrentarse a sus amenazas.

A pesar de que se habían abastecido en dos ocasiones en una aldea cercana, había provisiones que los campesinos no podían proporcionarles, por lo que Roman había hecho alusión a que deberían acudir al mercado. Y el más cercano era el de Vitoria.

Una tarde de otoño el sol comenzaba a posarse en las cumbres del oeste. Declinaba la jornada y los dos espadachines compartían los últimos mandobles del día cuando Roman lanzó una firme estocada por el exterior y Julián dobló el brazo derecho deteniéndola de lateral. Fue una posición que le resultó un tanto extraña pero increíblemente eficaz, ya que bloqueó la espada de Roman a un lado y abrió por completo su guardia.

Roman se detuvo jadeando y sorprendido.

—Vaya... —suspiró—, una parada en cuarta por fuera... acabas de hacer algo que no te había enseñado.

—Ha sido algo instintivo, puro reflejo —contestó el joven; en la crispación de sus facciones se reflejaba una obstinada concentración. Retomó la guardia mientras Roman aún lo miraba con expresión de asombro—. Vamos, ¡no tenemos todo el día! —lo arengó impaciente.

Roman esbozó una sonrisa, y sin darle tiempo a reaccionar volvió a propinarle tres sablazos como rayos que obligaron a Julián a echarse atrás, parando en segunda y en tercera. Entonces realizó de nuevo el mismo movimiento por el exterior, y Julián lo detuvo como la anterior vez, dibujándose en sus labios una sonrisa. «Creías que esta vez no te pararía.» En aquella ocasión, en lugar de detener el combate, decidió aprovechar la apertura de la guardia para asestar una potente estocada en segunda, a la cual Roman respondió con algo que sorprendió al joven: en lugar de echarse atrás para detenerlo, se adelantó varios palmos, dejando que la estocada de Julián pasase de largo y llegando hasta el puño de la espada. Julián abrió mucho los ojos.

Le había tendido una trampa y se percató de que estaba a su merced.

Roman le bloqueó el brazo con un rápido movimiento que le hizo soltar el sable.

—En la esgrima nunca has de confiarte —le confesó entonces—, ni siquiera cuando lo veas tan claro. Y algo muy importante —añadió con una sonrisa cómplice tras su poblado mostacho—, nunca subestimes a tu oponente, especialmente si es un perro viejo como yo.

—Con un anciano como tú seré especialmente blando —bromeó Julián.

Roman soltó una carcajada y torció el bigote en lo que parecía una mueca de orgullo.

—Has hecho un buen trabajo, Julián. Puedes estar orgulloso.

Era la primera vez que le llamaba por su nombre y, en silencio, el joven agradeció profundamente aquel gesto.

Poco después, mientras enfundaban los sables y se refrescaban con un porrón de agua, Roman volvió a hablar:

—Mañana iremos al mercado de la ciudad. Necesitamos provisiones para el invierno.

No dijo nada, pero no pudo reprimir esbozar una sonrisa. Iba a ver a Clara.

—¿Qué haremos después del invierno? —preguntó en un afán por disimular su alegría. No quería explicar a su tío el motivo de su buen humor.

Roman dio un gran trago y respondió con la mirada desviada.

—Después del invierno las cosas habrán cambiado y ya no estaremos aquí.

La noche se adueñaba del valle y Julián aguardó paciente a que Roman continuara. Pero este se mantuvo en silencio. La misma respuesta cada vez que el joven pretendía conocer la verdadera razón de toda aquella preparación, aquel tiempo de retiro.

18

Los estragos de la guerra habían consumido la ciudad ocupada.
Todo el color, la viveza y el orgullo de antaño se habían esfumado
con el tiempo. Vitoria parecía languidecer, agotada y sumida en la más
profunda soledad y miseria, soportando la carga de miles de soldados
invasores. La gente se moría de hambre ante los impuestos y las requisas de los franceses, las cuales cada vez eran más cuantiosas. Las enfermedades, como el tifus, se habían propagado por las calles reduciendo
la población drásticamente. Ante la insalubridad que se extendía por
la ciudad, los cementerios se habían trasladado de las iglesias a las
afueras de la muralla.

El mercado ya no era el de otros tiempos. El comercio era escaso
porque los caminos no eran seguros y los arrieros no se atrevían a
recorrerlos. Por ello, los vendedores ofrecían escasas mercancías. Sus
tenderetes estaban casi vacíos, solo se veían los productos más básicos, como pan moreno, verduras y hortalizas, sacos de avena y de
trigo, huevos, algunos carneros y pescado salado. La poca gente que
pululaba por los puestos apenas se podía permitir comprar nada; muchos eran padres con un par de reales intentando decidir cuál sería la
mejor inversión para mantener una semana más a su numerosa familia
con vida; también había rapaces correteando entre los puestos, hábiles
de mano y hambrientos de estómago, enviados por sus familias para
intentar llevarse un mísero mendrugo de pan a sus casas. Los pocos
que negociaban con los vendedores eran los criados de las familias
más pudientes, aquellos eran los únicos que aún se podían permitir
comprar en el mercado.

Lo que no se había agotado era el brillo de los uniformes imperiales. La petulancia de los oficiales y la brutalidad soldadesca contrastaba con el lamentable aspecto de los ciudadanos que se aventuraban a salir a la calle. El pueblo entero parecía una cloaca infecta, los conventos que habían sido abandonados por los frailes se habían convertido en cuarteles; las plazas y las calles estaban llenas de inmundicia, con caballos, armones y carros en confusa mezcolanza.

Había infinidad de pasquines en las paredes y las esquinas de las calles, anunciando las victorias que Napoleón y su *Grande Armée* habían cosechado en las tierras del sur, masacrando al esquilmado ejército regular español. Lo que desconocían era si continuaba habiendo resistencia en algún lugar de la península.

Julián recorría el mercado con el corazón retumbándole en el pecho. No veía a Clara. Había conseguido librarse de Roman asegurándole que se ocuparía de adquirir el saco de trigo que necesitaban. Su tío había asentido con la cabeza, sin mostrarle demasiada atención, envuelto en una discusión con el vendedor de pescado en salazón, luchando por adquirir una de las piezas más grandes a un precio razonable. Habían dejado los caballos en la Posada del Caballo Andante, por lo que podía respirar tranquilo. Tenía tiempo para buscar a Clara. Si no la encontraba allí, iría al palacio.

Pero no fue necesario.

Pronto la vio paseando entre los puestos y se quedó inmóvil, contemplándola.

Ella no se había percatado de su presencia y caminaba acompañada de dos doncellas. Continuaba tan radiante como siempre. Aunque se ataviaba con un grueso abrigo, las pieles se ceñían a su esbelto cuerpo y Julián pudo imaginarse su vientre liso, sus curvadas pero estrechas caderas y sus largas piernas. Lucía el pelo recogido con horquillas y enseñaba su largo cuello.

Sintió deseos de acercarse a ella, no soportaba verla desde lejos, sin poder hablarle ni tocarle la mano. Entonces vio a su madre, caminando tras ella con sus andares altaneros y su nariz aguileña.

Con la presencia de Eugenia su encuentro sería demasiado embarazoso, por lo que Julián resolvió esperar y observarlas de lejos, aguardando el momento oportuno para acercarse. Las siguió por varios puestos de verduras y frutas. Se detuvo mientras compraban unas matas de borrajas y reanudó el andar cuando ellas lo hicieron. En ese instante Eugenia se detuvo a conversar con una mujer de pelo canoso y atuendo a la francesa. Clara y las doncellas no lo percibieron y continuaron su avance.

Sin darse ni un respiro, Julián se acercó con paso decidido mientras el corazón le latía con fuerza, tanto que sentía que podía llegar a marearse. Las rodeó y se acercó a ella de frente. Clara le vio venir.

En el momento en que los ojos de ambos se cruzaron, el mundo alrededor desapareció para Julián. La gente del mercado que les rodeaba, los puestos, los gritos de los vendedores, la presencia de las dos doncellas observándoles, todo se cubrió de un velo brumoso. Lo único que mantenía su nitidez eran las suaves facciones de Clara. Solo existían ellos dos. Julián se acercó a ella, tanto que casi se rozaban.

—Te he echado de menos... —le dijo con ternura.

Aquellas palabras eran sencillas y habituales, pero la había anhelado tanto que no encontró forma más sincera de describir lo que sentía. Le salieron del alma.

El rostro de Clara mostraba suma sorpresa. Julián se quedó observándola, esperando una reacción. Pero la expresión de ella se mantuvo, su habitual sonrisa se quedó sin asomar y el joven se sintió confuso. Ella parecía inquieta, o enfadada, tal vez.

—No pensaba tardar tanto en volver... —le susurró. Ella olía a fragancia de fresas, como la noche de la fiesta—. He de contarte muchas cosas.

—Yo también tengo que...

—Te he echado de menos —repitió—, no he dejado de pensar en ti.

Julián levantó la mano en un acto instintivo, y le acarició la mejilla con suavidad. Clara cerró los ojos ante el tacto del joven. Su cara se relajó de placer.

—Has tardado mucho... —musitó ella, dejándose llevar.

Los dedos de Julián se deslizaban por su mejilla con una ternura que envolvió a Clara y la hizo cerrar los ojos, deleitándose en aquel placer que la hizo recordar lo maravilloso que era volver a sentirle cerca.

—Has tardado demasiado... —repitió. Clara no sabía muy bien lo que decía, su mente flotaba en un mar de desapasionada calma; libre de toda oscuridad, feliz, en paz. Se había olvidado de lo que era sentir una caricia de amor.

Una de las criadas que esperaban detrás se alarmó ante el contacto de los dos jóvenes.

—¡Pero cómo se atreve!

Clara lo oyó con claridad y la burbuja que parecía haberse creado a su alrededor desapareció de un plumazo. Entonces recordó la presencia de su madre, cerca. Le cruzó por la cabeza la imagen de su familia y la invadió un sentimiento de traición. ¡Era una mujer prometida! El vestido que llevaba bajo el abrigo comenzó a aprisionarle el pecho, no dejándola respirar.

Julián continuaba acariciándola y Clara le apartó la mano con toda la suavidad de la que fue capaz.

—No... por favor, Julián. No puedes...

—¿Qué sucede? —se extrañó él.

Clara lo miró a los ojos y al instante sintió que los suyos se humedecían. Se volvió y apreció cómo su madre mantenía una conversación con otra mujer y se estaban despidiendo. No podía verla con él; no podía, justo en aquel preciso momento en que la boda ya estaba dispuesta... Se volvió otra vez. Ya era demasiado tarde.

—Julián... por favor —susurró con la voz trémula—, olvídate de mí.

—¿Qué?

—Déjame en paz... por favor.

Sentía cómo las lágrimas se le agolpaban en los ojos.

—Pero...

La cara del joven mostraba confusión. Clara volvió a mirar atrás, su madre se acercaba, aún no les había visto, pero pronto lo haría. Sintió la mano de él tomando la suya con suavidad.

Entonces Clara la apartó de un manotazo. No pensó en lo que hacía.

—¡Olvídate de mí!

Fue un grito claro y conciso.

Para cuando quiso darse cuenta de lo que acababa de hacer, ya era demasiado tarde. Inmediatamente se arrepintió. Alarmada, miró a Julián. En la expresión del joven, más que sorpresa vio tristeza, una tristeza profunda, de esas que solo se aprecian en lo más hondo de los ojos, una tristeza de corazón.

Su criada preguntó por detrás si ocurría algo. Clara se volvió hacia ella con el labio inferior temblándole descontroladamente. Negó con la cabeza. Al volverse otra vez, Julián ya no estaba.

Se había ido.

Las lágrimas se desbordaron y acabaron empapándole las mejillas.

«¿Qué he hecho...?», murmuró.

«¿Qué he hecho...?»

Julián avanzaba entre los puestos. Caminaba rápido, casi corría. Quería alejarse de allí. Estaba confuso, no entendía lo que había sucedido. Él había vuelto, había cumplido su promesa.

—¡Julián! —Roman tiraba de una carreta llena de víveres para dos meses. Frunció el ceño al verlo con las manos vacías—. ¿Y el saco de trigo?

Suspiró. Se había olvidado por completo.

Intentó disculparse, aludiendo que se había entretenido leyendo los pasquines de la plaza. Roman lo escrutó con la mirada y al instante supo que no le estaba creyendo. Podía mentir con las palabras, pero no con la mirada. Y su tío sabía leer en los ojos.

No dijo nada y ambos se dirigieron a los puestos de labriegos situados entre las puertas de Herrería y Zapatería. Tras adquirir el saco de trigo, se dirigieron a la Posada del Caballo Andante. Julián se frotaba, de vez en cuando, la mano derecha, como si aún le escociera el manotazo de Clara, como si ese fuera el verdadero dolor. Sin embargo, mientras seguía a su tío, recordó la respuesta de ella a su caricia, había notado cómo la piel de su rostro se estremecía bajo sus dedos. Aquel pensamiento lo reconfortó, pero también incrementó su desconcierto por su posterior reacción.

Cuando llegaron a la posada, para su sorpresa, no entraron a los establos. Él pensaba que volverían al valle, pero Roman se quedó en el zaguán y habló con uno de los mozos.

—Guárdennos los enseres. Volveremos para media tarde.

Julián preguntó extrañado.

—¿Adónde vamos?

Roman se caló el sombrero de tres picos con su habitual elegancia y se echó la capa sobre los hombros, escondiendo el sable bajo ella.

—En el mercado me he encontrado con un viejo amigo —dijo mientras entornaba los ojos al salir al exterior—. Nos hemos citado en una tasca de la calle Nueva Dentro, seguro que tiene cosas interesantes que contarnos.

El cielo estaba gris plomizo y la temperatura había bajado durante la mañana. Unos cuantos copos de nieve se arremolinaban en torno a las raíces de los árboles. El invierno de 1809 había comenzado tarde y era la primera nieve que caía.

Se enfundaron bien las gruesas capas y, siguiendo los muros de la muralla, se adentraron en la ciudad por la puerta más oriental.

En aquella zona se encontraban numerosas casas cuyos zaguanes acogían tabernas, tascas, posadas, mesones y burdeles. Al contrario que en el resto de la ciudad, donde el ambiente era desolador, allí había gran bullicio. Mientras el pueblo no tenía para comer y diariamente algún vecino se desplomaba exhausto, azotado por el hambre, en mitad de la calle, los soldados franceses habían convertido aquella parte de la urbe en su destino de placeres y divertimientos. Vieron salas de juegos y de baños, locales con letreros rezando: «Maisons de café pour les officers» o «Tailleurs de Paris». La mayoría eran lugares con ambiente de noche y mujeres de dudosa fama trabajando en ellos. Pese a ser por la mañana, estaban muy iluminados, y de su interior brotaban canciones francesas y risas de mujeres. Julián se sintió asqueado y por un momento temió encontrarse con los soldados que le arrebataron su hogar.

Se detuvieron frente a una taberna con un tosco letrero que chirriaba ante el gélido viento y rezaba unas palabras trazadas sin esmero: La Tasca del Perdido.

Roman entró primero.

Cuando se disponía a entrar tras su tío, una mano lo agarró del extremo de la capa y se lo impidió. Se giró.

Un mendigo con la barba descuidada y una pata de palo lo observaba con atención a escaso medio palmo. Desprendía un intenso hedor a orina y vino fuerte y Julián se echó hacia atrás. El hombre se protegía con un abrigo de paño tosco muy desgastado y se apoyaba en un bastón con su mano derecha. Con la izquierda se desabrochó el abrigo por arriba y sacó algo de su interior. Julián tensó sus músculos.

El mendigo extrajo un pequeño papel doblado.

Se lo tendió con una sonrisa que carecía de varios dientes. Después, sin dejarle tiempo a preguntar, se alejó sin decir nada, cojeando con su pata de palo.

—¡Oiga, usted!

Desapareció entre la gente.

Miró la nota que sostenía entre las manos. La abrió. Lo sorprendió una letra exquisita, extremadamente pulcra y bella.

Tu amigo de las tinieblas. El extraño que te avisó de los múltiples peligros que te podían acechar. Si quieres saber más, te espero a medianoche en las ruinas del poblado Artaze, junto a los muros de la iglesia. Recuérdalo: no soy uno de esos lobos, tú y yo jugamos en el mismo bando.

V. G.

La gente pasaba frente a la taberna y Julián permaneció quieto, absorto en aquellas palabras escritas en tinta negra.

Tu amigo de las tinieblas... Habían sucedido tantas cosas que apenas había vuelto a pensar en el individuo que le sorprendió en la calle la noche de la fiesta. El extraño que ocultaba su rostro.

El tullido Fermín Sánchez Castro cojeaba entre la multitud ansioso por recibir su paga. Giró en la primera esquina y subió por el cantón. Desembocó en una calle mucho más silenciosa y vacía que la anterior.

Allí le esperaba el hombre que le tenía que pagar. Continuaba ocultando su rostro bajo una capucha y aquello inquietaba a Fermín. Él solo quería recibir la fortuna que le había prometido por el trabajo: cinco reales.

—¿Has cumplido tu cometido? —le susurró con voz ronca una vez que se acercó.

El mendigo inclinó la cabeza.

—Sí, señor, al joven de cabello negro que usted me indicó.

Una risa ronca y heladora asomó de las sombras de la capucha.

—Muy bien, Fermín...

La Tasca del Perdido constaba de un solo espacio, pequeño y lúgubre. Al contrario de lo que había visto fuera, parecía tranquila; los cristales de las ventanas estaban empañados y la luz entraba difusa. Sobre las bastas mesas de madera había velas de cera que la iluminaban tenuemente, con sus llamas veladas por el humo del tabaco.

Roman se había sentado en una de las mesas del fondo, compartiéndola con dos hombres que estaban de espaldas a Julián. Le hizo una señal para que pidiera algo y se les acercara. Julián se dirigió a la barra. La taberna estaba casi vacía; aparte de su tío y sus acompañantes, vio a un hombre y dos mujeres con aspecto de arrieros disfrutando de un caldo caliente, un par de individuos solitarios bebiendo en silencio y, en la mesa más próxima a la entrada, dos soldados franceses de mirada severa y olor a pólvora disfrutando de una botella de aguardiente. Julián se sintió incómodo ante su presencia.

En la barra solo había un forastero, bien vestido y, a juzgar por sus comentarios soeces en voz alta, considerablemente bebido.

Cuando Julián se apoyó en la barra, el tabernero salió de una puerta que debía de dar a la despensa y a la cocina. Era un anciano de aspecto gruñón y pobladas patillas grises. Lo miró con desinterés.

—Y bien, ¿qué desea? —gruñó.

—Vino caliente.

Sacó una sucia jarra de debajo de la barra y la colocó con brusquedad sobre la ennegrecida madera. Julián le indicó a cuenta de quién iba y, después de que el hombre asintiera de mala gana, se acercó a su mesa. Roman se levantó y le presentó a sus dos tertulianos.

—Les presento a mi sobrino, Julián —había un deje de orgullo en su voz. Señaló a sus acompañantes—. Te presento al comerciante Francisco de Elorriaga.

Uno de los caballeros se levantó ligeramente de la silla y saludó llevando la mano derecha al sombrero. Bajo la luz amarillenta de la vela, Julián pudo apreciar sus elegantes vestiduras, a la última moda, con un frac negro, faldones y medias de seda. Lucía un fino bigote bien rasurado y olía a perfume.

—Nos conocimos en París hace ocho años, cuando yo desempañaba tareas de diplomático como representante del Gobierno borbónico —añadió don Francisco con una sonrisa.

Julián asintió; no sabía que Roman hubiera estado en París, pero como lo desconocía casi todo sobre su vida, no dijo nada. Tenía la mente en la nota que acababa de leer y apenas escuchó la presentación del otro individuo.

—... Octavio Sernas, su cuñado.

Al contrario que don Francisco, era un hombre calvo, pequeño y ancho de espaldas, vestía una casaca parda y un pañuelo de rayas anudado a la cabeza. Octavio lo saludó con una enérgica inclinación de la misma.

—Servidor.

A Julián le llamó la atención el aspecto tan dispar que presentaban ambos. El comerciante Francisco degustaba una humeante taza de café, mientras que Octavio no paraba de beber cerveza y fruncía el ceño.

—Bien —dijo este último mientras se frotaba las manos con nerviosismo—, esta es la situación, Roman. La resistencia española no pudo hacer nada ante el empuje de la *Grande Armée*. Las tropas al mando de ese mal nacido corso arrasaron toda la resistencia que encontraron por el camino, destrozando al ejército regular español en las batallas de Espinosa de los Monteros, de Somosierra y de Uclés.

—No sé si ustedes lo saben —interrumpió don Francisco—, pero hubo una incursión inglesa al mando del general Moore que desembarcó en Portugal y empezó a hostigar a los franceses en aquella zona.

—Es lógico que los ingleses tengan intereses —continuó Octavio con un gesto de indiferencia—, vienen aquí a tantear a su eterno rival. Pero la *Grande Armée* también los aplastó y huyeron a la costa portuguesa poniendo pies en polvorosa rumbo a Inglaterra. —Dio un buen trago y puso un dedo sobre la mesa, remarcando sus palabras—. Lo que cuenta es que esos malditos gabachos controlan toda la península, resistiendo solo Cádiz, con el esquilmado ejército español acantonado entre sus murallas, aguantando un brutal asedio francés.

—¿Cádiz? —se interesó Julián.

—Sí, en el sur —le informó Octavio—. Se encuentra al final de un istmo de dos leguas de longitud que los franceses no pueden cruzar. Es la única resistencia que aguanta su empuje. Dicen que está a reventar, con miles de refugiados entre sus murallas. Allí se ha trasladado el nuevo Consejo de la Regencia compuesto por los dirigentes de la resistencia. Entre ellos se encuentran los absolutistas, defensores de la vuelta al trono de Fernando VII, y los liberales, que intentan aprovechar la guerra y el vacío en el poder para instaurar un nuevo Gobierno liberal en el que el pueblo sea el único soberano. Al parecer se está generando una verdadera batalla ideológica entre los dirigentes refugiados, y el incesante empuje de los liberales ha provocado el llamamiento a unas nuevas Cortes para toda la nación. Diputados representantes de cada reino han sido requeridos allí para dictar una nueva Constitución.

Julián se quedó entusiasmado. ¿Una nueva Constitución? ¿Un nuevo gobierno libre de reyes? La idea lo cautivó al instante, pero enseguida le pareció un sueño utópico, más teniendo en cuenta el nuevo dominio francés.

—Para eso primero habrá que derrotar a los franceses —comentó.

—Desde luego —afirmó Octavio—, y la cosa está muy negra. Pero, pese a ello, la oportunidad para acabar con el yugo de la monarquía que nos ha jodido durante siglos es inmejorable. Los borbones ya no están aquí y hay que aprovechar la situación del país.

—¿Y las zonas montañosas y boscosas? —preguntó Roman—. Por lo que sabemos, esas están controladas por las partidas de guerrilleros. Allí sigue habiendo resistencia a los franceses.

—Sí, pero solo provocan cosquillas en el grueso de las tropas gabachas —dijo Octavio.

—En una guerra larga esas cosquillas pueden llegar a desgastar —le objetó Roman.

—Nada de guerras largas —dijo don Francisco—. Esto debería terminar cuanto antes. Deberíamos dejar que los franceses gobernaran y olvidarnos de experimentos constitucionales; ellos representan la reforma ilustrada, la modernidad de la revolución, precisamente lo que este caduco país necesitaba.

—Siempre serás un maldito afrancesado, Francisco —dijo Octavio. Por su tono y su mirada, parecía que no se trataba de la primera vez que mantenían aquella discusión—. Piensas como un aristócrata, no como un ciudadano, no como el pueblo. En estos tiempos hay que ser patriota y defender al pueblo del usurpador.

Francisco de Elorriaga no pareció incomodarse ante la acusación de su cuñado.

—¿Como un ciudadano? —preguntó con sarcasmo—. Mi querido Octavio... antes has mencionado que hay que aprovechar la huida de los borbones para liberarnos del yugo de la monarquía... Pues yo te digo algo: pregunta al primero que veas por la calle por el *desterrado* Fernando y este te hablará sobre el memorable día en que vio pasar a su verdadero rey por la ciudad rumbo al encuentro del emperador, el día que le vio pasearse con su gran séquito, con su hermoso semental y sus lujosos atuendos; con su aire de grandeza y su aura divina. Después, pregunta dentro de unos años al hijo de ese hombre, y te hablará de la historia que le contó su padre, la historia de cuando vio a un grande de la Tierra. Aunque le cueste reconocerlo, el ciudadano piensa eso.

Don Francisco hizo una pausa y contempló cómo Octavio guardaba silencio.

—Ahora bien —continuó—, desconozco si pienso como un ciudadano, pero sí pienso por el bien de la ciudadanía. ¿Qué me dicen ustedes, caballeros, si comparamos el antiguo gobierno de Carlos IV con el de José I? Se está desprestigiando mucho la imagen del nuevo monarca francés con las coplas satíricas y los chismes que corren por doquier. Pero yo les digo una cosa: deberían fijarse más en su forma de pensar y sus logros. Para empezar, en el poco tiempo que lleva en el trono ha suprimido la Inquisición. ¿Recuerdan lo que hacía la Iglesia en otros reinos? Claro, nosotros los vascos, protegidos tras nuestros fueros, no hemos sufrido tales vejaciones. ¿Recuerdan las barbaridades que cometió la Inquisición contra otros pueblos como los catalanes? ¿Y los derechos feudales? José I está limitando todos los mayorazgos y, les digo una cosa, se van a tomar medidas para liberalizar el comercio y la agricultura, me lo ha dicho un funcionario en las Cortes de Madrid. Por no hablar de la libertad individual y de imprenta, o la escuela pública que traen consigo los avances de Francia...

El rostro de Octavio se había enrojecido. Parecía muy indignado.

—Francisco, ¡por favor! ¡Precisamente eso es lo que se intenta implantar en Cádiz! ¡Acabar con los excesos del absolutismo! ¡Luchemos por crear nuestro propio gobierno, no por dejar que otros nos lo impongan! —Alzó los brazos y miró a las vigas de madera en señal de hartazgo—. Esos franceses no dicen más que mentiras —continuó—, controlan las gacetas y los periódicos y nos hablan del liberalismo y la modernidad que ellos traen. Todo es muy bonito y poético en sus envenenadas palabras, pero existe un pero, un pero gravísimo, un error primordial, que es el de creer que la modernidad y la Ilustración —*liberté, egalité, fraternité*— se pueden acometer bajo la protección de un gobierno extranjero y de ocupación que solo sirve, y esto no me lo puedes discutir, a la ambición megalómana de un dictador como es el emperador de los franceses. Ellos hablan de unas cosas, sí, avances buenos para una nación como la nuestra, atrasada, arraigada en tiempos pasados que no favorecen al pueblo y a la libertad. En la teoría, y en la práctica tal vez. Pero llevamos meses de ocupación y lo que yo veo en las calles son armas y un ejército extranjero opresor que maltrata al pueblo. Yo no te hablo de teorías, te hablo de la realidad. Si no, sal a la calle y compruébalo por ti mismo. ¿Es eso libertad de expresión?

Las mejillas de Octavio aparecían encendidas a la luz de la vela y Roman resolvió intervenir en un afán por calmar los ánimos.

—Una cosa es querer un cambio y pensar que los franceses nos lo van a ofrecer —comentó con voz pausada—. Pero otra muy distinta es estar con ellos, adorarles, reverenciarles, compartir fiestas y banquetes, y dar la espalda a lo que sucede en las calles, dar la espalda al maltrato a sus vecinos, conocidos, e incluso amigos.

Julián asintió en silencio, la mirada distraída en el vaso de vino. Compartía la postura de su tío, pero recordó al padre de Clara, que había sido obligado a la sumisión bajo la amenaza de perderlo todo.

—No todo es tan sencillo —intervino él entonces—. Muchos de esos afrancesados de los que hablan se unen al francés por miedo. Hay gente que se encuentra entre la espada y la pared, gente que se arriesga a perderlo todo si no abraza la causa josefina. ¿Ustedes no harían lo mismo por defender a sus familias?

Octavio asintió con un brusco movimiento de cabeza.

—Desde luego —comentó—. Pero decidle eso al que ya lo ha perdido todo... ese tiene el cuchillo entre los dientes y no atiende a razonamientos, más que al de despachar gabachos.

—Los peores son esos que se hacen llamar apolíticos, permanecen a la espera y en el momento oportuno se agarran al carro del vencedor —añadió Francisco con la boca pequeña; había guardado silencio ante el envalentonamiento de Octavio.

—De esos hay muchos —afirmó este último—. Y los primeros y más rastreros son Carlos IV y su hijo Fernando. Se les confía la llave de una nación, la responsabilidad de millones de vidas, ¡millones! Y venden esa responsabilidad a las primeras de cambio a un usurpador... Y lo peor de todo es que la mayoría del pueblo no contempla cambios radicales; antes de apostar por un nuevo mundo liberal, prefieren atenerse a sus viejas y arraigadas tradiciones y reconocer a Fernando como el Rey Deseado. —Miró a don Francisco, leyéndose en sus ojos más calmados que le concebía parte de razón por lo expuesto anteriormente—. Si ellos supieran... ¿saben dónde se encuentra nuestro tan ansiado rey? En un castillo cerca de Vallencay en el que le ha alojado el emperador para que esté calladito mientras él se hace con su país. Además de obsequiarle con una inmensa fortuna para que monte fiestas en el castillo.

—Eso es cierto, comerciamos con gente de allí que sabe de esos rumores —añadió don Francisco—. Dicen que ese maldito miserable escribe a Napoleón felicitándole por cada una de sus victorias. Mientras tanto aquí, lo último que dice la gente antes de morir asestada por un bayonetazo gabacho es: ¡Viva Fernando el Deseado!

A Julián le entristecía que hubiera tanta confusión en el pueblo. En la aldea jamás había sido demasiado consciente de ello, pero tal y como Roman le había enseñado a ver, la mayoría de la gente vivía desconocedora de todo, engañada y obligada a contentarse con lo poco que tenía. Ojalá hubiera más transparencia en el mundo, pensó. Ojalá la gente pudiera conocer la verdad y decidir lo mejor para sí misma.

Cuando don Francisco pronunció las últimas palabras exaltando en favor de Fernando VII, atrajo la atención de los dos franceses del fondo. Julián los observó con el rabillo del ojo y se percató de que uno no le quitaba los ojos de encima.

El soldado era pelirrojo y tenía un vistoso acné que le salpicaba los pómulos. No contaría más de veinte años. Su rostro le sonaba de algo, pero no sabía exactamente de qué.

Para su sorpresa, el francés arqueó una ceja y se levantó, dejando a su compañero en la mesa y acercándose a ellos. Mientras cruzaba la taberna con pasos decididos, a Julián casi le dio un vuelco el corazón.

Aquel soldado era uno de los forrajeros, el que sostenía a Clementina mientras el más veterano intentaba forzarla.

Al llegar a su altura, el soldado se apoyó sobre la mesa con ambas manos y Octavio interrumpió el monólogo que había iniciado sobre el gusto de Fernando por las rameras baratas. Todos se quedaron en silencio, observando a aquel francés que no apartaba la mirada de Julián.

—Tu cara me suena... rapaz —lo dijo muy despacio, en un castellano apenas entendible.

Julián se quedó muy quieto, observándolo sin pestañear.

El francés entornó los ojos y de repente los abrió.

—¡Eres tú! ¡El de aquella mísera aldea! —exclamó.

—¿Tiene usted algún problema? —intervino Roman en francés.

—Sí... —contestó el soldado sin apartar la mirada de Julián—, tenía una cuenta pendiente con vuestro joven compañero. Nos aguó la fiesta con una vil patraña sobre una amenaza guerrillera. —Se inclinó sobre la mesa y acercó su rostro al del joven, su aliento olía a ginebra—. Digamos que se trata de un asunto de honor que sería conveniente solucionar fuera... —Ante todos, cogió el vaso de Julián y se lo bebió de un trago. Cuando lo hizo, soltó una carcajada.

Ante la sonora risa del francés, Julián se vio impulsado a levantarse y aceptar su propuesta de batirse en duelo. Los sollozos de Clementina aún seguían presentes en su memoria. Antes de que pudiera hacer nada, la enorme mano de Roman lo agarró del brazo.

—¿Cuántos años tienes, muchacho? —intervino su tío dirigiéndose al francés. Lo hizo relajado, como si la amenaza del soldado no hubiera existido. Todos en la taberna se volvieron para presenciar la escena, incluido el tabernero.

—No soy un muchacho, viejo.

Roman guardó silencio ante las palabras despectivas del soldado. Con una lentitud a prueba de cualquier templanza, apuró las últimas gotas de su bebida y se recostó sobre el respaldo de la silla, desvelando su mano derecha apoyada sobre el pomo de la espada.

—Escucha atentamente, muchacho —le dijo sin levantar la voz, casi susurrando—. Dudo de que pases de los diecinueve. También dudo de que hayas disparado tu arma más de una docena de veces y dudo de que sepas cómo usar eso. —Señaló al sable que colgaba de su cinto—. Por mucho que te sientas fuerte tras ese uniforme, si te vuelves a acercar a mi sobrino, te puedo asegurar que esta noche tú y tu compañero de aquella mesa no salís de la taberna. El jefe —señaló al tabernero— dice que andan justos de provisiones en la despensa y yo sé de buena mano que la carne gabacha, especialmente la fresquita como la tuya, viene de perlas para hacer un buen guiso.

Las palabras de Roman dejaron un profundo silencio tras de sí.

Todos observaron al francés, que se había quedado muy quieto, sus ojos absortos en Roman. Su rojiza piel había perdido todo color, sus granos juveniles parecían haberse esfumado. Permaneció en aquella posición durante unos instantes, recabando la información, asimilándola por dentro.

Al fin reaccionó y, sin pronunciar palabra alguna, se volvió, aturdido, a la mesa de su compañero. Este lo esperaba en pie. Recogieron sus capotes y sus sombreros y sin pagar la cuenta dejaron el lugar.

En cuanto los franceses desaparecieron, la taberna recuperó su color y los murmullos de conversaciones se reanudaron. El borracho de la barra empezó a aplaudir con entusiasmo, como si de una obra de teatro se hubiera tratado. Octavio, en cambio, apretaba los puños sobre la mesa y farfullaba:

—Esos malditos gabachos, les cortaría el pescuezo con mucho gusto...

Francisco, que parecía conocer el inflamable temperamento de su cuñado, lo calmó con unas ligeras palmaditas en la espalda.

—Tranquilicémonos, caballeros. No dejemos que nos interrumpan la velada. Cambiando de aires... ¿han oído hablar de los últimos chismes que corren por la ciudad?

El comentario no venía a cuento, saltaba a la vista que lo hacía para rebajar la tensión.

—Ahora no... por favor, Francisco —se quejó Octavio.

El comerciante enseñó los dientes con cierta picardía.

—Seré breve —dijo mientras se frotaba las manos—. ¿Saben de la aventura que mantuvo la marquesa de Montehermoso con el rey José I durante su estancia en Vitoria? Dicen que el marqués lo sabe, pero dada su edad avanzada y su interés por mantener las buenas relaciones con los franceses no ha objetado nada. Un escándalo, señores. Un verdadero escándalo —terminó satisfecho. Entonces abrió mucho los ojos—. ¡Ah! ¡Y no solo eso! ¿Saben lo de la hija de los Díaz de Heredia?

Julián no pudo evitar abrir la boca.

—¿Se refiere a Clara Díaz de Heredia? —preguntó con inquietud.

—Veo que conoce a la bella Clara... —comentó don Francisco—. No me extraña, su belleza tiene robado el corazón y el espíritu a casi media ciudad —esbozó una sonrisa—. Pues a lo que iba: la hija de los Díaz de Heredia está prometida con un joven general francés, Louis Le Duc, creo que se llama. Menudo afortunado.

Don Francisco hundió su sonrisa en la taza de café y continuó con otro tema sin dar más importancia al asunto. Afuera había dejado de nevar y el borracho de la barra salió dando tumbos.

Julián sentía que le faltaba el aire. De pronto la taberna parecía muy pequeña y el calor de la chimenea se había vuelto insoportable.

—¿Cómo sabe lo de la señorita Díaz de Heredia? —preguntó al cabo de un rato, interrumpiendo al comerciante.

—Vaya por Dios, joven... ¡Si lo sabe toda la ciudad! —exclamó el otro.

Julián fue a preguntar algo más, pero le faltaron las palabras. Se quedó sumido en el silencio, con la mirada perdida en la llama de la vela. El manotazo de ella en el mercado, la ausencia de su sonrisa, sus duras palabras... Todo fue adquiriendo sentido lentamente, mientras la llama danzaba ardiente ante sus ojos.

—Creo que deberíamos irnos, no vaya a ser que esos franceses vuelvan con refuerzos —intervino de pronto Roman.

Un tímido sol invernal languidecía en el horizonte helado mientras tío y sobrino regresaban a casa con los víveres adquiridos. La nieve caída permanecía en el camino, resuelta a no desaparecer en la comodidad de una temperatura baja.

Al salir de la ciudad poco después del mediodía, Julián había manifestado su deseo de visitar a Miriam y sus padres, a lo que Roman se había negado aludiendo el riesgo de acercarse a la aldea.

Avanzaban en silencio y Roman lanzaba de vez en cuando miradas de soslayo a su joven sobrino, en cuyo rostro veía reflejada una profunda tristeza. Tras abandonar el Camino Real y adentrarse en el desfiladero que les conducía al valle, decidió hablar.

—¿Te encuentras bien? —le preguntó.

El joven, cuya mirada vagaba perdida en algún punto del camino, asintió sin pronunciar palabra alguna.

—Me imagino que se debe a esa joven, la hija de los Díaz de Heredia... —murmuró entonces Roman.

Julián alzó la mirada hacia él.

—¿Cómo sabes eso? —le preguntó, aturdido.

Desde la altura que le proporcionaba su montura, los viejos ojos grises de su tío lo contemplaron con complicidad.

—Sé cuándo un hombre está enamorado. También sé lo que muestra su rostro cuando ese amor le rompe el corazón...

Julián escuchó sus palabras pero no dijo nada. Apretó la mandíbula y miró al frente, al camino helado que les conducía a casa.

Aquella noche fue Roman el primero en retirarse a dormir y Julián se quedó en uno de los sillones del salón, al amparo de la chimenea.

Revolvía las brasas del fuego con un palo de madera. Como con la llama de la taberna, sus ojos observaban las diminutas luces rojizas, ardientes, salir despedidas y quedar suspendidas en el aire, hasta desaparecer.

Algo dentro de él ardía de dolor. El mundo le devolvía una mirada triste y oscura, despojada del brillo y del color con que en ocasiones le había sonreído.

Había aguantado durante meses, creciendo, aprendiendo, ganándose la confianza de Roman y preparándose para lo que creía que le deparaba el porvenir. Había soñado con Clara, e imaginarse junto a ella había mitigado su dolor y su soledad, sus deseos de hacer justicia.

Pero aquel día sus pensamientos felices se habían esfumado como las huellas sobre la arena ante un viento huracanado. Todo se había desmoronado; estaba cansado, harto de esperar.

Había llegado el momento de actuar.

Extrajo la nota del extraño que firmaba como V. G. de su bolsillo. Lo había citado en el poblado abandonado de Artaze, a cinco leguas de allí.

Pronto sería medianoche. Había tomado una decisión.

19

Las nubes oscuras se deshacían en jirones y las ruinas del poblado Artaze aparecieron perfiladas a la luz de la luna invernal. Su iglesia se alzaba en lo alto de una colina y, pese a que le faltaba parte del muro este, persistía su perfil de torre.

Julián tiró de las riendas y guio a *Lur* a través de unos campos en barbechera, rumbo al poblado. A su izquierda, entre árboles, divisó las casitas de la aldea de Víllodas sumidas en el silencio de la noche y más tarde oyó el rugir de las aguas del Zadorra, que serpenteaban en forma de masa oscura cerca de allí.

Se abrochó la capa, protegiéndose la garganta del frío nocturno. Se había calado un sombrero de ala, para no mostrarse demasiado. Llevaba su rifle Baker bien enfundado en los arzones de piel y había cogido el viejo sable con el que había entrenado aquellos meses. Sabía que estaba corriendo un riesgo acudiendo al encuentro del extraño que firmaba como V. G. Podía tratarse de una trampa y no pensaba hacerlo con las manos vacías.

A medida que se acercaba apreció algo que iluminaba los muros de la iglesia, arrojando oscilantes haces de luz. Unas agudas punzadas de inquietud le sacudieron la boca del estómago.

Al llegar a la base de la colina, comprobó cómo el camino se adentraba en el pueblo y ascendía por un serpenteante recorrido de piedras rodeado de casas abandonadas. Apretó los dientes bajo el sombrero de ala y se internó entre las ruinas.

Comprimió los costados de *Lur*, que piafaba resoplando nubes de vaho que se deshacían grises en las sombras de la noche. Su amigo ya estaba recuperado y subía la cuesta sin problemas. Julián no dejaba de mirar a ambos lados del camino, a las tenebrosas entradas sin puerta de las casas abandonadas.

Pronto un olor a leña quemada invadió la empinada calle.

Al alcanzar lo alto de la loma, los muros de la iglesia asomaron ante él. Había una hoguera encendida en la base del muro oeste.

Y junto a ella, sentada sobre una roca desprendida, la silueta de un hombre.

Julián apretó el pomo de la espada bajo la seguridad que le proporcionaba la capa.

El hombre disfrutaba de una humeante taza mientras se protegía del frío con su oscuro abrigo. Tenía la capucha ligeramente retirada hasta su coronilla, por lo que Julián pudo verle el rostro a la luz de la hoguera. Sus facciones eran alargadas, portaba unas lentes para la vista y sus pobladas cejas contrastaban con su fino bigote. Cuando las luces de la hoguera oscilaron en sus afiladas formas, creyó reconocer en ellas al extraño de aquella noche en Vitoria. «Tu amigo de las tinieblas», le había escrito.

El individuo dejó su taza sobre la tierra y observó al joven.

—Me alegro de que hayas venido, Julián. —Señaló hacia un pequeño tronco que había junto a la hoguera—. Por favor, siéntate. ¿Deseas un poco de té?

Julián negó con la cabeza y anudó las correas de *Lur* a un árbol cercano. Vio la silueta de un caballo un poco más lejos, pastando en lo que antaño debió de ser una huerta adosada a una casa. Pasó la mano por el lomo de su amigo; este temblaba, nervioso.

—Tranquilo, compañero —le susurró al oído—. Pronto volveremos a casa.

Muy a su pesar, dejó el rifle en las fundas del arzón y se aferró al sable que mantenía bajo la capa. Volvió a la fogata y se sentó en el tronco frente a aquel individuo que volvía a sujetar su tacita de té con aire relajado. Miraba a las casas que los rodeaban.

—Curioso pensar que una vez estuvo habitado, ¿verdad? —comentó—. Los domingos los aldeanos acudirían a misa y las campanas repicarían en lo alto. Ahora solo quedan sombras y abandono.

No dijo nada. Aquel individuo hablaba con un ligero acento francés; había algo en él que le provocaba escalofríos.

—Me pregunto qué habrá sido de los habitantes de este lugar... —volvió a decir—. Hay un cementerio con decenas de cruces detrás de la iglesia.

—No he venido para hablar de los muertos de este poblado.

—Pero sí para hablar de otro muerto —pronunció el hombre—. Para hablar de tu padre.

Un nuevo escalofrío recorrió su espalda. Tragó saliva.

—Para eso mismo.

El extraño esbozó algo que parecía una sonrisa, pero que se quedó en una mueca impropia. Cogió la tetera del fuego y volvió a llenarse la tacita.

—¿Cuánto tiempo llevas alejado de tu aldea? —le preguntó de pronto.

Julián arrugó la frente.

—¿Cómo sabe eso?

El hombre dio un pequeño sorbo.

—La gente habla y yo sé preguntar. En tu aldea todos estaban muy afectados por lo sucedido. No tardaron en decirme que tu casa estaba controlada por los franceses.

Apreció cómo las facciones del extraño se oscurecían y sus ojos se clavaban en él como dos brasas encendidas.

—También hablé con el boticario Zadornín —continuó—, y tras mucho insistir me reveló que esperabas a alguien enviado por tu padre... ¿Cómo se encuentra Roman?

Julián abrió mucho los ojos.

—¿Conoce a mi tío?

—Os vi en el mercado de la ciudad. Si fuisteis a abasteceros allí, no estaréis muy lejos. ¿Dónde os escondéis?

Fue a abrir la boca pero una repentina ráfaga de prudencia le hizo callar. No podía revelar su escondite a un desconocido. Un aire gélido se coló entre las casas y silbó sobre sus cabezas. Julián se frotó las manos y se acercó más a la hoguera. El calor le avivó los sentidos.

—¿Quién es usted? —preguntó entonces—. ¿Por qué me ha hecho acudir aquí? ¿Qué es lo que tiene que contarme?

Los dientes del hombre brillaron ante el fuego.

—Tu padre era un buen hombre y su muerte merece esclarecerse. He sido enviado a estas tierras para descubrir quién lo mató y por qué lo hizo.

—¿Enviado? —se extrañó Julián—. ¿Por quién?

El extraño emitió una risa ahogada que se esfumó en el aire nocturno.

—Esos franceses buscaban algo cuando fueron a tu casa, ¿verdad?

Julián sintió cómo el corazón se le aceleraba.

—Unos documentos, creo —respondió inquieto—. Pero no encontraron nada. —Se irguió sobre su asiento—. ¿Qué demonios buscaban? ¿Qué querían de mi padre? ¿Fueron ellos los que lo mataron?

—No lo creo —aseveró el hombre tras un suspiro—. Pero esos hombres son muy peligrosos y te advierto que pretenden encontraros. Te avisé de que había lobos acechando.

—¿Qué demonios quieren de mí?

—Es posible que de ti nada... de momento. Tal vez quieran encontrar al hermano de tu padre.

—¿A Roman? ¿Y por qué?

—Porque él es el otro hijo del maestro Giesler. Y sabe cosas.

—¿El maestro Giesler? ¿Se refiere a mi abuelo Gaspard?

El hombre asintió mientras una mueca asomaba a sus labios.

—Veo que Roman aún tiene muchas cosas de las que hablarte.

Julián lo miró con fijeza.

—Hábleme usted de ellas.

El extraño no respondió al instante y se puso a recoger su juego de té.

—No debería inmiscuirme en los asuntos de tu familia —dijo, levantándose con cierto apremio—. Yo solo soy un peón en el tablero. No tengo poder de decisión.

Julián se levantó tras él.

—No se vaya —le suplicó—. Estoy cansado de esperar respuestas.

—Pues búscalas donde debes.

El hombre se caló la capucha y salió del círculo de luz. Su voz surcó el aire nocturno cuando apenas se adivinaba su silueta.

—Nos volveremos a ver, Julián... Pronto.

Cuando llegó a los establos de la casa torre y despojó a *Lur* de sus arreos, apenas quedaban dos horas para que amaneciese.

Subió al piso intermedio y comprobó que la puerta de Roman permanecía cerrada. Sin detenerse, encendió un candil y recorrió con la mirada la oscura estancia de la sala. Colgadas sobre una silla estaban las alforjas de su tío.

Dejó el candil sobre la mesa y a la luz de este, las abrió con dedos temblorosos.

Buscó a tientas algo que le llamara la atención. Sacó un libro con tapa de cuero y en su portada resplandecieron las letras de un título dorado: *Kritik der reinen Vernunft*. «Crítica de la razón pura», consiguió traducir. Una obra del pensador Immanuel Kant. Gracias a muchas de las lecturas de Gaspard, que no tenían edición en castellano, había aprendido, desde pequeño, a descifrar muchas palabras en alemán. Fue a devolverlo a su sitio cuando se desprendió una carta de entre sus páginas. Se inclinó para recogerla del suelo.

Observó el sobre. Era de un papel grueso, resistente. Palpó su rugosidad entre las yemas de los dedos y por un momento, dudó.

Finalmente, lo abrió y extrajo la carta, retirando con un suave crujir un papel más fino de su interior. Lo desplegó a la luz del candil y descubrió un trazo de tinta negra que se deslizaba con elegancia, escrito en alemán. Entonces reconoció la letra y las lágrimas le embargaron.

Era una carta de su padre.

Se frotó los ojos y estos comenzaron a deslizarse por la pulcra letra.

9 de enero de 1808

Querido hermano:

Padre me habló de lo sucedido y me dijo que desde entonces vives en el castillo de Valberg. Deseo que encuentres la fuerza necesaria para poder avanzar. Lo sé porque creo haber pasado por algo similar, y hallarla se ha convertido en el verdadero reto de mi vida.

Desgraciadamente, el objeto de mi carta no se reduce solo a esto. He de pedirte un favor. Probablemente el mayor favor que te haya pedido jamás. Pero solo habrás de concedérmelo si sucede una desgracia.

Supongo que sabrás que los franceses ya están aquí. Llegaron hace dos meses y lo hicieron con intención de quedarse. Todos en la hermandad sospechamos que nos han descubierto. Saben que mantenemos la Cúpula aquí y han venido con la intención de detenernos, de acabar con nosotros. Creo que corremos un peligro atroz.

Esta es la razón por la que te escribo, hermano. Si algo me sucediera, te ruego que te hagas cargo de mi hijo, Julián. Él no sabe nada de todo esto. Si nos descubren y me atrapan, quiero que le guíes en los tiempos difíciles que correrán. Deberá conocer el plan completo y su verdadera magnitud, para así poder sustituirme y continuar con el trabajo que nos concierne.

Nuestro padre acaba de adquirir una propiedad en los valles al oeste de la Llanada. En caso de que sucediera algo, te adjunto un mapa con su ubicación.

Pronto viajaré rumbo a la capital. Nos reuniremos los nueve maestros para decidir cómo enderezar la situación.

Padre me ha revelado su Gran Secreto. Creo que me encomendará la misión de poner el último de los legajos a salvo. Si así sucede, se me concederá una gran responsabilidad.

Con afecto,

Tu hermano,

FRANZ GIESLER

P. D.: Respecto a los legajos de Gaspard, recuerda que siempre deberá haber alguien que conozca su paradero; si no fuera así, preguntad por el guardián de vuestro legado.

Leyó las palabras de su padre una y otra vez, hasta que su voz se quedó grabada en su memoria. Por un momento pudo imaginárselo escribiendo aquella carta y fue como recobrar una parte de él, una parte viva. Una gota cayó sobre el papel ocre y se percató de que las lágrimas le recorrían las mejillas. Dobló la carta y la depositó dentro del sobre.

Al guardarlo entre las páginas del libro le sorprendió la presencia de otro sobre.

Lo abrió. No era la letra de su padre. Julián frunció el ceño, sorprendido, estaba fechada a 30 de septiembre de 1809, hacía solo tres meses antes. Se preguntó cómo la habría recibido su tío estando en el aislado valle de Haritzarre. La carta era escueta, escrita en castellano, con letra pulcra y precisa.

Roman Giesler:

En la Orden sabemos de su vuelta. Le informo que, después de que nos descubrieran aquella noche y acontecieran las desgracias que a punto estuvieron de destruirnos, nos hemos visto en la obligación de buscar un lugar seguro para reunirnos. El único reducto que resiste a la embestida francesa es Cádiz. Allí nos encontramos. Se ha promulgado la llamada a las Cortes y la hermandad está infiltrada entre los diputados y representantes de cada reino que acuden al refugio de los muros de la ciudad. Debemos influir en la creación de una nueva ley, de un mundo nuevo.

Esperamos su llegada,

Dr. STEPHEN HEBERT

Julián guardó la carta y metió el libro dentro de las alforjas. Después se dejó caer sobre el sillón frailuno. Estaba agotado, pero sus ojos permanecían muy abiertos y su mente muy despierta; dentro de ella se engendraba una tormenta, una tormenta de ideas y preguntas.

De pronto, se levantó de un salto y subió a la biblioteca. Instantes después bajó con un tintero, una pluma y un pedazo de papel.

Aún era de noche cuando se sentó ante la mesa y empezó a escribir. La pluma rasgaba sobre el papel y se humedecía en el tintero con obstinados movimientos, depositando las palabras que revolvían su mente. Agotó el papel con una lista de frases que solo albergaban sentido para él:

Preocupado por las alforjas, algo llevaba en ellas y se lo habían robado.

La Orden está en peligro.

No puede ser él.

No te desvíes del camino, hijo.

Padre me ha revelado su Gran Secreto, me enviará la misión de poner el último de los legajos a salvo.

Recuerda que siempre deberá haber alguien que conozca de los legajos de Gaspard; si no fuera así, preguntad por el guardián de vuestro legado.

Cádiz.

A la luz del candil, sus palabras brillaban intensas sobre el papel de tono ocre. Julián esperó, paciente, a que la húmeda tinta se fundiese con el lienzo, secándose y perdiendo intensidad, pero grabándose para siempre.

Lo dobló cuatro veces y se lo metió en el bolsillo del chaleco de su padre. Después, se derrumbó sobre el sillón, cerró los ojos y esperó a que amaneciese. A que su tío despertara.

Como le había dicho el extraño de la hoguera, Roman le ocultaba muchas cosas, más de las que había creído.

20

Julián apenas había dormido nada cuando lo despertó la sorprendida voz de su tío.

—¡Vaya! —exclamó al verlo en el sillón—. Justo donde te dejé...

Roman había entrado en la cocina para preparar el desayuno. Tarareaba una vieja canción alemana y parecía de buen humor.

—Desayunemos —añadió mientras ordenaba los enseres traídos el día anterior—. Tenemos trabajo que hacer.

Julián se levantó del sillón. Le dolía la cabeza y tenía la espalda dura como una tablazón de madera, pero su mente permanecía muy despierta. Sin decir nada, metió un saco de patatas en la despensa.

—El cielo está despejado —comentó su tío con dos platos de gachas de avena en las manos—. Ha helado pero tendremos sol. Hoy te enseñaré varios movimientos de bloqueo de gran interés. ¿Has subido a tu cuarto?

Julián llenó dos vasos con el porrón de vino y los depositó sobre la mesa. Miró a su tío.

—Sé lo de las cartas —le dijo con severidad.

—¿Qué cartas? —se extrañó Roman.

—Las que te escribió mi padre y ese tal Stephen Hebert.

Los pequeños ojos grises de su tío parecieron abrirse un instante. Cuando recobraron la normalidad, Roman se acercó a la mesa y tomó asiento en una de las sillas. Tímidos rayos de luz empezaban a colarse por las saeteras ampliadas, revelando cientos de motas de polvo que bailaban alrededor de su rostro. Desvió la mirada hacia uno de los huecos y suspiró sin decir nada.

—Estoy cansado de esperar —continuó Julián de pie, frente a la mesa. En su semblante agotado se adivinaba un profundo enojo.

—No deberías haber revuelto entre mis alforjas —le cortó Roman muy despacio.

El joven hizo caso omiso de sus palabras. Tras sus ojeras asomaba un brillo de ira contenida. Le dolía que nadie le hubiera contado nada, ni su padre antes de morir, ni él durante todo ese tiempo.

—¡Estaba en mi derecho! —exclamó—. ¡Era una carta de mi padre!

—¿Con quién estás tan enojado? —le soltó su tío, atravesándolo con la mirada—. ¿Conmigo o con tu padre?

—No tengo nada en contra de mi padre...

—Él te ocultó todo esto... jamás te habló de nada.

Julián sintió que le hervía la sangre. Ya no se pudo contener, apretó los puños y pasó a la ofensiva.

—¿Por qué solo hablamos de mi vida?

—Porque sigues igual que al principio, sin saber lo que realmente quieres.

—Y dime, ¿qué hay de ti? Yo creo que estás tan perdido como yo.

Roman tensó los músculos de su tostada cara, Julián apreció cómo sus diminutas arrugas se contraían crispadas tras los sesgados rayos solares.

—Guardas silencio siempre —continuó sin amedrentarse—. Creo que temes a tu pasado.

—Cierra la boca, muchacho. —La voz de Roman retumbó en toda la sala como una roca al desprenderse del monte. Julián se mantuvo firme.

—Pienso que no tienes valor para mirarlo de frente. Solo te centras en mí, pero el principal cobarde de esta sala eres tú. —Roman abrió mucho los ojos, sorprendido y herido ante las palabras del joven—. ¿Y qué me dices de Emelie? Te oigo decir su nombre en sueños...

No pudo terminar la frase.

Roman se había levantado de la silla y alzaba su enorme puño ante Julián. Se preparó para recibir el golpe atroz, pero en el último instante este se vio desviado, impactando sobre la mesa y haciendo crujir la madera en un desgarro terrible. Julián se había quedado quieto, con los ojos muy abiertos y el corazón en la boca. La presión había hecho que una pata se astillase.

Ante él, Roman permanecía con los ojos fuera de sí, mirando a través de Julián, pero muy lejos de él. Bajo su casaca abierta, su pecho se alzaba respirando con afanosidad, sus manos se cerraban en puños, y al joven le pareció que contenían un gran temblor. Sintió miedo, jamás lo había visto así. Roman pestañeó varias veces y pareció recobrar la compostura. Miró alrededor, desorientado.

Y, entonces, sin decir nada, recogió su sombrero de la mesa y abandonó la sala. Las maderas crujieron cuando bajó a los establos.

Julián continuó donde estaba, sin aventurarse a realizar el más mínimo movimiento, como si atravesar el aire que le rodeaba le expusiera ante un grave peligro. Oyó cómo la puerta de abajo chirriaba al cerrarse. Cuando la extraña fuerza que le tenía inmovilizado cedió en su tesón, se atrevió a moverse para recoger las gachas de avena ya frías y depositarlas junto al fuego. Después, subió a la biblioteca.

Arriba todo estaba en silencio. Al verse solo y rodeado de sus propias cosas, pensamientos dolorosos surcaron su mente, encargándose de recordarle su desdichada situación. Clara iba a contraer matrimonio con ese general llamado Louis Le Duc, que casualmente era el dueño de sus tierras y uno de los franceses que andaban buscándoles. Además de eso, había herido a su tío con duras palabras. Tuvo ganas de llorar.

Pero cuando se acercó a su jergón de lana apelmazada, se llevó una sorpresa. Sobre la cama había un extraño bulto alargado. Se quedó quieto un momento, extrañado ante la presencia de aquel objeto en su habitación. Lo envolvía una tela oscura atada con un cordel, y era de unos cinco palmos de longitud. La curiosidad le pudo y se inclinó sobre él. Tras observarlo de cerca, lo alzó con cuidado y lo contempló detenidamente a la luz del sol. Pronto el peso y el tacto a través del envoltorio le hicieron saber de qué se trataba.

Desató con cuidado el cordel que lo ataba y desprendió impaciente la tela que lo envolvía.

Y entonces, enfundado en una vaina de cuero, surgió el resplandor de un sable. Sentía las emociones a flor de piel y los ojos se le humedecieron. Acarició la empuñadura con suavidad; era sencilla, pero elegante y bonita. Parecía de madera, porque estaba envuelta en ligeras tiras de cuero.

Extrajo el sable de la vaina y la hoja se deslizó suavemente con un leve susurro. Era nueva y parecía recién forjada. La sostuvo con firmeza. El peso era el mismo de la vieja espada con la que había practicado. Sintió que la unión con su brazo era perfecta, la distribución del peso era equilibrada. Lanzó un par de mandobles y la hoja fluyó ligera y flexible emitiendo un ligero siseo al cortar el aire.

Se fijó en la hoja, bajo la empuñadura había una serie de inscripciones grabadas en el acero: *An 1810, Vitoria, F.M.* Había sido forjada aquel mismo año.

Era un regalo de Roman.

Los días siguientes transcurrieron tristes. La luz del sol no brillaba y el paisaje que les rodeaba parecía más gris. Julián apenas abandonaba la casa torre, y permanecía la mayor parte del tiempo contemplando desde la *loggia* cómo la tierra se desprendía de la nieve caída y dejaba al descubierto un barro sucio. En ocasiones, las montañas blancas mostraban una visión bella, pero los ojos de Julián no querían apreciarla, ellos solo se centraban en la nieve cercana que ya se derretía, desprovista de su hermosa virginidad.

El sable que le había regalado Roman permanecía en su vaina y aunque sentía que debía agradecérselo y disculparse por la dureza de sus palabras, la distancia que se había creado entre ellos, de algún modo, le impedía hacerlo. Las conversaciones junto a la chimenea habían desaparecido y cuando, por necesidad, debían cruzar alguna palabra, su tío se mostraba frío y escueto.

Cuando no bajaba en busca de la compañía de *Lur*, Julián pasaba las horas en la biblioteca, matando el tiempo y releyendo una y otra vez el único libro que había podido salvar el día que perdió su hogar: el VII tomo de *La República* de Platón. El favorito de su padre.

Un pasaje de aquel escrito, concretamente el mito de la caverna, albergaba un significado especial para él. Le traía buenos recuerdos de su infancia, recuerdos de satisfacción y felicidad. Aquellos días de tristeza y arrepentimiento, Julián pensó mucho en tiempos pasados.

Cuando Franz y él se quedaron solos tras las pérdidas de Isabel y de Miguel, ambos intentaron salir adelante apoyándose mutuamente. Julián sabía que su padre se dejaba la piel a diario procurando concederle la vida más feliz posible.

Fue en aquella época cuando su padre comenzó a organizar tertulias en la aldea. Julián recordaba aquellas tardes maravillosas los domingos después de la celebración de la misa en las que todos los vecinos de la aldea e incluso de otras cercanas venían para merendar pan con chorizo y charlar animadamente. La plaza de la aldea se llenaba de gente; su padre era un gran orador y siempre era él quien iniciaba la tertulia. Hablaban de cosas sencillas y cotidianas, de sueños y fantasías. A ese respecto, disfrutaban rememorando pensamientos acallados por las labores del día, por la cruda realidad de muchos en la dura vida del campo.

Siempre se quedaban hasta el anochecer, sentados en torno a un fuego, hablando de fábulas e historias donde sus protagonistas cumplían sus sueños. Todos acababan cayendo en las redes de aquellas fantasías, metidos de lleno en aquellos mágicos mundos poblados de seres fantásticos y personajes heroicos; mundos que, por un momento, bajo los cielos estrellados de aquellas cálidas noches de verano, parecían ser la única realidad existente, lejos de las penurias y la pobreza que a veces traía la vida en el campo.

Todos allí tenían sueños y desdichas que compartir y, con el tiempo, aquel sentimiento de complicidad comenzó a aliviar los sufrimientos más íntimos, haciendo que la cita de los domingos se esperara con ilusión.

Tras uno de sus viajes con Gaspard, Franz trajo el libro de Platón y una de aquellas tardes les contó por primera vez su historia, el mito de la caverna.

Como bien decía el título, la historia transcurría en una caverna. En ella se encontraba un grupo de hombres, prisioneros desde su nacimiento por cadenas que les sujetaban el cuello y las piernas, de forma que únicamente podían mirar hacia la pared del fondo de la caverna sin poder girar la cabeza. Justo detrás de ellos se encontraba un muro y, tras él, un pasillo iluminado por una hoguera junto a la entrada de la caverna. Por el pasillo, al otro lado del muro, circulaban hombres portando todo tipo de objetos cuyas sombras, gracias a la iluminación de la hoguera, se proyectaban en la pared que los prisioneros podían ver.

Para los encadenados, las sombras de los objetos que veían eran su única realidad, el único mundo que ellos conocían. Continuaba el texto proponiendo lo que ocurriría si uno de los hombres fuese liberado y obligado a volverse hacia la luz de la hoguera, contemplando así el origen de las sombras, los hombres que cruzaban el pasillo portando objetos. Después era llevado al exterior de la cueva y se cegaba por el sol, deteniéndose unos instantes para acostumbrarse a la intensa luz desconocida para él. Pero pronto abría los ojos y veía un mundo poblado de humanos, árboles, lagos, astros y paisajes de todo tipo. Comprobó que sus ojos estaban hechos para ver con aquella luz y enseguida comprendió que él también pertenecía a ese mundo. Era un mundo real, verdadero, sin el cual las sombras que habían sido su propia realidad hasta entonces no hubieran existido.

La alegoría acababa con la vuelta del hombre a la caverna para liberar a sus antiguos compañeros. Les hablaba del nuevo mundo, del mundo real. Pero estos se reían de él. No le creían. Y todos se quedaban en su cueva, satisfechos.

El olor de las viejas páginas del libro hacía aletear los recuerdos de Julián, cuando estos se vieron interrumpidos por unos golpes en la puerta de la *loggia*. Cerró el libro y se recostó sobre su asiento. Solo podía ser Roman.

Y lo fue.

Cuando se abrió la gruesa puerta de roble, su tío se quedó en el umbral. Sus anchas espaldas cubrían prácticamente la cavidad entera y su mirada gris permaneció impasible durante unos instantes que a Julián le parecieron eternos. Lo observaba con la pipa en la mano, sin decir nada.

—Debemos emprender un viaje —dijo al fin. Su canoso mostacho se había movido durante un momento, pero volvía a quedarse quieto, silencioso.

Julián se reincorporó, sorprendido e impaciente al mismo tiempo.

—¿Adónde? —preguntó.

—Ya sabes adónde.

Lo sopesó unos momentos. Creía saberlo.

—¿A Cádiz?

Roman se llevó la pipa a la boca y aspiró su contenido con medida paciencia. Asintió con la cabeza.

—Antes quiero cerciorarme de algo —pronunció entre una bocanada de humo, con los ojos entornados—. El otro día se habló de una joven llamada Clara Díaz de Heredia. Estás enamorado de ella, ¿verdad?

Un halo de humo velaba los ojos de su tío, que lo observaban con serenidad. Sintió que una respuesta sincera luchaba por salir de su garganta. Pero le costaba. Pese a todo, sabía que Roman jamás le había mentido y su voz acabó fluyendo.

—Sí —contestó al fin—. Estoy enamorado de ella.

—Su boda se celebrará mañana —dijo entonces su tío—. Oí mencionarlo a una vendedora de tortas en el mercado.

—Su amor ya no me corresponde —musitó Julián un tanto abatido—. Ella decidió.

—¿Has pensado en qué le hizo decidir?

La pregunta lo pilló desprevenido, aunque supo responder porque se trataba de algo en lo que él ya había pensado con anterioridad.

—La riqueza y las comodidades de una vida segura, supongo... —reflexionó—. Algo que yo jamás podré proporcionarle.

Roman continuaba en el umbral de la puerta, entre humos que flotaban con calma.

—Diría que la joven Clara está sometida a una fuerte presión dentro de su familia... una presión que no la deja decidir por sí misma. —Se volvió a llevar la pipa a los labios—. Al menos eso parece —añadió sin desprenderse de ella—: la misma historia de todas las hijas nobles; desdichados matrimonios convenidos, repitiéndose desde tiempos pasados. Creo que deberías intentar cambiar esa historia, al menos por una vez.

—¿Y qué propones que haga?

—Creo que deberías plantarte mañana en el palacio de los Díaz de Heredia. Antes de la boda. Y hacérselo ver —sentenció su tío.

—¡Eso es una locura! —exclamó Julián.

Roman no se alteró lo más mínimo, más bien lo observaba con esa mirada sutil de quienes saben muchas cosas. Cada vez que lo hacía, Julián se incomodaba.

—Al menos inténtalo.

—Mi padre quiere algo de mí —masculló Julián—. Tú lo sabes, lo leí en la carta. Vayámonos a Cádiz y olvidémonos de eso.

—Tal vez lo que quiere es que luches por ella antes que por otras cosas.

Aquello último lo había dicho bajo, pero sonó muy fuerte en el interior del joven. Este guardó silencio e inclinó la cabeza.

—Ya no eres el mismo de hace un año. Has cambiado.

Los ojos del joven miraban al suelo, a las vetas de madera que se retorcían sin tocarse. Por su mente pasaba el mayor de sus temores, aquel que lo había atormentado durante meses. Si no era capaz de defenderse a sí mismo, si no era capaz de defender su propio hogar, ¿cómo iba a proteger a sus seres queridos? No quería atraer a Clara sin proporcionarle la seguridad que se merecía. Y más en tiempos de guerra, con hombres peligrosos buscando sus cabezas por algo que aún desconocía.

Durante el último año Roman lo había preparado duro y él se había esforzado con ahínco, luchando por desprenderse de aquella sombra que le acompañaba y no le dejaba soñar tranquilo. Pensamientos oscuros, había dicho. Hechos del pasado convertidos en pensamientos oscuros que le aprisionaban el corazón.

Había cambiado. Ya no se veía como un año antes, cuando le despojaron de su hogar ante sus impotentes ojos. Ya no era un muchacho indefenso. Por fin creía haberse hecho un hombre, por fin se veía capaz de decidir sus propios pasos. Había crecido medio palmo. Era más alto y fuerte, casi tan alto como Roman, aunque no tan robusto. Él era fino y delgado, pero sus músculos eran fibrosos y duros como piedras. Sus brazos se habían acostumbrado al peso del sable y habían ganado mucha fuerza. Su rostro se había endurecido bajo los interminables entrenamientos bajo el sol del verano y las ventiscas del invierno. Su pecho y sus espaldas se habían hinchado y sus piernas se habían hecho muy resistentes gracias a las exigentes posturas de la *danza*.

No. Ya no era un muchacho.

Su tío seguía mirándolo plantado en el umbral de la puerta.

Julián pareció vacilar. Decidió arriesgarse.

—Será difícil entrar, y más acercarse a ella... —dijo al fin.

Por primera vez en muchos días, su tío esbozó una sonrisa tras su poblado mostacho.

—No temas —mencionó—. Te estaré cubriendo las espaldas.

El general Louis Le Duc permanecía en lo alto de la colina mientras observaba las tres figuras que se acercaban a lo lejos. Una de ellas, la que caminaba forzosamente en medio, apenas alcanzaba con su altura la cintura de las otras dos.

Los ojos que tenía dispersos en las calles de la ciudad habían visto al joven Julián de Aldecoa aprovisionándose en el mercado tres semanas antes, acompañado de un hombre de mediana edad, robusto e imponente. Le Duc sabía de quién se trataba.

Era el miembro de la Cúpula al que aguardaron en el caserío Aldecoa un año y medio antes, tiempo que llevaba el joven desaparecido. De algún modo, había accedido a él librando la emboscada en el caserío. Si ahora se abastecían en la ciudad, no debían esconderse lejos.

Sus dos principales hombres arrastraban a su pequeña víctima agarrándola por los brazos. Croix mantenía una sonrisa exultante; Marcel, en cambio, mostraba un semblante severo, de quien está a disgusto y en desacuerdo con algo.

—No ha resultado difícil cazar a nuestra pequeña presa... —murmuró Croix una vez que se hubieron acercado.

Se detuvieron frente al general. La niña tenía las mejillas bañadas en lágrimas y sus piernecillas temblaban descontroladamente.

Mesié Le Duc se inclinó frente a ella hasta situarse a su altura. Contempló la dulce carita de la pequeña, la cual permanecía agachada y muerta de miedo, con los ojos clavados en sus diminutas abarcas.

—Hola, Miriam... —susurró el francés en castellano. Su voz sonó como un siseo—. Sabes por qué estás aquí, ¿verdad?

La niña no se aventuraba a levantar la cabeza. Permanecía quieta, temblando de miedo.

—No tienes que temernos —continuó Le Duc—. No si nos ayudas. ¿Vas a ayudarnos, Miriam?

La pequeña seguía sin moverse. El general se acercó un poco más y le alzó el mentón.

—Sabes lo que haremos a tus padres si no nos ayudas... ¿eh? —La niña comenzó a llorar y pedir que la dejaran irse. Le acarició la mejilla—. No queremos hacer daño a tus padres —continuó—. Sabes dónde se encuentra Julián, ¿verdad?

Miriam seguía llorando, pero se enjugó los mocos con la blusa y con manos temblorosas, extrajo un pequeño papel doblado del interior de sus gruesos calcetines. Se lo tendió al francés sin mirarlo a la cara.

—Oh... gracias, Miriam. Eres muy amable.

Louis Le Duc se reincorporó con el papel entre las manos. Lo desplegó mientras sus dos secuaces se acercaban para mirar.

El documento contenía un mapa detallado.

En él aparecía la Llanada en forma de cuenca, rodeada de montes, bosques y valles. En un extremo del mapa, a unas quince millas de allí, había una cruz. Se inclinó de nuevo sobre la niña.

—¿Cómo lo conseguiste, Miriam?

Ella vaciló, escondiendo la mirada.

—Se lo dio ese hombre a mi padre, antes de que se fueran. Yo lo vi.

—¿Y por qué se lo dio?

—Para que supiéramos dónde iban a estar. Por si necesitábamos su ayuda.

Le Duc esbozó una mueca de satisfacción.

—Ya los tenemos.

Miriam rompió a llorar mucho más fuerte que hasta entonces. Sabía que había traicionado a su mejor amigo.

21

Clara se miró al espejo. Le habían asegurado que estaba preciosa. Su vestido blanco la hacía parecer un ángel en palabras de sus donce-llas. Julieta aún se afanaba con las caídas de la cola y Bernarda le ter-minaba de retocar los bucles del cabello. Pero ella no veía belleza en aquel espejo cuyo marco relucía bañado en oro. No había brillo en su mirada, no había vida en sus labios. Aquel día, la belleza no estaba.

Habían pasado varias semanas desde que viera a Julián en el mer-cado. Antes de eso, con el paso de los meses, con la emoción y el re-vuelo de los preparativos de la boda, el recuerdo de lo vivido juntos se había vuelto borroso, lejano. Pero tras su encuentro fortuito los momentos pasados habían vuelto a aflorar, como si hubieran yacido escondidos en algún lugar de su interior, aguardando su vuelta. Su dulce voz, su mirada penetrante, sus cariñosas y cálidas caricias... habían vuelto. Habían sido recuerdos nítidos y brillantes, llenos de emoción y sentimientos que volvieron a despertar el dolor en su co-razón.

Era un dolor extraño, difícil de reconocer; era un dolor que le aprisionaba el pecho y no le dejaba respirar, un dolor que le desperta-ba el corazón cuando pretendía dormir, un dolor que la hacía suspirar en la soledad de la noche.

Clara lo había encontrado realmente apuesto en el mercado. Era más alto y fuerte, su pecho y sus hombros parecían más amplios bajo su camisa. Su rostro se mostraba más afilado y endurecido, con los pómulos y el mentón definidos en líneas rectas bajo una fina barba, dotándole de un aspecto salvaje que lo hacía sumamente atractivo. Por un momento, cuando le acarició la mejilla, la joven había sentido el aguijón del deseo. Había anhelado repetir la experiencia del bosque, había ansiado volver junto a él al amparo de aquel árbol mágico.

Después de aquel encuentro, su actitud ante los preparativos de la boda había cambiado por completo. De emplear las tardes planeando la ceremonia y la mudanza al palacio del general Louis Le Duc asesorada por sus doncellas y su madre, había pasado a vagar ausente por los pasillos y los jardines de su casa haciendo caso omiso de las preocupaciones de Eugenia.

Esta lo había organizado todo, ella y el servicio de la casa se habían ocupado de los invitados, de los banquetes que durarían dos días, de la comida y las ornamentaciones. Había gran expectación en la ciudad. Clara sabía que se trataba de un punto de inflexión en su familia puesto que, de consumarse el matrimonio, todos los problemas económicos que la azotaban habrían desaparecido. Aquella era la razón del nerviosismo que mostraban sus padres, deseosos de que llegase por fin el día señalado.

Clara siempre había soñado con el día de su boda, imaginándoselo como el más feliz de su vida. Pero, en aquel momento, ante el espejo tocador de sus aposentos, no podía engañarse a sí misma. Era incapaz de esbozar una sonrisa, no le salía, no tenía fuerzas, no tenía ilusión.

Sus pensamientos volaron cuando oyó la preocupada voz de Julieta.

—No le veo muy buena cara, señorita. ¿Se encuentra bien?

Miró a su doncella a través del espejo.

—Julieta, querida, haz el favor de buscar a mi tío Simón y dile que venga.

Minutos después, fray Simón entraba por la puerta elegantemente ataviado. Vestía de negro y lucía la insignia de su orden clerical. Cerró la puerta tras él y ambos se quedaron solos. Su aspecto se contrajo al acercarse a su sobrina.

—La berlinga llegará enseguida y nos conducirá a la iglesia —dijo mientras arrastraba una silla para sentarse junto a ella—. Cuéntame qué sucede, Clara. Veo tristeza en tus ojos.

La joven apretó los labios pintados de carmín colorado. No quería llorar.

—No sé si estoy haciendo lo correcto... —musitó.

Fray Simón le tomó ambas manos.

—¿Y qué es lo correcto?

Clara intentó serenarse, tenía los ojos brumosos.

—No es como esperaba... Siempre soñé con este día y ahora me embarga el dolor. Jamás me he sentido tan anclada a la tierra, tan atrapadas mis alas.

Simón asintió en silencio. Aquellas palabras solo albergaban sentido para ellos dos; desde pequeña había soñado con volar, con desplegar sus alas y escapar de casa para surcar los cielos, libre de ataduras.

—¿Recuerdas la última vez que volaste como un pajarillo cantarín? —le preguntó su tío.

Revivió entonces algunos momentos de su infancia, las excursiones que realizaba con su tío y su padre, los encuentros con Julián... Los recuerdos dibujaron un fino arco en sus temblorosos labios. Asintió con la cabeza.

—En ocasiones me he dejado guiar por un impulso, sintiendo que era lo que necesitaba en ese preciso instante... aunque no fuera lo correcto. Entonces sí que he volado —murmuró.

Simón aún le sostenía ambas manos y se las apretó con fuerza, Clara lo miró a sus sabios ojos.

—Ese impulso que sentías era tu corazón hablándote —dijo el clérigo con firmeza en la voz—. Escúchale a él y solo a él, querida mía.

La joven se quedó consternada, su tío jamás alzaba la voz, pero tras ella residía un tónico embriagador que lo dotaba de una fuerza serena e implacable al mismo tiempo.

—No puedo defraudar a mis padres... —declaró, soltándose de Simón y tapándose el rostro—. No puedo.

Su tío la atrajo hacia sí mientras la joven convulsionaba débilmente.

—Si te equivocas no será el fin del mundo —le susurró mientras le acariciaba el cabello castaño con cariño—. A veces el destino obliga a elegir un camino, aunque no sea el momento propicio para ello. Pero aunque la vida parezca reducirse a pocos caminos, siempre asomarán senderos inesperados que podrás recorrer. La esperanza es lo último que has de perder, querida mía...

La joven sintió cómo su tío la abrazaba con fuerza y tras unos instantes se desprendía de ella con elegante sutileza, levantándose a continuación y acercándose a la puerta. Clara no había comprendido del todo sus palabras, pero por alguna razón las recitó en su mente con la intención de memorizarlas.

—Te esperaré abajo... —le oyó decir—. Estaré junto a ti, querida. No temas...

La puerta se cerró y Clara se quedó de nuevo sola, sumida en el silencio y con el rostro cubierto por ambas manos. Pronto se la llevarían a la iglesia donde centenares de personajes ilustres y poderosos del reino y sus alrededores aguardaban su llegada. Aquella idea hizo que una punzada de nerviosismo le azotara la boca del estómago.

El azote de los nervios se intensificó aún más cuando la puerta volvió a abrirse. Pensó que serían sus doncellas para acompañarla al carruaje y continuó como estaba, negándose a enfrentarse a la realidad que la asolaba. La puerta volvió a cerrarse y una voz conocida hizo que el corazón le saltase de sorpresa.

—Clara...

La joven alzó el rostro. No daba crédito a lo que sus ojos le estaban mostrando.

Su firme mirada parda le atravesó el alma. Era Julián.

La contemplaba, admirado.

—Estás... preciosa —musitó.

No era la primera vez aquel día que se lo decían; pero sí la primera en que aquella palabra provocaba una sonrisa en sus labios. La intensa emoción le había paralizado el habla y los pensamientos.

Julián tampoco aparentaba saber cómo actuar y ambos se quedaron un momento en silencio, contemplándose en la distancia. Clara perdió la noción del tiempo mientras recorría con la mirada el aspecto y la figura del joven. Llevaba la camisa remangada bajo el chaleco de su padre, con un pañuelo rojo anudado al cuello. Sudaba y aún respiraba con fuerza dado el esfuerzo hecho para escabullirse dentro del palacio y llegar hasta allí. Clara pudo apreciar el movimiento de su poderoso pecho y el brillo en el sudor de su curtida piel...

—Quería intentarlo... aunque comprendo que se trate de una misión imposible.

Se levantó de su asiento empujada por un impulso repentino. No pensó en nada, no pensó en que podían abrir la puerta en cualquier momento.

Se abalanzó sobre Julián.

Y entonces se dejó llevar. Dejó que este la envolviera y la abrazara con fuerza. Sintió su calor y la protección de sus brazos. Quiso quedarse allí, acurrucada para siempre. Después, sintió cómo los labios de ambos se encontraban y aquella profunda sensación volvió a sacudirle el cuerpo entero. Julián la abrazaba con ansia y la besaba en una entrega absoluta, sentía que toda su alma, todo su ser, se volcaba hacia ella en aquel interminable beso. Las lágrimas asomaron a los ojos de la joven, era una sensación demasiado maravillosa, demasiado intensa y real como para no aferrarse a ella para toda la vida.

—No quiero perderte... —lloró.

Se protegió la cara con ambas manos y la apoyó en el pecho de su amado. Este la volvió a abrazar, en silencio.

—Huye conmigo —le soltó él con desesperada determinación.

Las lágrimas de Clara remitieron y alzó el rostro, él la miraba. Pudo apreciar el brillo de sus pupilas, la intensidad de sus ojos pardos... la sinceridad de sus palabras. Lo decía en serio.

Unos golpes en la puerta acabaron con una magia extraordinaria, habitual en los cuentos y fugaz en la vida.

La respiración de ambos se cortó de golpe. Julián la soltó y se abalanzó sobre la puerta en el momento en que la manilla giraba. Los hombros del joven retuvieron la hoja de madera y desde el otro lado no pudieron abrirla. Se oyó una exclamación de sorpresa. Después, vinieron unos golpes sobre la puerta y más tarde unos gritos de alerta.

Julián tenía la espalda apoyada sobre los listones de madera y empujaba con las piernas. Miró a Clara con los ojos muy abiertos y señaló hacia el escritorio embutido de marfil que había junto a la ventana.

—¡Acércalo!

Por un momento Clara se vio paralizada, pero el determinante insistir de Julián la hizo moverse. Corrió hacia la ventana y comenzó a empujar el pesado escritorio. Lo arrastró por la habitación dejando tras de sí unas pronunciadas marcas en el barnizado suelo de madera. Apenas le quedaban cuatro pasos cuando unos tremendos golpes convulsionaron la puerta y el cuerpo de Julián.

—¡Vamos! —la instó este.

Consiguieron empotrar el escritorio contra la puerta. Cuando Julián se hubo liberado, corrió hacia un baúl forrado de cuero donde las doncellas habían guardado todos los cofrecillos de los aceites, los frascos de fragancias y el resto de los utensilios que componían el tocador de cada mañana, dispuesto para la mudanza.

El baúl era robusto, de nogal, y pesaba mucho. Julián lo levantó con cierto esfuerzo y Clara le ayudó a disponerlo sobre el escritorio.

Unos nuevos golpes sacudieron la puerta y se oyeron gritos al otro lado.

Clara dio unos temerosos pasos hacia atrás, con la aterrada mirada clavada en los listones de la puerta. Julián la tomó de la mano y la miró a los ojos. Su serenidad calmó a la joven.

—Dejemos este lugar. —Y la volvió a besar.

Más golpes retumbaron en la habitación acompañados de un chasquido de astillas al romperse. Julián se desprendió de ella para acercarse a la ventana.

Las embestidas se sucedían cada vez más fuertes hasta que la puerta comenzó a resquebrajarse. Se oyeron gritos al otro lado, gritos en francés. Eran los guardias que su prometido había dispuesto en la entrada del palacio.

—¡Están golpeando con una maza o un hacha! —exclamó Julián mientras abría los ventanales del aposento. Estos daban a la muralla interior de la ciudadela alta, a un caño trasero de poco tránsito—. ¡Pronto la derribarán!

Clara vio cómo Julián asomaba por la ventana y miraba hacia abajo. Dio un silbido y en pocos instantes apareció el extremo de una cuerda volando desde la calle y entrando por la ventana. La amarró. Era robusta y resistente, tiró de ella y la ató al armazón de la cama. Volvió a asomarse a la ventana e hizo una señal. Alguien tiró desde el otro lado y la cuerda quedó tensa.

En la puerta volaron astillas y un agujero se abrió en la madera, asomando de él unas manos que empezaron a empujar el escritorio al tiempo que alguien sacudía la puerta con violentos empujones. Los guardias gritaban y de fondo Clara oyó la voz de su madre instándole a que abriera.

Tras comprobar la seguridad que les proporcionaba la cuerda, Julián la tomó de la mano.

—¡Vamos! ¡Es nuestra oportunidad!

Clara no se movió. Miraba al cielo azul tras la ventana. Miraba a su libertad. Julián esperaba impaciente, sin soltarla de la mano.

—Será nuestra última oportunidad... —murmuró él—. Cuando te cases, ya no habrá marcha atrás.

Clara miraba al cielo y lo miraba a él. Los labios le temblaban. Se había quedado quieta, paralizada en una frontera entre dos mundos, entre dos caminos.

La puerta estaba cediendo. La iban a derribar de un momento a otro. Julián se soltó y se acercó al borde de la ventana. La miró por última vez.

—Te amo, Clara. Escucha a tu voz interior, no rechaces el camino que ella quiere para ti, no rechaces la oportunidad de ser feliz. Ven conmigo.

La puerta se abrió de golpe.

Clara ni siquiera se giró, solo se quedó allí quieta, flotando en la frontera, observando a Julián lanzarle una última mirada.

Oyó la voz de su padre instándole a que se apartara, pero ella no hizo nada.

Después se alzó el estruendo de un disparo, y tras la nube de humo Julián desapareció por la ventana. Desapareció. Varios guardias entraron en desbandada hacia el hueco que daba a la calle. Se asomaron y apuntaron hacia el exterior. Clara se había quedado clavada al suelo, ante ella los mosquetes de los guardias abrieron fuego.

Sintió unos brazos que la rodeaban y la sacaban de allí.

La iglesia estaba sumida en el más absoluto silencio. Todos observaban a la dama de blanco avanzando hacia el altar. De no haber sido por el velo que escondía el rostro de la novia, todos habrían visto el brillo de las lágrimas recorriendo sus mejillas.

22

El sudor brillaba en el lomo pardo de *Lur* cada vez que sus músculos se contraían.

Julián lo espoleaba con brío, clavando rodillas en los flancos mientras cruzaban a toda velocidad el Camino Real. El frisón negro de Roman cabalgaba a su lado y ambos caballos cabeceaban y piafaban por el intenso esfuerzo.

Julián miró atrás por enésima vez, continuaba sin ver nada.

—¡Creo que los hemos dejado atrás!

Roman se había inclinado ligeramente sobre su montura para reducir la resistencia que oponía el viento. Tras él, los arbustos y los árboles eran masas verdes que surcaban el aire como flechas, sin cesar. Negó con la cabeza.

—¡Será mejor no detenerse! —exclamó entre el rugir de los cascos—. ¡Resistamos hasta el desvío!

Julián concentró su mirada en el camino. Aún sentía escozor en el hombro, pero solo se trataba de un rasguño. La bala le había rozado la piel haciendo que cayera por la ventana y tuviera que amarrarse a la cuerda en el último momento. Roman le había esperado abajo, y cuando los franceses asomaron por el hueco de la fachada le había cubierto las espaldas con la eficacia de su fusil Brown Bess.

Tomaron el desvío que los sacaba de la Llanada y les conducía al valle de Haritzarre. Cuando hubieron recorrido media legua por el sendero redujeron la velocidad al paso. Al esfumarse la tensión de la huida, Roman miró a su sobrino con gesto preocupado, intuía lo que había sucedido.

—¿Te encuentras bien? —preguntó.

Desde que redujeran la marcha, la mirada se le perdía a Julián y cuando escuchó la pregunta, le costó alzarla, pestañeando varias veces antes de contestar.

—Sí —mintió, y se mordió la lengua hasta hacerse sangre. El rasguño del hombro no era la peor de las heridas.

—Cuando lleguemos al valle cargaremos las alforjas y nos iremos —informó Roman. Miró a su tío, se había desprendido del sombrero y su canoso cabello estaba recogido en una coleta.

—¿Rumbo a Cádiz?

Roman inclinó el mentón en señal de asentimiento.

—Antes de partir habré de contarte algunas cosas —le reveló entornando los ojos ante el polvo que levantaban las monturas—. Pero primero lleguemos a casa y comamos algo.

Cruzaron el cañón de entrada al valle. El cielo estaba azul, solo aisladas nubes bajas se resistían adosadas a las cumbres más altas.

Sus planes se vieron truncados cuando remontaron la última colina que los separaba de la casa torre. Ambos jinetes detuvieron sus monturas en lo alto del promontorio.

—¿Qué demonios...? —se extrañó Julián ante lo que veían sus ojos.

En el tronco de un olivo cercano a la casa había cuatro caballos anudados por sus riendas.

Roman recorría los alrededores con la mirada inquieta.

—Nos verán si permanecemos aquí. —Su tostada frente se había contraído—. Escondamos los caballos tras el cobertizo y recojamos todo lo que podamos.

—¿Quiénes serán?

Su tío señaló los cuatro caballos.

—Por el color de las cantimploras que cuelgan de sus arreos son monturas imperiales.

Julián sintió un nudo de nerviosismo oprimiéndole la garganta. Tragó saliva no sin cierta dificultad. ¿Eran sus perseguidores? ¿Cómo se les habían adelantado?

Con cuidado de no astillar ramas con las patas de los caballos bajaron por la colina y dejaron las monturas tras el cobertizo de madera, anudadas a una tablazón del tamaño de un brazo que sobresalía inclinada como una estaca. Julián acarició el lomo de *Lur* para tranquilizarlo, la presencia de monturas desconocidas lo había alterado y un relincho demasiado alto podría revelarles. Roman sacó las dos pistolas de sus arzones de piel y le tendió una a Julián. Aunque no hubiera practicado con ella tanto como con su rifle Baker, se consideraba hábil en su manejo.

Se cercioraron de que ambas pistolas estuvieran bien cebadas con la pólvora seca y después las cargaron con movimientos mecánicos y expertos. Julián comprobó los cartuchos de su cinturón y se secó las manos en el pantalón porque las tenía empapadas en sudor. Después suspiró para templar sus nervios. Roman, en cambio, parecía muy sereno.

—¿Estás preparado? —le preguntó su tío. Se percató de que lo miraba muy serio.

—Claro —respondió con firmeza.

Roman asintió y entonces, pegados a los muros de piedra, rodearon la torre atentos a cualquier sonido extraño que proviniera de su interior. Zarzas y flores salvajes nacían de entre las piedras y trepaban por los muros, obligándoles a tener cuidado de no cortarse. Julián prestaba atención a las saeteras y a las aperturas de la *loggia* que tenían sobre ellos, pero no veía nada. Tampoco apreciaba movimientos entre los árboles del bosque.

Alcanzaron la única puerta de entrada; con la mano derecha sosteniendo el arma en alto, Roman acercó la izquierda a la robusta hoja de madera y empujó para abrirla.

Tras un ligero chirriar, ambos entraron con las armas por delante. Julián apuntó a todas las esquinas y recovecos, a la escalera y al hueco del único ventanuco. No vieron a nadie.

—Vamos —le instó Roman con un susurro. Señaló hacia la planta superior.

Subieron los escalones con sumo cuidado de que no crujieran. Cuando alcanzaron la planta noble, esta parecía desierta, tal y como la habían dejado. Roman le señaló con el dedo hacia arriba, indicándole que subiera a la *loggia* para recoger su macuto.

Julián asintió y subió por la estrecha escalera con suma cautela. Lanzó un suspiro de alivio al ver que la estancia estaba vacía. No había signos de revuelo. ¿Dónde demonios se habrían metido?

Sin darse un respiro, dejó la pistola sobre la mesa, cogió su macuto y metió le escasa ropa que no llevaba puesta, la capa y el sombrero de ala que había llevado la noche del encuentro con V.G. Se cercioró de que la bolsa contuviera su hilo de coser, sus cordeles para hacer cepos, sus escasos reales y las hojas de papel que le quedaban debidamente dobladas. Después terminó guardando el manuscrito de Platón que yacía sobre el sillón.

Antes de marcharse recogió la pistola de la mesa y se la introdujo dentro de los calzones. Lanzó una última ojeada y sintió cierta nostalgia al contemplar su habitación, la *loggia*, aquella que le había acompañado durante los largos meses de estancia en el valle.

Sin permitirse más tiempo, cerró la puerta y salió a la escalera.

Al descender a la planta noble una exclamación de sorpresa lo detuvo. Alzó la mirada. En la desembocadura de la escalera que subían desde el zaguán, sobre el último escalón, había un soldado francés con el sable desenvainado.

Apenas pensó en sus movimientos. La mente se le había puesto en blanco, los sentidos sumamente despiertos. Para cuando quiso darse cuenta su mano derecha acariciaba el pomo de su sable. Bajó los escalones restantes con el macuto a la espalda y deslizó la hoja de la vaina con serenidad, sin temblores.

El francés tenía la casaca abierta y la nariz torcida; enseñó unos dientes amarillos e inclinó el cuerpo prestándose para el combate. Julián visualizó el encuentro en el espacio tan reducido del salón y meditó sobre el posible control de las tres partes de su contrincante.

El soldado avanzó unos pasos y al llegar a la altura de la cocina la silueta corpulenta de Roman apareció desde el lateral y se abalanzó sobre él.

El impacto fue tremendo y el soldado cayó derrumbado sobre el suelo de la sala. Con el golpe las alforjas de su tío habían salido despedidas, desparramando su contenido por el suelo. Julián vio cómo el francés se revolvía aturdido, buscando el sable que se le había escapado de las manos. Su tío apartó el arma con una patada y apoyó su enorme bota sobre el pecho del soldado. Se volvió hacia Julián.

—Espérame con los caballos.

Apenas le circulaba sangre en la mano que apretaba el sable. Se había quedado muy quieto, contemplando al soldado que se revolvía en un afán por librarse de su tío.

—¡Julián! —La voz de este lo despertó—. ¡Vamos!

El joven sacudió la cabeza un tanto aturdido. Al envainar su lámina de acero sintió una extraña vibración contenida. En cuanto dejó la sala noble y accedió a las oscuras escaleras, se percató de que su corazón estaba a punto de estallar.

Se dirigió a los establos del zaguán. Bajó por los escalones de dos en dos, dando saltos sobre el entablado. Las piedras del muro pasaban a su derecha muy brillantes y borrosas.

Enseguida se percató de que alguien más esperaba abajo.

Ese alguien era el hombre cuya sonrisa lobuna tantas noches había revivido. El hombre que destrozó las tinajas de su madre, el hombre que le arrebató su hogar, el hombre que le pinchó en el cuello y le hizo oler la muerte.

Croix.

Tenía la casaca abierta y el chaleco desabrochado a la altura del pecho, igual que aquella mañana. El sable estaba en su mano derecha, con la correa enrollada.

No se detuvo. Simplemente saltó hacia un lado cuando quedaban cuatro escalones por bajar. En el momento en que volvió a mirar a los ojos de aquella bestia, ya tenía el sable desenvainado.

El cruel soldado no pudo reprimir una mueca de sorpresa.

—*Olàlà...* —murmuró en francés con marcada ironía—. Un sable reluciente para el muchacho. Me voy a divertir con...

Julián no le dejó terminar la frase. Lanzó un mandoble a su costado izquierdo. Fue fugaz como un rayo, cruzó el aire en un suspiro y el francés lo detuvo a duras penas.

Croix sonrió y fue a decir algo, pero Julián no le permitió respirar, volviendo a propinarle dos nuevos sablazos, los cuales fueron detenidos en segunda con gran destreza. El francés no pudo evitar una cara de asombro ante el sorprendente ímpetu del joven, pero enseguida retomó su expresión habitual.

—¿Sabes cómo encontramos vuestro escondite, rapaz? —lo espetó con una horrible sonrisa en la boca cuando se hubo librado de la presión del joven—. Cogimos a tu amiguita de la aldea... la jovencita...

Julián abrió mucho los ojos y sintió cómo se le erizaban los pelos de la nuca. Croix se percató de la reacción del chico.

—Miriam creo que se llama... —añadió—. No tuvimos que presionar mucho para que hablara...

Un escalofrío le recorrió la espalda y un arrebato de furia le obligó a apretar los dientes para no gritar.

Una nueva finta cortó el aire con desesperada fuerza y Croix la bloqueó con facilidad. Julián volvió a intentarlo mediante la fuerza bruta en dos ocasiones más, pero con resultados nefastos. Sostuvo el sable con ambas manos y asestó un golpe con todas sus fuerzas. No consiguió desmoronar la defensa de su oponente. Gritó de rabia. Croix ni siquiera se inmutaba, era más fuerte que él. Le sonreía abiertamente, retándole.

El joven intentó serenarse y llamó a su mente, que yacía apartada. Dejó su macuto a un lado para que no le molestara. Respiró hondo y dejó que sus músculos se relajaran. Las pulsaciones bajaron un tanto, las piedras dejaron de brillar. No podría batirle así. Era imposible. El arma de su oponente era más gruesa y tosca, sus brazos, el doble de anchos.

Entonces, consciente de su ineficaz obstinación, resolvió cambiar de estrategia. Se aferró al control de su mente y se olvidó de todo, liberándose de cualquier emoción; las palabras y los insultos de su oponente dejaron de existir para él. Solo visualizaba el movimiento de sus propias piernas, la distribución de su peso y el equilibrio que existía entre su brazo y el sable.

Una extraña calma fue adueñándose de sus sentidos, la fuerza se acantonaba en sus músculos, presta para liberarse mediante pequeños sorbos y un trago definitivo en el momento oportuno.

Su oponente se había hartado de esperar y pasó al ataque. Bloqueó una directa estocada en tercera, a la altura del pecho; después hizo lo propio con otra en segunda que se dirigió al costado, dando un pequeño paso hacia atrás. Croix lo intentó varias veces más, amagando en quinta y atacando en vertical, directo a perforarle las tripas. Julián se escabullía mediante hábiles movimientos de pies, se arrodillaba y se apartaba con destreza cuando el filo de la hoja rasgaba el aire a escaso medio palmo.

Croix no tardó en impacientarse. Respiraba con cierta dificultad y sus ataques cada vez eran más desesperados. Julián enseguida comprendió que estaba perdiendo *el control de sus tres partes.* «Tendrás más fuerza —pensó—, pero mi control es duro como una roca y no podrás superarlo.»

Pronto empezó a descubrir descuidos en los flancos de su oponente. Se percató de que estaba repitiendo una secuencia anterior, supo que la siguiente vendría en tercera y por ello se hizo a un lado antes de tiempo. La estocada de Croix se adelantó y Julián le tomó el costado. Pudo ver la sorpresa en el rostro del francés.

Su sable rasgó el aire y la frente de su oponente; sintió la carne al cortarse, las gotas de sangre al salir despedidas, el alarido de dolor.

Croix soltó su espada y se llevó las manos a la cara. Julián respiraba con fuerza mientras veía cómo su oponente se retorcía de dolor. Podría rematarlo. Podría acabar con él...

Sumido en sus oscuros pensamientos, tardó en percatarse de que Roman bajaba por la escalera. Le agarró de la camisa.

—¡Salgamos!

Aturdido, recogió el macuto y siguió a su tío. Antes de abandonar el lugar, se volvió para observar cómo su oponente se retorcía de dolor arrodillado sobre un charco de sangre en la arena del zaguán.

Sus ojos tardaron tres pasos en acostumbrarse a la intensa luz primaveral. El grito de guerra lo había oído antes de eso, y para cuando pudo ver, Roman ya se batía en duelo con otro soldado en el prado que había ante la casa. Tras observarlos ejecutar dos secuencias, comprendió que su tío no tardaría mucho en vencerlo. Después de recibir dos decididas estocadas, el francés se vio obligado a retroceder, momento que Roman aprovechó para lanzarle el macuto a su sobrino.

—¡Prepara los caballos!

Recogió la bolsa cuando ambos oponentes se volvían a batir. Corrió hacia los caballos cuando vio la silueta de otro francés acercarse a Roman por su espalda. Se quedó de piedra. El soldado pisaba con sumo cuidado para no delatar su presencia. Cuando estaba a escasos diez pasos de Roman, hizo una señal a su compañero para que lo entretuviera de espaldas a él. Enseñó los dientes mientras desenvainaba su hoja con sumo cuidado; lucía unas patillas enormes y parecía veterano. Julián se había quedado a poca distancia, observando la escena. El veterano gabacho no le había visto.

Pensó en salir corriendo y defender a su tío. El soldado ya había extraído la hoja entera, y comenzó a acercarse mientras los duelistas se enfrascaban en una lucha lenta y paciente promovida por el francés. Julián comprendió que no llegaría a tiempo para interponer su sable.

Se palpó las lumbares con nerviosismo y tras un momento de tensión absoluta, acabó encontrando la pistola cargada. La alzó y la apuntó hacia el soldado veterano, que en aquel preciso instante le daba la espalda. Apuntó sobre su columna cervical. Al centro. Lo tenía a tiro, sería fácil, pues no estaría a más de treinta pasos... Acompasó la respiración como bien le había enseñado su tío. Relajó los músculos y se centró en el blanco. «Un tiro por la espalda —pensó—. Limpio y certero. No sopla el viento, no fallaré. Un tiro por la espalda...»

Su víctima levantaba la hoja de acero mientras Roman continuaba cebándose con el otro. Solo quedaban un par de pasos. Julián rozó el gatillo y visualizó el disparo. El hombre se convulsionaría ante el impacto y por un instante se quedaría inerte con los dos pies aún en el suelo. Se imaginó su cara de sorpresa y la sangre emanándole por la boca; para entonces su corazón ya habría dejado de latir... Sintió cómo su dedo índice se contraía y apretaba... «Un tiro por la espalda...»

No sonó ningún disparo. Solo un grito de terror, de desesperada impotencia.

—¡Roman! ¡No!

Su tío se volvió para mirarlo, pero lo que encontraron sus ojos fue un terrible sablazo surcando el aire en dirección a ellos.

Lo esquivó en el último momento.

Al no encontrar resistencia en el golpe, el soldado perdió el equilibrio y cayó de bruces. Roman se liberó de los dos franceses y corrió hacia Julián.

—¡Es el momento! ¡Huyamos!

Agarró a su sobrino por el cuello de la camisa y ambos corrieron hacia los caballos. Al alcanzarlos pusieron pie en el estribo y montaron bruscamente. Las bestias piafaban inquietas, prestas a salir veloces como un rayo. Julián guardó la pistola no disparada en el arzón y se pasó las riendas a la mano izquierda. No se dieron más tiempo. Espolearon salvajemente a sus monturas, clavando espuelas en los flancos e inclinándose sobre los largos cuellos.

Cabalgaron veloces como flechas, surcando el aire, remontando la colina. Se oyó un disparo y una bala pasó silbando sobre sus cabezas. Pero nada más.

Enseguida se alejaron de allí, se alejaron del valle, de la casa torre. Se hizo el silencio, solo quebrado por el estruendo de los cascos retumbando en el camino.

Julián lanzó una mirada a su tío. Aún seguía inclinado mientras sacudía las riendas de su frisón, sus ropajes ondeaban al viento. Por un momento le cruzó una imagen por la cabeza, una imagen fugaz pero muy nítida. Vio a su tío inerte sobre el lecho de hierba, con ambos soldados riendo junto a él. Y se vio a sí mismo, sosteniendo la pistola todavía cargada.

El sol estaba rojizo cuando el general Louis Le Duc llegó al lugar de los hechos. Ante el asombro de los invitados, se había ausentado del banquete, informando de que estaría de regreso para la noche de bodas.

La emboscada se había saldado con resultados nefastos. El soldado Franceaux, amordazado; Croix, con un horrible tajo en la cara, y los dos objetivos en cuestión habían huido. Marcel, que lo había acompañado desde Vitoria y no había participado en la emboscada, salió de la torre y se acercó con un sobre en la mano.

—Hemos encontrado esto sobre el suelo de la planta noble, *mesié* —le informó tendiéndoselo—. Franceaux ha dicho que se le cayó a uno de ellos cuando se abalanzó sobre él.

—La carta va dirigida a Roman Giesler —continuó explicando—. Es su tío, señor. El hermano de Franz Giesler y el otro hijo del maestro.

—Sé quién es —le cortó Le Duc con aspereza.

Alguien entre los soldados que le rodeaban avistó movimiento en el bosque y ordenaron que se acercase el escuadrón de húsares que les había acompañado como escolta. Aquella zona no era transitada y podía albergar peligros para las tropas imperiales.

Cuando los jinetes aseguraron la zona, el general francés abrió el sobre y lo leyó sin apenas inmutarse. Sus ojos se movían con rapidez saltando de línea en línea. Su expresión se mantenía erguida, inmóvil como una estatua. Solo se alteró durante un instante, apenas perceptible para alguien que no mostrara suma atención. Por supuesto nadie lo hizo, ni siquiera Marcel, que estaba junto a él. De haberlo hecho habría podido apreciar cómo sus ojos se oscurecían al igual que una noche sin luna.

A pesar de ello, todos contemplaron su mano derecha arrugar el papel con rabia.

—Se dirigen a Cádiz... —murmuró.

—Pero eso es territorio enemigo, *mesié* —le atajó Marcel con sumo cuidado—. Las tropas imperiales aún no han conseguido tomarlo.

El general apretó los dientes y no dijo nada. Contempló la torre que ya se alzaba como una sombra en mitad del valle. Se paseó por la explanada de tierra que había entre la casa y el bosque. Sus botas negras de ternera crujían con cada paso, su sable, colgado del cinturón sobre sus pantalones negros de gala, relucía cada vez que la luz rojiza del atardecer se reflejaba en la lámina de acero.

Una vez más se le habían escapado. Sus mandíbulas se contraían con fuerza cuando se volvió para mirar hacia la torre.

—Quemadla —fue lo único que dijo.

No se marchó hasta que sus ojos volvieron a arder ante el reflejo de las llamas.

23

Las dos siluetas observaban desde la protección que daban los árboles. A unos cien pasos de distancia, un aldeano vigilaba el camino que pasaba ante su casa; estaba de pie, con la espalda apoyada en el muro de su humilde hogar. Del interior salió una niña larguirucha, y tras cruzar unas palabras con su padre, se puso de puntillas y le dio un beso en la mejilla. Después, volvió a la casa.

—Ahí está —murmuró Julián apoyado en el tronco de una encina—. Parece todo tranquilo. Seguramente, Miriam se retira a dormir.

Tras abandonar el valle de Haritzarre al galope y relajar espuelas dos leguas después, Julián había insistido en acudir a la aldea. Después de lo que le había dicho Croix, quería asegurarse de que Miriam y su familia estaban bien.

—¿Seguro que no deseas acercarte?

Permaneció en silencio, contemplando la casa de labranza. En la huerta, empezaban a asomar hortalizas.

—No —dijo al fin—. Podemos irnos.

Montaron en los caballos y rodearon la aldea a cierta distancia por el norte, entre colinas y campos embarrados. Después, torcieron hacia el sur y se encaramaron a las montañas. El único paso que las cruzaba en aquella zona era el collado del pico Zaldiaran. Debían atravesarlo para dirigirse hacia la meseta castellana.

Las monturas avanzaban en silencio, cada jinete sumido en sus pensamientos, solo mezclados con el suave zumbido del viento ondeando la hierba. A lo lejos, un rebaño de ovejas era conducido por su pastor al refugio antes de que cayera la noche. En la distancia, el prado grisáceo que atravesaban parecía morir bruscamente en las faldas de las montañas. Sin embargo, pronto encontraron el camino que conducía al paso que les permitiría atravesarlas. La vía era lo bastante ancha para una carreta, pero las nieves del invierno la habían herido de baches y hoyos muy profundos y cualquier eje de carromato hubiera podido partirse por la mitad.

El camino serpenteaba por la montaña a lo largo de dos leguas y media. A medida que subían se volvía más angosto y oscuro, discurriendo entre robledales, prados y pinares que cada vez eran más espesos. Pronto les invadió un aroma fresco y dulce, proveniente de alguna zona de pasto que debía de haber por allí, en algún lugar tras la oscuridad de los árboles que les rodeaban.

Comenzaba a anochecer y salieron de la ruta para adentrarse en los tupidos bosques del alto, resolviendo acampar en el primer claro que encontraron. Era una zona bastante llana, rodeada de zarzales y arbustos, y desprovista de raíces incómodas.

Julián despojó a *Lur* de sus arreos y tras organizarse con Roman, fue en busca de agua. Ya desde el campamento se oían las aguas corretear por un surco, por lo que no tuvo que alejarse mucho para llenar las cantimploras. Al volver, su tío estaba cavando un pequeño hoyo en la tierra en el que había amontonado un puñado de ramitas secas. Cuando el fuego prendió, sus llamas quedaban escondidas bajo tierra, de manera que no se pudieran ver desde el camino cercano.

Enseguida les impregnó el olor a leña y el fuego calentó sus rostros. Cenaron una sopa de pan hervida en vino, llenando sus estómagos directamente desde la olla. La acompañaron con unas manzanas frescas que Roman había recogido de la cocina. Apenas cruzaron palabras y al terminar se quedaron mirando el fuego. La luna llena proyectaba sobre ellos las largas sombras de los pinos que rodeaban el claro.

Roman encendió su pipa con las yescas de pino que habían sobrado. Dio varias caladas y se cruzó de piernas.

—Te he visto leer *La República* de Platón —dijo, señalando a las alforjas de *Lur*.

Julián dejó la ramita con la que se había entretenido removiendo las brasas.

—Fue un regalo de Gaspard —respondió.

Roman se había despojado del sombrero y chupaba su pipa entre halos de humo. Sonreía.

—¿Qué sucede? —se extrañó Julián.

—Veo que tu abuelo elegía bien sus regalos —comentó—. En el pasaje del mito de la caverna, Platón habla de un concepto universal que ha acompañado al ser humano desde sus orígenes: *la idea de los muros*. —Sus ojos grises se entornaron observando a su sobrino—. ¿Comprendes lo que significa eso?

El joven asintió, seguro de sí mismo.

—¿Te importaría explicármelo? —le pidió, entonces, su tío.

Julián reflexionó unos instantes antes de responder.

—Según Platón —comenzó—, los prisioneros de la caverna representan a los seres humanos en su estado de ignorancia, viviendo engañados, encadenados tras un muro. Las sombras proyectadas desde el otro lado son las apariencias, lo que sus captores pretenden hacerles ver, hacerles creer que es la única realidad. Pero la realidad que hay al otro lado es otra; es el mundo tal y como fue creado para que los humanos lo habitáramos. Un mundo libre, repleto de seres vivos, animales, plantas, lagos, ríos, montañas y bosques.

Roman se había alisado el cabello, recogiéndoselo en una coleta.

—Los captores —continuó él entonces— conocen la belleza y la riqueza de ese mundo, y su avaricia les ha conducido a pretender disfrutarlo ellos solos, manteniendo engañados a los prisioneros de la caverna, haciéndoles creer que su vida consiste en mirar al frente, al muro donde se proyectan las sombras de una realidad distorsionada. Según Platón, el prisionero liberado representa el conocimiento, el encargado de guiar a los humanos engañados por el camino hacia la libertad.

Roman guardó silencio mientras posaba su serena mirada sobre Julián. Las llamas proyectaban sombras en su curtida piel, llena de arrugas y cicatrices.

—¿Recuerdas cuando hablamos sobre la Revolución Francesa? —le preguntó de pronto.

Hizo memoria. Su tío le habló de ella una tarde de finales de otoño, mientras volvían a casa tras cazar dos ardillas en el bosque.

Sucedió en el año 1789. Por entonces Francia estaba sumida en una profunda crisis. El poder de la Iglesia y del rey Luis XVI había creado un malestar general en el pueblo. Las guerras pasadas y los lujos de la corte menguaban en gran medida el tesoro real y los impuestos eran asfixiantes, haciendo que la gente tuviera que trabajar de sol a sol para poder pagarlos.

Mientras tanto, durante aquellos años había un pensamiento que se extendía, imparable, por toda Europa. Se trataba del movimiento cultural e intelectual conocido como la Ilustración. Los pensadores que lo impulsaron sostenían que la razón humana podía combatir la ignorancia, la superstición y la tiranía, construyendo así un mundo mejor. El XVIII fue el Siglo de las Luces, el siglo del conocimiento, de la creación de la Enciclopedia.

En el año 1789, Luis XVI convocó a los Estados Generales para conseguir fondos. El rey pedía nuevos impuestos, pero los diputados, cuya mayoría eran pensadores afines a la Ilustración, se negaron a tal medida y desearon cambiar la administración. Al no llegar a un acuerdo, el rey disolvió los Estados, rebelándose, de inmediato, los diputados. Quisieron derrocarlo y con tal pretexto, convocaron una Asamblea Constituyente con el objetivo de redactar una Constitución que modificara la organización de la monarquía francesa.

Ante la insubordinación, Luis XVI reunió a sus tropas y quiso tomar la Asamblea por la fuerza. Pero el pueblo de París, que conocía lo sucedido, se sublevó y tomó la Bastilla, la prisión de la capital. La rebelión quemó los castillos y asesinó a muchos nobles. El rey quiso escapar, pero fue detenido y más tarde, ejecutado.

Roman había aguardado pacientemente a que Julián hiciera memoria. El joven reflexionó, tratando de encontrar una relación entre ambas cuestiones.

—En cierto modo representa el mito de Platón llevado a cabo —terminó diciendo—. El pueblo se liberó del yugo que lo oprimía.

—No del todo... —murmuró Roman—. ¿Cuántas veces te he hablado sobre sublevaciones que han terminado en nada? ¿Sobre rebeliones del pueblo ante un opresor? ¿Cuántas a lo largo de la historia? La Revolución Francesa no fue la primera, ni será la última.

—Te refieres a que la Revolución Francesa fracasó como tantas otras, acabando en una dictadura militar...

Roman entornó los ojos y se inclinó ligeramente.

—La revolución derivó en una república. Pero, como tantas veces, surgieron fisuras entre los revolucionarios. Había dos grupos principales en disputa: los jacobinos querían otorgar el poder completo al pueblo; los girondinos eran burgueses con ciertos privilegios, no apoyaban a un rey con poder ilimitado, pero tampoco querían un pueblo con total libertad, puesto que temían perder sus propios privilegios ante un movimiento popular desatado. Con el tiempo, el poder de la república fue disipándose y el pueblo dejó de creer en aquellos diputados que discutían continuamente. Y fue en esa coyuntura cuando Napoleón, que por aquel entonces era un general exitoso por sus campañas en Italia, aprovechó la situación para dar un golpe de Estado.

—Se volvió a lo mismo —intervino Julián con cierto desánimo—.

La rueda continuaba girando y volvíamos a estar abajo, en el suelo.

Roman dio una nueva calada a su pipa.

—Las ideas de la Ilustración influyeron en la revolución, pero en la que se dio en la Asamblea, entre los diputados. Cuando en las calles el pueblo se alzó y tomó los castillos, lo hizo porque tenía hambre y quería su trozo de pan —expulsó el humo—. La verdad era que ellos desconocían esas ideas revolucionarias que corrían en los libros y en las tertulias de los intelectuales. ¿Cuántos herreros saben leer? ¿Cuántos campesinos saben escribir su propio nombre?

El joven guardó silencio; Roman tenía muy abiertos los ojos, fijos en su sobrino.

—El pueblo se rebeló porque sufría —continuó—. Pero no sabía lo que buscaba, solo quería aliviar su sensación de ahogo, sobrevivir y dejar de pagar impuestos para costear guerras que no terminaban de entender. Nadie les había hablado de las enormes riquezas que se repartían entre los poderosos y a las que ellos, por derecho, también podían optar. ¿Acaso iban a saber que, mientras ellos sufrían por un puñado de reales, en los castillos los nobles y la corte derrochaban el dinero de sus impuestos en caprichos y banalidades?

—El mundo del labrador se reduce al agotador trabajo del día a día, y no permite mirar más allá —mencionó Julián.

Roman sacudió la cabeza y lo señaló con la pipa con entusiasmo.

—En efecto, y tiene que haber alguien que le haga aventurarse a alzar la cabeza para cuestionarse las cosas. La revolución fracasó porque la verdadera fuerza, que es la del pueblo unido, no existió. Nadie les había hablado de aquello a lo que podían optar tras el muro.

—Lo mismo que mencionaba Platón —intervino Julián—. El resto de los prisioneros no creyeron al hombre liberado cuando les habló de lo que había al otro lado. La misma brecha que se creó entre los ilustradores y el pueblo.

Roman lanzó un suspiro al aire, al cielo nocturno.

—Los humanos somos seres de costumbres, nos gusta repetirnos.

Se quedó mirando al cielo, a la luna llena que se recortaba entre las ramas de los árboles. Julián hizo lo mismo, hasta que la voz de su tío volvió a oírse.

—Verás —dijo—, hace mucho tiempo, años después de la revolución, alguien decidió inculcar en el pueblo la creencia en la existencia de esas libertades, de ese mundo tras el muro, de esos derechos de todo individuo. Pero, para infundir esa idea se necesitan años de trabajo y de sacrificio. Años para extenderla, para hacerla llegar a todos los rincones, a cada villa, a cada aldea, a cada hogar. La Revolución Francesa derivó en una dictadura militar, pero para algunos supuso una prueba, un experimento en el que se pudieron apreciar los errores que la llevaron al fracaso.

»Se empezaron entonces a organizar una serie de cónclaves secretos, reuniones clandestinas entre un grupo de hombres y mujeres con una visión amplia, fervientes creyentes de la existencia de un mundo mejor. Estaban resignados por el final de la Revolución Francesa, pero albergaban la ilusión y la fuerza necesaria para volver a intentarlo, y en aquella ocasión, lo harían habiendo aprendido de los errores.

»Lo realmente importante era que ellos conocían lo más esencial, y es que la verdadera fuerza reside en las masas, en el pueblo. Pero solo surge cuando este rema unido, en la misma dirección. De lo contrario, toda fuerza existente se anula con las demás. Lo que el pueblo piensa decide los pasos del mundo.

Julián sintió un ligero estremecimiento.

—¿A qué te refieres con eso?

—A la razón por la que tu padre y tu abuelo ya no están con nosotros.

El estremecimiento se convirtió en un escalofrío que le recorrió la espalda entera. La noche era silenciosa, solo se oía el crepitar del fuego y el ulular de algún búho.

—¿Que sucedería si en aquellos cónclaves clandestinos se hubiera puesto en marcha un plan oculto, perfecto, diseñado para llevar a cada hogar una misma idea a espaldas de los gobiernos?

Sentado en su tronco y frente a la hoguera, Julián titubeó.

—El mundo podría cambiar... Sería la verdadera revolución, la revolución del pueblo, del ser humano.

—Por primera vez, la inmensa mayoría nos aventuraríamos a salir de la caverna —sentenció Roman.

Julián guardó silencio tras sus palabras, y se quedó con la mirada perdida en el fuego, sumido en sus pensamientos. Al final, terminó por alzarla.

—Con ese grupo... te refieres a la Orden, ¿verdad?

Roman asintió.

—La Orden de los Dos Caminos.

El joven volvía a centrarse en el fuego.

—Se me hace difícil pensar en todo esto... me resulta difícil de creer. ¿Cómo es posible transmitir una idea a tantas personas y hacerlo de manera secreta? ¿Cómo es posible unir a tanta gente?

Roman había dejado su pipa a un lado para avivar el fuego.

—¿Cómo se extendió, en su día, el cristianismo? —dijo una vez que se hubo reincorporado—. Comprendo tu escepticismo, pero ten paciencia, cuando lleguemos a Cádiz podrás verlo con tus propios ojos y lo entenderás. Te lo puedo asegurar.

—Entonces —recordó Julián—, según ese tal Stephen Hebert, los principales miembros de la Orden están refugiados allí.

—La Cúpula está compuesta por personajes de cierto calado político... algunos son diputados y pueden influir en decisiones de Estado. Lo que allí está sucediendo es lo mismo que pasó en la Revolución Francesa; se está intentando redactar una ley, una Constitución. La Orden ha reunido todas sus fuerzas allí sabiendo la oportunidad que se presenta. Van a luchar porque no vuelvan a crearse fisuras; ni entre los diputados, ni entre la Constitución y el pueblo. Y gracias a su labor durante todos estos años, mucha gente sabe de la existencia de un mundo mejor, un mundo repartido entre todos.

Julián guardó silencio. Fruncía el ceño, pensativo.

—La función de la Orden es hacer el trabajo que no hicieron los ilustrados y los diputados de la Asamblea de 1789 —continuó Roman—. Y entonces esperar, esperar a que algo prenda la chispa como lo hizo la crisis francesa. ¿Crees que Napoleón ha invadido este país solo por sus ansias de conquista? ¿Cuál crees que es la misión de esos franceses que entraron en tu casa?

Julián se tomó un tiempo para contestar.

—Encontrar a los miembros de la Cúpula y aniquilarla.

—Exacto —afirmó su tío—. Es la única manera de poder acabar con la Orden. Por eso fueron a por Gaspard y luego a por Franz y ahora tras nosotros. Quieren acceder a una reunión de la Cúpula donde estén todos los miembros principales.

Roman aguardó una reacción de su sobrino, pero esta no llegaba.

—El Imperio de Francia abarca grandes dominios, y esa extensión preocupa al emperador. Teme revueltas y conspiraciones porque sabe que con sus conquistas hay razones para ello. Por eso domina a organizaciones como los masones, muchas de las cuales están compuestas por hombres ilustrados como los que se rebelaron en la Asamblea de 1789. También controla la prensa de los países que están bajo su dominio. Cuida mucho de lo que se pueda decir en contra de él. Ahora comprenderás su gran preocupación por lo que la amenaza de la Orden pueda suponer.

Julián sacudió la cabeza arrugando la frente.

—Pero ¿qué amenaza? Todo esto parece una utopía, un sueño.

Roman se inclinó sobre su tronco.

—El sueño de tu abuelo, Julián. —Los ojos le brillaron—. Gaspard fue el precursor de todo esto. Fue ese alguien que decidió destruir el muro y organizó los primeros encuentros tras el golpe de Estado de Napoleón hace once años.

Julián agachó la cabeza y no dijo nada. Roman insistió.

—Has vivido con esto durante toda tu vida, aunque sin saberlo, Julián. La clave de la Orden es precisamente eso, su invisibilidad, el parecer que no existe. Ya comprenderás por qué.

—¿Y por qué he de saberlo ahora? —exclamó el joven—. ¿Por qué mi padre se empeña en hacérmelo ver cuando nunca, ni él ni el abuelo, quisieron hablarme de ello? ¿Qué quieren ahora de mí?

Roman volvió a fumar de su pipa.

—Eso lo desconozco... —murmuró entonces—. Lo único que recibí de tu padre fue esa carta que leíste.

Julián se levantó y se sacudió los pantalones.

—Aún tengo muchas preguntas sin respuesta —dijo con aspereza.

Roman lo vio acercarse a los caballos para desatar las mantas de las sillas de montar.

—Aguarda, Julián —lo animó entonces—. Cuando lleguemos a Cádiz lo verás de otro modo.

El joven no dijo nada y extendió las mantas junto a la hoguera. La conversación se había terminado. Pronto solo quedó el crepitar del fuego y los sonidos del bosque.

Se sumergió en un sueño intranquilo en el que aparecían figuras sin rostro. Se movían borrosas ante él, emitiendo sonidos ininteligibles y desfasados, como si hablaran tras un velo. No supo a quién representaban hasta que empezó a llamarlas por su nombre.

Eran sus padres.

No podía verles la cara, y cada vez que intentaba acercarse, ellos se alejaban, desplazándose como fantasmas oscuros. Julián gritaba porque no podía tocarlos. Si corría, se alejaban más rápido y jamás los alcanzaba... Y él lloraba desconsolado, como un niño al que no le dejan jugar. Solo que en aquella ocasión, sus padres no acudieron a consolarlo.

Roman abrió los ojos. Aún era noche cerrada y hacía frío. Miró a su izquierda y vio el fuego extinguido. Al otro lado, donde debiera haber estado su sobrino, no había nadie.

Se levantó y tras comprobar que ambos caballos descansaban tranquilos, escrutó con la mirada entre las sombras de los árboles que rodeaban el claro. Entre ellos creyó ver una figura sentada sobre un tronco caído, protegida tras una manta y emitiendo nubes de vaho bajo una luna enorme.

Se acercó.

—¿Disfrutando de una noche de luna?

Julián se sobresaltó al verlo, pero no dijo nada. A Roman le pareció que sus mejillas brillaban.

—Todos tenemos fantasmas durante la noche —añadió entonces—. A veces viene bien compartirlos.

El joven guardó silencio hasta que un hilo de voz lo rompió.

—Ya no los recuerdo... —murmuró dolorido—. Ya no recuerdo el rostro de mis padres.

Roman se sentó junto a él.

—Tu padre tenía el pelo negro y unos ojos pardos muy intensos, como los tuyos. Sus rasgos eran afilados y atractivos. Pero hay más delicadeza en tus facciones... —calló, pareciendo recordar—. Esa delicadeza es de tu madre —dijo al fin—. Ella era muy bella. Cuando la conocí comprendí por qué Franz lo abandonó todo en Alemania.

Julián tragó saliva, de haber dicho algo, su voz hubiera temblado.

—Los recuerdos del pasado —continúo Roman— albergan cosas buenas y cosas malas. A veces queremos olvidar por miedo a las malas... pero corremos el peligro de perder lo que guardan las buenas.

Julián lo miró sorprendido. Su voz había temblado, había sufrido con las últimas palabras. Por un momento vio cómo la luna se reflejaba en sus viejos ojos grises, y se convertía en una gota blanca que no llegó a caer.

—Gracias por el sable —le dijo él entonces.

Roman parecía haberse serenado y sonrió.

—Hoy has hecho un buen uso de él... —comentó.

Asintió con la cabeza, aunque no dijo nada. Aún pensaba en lo sucedido tras su combate con Croix. Aún podía ver a su tío tendido en el prado de hierba. Aún podía oler su incapacidad para apretar el gatillo. Su miedo.

—Roman... —murmuró entonces—. ¿Cómo es?

—¿Cómo es el qué?

Vaciló.

—Cómo es matar a alguien —acabó diciendo—, qué se siente cuando le asestas un golpe y sabes que lo has hecho. Cuando ves cómo su vida se apaga ante tus propios ojos...

Roman no se movió junto a él.

—En ese instante no sientes nada —declaró muy serio—. Cuando tu vida peligra es tu instinto el que prevalece. Al igual que tu adversario, no piensas, solo actúas para sobrevivir.

—Y luego, ¿cuando todo termina y sabes que has matado a alguien?

Roman desvió la mirada ante la pregunta. Sus ojos profundizaron más allá de la noche, parecían buscar en otros tiempos, reflexionaban.

—Haces lo mismo —sentenció—, no piensas en ello.

Dos ciudades. Dos mundos

Otoño de 1810 – Principios de 1811

24

La guerra duraba ya más de dos años y se encontraron un país envuelto en la miseria.

Desde la exitosa campaña de la *Grande Armée*, las tropas francesas volvían a dominar todas las regiones del territorio. A pesar de ello, a principios del año anterior, 1809, el Imperio austriaco había declarado la guerra a Francia y Napoleón se había visto en la obligación de abandonar la península junto con su ejército. Al mando había quedado el rey José I, que había vuelto a la corte en Madrid, y los generales franceses con sus tropas reforzadas, que, pese a no ser tan eficaces como el ejército personal del emperador, estaban bien armadas y retomaban su control sobre la península.

Con el mermado ejército español acantonado en Cádiz y habiendo huido los ingleses tras su furtiva incursión, los franceses volvían a tener el poder absoluto. Solo estaba ligeramente comprometido por la resistencia y la nueva amenaza política de Cádiz y el pueblo llano rebelado que, escondido en montes y bosques, continuaba tendiendo emboscadas a las columnas y correos franceses.

Tío y sobrino cruzaban una tierra envuelta en la más profunda desolación. El acantonamiento y los desmanes de las tropas imperiales estaban empobreciendo al pueblo. En las aldeas por las que pasaban apenas tenían comida que ofrecerles; los pucheros aguardaban vacíos, la olla, aguada, el ganado, famélico y enfermo, y las cosechas, menguadas tras las requisas. La mayoría de los campos de labranza permanecían destrozados o abandonados por falta de manos para trabajarlos.

Los aldeanos los recibían temerosos, con rostros marcados por la hambruna y el miedo clavado en sus hundidas miradas. Apenas había jóvenes, puesto que la mayoría habían acudido a la llamada patriótica de las partidas guerrilleras que cada vez eran más cuantiosas.

Pero no solo vieron temor en los ojos de la gente. Había otro sentimiento más generalizado, un sentimiento de odio, profundo como los abismos de la muerte, dirigido hacia los invasores y todo lo que estos representaban.

Los caminos eran inseguros y apenas los frecuentaban viajeros solitarios. Las pocas veces que se cruzaban con arrieros o correos, sus convoyes iban fuertemente escoltados. La mayor parte del tránsito estaba protagonizado por las tropas francesas; columnas de fusileros y granaderos a pie o escuadrones de caballería que se movían de un fortín a otro. Cuando coincidían con alguno se hacían a un lado del camino y aguardaban viéndoles pasar.

Lo más inquietante era cuando cruzaban una zona boscosa y los pájaros dejaban de cantar. El silencio se adueñaba del camino y notaban sombras moviéndose a ambos lados. Eran guerrilleros aguardando presas francesas.

Tras dos semanas de viaje, los dos jinetes avanzaban sobre sus monturas por un ancho camino de tierra seca y rojiza, muy propio de las altas tierras de la meseta castellana. Había una ligera brumilla que flotaba en los alrededores y que comenzaba a disiparse, dejando paso a un día soleado y caluroso.

Julián se había desprendido de la capa y la había enrollado sobre el pomo de la silla. Tenía la camisa remangada y el chaleco aún abrochado. Cuando el sol comenzó a elevarse desde el este se caló el sombrero de ala que llevaba atado a las alforjas.

Durante las largas horas de caminata de aquellos días, había procurado entretener sus pensamientos con cavilaciones sobre lo que les esperaba en Cádiz. Las últimas palabras de su padre permanecían cuidadosamente escritas en aquel papel doblado guardado en el bolsillo de su chaleco; si pretendía buscarles sentido debería empezar por el origen de todo. La Orden de los Dos Caminos.

El recuerdo de Clara solo le traía dolor, por lo que intentaba mantenerlo apartado de sus pensamientos. Sin embargo, al igual que aquel paisaje monótono, los momentos vividos con ella acudían a su mente con una desesperante obstinación, dejando tras de sí un rescoldo de tristeza que se iba adueñando de su corazón.

Atravesaban una zona poco boscosa y llana que se extendía hacia el horizonte, interrumpida de vez en cuando por pequeños promontorios de tierra rojiza. Apenas soplaba viento. Se oyeron gritos de aves extrañas a lo lejos, cuando Roman señaló hacia el suroeste.

Miró hacia allí y pudo apreciar una columna de humo alzándose al cielo tras una colina.

—Deberíamos acercarnos para ver de dónde proviene —propuso Roman—. Tal vez necesiten nuestra ayuda.

Ambos aligeraron la marcha y rodearon la colina. Las columnas de humo podían significar muchas cosas; en el norte podían ser carboneras, aunque Julián dudaba de que en aquellas tierras que atravesaban hubiera buena madera para quemar. Podía tratarse de una gran hoguera o de un incendio. En tiempos de guerra aquello podía significar un asalto a un poblado. No era la primera vez que oía de una aldea arrasada hasta los cimientos por las tropas imperiales. Deseó que no se tratara de eso.

Tras rodear la colina comprobaron que el humo provenía de una pequeña aldea que se asentaba al otro lado. No parecía estar arrasada pues se divisaban casitas intactas, aunque la columna negra era enorme. Lo que se estuviera quemando debía de serlo también.

Agitaron las riendas de los caballos y aumentaron el paso para acercarse.

El camino se adentraba por una callejuela del poblado. Las casuchas blancas estaban recubiertas de cal, con ventanucos diminutos y tejados de paja. Pronto redujeron la marcha.

La calle estaba desierta. Apenas se oían los revoloteos de gallinas de algún corral cercano, pero ni una sola voz humana, ni siquiera un ladrido de perro. Pronto una ráfaga de aire caliente les trajo el olor a humo y con él comenzó el escozor de los ojos y la garganta. A medida que se acercaban la columna de humo se hacía más grande, elevándose sobre sus cabezas y sobre los tejados de las casas en una inmensa nube negra.

La calle giraba ligeramente hasta desembocar en una plaza, donde pudieron ver el origen de la intensa humareda que se alzaba a los cielos.

Ante ellos yacían las ruinas de una iglesia, calcinada hasta los cimientos.

—Dios mío... —murmuró Julián.

Se oía el crepitar del fuego y el bajo e imponente rugir de las inmensas nubes negras emanando de las montañas de escombros. Centenares de bloques de piedra se amontonaban y de ellos asomaban vigas calcinadas, humeantes aún, inclinadas y atrapadas entre las piedras como estacas de madera.

—Ojo avizor... —advirtió Roman.

—¿Qué diablos ha sucedido aquí? —susurró Julián.

Su tío hizo un gesto para que guardaran silencio y escucharan.

Pronto distinguieron un débil murmullo que se unía al rugir de la hoguera y que provenía del otro lado, tras la montaña de escombros. Precavidos, resolvieron abrir los arzones de piel, dejando las pistolas a mano antes de rodear las ruinas. Se tornó entonces el murmullo en sonidos más definidos que fueron dando paso a profundos lamentos, gritos de desesperación y desconsolados llantos.

Se le erizaron los pelos de la nuca al ver a los lugareños reunidos en torno a un gran árbol de cuyas desnudas ramas pendían tres cuerpos inertes.

Varios hombres los estaban descolgando, desanudando las cuerdas de cáñamo desde lo alto de una gruesa rama. Julián se fijó en los rostros desencajados de los cadáveres, en sus ojos desorbitados y sus lenguas negras. Cuando los hubieron descendido, la gente se abalanzó sobre los ejecutados en un mar de lágrimas y lamentos. Ambos descabalgaron y se acercaron con cuidado de no llamar demasiado la atención. Preguntaron a un anciano que observaba algo apartado mientras negaba continuamente con la cabeza.

—Han sido esos malditos hijos del diablo —les relató—. Vinieron bien pronto por la mañana y nos acusaron de ayudar a una partida de guerrilleros que les acosa por estas tierras. Los muy bastardos nos sacaron a todos a la plaza a base de culatazos y seleccionaron a tres al azar...

Las palabras del anciano se vieron truncadas por la llegada de un grupo de hombres a caballo. Eran media docena y parecían aldeanos. Iban armados con escopetas de caza, trabucos y navajas, y arrastraban a un prisionero anudado a una soga que coleteaba tras los imponentes cascos de las monturas. Cuando se detuvieron, el pobre infeliz cautivo sangraba copiosamente de la boca y la nariz.

Dos hombres descendieron de sus caballos y desataron al prisionero, empujándolo al centro de la plaza.

—¡Ha sido él! —gritó uno—. ¡Él dio el chivatazo a los franceses!

Un hombre de mediana edad se adelantó entre la muchedumbre. No parecía un labriego, más bien un hidalgo; sus ropajes eran más elegantes y vestía a la antigua, con una casaca tradicional, zapatos de hebilla y un sombrero de tres picos. Julián pensó que tal vez fuera el alcalde del poblado.

Se acercó al pobre prisionero, que, arrodillado, lloraba como un bebé muerto de miedo.

—¿Es cierto lo que dicen, don Eustaquio?

Mientras contemplaban la escena, el anciano les contó que el prisionero poseía un horno en una aldea cercana y acudía semanalmente a vender sus panes. El hombre sollozaba, y a duras penas pudo decir algo:

—Ellos... ellos me obligaron.

—¿Qué le hicieron?

El hombre lloraba aterrado, se tragaba los mocos y los coágulos de sangre que le colgaban de la nariz rota.

—Sabían... sabían que una de las aldeas ayudaba a la partida del Empecinado —sollozó—, tuve que delataros. ¡Me dijeron que, si no, matarían a mi familia! —El hombre empezó a gritar—. ¡No tenía otra opción!

La muchedumbre, ávida de venganza, no le dio tiempo para excusarse más y se abalanzó sobre él gritándole como loca y propinándole patadas y puñetazos.

El alcalde hizo una señal y los dos hombres que habían descendido de los caballos lo sacaron del alboroto. Por un momento, Julián pensó que pretendían salvarle la vida. Sin embargo, lo llevaron a rastras por el suelo polvoriento. Tras los golpes recibidos, su cabeza colgaba inerte, casi inconsciente. Lo condujeron a un terreno llano fuera de la aldea, dejaron al infeliz en un rincón y le hicieron ver cómo cavaban un hoyo en la tierra. El hombre pareció despejarse y comenzó a gritar aterrado.

—¡No! ¡Por favor! ¡Tened piedad por el amor de Dios! ¡No me metáis ahí!

Mientras la gente le gritaba encolerizada, lo enterraron vivo hasta el cuello, dejándole la cabeza fuera. El pobre hombre la movía bruscamente, en un intento desesperado por zafarse. Entonces la multitud pareció callarse y se hizo a un lado, dejando paso a alguien que apareció desde atrás moviéndose con una heladora frialdad.

Era una joven de unos dieciocho años.

Julián se sorprendió ante su hermosura. Vestía un humilde mantoncillo de lana basta y una saya de rayas pardas cubriéndole de cintura para abajo. Tenía la cara formada en suaves rasgos y el cabello largo y brillante. Se quedó plantada ante la gente, y dirigió la vista hacia el pobre hombre. Julián sintió un ligero escalofrío al contemplarla. Sus ojos eran de un verde poco habitual que daba a su rostro un aspecto mágico, casi angelical. Pero había algo extraño en aquellos ojos; no brillaban, parecían vacíos, sin alma.

La joven sostenía una enorme bola entre las manos. Se acercó al prisionero con pequeños pasos y se detuvo a cierta distancia. Temblaba. Pero no parecía hacerlo de dolor, más bien parecía odio lo que impulsaba aquel movimiento descontrolado.

—La pobre Matilda... —les susurró el anciano—, recién unida en matrimonio con uno de los que han descolgado. Y dicen que está embarazada. Una verdadera lástima, señores, tal desgracia para una criatura tan bella, tan cercana a Dios...

La gente comenzó a gritar y a animar a la joven. En un silencio aterrador, esta cogió impulso y lanzó la bola con desesperación.

Falló.

El hombre lloraba y pedía clemencia. Le acercaron de nuevo la bola. Ella la recogió y volvió a lanzarla en absoluto silencio, pero con el odio inyectado en su helador ímpetu. Aquella vez acertó y se oyó un chasquido profundo. La cabeza del desgraciado se había roto. La gente empezó a aplaudir y a vociferar de emoción.

—¡A por los franceses! ¡Queremos más cabezas de traidores!

Roman agarró a su sobrino por el brazo.

—Vámonos de aquí. Hace tiempo que Dios abandonó este lugar.

La muchedumbre se arremolinó en torno al ejecutado; su cabeza colgaba del cuello en un ángulo extraño, como si solo estuviera sujeta a él por la piel. Antes de irse, miró por última vez a aquella joven. Se había quedado quieta entre la multitud alocada, con la mirada perdida en algún lugar cerca de la cabeza que acababa de arrancar.

Julián se apiadó de ella.

Poco después, cuando hubieron salido del poblado, Roman habló sobre lo que acababa de ocurrir.

—Jamás juzgues la acción de alguien sin haber comprendido las razones de sus actos. Sé que en ocasiones es difícil, pero al menos procura no hacerlo. Aquel desgraciado no era un afrancesado, solo un pobre hombre que, desesperado, cometió un error por salvar a su familia.

—Y esa gente del pueblo... —musitó Julián.

—La guerra extrae lo peor del ser humano —dijo su tío—. Desata una bestia que albergamos en lo más profundo y que solo aparece cuando la locura se adueña de nosotros.

—No juzgo a esa joven por lo que ha hecho, no era ella misma...

Roman desvió la mirada por el paisaje llano.

—Es duro ver ciertas cosas... —comentó. Había resignación en su voz—. A veces nuestra balanza acaba cediendo.

—¿Nuestra balanza?

Roman asintió.

—Tu abuelo solía decir que nos movemos por el mundo con una balanza en nuestras manos. —Las tenía dispuestas en el pomo de la silla y las alzó levemente mientras montaba relajado, con la mirada en el horizonte—. En un lado está nuestra felicidad y nuestros buenos pensamientos. En el otro nuestros peores sentimientos. Decía que la vida consiste en mantener el equilibrio entre los dos pesos. Pero a veces, un hecho grave en nuestras vidas puede hacer caer la balanza hacia un lado. Eso es lo que hace una maldita guerra. Eso es lo que hemos visto hoy.

Continuaron avanzando por aquella tierra seca y rojiza, dejando atrás el pueblo y su columna de humo. El viento levantaba el polvo del camino, pero no aligeraba los pensamientos de Julián. Acababa de ver lo que el pueblo era capaz de hacer con los traidores. Y Clara había contraído matrimonio con un francés.

25

Desde aquel alto las vistas se extendían hacia el horizonte. El sol había alcanzado su cenit y comenzaba a descender despacio, vago de movimiento y fuerte e intenso de luz. El agobiante calor era aliviado por la brisa procedente del mar. Por lo que decían, los veranos se alargaban allí hasta bien entrado el otoño.

Ambos observaban la ciudad de Cádiz desde uno de los altos que la rodeaban. Desde allí podían contemplar maravillados cómo el paisaje relucía en todo su esplendor. La bahía comenzaba al fondo, en el lado oeste, y trazaba una irregular curva, alternando suaves playas con salientes rocosos por debajo de ellos hasta el lado opuesto, a su izquierda.

Y en el centro de la bahía, adentrada en el mar, brillaba la ciudad blanca, resplandeciente tras sus murallas, orgullosa y mágica bajo el sol, como extraída de un cuento. Desde allí, parecía vivir al margen de los horrores de la guerra, como si su realidad fuera otra, como si viviera dentro de una burbuja, en otro mundo.

Estaba rodeada por un intenso mar azul que destellaba por su movimiento constante bajo los rayos de luz. Junto a las murallas se extendía un bosque de palos, mástiles y baupreses, de los barcos fondeados en sus muelles.

La ciudad solo tenía un punto de unión con el continente, un estrecho y alargado arrecife de piedras y arena que discurría a lo largo de casi dos leguas hasta alcanzar la costa de la península. En el otro extremo del arrecife se encontraba la Isla de León, con el pueblo de San Fernando. Esa población era el frente de Cádiz y el punto de unión con la línea costera de la bahía. Ese encuentro estaba formado por unos inmensos terrenos fangosos de marismas y laberintos de caños.

Roman señaló hacia esa zona.

—Esas son las verdaderas murallas de Cádiz. Ese terreno —explicó— es el caño de Sancti Petri, que aísla la población de San Fernando y la separa del continente. —Roman recorrió con el dedo índice toda la línea costera que discurría bajo ellos.

Observó lo que su tío señalaba: aquel terreno rodeaba y aislaba el pueblecito amurallado de la Isla, y se extendía a lo largo de varias leguas hacia el interior, hacia ellos, acabando en las faldas de las colinas donde se encontraban.

—Y es por ahí por donde tendremos que pasar —añadió—. Nuestra única oportunidad de conseguirlo.

«Y una verdadera locura», pensó Julián.

Cádiz constituía el último reducto, el último suspiro de la España libre, y desde el comienzo de la guerra había acogido miles de refugiados procedentes de la zona ocupada. Sin embargo, la llegada del asedio francés había propiciado un cambio drástico en la situación, de manera que, para evitar la entrada discreta de espías franceses, se había desarrollado un control en la Audiencia Territorial. Esto exigía informes de identidades, largos procesos de acreditación y la obtención del permiso residencial. Desde la llegada de los franceses ante sus murallas, la entrada de la ciudad se había vuelto difícil, muy difícil.

La única manera «reconocida» para entrar era vía mar. Para ello había que pasar por el barco aduana fondeado en la bahía, junto al muelle. Pero los permisos eran difíciles de conseguir, se tardaba tiempo y se necesitaba dinero. Roman había asegurado que los tendrían una vez que consiguieran entrar. Por lo tanto habían tenido que buscar otras vías alternativas de carácter ilegal. Aquella era tierra de contrabandistas, y desde el inicio del asedio, muchos de ellos se habían pasado al tráfico ilegal de personas.

El día anterior habían descendido a un pueblecito costero que había al final de la bahía, al oeste, conocido como el Puerto de Santa María. Era terreno ocupado y allí habían conseguido contactar con un contrabandista que, según decían, poseía una barca con la que durante las noches de calma y exentas de luna, pasaba gente al puerto de Cádiz.

—El viaje y las cartas de residencia cuestan ochocientos reales —les había dicho el hombre. Era mucho dinero. Ante las quejas de ambos viajeros, el contrabandista había sido tajante y escueto—. Se lo dejaré claro, señores. Tengo una mujer y cinco hijos esperando en casa y cada vez que paso a alguien al otro lado me juego el pescuezo. Las autoridades se han puesto muy serias, casi todas las semanas las rondas de mar pillan a alguno que cruza la bahía ilegalmente. A todo aquel que se le trinque sin papeles en regla se le considera espía. Y no hace falta que les diga lo que significa eso.

—No necesitamos cartas de residencia, tenemos a alguien dentro que nos las consigue —había dicho Roman.

—Muy bien, en tal caso son quinientos reales. Les avisaré con tiempo. No les tendré esperando mucho, a lo sumo dos meses y salimos.

—¿Dos meses?

El hombre había soltado una risotada.

—¿Qué se piensan ustedes? Tengo a dos familias y tres diputados esperando para salir, y como ya les he dicho, hay que hacerlo en noches oscuras.

Dos meses era demasiado, no podían aguardar tanto y por eso habían desechado la idea de cruzar por mar. La única opción que habían contemplado entonces era cruzar por los caños de Sancti Petri, directamente por el frente. Y por esa razón aquel mediodía de finales de verano, Roman y Julián observaban desde los altos que asomaban al frente costero, dispuestos a cometer una estupidez.

—Cádiz y la Isla están rodeadas por los ejércitos franceses de Soult y Claude Víctor —le explicó Roman con los ojos entornados por el sol. Se había informado el día anterior en una tasca de un pueblo cercano, mientras Julián se aseguraba de alimentar a los caballos en unos establos desprovistos de mozos—. Sus tropas están atrincheradas a lo largo de toda esa línea —señaló la franja costera que formaba la bahía—, concretamente desde el Puerto de Santa María donde estuvimos ayer, pasando por los salientes de La Cabezuela y El Trocadero hasta estos altos donde nos encontramos, los altos de Chiclana.

Julián miró hacia abajo, hacia las pendientes de los montes donde se encontraban. Vio dos cinturones de fortificaciones y reductos que se extendían hacia el oeste uno frente al otro, el francés y el español. Y entre ellos dos, un terreno pantanoso de marismas de más de una legua de anchura.

—Y lo único aparte del mar que los separa de Cádiz y su población de la Isla es este laberinto pantanoso de canales y fangales. Esta tierra de nadie —añadió Roman—. A las tropas napoleónicas les resulta imposible atravesarlo porque los aliados están fuertemente atrincherados tras sus sólidas fortificaciones al otro lado. Un ataque por ahí sería suicida. Es una maravilla del terreno y un verdadero alivio para esta nación.

—Entonces —inquirió Julián para aclararse—, Francia se limita a mantener el asedio y a bombardear continuamente desde aquellos altos de allí.

—Desde los altos de La Cabezuela y El Trocadero —confirmó Roman—. Y desde las fortificaciones que rodean Sancti Petri.

—Y nuestra segunda opción es cruzar esas dos leguas de laberinto fangoso... —murmuró Julián con un suspiro de exasperación.

Roman se volvió hacia él y enseñó sus dientes tras el plumado mostacho en lo que parecía una mueca de complicidad.

—Esperaremos a que anochezca. Bajaremos por estos montes para escurrirnos entre las líneas francesas y nos adentraremos en el interior de la marisma. —Volvió a perder la mirada en el infinito horizonte—. Después, solo nos tocará rezar para que lleguemos antes del amanecer a las avanzadillas españolas del otro lado.

Julián se estremeció pese al calor que hacía.

—¿Y si amanece antes de que lleguemos?

—Como nos vean, nos curtirán a balazos, tanto los de un lado como los del otro. Cada uno nos dará por enemigo suyo.

Julián tragó saliva y observó el caño de Sancti Petri.

Todo se veía en calma, un silencio intranquilo gobernaba la extensión de canales y marismas. Solo se oían las olas romper contra las zonas rocosas y las gaviotas revolotear al son del viento. Se imaginó a los combatientes de un bando y otro esperando tras sus defensas, separados solo por varias leguas intransitables.

«Tierra de nadie», pensó.

Llevaban cinco horas vagando en la oscuridad por aquel laberinto de marismas. Pronto amanecería.

La noche respiraba tranquila, cubriendo la tierra con su mágica bóveda celeste. Apenas soplaba el viento. Avanzaban lentamente, con los fusiles en alto, formando suaves y tranquilas ondas en la negra agua que los cubría hasta la cintura. Caminaban descalzos, hundiéndose en el terreno fangoso y sintiendo cómo el salitre les hacía arder los pies.

El terreno no permitía relajaciones o despistes, de pronto cruzaban un ancho canal de más de veinte pasos donde el agua les cubría hasta el cuello, como se adentraban en estrechos caños rodeados de bancos de arena pantanosa.

Habían dejado los caballos en los establos más decentes que habían encontrado en territorio ocupado, pagando una pequeña fortuna de treinta reales al posadero y prometiéndole pagos extra a la vuelta. Julián se había resistido a separarse tanto tiempo de *Lur*, pero Roman le había hecho comprender que sería imposible entrar en la ciudad con dos monturas, y menos escabullirse entre las líneas enemigas como lo habían hecho: gateando bajo los muros franceses una vez que había anochecido, mientras oían cómo los vigías charlaban y reían sobre ellos.

Roman, que iba delante, se detuvo a beber un trago de agua junto a un banco de arena. Julián hizo lo propio y destapó la cantimplora, dejando que la frescura del agua aliviara la sequedad de su garganta. Mientras disfrutaba de otro trago, miró al cielo con preocupación; la noche aún era oscura y las estrellas brillaban ante la ausencia de la luna. Si les pillaban de día, perdidos en aquella tierra de nadie, no durarían mucho. Tras colgarse la cantimplora del macuto, escrutó el oscuro horizonte y distinguió centenares de puntitos de luz en el frente que pertenecían a las fortificaciones de la Isla. Les habían servido de guía durante la nocturna andadura. No sabría decir cuánto les quedaba. Media legua a lo sumo.

No se detuvieron demasiado y reanudaron la marcha.

Tal y como habían temido, pronto el negro de la noche empezó a tornarse en un azul oscuro. Julián se volvió para mirar los altos de Chiclana donde habían estado tumbados aquella mañana. Tras los muros franceses, las puntas de los pinares más altos empezaban a brillar rojizas.

—Falta poco para el amanecer —le espetó a su tío con un susurro en la voz—. Hay que darse prisa.

Aligeraron la marcha y avanzaron sin descanso durante varios minutos, hasta que algo los detuvo. Roman se quedó muy quieto, agachado tras un matorral. Julián hizo lo propio y aguzó el oído.

—¿Qué sucede?

—He oído algo...

Aguardaron a la espera de algún sonido extraño. Pero no volvieron a oír nada. La prisa les apremiaba; el cielo se aligeraba irremediablemente, y tras ellos, la rojiza línea de luz bajaba ya hasta las fortificaciones. Pronto les acabaría por iluminar.

Al levantarse, un balazo los detuvo. Seguido de otro que levantó la arena a escasos dos palmos de la cara de Julián.

Se tumbaron en el fango con las manos en la cabeza y el corazón en la boca. Entonces se oyó una voz cerca, a no más de treinta pasos.

—¿Quién vive?

Habían hablado en castellano y Julián, que al contrario que su tío no tenía acento, contestó desde su escondite en la arena:

—Somos españoles, estamos intentando buscar refugio en la ciudad.

Se hizo el silencio.

—¿Y cómo se les ocurre meterse por aquí?

Julián permaneció en silencio, tratando de hallar una respuesta creíble.

—¡No teníamos otra opción! —explicó finalmente alzando la voz—. ¡Debemos estar en las Cortes cuanto antes!

—¿Son diputados? —se oyó preguntar al otro.

—¡Sí! —respondió Julián con apremio; para entonces, sus figuras ya se adivinaban en la oscuridad cada vez más ligera—. ¡Venimos del norte, de las provincias vascongadas!

Hubo un silencio. Si les tomaban por diputados sería más fácil ganarse su confianza. Julián rezó para que acabaran cediendo cuanto antes.

—¡Vamos a salir!

Asomaron dos hombres armados con fusiles. Uno era mucho más joven que el otro, pero ambos compartían la misma nariz chata y los mismos ojos rasgados; parecían padre e hijo. Les apuntaban con las bayonetas caladas, desconfiados. El más desgastado era un hombre de mediana edad, con grandes patillas negras y la cara curtida y llena de arrugas. El joven, espigado y con la cara surcada de granos, parecía muy nervioso, apretando con fuerza la madera del fusil.

Julián y Roman se mostraron con las armas en alto. Tras escrutarlos con la mirada, el hombre dijo:

—Salgamos de aquí o nos curtirán a balazos.

—Pese a resistir a la ocupación, la vida en la Isla no tiene nada que ver con la de Cádiz —les explicaba Fermín Castro mientras los conducía a su casa.

Aunque aún no pudiera comparar, mientras cruzaban la población de la Isla de León, Julián pensó que a Fermín no le faltaría razón.

Con el frente a escasos pasos de distancia, la población de San Fernando, en la Isla, estaba totalmente militarizada. Continuamente pasaban patrullas españolas y británicas por sus calles; estas últimas estaban allí porque habían decidido reforzar sus intereses políticos contra Francia, ayudando a la resistencia.

La pequeña población de San Fernando tenía la guerra en las mismas puertas de sus casas. Los franceses, al no alcanzar con sus cañones las murallas de Cádiz, se estaban ensañando con la Isla en un continuo bombardeo desde los altos de La Cabezuela y El Trocadero, y desde las fortificaciones del otro lado de las marismas. A pesar de ello, la inexpugnable línea de defensa que tenían los aliados frente a las marismas mantenía a los franceses a raya. A ello había que añadir la presencia de varios buques británicos fondeados junto a la Isla, que servían de apoyo cuando los bombardeos se ponían feos.

—Lo que ustedes acaban de hacer es una verdadera locura —continuaba diciéndoles el padre mientras su hijo Daniel caminaba junto a ellos en silencio y con el arma terciada al hombro—. Ya les digo, porque vienen por causas patrióticas a escribir esa Constitución, que si no, lo mismo les dejo en mitad de las marismas.

Fermín Castro era renegón, pero se le veía buen hombre. Una vez en la población de San Fernando, les había ofrecido un almuerzo en su casa. Y a ella se dirigían.

Antes de la guerra, había desarrollado su vida como salinero en las marismas del lugar. Como la mayoría de los hombres del pueblo, al iniciarse la contienda Fermín se había alistado en la Compañía de Escopeteros de las Salinas. Era una tropa irregular, que practicaba la guerrilla en las marismas y los caños de la zona. La tropa la formaban antiguos salineros y lugareños que habían dedicado su vida a aquella tierra y conocían los laberintos de caños y pantanales como las palmas de sus manos. Apoyaban a los regulares aliados haciendo incursiones furtivas de observación y cogiendo datos sobre las líneas enemigas. Guerreaban con avanzadillas francesas y habían hecho de guías en más de un enfrentamiento cuerpo a cuerpo que ocasionalmente se producía en los caños. Aquella madrugada, padre e hijo habían hecho una de las habituales rondas para ver que todo continuaba en su sitio.

La familia poseía una choza a las afueras de San Fernando. Era una vivienda muy humilde, provista de tres habitáculos en torno a un patio en cuyo centro había una pequeña huerta de hortalizas.

—Les presento nuestra humilde morada, no es mucho, pero sirve para que vivamos con dignidad.

Se sentaron a una mesa en lo que parecía la estancia principal. Había una niña de pelo enmarañado jugando en el suelo, algo más allá. Fermín les presentó a su mujer, Dolores. No tendría más de treinta años, pero su cara estaba surcada por profundas arrugas. Sus rasgos mostraban los resquicios de una belleza hacía tiempo marchita.

—Dolores, cariño, trae ese guiso de garbanzos que sobró ayer. ¡Y un poco de vino! ¡Tenemos invitados!

Dolores trajo un puchero y varios cuencos. La comida no era muy abundante y el padre se excusó.

—Perdonen que no tengamos nada mejor, pero la situación es la que es. De vez en cuando traemos algo de los canales, peces o aves, pero no es nada fácil. Antes teníamos total libertad para la caza, ahora con los franceses ahí al lado, es harto complicado.

Se oyeron a lo lejos varios estallidos que hicieron retumbar la casa. Concretamente fueron tres, uno detrás de otro. Padre e hijo miraron hacia La Cabezuela.

—¡Esa no ha venido hacia aquí! —exclamó el hijo con excitación.

—Últimamente les veo obcecados con Cádiz —dijo Fermín mientras se rascaba una patilla—. Antes no llegaban a las murallas, pero me han dicho que la semana pasada hicieron blanco en la zona de San Juan de Dios. Aunque el objetivo habitual somos nosotros. —Señaló a una alfombrilla que había bajo ellos—. Debajo hay una trampilla a un cuartucho soterrado. Cuando las cosas se ponen feas bajamos ahí, abrazamos a la chiquilla y no salimos hasta que paran. La gente suele refugiarse en las iglesias parroquiales, aunque —añadió con cierta resignación en la voz—, supongo que no estaremos tan mal como en la península. Por las noticias que llegan aquello debe de ser un auténtico infierno.

—No le falta razón, don Fermín.

El padre continuó hablando sobre la situación del pueblo con la guerra en sus mismas puertas. Julián se fijó en Dolores, que recogía los cuencos vacíos. Había algo melancólico en su manera de moverse. Su mirada parecía cansada.

—Al menos servimos a la patria —decía Fermín—. Todo sea por la libertad de la nación y la salvación de nuestro querido rey, Fernando VII.

Ante las palabras del salinero, Julián prefirió guardar silencio. Pero su mujer no lo hizo y detuvo sus tareas.

—Hasta que un día te lleven por delante y nos quedemos solas —dijo. Su voz, pese a ser débil y estar cansada, se escuchó en toda la casa.

Fermín se encogió de hombros y miró a su mujer con gesto preocupado.

—Dios no lo quiera, cariño. Pero has de saber que si un día sucediera tal cosa os ayudarían, recibiríais la pensión.

—Eso habría que verlo —terció Dolores con enojo—. Mira la familia del difunto Ricardo... socorrida por la parroquia porque no tienen ni para comer...

Fermín guardó silencio y se quedó cabizbajo. Cuando su mujer abandonó la estancia poco después, habló con la boca pequeña.

—Aquí la verdad es que tampoco andamos demasiado bien. Casi toda la comida se la llevan el Ejército y la Real Armada. Pero ya verán —añadió con entusiasmo renovado—, Cádiz no tiene nada que ver. ¡Aquello es el Nuevo Mundo! Dicen que la nueva España, incluso. Pero yo digo que Cádiz ha sido así siempre, y ahora todas las fuerzas que le quedan a este marchito país se centran entre sus murallas. Además, los franceses no dominan nuestros mares y a los muelles de Cádiz siguen llegando productos del exterior. El comercio no para y la comida es abundante entre sus murallas.

Roman se recostó en la silla.

—Tenemos que ir a la ciudad —dijo—. Le agradeceríamos que nos ayudara a encontrar la Posada del Marinero Tuerto. Estaríamos dispuestos a ofrecerles quince reales.

—Las Cortes aún se celebran aquí, en el Teatro de San Fernando. Pero me da que con lo fea que se está poniendo la cosa, pronto se trasladarán a la ciudad.

—Entonces, ¿acepta?

Fermín hizo un gesto con la mano, como restando importancia al asunto.

—Mi hijo y yo disponemos de pasavante en regla para ir a la ciudad —explicó—, no tenemos que acudir al cuartel hasta mañana. Claro que aceptamos, todo por ayudar a unos diputados... aunque sería una desfachatez cobrarles, señores. Vienen a ayudar a la patria. Eso sí que no lo acepto.

Aquella misma tarde Fermín los condujo a lo largo del arrecife, un istmo de casi dos leguas de longitud que los llevaría a la ciudad, y a cuyos lados se extendían playas de arena y piedra. Mientras lo recorrían, dejando a un lado el Atlántico y al otro la bahía, una suave brisa acariciaba sus rostros con amabilidad.

Al final del istmo, se enfrentaron a la colosal Puerta de Tierra. La única entrada a Cádiz, un enorme baluarte guarnecido con ciento cincuenta bocas de fuego.

Julián se quedó cautivado ante los imponentes muros. De sus atalayas asomaban vigías con las armas a la espalda. De sus huecos emanaban los cañones que, en amenaza silenciosa e inquietante, apuntaban sobre sus cabezas hacia el frente francés.

Tras cruzar por una de las enormes puertas custodiadas por guardias fuertemente armados, las calles de Cádiz se presentaron ante ellos.

Julián se detuvo y contempló aquello maravillado. Jamás había visto algo así.

Las edificaciones eran blancas y exóticas, con amplios balcones y regaderas y plantas colgando de ellos. Muchas estaban coronadas por cúpulas y torres de color dorado que refulgían bajo el intenso sol. Las gentes eran morenas y vestían ropajes claros y ligeros; hablaban con un acento hermético desconocido para él y, a diferencia de lo que sucedía en Vitoria y en la península, allí se movían con tranquilidad, deslizándose por el empedrado con asombrosa parsimonia, saludando y sonriendo por doquier.

Fermín afirmó que Cádiz era la ciudad más antigua de Occidente. Dijo que fue fundada tres mil años antes por los fenicios, bajo el nombre de Gades; y desde entonces griegos, romanos, árabes y cristianos la habían poblado.

—Pero como pueden ver ustedes —dijo—, desde que Colón descubrió el Nuevo Mundo, Cádiz parece pertenecer más a él que al podrido país al que apenas se une.

Julián afirmó entusiasmado.

Se adentraron en una de las calles contiguas a la Puerta. Pasaron bajo varias lonas marinas y velas de barco que la cubrían tendidas de los pisos superiores. Julián dedujo que las habían puesto para protegerse de la luz solar, porque la dejaba filtrar parcialmente haciendo del espacio interior un lugar muy agradable y fresco. Una suave brisilla, dulce y sosegada, entraba desde el fondo de la calle ondulando las lonas y acariciándoles la cara y los ropajes. A Julián le pareció una sensación muy placentera y tranquilizante.

—Es la brisa del mar que se cuela entre las calles —comentó Fermín con una sonrisa. Julián se sentía sumamente agradecido, acostumbrado como estaba a vientos glaciares en invierno o días calurosos de verano, en los que el viento no hacía acto de presencia.

Disfrutó del paseo respirando aquella atmósfera sosegada, casi mágica. Bajo la lona y los balcones repletos de plantas, helechos, macetas y geranios pasaron por multitud de comercios que exhibían sus mercancías. El agua caía fresca de uno de los balconcitos mojando el empedrado junto a ellos y Julián miró hacia arriba; una mujer regaba unos geranios y se disculpó con una sonrisa y un acento cerrado.

Pasaron por una pequeña fonda con un par de mesas dispuestas en la entrada donde un pequeño grupo tomaba algo que parecía limonada fresca. Varios niños correteaban y jugaban sobre el empedrado. Había mujeres, junto a los portales, charlando animadamente y compartiendo risas y cotilleos. Algunas de ellas, las más jóvenes, se giraron con simpatía para mirar a los forasteros con disimulo insinuado y una pícara y alegre sonrisa.

Aquel lugar desprendía un olor característico que aumentaba por momentos. Era un ambiente húmedo. Julián también creía haberlo apreciado en el pueblecito de la Isla.

—¿Qué es ese olor? —preguntó a Fermín. Este torció el gesto en señal de extrañeza, no parecía captar ningún olor especial. Roman se adelantó:

—Es el olor del mar —dijo.

Fermín sacudió la cabeza.

—Cierto —afirmó, y señaló hacia el frente—. Nos estamos acercando a las murallas que dan a la bahía.

La calle desembocó frente ella. Julián corrió hacia el borde de las murallas y se asomó por los muros de piedra. Bajo un intenso cielo azul, sin apenas nubes, el mar brillaba resplandeciente.

La bahía estaba tranquila. Solo se oía el sonido de la brisa haciendo ondear la bandera en un mástil cercano y el somnoliento golpear de las olas sobre las murallas y las rocas de abajo. A poca distancia los barcos se mecían suavemente, crujiendo sus cascos de madera. Julián se quedó un largo rato disfrutando de aquellas vistas, hasta que Roman y el escopetero le reclamaron para continuar.

Siguieron por el paseo que discurría por las murallas.

Había mucho revuelo de gaviotas volando sobre ellos, graznando y posándose sobre las palmeras y las edificaciones pesqueras. La gente paseaba tranquila, hombres con finos sombreros de bejuco blanco, con las manos juntas atrás y la mirada perdida en el mar; mujeres burguesas con vestidos de tonos claros y abanico bajo el brazo, acompañadas de algún caballero vestido a la inglesa, con su cadena de reloj colgando del bolsillo del chaleco, medias de seda y zapatos con hebillas de plata; niños de los barrios pesqueros jugando al aro, militares, clérigos...

Pasaron junto a baluartes con sus cañones apuntando al otro lado de la bahía y miembros de la Guardia Valona rondando junto a sus garitas con las bayonetas caladas en el fusil. Algunos dejaron por un momento sus quehaceres oficiales, y fusil al hombro se asomaron al mar por una de las troneras mirando cómo picaban y coleaban en el aire peces atraídos por las cañas de algunos pescadores del lugar.

Pronto alcanzaron una zona más bulliciosa. Eran los muelles. Al parecer, acababan de fondear un par de barcos mercantiles y había descargas de mercancías por marineros de pieles curtidas y mirada cansada tras los largos días en el océano. Julián vio pasar por delante cajas repletas de frutas de todos los colores y especias que desprendían fragancias desconocidas para él. Vio pasar jaulas con animales exóticos, desde monos y chimpancés hasta canarios y aves de colores llamativos que no sabía reconocer.

De pronto, se vieron rodeados de muchísima gente envuelta en sus quehaceres diarios. Se oían voces y acentos de infinidad de lugares de la península, ultramar y el extranjero. Había comerciantes voceando sus mercancías tras sus puestos, criados haciendo las compras diarias para sus señores, jóvenes gaditanas con la cesta de la compra mirando con atención algún puesto de frutas mientras desocupados y forasteros las observaban con poco disimulo. Julián se fijó en unos frutos rojos que se amontonaban en una cajita de un puesto. Brillaban con intensidad porque desprendían gotas de agua, sintió cómo la boca se le humedecía imaginando su dulce sabor fresco.

Fermín se detuvo ante ellos.

—Hasta aquí les acompaño, señores —les dijo entre la multitud—. El sol se pondrá pronto y la próxima madrugada tenemos otra incursión. —Les señaló hacia una calle que se abría a la bahía un poco mas allá, junto a un puesto de pescado—. Creo recordar que la posada que buscan se encuentra en la plaza San Antonio. Para ello han de tomar esa callejuela y enseguida desembocarán en la calle Ancha que les llevará directos a la plaza. Pregunten allí.

Roman le estrechó la mano con efusividad.

—Ha sido usted muy amable, don Fermín.

El hombre restó importancia al asunto mediante un gesto con la mano.

—¡Por el amor de Dios! No ha supuesto nada, don Roman —se

irguió e hinchó el pecho—. ¡Todo sea por la patria, las Cortes y el rey Fernando!

Se despidieron de Fermín y se dirigieron hacia donde les había indicado.

Mientras se alejaban de los muelles, Julián pensó en el salinero y su familia, y sintió cierta lástima y admiración a la vez. Por un momento le pasó por la cabeza la idea de que al día siguiente Fermín y su hijo pudieran perecer en los caños de Sancti Petri. ¿Qué sería de Dolores y su pequeña hija? ¿Quién se haría cargo de la familia, quién los mantendría? ¿El Gobierno? ¿Fernando VII desde su palacete en Francia?

Mientras se adentraban en las calles de Cádiz, Julián pensó que el mundo tendría menos sentido si no fuera por personas como Fermín; individuos fieles y honrados, con principios. Aunque estos últimos residieran en un espejismo.

La Posada del Marinero Tuerto daba a la plaza San Antonio en uno de sus rincones. Cuando llegaron, el cielo se estaba tornando violeta y los faroles de la plaza empezaban a iluminarse. En unas mesas dispuestas en la entrada había varios forasteros leyendo los periódicos y conversando animadamente en inglés.

La planta inferior disponía de una recepción con un mostrador y unas escaleras que daban a las habitaciones, y una taberna repleta de gente en una sala lateral. Un hombre calvo con el ceño fruncido y patillas negras muy pobladas los observó entrar mientras se apoyaba con ambas manos en la tabla del mostrador. El delantal blanco atado a la cintura acentuaba su incipiente barriga.

—Buenas noches, caballeros —los saludó con indiferencia mientras miraba hacia el barullo de la taberna—. En qué puedo servirles.

—Soy Roman Giesler y este es Julián de Aldecoa. Venimos de parte de Stephen Hebert.

El rostro del posadero se contrajo y aquella vez los miró con más atención. Fue a decir algo pero un borracho que salía de la taberna los había oído y se acercó con un mareante olor a vino.

—¿Stephen Hebert? —exclamó mientras se tambaleaba empujando a Julián—. ¿El maeestro filósofo? ¿El de las tertulias?

—¡Fuera de aquí! —lo espetó con nerviosismo el posadero. El pobre hombre se amedrentó ante la imponente voz del dueño, y sin decir palabra alguna, se fue dando tumbos.

El posadero volvió a mirarlos con seriedad.

—Disponen de una habitación y dos jergones limpios —les dijo mientras les tendía unas llaves—. Segunda planta, tercera puerta a la izquierda. Todos los gastos están sufragados por su amigo. Pero antes de que suban —les señaló hacia una mesa de la taberna, su potente voz tornándose en un susurro—, ese hombre de ahí, el de la mesa más cercana, les dará lo que buscan... ya saben ustedes, las cartas de residencia.

Ambos asintieron y dejaron la recepción para adentrarse en la taberna, la cual estaba abarrotada.

El ambiente se volvió cargante por el denso olor a vino, tabaco y sudor. A pesar de ello, la estancia parecía bastante limpia, el suelo era de madera y no lo cubría la típica paja para esconder inmundicias. Había multitud de candiles colgando del techo. Un hombre tocaba la guitarra mientras una mujer bailaba y cantaba una copla satírica sobre la afición del rey José I a la bebida; la clientela, de pie junto a la barra o sentados en las mesas, aplaudía, reía y vitoreaba con entusiasmo.

Se acercaron a la mesa que el posadero les había indicado, en la parte más alejada. Estaba ocupada por un hombre de tez pálida y pelo rojizo que bebía de una jarra de cerveza mientras tarareaba la canción. No tenía aspecto de ser del sur. El caballero los miró con extrañeza cuando se detuvieron frente a él.

—Buenas noches, buen hombre —se adelantó Roman mientras se descubría quitándose el sombrero—, venimos del norte, ¿conoce usted al maestro Stephen Hebert?

El hombre abrió mucho los ojos al tiempo que se levantaba.

—¡Dios Santo! ¿Son ustedes? ¿Los Giesler?

Asintieron con la cabeza y ambos se presentaron, estrechándole la mano.

—Llevo dos semanas esperándoles —les informó el caballero con un marcado acento inglés—. Soy Horatio Watson, ayudante principal del maestro Hebert en su red del sur. Siéntense, por favor. —Llamó al camarero—. ¿Qué desean?

—Una jarra de cerveza —pidió Roman—, tengo la garganta seca.

—Que sean dos —añadió Julián.

Tras irse el camarero, el inglés se frotó las manos.

—Por fin han llegado —suspiró con emoción—. El maestro me comunicó que se habían carteado y que llegarían por estas fechas, pero ya saben ustedes, alguien tenía que estar presente para recibirles. En fin —continuó—, les informaré de la situación.

Mientras refrescaban las gargantas con las jarras de cerveza, el señor Watson les dijo que las Cortes se habían constituido un mes antes y ya se había dado inicio a las sesiones que debían dar pie a las leyes de una nueva nación, aunque ya desde bastante antes habían ido llegando diputados y refugiados de la península y del Nuevo Mundo, reuniéndose en cafés y tertulias para preparar los temas a tratar en las Cortes. El señor Watson les informó de que en aquellos días se estaban protagonizando arduos debates sobre la soberanía nacional, la libertad de imprenta, la igualdad entre españoles y colonos americanos, la organización de la regencia y la redacción de una constitución política. Desde que se iniciaron oficialmente las sesiones, los diputados se habían estado reuniendo diariamente en el teatro de la Isla de León, en San Fernando, como bien les había dicho el salinero Fermín Castro. Pero el inglés les informó de rumores que indicaban que ante los continuos bombardeos franceses sobre la Isla, la sede de las Cortes se pensaba trasladar a Cádiz.

—Las sesiones comienzan a las diez de la mañana —continuó el señor Watson—, la mayoría están abiertas al público, pero también las hay a puerta cerrada. Nuestros hombres llevan allí desde el principio, todos miembros del grupo liberal. Tras la horrible pérdida del maestro Giesler, Stephen ha cogido su testigo, organiza las reuniones clandestinas de la Orden y sufraga los gastos; pero al no ser de nacionalidad española, él no puede participar en las Cortes y lo supervisa todo desde los palcos abiertos al público.

—¿Quién es Stephen Hebert? —inquirió Julián. Llevaba tiempo deseando preguntarlo.

El señor Watson detuvo su discurso y lo miró con cara de sorpresa. Roman intervino entonces.

—Es un recién iniciado en todo esto.

Horatio había arqueado una ceja pero tras las palabras de Roman asintió con la cabeza al tiempo que componía una amplia sonrisa.

—Stephen es el maestro de las logias del sur —le explicó con cortesía—, él lleva las reuniones en esta zona.

—¿Logias? —preguntó Julián.

—Aún desconoce el funcionamiento —aclaró Roman.

El inglés seguía asintiendo con la frente arrugada.

—Ah... —murmuró con cierta extrañeza—. No hay problema, la Orden se reúne casi diariamente para preparar el papel de nuestros miembros en las Cortes; por lo tanto pronto lo sabrá todo... De todas formas —añadió—, me extraña que siendo el hijo de Franz Giesler desconociera todo esto, señorito de Aldecoa.

Julián se encogió de hombros.

—Dígaselo a mi padre, o a mi abuelo —dijo.

—Ojalá pudiera ser... —respondió Horatio, y se santiguó—. Que ambos descansen en paz.

El jaleo de la gente se volvió ensordecedor y los interrumpió. Miraron hacia los artistas que parecían estar en el clímax de su actuación. La mujer, a la cual no veían bien por la clientela que la contemplaba en pie, pese a lo abrupto de su letra, cantaba con una voz realmente encantadora:

Anoche el Pepe Botellas, anoche se emborrachó, y le decía su hermano: borracho, tunante, perdido ladrón.

La multitud acompañaba el ritmo con golpes sobre la mesa, la cantante fue a terminar:

Con las balas que tira el mariscal Sul, ¡hace la gaditana mantilla de tul!

La taberna estalló en un mar de aplausos, vítores y risas.

—¡Menuda algarabía se ha montado! —comentó Horatio cuando todo se hubo relajado un buen rato después—. Esa mujer de ahí es un verdadero encanto, actúa los martes y vuelve locos a todos los hombres. Fíjense, señores, un verdadero tormento de mujer, de las que escandalizan.

Julián tuvo la oportunidad de observarla cuando la clientela se volvió a sentar. La joven conversaba animadamente con varios hombres en la barra de la taberna. Era morena, de tez tostada y cabello recogido en un moño. Lucía una sonrisa de blancos dientes en unos labios anchos y carnosos y parecía tenerlos encantados. Cuando no se reía abiertamente, sonreía con cortesía o se fijaba en sus acompañantes con una mirada pícara y descarada.

Julián sintió cómo el corazón se le aceleraba cuando ella concluyó la conversación, paseó la mirada por el local y clavó los ojos en los suyos. Su mirada era sensual, arrebatadora y tuvo que apartar el contacto visual, completamente turbado. A pesar de ello, volvió a alzar la mirada y pudo ver cómo ella se acercaba a ellos, moviendo descaradamente las caderas, mientras todos a su alrededor se giraban embobados.

Se fijó en su vestido rojo, muy escotado y ceñido a unas sensuales curvas que quitaban el hipo a cualquier mortal.

Cuando alcanzó su mesa, volvió a mirar a Julián con una ligera sonrisa que delataba cierta provocación. Todos se quedaron callados y contemplaron cómo ella se mordía el labio inferior y se dirigía al señor Watson mientras se apoyaba sobre la mesa con los codos inclinándose ligeramente hacia delante, apreciándose, sutilmente, la curvatura pronunciada de sus pechos.

—¿Quiénes son sus acompañantes, señor Watson? —musitó con una arrebatadora sensualidad en la voz—. Aún no me los ha presentado.

El inglés se atragantó con la cerveza antes de responder y presentarlos. Roman besó su mano mientras Horatio la presentaba.

—La señorita Seoane, conocida por su nombre artístico como la Oceánica por su misterioso origen de ultramar, el cual nadie en Cádiz conoce —dijo con una exagerada admiración—. Más bien la trataría de *sirena*, señorita, si usted me lo permite.

La señorita Seoane dio una palmadita cariñosa en el encantado rostro de Horatio.

—Llámenme Diana —dijo al tiempo que se dirigía a Julián y le tendía la mano para que el joven se la besase. Este lo hizo con la mayor sutileza de la que fue capaz, intentando dominar el nerviosismo que le había provocado la mujer. Cuando lo hizo, ella le clavó sus enormes ojos al tiempo que volvía a morderse el labio inferior—. Supongo que nos volveremos a ver por aquí...

—Por supuesto... —musitó Julián totalmente embelesado. Ni siquiera pensó en lo que decía.

Diana se volvió y se alejó con un sensual movimiento de caderas que atrajo la mirada de todos.

—Vaya, vaya —dijo el señor Watson poco después—. Menuda suerte la suya, Julián. Lo que daría yo por una mirada así...

Este apenas oyó las palabras del inglés. Tenía aturdidos los sentidos, como si la cerveza se le hubiera subido a la cabeza.

—Pues ya se lo pueden agradecer al señor Hebert —parecía estar diciendo el señor Watson poco después—. Desde que comenzó la guerra, la ciudad tiene el doble de habitantes y es harto difícil encontrar una cama donde dormir. Cada vez llegan más forasteros y refugiados, en su mayoría gente caída en la miseria, arruinada, patriotas que se niegan a vivir bajo el dominio francés y funcionarios del Antiguo Régimen que se han quedado sin trabajo en el nuevo gobierno intruso. La escasez de vivienda es tremenda, las posadas y pensiones están repletas y las pocas habitaciones de viviendas son alquiladas por no menos de veinticinco reales al día...

El señor Watson continuó informándoles sobre la situación en la ciudad hasta bien entrada la noche. Tras cenar una sopa de verduras con abundante pan moreno y más cerveza, se despidieron de él y subieron a la habitación. A pesar de la larga jornada, Julián no se sentía cansado y se tomó un momento para acceder a la torre vigía que había en lo alto del edificio. Horatio les había contado que muchas construcciones, la mayoría casas de comercio, disponían de torres y terrazas en lo alto para dirigir mediante señas las llegadas de los barcos mercantiles.

Arriba la brisilla soplaba con más fuerza, aunque sin dejar de ser suave como la seda. Tomó asiento en el borde de la terraza.

Observó la cara nocturna de aquella ciudad, sus colores blancos y puros convertidos en tenues violetas, sus luces encendidas, sus farolas en las calles, los puntitos en el horizonte donde las líneas francesas daban tregua durante la noche. Contempló, desde las alturas, cómo las torres vigía y las terrazas encendían sus faroles para los barcos que llegaban durante la noche. Se dejó llevar por el sonido del mar que, oscuro como el cielo, inundaba la ciudad con el continuo rugir de las olas. Se dejó llevar por la agradable temperatura y su suave viento de poniente acariciándole con su embriagador soplido la frente y las mejillas.

La vida en aquella ciudad era próspera y tranquila. La gente mostraba una actitud despreocupada; desarrollaba su vida sin contratiempos, feliz, ajena a la realidad que se vivía tras sus murallas. Cádiz parecía irreal, alejada de todo lo conocido, como si su origen estuviera en un mundo lejano. Daba la sensación de que tuviera un pensamiento propio; solamente atada por aquel estrecho istmo, era como si intentara desprenderse de los horrores de la península y poner rumbo a un mundo de ultramar, al cual se sentía más perteneciente.

En aquel momento Julián sentía cierta embriaguez, como si estuviera flotando en un mar de desapasionada calma, ajeno a todo lo demás.

Tuvo la sensación de que aquello tenía que ser el porvenir de la nación, aquella vida. Cádiz era un símbolo del país que se estaba buscando, del país por el que se estaba luchando.

Al día siguiente, por fin, sabría si de verdad había posibilidades de hacer ese sueño realidad.

26

Una cálida luz rojiza atravesó los cristales de la habitación e iluminó el rostro de Julián. Parpadeó varias veces, y vio a Roman levantado, acicalándose con su habitual esmero pese a que sus ropas no dejaran de ser las de un viajero. Se volvió, perezoso, sobre el costado izquierdo negándose a dejar el agradable lecho. La almohada era mullida y suave, lo contrario de la dura tierra en los campamentos de las noches pasadas.

Su tío, que procedía a arreglarse el bigote, acabó zarandeándolo y no tuvo más remedio que levantarse. Abrió las ventanas y una suave brisilla se coló en la habitación. El balconcillo daba a la plaza, que también despertaba. Un nuevo día amanecía en la ciudad de Cádiz.

Bajaron a la plaza y desayunaron en una fonda cercana, en una de las mesas que tenía dispuestas en la calle. Les sirvieron café y pan recién horneado y untado en mantequilla. Julián no pudo evitar una sonrisa mientras esperaba impaciente a que el camarero depositara el desayuno sobre la mesa. Llevaban semanas alimentándose a base de caldos aguados y panes duros como la roca y al ver aquello se le hizo la boca agua. Era la primera vez que probaba el café y le pareció un tanto amargo, pero tras seguir el consejo de Roman y añadir azúcar su sabor mejoró considerablemente.

Disfrutaron del desayuno y de la frescura de aquellas horas matinales. La plaza era muy bonita, blanca y colonial; rodeada de columnas y bancos de mármol, con naranjos y palmeras dando sombra a las terrazas de las posadas, de las fondas, las tabernas y los cafés.

Se oyeron las campanas de una iglesia cercana llamando a misa y con ellas el lugar se empezó a animar. Los comercios empezaban a abrir, apartando los tablones que protegían de noche sus vitrinas, instalando toldos en torno a las entradas para sacar sus mercancías y productos de cara a la plaza y las miradas de los transeúntes. Los cafés abrían y sus terrazas empezaban a llenarse de gente que, al igual que ellos, disfrutaba de un desayuno colonial mientras leía los periódicos.

Pasaban de las nueve cuando vieron un grupo de hombres caminando juntos en entretenida discusión. La mayoría eran jóvenes y de mediana edad.

—Son diputados que acuden a la sesión de las Cortes —dijo Roman, señalándolos con un movimiento sutil de cabeza—, y a juzgar por sus vestimentas parecen liberales.

Roman le aclaró que lo suponía así porque iban vestidos a la moda liberal, traída de las Américas. Llevaban sombreros ligeros de junco, corbatines claros, pantalones estrechos y botas de borla, con los fracs y los chalecos abiertos.

Aprovechando su presencia, resolvieron levantarse para seguirles, saliendo de la plaza. Atravesaron parte de la ciudad que ya comenzaba a vestirse de su amable bullicio y volvieron a salir por la Puerta de Tierra en dirección a la Isla. La bahía respiraba tranquila, con el mar en calma.

Tras cruzar el istmo, pronto se adentraron en las callejuelas del pueblo de San Fernando, llegando a su destino tras los pasos del grupo. El señor Watson les había dicho que el antiguo teatro de la Isla, conocido como la Casa Coliseo de las Comedias, había sido acondicionado para las sesiones de las Cortes.

Entraron al edificio poco después de que lo hicieran los diputados.

El interior estaba acabado en madera, recién barnizada y restaurada. Nada más cruzar el umbral, un hombre que había junto a la puerta les indicó que subieran por unos escalones que conducían a la sala principal donde se celebraban los debates.

Encontraron asiento en uno de los palcos del piso superior entre la gente que, en silencio, aguardaba el inicio de la sesión. Tras acomodarse, Julián observó la escena con expectación.

Abajo, en el salón central, bajo un dosel con el cuadro a tamaño natural del ausente Fernando VII, se reunían los diputados. En el centro había una mesa y cinco sillones en los que se sentaban el presidente y los secretarios de la Asamblea. A cada lado había una hilera de sofás y detrás otras dos de asientos corridos en las que se sentaban los demás diputados. Vieron cómo el grupo al que habían seguido tomaba asiento junto a otros diputados que ya aguardaban el inicio de la sesión.

Volando sobre el salón se sucedían los palcos donde se encontraban ellos, destinados a los oyentes del público. El teatro estaba casi lleno. Había algunas damas, caballeros, forasteros, desocupados, embajadores y varios redactores de periódicos preparados para tomar nota de cuanto se decía allí.

Roman saludó con la cabeza a un caballero vestido a la inglesa que se encontraba en un palco enfrentado al suyo. Estaba junto a una dama, una de las pocas que había en la sala.

Por su parte, Julián enseguida centró su atención en el debate que ya daba comienzo. En aquella sala se estaba decidiendo el futuro de la nación y el joven albergaba gran curiosidad por saber lo que aquellos hombres representantes de cada una de la provincias del país iban a exponer. Pronto se sintió maravillado por la sencillez de las intervenciones y la solemnidad con la que se debatía. La importancia de lo que allí estaba aconteciendo no le pasaba desapercibida a nadie y la gente escuchaba con emoción.

No tardó mucho en percatarse de que predominaban dos grupos con ideas diferentes: por un lado los que supuso que debían de ser los liberales, defensores de la soberanía del pueblo y las libertades de expresión, y por el otro los monárquicos e intransigentes, defensores de la figura del rey como soberano. También había eclesiásticos, la mayoría partícipes de las ideas conservadoras. A pesar de ello, no todo era blanco o negro y también apreció posturas difusas. Según los temas tratados, había ocasiones en que las diferencias ideológicas quedaban mezcladas entre los miembros de un bando y de otro.

Roman le tocó el brazo derecho señalándole hacia varios de los diputados.

—¿Ves a esos dos de la derecha, los de la primera fila? —Julián entornó los ojos y distinguió a dos hombres vestidos a lo liberal. Asintió—. Y ¿a esos otros tres del fondo? —El joven volvió a sacudir la cabeza y Roman bajó mucho la voz—. Son varios de los miembros de la Orden que ostentan cargos políticos.

El joven volvió a asentir en silencio, sin apartar la vista de la sesión. Se fijó en aquellos hombres que permanecían sentados, escuchando y sin intervenir.

El tema tratado de aquel día era la libertad de imprenta, y en aquel momento tenía la palabra un joven liberal. No era de la Orden, al menos no lo había señalado Roman. Tenía el chaleco y el corbatín desabrochados y defendía las libertades de expresión del ser humano con apasionada valentía:

—La libertad del individuo de hacer públicas sus ideas —declaró alzando la voz— es uno de los derechos más legítimos que tiene la sociedad, como lo es el derecho a hablar y a moverse.

Sus palabras generaron multitud de aplausos y apoyos desde la grada.

Pronto intervino otro liberal de mayor edad con rasgos americanos. Un redactor que tomaba notas al lado de ellos les informó de que se trataba del señor Morales Duárez, procedente de Perú como diputado de Lima. Este se explayó largamente a favor de la misma libertad, fundamentando sus argumentos en muchas razones políticas, leyes y hechos históricos.

Lo secundó en su idea el diputado Evaristo Pérez Castro, de rasgos afilados y patillas largas y canosas.

—La opinión del pueblo es la que se debe consultar para no errar. ¿Y cómo conoceremos la opinión general si se niega la libertad de imprenta? Señoras y señores, miembros de la sala, no olvidemos que la nación es nuestro continente, y nosotros, los aquí presentes, no somos más que sus apoderados.

Los aplausos se intensificaron, pero pronto fueron silenciados cuando otro diputado, de aspecto más formal y vestido con levita y casaca redonda, intervino con un claro acento andaluz oponiéndose con duras palabras a dicha libertad en cuanto no hubiese previa censura.

—¡Si no existe una censura previa, esta libertad va en contra de la sociedad y de la patria! —exclamó el monárquico. Hubo algún aplauso aislado que quedó silenciado por multitud de abucheos, quedando claro que la mayoría del público secundaba las ideas liberales en aquel asunto—. Acuérdense de lo que les digo —continuó el andaluz alzando la voz—, el abuso de la perversidad pasará a estar a la orden del día y entonces una vez que la decisión esté tomada ya no podrá remediarse con ninguna medida posterior. La censura, señores, ¡será muy útil estando bien manejada!

Tras aquellas palabras se armó mucho jaleo entre los asistentes del público.

—¡Abajo la censura! —decían algunos.

—¡Viva la libertad de expresión! —decían otros.

Entre los diputados se inició una ardua discusión y el presidente agitó la campanilla pidiendo silencio y amenazando con continuar las sesiones a puerta cerrada. La gente se calló y tomó la palabra el conocido diputado Argüelles, el cabecilla del grupo liberal.

Defendió la libertad de imprenta mediante un discurso repleto de razones políticas, y recordó los males de tiempos pasados, de la esclavitud por la falta de libertad de pluma en los hombres ilustrados y amantes de la nación.

Entonces se levantó uno de los miembros de la Orden que vestía a la moda liberal pero en tonos oscuros y discretos.

—Miembros de la sala —comenzó con emoción en la voz—, ¿no se dan cuenta de la oportunidad que se muestra ante nuestros ojos? Por primera vez en nuestra historia gozamos de un camino allanado, dispuesto para crear una nación libre, con todos los individuos que la componen iguales ante Dios, con las mismas oportunidades y las mismas libertades. Quien busque este sueño, señores, ¿cómo puede pretender alcanzarlo sin dar libertad a los pensamientos de las personas? ¿Alguien es capaz de concebir un concepto de libertad más puro que ese?

El hombre volvió a sentarse secundado por un conmovedor silencio, que se disolvió en un mar de aplausos y gritos de apoyo. Ante el alboroto, el señor presidente dio por concluida la sesión mediante campanillazos.

Entonces comenzaron los murmullos y el público lentamente fue abandonando la sala.

En la calle la gente se había reunido en grupos, comentando el transcurso de la sesión. Algunos discutían acaloradamente a favor o en contra de los temas tratados.

En la base de la escalinata de entrada les esperaba con una amplia sonrisa el caballero inglés al que su tío había saludado en el interior. El hombre lucía lentes y vestía un frac de color pardo con chaleco ombliguero, medias de seda y zapatos con hebillas de plata. Se apoyaba en un bastón e iba acompañado de aquella dama que Julián supuso que sería su mujer.

El inglés se soltó de ella para estrechar efusivamente la mano a Roman.

—Realmente me alegro de verlo de nuevo, don Roman.

—El placer es mío, maestro Hebert. —Se acercó a la dama para besar su mano con sutileza—. Señora. —Después se volvió hacia Julián—. Les presento a Julián de Aldecoa Giesler, el hijo de Franz y mi sobrino —señaló al inglés—. Este es el maestro Stephen Hebert, del que ya has oído hablar.

Julián alargó la mano; aquel era el hombre de la carta, el que les había facilitado la entrada en la ciudad, un miembro de la Orden. El caballero le estrechó la mano con exagerada cortesía, mostrando un colmillo de oro en la dentadura superior.

—Aunque puede llamarme Stephen, amigo —le dijo con acento inglés—. Entre nosotros no hay distinción, y menos con un Giesler.

»Y esta es la señora Eulalia Alcalá Galiano. —Julián la saludó con una leve inclinación de cabeza y beso en la mano, como indicaba la etiqueta. La dama, alta y de esbelta figura, le devolvió el saludo con una ligera sonrisa.

Después de las presentaciones, el señor Hebert los invitó a tomar un refrigerio en un café cercano donde los diputados solían refrescarse en los descansos de las sesiones. Mientras se dirigían a él precedidos por sus acompañantes, Julián se fijó en la pareja. Mucha gente parecía conocerlos y caminaban saludando por doquier.

Ella vestía con la elegancia propia de la aristocracia y se movía con solemnidad; con una mano se unía al maestro que caminaba con una profunda cojera, y con la otra se protegía del sol con una pequeña sombrilla de color violeta.

Alcanzaron el local tras detenerse en varias ocasiones en las que la pareja resolvía encuentros con conocidos que paseaban por aquella zona. Finalmente, entraron al café.

La estancia estaba cuidadosamente decorada por veladores de mármol, mesas de madera y de mimbre, y sillas de rejilla. Había allí una ligera neblina producida por el humo del tabaco. En la entrada un grupo de estudiantes jugaba en una mesa de billar y en torno a la barra varios hombres discutían con algunos diputados los acontecimientos de la sesión del día. Al fondo, en una zona más tranquila, había un salón de lectura.

El caballero inglés les invitó a sentarse en una mesa apartada, al fondo del salón e hizo una señal a uno de los camareros.

—¡Joven! Sírvanos, por favor, una ronda de café.

Cuando hubieron tomado asiento, el camarero trajo una cafetera humeante y colocó varios pocillos de cerámica sobre la mesa. Julián enseguida percibió aquel olor recientemente conocido, impregnando el aire con su intenso aroma. Tras probarlo, comprobó que la dama lo miraba sonriente.

—Del más puro —le dijo con voz suave—, recién traído de Colombia. Como ve, aquí estamos mal acostumbrados.

Julián asintió exponiendo su mejor sonrisa.

—De donde vengo, probar esto es impensable.

La mujer dio un ligero sorbo a su tacita.

—Cádiz está abierta al mar y a los secretos del mundo —comentó con cortesía—. Este es uno de ellos.

Después de aquella fugaz conversación, Stephen Hebert se colocó sus lentes, enseñó su colmillo de oro y tomó la palabra.

—Realmente me alegro mucho de verles... Fue una grata sorpresa cuando recibí su carta, don Roman. Desconocía que estuviera de vuelta, y por lo que veo —añadió realzando más la sonrisa—, bien acompañado... Por cierto, ¿qué tal el alojo?, ¿se encuentran cómodos?

Roman asintió, encendida ya su pipa.

—Le agradezco las cartas de residencia, maestro Hebert. La posada es agradable y limpia.

—Faltaría más... —se excusó este—. Antes de nada, quiero decirles que siento profundamente la pérdida de Franz y Gaspard —su voz se tornó baja y respetuosa—. Ha sido un duro golpe para todos...

Ambos agradecieron las condolencias y tras un breve silencio, el inglés volvió a tomar la palabra.

—¿Qué les ha parecido la sesión? —preguntó con entusiasmo—. ¿No es verdaderamente increíble que se esté dictando una nueva ley para la futura nación que ha de crearse tras la guerra?

—Desde luego es un hecho único el que se está dando aquí —contestó Roman.

—No solo eso —añadió Hebert—, es un acontecimiento histórico para la nación española de la península y de ultramar. ¡Es algo único para el futuro de muchas naciones! ¡La redacción más moderna vista hasta ahora!

Por un momento Julián se dejó llevar por la pasión del inglés, pero pronto la verdadera realidad cubrió toda ilusión.

—Para conseguir eso —intervino él entonces—, primero tendremos que ganar la guerra. —Pensó en lo visto durante el camino a Cádiz—. Más allá de estos muros solo hay miseria y desolación.

—Tras la victoria de Bailén, Napoleón lo ha reconquistado todo —aclaró Roman—. Pese a los bombardeos, Cádiz vive en otro mundo, muy alejado de la verdadera realidad del país.

El maestro se recolocó las lentes con aire pensativo. Miró cómo pasaba el camarero por delante y se dirigió a ellos.

—Es cierto lo que ustedes dicen... —murmuró—, pero Napoleón ya no está aquí, ¿verdad?

Julián se terminó lo que le quedaba de café.

—Pero con Napoleón o sin él —repuso—, los franceses están por todas partes, controlan la península hasta las mismas puertas de esta ciudad.

La señora Alcalá Galiano habló tras haber permanecido en silencio.

—¿No se han enterado de las nuevas que vienen desde Portugal? —preguntó. Ambos negaron. La dama se inclinó sobre la mesa con un sutil movimiento y les relató los últimos acontecimientos—. Después de la marcha de Napoleón a tierras austriacas, los compatriotas ingleses de mi querido Stephen volvieron a desembarcar en Portugal al mando de un prometedor general llamado sir Arthur Wellesley.

—¿Sir Arthur Wellesley? —preguntó Roman.

La dama inclinó ligeramente la cabeza.

—Un joven y prometedor general —añadió—. Ya lo verán, es un brillante estratega.

—¿Con cuántos hombres?

—Casi treinta mil —respondió el maestro Hebert.

—Vaya... son buenas noticias —murmuró Roman—. Pese a ello los franceses les quintuplican en número, se necesitan más hombres.

En las palabras de su tío Julián comprendió que trataba de mostrar entusiasmo por la causa, pero venían de un largo viaje por la península y ambos sabían lo que habían visto. Su sentimiento, aunque pareciera pesimista, no dejaba de ser real.

—Por supuesto —respondió Stephen—. Sir Arthur comprende que Inglaterra no puede mantener a más de sesenta mil soldados en la península, pues supondría un coste imposible de asumir. Su alternativa es engrosarse de efectivos locales, y por ello están adiestrando un ejército portugués. Y, háganme caso —el maestro esbozó una sonrisa y se reajustó las lentes sobre su nariz—, la estrategia de Wellesley está siendo brillantísima. En vez de enfrentarse en campo abierto a las numerosas tropas francesas está optando por desgastarlas. Ha creado una línea infranqueable en Torres Vedras, alrededor de Lisboa, dejando ante él un territorio devastado. Durante este invierno pasado, las tropas francesas acampadas en Portugal no han encontrado suministro alguno. ¿Y cuál ha sido el resultado?: ¡diez mil franceses perecieron por las enfermedades y el hambre durante el invierno! La logística de ese hombre, mis queridos amigos, ¡es más efectiva que una victoria en batalla!

Julián desconocía todo aquello y no pudo evitar verse invadido por un cierto optimismo. Por el rostro de Roman, dedujo que este se encontraba igual. Durante su viaje cruzando el país no habían recibido noticias de aquellos acontecimientos dado que, en territorio ocupado, era más difícil oír hablar de reveses franceses. En Cádiz todo era mucho más transparente, las noticias llegaban rápido gracias al mar y los franceses no podían ocultarlas.

Por lo que les contaban y por lo que habían visto en la ciudad, los ingleses parecían estar apoyando la causa del país, aunque las razones que albergaran para ello pudieran ser de cualquier índole.

—Aquí también hay presencia inglesa —comentó Julián—, hemos visto al menos una docena de buques y embarcaciones británicas en el puerto.

—Los franceses son superiores en tierra —respondió la señora Alcalá Galiano—, pero en el mar nadie hace frente a la poderosa y eficaz Armada Inglesa. Si ellos no defendieran Cádiz por mar, los franceses vendrían con sus buques y esta ciudad tendría los días contados. Constituye nuestra única resistencia y depende de la protección que nos proporcionan los ingleses.

Julián desvió su mirada hacia los caballeros que jugaban al billar mientras pensaba en lo que la señora Alcalá Galiano acababa de decir. Si Cádiz caía, Francia vencería, y eso no podían permitirlo los ingleses, sería demasiado poder para su principal enemigo.

Su tío había fruncido el ceño en señal de disconformidad.

—Me gustaría saber cuál es la verdadera razón de tanto interés británico en apoyar a España —dijo—. Hasta hace nada las dos naciones eran enemigas acérrimas.

—Para qué engañarnos, don Roman —admitió Hebert, el cristal de sus lentes brillaba ante la luminosidad del local y apenas podían verle los ojos—, si fuera por mí, que amo a este país tanto como al mío, lo defendería hasta la muerte sin interés alguno. Pero las intenciones de Inglaterra son otras. En estos momentos los ejércitos napoleónicos están muy desperdigados intentando controlar toda Europa, y mis compatriotas han visto una oportunidad en el frente español para derrotarlos. Si eso sucediera, la nueva potencia mundial sería Inglaterra.

Roman fumaba entre halos de humo; no dijo nada.

—Y es más —añadió Hebert—, aquí no solo hay buques ingleses. Las últimas semanas ha desembarcando infantería inglesa en la ciudad. Por lo que dicen, alrededor de seis mil efectivos... —Se inclinó sobre la mesa, bajando la voz—. Verán, el asunto aún no es oficial, pero los rumores hablan de una posible incursión de seis mil soldados españoles y esos otros tantos ingleses en tierras de ocupación francesa, a las afueras de Cádiz.

Roman arqueó las cejas. Julián tampoco se esperaba que los aliados estuvieran en condiciones de pasar a la ofensiva. No podían negarse ante la evidencia de que iban en serio con la guerra en España. Con la campaña de ese tal Wellesley en Portugal y la posible incursión de tropas aliadas en territorio ocupado, tal vez la guerra pudiera adquirir un rumbo favorable. Por primera vez en mucho tiempo Julián llegó a atisbar un buen final de todo aquello. Y no pudo evitar pensar en Clara. Si Francia era derrotada, su marido, el general Louis Le Duc, debería salir del país. ¿Se iría ella con él?

Tras la sorpresa, la conversación había quedado suspendida, cada uno sumido en sus pensamientos. Al final fue el maestro Hebert el que interrumpió el silencio. Lo hizo en voz baja, inclinándose sobre la mesa para que ningún indiscreto le oyera.

—La Orden se reúne esta noche —susurró mientras extraía un papel doblado de su chaleco ombliguero y se lo tendía a Roman—. Aquí tiene la dirección y la contraseña de entrada.

El rostro de su tío se oscureció.

—Le confirmo que andan tras nosotros y tras la Orden.

Stephen desvió la mirada con aire de preocupación.

—Lo sé... —respondió—. Napoleón no solo quiere tomar Cádiz por tratarse de la última resistencia. Sabe que si cae la ciudad, con ella lo harán muchas más cosas.

—Nos sorprendieron en nuestro escondite y a punto estuvieron de cogernos —intervino Julián.

—Son del Servicio Secreto —aclaró Roman.

El inglés se acarició el mentón, pensativo. Parecía saber de lo que hablaban.

—Son los mismos que la vez anterior —dijo entonces.

Julián sintió un ligero escalofrío.

—¿Se refiere a la noche en que murieron mi padre y mi abuelo? —preguntó.

El inglés lo miró tras sus lentes. Asintió.

27

Era noche cerrada cuando se adentraron en la población de la Isla. La bahía respiraba tranquila y las olas alcanzaban las playas con suavidad, acariciando la arena. Los barcos fondeaban cerca, iluminadas sus oscuras formas por algún farol colgando de sus cubiertas. Al otro lado de la bahía, en los riscos de La Cabezuela, los cañones franceses dormían a la espera de abrir fuego al amanecer.

En la población de la Isla apenas había gente cruzando las calles. El guía que les había enviado el inglés Hebert los conducía hasta el punto de reunión que utilizaba la Orden. Pronto alcanzaron una zona alejada de las callejuelas centrales que parecía despoblada. Muchos edificios presentaban destrozos en sus muros y derrumbamientos en sus tejados. Los bombardeos franceses habían hecho mucha mella allí.

Al final de una calle, el guía se detuvo.

—Es aquí —les dijo, señalando a las sombras de un edificio.

Frente a ellos se extendía una enorme verja con barrotes de hierro terminados en puntas de flecha. Tras esta, protegida por la espesa arboladura de un jardín sombrío, se alzaba, tenebrosa, la silueta de un palacio abandonado. La puerta de la verja estaba entreabierta y en su parte superior una inscripción rezaba: «Casa de los Palma Amador.»

Tras irse el guía, cruzaron la valla y se adentraron en el jardín. Los helechos y las plantas se abalanzaban sobre ellos y sobre el camino empedrado que conducía a la entrada, un portón de madera ennegrecida por la humedad y el tiempo. Llamaron varias veces y tras oír unos pequeños pasos acercarse por un largo pasillo, un hombrecillo de rasgos afilados abrió el portón. Portaba un candil y lo levantó para poder verles la cara. Roman dijo la contraseña.

—*Obuses.*

El hombre, con unas cejas blancas muy pobladas y la nariz aguileña, abrió por completo el portón.

—Han comenzado ya —dijo sin más preámbulos. Se dio la vuelta y comenzó a andar, desapareciendo en las tinieblas del palacio. Sin vacilar un momento, le siguieron.

El hombrecillo, de baja estatura, los condujo por un amplio pasillo en penumbra. A ambos lados, Julián apreciaba las trazas de cuadros y estatuas de gárgolas y seres fabulosos, iluminados al paso del candil y vueltos otra vez a pertenecer a aquel mundo de sombras y tinieblas palaciegas.

—Esta fue la casa de los Palma Amador, célebre familia comerciante de la ciudad —pronunció el portero. Su voz formaba un eco que se perdía en los lejanos rincones de los pisos superiores del edificio—. Hará poco más de un año un par de bombas destrozaron la zona norte de la casa. Una de las hijas murió en el incidente y la familia se fue a las Américas, a vivir en una plantación de tabaco que poseían en Cuba. Desde entonces ha estado abandonado y sus amigos pagan bien para poder reunirse.

—¿Usted no pertenece a la Orden? —se extrañó Julián.

—A mí lo que hacen aquí me trae sin cuidado. Fui chófer y portero de la familia, pero estoy viejo para cruzar océanos. Así que me he quedado aquí, cuidando de lo que queda, anclado y cogiendo polvo como cada uno de estos cuadros.

Desembocaron en un patio central presidido por una gran escalinata de mármol. Sobre esta colgaba la mitad de una araña de cristal, la otra parte se la habría llevado el impacto. De las patas que aún resistían colgaban varias velas de cera que iluminaban tenuemente la sala. El espacio, de doble altura, discurría hasta los restos de una cúpula, de la que solo se apreciaban los nervios que la sostuvieron en su momento, recortando en quebradas formas, un cielo estrellado.

El portero señaló con el dedo hacia el final de la escalinata.

—Es arriba.

Subieron por la palaciega escalera y se detuvieron ante una puerta de doble hoja que permanecía cerrada. El hombrecillo les gritó desde abajo:

—Toquen dos veces y podrán pasar.

Hicieron lo indicado y entraron a lo que parecía un amplio salón, seguramente la mejor estancia de la casa.

La escena impactó a Julián.

Frente a ellos, alrededor de una veintena de figuras enfundadas en túnicas blancas se reunían en torno a una gigantesca mesa circular. Una de ellas estaba de pie, tenía tomada la palabra cuando se percataron de su presencia. El hombre en pie interrumpió su discurso y junto a él se alzó sonriente el maestro Hebert.

—Os esperábamos, hermanos. —Los recibió con los brazos abiertos. Al contrario que en el café, los tuteaba—. Tomad dos túnicas. —Recogió dos prendas blancas de un cajón que había bajo la mesa—. Dentro de la Orden no hay distinciones, todos somos iguales. Sentaos.

»Bien, prosigamos —añadió el señor Hebert una vez que se hubieron sentado. No había hecho presentaciones—, hablaba el hermano Ibárrui sobre las posibilidades de que la ley apoye lo discutido hoy en la sesión. Éramos mayoría porque dos de los monárquicos extremeños nos han apoyado.

Tras enfundarse la túnica, Julián había tomado asiento junto al maestro inglés y se dispuso en la misma posición que tenían adquirida todos los presentes: ambas manos juntas sobre la mesa, sin anillos ni atuendos distintivos que pudieran diferenciarlos. Se percató de que sobre el enorme tablón circular perfectamente barnizado y brillante no había objeto alguno. Si alguien tenía que leer algún documento, lo extraía de los cajones que había debajo. Percibió varias miradas posadas en él, iluminados sus rostros por las antorchas que colgaban de las paredes de la sala.

—Creo que sería buena idea —sugirió el señor Ibárrui, un hombre corpulento de voz grave y acento vasco—, dejar ya el tema de la libertad de imprenta y retomar las cuestiones de la semana próxima; en los debates sobre la soberanía nacional los absolutistas nos plantearán una batalla más encarnizada.

—Muy bien —intervino otro de los presentes—, mañana intentaré citarme en privado con el cabecilla de los liberales para aclarar las ideas que ellos tienen sobre el asunto y remar todos en la misma dirección.

—Amadeo —el maestro Hebert se dirigió al que acababa de hablar—, tú eres el enlace con Europa Central, ¿has vuelto a recibir noticias de Prusia?

—El mensajero aún no ha vuelto, pero todo indica que las logias del hermano Walter están cumpliendo con su trabajo suministrando alimentos y armas a las partidas rebeldes.

—Muy bien, muy bien...

El maestro Hebert se frotó las manos y a partir de aquel momento el debate se centró en los aspectos pertenecientes a la soberanía nacional que se podían tratar en las futuras sesiones de las Cortes.

Debatieron durante más de una hora hasta que el propio maestro Hebert dio por concluida la reunión. Los asistentes se despojaron de sus túnicas blancas y las dejaron sobre la mesa perfectamente dobladas, cada una delante del asiento que habían ocupado. Muchos se despidieron y abandonaron la sala no sin antes lanzar una mirada a Julián; algunos incluso, lo saludaron.

Solo se quedaron algunos pocos, charlando amigablemente mientras disfrutaban de una copa del vino que había traído el portero al finalizar la reunión. Stephen Hebert invitó cortésmente a Roman y Julián a que le siguieran hasta unos sillones que había al fondo de la estancia, junto a una estantería repleta de libros y alejados de las voces de los demás.

Cuando hubieron tomado asiento, el portero volvió a entrar en la sala y se les acercó con varias tazas de café humeante.

—Gracias, don Emilio —dijo el inglés.

—Servidor, señor Hebert. Siempre será un placer... —respondió el portero mientras les servía.

—Un personaje curioso —dijo Stephen, una vez que dejó la sala tras una leve reverencia—. Pero buen hombre... y fiel.

El señor Ibárrui, que se había quedado a charlar, fue a abandonar la sala tras el portero y se despidió con la mano. Tras hacer lo propio, el maestro se refirió a él en voz baja.

—Ibárrui trabajaba como funcionario en Madrid y era uno de nuestros infiltrados en la corte del rey José I —les relató—. Tuvo gran influencia en la decisión del monarca francés de suprimir todas las órdenes clericales existentes en los dominios de España. Para los franceses eso fue un grave error, pero no para nosotros, puesto que provocó la ruptura entre el Gobierno y las órdenes religiosas, propiciando así que los frailes tomen el camino de la guerra, engrosando las filas de las guerrillas y llamando al pueblo a la cruzada contra el francés. El clero alberga un gran poder de convicción en este país, y por lo tanto debemos acercarlo a nuestros intereses. Muy buen trabajo el del señor Ibárrui...

—Por lo que veo todos tienen aquí su cometido... —murmuró Julián.

—Oh sí, desde luego —contestó Hebert mientras les acercaba el cofrecillo de los azúcares—. Como habéis podido ver, Amadeo es el enlace que tenemos ahora mismo con la zona central de Europa. Allí también están sucediendo cosas. O, por otro lado, el joven alto que ha hablado más tarde coordina todas las imprentas rebeldes del país, y reparte propaganda, panfletos y folletos liberales que, a espaldas del francés, abrazan y extienden la causa popular.

Julián asintió, pensativo, mientras se servía dos terrones de azúcar. Empezaba a vislumbrar ciertas cosas pero aún desconocía cómo funcionaba realmente la Orden. Habían hablado de Prusia, ¿hasta qué punto estaban extendidos?

Roman pareció intuir sus pensamientos e intervino con una sonrisa en el rostro.

—Maestro Hebert, si no le importa me gustaría que relatara a mi joven sobrino la historia de la hermandad.

El inglés se había recostado sobre la silla, sostenía la taza cerca de su rostro, y a pesar de que su contenido humeaba velando ligeramente su rostro, Julián pudo apreciar cómo lo observaba pensativo, tras los cristales de sus lentes.

—Oh, por supuesto, amigo —dijo saliendo de su ensimismamiento y dejando la taza sobre la bandeja de cerámica. Un candil de aceite cercano producía reflejos en sus lentes—. Pero será mejor que os pongáis cómodos porque comenzaré desde el principio, hablando de Gaspard, por supuesto.

Julián dejó el café sobre la mesa y se irguió en su silla, centrando su atención en el inglés. Este desvió la mirada y comenzó el relato:

«La mayoría de lo que pienso contarte ya lo sabrás, pero para que la historia acoja todo el sentido, hay detalles que no podré omitir.

Tu abuelo, Gaspard Giesler von Valberg, vino al mundo el 2 de julio de 1750 en el castillo de Valberg, situado en la Baja Sajonia, concretamente en unas llanuras bañadas por el cauce del río Elba que se extienden a los pies de las montañas de Harz.

Hijo de Friedrich Wilhelm von Valberg y Catherina Vulpius, perteneció a la alta nobleza alemana. Fue hijo único y desde la niñez mostró una gran astucia, siendo precoz en sus primeras palabras y, bajo la tutela de un maestro privado que acudía al castillo de los Valberg, aprendiendo a leer antes de los cinco años.

Cuando tenía siete, una grave enfermedad pulmonar se llevó a su padre y el joven Giesler heredó una biblioteca personal en la que empezó a pasar la mayor parte de sus horas libres. Allí se cultivó en obras de historia antigua, filosofía y medicina. Los días de verano salía a las grandes extensiones de campos que rodeaban el castillo y pasaba horas observando la naturaleza, dibujando en su cuaderno todo tipo de plantas, animales e insectos.

Poco después, su madre falleció, dejándolo huérfano. A los quince años se matriculó en la Universidad de Leipzig, dominando ya para entonces el latín y el griego. Se licenció a los veinte años mostrando un dominio que rozaba la genialidad en leyes, clásicos, lógica y filosofía. Y tras su graduación no se dudó en otorgarle un puesto docente en leyes.

Ya desde el inicio, sus clases tuvieron gran éxito entre los alumnos. El joven Gaspard tenía una manera de entender la vida, la historia y la sociedad muy avanzada para la época. En vez de estar protagonizadas por la impartición de aburridos y eternos listados de leyes, sus clases eran amenas charlas y tertulias en las que hacía participar continuamente al alumnado. En ellas se hablaba sobre filosofía y ética, sobre las verdaderas aspiraciones del ser humano, la libertad, la felicidad... Hacía sincerarse a sus alumnos y buscaba en ellos su verdadera opinión de las cosas.

Gaspard innovó de tal manera que empezó a considerársele un visionario de la enseñanza. Pronto los alumnos empezaron a acudir en masa a sus clases y la voz corrió, alcanzando las altas instituciones de la universidad, y más tarde, el Gobierno alemán. Muchos de los temas que trataba en sus clases eran motivo de incomodidad para mucha gente, especialmente en la corte, porque situaban en entredicho leyes y tradiciones ancestrales hasta entonces incuestionables.

Tras un año intenso como profesor, el Consejo de la Universidad le relegó de su docencia. Hubo protestas entre los alumnos, pero nadie hizo nada al respecto. Tras este episodio, Gaspard regresó a su castillo en Valberg; pero no se quedó encerrado allí, anclado entre sus libros.

Comenzó un viaje por todo el mundo que duró más de ocho años. En él conoció muchos países y entró en contacto con otros grandes pensadores de la época. Fue entonces cuando empezó a embarcarse en las ideas de los ilustrados, que coincidían con esos principios en los que él creía y que tanto fervor habían causado entre los alumnos de Leipzig. Llegó a ser miembro de una logia masónica, Las Nueve Hermanas, donde se reunían grandes visionarios, entre los que se encontraban los franceses Voltaire, Diderot y D'Alembert, además del representante oficial estadounidense, que por aquella época viajó por Europa, Benjamin Franklin.

Fueron años de apasionadas tertulias, años de aprendizaje en los que sus ideales se afianzaron, adquiriendo formas más definidas y claras. Durante aquel tiempo, Gaspard contrajo matrimonio con una joven procedente de una importante familia española, hija de uno de los miembros de la logia a la que pertenecía. Ella era tu abuela Catalina, y pronto tuvieron a Roman y a Franz. Pero, desgraciadamente, poco después de que tu padre naciera, Catalina murió por una grave pulmonía y Gaspard tuvo que criarlos solo.

Años después, el año de gracia de 1789, varios de sus compañeros ilustrados se rebelaron ante el rey Luis XVI en la Asamblea General en París y se iniciaron las revueltas que dieron lugar a la revolución. Gaspard siguió de cerca los acontecimientos que se sucedieron: por un momento, el pueblo parecía querer amarrar las riendas de su propio destino, parecía abrir los ojos y mirar de frente a la vida, sin ataduras ni grilletes. Pero todo fue un espejismo. Durante los años próximos, la República se tambaleó y el pueblo perdió la fe en ella. El hambre y la miseria volvían a adueñarse de las casas. Desesperada, la gente en Francia abrazó la primera alternativa que se presentó: el golpe de Estado de Napoleón, por aquel entonces un general de gran fama tras sus exitosas campañas en Italia.

Gaspard había dedicado su vida al estudio de la condición humana, y tras permanecer años en silencio observando los pormenores de la revolución, creyó descubrir las razones de su fracaso.

Por un momento, se había producido un hecho insólito, todo el mundo se había unido para acabar con el poder impuesto. Pero cada individuo lo había hecho impulsado por sus propias razones. Y esas diferencias dejaron de estar camufladas con el paso de los años, convirtiéndose en grandes fisuras. Y la fuerza de la que dispusieron al principio se esfumó como una débil llama ante una ráfaga de viento.

Pero aquella llama recién esfumada tuvo su sustituta en la mente de tu abuelo. Aquellos días de oscuridad para el pueblo, se empezó a forjar una idea que podía cambiar el mundo, una idea atemporal que Platón en su día llegó a esbozar. Una idea que tras muchos años nos ha traído hasta aquí.

Gaspard se encerró durante semanas en su castillo, dejando que aquellos pensamientos fueran adquiriendo forma en su revolucionaria mente. Pronto fue completando una lista de antiguos tertulianos y compañeros de universidad que pensaba que podíamos ayudarlo en su proyecto. Éramos individuos activos, dispuestos a luchar por nuestros ideales, por la libertad del pueblo y la destrucción del muro.

Fuimos convocados a una reunión el 5 de diciembre de 1799 en el castillo de Valberg, un mes después del golpe de Estado decretado por Napoleón. Allí acudimos doce personas, y entre los gruesos muros del castillo nos explicó la enorme empresa que pretendía emprender. Aún recuerdo aquellas palabras, la manera en que emanaron de su boca, como una melodía embriagadora, que nos hizo emocionarnos a los allí presentes. Por aquel entonces —dijo refiriéndose a Roman—, Franz y tú estabais estudiando en la Universidad de París, si no recuerdo mal...

Estuvimos dos meses recluidos entre aquellas poderosas paredes, donde pusimos por escrito nuestra visión con base en el pensamiento ilustrado, trazando y detallando el proceder de la hermandad a partir de entonces. Allí escribimos y firmamos la Declaración, allí se crearon los principios de la Orden de los Dos Caminos.

Cuando concluimos, todos estábamos extenuados. Habían sido largos días de arduo trabajo, discusiones acaloradas, reflexiones y puestas en común. Pese a ello nos sentíamos emocionados y expectantes, creíamos haber iniciado algo grande. Solo quedaba ponerlo en marcha, el gran reto. Sabíamos que un gran proyecto nos esperaba, probablemente el gran proyecto de nuestras vidas, una empresa de enorme magnitud. Nos proponíamos extender las ideas que allí acordamos por el máximo territorio que pudiéramos alcanzar, por cada ciudad, cada pueblo, cada hogar. Llegaríamos allí donde nuestros recursos nos lo permitieran.

La forma más adecuada que resolvimos emplear, consistía en que, de manera paralela, cada uno llevaría a cabo el mismo procedimiento en su propia localidad, emprendiendo tertulias entre los vecinos y amigos. En un principio se promoverían temas informales, para después introducir aspectos acordados y redactados en la Declaración. Queríamos extender las charlas que una vez se dieron entre los alumnos de Leipzig. Pretendían hacer ver a la gente más allá del muro, hacerla despertar como el hombre de Platón, para cuestionarse cosas que, hasta entonces, tal vez no se hubieran atrevido a hacerlo. Los hacíamos salir del aislado mundo que rodea a todo individuo para situarse en una perspectiva lejana que vislumbraba la sociedad desde fuera. De esa manera se reflexionaba sobre el mundo que formamos todos en conjunto, sobre la realidad que influye directamente en nuestras aisladas burbujas que conforman el día a día de nuestras vidas.

Participaban personas de toda condición, y el ambiente que se creaba, así como las lecturas que se escuchaban y los temas innovadores que se mencionaban, iba atrayéndoles de modo que el boca a boca comenzó a producirse al tiempo que la emoción y el entusiasmo se apoderaban de los contertulianos.

Con el tiempo las reuniones se fueron sofisticando y pasaron a convertirse en sociedades organizadas, las logias, con lugares de encuentro y calendarios preestablecidos.

Según lo planteado en Valberg, al alcanzar tal punto debíamos dividir cada logia en dos grados, llamados el Primer Camino y el Segundo Camino. Al primero pertenecían los más jóvenes y celebraban sus encuentros los primeros domingos de cada mes. Al segundo grado acudían los adultos, los segundos domingos de cada mes.

Los miembros de las sociedades solo conocían los dos primeros grados, pero había un tercero al que solo pertenecíamos los doce firmantes, que nos reuníamos con Gaspard en el castillo de Valberg tres veces al año para gestionar y estabilizar los avances de cada logia. Solo nosotros sabíamos cuál era el verdadero objetivo de aquellas sociedades. Cada una iba creciendo ilusa, desconocedora de que en otros lugares de Europa lo hacían también otras gemelas con el mismo objetivo.

Pronto fueron engrosándose de tal forma que algunas llegaron a alcanzar los cien miembros, acudiendo gente de otros pueblos, atraídos por buenas palabras de familiares y amigos. Mantener la clandestinidad se convirtió en un reto y resolvimos proceder con el siguiente paso de nuestro proyecto. Expandirse. Cada firmante poseíamos un miembro de confianza al que poder revelar la existencia del tercer grado, de otras logias similares en otras ciudades, de la Orden.

Varias personas fueron iniciadas en el tercer grado y estas adquirieron la responsabilidad de crear nuevas logias en otros lugares. De este modo, se dio pie a un proceso de crecimiento a modo de cadena, emanando nuevas logias de las que ya habían crecido lo suficiente. Y así, comenzaron a extenderse núcleos en diferentes puntos de Europa. Recuerdo cuando empezamos con solo diez logias. Al cabo de tres años, se rumoreaba con que había alrededor de cien repartidas por todo el Viejo Mundo. Al cabo de cinco años ya perdimos la cuenta.

A las reuniones trianuales del tercer grado cada vez acudían más miembros nuevos. Hubo un momento, sobre todo a partir de la reunión primaveral del año 1805, en que algunas logias iban en representación de otras porque abarrotábamos el castillo.»

El maestro guardó silencio y la historia se detuvo. Julián parpadeó varias veces, absorto. Los hechos relatados por el inglés le habían evadido y se había olvidado por completo de cuanto le rodeaba.

El maestro sonrió, se levantó y se acercó a la estantería que había junto a ellos. Tomó un pesado libro de una de las baldas y de él extrajo un gran papel doblado. Tras abrirlo, se lo tendió a Julián. Este lo admiró asintiendo para sí, repetidamente, con un intenso brillo en los ojos. Era un mapa de Europa. En él había trazados decenas de puntos, como centros de unos círculos cuyas líneas a veces se entrelazaban entre sí.

—Cada punto representa una logia —le explicó el maestro Hebert mientras volvía a tomar asiento—, y los círculos son sus radios de acción, la zona hasta donde alcanza su acogida. Ese dibujo lo hicimos hace siete años, cuando aún las conocíamos todas.

Julián no podía creerse lo que estaba viendo.

—No puede ser... —musitó—. Es demasiado... es enorme.

El maestro Hebert soltó una risotada contenida, la cual fue acompañada por una sonrisa de Roman, que recostado sobre la butaca, disfrutaba de su pipa.

—Eso es lo que decían casi todos los recién iniciados en el tercer grado —dijo el inglés.

Julián contemplaba el mapa que aún sostenía entre sus manos. Reconoció el lugar donde estaba la Llanada y la ciudad de Vitoria. Había un punto.

—Así que mi padre... —musitó con un hilo de voz.

—Franz fundó una, pero no llegó a desarrollarse demasiado. Tras la invasión francesa tuvo que disolverse —respondió Hebert, asintiendo con la cabeza—. Aunque no lo supieras, tú conociste los dos primeros grados, como la mayoría. Hoy has conocido el tercero.

—Pero yo no sabía que se tratara de primer o segundo grado...

—Ni tú ni nadie que no perteneciera al tercer grado —le explicó el inglés—. Era el precio a pagar por la seguridad de la Cúpula. Y al mismo tiempo, la verdadera clave del poder de la Orden; las logias son independientes entre sí. En caso de producirse alguna traición, alguien que nos vendiera a algún gobierno o al mismo Napoleón, solo caería una logia, el resto quedaría a salvo.

—Salvo que el traidor perteneciera al tercer grado —intervino Roman.

—Por supuesto —admitió Hebert.

Julián aún estaba intentando asimilar todo aquello. Para él, los encuentros que organizaba su padre habían sido parte de su vida; una manera de divertirse, de estar con la gente y de aprender cosas nuevas. Había sido como la escuela a la que nunca llegó a acudir. Pronto lo comprendió todo; eran charlas como las que infundió Gaspard años atrás en la Universidad de Leipzig. La Orden era una escuela secreta. Y si cada miembro del tercer grado había hecho lo mismo en diferentes lugares del mundo... Julián sintió cómo el corazón se le aceleraba.

—Las ideas de mi abuelo estarán muy extendidas...

El maestro inglés acompañó su reflexión.

—¡Ahí radica la fuerza de todo esto! —exclamó, entusiasmado—. Verás, ha llegado un momento en que las ideas, la semilla implantada por tu abuelo y los demás firmantes, está floreciendo imparable y hay que dejar que crezca sola en la mente del pueblo. Estamos haciendo lo que no hicieron los ilustrados hace veinte años. Al fin y al cabo, la única arma es la fuerza del pueblo unido, precisamente lo que faltó en la Revolución Francesa.

—¿Y hasta dónde ha podido llegar todo esto? —preguntó Julián.

—Quién sabe... —suspiró Roman mientras expulsaba una bocanada de humo—, sería imposible conocer su verdadero alcance. Tal vez Gaspard tuviera algún indicio sobre ello.

—Podría ser —lo acompañó Stephen—. Gaspard gestionaba todas las logias desde Valberg, él era el único punto de unión, el centro de todo. Pero él también tuvo que perder la cuenta.

Julián escrutaba los ojos del inglés cada vez que el reflejo desaparecía de sus lentes. En el papel que tenía doblado en el bolsillo de su chaleco había una lista con preguntas que aún no tenían respuesta. El maestro inglés no había mencionado nada acerca del legado de Gaspard, su Gran Secreto, como decía Franz en su carta.

—¿Y cómo habéis llegado hasta aquí?

El inglés frunció el ceño.

—¿Disculpa?

—Me refiero a qué es lo que sucedió el día en que mi padre falleció. ¿Qué sucedió aquella noche en Madrid? ¿Os reuníais allí?

—Ah, sí... desde luego —se excusó el inglés—. He olvidado mencionar eso.

»Verás, tras el golpe de Estado de 1799, el pueblo francés recuperó la ilusión; veían en Napoleón a un dirigente que traería poder y riqueza a la nación. Pero pronto empezaron las conquistas de Bonaparte por toda Europa y el terror empezó a extenderse. Miles de muertos en los campos de batalla, miles de víctimas civiles, gente inocente castigada por las guerras, enormes extensiones de campos y cosechas destrozadas, hambruna, violencia, horror...

»Años después, tras el Tratado de Fontainebleau en octubre de 1807, empezaron a correr rumores de las verdaderas intenciones de Napoleón: apartar a los borbones del trono español y poner a alguien de su confianza, su hermano Joseph.

La Orden enseguida supo ver la oportunidad que ello significaba: un país en guerra por su independencia ante un opresor, con un gobernante extranjero y odiado. El pueblo se iba a encolerizar y de la misma manera que en la revolución de 1789, un nuevo alzamiento podía suceder. Fue entonces cuando España se convirtió en el epicentro de nuestras operaciones.

»Pero la revolución contra el invasor ha de convertirse en una revolución contra el Gobierno absolutista y las tradiciones erróneas propias de esta sociedad, un cambio respecto a lo que había antes de la invasión. Y eso se está dando aquí, en las Cortes de Cádiz. Y por eso la Orden se refugia ahora entre sus muros. Queremos que la Declaración que escribimos en Valberg tenga su reflejo en la Constitución que aquí se cree. Es una oportunidad inmejorable.

Julián asintió, reflexivo. Había algo que aún lo confundía.

—Según vosotros —comentó—, el trabajo de la Orden debería verse reflejado en el pensamiento de la gente que haya entrado en contacto con ella. Debería haber una unión... —Hizo una pausa y pensó en lo que había visto hasta entonces, en la aventura vivida desde que aquella guerra comenzase casi tres años atrás—. Desconozco hasta qué punto estará esto extendido, pero en mi tierra yo no he visto unión en la gente. Yo veo que cada uno lucha por sobrevivir. Unos se unen al invasor por afinidad o por supervivencia; otros se sublevan y luchan en las guerrillas odiando a Francia y amando a Fernando; otros se esconden en sus casas y rezan porque todo acabe. Aquí, en las Cortes, están los absolutistas y los liberales luchando entre sí. ¿No es lo mismo que sucedió en la revolución de 1789? ¿No es lo mismo que contaba Platón en su mito?

—Es cierto lo que dices —respondió Hebert—, pero no estamos seguros de cuánta gente ha entrado en contacto con las ideas de la Orden. Tal vez aún haya que esperar a que esto crezca más, tal vez aún no sea suficiente.

Roman decidió intervenir.

—Julián, lo que has mencionado era precisamente el mayor de los temores de Gaspard. Él decía que jamás podrá contemplarse en el mundo poder más grande que el del pueblo unido; pero es tan inmenso, que se fisura constantemente. Muchos han dicho que la idea de Gaspard fracasará por eso.

—¿Entonces...? —Julián alzó los brazos y señaló a su alrededor—. ¿Para qué todo esto?

La voz de Roman le respondió con serenidad.

—En tu aldea Franz inició una de las logias. No creció mucho, pero aun así, gracias a la benevolencia de vuestro párroco, tuvisteis que trasladaros a la iglesia para reuniros. Ninguno de vosotros sabíais que pertenecíais a un grupo organizado, pero comenzasteis a entrar en contacto con algunas de las ideas procedentes del pensamiento ilustrado. Ahora bien, ¿cuántos aldeanos que conozcas se han sublevado, cuántos luchan en las guerrillas para conseguir un mundo mejor, cuantos conocen lo que aquí, en Cádiz, se está engendrando?

Julián no tuvo que pensar mucho para responderle.

—La mayoría continúan trabajando duramente para sacar buenas cosechas y aguantar un año más.

—Y, aun así, Franz les hizo entrar en contacto con las ideas de la Orden, las ideas de la Ilustración.

—Entonces, ¿por qué lo hizo? —exclamó Julián—, vosotros también sois escépticos respecto a esto. Es difícil que cada miembro de una logia responda igual. Las palabras provocan diferentes reacciones en cada uno.

Roman le señaló el mapa con la pipa. Centenares de cruces brillaban en tinta negra.

—Cierto, pero mira esto... —murmuró con la mirada encendida—, mira su magnitud, su extensión. ¿Crees que algo así puede esfumarse con la primera ráfaga de viento? Tal vez la gente no reaccione en masa, tal vez no se atreva a unirse, pero la semilla estará plantada en muchos hogares. Y la rueda gira, cada vez haciéndose más grande. Y quién sabe cuál será su recorrido...

Julián guardó silencio ante lo dicho por su tío; al no verlo satisfecho, este retomó la palabra.

—Pocos meses antes de morir, Gaspard comentó algo. Dijo que el verdadero objetivo de la Orden ya se había logrado. Dijo que daba igual la reacción de la gente, que solo con dejar la rueda girar era suficiente para conseguirlo.

—¿Para conseguir qué?

Roman se llevó la pipa a la boca y se encogió de hombros. Guardó silencio, pero sus ojos no parecieron esconder nada. Stephen se cruzó de piernas.

—Desconocemos lo que quería decir Gaspard con ese comentario —dijo el inglés—; pero, como has podido comprobar, los esfuerzos de la Orden no solo se centran en las logias. Ahora hay otro cometido más importante entre los muros de Cádiz. La Cúpula de la hermandad posee miembros de cierto peso político entre los liberales. Podemos influir en las decisiones que en estas Cortes se tomen. La Declaración de la Orden puede tener su reflejo en la nueva ley que aquí se escriba, una ley reconocida por todos. Tenemos una manera legal de conseguir nuestro propósito.

Tras sus palabras se hizo el silencio y Julián se revolvió en su asiento, había una pregunta a la que Stephen Hebert aún no había contestado y decidió volver a formularla.

—¿Qué sucedió aquella noche en Madrid?

Las lentes del inglés parecieron brillar con mayor intensidad.

—Como ya he mencionado —respondió—, España se convirtió en el epicentro de las operaciones. Aquella reunión, organizada en una casa franca que poseía la hermandad, fue la última que se celebró antes de tener que refugiarnos en Cádiz. Aquella noche Gaspard estaba inquieto. Habían llegado noticias de que una de nuestras logias en Francia, la de Nantes, había sido descubierta por el Gobierno francés. Por suerte, su fundador consiguió escapar y la seguridad de la organización no se vio afectada.

»A pesar de ello, la preocupación era patente; sabíamos que el Servicio Secreto francés andaba tras nuestros pasos. Aún desconocemos cómo consiguieron encontrarnos, pero en cuanto sonaron las doce, alguien avisó de que fuera se percibían movimientos extraños. Cuando vimos a seis individuos entrar al jardín por la puerta principal, no lo dudamos ni un instante y escapamos por la salida trasera.

Julián asintió sin sentirse completamente satisfecho. Las palabras del inglés no habían terminado de convencerlo.

—Pero mi abuelo se quedó —acabó diciendo.

El rostro de Hebert dejó entrever una mueca de incomodidad que pronto solventó con una cordial sonrisa.

—En la casa había material que si caía en manos enemigas podía traernos dificultades —explicó—. Gaspard se quedó y lo quemó todo. Se sacrificó por nosotros. Yo lo comprendí, se trataba de salvar el proyecto de su vida.

—¿Y mi padre?

—Tu padre se quedó un poco más... —respondió Stephen con cierta duda en la voz—. Supongo que intentó convencerlo de que huyera también. Todos nos habíamos marchado para cuando debió de salir por la puerta trasera.

—¿Y cómo creéis que os encontraron? —insistió el joven.

El maestro Hebert se encogió de hombros.

—Ojalá lo supiéramos... —respondió, hundiéndose en el sillón.

Julián no pudo evitar hablar de lo que le rondaba por la cabeza.

—¿No habéis barajado la posibilidad de que haya un traidor entre vosotros? —preguntó sin tapujos—. Alguien siguió a mi padre... y tuvo que ir tras él desde la casa en la que os reuníais, o tuvo que esperarle en algún punto del camino.

El rostro de Stephen Hebert se contrajo.

—¿Insinúas que alguien de nosotros mató a tu padre? —Su voz mostraba ofensa, aunque no fue del todo firme.

—Tal vez alguien tuviera razones para ello —continuó Julián; pensó en las cartas de Franz, en sus últimas palabras antes de morir—. Tal vez hubiera ciertos documentos de por medio. Tal vez mi padre se retrasó porque Gaspard le legó algo en el último momento. Su Gran Secreto creo recordar...

Stephen Hebert abrió mucho los ojos ante aquellas palabras. A su lado, Roman permanecía en silencio observando a su sobrino. El inglés enseguida recuperó la compostura.

—Eso solo son rumores —dijo con indiferencia—, no hay pruebas convincentes de que existan.

Julián no dijo más, ya tenía lo que necesitaba: Stephen Hebert sabía de la posible existencia de aquellos documentos. «Rumores», había dicho. Por lo visto, también había secretos entre los miembros del tercer grado.

Julián miró al único reloj de pared que había en la sala. Acababan de dar las doce. El tiempo había volado. Se sorprendió al ver la estancia casi vacía, quedando solo un hombre en la mesa redonda, de espaldas a ellos, fumando un cigarrillo.

—¡Vail! —gritó Hebert con un cierto deje de impaciencia en la voz—. Ya puedes venir, hemos terminado.

El hombre se levantó y se volvió hacia ellos. Su rostro estaba velado por la distancia y la penumbra, pero no tardó en revelarse ante ellos cuando se les acercó a grandes zancadas.

Vestía ropajes oscuros y hubo algo en su aspecto que dejó sin respiración a Julián. Su cabello le caía largo y violento por la frente y las sienes. Unas lentes, unas pobladas cejas, un bigote y una perilla cubrían su rostro y lo dotaban de un aire intrigante. De pronto, la hoguera y el pueblo abandonado de Artaze vinieron a su mente, traídos por aquel hombre.

—Os presento al hermano Vail Gauthier —dijo el maestro Hebert una vez que se hubo acercado.

Julián no cabía en su asombro: era V. G., su amigo de las tinieblas. El individuo se inclinó ligeramente ante ellos, sin soltar el cigarrillo que aún humeaba entre sus manos.

—Un placer verte de nuevo, joven —dijo, mirándolo fijamente. Después, se dirigió a Roman—. Hermano Giesler.

Julián no sabía qué decir.

—Tú también perteneces a la Orden... —musitó, confundido.

El hombre fue a decir algo, pero Stephen Hebert se adelantó con cierta desgana en la voz.

—El hermano Gauthier —dijo mientras se revolvía en el asiento al tiempo que miraba su reloj de bolsillo con impaciencia— es uno de nuestros miembros más destacados. Sustituyó al difunto Pierre Montainer como maestro en la logia de Nantes. Pierre fue uno de los firmantes de Valberg y Vail era su gran pupilo en Francia. Se inició hace años en el tercer grado y ha colaborado enormemente en la fundación de nuevas logias. Ahora está aquí refugiado junto a nosotros, desde que les descubrieron en Nantes. Sentía un gran respeto por tu padre y tu abuelo y por esa razón, cuando lo asesinaron, Vail se prestó para investigar su muerte. Creo que ya os conocéis...

Julián asintió sin dejar de mirar al hermano Gauthier. Desde luego que era él. El mismo rostro que vio iluminarse a la luz de una hoguera en una fría noche de invierno.

Sonó el reloj de pared y Stephen intentó dar por concluida la conversación. Roman lo apoyó y ambos se levantaron de sus asientos. Julián se quedó con deseos de hablar con Vail, pero ya era demasiado tarde.

Stephen llamó al portero, y tras las despedidas oportunas, el viejo sirviente los acompañó hacia la salida.

Una vez que estuvieron solos, Roman no tardó mucho en hablar.

—¿Conocías a Vail?

Julián sintió cierta incomodidad ante la pregunta. Le había escondido sus encuentros con el francés.

—Tuve un par de conversaciones fugaces con él —contestó, intentando restarle importancia—. Después de morir mi padre.

Roman no dijo nada y permaneció en silencio mientras caminaban de vuelta a la posada.

—¿Qué sucedió en Nantes? —preguntó Julián en un intento por evitar silencios incómodos. Aunque lo cierto era que le interesaba sumamente la respuesta.

—Le llaman el héroe de Nantes —dijo Roman, refiriéndose a Vail—. Cuando sustituyó al difunto Pierre como maestro en la logia, esta contaba con demasiados miembros y decidió extenderse a las ciudades de Le Mans y Angers. Al parecer, uno de sus hombres de confianza al que iba a destinar a una de las nuevas logias simpatizaba a escondidas con el Gobierno francés y pensaba traicionarles. Cuando Vail lo descubrió, los agentes del Servicio Secreto llevaban meses controlándolos. Su reacción fue radical: desmanteló la logia y huyó. Si le atrapaban le harían hablar y por eso borró todo rastro con el resto de logias. Salvó la Orden de un desastre.

Julián asintió en silencio. Empezaba a comprender las extrañas preguntas de Vail en sus primeros encuentros. Investigaba para la Orden.

—Si el hermano Gauthier conocía a mi padre —reflexionó entonces—, tal vez sepa algo de él que nosotros desconocemos.

—Pareces muy convencido de la existencia de esos documentos —comentó Roman.

Pensó entonces que había llegado el momento de sincerarse con su tío. Abrió el bolsillo de su chaleco y sacó el papel arrugado, tendiéndoselo.

—Está todo lo que dijo mi padre antes de morir —le explicó—, lo que me contó el boticario Zadornín, el que lo encontró en el camino cuando aún vivía. También está lo que decía en su carta, aunque eso ya lo sabes.

Roman se detuvo en mitad de una callejuela estrecha, y escrutó el papel a la luz de un farol.

—Por eso y por las cartas de Franz creo en la existencia de algo más —continuó—. Hay algo que mi padre quiere que hagamos.

Su tío observaba el papel, absorto, con los ojos iluminados.

—«Recuerda —leyó—, que siempre habrá de haber alguien que conozca los legajos de Gaspard; si no fuera así, preguntad por el guardián de vuestro legado...»

Julián asintió.

—Cuando lo halló el boticario —le relató a su tío—, estaba tendido en el suelo, sin poder moverse y no paraba de preguntar por

sus alforjas, por su contenido. Estoy seguro de que le habían robado algo.

—«Padre me ha revelado su Gran Secreto... He de poner el último
de los legajos a salvo...» —continuó leyendo Roman. Sus ojos brillaban con intensidad.

Julián miró a su tío, seguro de lo que iba a decir.

—Estoy convencido de que realmente existe algo más. El maestro
Hebert no lo ha negado y los hombres que nos persiguen trataban de
buscar algo en mi casa. Creo que esa es la razón de que pretendieran
cogernos aquel día en Haritzarre. —Señaló el papel—. Hay algo que
Franz nos quiere decir con sus palabras. Tenemos que saber qué sucedió, qué le dio Gaspard antes de morir.

Roman asentía, sacudiendo la cabeza repetidamente, absorto en
las palabras escritas.

—«Preguntad por el guardián de vuestro legado...» —musitó una
vez más.

28

La luz rojiza del atardecer hacía que la jofaina y el cubo de latón con agua limpia, dos objetos de lo más sencillos, brillaran como piedras preciosas. Junto a la ventana de su habitación había una sencilla mesita de caoba, donde descansaban un par de paños y un pequeño espejo de mano.

Julián se lavó el rostro en la jofaina y se miró en el espejo. Hacía meses que no comprobaba su aspecto, ni siquiera en una charca, y se sorprendió al verse reflejado en él. El joven que recordaba había desaparecido; el espejo le mostraba un hombre con el rostro curtido y tostado por el sol. Las facciones juveniles que una vez lo remarcaron con suaves y afiladas formas habían desaparecido, sustituidas por un endurecimiento de los rasgos, con pequeñas arrugas que surcaban su frente al fruncir el ceño.

Se acercó al espejo y observó con detenimiento su poblada barba, que le crecía exuberante y briosa en el bigote, la perilla y las patillas. Entonces cogió la navaja de su padre, y la deslizó con suavidad mientras le rasuraba los pelos limpiamente, sin dolor. Ante la falta de uso, resolvió mantenerse cauto durante toda la operación, y a pesar de ello no pudo evitar cortarse en el mentón. Cuando hubo terminado, esbozó una sonrisa de satisfacción.

«Todo un hombre», se dijo mientras se limpiaba con el paño.

Tras ordenar su cabello siempre revoltoso, se enfundó su camisa recién lavada y se acercó a la silla donde tenía desplegado el chaleco de su padre. Comprobó con cierta melancolía lo viejo que estaba. Lo raído de las hombreras se había acentuado y varios botones colgaban a punto de caerse.

Salió de la habitación y pidió en el mostrador de abajo cepillo y jabón. Al volver arriba, el último estertor del día se mostraba en la estancia con sesgados rayos rojizos, los cuales le permitieron acicalar su vieja prenda con sumo esmero. El cariño se mostraba en los delicados movimientos de sus manos que trataban de lavarla con el cepillo sin desgastarla aún más. Cuando se hubo secado, sacó de la capa lo que quedaba de hilo y reforzó los botones. Al concluir con la tarea, sostuvo el chaleco en alto, orgulloso de su remiendo. Pese a ello, no había podido esconder los años que cargaban sobre él.

Sintió una ráfaga de nostalgia al recordar a su padre vestido con él. Las últimas semanas había vuelto a ser capaz de dibujar los rostros de su familia en su mente. Y gracias a ello, había desarrollado una vía para sentirse mejor en momentos como aquel. Se imaginaba a sus padres juntos, sonrientes y felices de haberse vuelto a encontrar, mirándolo desde el cielo. Incluso veía a su hermano Miguel, también sonriendo. Veía a su madre radiante, tal y como la recordaba antes de que enfermara. A veces podía llegar a sentir su olor a frescura, a limpieza.

Se sorprendió a sí mismo con el chaleco enfundado, contemplándose en el espejo. Las lágrimas ya no le fluían con tanta facilidad. A pesar de ello, requirió de un momento para serenarse.

La ventana permanecía abierta y el ruido de la calle se colaba por ella. En la taberna la cena ya estaría sirviéndose. Aquella noche la señorita Seoane, o Diana, como le había dicho ella, actuaba en la posada. Desde que llegara, la había visto en dos ocasiones paseando por la calle siempre en compañía, y en ambas había tenido buenas palabras para él.

Había transcurrido una semana desde la última reunión con la Orden. Durante aquellos días, había acudido a varias sesiones en las Cortes con la intención de coincidir con el hermano Vail Gauthier, pero no lo había encontrado. Aún recordaba aquella conversación que mantuvo con él en el poblado abandonado de Artaze. Por alguna razón, Vail sabía que los franceses habían entrado en su casa con la intención de encontrar algo que Franz tuviera escondido. Julián creía verlo con claridad. Aquello no hacía más que confirmar sus sospechas de que en la Orden sabían de la existencia del legado de Gaspard. Si el maestro Hebert no había querido hablar de ello, tal vez Vail estuviera dispuesto.

Salió de la habitación y bajó la escalera. Como la mayoría de los días, Roman tampoco cenaría con él aquella noche. Desde que le enseñara su lista, apenas lo había visto; salía de la posada al amanecer y no volvía hasta bien entrada la noche. Cuando le preguntaba por lo que había hecho, él contestaba que había estado recorriendo las calles, meditando.

Pasó del silencio de su habitación al bullicio del local. La mayoría de las mesas estaban ocupadas y las hijas del posadero no daban abasto sirviendo a la clientela hambrienta.

—¡Julián!

Reconoció su voz antes de verla, embriagadora como la noche en un mar calmado. Era Diana.

Apoyada en la barra, conversaba con dos hombres y una mujer, y levantaba el brazo para que la viera. Julián se acercó con el corazón acelerado. Ella le sonreía enseñando su dentadura inmaculada, blanca como la espuma. Cubría su figura con un ligero vestido rosáceo, que le ceñía el cuerpo revelando sus turgentes formas. Sintió que su mirada se desviaba hacia su pronunciado escote, pero consiguió mantener la compostura.

—Me alegro de verte de nuevo, Julián de Aldecoa. —Sus ojos brillaban como el colgante que lucía en el cuello.

—El placer es mío, señorita. —Hizo una breve reverencia y sonrió con cortesía.

Diana le presentó a sus acompañantes y le invitó a unirse a la conversación. Él lo hizo encantado, al tiempo que pedía una jarra de cerveza.

—Compraría un carruaje y dos corceles bien blancos, de esa raza andaluza que llevaba la familia real —decía uno de barba poblada y canosa. Hablaba con brusquedad, y a juzgar por los ropajes, parecía marinero.

—Entonces necesitarías unos establos, y bien grandes, cariño —le dijo una señora que, dado el último apelativo, parecía su mujer.

—Y los tendría, desde luego. —El hombre se rascó la barba al tiempo que entornaba los ojos, pensativo—. En mi palacete frente a la Puerta del Sol, o más bien en mi castillo de las montañas granadinas.

—En Madrid no, cariño. Sería mejor disponer de vistas al mar, en un lugar cálido.

—Estoy harto del mar —el hombre escupió sobre su jarra vacía—, me paso todo el día en él.

Diana se dirigió a Julián.

—Hablábamos sobre lo que haríamos si, de pronto, adquiriéramos una fortuna inagotable.

—Una conversación de fracasados —inquirió el marinero. Su mujer le dio un cariñoso cachete en la mejilla.

—Nada de eso —dijo—. Una conversación de soñadores.

Diana centró su atención en Julián, inclinándose ligeramente hacia él.

—¿Tú qué harías?

Los demás también lo miraron, aguardando su respuesta. Se vio invadido por una presión repentina y planteó responder lo primero que le viniera a la mente, pero después miró a Diana. Su rostro mostraba sumo interés y no supo mentir.

—Construiría una casita junto a tierras fértiles que fueran mías... y después enseñaría a mis hijos los secretos de la tierra.

Calló. Y sintió que se había desnudado allí, en mitad de la taberna, frente a todos. Fue como desprenderse de todos sus ropajes, como abrir el corazón de par en par.

Hubo un silencio expectante y, de pronto, todos empezaron a reír. A carcajada limpia. Julián se quedó aturdido, y no pudo más que esbozar una tímida sonrisa.

—¡Creo que no has entendido bien el juego! —exclamó el marinero—. ¡Se suponía que tenías una fortuna!

Los ojos de Diana mostraban cierta ternura, y se le acercó para darle un beso en la mejilla. Después se dirigió a sus compañeros.

—Parad de reír, ¡insensibles! —les espetó.

Cogió a Julián de la mano y se lo llevó un poco más allá, alejándose de los otros. Al volverse, le habló con suavidad, segura de que nadie la oía.

—No les hagas caso... —Lo miró a los ojos—. Mi actuación empieza enseguida y creo que terminaré sobre las doce... —Se acercó a su oído y bajó la voz—. Si quieres, puedes esperarme.

Arqueó ambas cejas.

—¿Esperarla?

Diana pareció sorprenderse.

—Cádiz es bonita de noche —dijo entonces—, podemos dar un paseo.

—Ah, claro... —musitó Julián, nervioso—. Esperaré.

Ella asintió, satisfecha, y le acarició la mejilla borrándole el rastro del pintalabios.

—Si lo deseas —sugirió entonces—, puedes entretenerte con aquel hombre de allí. —Le señaló hacia una mesa que había al fondo, en una esquina y algo apartada de las demás—. Ha estado preguntando por ti.

Julián asintió y ella alzó los ojos, fugazmente, para lanzarle una mirada provocadora. Después, y sin decir nada, se volvió hacia sus amigos, dejando tras de sí la estela de una sonrisa arrebatadora. Él sentía el corazón retumbando en su pecho, con fuerza. La contempló alejarse y cuando la vio retomar la conversación, se volvió y paseó la mirada por el local. Sintiéndose aturdido, resolvió moverse de inmediato, y se dirigió hacia donde ella le había indicado; a medida que cruzaba la taberna las pulsaciones fueron acompasándose y consiguió controlar su turbación.

La mesa estaba ocupada por un hombre. No pudo distinguir su rostro desde la distancia, porque la esquina donde se hallaba escapaba de la iluminación de los candiles colgantes del techo. Cuando se acercó, el individuo alzó la vista de su taza de té, y sus lentes destellaron en un fugaz reflejo. Se sorprendió. Era el hermano Vail Gauthier.

—Buenas noches, Julián —lo saludó con suavidad en la voz—. Stephen me informó de tu lugar de hospedaje.

Lo invitó a sentarse. Julián pidió otra cerveza y un gazpacho a una de las hijas del posadero que correteaban entre las mesas.

—Volvemos a encontrarnos —dijo Vail una vez que pidió la bebida. Arqueaba los labios en una mueca que no llegaba a enseñar los dientes.

Julián asintió mientras distraía la mirada por el local.

—El lugar es más confortable que la vez anterior —dijo animado.

—Aquel poblado también tenía su encanto... —La voz de Vail sonaba tranquila y serena en mitad del bullicio local; el suave deje de ironía desapareció de pronto—. Creo que te debo una explicación. No te conté ciertas cosas.

Julián observó con disimulo las lentes del hermano Gauthier, las cuales escondían unos ojos penetrantes. Su cabello negro le ocultaba medio rostro.

—¿Y por qué no lo hiciste? —preguntó.

—No debía inmiscuirme. Debía respetar la decisión de tu padre. Y en cualquier caso, si alguien debía hablarte de todo esto, era Roman.

—No sabía que conocieras a mi padre.

Los ojos de Vail se encendieron por un momento.

—Cuando supimos de su muerte —mencionó con extrema severidad—, expresé mi deseo de investigar los hechos al maestro Hebert. Él no puso objeción alguna.

—¿Y descubriste algo? —preguntó Julián una vez que le trajeron la cena.

Negó con la cabeza.

—Me parece que lo mismo que tú. Hablé con el boticario que descubrió su cuerpo y con algunos vecinos de la aldea.

Julián mojó los labios en la espuma de la bebida y tragó despacio mientras se daba tiempo para pensar. No podía desaprovechar la oportunidad de conversar con el hermano Gauthier.

—Aquella noche en Artaze me preguntaste por el registro que hicieron esos franceses en mi casa —dijo entonces—. Sabías que buscaban algo. Además de eso, a través de Zadornín descubriste lo que dijo mi padre antes de morir, sabes que preguntó por sus alforjas, que le preocupaba lo que su asesino le podía haber robado. —Hizo una pausa y lo miró con franqueza—. Has oído hablar del legado de Gaspard. Su Gran Secreto.

Vail no se movió un ápice; su mirada permaneció estanca, al igual que sus facciones.

—El maestro Hebert no te engañó el otro día —respondió al fin—. Nadie ha visto nada jamás. Tal vez Gaspard ocultara algo importante consigo, pero nadie tiene pruebas fehacientes de ello.

Julián insistió.

—Si Franz se quedó a solas con mi abuelo cuando ambos sabían que este iba a morir, ese fue el instante clave para que le revelara algo. Prueba de ello fueron las últimas palabras de mi padre en las que, claramente, se refería al contenido de sus alforjas.

—Desde que pertenezco a la Orden —confesó Vail tras reflexionar largamente con la mirada puesta en el contenido de su taza—, entre los hermanos del tercer grado han corrido rumores y habladurías de que Gaspard nos ocultaba cosas, lo cual tenía su sentido, puesto que él era el creador de todo. Cuando abandonamos nuestro lugar de reunión aquella noche en Madrid, alguien comentó que Franz se había quedado rezagado, intentando convencer a Gaspard de que huyera con todos. —Vail frunció el ceño, recordando tiempos pasados—. Más tarde, tras la noticia de su muerte, llegué a la misma conclusión que tú: ¿Y si los rumores eran ciertos? ¿Y si el gran secreto de Gaspard existía realmente? Me temí lo peor. La Orden podía estar en peligro y por eso acudí a vuestras tierras.

Julián escrutó la mirada de aquel hombre, escondida tras sus pobladas cejas y las lentes de cristal.

—¿Y qué mencionaban esos rumores? —acabó preguntando.

Vail se tomó un tiempo para contestar. Apenas se movía, solo tenía la mirada clavada en su tacita de té.

—Cosas sobre el poder que alberga la Orden...

—¿El poder? —se extrañó Julián.

—Sí, el poder —respondió Vail—. ¿Acaso hay algo que pueda interesar más al hombre? ¿Cuál va a ser, si no, la razón del interés que tiene Napoleón en todo esto?

Julián calló, con los ojos entornados.

—El otro día pudiste ver la fuerza que posee la hermandad —continuó Vail—. Tiene miembros importantes infiltrados en los gobiernos y controla un número desconocido de logias a las que acude quién sabe cuánta gente. Se dice que esos legajos, o lo que contenga ese baúl del que hablan...

—¿Baúl?

—Baúl, legajos, fardos... se ha hablado de infinidad de cosas —terció Vail con paciencia—. Según los rumores, quien conozca el contenido del legado de Gaspard, poseerá el control de la Orden.

Julián se había inclinado sobre la mesa, escuchando con atención las palabras del francés.

—No parecen habladurías —objetó.

—Pareces tener mucha fe en la existencia de ese legado —observó Vail—. ¿Acaso sabes algo que los demás ignoran?

Julián se revolvió en su silla, desviando la mirada y centrándola en una de las hijas del posadero, que servía vino en una mesa cercana.

—No —mintió.

El francés lo observó durante unos instantes, sin decir nada. Sus ojos atravesaban las lentes, estudiándolo con un cinismo que por un momento le asustó. Había algo en aquella mirada que le confundía, provocándole una extraña sensación de desasosiego.

—Mi misión es proteger la Orden con la vida —pronunció con franqueza—. Y mi deuda con tu padre es esclarecer los hechos que rodean su muerte. Buscamos lo mismo, Julián. Puedes confiar en mí.

—Está bien saberlo.

Aquello sonó a fin de la conversación y a partir de entonces ambos se sumieron en el silencio, centrando su atención en el barullo que provenía del otro lado del local, donde la actuación de Diana daba comienzo. Tras una breve presentación, la voz de ella inundó la sala, acompañada por los acordes de una guitarra. Fueron dos horas en las que la gente escuchó en silencio, cantó en coro y rio a carcajadas. Julián también lo hizo, pero sin apartar la mirada de la cantante.

En medio de la actuación, Vail se levantó, alegando que debía de irse. Ambos se estrecharon la mano y acordaron verse pronto.

Una vez concluida la actuación, solo quedaban algunos rezagados en el local, borrachos en su mayoría, y las hijas del posadero, que fregaban las mesas y el suelo en completo silencio. Julián aguardaba impaciente a que Diana concluyera su conversación con el posadero.

Cuando lo hizo, se levantó y la acompañó a la salida.

—Ha estado magnífica —la felicitó.

—Gracias —dijo ella al tiempo que le cedía la mantilla para que se la colocara sobre los hombros. El joven lo hizo encantado—. Aunque desconozco cuál es la verdadera razón de mi éxito.

Julián la miró con curiosidad.

—¿A qué se refiere?

Un ligero fastidio asomó a modo de suave surco en la frente de ella.

—Tutéame, Julián. Me siento más cómoda.

Él se encogió de hombros al instante.

—Mis sinceras disculpas, Diana.

Ella le restó importancia con una cordial sonrisa y se refirió de nuevo a la pregunta de Julián.

—Me refiero a mis cualidades como artista o a mi aspecto femenino.

—Ah, en ese caso está claro —respondió él con firmeza, en un afán por solventar su pequeño desliz—. Entran en juego ambas cosas, por partes iguales.

—Pareces sincero —observó ella.

—No me puedo negar ante la evidencia.

Diana enseñó de nuevo sus blancos dientes, al tiempo que se miraba el colgante. Julián creyó haberla convencido y se sintió orgulloso de su repentina inspiración. Después, ella se sujetó de su brazo y ambos comenzaron a pasear.

Anduvieron en silencio. Era una cálida noche de otoño y la gente aún paseaba por las calles. Muchos con los que se cruzaron conocían a Diana, la mayoría caballeros que dedicaban cortesías a la señorita, sombrerazos e inclinaciones de cabeza. Después observaban a Julián sin disimulo, con miradas altivas que escondían un desprecio promovido por lo que el joven quiso creer como envidia.

—¿Y cuál es tu razón? —le soltó ella cuando cruzaban por otra plaza similar a la de San Antonio; Julián desconocía por dónde caminaban—. ¿Por qué estás aquí? Todos los forasteros esconden una historia digna de contar.

Julián distrajo la mirada por los balconcillos que asomaban desde las casas.

—Digamos que soy un refugiado más.

—¿Y de qué conoces a Horatio Watson? —preguntó ella.

—Trabaja para Stephen Hebert, él conoce a mi tío y nos ayudó a conseguir las cartas de residencia. ¿Sabes quién es Stephen Hebert?

Ella asintió con efusividad.

—¿Quién no conoce al tertuliano Hebert? —exclamó—. Durante mucho tiempo ha sido la comidilla de Cádiz porque vive con la señora Alcalá Galiano fuera del matrimonio. La gente no está acostumbrada a parejas tan liberales. Ella es la viuda de un antiguo comerciante gaditano muy acaudalado y ahora lleva el negocio. Se ha convertido en una de las comerciantes más poderosas de Cádiz.

—¿Por qué has dicho tertuliano?

—Porque en Cádiz son muy conocidas las charlas y las tertulias que organiza con los vecinos —respondió ella como si hablara de algo muy evidente—, desde hace tiempo ya.

Julián no dijo nada, y se guardó lo que sabía.

—¿Y tú? —le preguntó—. ¿Por qué estás aquí?

Diana se tomó su tiempo para contestar. Su rostro se iluminaba cuando pasaban junto a un farol y volvía a esconderse cuando lo dejaban atrás.

—Vine en busca de una nueva vida —acabó por responder.

—¿De dónde venías?

—De lejos —dijo ella con cierta brusquedad; después pareció ablandarse y añadió—: De un pueblecito costero, hacia occidente.

Había sido escueta en su respuesta y Julián consideró prudente no preguntar más. Pese a su exuberante cuerpo de mujer, parecía muy joven, casi tanto como él. Se preguntaba si cantar por las noches en los locales sería suficiente para adquirir vestidos y joyas como las que lucía aquella noche.

Volvieron a sumirse en el silencio, mientras paseaban por Cádiz de noche. La mayoría de las tabernas ya habían cerrado y de vez en cuando se cruzaban con algún borracho que volvía a casa tambaleante.

Ella se sujetó con fuerza a su brazo y se acercó más a él, posando la cabeza sobre su hombro. Julián pudo sentir su cuerpo, cálido y ligero. Pudo sentir el movimiento de sus caderas rozándole a cada paso. No pudo reprimir cierta turbación.

De pronto, ella se detuvo y lo miró a los ojos, sin apartar su cuerpo del de él.

—Hemos llegado —susurró con una mirada angelical—. Es aquí.

Su nerviosismo aumentó por momentos.

—Me alegro de haberte acompañado... —dijo con un hilo de voz.

Ella abrió mucho los ojos.

—¿Quieres subir?

Julián sintió su corazón acelerándose. Deseaba hacerlo, pero algo se lo impedía. Se alejó ligeramente de ella.

—No... tal vez no debería —musitó, confundido.

Ella se acercó con un intenso deseo en la mirada. Unió su cuerpo al de él. Su tez brillaba ante la luz de la luna, y el tenue reflejo descendía por el terso cuello y se perdía en las profundidades de su figura.

—¿Por qué no? —le preguntó con pena en la voz. El calor de su cuerpo provocaba en él un aturdimiento que no se veía capaz de sofocar. Sabía por qué no, pero no se atrevía a decirlo—. ¿Acaso hay alguna otra? —añadió ella.

Bajó la mirada, avergonzado. Ella lo miró con ternura.

—Hay otra —confesó.

—En ese caso, tú decides... —le susurró. Sus labios, húmedos y rojizos, estaban muy cerca de su rostro, casi tan cerca que podía sentir el calor de su aliento. Su boca esbozó una sonrisa burlona, desafiante.

No dijo nada pero sus manos se posaron sobre las caderas de ella. Diana se acercó aún más, apretándose contra su cuerpo con una ansia hasta entonces desconocida. El joven pudo sentir las formas de su busto, comprimidas contra su pecho.

Entonces ella se giró y lo guio dentro de la casa. Subieron la escalera hasta el último piso y entraron en una sencilla habitación abuhardillada, en la que había una cama con un par de muebles y una cocina.

Todo sucedió muy rápido y Julián se dejó llevar, incapaz su mente de contemplar más allá de lo que sentía su cuerpo. Ella le quitó la ropa con habilidad y después dejó que él hiciera lo mismo. Cuando la despojó de su vestido y este cayó a sus pies, contempló sus formas; las curvas de sus caderas, las montañas de sus pechos, el cabello, suelto, sobre estos. No pudiendo apenas contenerse, fue a abalanzarse sobre ese cuerpo cuando ella lo detuvo, lo cogió de la mano y se la condujo hacia su entrepierna. Estaba muy húmeda y caliente. Le hizo apoyar la yema del dedo sobre la tersa piel y lo empezó a mover rítmicamente. Julián se afanó en hacerlo lo mejor que podía y pronto ella empezó a jadear, lo que hizo que aumentara su entrega. Diana mantenía la boca abierta de puro placer. Por un momento lo miró y se acercó a él, quedándose a un dedo de besarle. Julián deseó sentir aquellos labios que se le ofrecían anhelantes, pero reprimió su intenso impulso, continuando el juego de ella.

Diana pareció ceder y lo rodeó con los brazos, empujándole contra la cama en un desesperado deseo. Julián se tumbó y dejó que ella se montara encima. Pronto sintió cómo penetraba en su interior.

Ella se empezó a mover, lenta y suspirante, arqueando la espalda, dejando que su cabello cayera y rozara su pecho. Pronto comenzó a retorcerse sobre él como una gata, moviéndose ágil y lánguida, hechizándole. Sentía el calor de sus pezones rozarle la piel, la cadencia elevada de su corazón, la suavidad y la calidez de su interior frotándose contra su miembro.

Entonces el ritmo aumentó y también la intensidad de los jadeos de ella. Julián intentaba acompasar la respiración, extasiado de placer. Diana empezó a moverse con desesperación, haciendo que el jergón crujiera tanto que pareciera estar a punto de romperse. Sus embestidas eran salvajes. Le clavó las uñas en el pecho y las caderas, al tiempo que lo atraía hacia sí. Después echó la cabeza hacia atrás, estremeciéndose y gritando de placer. Julián no podía soportarlo más. Era demasiado intenso. Los ojos de ella se clavaron en los de él, deseosos, como si quisieran extraerle el aire de los pulmones. Y entonces sintió cómo algo explotaba en su interior y no pudo reprimir unos gemidos casi tan altos como los de ella.

Después, se quedó sin respiración. Y la calma lo invadió todo.

29

Su esposo, *mesié* Louis Le Duc, volvía aquella tarde de uno de sus viajes.

Clara permanecía sentada en el sillón tapizado de su alcoba, aguardando su llegada. Dispuestas las manos sobre su regazo, miraba por la ventana del palacio de su marido. Sus ojos, abiertos como platos, se perdían en la inmensidad de aquel cielo plomizo otoñal. Al otro lado, las hojas recién caídas pasaban junto a la ventana, bailoteando libres de toda atadura.

Su mente, triste y aletargada por la impotencia, vagaba por tiempos pasados. Una lágrima bañó la aún fresca y juvenil mejilla derecha de su rostro. Lo hizo cuando sus pensamientos se detuvieron en el día en que perdió la libertad cuatro meses antes. El día de su boda.

Tras dejar ir a Julián, las criadas hubieron de lavarle la cara y volver a acicalarla para solventar el estropicio causado por sus incontables lágrimas, las cuales no remitían. Durante la ceremonia, no fue capaz de mantener la compostura lo suficiente para que, cuando Louis Le Duc, engalanado con su uniforme oficial de gala, erguido e imponente ante el altar, le levantara el velo no le viera las lágrimas. Pero él no dijo nada, tampoco sus ojos revelaron sentimiento alguno.

No sucedió como ella había imaginado. En ningún momento alcanzó ese cosquilleo en la entrepierna ni en el corazón, y la pasión que había descubierto con Julián la tarde en el bosque estuvo muy lejos de aparecer. No hubo esas miradas cargadas de deseo, esas caricias, esas palabras de amor. Su esposo la penetró sin apenas mirarla a la cara, hasta que empezó a jadear y se derrumbó exhausto. Aquella noche Clara no durmió; permaneció muy quieta y con los ojos abiertos, hasta que amaneció y fue a darse un baño.

Su esposo se ausentaba constantemente en viajes que se demoraban durante semanas y cuando volvía apenas salía de su estudio. Coincidían en las cenas y las comidas, y en las escasas ocasiones en que él se dirigía a ella se mostraba seco y tajante, sin alzar la vista del plato. A pesar de los esfuerzos de Clara por pasar desapercibida, a veces él aparecía en su alcoba, a medianoche, y se saciaba sin pasión sobre su cuerpo.

Su vida se había sumido en una profunda letanía llena de soledad y tristeza. Mientras miraba por la ventana, encerrada en aquel palacio repleto de lujos cuyos muros había llegado a odiar con toda su alma, Clara se sentía muy desdichada. Hallaba consuelo en la amistad con alguna de las criadas; Julieta, que era de su misma edad, acudía cada vez que la llamaba, la acompañaba en los paseos por el jardín y en las tomas del café o del té durante los refrescos.

Solía reunirse con sus padres muy a menudo. Habían saldado todas sus deudas gracias al enlace y Clara los veía con mejor aspecto; ambos parecían haber rejuvenecido. El rostro de su madre había recuperado su vigor habitual y se mostraba mucho más cercana a ella. Temerosa de romper la felicidad de sus padres, Clara no había querido revelarles su sufrimiento.

Los momentos más esperados eran las visitas de su tío Simón y sus paseos por los campos. A él se lo contaba todo, como siempre había hecho.

Aparte de eso, pocas eran las ocasiones en que salía del palacio. A veces, cuando su marido estaba de vuelta, solía verse obligada a acompañarlo a fiestas que se celebraban en la ciudad. La mayoría tenían lugar en el palacio Montehermoso y allí solo acudía la nueva alta sociedad: oficiales franceses y sus mujeres, los altos funcionarios afines a la causa imperial y la aristocracia local. Los festejos solían ser suntuosos, alimentados por fuegos de artificio, cena y baile.

A pesar del encuentro y la relación social que suponían, la asistencia a ellas no hacía sino acrecentar la tristeza y la impotencia de Clara.

La ciudad se había convertido en una provincia francesa. Tras tres años de guerra, la brecha entre el pueblo y la nueva aristocracia formada por los recién llegados y los afines a sus ideas se había agrandado tanto que ambas sociedades vivían realidades absolutamente diferentes. Mientras unos disfrutaban de lúcidos bailes y banquetes que se demoraban hasta la madrugada, en las calles de la ciudad otros se morían de hambre.

Pero aquello no parecía importar a nadie, al menos entre los que contaban con poder para cambiar las cosas. Clara se sentía asqueada entre tanto uniforme de gala, tanto vestido de muselina y sombreros pintorescos. Acentuándose esto último cuando en el trayecto al palacio donde se celebraba la fiesta, desde su protegido carruaje tirado por sendos corceles, había visto algunas figuras humanas harapientas, sucias, tendidas en cualquier esquina o incluso cadáveres esqueléticos que nadie había recogido. Recordaba el cuerpo sin vida de un hombre tendido en el empedrado de la calle Santa María; su escuálido hijo tiraba de su brazo inerte a fin de llevarlo a un camposanto. Apenas podía arrastrarlo y nadie parecía reparar en ellos. Clara había querido detener el carro, pero Le Duc se lo había prohibido.

La ciudad se poblaba de aquellas escenas pero en su entorno nadie comentaba nada. Las conversaciones en las fiestas se centraban en temas irrisorios sin ninguna relación con la realidad. «Es maravilloso ver cómo franceses y españoles forman unidos una nueva nación, *mesié* Thouvenot —le oyó decir una vez a un afrancesado local—. Aquí se encuentra la vanguardia, la élite de este nuevo mundo.»

Tras oír aquello, Clara había salido al jardín, vomitando la suculenta cena en la intimidad que le daban unos arbustos.

Estaba haciéndose demasiado habitual oír palabras tan ciegas que no alcanzaban a contemplar la verdadera realidad y ella se preguntaba cómo era posible tamaña falta de visión. Sin embargo, y pese a los esfuerzos de los franceses por controlar la prensa y las noticias que llegaban desde el exterior, Clara había conseguido información de lo que acontecía más allá de los muros de la ciudad, que en aquellos tiempos permanecía cerrada e incomunicada.

Al parecer, cada vez eran más los sublevados que se escondían en las montañas y engrosaban las bandas de la resistencia. Para su asombro, había descubierto que en los alrededores de Vitoria eran estos los que parecían dominar con acciones aisladas pero eficaces que provocaban que los franceses no salieran de la ciudad si no era en fuertes contingentes. Los rumores hablaban de escaramuzas incluso a las mismas puertas de las murallas. Así, en el arrabal de San Cristóbal una banda de guerrilleros había apresado a quince forrajeros, y en el pueblo de Samaniego habían matado al alcalde, que debía de ser afrancesado.

Desde que oyera eso, un miedo persistente la acompañaba a todas partes. Las guerrillas no solo luchaban contra los franceses, también con los que se habían unido a ellos. Su familia podía considerarse afrancesada por unirse a un general extranjero, y el pueblo los podía acusar de traidores.

Y ella se encontraba entre esos dos bandos; viviendo acomodadamente y participando de todo aquel despilfarro, y por otro lado sufriendo en silencio por el pueblo llano. Soñando, como siempre, con pertenecer a ese mundo limpio que era el del campo, en la libertad que le proporcionaba el estar fuera de la protección de las murallas de la ciudad.

Mientras permanecía sentada frente al ventanal cerrado de su alcoba, un movimiento en la calle la hizo despertar de sus pensamientos. El carruaje de su esposo acababa de llegar. Habían sido tres semanas de ausencia en las que había acudido a Madrid para atender varios asuntos de carácter político en la corte del rey José I.

Clara no terminaba de creerse los objetos de aquellos viajes. En las fiestas se cotilleaba a menudo sobre las infidelidades entre maridos y mujeres, y suponía que la frialdad de Le Duc se debiera a otra mujer. Aquel pensamiento despertó en ella una actitud contradictoria, exigua hasta entonces. Tal vez acrecentada por la soledad que la embargaba, decidió que aquella noche se ataviaría con su nueva adquisición: un vestido traído de París, con el que pensó atraer la mirada de su esposo.

Se oyeron los pasos presurosos de las criadas y el mayordomo por los pasillos, las voces de alarma y la puesta a punto para la llegada del señor a la casa. Clara vio a Le Duc descender del carruaje y atravesar la puerta y el jardín a grandes zancadas. La joven respiró hondo e hizo llamar a Julieta para que la ayudara a acicalarse.

Cuando bajó a cenar poco después, en el comedor solo estaba el servicio de la casa. Clara se sentó a la mesa y esperó pacientemente durante más de media hora, pero Le Duc no bajaba. Al parecer se había encerrado en su estudio nada más llegar y aún no había salido.

Uno de los sirvientes le trajo un primer servicio de sopa de verduras y un segundo de lubina asada. Apenas probó nada y el criado la miró con gesto preocupado.

—¿Desea la señora un dulce?

Clara negó con la cabeza y pidió que la dejaran a solas. Se quedó sentada en aquel enorme comedor, con las manos cruzadas sobre su regazo, rodeada de lujos, de suntuosas decoraciones, maderas preciosas, materiales finos y exóticos, nácar, marfil, mármol, estatuas, vitrinas, cuadros, cortinajes... Sola.

Cerró los ojos e intentó evadirse de cuanto la rodeaba, del monótono sonido del reloj de pared. Hizo lo mismo que muchas de aquellas noches en las que, atrapada en su oscura y silenciosa alcoba, intentaba rememorar los encuentros con Julián. Quería sentir su calor y su vigor al abrazarla, aquella sensación de protección, de amor, de deseo. En las tinieblas de la noche, abría la boca anhelando su beso, se le erizaba la piel ansiando su caricia, le emanaba una lágrima lamentando su pérdida.

Jamás se había arrepentido tanto de una decisión. Continuamente veía a su amado saltar por la ventana y desaparecer para siempre de su vida, dejándola atrapada en aquella cárcel. Y todo porque ella así lo había querido.

El sonido de los platos y las copas al tintinear le hizo abrir los ojos. El sirviente recogía la mesa. Clara apretó los dientes, no quería llorar; estaba cansada de hacerlo constantemente en la intimidad y no quería mostrarse así ante el servicio.

Se levantó y subió al piso superior, deteniéndose frente a la puerta del estudio de su esposo. Tras suspirar profundamente, llamó con dos golpes dubitativos, pero no recibió respuesta. Vaciló un momento, temerosa. Finalmente, resolvió abrir la puerta y pasar.

Estaba recostado en su sillón, con el pelo alborotado y profundas ojeras. Tenía una copa de coñac en la mano y la miró con desgana. No dijo nada y Clara dio varios pasos hacia él. Se sintió vagamente extraña.

—¿Cómo ha ido el viaje? —preguntó.

—Largo y pesado, como todos los viajes —contestó Le Duc mientras apuraba su bebida y volvía a los papeles de su mesa.

Clara paseó por la sala. Su esposo escribía anotaciones en un libro de cuentas.

—¿Por qué no has bajado a cenar?

—No tengo hambre —dijo él, sin levantar la pluma del papel.

Se sentó sobre la mesa mostrando interés por lo que su esposo escribía. Al ver que no le prestaba atención se levantó y paseó la mirada por la estancia. Había otra puerta que daba a una habitación contigua. Intentó abrirla pensando que se trataba de un aseo personal, pero estaba cerrada con llave.

—¿Qué demonios haces? —la espetó Le Duc a sus espaldas. Se había levantado visiblemente airado y la fulminaba con la mirada. Clara se asustó.

—Nada... solo quería...

—¿Indago yo en tus cosas?

Clara bajó la mirada y dio unos pasos hacia atrás.

Su esposo se había acercado clavándole su fría y oscura mirada. Se sintió aterrada y permaneció sumisa, encogida ante la presencia del hombre.

—No lo vuelvas a hacer —acabó escupiendo él. Y volvió a su mesa—. Tengo mucho trabajo —añadió señalando la puerta.

Ella salió al pasillo. En aquella ocasión no pudo contener las lágrimas que corrieron a borbotones por sus mejillas.

A la mañana siguiente, tras tomar el desayuno, Clara bajó a los establos. Después de otra aciaga noche, necesitaba salir de aquellos muros y sentir el viento matinal acariciándole la cara. Necesitaba desahogarse montando a *Roy*, su caballo andaluz. Desde que estaba allí, no se había atrevido a montar a horcajadas y lo había hecho a mujeriegas por temor a que la vieran y corriera la voz. Aquel día no le importó.

Cuando cruzaba el jardín en dirección a los establos, uno de los hombres que trabajaban para su esposo la saludó con una sutil inclinación de cabeza. Era alto y apuesto y lucía dos trenzas rubias que le caían sobre los hombros. Al contrario que el otro soldado francés que vivía en el palacio, un apestoso bruto con un enorme tajo en la cara que parecía desnudarla con la mirada cada vez que se cruzaban, este se comportaba como un verdadero caballero. Pese a su abatimiento, Clara le devolvió el saludo con cortesía, dedicándole una sonrisa que escondió su sufrimiento.

Marcel no pudo evitar ruborizarse ante la sonrisa de la señora de la casa. Era muy hermosa. Ver una mujer de alta cuna tan bella era poco habitual en una guerra. Los soldados honorables apenas tenían contacto con el sexo opuesto durante una contienda. Era uno de los aspectos que más lamentaba de haberse alejado de su vida en Génova. Si no se hubiera alistado en el ejército, en aquellos momentos estaría compartiendo lecho con alguna joven de la nobleza local.

A veces le costaba mantener su castidad, en alguna ocasión había estado tentado de acudir a una de esas casas de citas y contratar una mujer de compañía por una noche. Pero jamás haría como otros soldados, los cuales forzaban a jóvenes campesinas en algún gallinero o en alguna esquina oscura.

Por lo que había podido apreciar, su superior apenas se fijaba en su mujer, lo cual Marcel no comprendía. El general Le Duc era muy afortunado de contar con ella y no parecía corresponderla. Pese a los intentos que hacía esta por disimular su estado ante el servicio de la casa, Marcel sabía que era infeliz.

Habían transcurrido cuatro meses desde el incidente de la casa torre. Desde entonces, apenas habían avanzado en sus investigaciones. Por lo que sabían, sus objetivos estaban refugiados en Cádiz con la Cúpula de la hermandad. Aquello era territorio enemigo y no podían intervenir. Desde el Servicio Secreto les presionaban cada vez más y desde que Napoleón dejara la península habían enviado dos agentes para informarse de los escasos avances.

Ante la falta de órdenes por parte de su superior, Croix se pasaba los días en las tabernas y los burdeles de Vitoria, y Marcel solía unirse a las unidades de húsares acuarteladas en la ciudad cuando se ordenaba algún reconocimiento por las inmediaciones.

Le Duc, en cambio, se ausentaba a menudo. Había completado tres viajes para atender a obligaciones de Estado en la corte del rey José I. Marcel apenas sabía nada del objeto concreto de aquellas llamadas reales, pero le sorprendía que no contara con ellos para la escolta del carruaje. En su lugar seleccionaba a veinte dragones a caballo que cambiaba en cada viaje. Cuando volvía, se encerraba en el estudio y apenas hablaba. Marcel se preguntaba cuál sería la razón de su frustración, si aquellos asuntos de corte o la misión que tenían asignada.

30

Clara contemplaba el reflejo de su cuerpo desnudo en el espejo de su dormitorio.

Permanecía inmóvil como una estatua, en pie, los brazos extendidos junto a sus caderas. Había avivado la lumbre y sus pies descalzos sentían la mullida alfombra. La sensación era agradable. Quería ver su cuerpo, convencerse de que continuaba apetecible para los hombres, juvenil, fresco y terso. Quería saber la razón por la que su esposo no la deseaba.

Ladeó ligeramente la cabeza, sin dejar de contemplarse. Se había soltado el cabello, dejando que cayera suavemente sobre su espalda. Pasó la mano por la curvatura de sus caderas, por su vientre liso, por los montículos de sus pechos. Comprobó que seguían igual de firmes. No eran muy grandes, pero al menos se mantenían tan erguidos como siempre. Se acarició el cuello hasta llegar a la cabeza y sintió un ligero escalofrío cuando se detuvo en la nuca. Contempló su rostro. Había cambiado algo en su manera de mirar, en su sonrisa. Ya no irradiaba felicidad, le pareció que sus ojos estaba apagados, carentes de la luminosidad de antaño; sus labios se habían acostumbrado a la linealidad de una cara adusta.

Tal vez por eso no la quisiera su esposo. Tal vez por eso prefiriera a otra.

Clara anhelaba una caricia en la mejilla, una palabra de amor, una mirada sincera de deseo. Quería que la abrazaran con fuerza y no la soltaran, quería sentirse protegida, al amparo de alguien que la amase. Sus recuerdos volaban hacia Julián.

Alguien tocó en la puerta y el corazón le dio un vuelco.

—¡Un momento!

Se vistió el camisón apresuradamente y se protegió con una manta. Una vez que consideró que estaba presentable, dejó que pasaran. Era Julieta. Venía a prepararla para la cena. Aquella noche tenían a su tío Simón de invitado y Clara estaba muy entusiasmada con su visita. Aunque por otro lado, albergaba cierta impaciencia y nerviosismo. Temía que su tío presenciase una mala palabra por parte de Le Duc hacia ella. Por mucho que le hubiera hablado sobre los problemas que tenían, a buen seguro que no se imaginaba cuán desdichada era la situación realmente. No quería sentirse humillada delante de él.

Julieta acercó una silla de mimbre y la dispuso ante el espejo. Clara tomó asiento y dejó que la criada le cepillara el pelo; mientras tanto, observó a la joven. Julieta era su gran apoyo dentro de la casa, la que aguantaba sus lloros y la consolaba cada vez que se disgustaba por causa de su esposo. La apreciaba enormemente y sabía que siempre estaría a su lado.

Mientras la observaba, Clara arrugó la frente.

—No ponga esa cara, señora —la espetó con cariño la muchacha—. Que luego salen arrugas.

—Julieta, hay algo que me gustaría preguntarte.

—A su servicio, mi señora —le contestó ella, sin dejar de pasar el peine.

—¿Has limpiado alguna vez el estudio de mi marido?

Julieta se detuvo un momento y dejó de peinarla.

—No, señora —le dijo muy seria—. Del estudio del señor se ocupa Trinidad.

Trinidad era una de las criadas más veteranas. Por eso actuaba de ama de llaves dentro de la casa. Ella se encargaba de organizar el funcionamiento de todo el servicio. Era una mujer robusta, de unos cuarenta años, fuerte de carácter, seria y firme en su trabajo. La encontró en la cocina.

Clara entró y sorprendió a todo el servicio con su presencia. No estaban acostumbrados a verla en las cocinas. Pudo comprobar cómo dos de los mozos de cuadra cenaban algo de tocino con pan moreno y dejaban sus platos para contemplarla, embelesados. Ataviada con su vestido más bonito, quería que aquella fuera una buena noche, y para ello debía mostrarse deslumbrante.

Se dirigió a Trinidad, que permanecía de pie hablando con una jovencita encargada de ayudar al jardinero.

—Trinidad, ¿le importaría acompañarme un momento?

—No, señora.

Le había respondido al instante, con una ligera reverencia. Antes de acompañarla, se volvió a la ayudante del jardinero y le dijo algo en tono de reproche.

Clara la condujo al jardín, más allá de los establos y detrás de la fuente, donde nadie pudiera verlas. Todo estaba oscuro porque en aquellas fechas anochecía pronto. Solo las iluminaba muy tenuemente el lejano farol de la entrada.

Se volvió hacia el ama de llaves, la cual parecía extrañada ante tanto secretismo.

—Trinidad, ¿se ocupa usted de limpiar el estudio de mi esposo? —le preguntó.

La otra no pareció relajarse, su perpetuo gesto severo seguía rígido en su expresión.

—Del estudio del señor se ocupaba la hija del cochero Ramón —explicó, y por un momento pareció querer añadir algo, pero terminó por callarse. A Clara no le pasó el gesto desapercibido.

—Y... ahora se ocupa usted.

El ama de llaves desvió la mirada por el jardín. Suspiró.

—La pobre Felisa debió de cambiar algo de sitio en la mesa del señor y este montó en cólera... Desde entonces nadie se atreve a entrar y he tenido que ocuparme yo misma.

Clara desconocía aquel incidente, aunque sabía que Le Duc provocaba temor en el servicio, porque notaba la relajación que inundaba la casa cuando él se ausentaba.

—¿Y qué hay del cuartucho? —preguntó de nuevo—. ¿El que está dentro del estudio y cierra con llave?

—Ah, no, señora, ahí sí que no he entrado nunca —le contestó Trinidad—, ni se me ocurre.

—¿Sabe si pasa el señor muchas horas ahí dentro? —insistió Clara.

El ama de llaves arrugó la frente, extrañada ante su gran interés.

—No sé si debería...

Clara se acercó a ella y la tomó de las manos.

—Por favor, Trinidad. Esto no saldrá de aquí.

La otra miró alrededor, desconfiada.

—Cada noche entra ahí y se queda hasta bien tarde —musitó al fin.

Clara se estremeció bajo su vestido, era de noche y hacía frío.

—¿Cómo sabe eso?

—Le puedo asegurar que así es. Entro diariamente a su estudio tras la cena para recambiar el brasero y siempre veo luz por debajo de la puerta.

Clara sacudió la cabeza, con gesto pensativo, y agradeció la ayuda prestada a Trinidad, marchándose el ama de llaves inmediatamente.

Ella permaneció algo más en el oscuro jardín, tras la fuente. Pensaba en lo que acababa de averiguar cuando el chirriar de la verja de entrada al recinto del palacio la sorprendió.

Creyendo que era su tío, corrió hacia ella.

Simón cruzaba el jardín en dirección al portón de la casa. Iba ataviado con sus hábitos religiosos y esbozó una gran sonrisa al verla. Clara se abalanzó sobre él y lo rodeó con los brazos. Solo llevaban una semana sin verse, pero a punto estuvo de que las lágrimas le saltaran de emoción.

La cena transcurría en el mayor de los silencios. Solo se oía el tintinear de los cubiertos sobre los platos de porcelana y el desesperante y monótono golpeteo del reloj de pared. Clara permanecía en tensión y de vez en cuando intentaba iniciar una conversación de carácter relajado, pero era en vano. Le Duc no paraba de rociar su copa con la botella de vino, estaba bebiendo mucho y eso la preocupaba. No se había fijado en ella, ni siquiera le había mirado el vestido.

Al menos, la velada continuaba sin incidentes.

Entonces, fue su esposo quién habló.

—Fray Simón —dijo, dirigiéndose a su tío mientras masticaba el segundo servicio de volatería—, ¿ha oído hablar de las andanzas del cura Merino?

Simón negó con la cabeza.

—No, señor. Las desconozco.

—Pues se trata de uno de los guerrilleros más temidos —explicó Le Duc sin disimular el desprecio que emanaba de su voz—. Mata franceses y cuelga sus cuerpos en los árboles de los caminos. Por la zona de Burgos. Le debe de seguir una partida bastante nutrida.

Simón asintió con la boca llena, sin dar importancia al asunto. Le Duc, en cambio, continuaba mirándolo.

—Sé lo que están haciendo usía y sus hermanos, los clérigos... —se inclinó sobre la mesa, bajando la voz—. Desde que el rey disolviera todas sus dichosas órdenes clericales, alientan al pueblo y predican contra el francés como si de una cruzada se tratase... Y para desgracia, ustedes no son los únicos que se dedican a ese tipo de actividades. De esos temas yo sé lo suficiente, puede creerme.

Simón se mantuvo firme ante la acusación del general y Clara se había quedado muy quieta, con temor por lo que pudiera acontecer. Su esposo había bebido demasiado.

—Desconozco de lo que me habla, *mesié* —contestó el clérigo.

Louis Le Duc entornó sus oscuros ojos.

—Sé que colaboran en la organización de esas bandas de sublevados, esos *brigands de merde* —pronunció con un ligero deje de asco en la voz—. Eso está castigado con la pena capital, ¿es consciente de ello, padre?

La última palabra había sido escupida y Simón no se mostró indiferente. No podía pasar por alto tales acusaciones. Aseveró su gesto y se inclinó sobre la mesa con los manos sobre ella, al igual que el francés.

—¿Me permite hacer una observación, general?

—Por supuesto —dijo Le Duc con cierta ironía mientras se recostaba sobre la silla.

La serena voz de Simón inundó la habitación, suave pero firme.

—Déjeme aclarar este asunto, *mesié* Le Duc —comenzó muy despacio—. Se trata de un aspecto que puede llegue a ser determinante en esta guerra... —se tomó un tiempo para observar al general—. Ustedes, los franceses, están subestimando a este pueblo. De la manera en que están procediendo jamás podrán asentarse aquí.

Simón hizo una pausa para calar hondo en el francés. Clara permaneció muy quieta, expectante.

—Algunos les plantarán cara, como bien están haciendo las guerrillas. Otros no dirán nada y acatarán sumisos sus imposiciones. Otros se unirán a ustedes con palabras llenas de falsedad. Pero jamás encontrarán la verdadera aprobación de nadie. No después del daño que se están haciendo los unos a los otros.

Le Duc apuró la copa de vino. Las palabras de Simón apenas le habían alterado.

—No es la primera vez que un pueblo se resiste al poder imperial —dijo con sequedad—. Sucederá lo de siempre, caerán todos como moscas.

—La guerra no es la solución —terció Simón con el ceño fruncido—. Ustedes fueron los primeros en abrir una brecha con este pueblo tras sus depredaciones y sus saqueos, tras el dos de mayo. Vienen aquí vendiéndonos unas ideas que suponen un avance para este pueblo atrasado, pero pretenden inculcarlas a base de muerte y desolación.

—Napoleón Bonaparte sabe lo que hace —lo interrumpió Le Duc.

—No dudo de su genialidad en el campo de batalla —admitió Simón—. Pero si pretende unir Europa paseando con sus ejércitos por las tierras de otros, pisoteando sus camposantos, sus lugares sagrados, destruyendo las costras engendradas por miles de años de evolución de una raza y una cultura, está muy equivocado. Tan equivocado que, precisamente, ahí residirá su perdición.

El rostro de Le Duc pareció congestionarse por momentos. Llenó la copa de nuevo y bebió un largo trago, disimulando un orgullo molesto por las palabras del clérigo. Clara se temió lo peor.

—Cuidado con lo que dice, fray Simón... Esta chusma no es diferente, acabarán aprendiendo como el resto de Europa.

Para disgusto de Clara, su tío no se amedrentó.

—Podrán hacer lo que deseen, pero jamás dominarán los pensamientos del pueblo —dijo—. Y por eso, tarde o temprano el destino de sus compatriotas será abandonar esta tierra.

Se hizo el silencio.

—Comprendo... —murmuró Le Duc asintiendo para sí. Alzó los ojos y fulminó al clérigo con ellos—. Tenga cuidado con lo que dice, padre... Su santísima lengua vale lo mismo que la de uno de esos sublevados de mierda. ¿Comprende a lo que me refiero?

Clara vio una gota de sudor recorrer la frente de su tío, que recibió la amenaza con los puños cerrados y la mandíbula tensa. La joven estaba aterrada, aquello había ido demasiado lejos y resolvió intervenir.

—Creo que ya va siendo hora de cambiar de tema, ¿no, caballeros? —dijo con un ligero temblor en la voz—. Tanta guerra hace que a una se le atragante la cena.

—Si tu sensibilidad no soporta estos asuntos, harías bien en retirarte y dejarnos solos —le cortó su esposo.

Sintió miedo, pero intentó no mostrarse intimidada y probó con otra estrategia.

—Dicen que mañana hará un día espléndido, tal vez deberíamos dejarlo por hoy y retomarlo tras el desayuno con un paseo por los campos —propuso no demasiado convencida.

—¡Ya es suficiente de decir sandeces! —exclamó Le Duc con un golpe sobre la mesa. Los cubiertos saltaron sobre el mantel al tiempo que Clara permanecía inmóvil, sumisa ante la mirada encendida que le lanzaba su esposo—. Si no estás a la altura será mejor que te retires.

—No hable así a la señora —intervino Simón.

Louis Le Duc se levantó y señaló al clérigo.

—¿Y quién es usted para darme consejos de matrimonio? ¿Acaso sabe algo de eso?

Simón no dijo nada, permaneció sentado unos instantes, con el gesto contrariado y la mirada firme sobre los ojos del francés. Clara vio cómo se contenía cuando se levantó y se dirigió hacia ella.

—Buenas noches, cariño —le besó en la mejilla, más fuerte de lo habitual, y le apretó la mano.

Después miró al anfitrión con ofensa en el rostro y, sin despedirse, le dio la espalda, abandonando la casa.

Cuando la puerta se hubo cerrado, Le Duc se volvió hacia Clara. Su rostro estaba congestionado por el alcohol.

—¡Fuera de aquí!

No pudo reprimir las lágrimas mientras subía corriendo por la escalera.

Entró en su dormitorio y se acurrucó sobre la cama, tapándose el rostro con las manos y dejándose llevar por los sollozos. Se sentía sumamente desgraciada. Su marido la engañaba y la humillaba ante sus seres más queridos.

De pronto algo asomó en su mente como un chasquido que le alumbró el pensamiento. Las lágrimas remitieron y se quedaron congeladas en sus mejillas.

No pensaba quedarse de brazos cruzados, no iba a dejar que la engañasen, que la hicieran infeliz. Se levantó de un salto y salió del dormitorio al pasillo.

Sabía que se exponía a un grave riesgo, pero su desesperación era tal que no le importó en absoluto.

Cruzó con decisión el espacio que separaba su habitación del estudio de su esposo, los cuales estaban contiguos en el pasillo, y se detuvo frente a su puerta. Acercó el oído y no pareció oír nada. Miró a ambos lados. No vio a nadie.

Entró.

La estancia estaba vacía, su esposo se había dejado el candil encendido. Cerró la puerta tras ella con sumo cuidado y cruzó la antesala del estudio con decisión.

Se acercó al escritorio y miró en él, revolviendo los papeles y abriendo los cajones. En el segundo empezando por arriba encontró una llave. Se acercó a la puerta del cuartucho y la probó.

La llave giró tras un breve chasquido y sintió una leve punzada de nerviosismo. Procuró no pensar en lo que le haría si la encontraba allí y empujó la puerta. Sus ejes chirriaron al moverse.

Allí dentro todo estaba sumido en la oscuridad. Olía a cerrado, la estancia no parecía disponer de ventilación. Vaciló unos instantes, en el umbral. Antes de atreverse a entrar, volvió a la mesa del estudio y encendió el quinqué que había sobre ella.

Al volver de nuevo al cuarto unos pasos la hicieron detenerse. Provenían del pasillo y se acercaban. Contuvo la respiración. Si su esposo la encontraba allí no sabía de lo que sería capaz. Clara había oído hablar de maridos que maltrataban a sus mujeres, había visto moratones en las mejillas de algunas, pero estas jamás decían nada. Lo que sucedía en sus casas se quedaba dentro de ellas.

Para gran alivio suyo, los pasos pasaron de largo.

Volvió a empujar la puerta e iluminó la estancia. Era pequeña. Al contrario que en el resto de la casa, las paredes eran blancas y estaban desprovistas de toda ornamentación. Clara repasó con nerviosismo todos los rincones del habitáculo y respiró aliviada. Entonces se fijó en los dos únicos muebles que lo ocupaban: una mesa con su silla y un armario.

Se acercó a la mesa y puso el quinqué sobre ella. Se sentó en la silla. El mueble era muy sencillo, apenas una gruesa tabla con dos cajones que no parecían tener cerradura. Abrió uno de ellos. Vacío. Al atraer el pomo del otro, enseguida notó que pesaba más. En su interior había un cartapacio de cuero y una cajita sobre él. Los sacó. Las manos le temblaban, pero no tenía mucho tiempo. Al disponerlos sobre la mesa, el cartapacio se abrió y se cayeron unos documentos. Clara los recogió e intentó leerlos. No entendía lo que ponía. Estaban algo manchados de barro y sangre. Todos estaban sellados con cera roja, la cual formaba un símbolo en el que parecía entreverse un camino que llegaba a un árbol con una persona sentada a su amparo.

Estaban escritos en un idioma que no supo reconocer, por lo que resolvió guardarlos dentro del cartapacio de cuero. Entonces abrió la cajita. Era de latón y su pintura se había desgastado. A pesar de ello, pudo apreciar los dibujos de unas flores: margaritas, rosas y lilas. Por un momento algo la hizo dudar al sentir que estaba invadiendo la intimidad de su esposo.

Sin embargo, sus dedos no dudaron, y al ver lo que contenía, sus ojos se abrieron como platos.

Era un juego de costura, había hilo de varios colores, agujas de coser y un dedal de hierro. También había un reloj de bolsillo. Levantó la tapa del reloj, cuyas manecillas se habían detenido. El cristal que las protegía había adquirido tonos ocres y marrones debido al paso del tiempo. Parecía viejo. Los ojos de Clara enseguida se desviaron hacia el reverso.

En él había una imagen. El grabado de una mujer.

Era preciosa. Sus facciones se deslizaban con suavidad en torno a unos grandes ojos que miraban con firmeza. Sonreía, alegre. Clara sintió las lágrimas brotándole por enésima vez descontroladas. Había otra mujer.

Permaneció unos instantes contemplando el retrato, hasta que oyó unos nuevos pasos recorriendo el pasillo. Contuvo la respiración y las lágrimas y escuchó atentamente. De nuevo, pasaron de largo. Ya sabía lo que le escondía su esposo; sin embargo, estaba tentando a la suerte y debía irse. Procuró dejar todo como lo había encontrado, salvo un pequeño detalle: se llevó el reloj consigo. Regresó a su habitación hecha un manojo de nervios, y se encerró con llave.

Mientras recorría su dormitorio de un lado a otro, intentó pensar con claridad. Debía preguntar a las sirvientas por aquella mujer. Tal vez, incluso podría preguntar a aquel soldado rubio que trabajaba para su marido. Pero acabó desechando la idea por arriesgada. Si Le Duc la descubría sería el fin. Debía andar con cuidado y esconder el reloj en lugar seguro.

Volvieron a oírse pasos. Intuyó algo diferente con respecto a los anteriores, dado que estos no eran decididos ni rápidos. Eran irregulares y parecían arrastrarse por las alfombras del pasillo. Se detuvieron frente a la puerta de la habitación contigua, la cual era el estudio. Entonces oyó la puerta cerrarse.

Clara estaba segura de que era su esposo; y a juzgar por sus andares, había continuado vaciando la botella de vino.

Los momentos siguientes los vivió con la angustia carcomiéndole el pecho y las entrañas. Permaneció muy quieta, aguzando el oído. Se oyeron pasos, seguidos de silencio. Sentía su corazón palpitar con fuerza, sus manos temblarle con el reloj sostenido entre ellas. Entonces le pareció oír una maldición, seguida de un grito.

Un grito que sacudió los cimientos de la casa. Un grito de desesperación.

Soltó el reloj y se llevó ambas manos a la boca. Entonces vinieron las maldiciones y los improperios, se oyó el revolver de cosas, objetos al romperse, puñetazos contra las paredes. Su esposo había montado en cólera.

Entonces volvió a reinar el silencio.

Pasaron unos segundos espeluznantes que a Clara se le hicieron eternos. No se oía nada, solo su respiración en la oscuridad de la habitación, hasta que un golpe sordo hizo estremecerse la puerta del dormitorio. Su puerta. Clara reprimió un grito de terror; no podía creérselo, no quería. La había descubierto. Unos nuevos golpes, esta vez desesperados.

—¡Abre la puerta! —Era la voz de su esposo—. ¡Abre la puerta, zorra!

Un escalofrío le recorrió la espalda y la dejó paralizada. Las piernas le temblaban descontroladas. De nuevo el silencio, pero no duró mucho. Los golpes que vinieron a continuación fueron mucho más fuertes, y abrieron un boquete en la lámina de madera. La estaba golpeando con un objeto pesado, tal vez un martillo o un hacha.

Clara empezó a llorar de terror. Entonces se percató de que aún conservaba el reloj, lo tenía bajo sus pies, sobre la alfombra. Lo recogió y lo escondió entre las ropas de uno de los cajones de su vestidor.

La puerta se vino abajo. Dio unos pasos hacia atrás mientras contemplaba cómo una figura oscura se perfilaba en la entrada. Era su esposo y la observaba con los nudillos ensangrentados. Tenía la cara desencajada.

—¡Has sido tú! ¡Maldita seas, furcia!

El primer golpe la derrumbó al suelo y le hizo saltar sangre de la mejilla. Al caer, Clara se protegió con los brazos pero su marido empezó a propinarle patadas en las costillas y el estómago. No podía hacer nada para defenderse, salvo gritar y llorar con desesperación.

Su esposo la levantó agarrándola del cuello de su nuevo vestido. Se lo rasgó con ambas manos, dejándola desnuda y desprotegida, temblando muerta de miedo.

Le Duc la miró con el deseo que jamás había mostrado. Pero aquel era otro tipo de deseo, uno que hizo que el débil cuerpo de Clara se estremeciera. Se temió lo peor.

—¡No, por favor! —le suplicó—. ¡Ten piedad!

—No te mereces ninguna.

La agarró por los brazos y la obligó a darse la vuelta. Ella intentó forcejear pero en vano, su esposo era más fuerte. Se quedó a su espalda y la empujó derribándola contra el suelo. Intentó levantarse, pero él se había agachado tras ella y la maniató fuertemente. Completamente aterrorizada, sintió cómo Le Duc se desabrochaba los pantalones.

Clara se resistió con desesperación, forcejeando con locura, agotando lo que le quedaba de fuerza. Gritó. Un tremendo puñetazo la hizo detenerse y a punto estuvo de perder el conocimiento. Se quedó inmóvil, aturdida, bajo el cuerpo de aquel hombre al que no reconocía.

Cuando sintió el agudo dolor, comenzó a sollozar, impotente ante lo que le estaba haciendo.

31

Despertó envuelta en una extraña sensación. El preludio de que algo iba a acontecer. Ella lo desconocía, pero el presagio de que el final estaba cerca se cernía sobre cuanto la rodeaba con la suavidad y la dulzura de una sombra fatal.

Fue al abrir los ojos y recuperar la consciencia cuando sintió los profundos dolores que se extendían por todo el cuerpo. Estaba tendida en la cama y Julieta permanecía sentada junto a ella, con gesto preocupado y profundas ojeras.

—Válgame Dios, señora. ¿Cómo se encuentra?

Clara fue a recostarse sobre el almohadón, pero un agudo pinchazo en el costado le hizo emitir un gemido de dolor. No respondió, solo suspiró y volvió a apoyar la cabeza.

Julieta se apresuró a abrir las contraventanas para dejar que el aire fresco de la mañana inundase la estancia.

—No, Julieta —la detuvo—. Ciérralas y aviva la lumbre. Estoy destemplada.

Mientras la criada hacía lo ordenado, Clara cerró los ojos con fuerza. No quería recordar. Solo quería permanecer con la mente en blanco, alejada de toda maldad, de todo sufrimiento. Pero la mente no siempre escuchaba y tendía a vagar por donde ella más temía. Cuando Julieta avivó la lumbre y el silencio se hizo en la alcoba, recuerdos e instantes plenos de nitidez la empezaron a asolar como flechas afiladas.

Hizo una mueca de dolor, no solo físico. Cogió de la mano a su amiga.

—Julieta, cariño —le suplicó con un hilo de voz—. Cuéntame algo, lo que sea, por favor. Algo que me entretenga.

La criada la miró con sus grandes ojos humedecidos, y enseguida comenzó a estrujarse la cabeza con ahínco, en busca de una buena historia para entretener a su señora.

—Mi señora —dijo entonces—, ¿conoce los chismes acerca de la marquesa de Montehermoso? ¿Sabe de su relación con el rey José I?

Clara puso los ojos en blanco, al tiempo que dibujaba una sonrisa cómplice.

—No hay tema más utilizado en las fiestas, Julieta —murmuró con cierta ternura hacia su doncella.

—Perdone, señora —se disculpó ella—. El servicio siempre es el último en enterarse.

—Discrepo de eso... querida. No siempre es así —objetó Clara, extendiendo el brazo y dándole una palmadita en la rodilla.

Julieta esbozó una tímida sonrisa y se llevó la mano a la boca, intentando contenerse.

—Tiene usted razón... No siempre es así. A veces somos testigos de acontecimientos que dan que hablar.

Tras el comentario, las dos rieron con mesura, pero Clara comenzó a toser. Julieta se acercó al cántaro de agua fresca que habían traído poco antes y tras vaciarlo en la tinaja, llenó una taza. Cuando se la tendió, la criada pareció emocionarse.

—¿Quiere que le cante?

Clara sostuvo la taza y la miró sorprendida.

—¿Cantas?

—En el pueblo decían que tenía buena voz... —musitó un tanto cohibida e intentando restar importancia a sus palabras—. Había una canción que solía cantar mi padre mientras araba la tierra. Tal vez la alegre, mi señora.

El trago de agua le alivió la sequedad y después animó a su criada a que cantase. Julieta se puso de pie, arrugó la frente en gesto de concentración e hinchó el pecho.

Su voz sonó dulce, sustituta del cántico de los pajarillos que aquella mañana parecían haber huido a lugar más seguro.

Ves por la mañana,
cuando el alba llega,
sobre una pequeña colina,
una casita blanca y bonita
entre cuatro robles;
un perro blanco a la puerta,

una fuentecita al lado,
allí vivo yo en paz.

No hay hombre en el mundo
ni rey ni príncipe,
que esté mejor que yo.
Tengo mujer, tengo hijo,
y también hija,
por una parte, buena salud,
por otra, bienes suficientes.
¿Qué más necesito?

Cuando las palabras concluyeron, Clara tenía lágrimas en los ojos y empezó a aplaudir con emoción. En un momento tan sensible, le había llegado al corazón. Suspiró desviando la vista hacia la ventana. Había recordado a Julián.

—Ha sido precioso, Julieta. Gracias.

Esta se sentó de nuevo junto a ella.

—La cantaba mi padre —le relató—. Era un hombre sencillo, pero nos quería mucho a todas. Murió antes de que me fuera de casa y siempre fue un hombre feliz.

Clara asintió, sabía que Julieta venía de un pueblecito del norte y que tenía cinco hermanas; sujetó de la mano a su amiga en un gesto de complicidad. De pronto, sintió cómo la abandonaban las fuerzas y se le nublaba la vista, pero enseguida recuperó la compostura.

—¿Está bien? —se preocupó Julieta.

—Tranquila, solo ha sido un mareo.

Julieta asintió, no sin demasiada convicción, y entonces abrió mucho los ojos.

—¡Ay! ¡He olvidado contarle una historia que seguro que le interesa! —recordó—. ¿Ha oído hablar sobre las hazañas de Agustina de Zaragoza?

Clara negó con la cabeza.

—¿Quién es Agustina de Zaragoza?

—Pues, señora, es la heroína del asedio de Zaragoza.

Clara se recostó sobre el almohadón pese a sentir una nueva punzada en el costado.

—¿Heroína? —preguntó, entusiasmada.

—Sí —contestó Julieta—. Así es. Tengo dos primas allí y se lo contaron a mi madre por carta. Durante el asedio de Zaragoza por parte de los franceses, Agustina debió de defender la ciudad con tal valentía que sus hazañas han recorrido el país entero.

Clara escuchaba a su amiga con mucha atención. Sus ojos irradiaban una emoción ausente en ella durante los últimos meses.

—¿Y qué es lo que hizo?

—Pues verá, dicen que defendió una de las puertas de la ciudad. Aseguran que en mitad de la batalla cayó al suelo un sargento de artillería y murió en el acto. Ella se lanzó sobre el cañón, arrancó de la mano del muerto la mecha y siguió con la mayor valentía, dando fuego al francés durante todo el tiempo que duró el ataque.

Tras oír aquello, Clara permaneció en silencio, con los ojos abiertos y brillantes como dos perlas preciosas.

—Qué valiente... —musitó, pensativa.

Fray Simón fue a visitarla aquella misma mañana, después de que lo hicieran sus padres, los cuales se habían mostrado preocupados, pero sin llegar a sospechar el verdadero motivo del estado de su hija. En la casa todos sabían lo sucedido pero nadie dijo nada. El moratón de la mejilla se había producido por el impacto de una rama al cabalgar con *Roy*; su estado en cama se debía a fiebres y jaqueca. El resto de moratones y golpes permanecían escondidos bajo su camisón y las sábanas. La puerta de su dormitorio había sido, por orden del general, rápidamente sustituida por otra perteneciente a un aposento inutilizado en la planta superior.

Pero su tío Simón no pareció creérselo. Solo bastó una mirada de su sobrina al entrar en el dormitorio para que lo entendiera todo. Se sentó en la silla de mimbre que Julieta había dispuesto junto a la cama y le sujetó la mano con una brumilla de tristeza adherida a sus ojos.

—No permitas que vuelva a ocurrir nada semejante.

Clara intentaba contener las lágrimas, no quería que su tío la viera hundida.

—No pude remediarlo, tío Simón...

El clérigo se mordió el labio inferior y desvió la mirada hacia la ventana, dolido. Sufría por su sobrina. ¿Qué podía hacer él? Clara se fijó en su rostro, de facciones afiladas y agraciadas para su edad. Su tío mantenía una vida austera y disciplinada, y eso último, añadido a su porte alto y esbelto, le proporcionaba una presencia imponente bajo sus hábitos benedictinos.

Clara quería olvidarse de lamentaciones y por eso rompió el triste silencio con el hecho que no paraba de revolucionarle la cabeza desde que le había sido mencionado.

—Tío Simón, ¿has oído hablar de las heroicidades de Agustina de Zaragoza?

—Algo he oído —murmuró este mientras volvía la cabeza hacia ella.

Le relató los hechos que le había revelado Julieta.

—Todas las mujeres deberíamos tomar ejemplo de ella —acabó diciendo con entusiasmo en la voz—. Ella decidió arriesgar y ha tomado las riendas de su destino. ¡Ahora es una heroína!

Simón asintió mientras se pasaba el dedo índice por su barba corta y canosa.

—Lo he estado pensando, tío... —continuó Clara—. En momentos como este es cuando hay que aprovechar. Creo que tras la guerra cambiarán algunas cosas y todo lo que había antes recibirá un zarandeo. ¡Las mujeres debemos aprovecharlo para demostrar de qué somos capaces! ¡Como hizo Agustina!

La emoción hizo que volviera a sentir un ligero mareo y una súbita subida de temperatura. Respiró suavemente y cerró los ojos, consiguiendo que pasara el mal rato.

—¿Estás bien, hija?

Clara le restó importancia con un ademán de la mano y volvió a la carga.

—Lo digo muy en serio, tío Simón. Tú me dijiste que, pese a que el destino nos ofrezca pocos caminos y la mayoría sean de su propio capricho, jamás debemos perder la esperanza de que a un lado aparezca un sendero que nos lleve por una ruta distinta, de nuestra propia elección.

—Lo recuerdo, hija.

—Creo que Agustina ha tomado su propio sendero —sostuvo Clara—. Vivimos atrapadas, a expensas de nuestros esposos o de todo lo que nos rodea. Y ella —abrió mucho los ojos, como si algo los hubiera encendido— decidió liberarse de toda atadura... —Se apoyó con ambas manos y se levantó de la cama con un brío ausente hasta segundos antes. El corazón le latía con fuerza, una chispa había alumbrado su mente y volvía a sentir cómo la emoción despertaba de su largo sueño—. Tengo una idea... —dijo cuando sus pies rozaron el suelo de madera.

Simón se levantó tras ella.

—¿Qué haces, hija? No deberías levantarte...

Clara dio un paso con una sonrisa en la cara, fue a decir algo, pero su vista se nubló y todo a su alrededor se volvió blanco. Entonces sintió cómo un intenso calor la envolvía, cómo sus piernas le fallaban y se dejaba caer hacia delante. No hubo impacto, la firmeza de unas manos lo impidió.

Para entonces, había perdido el conocimiento.

El médico los visitó aquella misma tarde. El general Louis Le Duc esperaba en uno de los sillones tapizados del vestíbulo. Daba continuas chupadas a su cigarro mientras aguardaba a que el galeno bajase y le comunicase la causa de las altas fiebres de su mujer.

Sus ojos negros se posaron en la botella de coñac que había sobre una bandeja en una mesilla próxima. No se levantó, pero acabó por consumir su cigarro y se encendió otro.

El doctor Lemaitre bajó la escalera con gesto serio. Era el médico personal de los generales. El mejor que había podido encontrar en la ciudad. Se plantó ante él sin apenas mirarle a los ojos.

—Padece el tifus, mi general.

Mesié Le Duc no se movió un ápice. Se mantuvo recostado en el sillón, con la mirada perdida en la alfombra turca del suelo y el cigarro humeando en su mano derecha, entre los dedos índice y corazón.

—Y eso, ¿qué quiere decir?

—Hay una epidemia en la ciudad —explicó el doctor Lemaitre—. Empieza con fiebre alta que se va acentuando a lo largo de la primera semana. Salen manchas, hay delirios, afecciones cardiacas...

—¿Sobreviven? —le cortó el general.

El doctor se miró las manos, incómodo.

—Algunos —acabó diciendo.

Le Duc guardó silencio y dio una larga calada al cigarro. Finalmente despachó al médico con un ademán, sin levantar la vista.

—Le quiero aquí cada día —le ordenó antes de que se fuera.

El doctor Lemaitre se dio la vuelta y se frotó las manos, nervioso.

—Disculpe, *mesié*... pero tengo asuntos que atender con la gran cantidad de heridos de guerra que...

—Si no revisa a mi mujer cada maldito día, juro que le empaqueto un consejo de guerra por negligencia.

Tras aquel día, el doctor Lemaitre acudió al palacio diariamente a primera hora de la mañana, mientras Clara permanecía en cama, luchando contra la enfermedad. Durante aquel tiempo, Louis Le Duc apenas se movió del palacio. Escuchaba cada informe del médico, el cual decía que había que esperar. Veía a las criadas subir y bajar de la habitación de su esposa con gestos preocupados, palanganas de agua y paños frescos en las manos. Notaba cómo algunas le lanzaban miradas serias, las más valientes de desprecio e incluso odio. El general sabía que el servicio de la casa lo detestaba, más después del incidente con su mujer. Sabía que la preferían a ella porque les trataba bien, pero sin su mano dura, aquello podría convertirse en un corral.

En alguna ocasión, tras la visita del médico, se asomaba a la puerta de sus aposentos y la miraba sufrir en el lecho. Permanecía con los ojos cerrados y el rostro bañado en sudor, delirando continuamente. Su tío Simón y sus padres se alternaban junto a ella de sol a sol.

Al cabo de una semana los delirios aumentaron y le aparecieron unas manchas oscuras por todo el cuerpo, como había predicho el médico. También llegaban noticias de más casos que se estaban dando en la ciudad, tanto en civiles como en soldados. Un miembro del servicio también había caído.

Un día soleado y seco de mediados de noviembre, el doctor Lemaitre salió diciendo que la había visto mejor, que su mujer era fuerte y que tal vez superara la enfermedad. Pero añadió que debían ser cautelosos, las fiebres podían desaparecer y hacer su aparición en cuestión de horas.

Tras hablar con el médico, el general resolvió subir a verla. La encontró despierta, con profundas ojeras y el rostro más afilado, pero con la apariencia de estar recuperando las fuerzas que había perdido los últimos días. Estaba con su tío Simón y parecían mantener una conversación animada. También vio a su doncella, sentada en una silla, un poco más apartada. Se callaron cuando el francés irrumpió en la estancia y le miraron, incómodos.

Mesié Le Duc se plantó en el umbral y miró al clérigo, esperando que se marchase y le dejara a solas con su esposa. El hombre no hizo ademán de moverse, y el general vio cómo Clara le agarraba con fuerza de la muñeca, aterrada ante la perspectiva de quedarse a solas con su marido.

Sin decir nada, se dio la vuelta y cerró la puerta, dejándoles solos.

Se quedó un momento en silencio y oyó cómo volvían a murmurar al otro lado. Detestaba a los religiosos y en especial a aquel clérigo, era una mala influencia para su mujer, le introducía pájaros en la cabeza con su falsa filosofía.

Pese a la aparente mejoría, aquella noche las cosas empeoraron drásticamente.

El general fue despertado en plena madrugada por una de las criadas, la cual le informó de que las fiebres habían vuelto a aparecer. Cuando se vistió adecuadamente y salió de sus aposentos, comprobó que todo el mundo estaba despierto en la casa. Había gran revuelo. Las criadas salían y entraban al dormitorio con tinajas de agua y paños limpios. El resto del servicio permanecía en el pasillo con gestos sofocados y compartiendo palabras de preocupación.

Trinidad, el ama de llaves, se acercó a él con aspecto cansado.

—Está más débil. Sus delirios se han intensificado.

Él hizo ademán de entrar, pero la criada lo detuvo no sin ciertas dudas. El francés se sorprendió ante el atrevimiento de la mujer.

—¿Qué diablos hace?

—Disculpe, señor —Trinidad hizo una breve reverencia—, no quisiera ofenderle, pero será mejor que no la vea por el momento, hasta que pase el mal rato al menos.

La fulminó con la mirada, pero optó por no decir nada.

Se volvió y buscó al cochero entre el revuelo de criados. La casa estaba completamente iluminada por velas de cera, el pasillo era un caos, el servicio estaba muy alterado.

Finalmente, lo encontró, charlando con los dos mozos de la cuadra en el vestíbulo de la planta inferior.

—Ve a buscar al doctor —le ordenó.

El cochero hizo una pronunciada reverencia y se largó de inmediato. Le Duc lo vio alejarse y detenerse antes de alcanzar la puerta de entrada. Vio que cruzaba varias palabras con la doncella de Clara, Julieta creía que se llamaba, la cual parecía haber intimado mucho con su esposa últimamente.

El general frunció el entrecejo al tiempo que el cochero abandonaba la casa. Resolvió tomar asiento en uno de los sillones del vestíbulo y encendió un cigarrillo. Después, pidió que le trajeran un té caliente. Era lo único que bebía cuando debía estar sobrio.

Esperó durante una hora y los primeros rayos de luz empezaron a colarse por las cristaleras. El doctor seguía sin aparecer. Pocos instantes antes, había acudido fray Simón, que subió a los aposentos de Clara de inmediato.

De pronto, llegó el cochero con copiosos sudores en su fatigado rostro.

—Señor... el doctor no se encuentra en su residencia. Salió ayer por la tarde hacia Burgos.

El general pronunció una maldición y despachó al criado con un brusco movimiento de la mano. Haría colgar al médico por aquello, por abandonar su puesto antes de que él le diera permiso. Pidió una copa de coñac y se encendió un nuevo cigarrillo, que consumió enseguida.

El revuelo y el caos habían sido sustituidos por un inquietante silencio que se extendía como una sombra por cada rincón de la casa. Se oyeron algunos ruidos procedentes del piso superior. De pronto, una criada bajó corriendo la escalera con lágrimas en los ojos. Le Duc se levantó, expectante.

Enseguida bajaron otras dos criadas, con sus uniformes remangados y las mejillas bañadas en lágrimas.

Cuando vio aparecer al padre Simón con aquel gesto desencajado contrayéndole el rostro, supo que lo peor había sucedido. El clérigo pasó ante él sin ni siquiera dirigirle la palabra. Fue el ama de llaves la que se le acercó para comunicarle la noticia.

Clara había fallecido.

El general Louis Le Duc subió al piso superior y se quedó muy quieto en el pasillo, observando la puerta del dormitorio de su mujer, sin llegar a entrar en él. Si su mente llegó a sentir alguna emoción, su cuerpo no la reflejó. Sus músculos permanecieron inmóviles como rocas, sus ojos fríos e impasibles, como dos gotas de rocío en una mañana gris.

Se dio media vuelta y se dirigió a su estudio. Entró, y como cada mañana se acercó al aguamanil, cogió su navaja de cachas de marfil y con el cuidado y el esmero de todos los días, se afeitó ante el espejo. Mientras se acicalaba, en ningún momento dio muestras de pensar en el cuerpo sin vida de su esposa, el cual yacía en el cuarto contiguo.

Una vez que concluyó, ordenó llamar a sus hombres.

Marcel llegó el primero, algo airado y entristecido. Él desconocía lo que había hecho Le Duc a su mujer dos semanas antes y era mejor que no lo supiera.

—Señor, acabamos de recibir la noticia... —Dio un paso hacia atrás y se inclinó con elegancia—. Le acompaño en el sentimiento.

En el rostro del general no se produjo cambio alguno. Cuando llegó Croix se recostó sobre su asiento y tomó la palabra.

—Lleváis cuatro meses sin cometido alguno. Deduzco que os habréis preguntado a qué he dedicado mi atención todo este tiempo. A qué se han debido mis largas ausencias.

El general se tomó su tiempo para mirar a sus hombres con detenimiento. Marcel permanecía muy erguido, casi marcial, aunque en su mirada se apreciaba cierta confusión ante las palabras de su superior, palabras extrañas dada la situación de luto. Croix lo miraba sin tapujos, con un enorme surco cruzándole la cara.

—Dispongo de un hombre tras las murallas de Cádiz.

Marcel contrajo la cara.

—Disculpe, señor, ¿cómo dice?

—Un hombre que trabaja para nosotros está dentro del reducto enemigo, y nos informa de lo que allí sucede —explicó Le Duc.

—¿Se refiere a un espía? —preguntó el húsar, sorprendido.

—En efecto. Tiene acceso a la hermandad, y según sus últimos informes, sus principales miembros se están reuniendo allí. Los hombres que buscamos también.

Marcel no pudo esconder su asombro. Croix se rascaba una oreja.

—Eso son buenas noticias, señor —dijo el húsar.

—El procedimiento no es tan sencillo —mencionó el general—. Hasta que nuestros dos objetivos no salgan de allí no podremos actuar. De momento, nuestra prioridad es el contacto con ese hombre. Iremos a Madrid durante una larga temporada. Emplearemos la capital como punto de enlace con el reducto sureño, como he hecho hasta ahora.

—¿A eso se han debido sus largas ausencias? —preguntó Marcel—. ¿Se estaba reuniendo con él?

Le Duc asintió.

—¿Y cómo nos pondremos en contacto con su hombre?

El general se levantó de su asiento y se volvió hacia el ventanal. Cruzó ambas manos de espaldas a sus hombres, con la vista puesta en los campos que rodeaban el palacio.

—Seré yo quien mantenga el contacto —aclaró—. Mis reuniones con él serán en un punto intermedio entre las dos ciudades. Vosotros me sustituiréis en Madrid, ayudando al Servicio de Inteligencia del Estado Mayor del rey, como representantes de la sección del norte.

Croix había permanecido en silencio y habló por primera vez.

—Terminemos con esto de una puñetera vez, señor.

Louis Le Duc permaneció muy quieto de cara a la ventana.

—Lo haremos... —murmuró. Y se volvió hacia ellos—. Partiremos hacia Madrid mañana.

Al oír aquello Marcel arrugó la frente.

—¿Y el funeral de su esposa?

Las palabras del general sonaron ausentes de toda emoción, fueron demasiado frías, incluso para él.

—Se celebrará sin nosotros. No asistiremos.

Marcel pareció contrariarse y por un momento abandonó su posición de ayudante.

—Por el amor de Dios, *mesié*, ¡era su mujer!

Louis Le Duc lo miró sorprendido. El húsar creyó que lo recriminaría por su osadía, pero, en vez de ello, el francés no se inmutó. Volvió a oírse aquella voz gélida.

—Era mi mujer... y está muerta.

32

Julián caminaba por las bulliciosas calles de Cádiz; lo hacía cabizbajo y con las manos metidas en los bolsillos de los calzones. Su semblante permanecía sombrío, ajeno a los entretenimientos que proporcionaban los comercios, las tabernas y las gentes que le rodeaban coloreando las calles.

La noche anterior, al igual que las demás durante la última semana, había esperado a Diana en la puerta de la posada para acompañarla a su casa y compartir lecho. Pero ella no había aparecido y después no había dado señales de vida.

Durante aquellos días Julián había descubierto algo desconocido para él. Diana le había enseñado secretos de alcoba que jamás se hubiera podido imaginar. Placeres fugaces e intensos que una vez concluidos le dejaban exhausto pero que volvía a desear poco después, hechizando su mente en un círculo vicioso.

No saber de Diana no era la única razón de su malestar. Aquella mañana se había despertado envuelto en una extraña sensación: pese al día soleado que hacía, parecía que el mundo sonreía un poco menos.

Mientras recorría una zona de tabernas en la que se ofrecían puestos de comestibles que olían a pescado fresco, su mente volvía a volar hacia sus recuerdos, rememorando la imagen de sus seres queridos y de sus amigos. Con el paso del tiempo, la necesidad de saber de ellos se hacía cada vez mayor y a veces la ansiedad lo dominaba. Al igual que muchos otros días, se sintió envuelto por la nostalgia y añoró la protección de aquel hogar que ya no tenía.

De camino de vuelta a la posada pensó en Roman. Continuaba ausentándose diariamente y aún no le había explicado la razón de ello.

Se detuvo frente a una tienda de mariscos, seducido por el atrayente aroma y los vapores que desprendían. Roman le había dado algunas monedas que guardaba en el bolsillo escondido de su capa, que tenía cerrado con hilo y descosía cada vez que necesitaba sacarlas. Aquel día no la llevaba consigo, pero en los bolsillos de los pantalones disponía de tres reales con veinte maravedíes, por lo que disfrutó de un buen bocado de aquel desconocido pescado para él, el cual tenía un sabor exquisito y muy fresco.

La noche se hacía ya en la ciudad cuando llegó a la posada.

Entró en la taberna con la esperanza de encontrar a Diana. No la vio, pero el posadero Ramón le hizo una seña desde detrás de la barra para que se acercara.

—Su tío lo ha estado buscando —le dijo mientras se secaba las manos con un trapo mugriento—. Parecía impaciente —añadió, señalando hacia el piso superior, hacia las habitaciones.

Julián asintió y le dio las gracias. Subió a la habitación y allí encontró a Roman, sentado en la única silla de la estancia, fumando su pipa. Se levantó del asiento nada más verlo.

—Por fin he encontrado lo que buscaba —le dijo con entusiasmo en la voz. Cogió la casaca que tenía desplegada sobre la cama y se puso su sombrero de tres picos—. Has de acompañarme.

—¿Adónde vamos? —preguntó, extrañado.

Roman se acercó y apoyó su ancha mano sobre el hombro del joven. Torció el grueso bigote en lo que parecía una mueca de complicidad y sonrió. Sus ojos grises lo miraban brillantes y vigorosos.

—Te lo explicaré por el camino.

Caminaron hacia el puerto, donde Julián percibió un ambiente más tenso que en el resto de la ciudad. Se rumoreaba que las tropas de los aliados generales Graham y Lapeña estaban embarcando para hacer una incursión en territorio enemigo. Al parecer, la exitosa campaña de Wellington en el norte de Portugal había provocado la necesidad de refuerzos franceses. Por ello, tropas que asediaban Cádiz se habían tenido que trasladar al frente luso, viéndose reducido el contingente francés sobre el sitio de la ciudad a unos quince mil hombres al mando del mariscal Victor.

Aprovechando ese momento de debilidad, los aliados guarnecidos en Cádiz habían decidido actuar. Se decía que tenían la intención de desembarcar en Tarifa y presentar batalla en el cerro Cabeza de Puerco.

Cuando desembocaron en el paseo de las murallas, Roman tosió ligeramente y se aclaró la garganta.

—¿Aún conservas la lista que me enseñaste?

Se detuvieron frente a un baluarte que daba a la bahía. Un hombre uniformado comenzaba a encender los faroles y las antorchas del paseo mientras los centinelas cambiaban de guardia. Cuando una pareja de enamorados pasó de largo, Julián extrajo el papel de su bolsillo y lo desplegó a la luz de los faroles. Roman volvió a escrutar lo escrito en la hoja que ya empezaba a adquirir tonos ocres.

—Cuando me hablaste de tus sospechas —comentó con los ojos entornados en torno al papel—, hubo algo que me inquietó y me hizo pensar. Y fue esto —Roman señaló la penúltima frase de la lista. Julián se inclinó ligeramente para verla, aunque se la sabía de memoria:

«Recuerda que siempre habrá de haber alguien que conozca de los legajos de Gaspard; si no fuera así, preguntad por el guardián de vuestro legado.»

—Cuanto más pienso en ella más seguro estoy de que contiene un mensaje oculto —continuó su tío mientras reanudaban la marcha—. Creo que Franz quiere que leamos entre líneas.

—Por no mencionar que en ella habla de unos legajos —añadió Julián con tono de reproche—. Como propuse desde el principio.

—Sí, Julián. Pero yo entonces desconocía tu lista. Hasta que no me la enseñaste y leí las palabras de tu padre antes de morir, no encontraba sentido a todo esto.

—Dudo de que no supieran nada dentro de la Orden —repuso el joven—. El otro día me encontré al hermano Gauthier en la taberna y me aseguró que los rumores existían.

Roman tenía la mirada perdida en la oscura bahía del otro lado.

—Desde luego que existen —aseguró. Después bajó la voz y agachó la mirada hacia el suelo adoquinado—. Hay otro aspecto que también me tiene un tanto desconcertado... —carraspeó, inquieto, y miró a Julián—. Aquellos hombres, los franceses que requisaron tu casa... dijiste que buscaban algo, ¿verdad? Algo entre los libros.

Julián asintió.

—Sí, estoy seguro.

Roman se pasó la mano por el bigote, reflexivo.

—Me desconcierta que entre los propios miembros de la Orden no sepan con certeza de su existencia y esos franceses estuvieran tan seguros —comentó.

Julián se detuvo.

—Entonces, ¿tú también crees en la posibilidad de que haya un espía dentro de la hermandad? ¿Un traidor?

Su tío continuaba acariciándose su enorme mostacho canoso con la mirada desviada.

—Es posible.

Julián volvió a señalar la lista.

—¿Crees que puede tener algo que ver con esto? —Su dedo se posó bajo la frase «No puede ser él...»—. Según el boticario, lo dijo mi padre antes de morir, aunque estaba delirando. ¿Se referiría a algún conocido? ¿A alguien cercano a la Orden?

Un pronunciado surco cruzó la frente de su tío.

—Tal vez... —murmuró.

—Si el asesino de Franz es el espía de los franceses, y este le robó el último de los legajos de Gaspard, ¿por qué siguen buscando, si ya tienen lo que querían?

—Tal vez solo tengan una parte de ellos —le atajó Roman—. Tú mismo lo has dicho: «el último de los legajos de Gaspard». Según eso, Franz solo llevaba una parte consigo cuando lo mataron. Debería haber más. —Roman reanudó la marcha, con paso decidido—. Y lo que debemos hacer es descubrir dónde se encuentran —añadió.

—¿Tiene eso algo que ver con tu ausencia los últimos días?

Roman lo miró y una amplia sonrisa de orgullo iluminó su rostro.

—El caso es que mientras tú te dejabas atolondrar por esa joven, he estado investigando con los recursos que me proporcionaba la ciudad —comentó—. Conozco a varios refugiados que me han ayudado a buscar a un hombre cuyo testimonio tal vez pueda arrojar ciertas luces. —Roman hizo una pausa para retirarse el sombrero y peinarse con la palma de la mano—. Se trata del escolta personal de Gaspard.

Julián abrió mucho los ojos. ¿Cómo no había pensado en ello? Gaspard disponía de un ayudante personal, un hombre que le acompañaba en casi todos sus viajes y no se despegaba de él. Cada vez que su abuelo les visitaba, él se alojaba en alguna posada de Vitoria. Era un hombre muy reservado, pero fiel y leal. Intentó recordar su nombre.

—¡Antón Reiter! —acabó diciendo, casi sin aire.

—El mismo. —Su tío esbozó una sonrisa—. Veo que posees buena memoria.

Julián asintió y sonrió para sí.

—Ojalá pudiéramos elegir lo que olvidamos —comentó—. Y pudiéramos recordar solo lo que queremos.

—Ojalá... —murmuró Roman con la mirada perdida—. En fin —reanudó tras haber permanecido en silencio—, me informaron de que era un refugiado más de la ciudad. Antón siempre fue un hombre muy devoto, un viejo soldado que mantenía una vida espartana. Tu abuelo le salvó de la miseria hace muchos años y desde entonces le protegía con su vida, acompañándole en todos sus viajes. Tras casi dos semanas buscándole, creo haber dado con él. Tras la muerte de tu abuelo, parece haber caído en horas bajas y frecuenta tabernas en busca de algo con lo que bañar su garganta. El otro día lo vieron en la playa de la Caleta...

La playa de la Caleta era una capa de fina arena de color canela que se adosaba a las murallas de Cádiz en forma de un arco perfecto. Estaba en la parte occidental de la ciudad, frente al Atlántico, y protegida de la bahía.

Flanqueada y amparada por el castillo medieval de Santa Catalina, muchas embarcaciones de poco calado fondeaban en sus inmediaciones en busca de la protección frente a las bombas francesas procedentes de la bahía. Durante el día solía ser escenario de puestos de pescado y marisco. Pero de noche, las tornas cambiaban y la playa se convertía en lugar de dudosa fe, asiento de música, bailes y contrabando donde personajes de toda índole se reunían para beber, jugar y pelearse. Dada su situación fuera de la muralla quedaba aparte de la jurisdicción de la ciudad. Era un lugar en el que uno debía andarse con cuidado de dónde ponía los pies y de con quién trataba.

Atravesaron una puerta guarnecida por un centinela que les hizo caso omiso y bajaron unas estrechas escaleras que daban a la playa. Era ya noche cerrada y apenas había luna. La temperatura era agradable, con la suave brisa del océano colándose en la oscuridad. La playa aparecía iluminada por una serie de antorchas clavadas en hilera a lo largo de ella, bajo los muros.

Estaba repleta de gente; sentada en simples tablones de madera clavados en la arena, bajo lonas marinas y velas de barco que cubrían los cobertizos abiertos donde se servía la bebida. Aquello era un caos sin ley: conversaciones ruidosas, hombres bebiendo y cantando canciones marineras, alguien haciendo sonar la guitarra, alguna pelea por desacuerdos del juego... Había marineros, petimetres engalanados haciendo vida nocturna, forasteros y refugiados y gentes extrañas de toda clase.

En el preciso instante en que llegaban, vieron cómo varios destacamentos de soldados ingleses embarcaban en un bote desde uno de los muelles que había en la playa. A los uniformados británicos se les llamaba *salmonetes* por el color rojizo de sus casacas. A unos cien pasos de distancia, en la negrura del mar, vieron las sombras de varios navíos ingleses fondeados en la zona. Al parecer, ya estaban embarcando las tropas para la incursión prevista.

Se acercaron a un botero que no daba abasto, llenando media docena de enormes jarras de cerveza en uno de los barriles que había bajo las lonas.

—Perdone, buen hombre —lo saludó Roman—. ¿Sabe si Antón Reiter frecuenta estos lares?

El botero no dijo nada y se limitó a señalar con la cabeza, puesto que las manos las tenía ocupadas. Su mentón se dirigía a una de las mesas que había más cerca. Allí había un hombre sentado solo de espaldas a ellos, con la cabeza gacha y una botella de aguardiente medio vacía ante sí.

Se dirigieron hacia él.

Mientras cruzaban las mesas, Julián se deshizo como pudo de un borracho que se le echó encima pidiéndole un cuarto de vino. Pasaron junto a un grupo exaltado de marineros que estaban armando bulla en torno a una elevada tablazón de madera. Sobre esta había una gitana bailando al son de una guitarra. Movía sensualmente las caderas y tenía la falda sutilmente subida, enseñando los morenos muslos.

—¡Súbete esa falda, gitana!

Julián se fijó en la sonrisa forzada de la muchacha. No tendría más de quince años y pensó que lo más probable era que aquella noche acabara contentando al mejor postor de aquellos babosos de la mesa. Quizás un marinero deseoso de gastar la miseria ganada en las cartas esa misma noche.

Se detuvieron frente a la mesa, en cuyo extremo el hombre tenía apoyada la cabeza, dormitando con constantes ronquidos. Julián pudo verle la cara; lo recordaba más joven, sin barba y con menos ojeras. Tras observarlo unos instantes, asintió.

—Es él.

Lo zarandearon por el hombro hasta que despertó con la mirada turbia. Tenía el cabello sucio y largo, la tez curtida y llena de arrugas y la casaca repleta de serrín. Una cruz de madera colgaba de su cuello. Tras recobrar la compostura, los miró extrañado.

—¿Quién demonios son ustedes? —balbuceó con la lengua pastosa—. ¿Los alguaciles?

Roman se dirigió a Julián.

—Trae un vaso de agua mientras yo le refresco la cara.

Hizo lo que le había ordenado y pidió una jarra de agua fría al botero que les había atendido antes y que parecía estar más tranquilo. Al volver, vio a Roman cargar con el borracho hacia la orilla para refrescarle la cara y espabilarlo.

Una vez en la mesa, cuando estuvo más lúcido, Antón miró a Roman con una sonrisa emocionada y señalándole repetidamente dijo:

—El hijo de Gaspard... mucho tiempo sin verle, supongo que ya sabrá lo bien que trabajé para su padre... —su tono denotaba una ironía desesperada—, debería ser yo el que estuviera criando malvas... —añadió, refrescándose el gaznate con la jarra de agua.

—Le hemos buscado por toda la ciudad —comentó Roman con severidad una vez que se sentaron.

—¿Ah, sí? —vociferó Antón—. ¿Y qué desean? ¿Darme trabajo? —Emitió una sonora carcajada.

—Queremos que nos hable de mi abuelo —dijo Julián, mostrando la misma seriedad que su tío.

Antón arqueó las cejas con aspecto burlesco.

—Veamos, caballeros... —dijo entonces—. Para que se hagan una idea. Pasé con el señor Giesler quince años de mi vida. ¿Pretenden que les haga un resumen o prefieren que les escriba un libro y se lo entregue por correo? —volvió a reír—. Por los clavos de Cristo, no sean como los demás, hagan el favor de concretar... —Miró a Julián con el ceño fruncido—. Por cierto, usted es el hijo de Franz, ¿verdad? Dios mío, se ha hecho todo un hombre, seguro que tiene varias mozas detrás...

Julián prefirió hacer caso omiso y se centró en lo que el hombre había dicho poco antes.

—¿No sean como los demás? ¿Acaso ha venido alguien más preguntando?

Antón suspiró y los ojos se le desviaron hacia la jovencita que bailoteaba sobre la mesa de enfrente. Acababa de subirse la falda y los hombres gritaban emocionados.

—Hace unas dos semanas —mencionó, sin apartar la mirada de la danza—, un hombre vino preguntando por el señor Giesler. Se me acercó en un tugurio de la Viña y el muy perro fue listo, pretendiendo engatusarme con varias jarras del mejor vino que ofrecían en el local. Yo acepté encantado, pero, a mis años, la sangre de Cristo ya no me suelta tanto la lengua. Como no me hizo gracia el tipo aquel, le conté una mentira como una casa.

—¿Qué le preguntó sobre Gaspard?

Antón Reiter se volvió hacia ellos, por un momento la bruma de sus ojos se disipó y Julián pudo ver una mirada perspicaz oculta tras ellos. Los observó durante unos momentos, en silencio.

—Verán —acabó diciendo con una sobriedad desaparecida hasta entonces—, sé que el señor Giesler los apreciaba mucho a ambos. Él ahora está muerto y ciertamente no tengo entre mis manos ninguna gran verdad que él me revelara. Pero hay algunos hechos singulares... —no terminó—. En fin, ustedes son sus descendientes y me imagino a qué se debe tan repentino interés...

—¿Qué quiere decir con eso?

—Supongo que buscarán lo mismo que aquel extraño que se me acercó... —Los miró con interés—. Tienen suerte de llevar la sangre de Gaspard, lo haré por él. Les contaré una experiencia singular que quizá les sirva de algo...

»Fue en una de las visitas que hizo el señor Giesler a vuestra pequeña aldea —comentó el hombre señalando a Julián—. Después de estar con ustedes no volvimos a Valberg, como de costumbre. Continuamos más al norte de vuestras tierras y nos adentramos en lo más profundo de esos valles vascones. Aquello era un laberinto de frondosos bosques, valles nublados y montañas escarpadas. Me perdí enseguida, pero el señor Giesler parecía saber dónde nos encontrábamos porque seguía un mapa.

»Finalmente, llegamos a un pequeño castillo abandonado. Una de esas casas torre que llaman ustedes, los resquicios de sus guerras banderizas del pasado. Montamos el campamento allí durante dos días, mientras el señor Giesler estudiaba la zona. Yo jamás le preguntaba nada, me limitaba a hacer lo que me pedía.

»Pronto dio la orden de ponerse en marcha y anduvimos durante una jornada por un camino empinado que nos condujo a un monasterio asentado en las paredes de una montaña. Pasamos una temporada entre sus muros, haciéndonos pasar por penitentes. Desconocía qué diablos hacíamos allí, pero no quise interponerme en los asuntos del señor Giesler.

»La vida en el monasterio era muy tranquila y nos alimentaban bien. Solo teníamos que fingir nuestro viaje de peregrinación y acudir a las oraciones.

Antón pareció detenerse, pensativo, recordando viejos tiempos.

—Conocemos lo que nos dice —intervino Julián—. Hemos estado en la torre que ha mencionado. Fue restaurada por los monjes de ese monasterio en el que se alojaron.

El hombre pareció volver a la realidad.

—¡Ah!, sí, por supuesto —exclamó—. Gaspard siempre soñó con aquellas tierras verdes de las que venís. Cuando murió Catalina —el hombre se santiguó y besó la cruz de madera que colgaba de su cuello—, que en paz descanse, la soledad le invadió en el castillo de Valberg. Creo que le venía demasiado grande y le traía recuerdos dolorosos. Por eso tuvo la idea de cambiar de aires y buscar un lugar donde retirarse.

—La casa torre del valle de Haritzarre —lo interrumpió Julián.

—Sí, eso... cómo se llame —continuó Antón mientras se frotaba las manos—. Pero yo no creo que la búsqueda de la torre fuera el único objeto de nuestro viaje... —carraspeó, inquieto—. Durante la estancia en aquel monasterio sucedió algo extraño. Los viajes solíamos completarlos con la única compañía de nuestras monturas. Sin embargo, en aquella ocasión fue diferente. Llevábamos otras dos bestias que cargaban con un pesado carro.

—¿Con un pesado carro? —preguntó Julián—. ¿Y qué llevabais en él?

—Un baúl enorme. Desconozco qué contendría. Pero cuando salimos del monasterio ya no lo llevábamos.

La sorpresa se hizo palpable nada más oír aquello. Julián miró a su tío y sus ojos grises le respondieron con visible emoción. Antón pareció intuir la sorpresa, por lo que añadió:

—Si ese baúl solo contenía papeles, debía de haberlos a miles. Se lo digo porque pesaba como un demonio. —El hombre hizo una breve inclinación—. Si me permiten mi humilde opinión, señores, creo que Gaspard hizo aquel viaje por dos razones: una, buscar una morada donde retirarse. Y dos, guardar ese baúl en un lugar seguro y cercano a su morada. Durante nuestra estancia en el monasterio el señor Giesler entabló amistad con uno de esos monjes... un tal Agustín, si no recuerdo mal. Se pasaban el día hablando sobre la vida y todo ese tipo de varapalo filosófico... ya saben ustedes —esbozó una sonrisa y puso los ojos en blanco—, cosas de viejos. Ese monje era un tanto afeminado y para mí que bebía los vientos por el señor. Pero en fin, eso solo son conjeturas mías. El caso es que el maestro algo debió de ver en él, porque le confió nuestro pesado baúl. —Antón se excusó de manos—. Ahora bien, no me pregunten dónde demonios estábamos porque me perdí desde el principio. Para mí que subimos al purgatorio de Dante y volvimos a bajar a nuestro humanizado mundo. —Antón se cruzó de manos, satisfecho. Parecía haber concluido su relato—. ¿Desean algo más, caballeros? —dijo con tono irónico.

Al oír aquello las miradas de tío y sobrino se encontraron un instante, compartiendo las dos bocas amigas una sonrisa cómplice. No necesitaron palabras, tenían lo que querían. Entonces Julián pareció recordar algo, y se volvió hacia Antón.

—¿Quién era el hombre que preguntaba por mi abuelo?

El otro se encogió de hombros.

—Un forastero de los muchos que pueblan esta ciudad —respondió—. Muy hábil, el lobo de él.

Aguardaron mayores detalles, y Antón los miró.

—No recuerdo su aspecto, si es lo que desean saber —su tono se ironizó—. El vino mezcla los rostros, en especial en las tabernas, con tanta gente.

—Ha sido usted muy amable y le agradecemos su tiempo —intervino entonces Roman.

—Líbreme Dios, faltaría más —contestó el señor Reiter, visiblemente complacido—. Ha sido un placer.

Ambos se levantaron y estrecharon la mano al viejo escolta. Cuando se fueron a ir, Roman se volvió.

—Gaspard siempre tuvo buenas palabras para usted. Lo llamaba «mi sombra buena».

Antón les sostuvo la mirada, pero no dijo nada. Vieron cómo volvía a desviar los ojos, pero en aquella ocasión no fueron hacia la bailarina, sino hacia el mar. Le dejaron solo, sentado a la mesa, junto a una jarra de agua fría.

—¡El guardián de vuestro legado! —exclamó Julián mientras volvían, presurosos, a la posada—. Mi padre se refería al monje Agustín. Él es el guardián, ¡el guardián de vuestro legado!

Roman parecía mantener la calma más que su sobrino.

—Debemos recoger las cosas de la posada y conseguir que el maestro Hebert nos proporcione una embarcación para salir de Cádiz —dijo.

Julián asintió con un brusco movimiento de cabeza. Tenían un largo viaje por delante, pero se sentía emocionado. Iban a conocer los secretos de Gaspard, a desvelar el misterio. Seguro que su padre se sentiría orgulloso de él.

—¿Por qué nos lo dijo con un acertijo? —preguntó entonces.

—Los acertijos le agradaban mucho a tu abuelo —respondió Roman—. Son una medida eficaz para proteger un mensaje. Franz sabía que podía caer en manos equivocadas.

Cuando llegaron a la posada, Julián se detuvo en el umbral de la puerta y su tío lo miró desconcertado.

—¿Qué sucede?

—He de avisar a Diana. Tal vez quiera acompañarnos.

Roman emitió un breve gruñido.

—No sé si esa joven te conviene... —murmuró.

Julián hizo caso omiso de su consejo y se dio media vuelta.

—¡Volveré enseguida!

Cruzó media Cádiz corriendo. Era medianoche y la ciudad dormía, aunque algunas tabernas y tascas permanecían abiertas.

Llegó a la calle donde vivía la joven y se detuvo entre jadeos. Vio luz en su ventana. Empujó el portón de entrada y subió los escalones de dos en dos. Cuando llegó al piso superior le sorprendió ver la puerta entreabierta. Una luz amarillenta se filtraba del interior, de donde emanaron voces, y después una risa.

Tocó suavemente sobre la ennegrecida puerta de madera y la empujó con ciertas dudas.

Diana yacía sobre la cama, completamente desnuda. El cuerpo robusto de un hombre se movía sobre ella, embistiéndola con fuerza repetidamente. Sus piernas tersas y finas aparecían frágiles bajo los muslos poderosos del hombre. Sus gemidos de placer y su rostro anhelante congelaron el alma de Julián, anclándole sobre la tarima de aquella desconocida buhardilla.

Ella le instaba a seguir con ansia en la voz y él no paraba. No supo cuánto tiempo permaneció allí, observándolos, quieto como una estatua.

El rostro de Diana se contrajo cuando lo vio. Dejó de estremecerse.

—¡Julián! No... —exclamó.

El hombre se detuvo con fastidio y se dio la vuelta. Su rostro, amparado por unas patillas pobladas y muy negras que se unían en un bigote, mostró sorpresa ante la incursión, traduciéndose enseguida en un semblante repleto de ira. Le habían interrumpido en pleno acto y aquello era considerado algo despreciable. Se levantó. Era más alto y robusto que Julián.

El zarpazo le hirió la mejilla y lo que le quedaba de orgullo.

—Sucio cobarde...

Julián se hubiera podido defender, pero estaba tan aturdido que no pudo esquivarlo y cayó al suelo. El hombre lo agarró de la camisa, pero se escabulló y salió a gatas de la estancia, mientras oía la voz de Diana gritando tras él.

El hombre cerró con un portazo que estremeció la estructura de la casa y se hizo el silencio en el patio de la escalera. Julián respiraba fatigosamente y sangraba de la mejilla. Se quedó un rato allí, solo, tendido en el suelo del descansillo.

Al fin se levantó y bajó los escalones. El golpe en la cara le escocía, pero no tanto como la humillación recibida.

Cuando salió a la calle y le recibió una noche fresca y solitaria, pensó en lo estúpido que había sido. Se había dejado engatusar y le habían engañado.

Cruzó las calles con un andar titubeante, arrastrando los pies y clavando los ojos en el suelo arenoso y empedrado. En ningún momento percibió si la figura que andaba tras él lo hacía premeditadamente.

Poco después llegaba a la posada con un moratón en la mejilla y el cuello de la camisa rasgado. Roman lo miró con el ceño fruncido, aunque no pareció mostrarse excesivamente sorprendido.

—¿Qué demonios ha pasado? —le preguntó, sin embargo.

Julián no dijo nada y se limitó a recoger sus cosas, guardándolas en el macuto.

Su tío no insistió más. Solo le posó la mano sobre el hombro y le miró con fijeza a los ojos. Su voz sonó más tierna de lo habitual:

—Será mejor que te laves la cara y descanses. Tenemos un largo camino por delante.

De no haber sido por el escaso grosor de las paredes, sus palabras habrían flotado en la estancia, quedándose allí para siempre, teniendo a Julián como único testigo. Pero no fue así, puesto que alguien pasó por el pasillo de la escalera y se detuvo un instante al otro lado de la puerta.

Ese alguien escuchó las palabras, y asintió para sí mismo.

33

El general Louis Le Duc disfrutaba del primer cigarro del día. La mañana estaba plomiza, las nubes grises anunciaban lluvia. A través de los ventanales de sus aposentos, observaba a la gente que, con visible letanía, iniciaba su escasa actividad en la ciudad.

Se encontraba en Madrid, la capital del país y sede de la corte, en un palacete que le había cedido el rey propiedad de un marqués afín a las ideas josefinas. Acababa de llegar esa misma madrugada de un largo viaje y apenas había dormido nada, permaneciendo sentado en la butaca de vaqueta agrietada de aquel estudio, absorto, mirando por aquel ventanal cómo la ciudad tornaba de la negrura nocturna al gris matinal, y de ahí a nada más.

Apoyó el cigarro en el cenicero de metal y se levantó, llevándose las manos a la espalda. No le faltaban razones para haber permanecido en vela. Su regreso a Madrid desde Vitoria se había producido dos semanas atrás. Había completado el viaje con una escolta y sus dos principales hombres, y nada más llegar se había ausentado para viajar hacia el sur, solo, al encuentro de su contacto en Cádiz. Las informaciones recibidas habían sido concluyentes y tajantes. Sus dos objetivos habían salido del reducto sureño en dirección norte, y en aquel preciso instante se dirigían a Madrid, a terreno ocupado, a sus dominios. Y si lo hacían era porque habían descubierto algo, tal vez el lugar donde se hallaban los documentos personales del maestro de la hermandad.

Se centró, de nuevo, en la gente que cruzaba la calle. De vez en cuando aparecía algún piquete francés o algún oficial a caballo y cuando se cruzaban con la chusma, esta bajaba la cabeza, aunque algunos murmuraban en voz baja y escupían al suelo. Si tuvieran la oportunidad, pensó, los degollarían en plena calle. Pero no lo hacían, solo callaban.

La guerra se estaba alargando demasiado, y cuanto más lo hiciera, peor sería para Francia. Habría más sangre, y más odio. Aquel pueblo, esos murmullos a sus espaldas y esas miradas hostiles tenían algo de siniestro que aterrorizaba. Los soldados imperiales cada vez se sentían más inseguros. Eran el pan de cada día las noticias de emboscadas de guerrilleros que actuaban sin piedad. Cada vez eran más los rumores de soldados degollados mientras dormían, de noticias de pozos envenenados.

En el viaje a Madrid habían visto el resultado de una emboscada. Una docena de infelices colgados de unos árboles sin hojas, junto al camino. Recordaba sus cuerpos desnudos, sus rostros ajenos a toda vida, con la lengua fuera, los ojos desorbitados, presas preciadas para los cuervos y los enjambres de moscas.

—Si llegamos a pasar unas horas antes nos toca a nosotros, mi general —le había dicho el teniente de su escolta compuesta por veintiún dragones a caballo.

Al final de la calle sonó un estampido seguido de un edificio desmoronándose. Miró hacia la polvareda que se elevaba sobre los tejados. Pese a la guerra que se cernía en los campos y fuera de las ciudades, el rey José continuaba con su intento de gobernar el país. Después de indemnizar a los dueños, había mandado demoler varias casas en torno al cercano Palacio Real para crear la plaza de Oriente. Mediante continuos decretos, el monarca estaba ordenando derribar multitud de edificios con el objetivo de mejorar una ciudad de calles estrechas y sucias, llenas de inmundicias y orines que la gente aún arrojaba por las ventanas.

Y el pueblo se lo agradecía llamándole Pepe el Plazoletas. Tantas caricaturas ocultaban el rostro de un monarca con la ardua tarea de gobernar un país alzado en armas. Pese a ello, José I trataba de reformar y modernizar aquella atrasada nación anclada en el Medievo; impulsando una frenética actividad legislativa contra viento y marea, proponiendo una ambiciosa política educativa, cultural y científica, tratando de crear escuelas públicas, eliminando la Inquisición y reduciendo los derechos nobiliarios.

Pero no era fácil tarea en un país en bancarrota. La guerra estaba haciendo estragos en una nación ya de por sí empobrecida por crisis procedentes de los anteriores gobiernos borbónicos. La gente se moría de hambre, y no solo los lugareños. Se hablaba de las penurias de muchos soldados franceses acuartelados en las ciudades y en los pueblos, que tampoco tenían para comer. En Madrid la hambruna se estaba cebando con saña; la ciudad dependía del abastecimiento de otros lugares y las pocas remesas que llegaban eran interceptadas por los guerrilleros e incluso por tropas francesas.

Ante la desesperada situación, José I estaba visitando las zonas más pobres de la capital distribuyendo limosnas y destinando la mitad de sus ingresos, empeñando incluso algunos bienes de su propiedad en París para conseguir dinero con el que comprar trigo y elaborar pan.

Louis Le Duc pensaba que tales intentos de ganarse al pueblo por parte del nuevo rey eran inútiles. La gente no vivía con él, vivía con el ejército invasor. Y tras tres años de guerra, el odio cegaba la vista. La figura del rey representaba a Francia. El demonio.

El general francés se alejó de la ventana, dejando el cigarro sobre el cenicero y acercándose a una pequeña mesa labrada en ornamentaciones de carácter vegetal. Sobre ella descansaba una bandeja de plata en la que se obsequiaba una botella de coñac, un Courvoisier del año doce, su favorito. Lo miró unos instantes, no lo probaba desde el fallecimiento de su mujer.

No había asistido a su funeral, el cual debió de celebrarse mientras él viajaba a Madrid. Su muerte había provocado una profunda conmoción en la ciudad de Vitoria, en la cual ella era muy reconocida, especialmente entre el pueblo y la aristocracia local.

Observó el contenido del frasco, mientras pensaba en su difunta esposa. Últimamente solía hacerlo cuando estaba a solas.

Rozó el vidrio con la yema de los dedos y se detuvo en el tapón. Notó que el rostro se le crispaba. Finalmente, acabó sirviéndose una copa y volvió a su asiento.

Unos golpes en la puerta interrumpieron sus pensamientos. Dio su permiso para dejar pasar a una joven sirviente de tez morena y pelo lacio.

—Le informo de que dos de sus hombres acaban de llegar y esperan en la antesala, *mesié*.

—Que pasen —dijo, y se bebió la copa de un solo trago.

Marcel y Croix entraron a grandes zancadas. El húsar presentaba un aspecto inmaculado, pero Croix aún permanecía un tanto legañoso.

—Buenos días, señor —dijo el primero. El general sentía respeto por su severidad, pero no le gustaban las dudas que a veces planteaba.

Pensaba demasiado—. Nos han informado de su llegada anoche. ¿Contactó con nuestro hombre?

Louis Le Duc retomó el cigarro que aguardaba en el cenicero y acabó consumiéndolo de una larga aspiración.

—Nuestro hombre ha informado —dijo al fin—. Salieron repentinamente de Cádiz y parecen tener prisa. Se dirigen hacia el norte.

—¿Pasarán por Madrid? —preguntó Marcel.

—Por el camino deberán alojarse en la capital o en sus inmediaciones. Debemos cortarles el paso aquí.

—¿Los detenemos, señor?

Desvió la mirada hacia su copa vacía.

—Id a por el viejo —ordenó.

—¿Y el joven? —inquirió Croix.

Alzó la mirada hacia el soldado. Enseñaba sus dientes amarillos y parecía un lobo hambriento. Después del tajo que había recibido a manos del joven Julián de Aldecoa, su rostro estaba horriblemente mutilado. Un intenso deseo de venganza se reflejaba en él.

—Habrás de controlarte —le ordenó—. De momento iremos a por el viejo.

—De acuerdo, señor. Me centraré en el viejo... —murmuró Croix mientras inclinaba la cabeza. Su rostro quedó ensombrecido, pero sus ojos brillaron, acechantes.

34

Poco antes del mediodía avistaron el pueblecito que buscaban. Era bastante grande en comparación con las aldeas del norte. Docenas de casuchas blancas recubiertas de cal se extendían sobre un páramo llano y yermo. Sobre ellas destacaba la silueta de una iglesia y de no ser por varias columnas de humo que emergían de algunas chimeneas se diría que el pueblo había sido abandonado. Permanecía sumergido en un silencio inquietante, y bajo el cielo encapotado daba la sensación de estar envuelto en una sombra gris. No se veía una sola alma trabajando en los campos de alrededor y muchos aparecían abandonados y arrasados.

Julián se estremeció bajo el abrigo mientras los caballos se abrían paso por el camino que conducía al pueblo. Apenas soplaba el viento y la humedad se había adherido a sus ropas y a sus huesos. Tras los tejados de las casas, al fondo en el horizonte, se divisaba la ciudad de Madrid.

Si las palabras que en su día dijo Pascual se habían llevado a efecto, él y su familia debían de vivir en alguna de aquellas casuchas. Tras haber perdido la fanega comunal dos años antes no les quedaba nada en la Llanada y tendrían que haber buscado refugio en casa de sus padres. Julián creía recordar el nombre del pueblo y, según las indicaciones de dos labriegos con los que se habían cruzado unas leguas antes, debía de ser aquel.

Había pasado mucho tiempo desde que se vieran por última vez y Julián ansiaba visitarles y ver que se encontraban bien. Pasarían la noche con ellos, pero sabía que al día siguiente habrían de retomar el camino hacia el norte.

Llevaban siete días de viaje desde que salieran de Cádiz. El maestro Hebert les había proporcionado una barcaza y un pescador los había conducido en paralelo a la costa oriental más allá de la salida de los caños de Sancti Petri al mar, desembarcando en territorio ocupado. Desde entonces habían recorrido los caminos menos transitados para evitarse problemas, acampando al amparo de bosquecillos y hendiduras del terreno, sin hacer fuegos demasiado avivados.

Durante aquellos largos días, para sorpresa de Julián, su mente apenas había recordado el suceso con Diana. Pese a la fogosidad amorosa, se había percatado de lo superficial de la relación y el recuerdo de ella se había esfumado como las huellas en la nieve ante una ventisca. Parecía que sus pensamientos tuvieran vida propia y, al igual que en el camino a Cádiz, estos habían volado continuamente hacia recuerdos más viejos, hacia Clara. Pese a haber quedado velados por el paso del tiempo, no aparecían dibujados en la nieve, sino grabados en la piedra.

Julián volvió de sus pensamientos cuando se adentraron entre las primeras casas. Las puertas y las ventanas estaban cerradas, solo se oía el revolotear de las gallinas en algún corral cercano. En la entrada había un árbol sin hojas y de una de sus ramas colgaba un trozo de soga. No era la primera vez que veían signos de violencia al paso por una población.

Comprobó cómo su tío le lanzaba una mirada de atención. Asintió y avivó los sentidos. Con el tiempo habían llegado a conocerse muy bien y no siempre necesitaban hablar para comprenderse.

Cuando alcanzaron la plaza de la iglesia los chillidos de una mujer rompieron el silencio del lugar. Julián hubo de controlar las riendas de *Lur*, que a punto estuvo de rebrincar.

Provenían de una casa en el lateral de la calle y ambos jinetes se acercaron. La puerta estaba abierta, pero la oscuridad del interior les impedía ver lo que sucedía dentro. Los desesperados gritos de la mujer fueron aumentando y enseguida se empezaron a oír voces en francés. Parecía estar siendo acosada.

Permanecieron inmóviles, a escasos pasos del umbral de la entrada, sin llegar a intervenir. Julián lanzaba continuas miradas a su tío, nervioso. Pero este permanecía impasible, aunque con un intenso brillo en los ojos. Un surco en su mandíbula reveló que se estaba conteniendo. No era la primera vez que presenciaban una escena similar, y con el tiempo habían aprendido a no intervenir cada vez que se topaban con algo así. «Esta es la guerra anónima, la que no se cuenta en los libros de Historia —le había dicho su tío en otra ocasión, con una profunda tristeza en la voz—. Y es la guerra del día a día. Tenemos que aprender a vivir con ella, no podemos remediarla, no podemos intervenir siempre.»

La mujer pedía ayuda desesperadamente y pese a las palabras de su tío, Julián no pudo aguantarlo más. Bajó del caballo e hizo ademán de entrar, pero Roman había desmontado tan rápido como él y le detuvo con el brazo.

—Espera —le susurró con aquel extraño brillo en los ojos.

Los gritos de la mujer empezaron a menguar y se convirtieron en un continuo sollozo. Entonces aparecieron dos franceses por la puerta. Se quedaron quietos ante la presencia de los dos forasteros, con caras de sorpresa.

—Qué es lo que miráis, volved a lo vuestro —les escupió uno de ellos.

A Julián le sorprendió lo jóvenes que eran, poco mayores que él, seguramente soldados rasos. Se llevaban consigo una hogaza de pan y algo de tocino. Pese a que ellos apenas movieron un músculo, dejaron de prestarles atención, como si ya no existieran. El que llevaba la hogaza se sentó en una banqueta de madera que había junto a la casa y empezó a devorar la comida con ansia. En un par de mordiscos se había llevado ya medio pan. El otro soldado se abalanzó sobre él.

—¡Déjame mi parte!

Mientras se afanaba en arrebatársela, el de la hogaza tuvo tiempo para darle otro enorme mordisco cuyo contenido apenas pudo meter en la boca y se desparramó por el suelo convertido en migajas.

Cuando los dejaron solos, uno se acababa lo que quedaba de pan y el otro estaba de rodillas en el barro, recogiendo hasta el más minúsculo trozo.

Al cruzar la plaza, descubrieron el portón de la iglesia abierto. En el umbral estaba el sacerdote del pueblo, de pie y con el rosario entre las manos. Observaba la escena, rezando en silencio.

—... el demonio se ha instalado en nuestra tierra... —murmuraba cuando se acercaron.

Roman inclinó la cabeza. Aún se oía llorar a la mujer, en un monótono y continuo sollozo.

—Padre —dijo—, ¿podría indicarnos dónde se encuentra la morada de los Villalba?

El sacerdote cerró los ojos y señaló con la cabeza.

—Detrás de la iglesia —suspiró—. En la entrada verán un olivo.

Tras darle las gracias, lo dejaron en la entrada de su iglesia.

—... el demonio se ha instalado... ¿qué puedo hacer yo, más que rezar por el pueblo?

Fue una alegría inmensa para Julián cuando vio aparecer el rostro de Teresa tras la hoja de madera que se abrió ante él. Ella emitió un leve grito de sorpresa al verlo y lo abrazó con lágrimas en los ojos. No lo soltó hasta que apareció Pascual por detrás. El hombre fue a estrecharle la mano pero se le veía visiblemente emocionado y acabó fundiéndose con él en un fuerte abrazo.

—¡La Órdiga, Julián! —exclamó al observarlo—. ¡Estás hecho un toro!

Después se acercó Miriam, con pasos dubitativos y cierto temor en la mirada, quedándose plantada a dos pasos de Julián. Había crecido más de medio palmo y, pese a seguir tan fina como un palillo, estaba más guapa que nunca.

Pascual le dio una palmadita en el trasero.

—Vamos, hija.

Ella pareció vacilar y se miró las manos.

—Lo siento... —acabó musitando—, yo no quería... ellos me obligaron.

Una lágrima le bañó la mejilla. Julián comprendió a lo que se refería y la rodeó con los brazos.

—No fue culpa tuya —le susurró al oído—. Hiciste bien, hiciste lo correcto.

Miriam pareció aliviarse y Julián sintió cómo sus huesudos brazos le abrazaban con más fuerza.

—Salvé a padre y madre...

A Julián se le humedecieron los ojos. Hacía tiempo que no le abrazaban así.

Tras saludar a Roman, la familia les presentó a la madre de Pascual, Caridad, una mujer enjuta y encorvada con los mismos ojos que su hijo y que se movía con una soltura inusitada para su avanzada edad. La casa era humilde, aunque no tanto como la que tenían en la aldea. Disponía de la estancia principal y dos habitaciones. Además de un cuartucho donde guardaban los aperos de labranza y los víveres. Dejaron los caballos pastando al otro lado de la vivienda, en la huerta.

Se sentaron a la mesa y Caridad les sirvió una sopa de verduras que calentó sus estómagos. No hubo más comida, solo una hogaza de pan que compartieron entre todos. En otros tiempos, los padres de Pascual —su padre murió cinco años atrás— habían trabajado extensas tierras y habían podido vender las sobras en el mercado. Pero la guerra había destruido los campos y apenas les quedaba nada.

Durante la comida Julián les habló de Haritzarre, de Cádiz y de las Cortes. Lo hizo con gran entusiasmo en un afán por animarles. Pese a que Pascual y Teresa escuchaban con atención, había cierta resignación en sus miradas.

Cuando hubo terminado, Roman tomó la palabra.

—Hemos visto al sacerdote del pueblo —dijo—. Parecía preocupado.

—Ese siempre está preocupado —inquirió Pascual—. Pero es el que mejor come de la aldea.

Teresa le lanzó una mirada recriminatoria.

—El padre Vicente es un buen hombre, cariño. Ayuda a la gente.

—Sí —respondió Pascual con ironía en la voz—, con palabras de esperanza. Pero bien que sabe lo que ocurre en las casas y sigue enviando al monaguillo en busca de donativos por sus misas.

Teresa bajó la mirada y guardó silencio. Tanto ella como Pascual parecían haber envejecido desde la última vez. Unos profundos surcos de preocupación se habían ido asentando en sus frentes.

—Las cosas se han puesto muy feas —les dijo entonces—. La mayoría de los pueblos están como nosotros, sus tierras arrasadas por la guerra o abandonadas por falta de manos... Y como ya imaginaréis, los precios están por los cielos, con los ángeles diría yo. Tendríais que ver el mercado de Madrid. Está vacío, apenas hay gente. Una pieza de pan de dos libras, una simple hogaza, cuesta casi doce reales...

—¿Doce reales? —se sorprendió Julián—. ¡En Cádiz costaba mucho menos!

Teresa, sentada junto a su marido, asintió con un suspiro.

—Pascual ha conseguido un trabajo en la capital... Limpiando tres veces por semana en una tahona que frecuentan mucho los franceses.

—Y esos tres días mi jornal apenas llega a los diez reales —añadió este.

—Aun así algo es algo, cariño —terció Teresa, mirando a su marido con ternura—. Gracias a eso y a los ahorros de tu madre podemos permitirnos una hogaza por día, algunas veces algo de tocino y las verduras de la huerta.

Caridad no decía nada, barría un extremo de la casa mientras Miriam se entretenía jugando con unos cordeles y unos palillos bajo la mesa. Al igual que el cura, Teresa tenía un rosario entre las manos. Lo frotaba con nerviosismo y a veces lanzaba miradas a Julián. A este le parecía que iban cargadas de lástima. Pascual había desviado la mirada por la ventana.

—Madrid está cerca, apenas a una hora a pie... Allí todo está mucho peor. La ciudad depende de los pueblos agrícolas de alrededor y como veis no sale mucho. Además, las pocas remesas que se envían son requisadas por las tropas francesas o por las guerrillas, que cada vez abundan más por estos lares.

—Pero ellos tampoco parecen tener nada —dijo Julián. El suceso de los franceses con la hogaza permanecía reciente.

Pascual se inclinó sobre la mesa. Sus palabras eran más severas de lo habitual, carentes del humor y la chispa de antaño.

—Esto es un sálvese quien pueda, Julián. Aquí ya no hay diferencia, ellos están tan jodidos como nosotros, al menos la tropa rasa.

—¿Y cómo estaba la Llanada cuando la dejasteis? —inquirió el joven. Ansiaba recibir noticias de su tierra, aunque reprimió sus deseos de preguntar por Clara.

Pascual calló y miró a su mujer, cuyo rostro estaba muy serio. Sus manos continuaban inquietas, su mirada también.

—Muy mal... —musitó esta, clavando los ojos en Julián. Pascual le cortó.

—Cuando nos fuimos, la ciudad estaba sufriendo —relató—. Los franceses estaban reconstruyendo las murallas y se había quedado bloqueada, sin comunicación apenas con el exterior. Pero fuera de ella las cosas estaban cambiando. En las montañas se respiraban nuevos aires, aires de libertad. Cada vez eran más las guerrillas que luchaban por la independencia. Había varias partidas conocidas comandadas por jefes como Dos Pelos y Longa que acosaban seriamente a las tropas francesas. Se movían en las inmediaciones de Vitoria, atacaban y desaparecían repentinamente. Capturaban convoyes franceses y atacaban columnas causando numerosas bajas y haciendo prisioneros. Sé de buena tinta que los gabachos están preocupados... Además —añadió animado—, crecen los rumores de los avances de los aliados en Portugal.

—¿Mantienen la línea de Torres Vedras? —preguntó Roman.

—¡Y tanto! —exclamó el labriego—. Por lo que dicen continúan desgastando a los franceses. Al parecer, durante el otoño pasado, un mariscal francés llamado Massena debió de recibir órdenes precisas de Napoleón para expulsar definitivamente a los ingleses de la península.

—Massena es un genio militar, el mejor después de Napoleón —comentó Roman.

—¡Pues el tal Wellesley lo venció! Massena, como todos los anteriores, se estrelló contra su muralla de casacas rojas. —Pascual simuló el enfrentamiento cerrando el puño y golpeándolo contra la palma de su otra mano.

Roman se acariciaba el bigote, pensativo.

—La guerrilla está haciendo un gran favor a los aliados... —comentó—. Acosan al francés y le impiden acudir a Torres Vedras con todos sus efectivos. Francia tiene en la península más de doscientos mil hombres. Si los unieran todos, arrasarían a los sesenta mil ingleses.

—En la próxima primavera dicen que los aliados harán campaña con una incursión en territorio ocupado —añadió Pascual; después miró alrededor, con aire esperanzado—. Noto cómo soplan vientos favorables para nosotros... Noto cómo se alza un calor vigoroso... —entornó los ojos, con aire cómico, mirando a las esquinas de la casa, como si en ellas se escondiera algo invisible de mucho valor—, la guerra tomará otro curso, señores.

Su voz teatral hizo que Miriam saliera riendo de debajo de la mesa y empezara a saltar alrededor de ellos. Julián sonrió.

Teresa, en cambio, no parecía tan contenta. Había mantenido un semblante serio mientras Pascual relataba entusiasmado los triunfos de la guerrilla y a Julián no le había pasado desapercibido.

—Las cosas no son como mi marido las pinta —dijo ella entonces—. Las derrotas que provocaba la guerrilla no hacían más que enfadar a los altos mandos franceses y estos lo acabaron pagando con el pueblo. Antes de que nos fuéramos, las represalias en la Llanada se habían recrudecido mucho. Se levantaron tablados en el patíbulo de la plaza Vieja que se alimentaban con pobres inocentes. Aumentaron las multas y los tributos y los forrajeros cada vez pasaban más por la aldea. Cuando dejamos aquello, Vitoria y las aldeas de alrededor estaban moribundas, las gentes hambrientas y débiles. Se veían cadáveres por la calle, y... —pareció dudar—, las enfermedades se propagaron por la ciudad...

Teresa calló y bajó la mirada. Sus manos comenzaron a temblar, aferradas al rosario. Julián se percató de que Pascual lo miraba muy serio. Cuando su mujer alzó la mirada, los ojos se le habían humedecido.

—Hubo...

No pudo continuar. Se llevó las manos al rostro y comenzó a llorar. Pascual la rodeó con el brazo y continuó con el gesto contrariado.

—Hubo una epidemia en la ciudad —le costaba hablar—. Murió mucha gente...

Julián frunció el ceño. No comprendía.

Teresa se retiró las manos de la cara y miró al joven.

—Lo siento, cariño... Clara...

Roman observó cómo Julián se levantaba de la mesa sin pronunciar palabra alguna. Observó sus ojos, estancos y apagados, la expresión de su rostro, vacía. Salió a la huerta con pasos lentos y desconcertados.

Al escuchar la noticia el joven había permanecido impasible, sin pestañear. Teresa lo había abrazado, Pascual le había dado palabras de consuelo, Miriam había empezado a llorar. Pero él no había reaccionado, simplemente había esperado para levantarse y abandonar la estancia.

Roman conocía aquella reacción. No era exasperada ni alarmante, no traía gritos ni lágrimas; era lenta y serena, de las que cuajan bien dentro de uno, de las difíciles de arrancar.

El silencio se había adueñado de la casa; todo parecía detenido en el tiempo, nadie se atrevía siquiera a respirar. Teresa hizo amago de levantarse y acudir en su consuelo, pero Roman la detuvo con un leve gesto de la mano.

—Dejemos que lo asiente.

Sabía que no existían palabras para el consuelo. Solo el tiempo y la vida tenían el poder de hacer algo.

Esperaron durante largo rato y al fin fue Roman el que salió. Julián estaba sentado de espaldas a él, sobre la tapia que limitaba la era, mirando al frente, hacia la ciudad de Madrid que se asentaba en el horizonte. Se acercó y se sentó junto a él.

No dijo nada, solo acompañó su silencio.

La tarde continuaba gris pero había empezado a soplar una brisilla templada y agradable. Se dejaron llevar por el sonido del viento, buscando esa sensación de evasión que tanto necesitaban.

Fue Julián quién habló, la mirada aún fija en la lejanía.

—En el fondo continuaba soñando con ella... nunca dejé de hacerlo.

Roman se quitó el sombrero y lo posó sobre su regazo.

—Lo sé —dijo.

El joven apenas se movió cuando sus labios volvieron a abrirse.

—Me gustaría dormir y despertarme dentro de mucho, cuando el dolor sea más lejano.

Sus palabras sonaban frías y reflexivas; no parecía alterado. Roman le miró.

—Sé por lo que estás pasando —dijo entonces—. Sentí lo mismo hace muchos años.

Julián se volvió hacia él; por un momento su imperturbable máscara había mostrado sorpresa, arqueando las cejas un instante. Su tío jamás había hablado sobre su pasado. Volvió la vista al horizonte.

—No siento nada. No siento dolor, ni tristeza, ni locura. Nada.

Roman se alisó su canoso cabello.

—Perdí a mi mujer y a mis tres hijas hace cinco años.

La mirada apagada de Julián pareció volver a encenderse, desvelando sorpresa, y también una sincera compasión.

—Lo siento... no lo sabía.

Por los ojos del viejo pasó un brillo intenso. Su voz sonó profunda y firme, con la fuerza que da la emoción contenida.

—No pierdas la esperanza de volver a sentir —dijo.

Julián cerró los ojos y no dijo nada.

—La vida siempre busca el equilibrio. Resiste, y la balanza volverá a su ser... La noche y el día se necesitan para existir.

Una lágrima, solo una, recorrió la curtida piel de Roman. Para Julián fue extraño verlo; aquella piel, dura y llena de surcos, no parecía hecha para ser bañada por lágrimas. Ver a su tío, cuan grande y robusto era, llorando en silencio, le hizo sentir una profunda compasión. Entonces pensó en la amistad que les unía; una amistad forjada a través de los meses, a través de compartir aquella aventura mediante gestos cómplices, mediante miradas cargadas de significado, mediante la ausencia de palabras. Por un momento se sintió tan unido a él que olvidó todo lo demás.

—Si no te desvías del camino, la naturaleza volverá a su ser —había temblor en su voz—. Siempre lo hace.

Arqueó las cejas. Aquellas eran palabras de su padre. Su tío le lanzó una mirada cómplice bajo la bruma de sus emocionados ojos grises y una pregunta que aguardaba desde hacía tiempo asomó por la garganta del joven.

—¿Qué significa la Orden de los Dos Caminos?

Roman esbozó una sutil sonrisa, su bigote canoso se torció con elegancia.

—Puede significar muchas cosas.

Julián jamás había estado en la capital del país. Por las descripciones de Franz sobre sus viajes a ella, debía de ser una ciudad bulliciosa y rica, con la corte y el Tesoro real guarnecidos entre sus murallas. Siempre se la había imaginado repleta de vida; sus calles ruidosas llenas de vendedores ambulantes, mercados, puestos de artesanos, funcionarios del reino yendo y viniendo de la corte, el Palacio Real y su vida cortesana...

Habían decidido acompañar a Pascual al mercado para conseguir algo de pan. Julián necesitaba mantener la mente entretenida, alejada de todo pensamiento, necesitaba crear un velo en torno a su reciente dolor, para amortiguar el sufrimiento.

La ciudad disponía de cinco puertas principales. A ellas daban las calles más importantes, que confluían en el centro, en la conocida Puerta del Sol, a modo de los radios de una rueda.

Cuando los tres hombres flanquearon una de las puertas principales, custodiada por varios centinelas franceses fuertemente armados, el aspecto que les mostró la calle distaba mucho de la idea que Julián tenía. La ancha avenida, llamada calle de Toledo, se extendía recta frente a ellos hasta el corazón de la ciudad. No había gran bullicio; los transeúntes se movían cabizbajos y sumisos, bajo la mirada de piquetes franceses. Estos estaban compuestos por soldados jóvenes cuyos rostros, al igual que los de los propios lugareños, se mostraban sucios y demacrados. No había risas, ni gracias; solo silencio.

A ambos lados del empedrado, en los zaguanes de las casas, se alternaban multitud de tahonas, cafés, tabernas, comercios y talleres de artesanía que en un tiempo debieron de dar prosperidad y vida pero que en aquel momento, en su mayoría, permanecían cerrados con tablones de madera.

Sin embargo, a medida que avanzaban hacia el centro de la ciudad, la calle comenzó a mostrarse más concurrida. Y cuando alcanzaron las inmediaciones de la plaza Mayor, cerca de la Puerta del Sol, el ambiente había cambiado por completo.

La plaza era un hervidero. El silencio se había tornado en gritos y confusión. La muchedumbre pululaba y se movía entre los puestos del mercado como una sombra viva, convirtiendo la plaza en un lugar que rozaba lo dantesco. La hambruna se percibía por doquier, en los rostros, en las desgarradas ropas, en los huesudos brazos, en los pies descalzos y negros. Olía a humanidad, a orina, a excrementos, a muerte.

En los soportales del perímetro se hacinaban familias enteras que no tenían otro sitio donde ir, envueltas en mantas sobre el empedrado. Había niños famélicos que les miraban desesperados a su paso. Algunos, los que tenían fuerzas, se soltaban de sus madres y se les acercaban, agarrándoles de las ropas y pidiendo algo de comida. Julián lamentó no llevar nada consigo.

En la entrada a la plaza vieron cómo un carro, tirado por una mula y conducido por dos monjes, se detenía a pocos pasos de distancia frente a un bulto tirado en la calle. Era el cuerpo de un anciano. Lo alzaron y lo acercaron a la carreta mientras un tercer monje les ayudaba a cargar el cadáver. Al retirar la manta que cubría la carga, contemplaron horrorizados varios cuerpos más amontonados uno sobre otro.

—Ya os lo había dicho —comentó Pascual, alzando la voz mientras se abría paso entre la multitud—, la hambruna está haciendo estragos. Dos veces al día los cadáveres que van quedando son recogidos por los carros de las parroquias.

Julián tragó saliva. Aquello era la cara oculta de una guerra. La que no se contaba en los libros, la que quedaba escondida tras las grandes batallas, la del día a día. Aquello solo quedaría grabado en la memoria de los supervivientes, y con el tiempo se olvidaría, perdido en los recuerdos de una generación. Entonces solo quedarían las batallas brillantes, los hechos heroicos y llenos de valor. Lo bonito. Miró a su tío caminar entre la gente. Él siempre callaba.

Mientras contemplaba el aspecto desolador de la ciudad, no pudo evitar pensar en Cádiz. Qué dos ciudades tan diferentes, qué dos mundos tan distantes entre sí. Una aparecía arrasada y moribunda, a punto de sucumbir en la desolación de la miseria; la otra brillaba como un diamante bajo el sol, y representaba lo que podía llegar a ser esa nación marchita si, como decía la idea de los muros y la filosofía que defendía la Orden de los Dos Caminos, todos, el pueblo entero, remara en la misma dirección.

Avanzaron entre los puestos, cruzando la plaza. Solo los más acomodados podían comprar los escasos géneros que se ofrecían. Y esos eran muy pocos. La mayoría se movía con la mirada hambrienta, buscando algún resto de comida que llevarse a casa. Había también un fuerte control militar; soldados protegiendo los puestos o caminando entre la muchedumbre, oficiales observando desde sus caballos el panorama de la plaza.

Pascual los condujo al otro extremo del mercado, a la tahona donde él mismo trabajaba y podían conseguir pan a buen precio.

Según avanzaban entre la multitud, alguien empezó a gritar a cierta distancia.

—¡Pan, han venido los del pan!

La muchedumbre se arremolinó desesperada en torno a una carreta que asomaba en mitad de la plaza. El vehículo estaba fuertemente escoltado por un escuadrón de húsares. Subidos sobre ella dos clérigos repartían pan entre los centenares de manos que, suplicantes, y con los dedos muy abiertos, se alzaban arrimadas al carro.

—Es un intento del rey para paliar la situación —explicó Pascual—. Ha permitido a las autoridades locales la distribución de pan de munición entre el pueblo. Es el que se les suministraba a los reclusos. Yo no me atrevo a llevarlo a casa, apenas tiene trigo y dicen que contiene una sustancia que hace que se te revuelvan las tripas.

Cuando se giraron para salir de allí, Julián vio a un hombre enjuto y con rasgos de ave rapaz acercarse con decisión directamente hacia ellos. Vestía un chaleco ombliguero sucio y descosido y unas alpargatas con agujeros. Hubo algo en aquel individuo que le llamó la atención: llevaba las manos enfundadas en los bolsillos y la mirada clavada en el suelo, pero caminaba con decisión. Sus ropajes eran pobres, pero, para su sorpresa, llevaba un reloj de plata colgado del bolsillo de su chaleco. Roman caminaba distraído y no pudo evitar golpearse contra aquel hombre. Julián lo miró con el ceño fruncido.

—Lo ha hecho a propósito —murmuró. Su tío no pareció darle demasiada importancia.

Siguieron caminando hasta que una exclamación a sus espaldas les detuvo.

—¡Me ha robado!

Al girarse, el hombrecillo enjuto señalaba a Roman con un dedo acusatorio. La gente que había alrededor se volvió para contemplar la escena. Roman se encogió de hombros, sin comprender. Pero Julián sí sabía y dio un paso al frente.

—Te he visto ir contra él —le dijo al hombrecillo—. Lo has hecho a propósito.

—¿Ah, sí? —Se señaló al bolsillo del chaleco—. ¿Y mi reloj?

Entonces comprendió lo que estaba sucediendo. Un piquete de

soldados franceses se abrió paso entre la multitud e irrumpió junto a ellos. El que iba a la cabeza lucía varios entorchados y parecía estar al mando.

—¿Qué sucede? —preguntó en castellano.

—¡Ese hombre me ha robado! —gritó el hombrecillo, volviendo a señalar a Roman.

Sin hacer pregunta alguna, el francés se volvió hacia Roman.

—Registradle.

Lo rodearon tres de los del piquete. Roman alzó los brazos sin oponer resistencia y miró a Julián con cierta preocupación. Entonces uno de los soldados alzó un reloj de bolsillo. Era de plata y brilló por encima de todos.

—¿Es ese su reloj?

El hombrecillo asintió. Julián pudo ver cómo se frotaba las manos sin disimulo.

—Arrestadle —ordenó el francés sin más miramientos.

El piquete al completo rodeó a Roman y este apenas pudo oponer resistencia. Julián contempló horrorizado cómo le despojaban de su sable y de su sombrero, y le anudaban las manos a la espalda. Vio cómo su tío le lanzaba una última mirada de impotencia antes de que se lo llevaran entre la multitud. Julián intentó forcejear, gritó y empujó para abalanzarse sobre los hombres que se lo llevaban, pero habían aparecido más franceses y decenas de manos consiguieron inmovilizarle. Se revolvió, rabioso, mientras gritaba que aquello era una injusticia, que se había cometido un error. Pascual se batía con otros dos soldados, intentando zafarse de ellos al tiempo que gritaba con su enorme vozarrón la injusticia que se había producido. Enseguida lo acallaron a base de culatazos. La gente de alrededor no hizo nada, la mayoría contempló la escena con indiferencia y se retiraron en cuanto se llevaron al preso. Cuando todo eso sucedió, las manos que agarraban a Julián cedieron en su presión y el joven quedó libre. Pascual también se libró. Todo a su alrededor había vuelto a la normalidad, el círculo que había formado la gente en torno al suceso se había deshecho, el hombrecillo enjuto había desaparecido. Al fondo llovían panes y la muchedumbre se abalanzaba desesperada sobre ellos.

Julián se quedó allí, en medio de aquel panorama, confundido e impotente.

Entonces vio aquella sonrisa amarilla, lobuna, dirigirse a él entre la multitud. Su portador tenía la mejilla surcada por una espantosa cicatriz, desde el mentón hasta la frente. Julián la reconoció al instante. Cómo iba a olvidarla, la había provocado él.

Era Croix.

Su sonrisa desapareció a la vez que él antes de que pudiera reaccionar. Se esfumó entre el gentío. Y el joven se quedó allí, con los pies clavados al empedrado de la plaza. Temblando. Y no lo hacía por frío.

Lo hacía por miedo.

35

Al decimoquinto golpe, el cuerpo de Roman se dobló por la mitad. En el silencio de las mazmorras, las costillas crujieron como las ramas de un árbol al caer talado. Croix estaba fuera de sí. Cuando le pegaba con la barra de hierro, sus cinco púas le desgarraban la piel en pequeñas tiras rectilíneas. Tras cada golpe, lo agarraba del pelo y lo levantaba como si de un muñeco se tratase, dejándolo erguido sobre el mástil de madera para asestar mejor el siguiente.

—Maldito miserable... ¡Habla!

Tras el decimosexto golpe se detuvo y escupió con la respiración entrecortada mientras miraba al general Louis Le Duc a la espera de la orden para seguir. Tenía salpicaduras de sangre que no era suya en la boca y en la barba.

El general guardó silencio mientras sus ojos oscuros contemplaban al viejo. Tenía la nariz rota y los ojos hinchados con enormes hematomas que empezaban a ennegrecerse. El rostro y el pecho estaban cubiertos de sangre, que emanaba de las múltiples heridas que le provocaban las púas. Al despojarle de sus atuendos poco antes, habían apreciado cicatrices viejas en su espalda, brillando, plateadas, a la luz del único farol de aquella celda en lo más profundo de las mazmorras.

No era la primera vez que le torturaban.

Al recibir la orden, Croix le volvió a pegar con el puño cerrado, en el estómago. Roman se dobló por la cintura, al tiempo que soltaba un sordo gemido.

Bajo su semblante impasible, *mesié* Le Duc apretó las mandíbulas. Los golpes eran tan fuertes que hasta para él suponía un suplicio contemplarlos.

Con los brazos muy abiertos y cubiertos de sangre, Croix jadeaba como un animal tras una carrera a la caza de una presa. No estaba acostumbrado a tal resistencia.

—¡Habla, joder! ¡O te corto los huevos! ¡Lo juro!

Un nuevo golpe, esta vez en la cara. Saltaron gotas de sangre.

El general apartó la mirada. Una gota le alcanzó la casaca negra. Se mantuvo erguido y altivo, con las piernas ligeramente abiertas y las manos juntas detrás. Se había despojado del sombrero y en aquel momento se desprendía del pañuelo del cuello. Allí, en los sótanos de aquella cárcel en Madrid, solían proceder con los interrogatorios y las torturas los guarnecidos en la capital con todo *brigant* y sublevado capturado. Después, los arrojaban en las celdas de los pisos superiores.

Normalmente no aguantaban tanto, la experiencia decía que al décimo golpe si no sabían la verdad decían cualquier cosa con tal de aliviar el dolor. Pero aquel hombre se mantenía en silencio, recibiendo cada golpe sin gritar, ni llorar, ni pedir clemencia. Marcel hacía tiempo que se había ido, contrario a procedimientos de aquella índole.

Croix levantó al robusto hombre y lo empujó con extrema violencia contra la pared, tan fuerte que su espalda produjo un sonido sordo al impactar contra la oscura piedra. El general se pasó la mano por el cuello alto de la inmaculada casaca, holgándosela para poder respirar. Si continuaban con aquello, podían perderlo.

Pero Croix no atendía a razones. Parecía fuera de sí. Salió de la celda y volvió con una nueva barra de hierro. En esta ocasión su extremo brillaba al rojo vivo, recién salido del horno que había en una dependencia ajena.

—¡Ahora verás!

Levantó la barra sobre el rostro de Roman. El hombre tenía los ojos cerrados pero su rostro se iluminó de un rojo intenso. Motitas de luz volaban de la barra con serenidad y dulzura, ajenas a la atrocidad que se iba a cometer. Esta comenzó a caer, cuando un grito la detuvo.

—¡Ya es suficiente!

Croix se volvió con el hierro en las manos, mirando a su superior con cara de sorpresa. Unas venas grises asomaban por la frente de este.

—*Mesié*, déjeme terminar. Siempre hemos terminado.

—Ya es suficiente... —La voz del francés se había serenado—. No sabe nada.

El secuaz frunció el ceño cubierto de sudor, jamás habían detenido un interrogatorio. Dejó la barra en el suelo y se limpió las manos en los pantalones.

—Entonces, ¿qué hacemos con él? —escupió.

Louis Le Duc se pasó el pañuelo por la frente y, con el sombrero en la mano, se dirigió al umbral de la gruesa puerta.

—Que traigan unos paños mojados y le limpien las heridas —ordenó con un soplido antes de irse—. No creo que pase de esta noche.

Roman tiritaba en la oscuridad de aquella celda enterrada en los infiernos.

Habían sustituido su atuendo por un camisón y unos calzones sucios y deshilachados. Aunque estaban secos, no impedían que la humedad de aquella sombría piedra se filtrara hasta sus huesos.

Tendido en el suelo de aquel habitáculo, permanecía en posición fetal, la misma en la que lo habían dejado. No tenía fuerzas para moverse. Las heridas no dejaban de sangrar y le costaba respirar. Notaba varias costillas rotas y quién sabía si algún órgano vital. Parpadeó ligeramente y comprobó que apenas veía por el ojo izquierdo.

Pero lo peor era el frío. El dolor se había entumecido y si no se movía podía mantenerlo alejado. El farol de la pared estaba a punto de consumirse. No quería quedarse a oscuras. La calidez de su llama era reconfortante, le ayudaba a recordar, a evadirse.

La búsqueda de un recuerdo cálido y feliz había sido la llave para mantenerse alejado de todo lo que le rodeaba mientras le maltrataban. No era la primera vez que le torturaban y en su turbulento pasado le habían enseñado técnicas para evadirse y separar la mente del dolor físico. Era la única forma conocida de guardar silencio.

Pese a estar dispuesto a dar la vida para preservar el secreto de la Orden, si no hubiese sido capaz de controlar el dolor, todas sus convicciones se habrían desmoronado con tal de no sufrir más.

Mientras le pegaban, él había cerrado los ojos, y solo se había dejado atraer por la luz del farol. El resto había desaparecido. Su mente había viajado tiempo atrás, muy lejos de aquella celda, a un momento maravilloso de su vida. Y la calidez de aquella luz que provenía de algún lugar ya lejano, le había ayudado a mantenerse inmerso en su recuerdo. Su calor reconfortante había despertado unos nuevos sentidos, y en vez de sentir los golpes, sentía el contacto de su mujer, Emelie, sujetándole de la mano. Sentía su sonrisa, dirigida solamente a él, y su cabello rojizo ondeándole al viento, y aquellos ojos azules y llenos de vida, mirándolo. Cuanta vida, se había dicho; era tan intensa que solo podía ser verdad, tenía que existir.

Ahora ya nadie le golpeaba. Y a la luz del farol volvió a buscar ese recuerdo. Sonrió. También estaban Danielle, su hija mayor, y sus dos pequeñas mellizas, Gwen y Julie, con el mismo cabello rojizo que su madre. Paseaban todos juntos por un campo de trigo bajo un cielo muy azul. Solo había eso, campo y cielo... y ellos.

Julián aguardaba con el abrigo calado hasta las cejas, protegido tras la sombra que le proporcionaba el umbral de aquel portal. Observaba la calle desierta, iluminada tenuemente por faroles en las esquinas. Madrid era una ciudad peligrosa cuando caía la noche.

Vio la figura de un hombre acercarse junto a los muros de la fachada de enfrente. Caminaba ligeramente encorvado, con el rostro protegido por el abrigo y un sombrero de ala. Cuando se acercó a él y cruzó el umbral, se desprendió del sombrero. Era Pascual y traía el rostro contraído por la preocupación.

—Demonios, Julián..., lo ejecutan mañana. En la plaza de la Cebada.

El joven no dijo nada; su rostro, envuelto en las sombras del abrigo, produjo una débil mueca.

Se encontraban en una callejuela perdida a las afueras de Madrid, entre el Palacio de Oriente y la Puerta Cerrada. Pascual venía de ver a un viejo amigo de la infancia, funcionario presidiario en la cárcel de la Corte, situada en el antiguo convento del Salvador, en el centro de la capital. Su contacto era afín a las causas patrióticas y no había puesto objeción alguna para informarles. La cantidad de prisioneros en Madrid había aumentado de una manera considerable debido a la guerra, y muchos de los guerrilleros y sublevados capturados habían tenido que ser trasladados de la cárcel de la Corte a otros edificios acondicionados como prisiones, por falta de espacio.

Julián asomó la cabeza y observó el final de la calle. No tenía salida, se cerraba por un edificio lóbrego que hubiera pasado desapercibido de no ser por los dos guardias que custodiaban su entrada. Vestían uniforme francés, con los chacós puestos y las bayonetas caladas. Pese a la falta de oficialidad, aquella construcción era una de las prisiones acondicionadas. Según les habían dicho vecinos del lugar, debía haber cientos de prisioneros en su interior, hacinados como ratas. Muchas noches se oían aullidos de dolor, algunos de ellos desgarradores. Las torturas debían de ser muy habituales puesto que los sublevados solían disponer de informaciones privilegiadas sobre las guaridas de las partidas guerrilleras. El amigo de Pascual había trabajado en aquella cárcel hacía un año, cuando se puso en marcha y las autoridades locales andaban escasas de empleados. Conocía su interior como la palma de su mano.

Julián se volvió y miró a su amigo.

—Gracias —dijo al tiempo que se alzaba las solapas del abrigo—. Dime, ¿cómo te ha dicho que puedo entrar?

Pascual desvió la mirada por el callejón y dio una patada al aire, como maldiciendo.

—Cáscaras, Julián —farfulló con cierto temor en la voz—, no me fastidies, no puedes seguir con esa idea en la cabeza. Eres hombre muerto si entras ahí.

—He de hacerlo.

Pascual seguía con la mirada puesta en algún lugar de la calle, pensativo. Pareció dudar, pero acabó reaccionando con brío.

—Está bien, pues cuenta conmigo. —La voz le temblaba ligeramente. Se remangó las mangas del tabardo con una sonrisa no muy convincente—. Un par de buenos brazos labradores no te vendrán mal.

El joven sacudió la cabeza.

—No te arriesgarás —dijo con firmeza—. Lo haré yo solo. A ti te esperan Teresa y Miriam, no puedes abandonarlas.

Las facciones de su amigo se endurecieron.

—Lo llevas claro si te dejo entrar ahí. Huele demasiado a gabacho para ti solito. Si te pasa algo, Teresa me cose a palazos, y si por un casual sobrevivo a la experiencia, me rajo el cuello yo mismo, por necio.

Julián esbozó una sonrisa triste al tiempo que apoyaba la mano en el hombro de su amigo. Valoraba mucho su apoyo, porque sabía todo lo que Pascual temía entrar en aquella cárcel; el viejo labriego sabía lo que significaba dejar a su mujer e hija solas, y, aun así, se arriesgaba por él.

—Te lo agradezco, amigo mío. Pero he de ser sigiloso, la clave reside en que no me vean. Si fuéramos los dos, aumentaríamos ese riesgo.

Pascual se quedó observándolo, fijamente, y a los ojos. Después, agachó la cabeza y se miró las abarcas. Julián le apretó el hombro.

—Anda, Pascual, dime cómo entrar.

Subir a los tejados no fue lo más difícil. De pequeño solía trepar a los árboles más altos para conseguir miel y albergaba cierta práctica. Además, era ligero, nervudo y de brazos fuertes. Tras haberse colado en los huertos que había en la parte trasera de la calle, se había subido a una tapia que separaba dos de ellos y de ahí había saltado al primer tejado.

Las tejas estaban sueltas y había que andar con cuidado para no resbalar. Dio gracias a Dios cuando la luna comenzó a iluminarle dejándole ver con más claridad. Los nubarrones de la tarde parecían haberse disipado en jirones que, salvo en momentos puntuales, dejaban que la luz nocturna se adentrase con su tibia fuerza. La temperatura había bajado con la caída de la noche y los dientes le empezaron a castañear. Se había desprovisto del abrigo e iba en camisa y pantalones, y el frío era el precio que debía pagar si pretendía estar ágil de movimientos. Llevaba el sable colgado del cinturón y en la huerta se había embadurnado con tierra húmeda la camisa y el rostro, para camuflarse en la oscuridad.

Anduvo unos cincuenta pasos encorvado y pisando sobre la cubierta con toda la suavidad de la que era capaz. Las tejas brillaban bajo sus pies y algunas se tambaleaban a su paso. Tras unos instantes de equilibrio, llegó a un muro sumamente agrietado. Se ayudó de las juntas abiertas para poder escalar a la segunda y última techumbre.

Entonces se encontró con la ventana de una buhardilla. Según el amigo de Pascual, era la casa del verdugo y dentro de ella había una puerta con acceso directo al interior de la cárcel.

Respiró aliviado cuando comprobó que las contraventanas no estaban cerradas. Las hojas interiores sí que lo estaban, pero carecían de uno de sus cristales en el cuadro superior de la derecha. Metió la mano por el hueco que había entre la cruceta y el marco y consiguió llegar a la cerradura interior.

Antes de proseguir, dudó unos instantes. ¿Y si el verdugo continuaba despierto? Ser descubierto significaría el fin de la aventura y el fracaso en su intento de salvar a Roman. No podía concebir la idea de que lo ejecutaran. No podía permitirlo, debía sacarlo de allí antes del amanecer. Respiró hondo e hizo acopio de todo su aplomo. Debía arriesgarse y rezar por que el hombre estuviera dormido. Estiró el brazo y sintió el tacto frío de la cerradura. Tras forcejear unos momentos, notó el chasquido que hizo que la ventana se abriera. Al empujarla chirrió de manera escandalosa y el corazón se le aceleró. Contuvo la respiración.

Asomó la cabeza y observó el interior. La vivienda parecía estar tranquila. No se oía nada. Volvió a empujar la hoja de la ventana lo justo para poder entrar. Después, se tumbó boca arriba e introdujo los pies primero y el cuerpo después, con cuidado de que no le estorbara la hoja del sable. Finalmente, consiguió posarse en el suelo con sumo cuidado para que las maderas no crujieran.

Se agachó y esperó a que sus ojos se acostumbraran a la penumbra. Confiaba en que, con aquella escasez de luz, su cara y sus ropas oscurecidas apenas se apreciaran. Tras unos instantes de ceguera, las formas de su entorno empezaron a perfilarse y comprobó que se encontraba en la estancia principal. Era muy pequeña, había una mesa en el centro, una chimenea con las brasas aún encendidas, y una pequeña cocina. Escrutó las paredes y encontró tres puertas. Dos permanecían cerradas y la otra ligeramente entreabierta. Se acercó a ella y miró por el hueco. Vio una cama y un bulto que se revolvió sobre ella. Era el verdugo. Se le oía respirar con fuerza. No roncaba pero sus soplidos acompasados le sirvieron para saber que estaba dormido. Había tenido suerte. Se volvió y observó las otras dos puertas. Comprobó las paredes, las golpeó suavemente con el puño. Una parecía más gruesa que la otra. Tenía que ser el muro que daba a la cárcel. La puerta que daba a esa pared tenía las llaves puestas en la cerradura. El manojo parecía muy robusto, de hierro basto. Lo tomó y giró.

La puerta se abrió enseguida y un viento húmedo se coló desde el otro lado. Pronto un olor denso y fuerte invadió la habitación; parecía provenir de un ambiente diferente y aquello le hizo creer que estaba en el camino correcto. Sin dudarlo ni un instante más, se adentró en la cárcel y cerró la puerta tras él.

Unas escaleras descendían en la oscuridad, a escasos pasos delante de él. Respiró hondo y bajó por ellas. Los escalones eran de madera y parecía muy vieja. Se apoyaba en uno de los extremos, para que el vuelo de los tablones no crujiera. Cuando descendió al que debería ser el piso superior de la cárcel, se encontró con un enorme pasillo.

Estaba iluminado tenuemente por decenas de candiles que colgaban de las paredes de piedra. A ambos lados se abrían huecos cerrados con barrotes. Eran las celdas.

El suelo, compuesto por enormes e irregulares tablones de madera encerada y resbaladiza, era igual de viejo que la escalera y el techo.

Avanzó con sumo cuidado. El pasillo era estrecho, apenas dos pasos de anchura. Los candiles arrojaban sombras danzantes sobre las paredes y los barrotes de las celdas. El fuerte olor a humanidad se intensificó por momentos. Se oían las respiraciones de los presos según pasaba ante sus celdas y, salvo por alguna tos aislada, algún ronquido y un goteo monótono sonando en la lejanía, todo parecía tranquilo.

Al final del pasillo, vio a un guardia recostado en una silla, interpuesto entre él y la siguiente escalera que bajaba al piso inferior. Julián sabía que tenía que dirigirse hacia abajo, a las mazmorras. Según Pascual, ahí estaban las celdas de castigo, las más lúgubres y húmedas, bajo tierra y desprovistas de ventanas. Ahí debía de estar Roman.

Se agachó a cierta distancia y observó al guardia. Pudo distinguir su uniforme, su casaca y el fusil que tenía apoyado en la pared, cerca de él. Comprobó que respiraba rítmicamente y que tenía la cabeza inclinada hacia abajo, con las manos cruzadas sobre el regazo y las piernas estiradas. Dormía.

Pretendía levantarse cuando una voz lo sorprendió cerca de él, a su izquierda. El hedor de un aliento lo invadió por momentos, provenía de una de las celdas.

—Eh... ¿Qué hace usted? ¿Está escapando?

Una figura se movía entre las sombras de la celda. Julián se llevó el dedo índice a la boca para que el preso guardara silencio. Este soltó una risita ahogada y terminó tosiendo. Sin embargo, el encuentro parecía haber despertado a otros presos y pronto se empezó a armar un pequeño revuelo de excitación en las celdas. Algunos le preguntaban qué demonios hacía, otros le animaban, reían y murmuraban entre sí.

Julián comenzó a ponerse nervioso. Si el soldado se despertaba y daba la voz de alarma, todo se habría terminado. Tenía que salir de allí cuanto antes.

Se acercó al guardia con cuidado de no hacer ruido al pisar las tablazones de madera y maldiciendo en silencio a los presos que no se callaban, animándole con susurros desde sus celdas. Cuando pasó junto al carcelero apreció cómo seguía durmiendo, con las llaves de las celdas colgándole del cinturón. Llegó a la escalera con el corazón en la boca y comenzó a bajar. Asomó al piso inferior y se detuvo. Comprobó que la escalera continuaba su descenso y se perdía en una oscuridad más profunda, fría y húmeda. El goteo que se oía provenía de allí. Tenían que ser las mazmorras.

Comenzó a descender los escalones con decisión, pero algo lo detuvo. La escalera desembocaba en un nuevo pasillo de celdas y en su inicio había una mesa iluminada por un candil. En ella había tres guardias jugando a las cartas. Reían y charlaban. Uno estaba de cara a él, y si continuaba escalera abajo hacia las mazmorras, lo descubriría.

Maldijo de nuevo entre dientes y se quedó inmóvil. Aquel obstáculo se antojaba infranqueable, debía hallar la forma de distraer a los guardias. Se estrujó la cabeza durante unos segundos, buscando alguna solución mientras permanecía agachado en el hueco de la escalera. Pensó en el recorrido que había hecho dentro de la cárcel, en lo que había visto, en las voces de entusiasmo y excitación de los presos al verlo. Pensó en el guardia, durmiendo. En sus llaves, colgándole del cinturón... ¿Cómo podía distraer a aquellos hombres? Su rostro se iluminó en las tinieblas de aquella cárcel.

Sembrando el caos.

Impulsado por su idea, resolvió subir de nuevo al piso superior con el corazón a punto de estallar. Lo que pensaba hacer era una locura, pero parecía su única alternativa. Los presos continuaban murmurando y a Julián le sorprendió que el soldado siguiera durmiendo. Por suerte, cuando lo vieron acercarse a él, todos callaron, expectantes. El pasillo pareció transformarse en un teatro, una representación en la que Julián era el protagonista, y los presos, el público.

Tras hurgar con la mirada unos instantes, el joven volvió a ver las llaves colgando del pantalón del soldado. Sin pensárselo, introdujo la mano entre la espalda y el respaldo de la silla. El frío había desaparecido y las gotas de sudor le recorrían la frente. Mientras su mano se movía con precisión, notaba el cuerpo en absoluta rigidez. Aguantó el aire en el pecho, mientras acercaba las yemas de los dedos a su objetivo y recogía con sumo cuidado el manojo de llaves. Cuando las tuvo en la mano y notó su peso, las levantó con cuidado, soltándolas del cinturón. Y después su brazo hizo el recorrido inverso. Cuando terminó, suspiró con profundo alivio. Lo había conseguido, le había quitado las llaves y el guardia no se había enterado. Era el momento.

Se dio unos segundos para calmarse. Le temblaban las piernas.

Entonces se acercó a las celdas y comenzó a abrirlas. Los presos no cabían en sí de excitación y alegría. Algunos salieron corriendo, otros lo abrazaron o le dieron palmadas de agradecimiento en la espalda; algunos gritaban de júbilo y se arrodillaban para llorar de alegría tras meses de cautiverio. Como era de suponer, el guardia se despertó, sobresaltado. Pero para cuando lo hizo, el caos era absoluto. Algunos presos lo empujaron, arrojándolo al interior de una de las celdas y maniatándolo a los barrotes.

Terminaba ya de liberar todas las celdas cuando los guardias de abajo aparecieron en el pasillo. Para entonces, este era un hervidero de presos corriendo de un lugar para otro. Aprovechó el caos y se hizo pasar por un prisionero más. Se unió a un grupo que se enfrentaba a los tres guardias. Estos ni siquiera tenían las bayonetas caladas ni los fusiles cargados y no pudieron detener a la jauría de desesperados que se les abalanzaban. En el forcejeo se derramó el aceite de uno de los candiles de las paredes y la madera del suelo prendió en llamas. Los presos no le hicieron caso. Si la cárcel ardía, tanto mejor.

La avalancha de gente descendió al piso inferior y Julián los siguió. Una vez abajo, continuó valiéndose del caos generado para seguir abriendo el resto de las celdas que había. Aparecieron más guardias en el pasillo y se empezaron a generar violentos enfrentamientos. Se oían gritos de desesperación y de guerra. Muchos de los presos eran guerrilleros y tenían experiencia en combate. La guardia fue cayendo poco a poco.

Al parecer, el fuego del piso superior estaba extendiéndose y un humo denso se empezó a colar por el hueco de la escalera. En poco tiempo, apenas se veía nada en la oscuridad. Julián se protegió el rostro con el cuello de la camisa y se dirigió a la escalera. En la estrechez del pasillo se amontonaban los cuerpos de los heridos por los enfrentamientos. Los que huían los pisaban y en más de una ocasión arrojaron a Julián al suelo. Finalmente alcanzó los escalones y bajó en el preciso momento en que una viga de madera caía calcinada a su espalda. El fuego se estaba extendiendo de manera incontrolable y ya descendía por la escalera.

Desembocó en las mazmorras.

Al contrario que en los pisos superiores, el suelo era de piedra y estaba cubierto de paja aprisionada. El humo no se percibía allí todavía y en el lugar reinaba una asombrosa calma. No era un pasillo, era una estancia rectangular de unos diez pasos por diez en la que había tres puertas de madera con gruesos postillones de hierro. No había guardias. Julián tenía la camisa empapada en sudor. Oyó varios estruendos que venían de arriba y que se unieron al griterío general de los presos liberados. Las viejas vigas de madera estaban cayendo por el incendio. Si la estructura empezaba a fallar, el edificio se derrumbaría. Debía darse prisa.

Abrió las puertas con el manojo de llaves que llevaba. Dos de ellas estaban vacías, pero en la tercera halló un cuerpo en el centro de la celda, tendido en el suelo.

El lugar olía a cerrado y a humedad. Julián entornó los ojos en el umbral de la puerta. El cuerpo pareció moverse un ápice, apenas perceptible si no se observaba con atención. Entonces se oyó un hilo de voz, un murmullo, débil pero grave.

—Por favor... enciende el farol, por favor...

Julián sintió cómo se le helaban los sentidos. Era la voz de Roman. Le había costado reconocerla, parecía desgarrada y moribunda. Se asustó.

—El farol, el farol...

Inmóvil en el umbral, se había olvidado de la petición de su tío. Cuando reaccionó, salió afuera y cogió uno de los candiles que colgaban de la pared. El humo empezaba a descender con una velocidad vertiginosa, pronto las llamas alcanzarían las mazmorras.

Cuando entró de nuevo en la celda y la iluminó, el terror le atenazó la garganta. Su tío yacía en posición fetal sobre un enorme charco de sangre. Su rostro aparecía desfigurado, apenas reconocible. Sintió sus manos temblando descontroladamente. Roman había recibido una brutal paliza.

Se arrodilló y dejó el candil sobre la piedra, junto al rostro de su tío. La luz hizo que brillaran sus hematomas y sus heridas.

Roman dibujó una débil sonrisa al sentir el calor y la luz en su cuerpo.

—Gracias —musitó, agradecido.

Julián no sabía qué hacer. Estaba asustado. Arrodillado, apoyó las manos en el suelo y desplazó su propio peso sobre ellas, en un afán porque su tío no apreciara el temblor que las asolaba.

—Te sacaré de aquí —le dijo con toda la firmeza de la que fue capaz.

Roman rio débilmente aunque enseguida le invadió un repentino ataque de tos y acabó escupiendo sangre. El estremecimiento hizo que gimiera de dolor.

—Sería más difícil de lo que crees —balbuceó con cierta ironía—. Primero deberías concederme un cuerpo nuevo...

El joven negó con la cabeza. Sentía cómo las lágrimas asomaban a sus ojos. Su tío no podía verle llorar, no cuando solo dependía de él.

—No. Saldremos de aquí.

Se acercó al cuerpo moribundo para tirar de él y le pasó ambas manos por debajo de la espalda. No sabía si podría levantar todo su peso, su tío era grande y robusto.

—No, Julián. Por favor...

Sin hacerle caso, hizo acopio de todas sus fuerzas para tirar de él. Apenas lo levantó medio palmo y el grito que emitió su tío fue desgarrador. Lo volvió a tender sobre el suelo mientras él gemía de dolor, impotente, sin poder moverse. Julián contempló su rostro contraído, los tendones marcados en su cuello. No podía creérselo. Lo había conseguido, había llegado a su celda tras burlar a los guardias, podía liberarlo. No podía quedarse a las puertas.

—Tiene que haber alguna manera... —acabó, diciendo con la voz en un puño.

Su tío hizo un gran esfuerzo para mirarlo, levantó la mano y lo agarró del cuello de la camisa.

—Ha llegado mi momento, Julián...

—No... —musitó el joven. Pero Roman lo atrajo hacia sí. Por un momento, sus palabras recobraron el vigor de antaño.

—Solo hay una ocasión en la vida en la que no podemos forjar nuestro propio destino. Solo una. Y es cuando llega nuestra hora.

Julián ya no pudo más, y las lágrimas lo invadieron, implacables. Comenzó a llorar, junto a su tío. Lo hizo por él y por todo.

Un nuevo estruendo sacudió el edificio y una viga cayó por el hueco de la escalera, llegando sus restos hasta las mazmorras.

Roman le alzó el rostro. Julián lo miró, hundido.

—Has de terminar con todo esto y hallar el legado de Gaspard. —Lo zarandeó de la camisa con brío—. Has de descubrir lo que tu padre quería de ti. Has de hallar el camino. Estás cerca de conseguirlo, Julián...

Tosió con violencia y su cuerpo se estremeció. Sus ojos se abrieron como platos, suplicantes.

—Debes irte —musitó.

—No —dijo Julián—. No me queda nada ahí fuera.

La voz de Roman se contrajo, invadida por la emoción.

—Sí que lo hay. Y lo sabes.

Roman desvió la mirada hacia el humo que entraba ya en la celda. Volvió a centrarse en su sobrino.

—Hay algo que quiero que leas —se apresuró a decir—. Está en mis alforjas. Tienes que volver a por ellas.

Se empezaron a oír miles de llamas crepitar al otro lado. No solo el humo, el fuego también estaba llegando a las mazmorras. Su tío lo zarandeó del cuello.

—¡Si quieres salvar la vida has de marchar! —gritó con la voz quebrada por el dolor.

Julián se quedó aturdido. Roman le empujó con la mano débilmente en un afán porque el joven reaccionara. Después, volvió a tenderse, exhausto. Su fuerza de antaño había desaparecido.

—Por el amor de Dios... Ve...

Se levantó con el rostro desencajado, sin apartar la mirada del cuerpo que yacía ante él.

—¡Ve!

Cerró los ojos y se volvió. La imagen de su tío, tendido en el suelo y con la mano alzada instándole a que se marchara, se quedó ahí, forjada en su memoria, para toda la vida. No volvió la vista atrás y salió corriendo. Antes de abandonar la estancia, oyó una débil voz murmurar tras él.

—Gracias, Julián...

Roman cerró los ojos y esperó. La luz del candil le iluminaba el rostro. El humo colonizaba la celda y flotaba sobre él en un silencio implacable y bello a la vez. Pronto la calma comenzó a envolverle con su manto sereno.

Entonces, el sonido de unos pasos hizo que abriera los ojos. Vio unas botas negras detenerse en el umbral de la puerta, estaban lustradas y lucían brillantes bajo el manto de humo.

Roman alzó la vista y vio al hombre que había ordenado su tortura. El hombre que pretendía acabar con la Orden. El general Louis Le Duc. Había algo en sus rasgos afilados que le provocaba escalofríos, pero no sabía decir de qué se trataba. El francés parecía hacer caso omiso al edificio que se derrumbaba sobre ellos y permanecía impasible, con aspecto relajado y de pie ante él. Roman sintió cómo lo penetraba con su mirada azabache.

—La resistencia que ha mostrado ante la barra de púas ha sido digna de admiración, señor Giesler —dijo el francés con frialdad—. He de admitir que me ha frustrado enormemente no extraerle nada. Y eso no es fácil de conseguir.

El general hizo una breve inclinación y dio unos pasos alrededor suyo. Llevaba un talego de lona sujeto en la mano derecha. El fuego ya descendía a las mazmorras, pero no parecía importarle.

—Me ha retrasado en mis planes. Ha sido una verdadera lástima que no haya hablado, tal vez hubiera sobrevivido...

El francés se detuvo de nuevo, ante él.

—Afortunadamente solo me ha retrasado. Tarde o temprano todo saldrá como tiene que salir... —Una sonrisa diabólica dibujó su sombrío rostro. Roman lo contemplaba horrorizado, tendido sobre el suelo. No fue una sonrisa, fue una mueca fantasmal—. Ya que no se salvará de esta, hermano Giesler, creo que ha llegado el momento de enseñarle mi gran obra. Lo que me llevará, al final, a conseguir mi verdadero propósito, la razón por la que estoy en este maldito país... Permítame, necesito sentir la satisfacción de enseñárselo...

Roman, inmóvil sobre el suelo, arqueó la ceja que tenía sana. No comprendía lo que estaba sucediendo. Louis Le Duc abrió el talego de lona y sacó de él unos bultos que Giesler no supo identificar en un principio. Entonces, ante sus atónitos ojos, el general comenzó a realizar la operación que le hizo temblar de temor.

—No...

Roman se había quedado paralizado ante lo que le mostraban sus ojos. Cuando la transformación hubo concluido, el individuo francés se paseó ante él, alzó el rostro y rio. Rio con una locura atroz. Su aspecto marcial y su frialdad habían desaparecido sustituidos por una risa malvada y gélida, propia de un lunático.

Roman no daba crédito a lo que veía. Aquello no podía ser cierto.

—No puede ser... —volvió a balbucear, aterrado.

El francés se giró para dejar la celda sin parar de reír, extasiado en su locura. Sus carcajadas no cesaron hasta que fueron ahogadas por el intenso crepitar de las llamas.

—No... —murmuró Roman—. He de avisarle...

Desesperado ante lo que acababa de ver, intentó levantarse. Sintió miles de punzadas perforándole por dentro. El dolor era insoportable pero tenía que levantarse. Intentó alejarse de él y evadirse como lo había hecho mientras lo torturaban. Finalmente, tras un inmenso esfuerzo, consiguió ponerse de rodillas. Temblaba.

—He de avisar a Julián... Tiene que saberlo...

Apoyó el pie derecho e hizo fuerza. Sintió que se mareaba. Se alzó ligeramente, pero la rodilla le falló y se desplomó como un peso muerto. Gritó de dolor. Sintió que ardía por dentro. Su maltrecho cuerpo no daba más de sí.

Dejó que la inercia le dejase boca arriba y suspiró abatido.

—Que Dios se apiade de ti, Julián.

Entonces, cerró los ojos.

El candil le iluminaba el rostro y le calentaba el alma. Y el candil lo ayudó a marcharse lejos de aquella celda. El tiempo dejó de pasar. Pronto sintió cómo lo invadía una paz serena. Pronto sintió cómo su cuerpo flotaba en un mar de desapasionada calma. Pronto sintió cómo los nuevos sentidos se intensificaban. Allí estaban ellas, esperándole.

Sus labios heridos se arquearon en una débil sonrisa con la que se despidió de este mundo para siempre.

36

Julián corría desbocado por las empedradas calles de Madrid. Su dificultosa respiración emitía vahos de vapor que quedaban suspendidos en el aire a su paso. Sus piernas amagaban con fallarle en cada zancada, en cada impacto. Sus lágrimas se habían congelado en sus mejillas mientras sentía su pecho arder y tosía a cada paso debido al humo inhalado.

Se detuvo para recuperar el aliento y miró hacia atrás. Una densa y gigantesca nube de humo se alzaba hacia el oscuro cielo que cubría la capital. Oyó varios estruendos que provenían del final de la calle. La cárcel ardía y se desplomaba por la locura que acababa de cometer.

La ciudad despertaba antes de lo previsto. Se había dado la voz de alarma y a lo lejos se oían los gritos de piquetes franceses al salir de sus guarniciones y dar órdenes para capturar a los fugados, que ya se desperdigaban y huían por las tortuosas calles. Algunas ventanas se iluminaron y vecinos alarmados empezaban a asomarse a los balcones. Cuando veían las llamas alzarse sobre los tejados comenzaban a proferir exclamaciones de terror. Después veían a Julián apoyado en una tapia de yeso, respirando con dificultad, tosiendo, empapado en sudor y con la mirada ida. Algunos comenzaron a señalarle y a gritar:

—¡Al fugado! ¡Al fugado!

Otros en cambio le animaban a que corriera y huyera.

—¡Corre! ¡Que vienen los franceses!

Alentado por estos últimos, reinició la carrera y salió disparado rumbo a las afueras de la ciudad. Iba rezagado, los demás fugitivos habían tenido más tiempo para huir antes de que el incendio de la cárcel despertara a las guarniciones. En aquel momento estarían ya lejos de las construcciones, corriendo por los campos.

Las sombras oscuras de las ventanas y de los huecos de los portales pasaban fugaces a ambos lados. Las exclamaciones de los vecinos desde sus balcones lo delataban cuando pasaba ante ellos, pero enseguida quedaban atrás.

A su izquierda se abrió una plazoleta y con ella varios gritos en francés. Inclinó la cabeza mientras corría y pasó de largo como una centella. Cuando lo hubo hecho y la plaza quedaba atrás, volvió la vista, pero sin llegar a detenerse. Entonces vio un piquete de soldados franceses correr tras él. Gritaban y le ordenaban que parase. Uno se detuvo y apuntó con su fusil. Se oyó un estruendo y una polvareda de humo envolvió al soldado. Julián volvió la vista al frente y cerró los ojos. La bala pasó silbando a medio palmo de su cabeza.

Aumentó el ritmo todo lo que sus piernas y sus pulmones le permitieron. La calle lo expulsó de la ciudad y sin dudarlo ni un momento se internó en un campo de trigo. El corazón le retumbaba en el pecho y parecía estar a punto de salírsele; las piernas hacía rato que se negaban a responderle con agilidad. No podría aguantar aquel ritmo mucho tiempo. Los pulmones, extasiados, le pedían más aire y él no podía dárselo. Jadeaba.

Volvió la vista y comprobó cómo los soldados le seguían por el campo, aunque a mayor distancia. El hecho de estar sacándoles ventaja le insufló ánimos renovados. Pero la tierra estaba húmeda y levantada, y pesados montones de barro se le adosaban a las botas y hacían que estas pesasen más. Pronto, comenzó a sentir cómo perdía el control absoluto sobre sus piernas, que, inmersas en un estado de ebriedad, no le respondían.

Ante su nublada vista, se percató de que el día comenzaba a clarear, tornándose el cielo en un azul oscuro. Bajó un poco el ritmo y escrutó los alrededores. Lo rodeaban inmensos campos de trigo, pero pudo distinguir las sombras de un bosquecillo a unos doscientos pasos. Se vació de fuerzas hasta llegar a él. No volvió la vista atrás, solo miraba aquella masa oscura de árboles acercarse y hacerse grande, era su refugio, su escapatoria. Saltó un riachuelo que regaba los campos y se internó al amparo de los pinos. Las ramas y las agujas verdes le golpearon la cara a su veloz paso. Se protegió con los brazos. A punto estuvo de caer en unos arbustos. Se adentró más en el pinar sin mirar si los franceses le seguían. Finalmente, las piernas le fallaron y cayó rodando por una pendiente.

Se detuvo entre unos zarzales, boca arriba y jadeando. Las vueltas lo habían mareado y desconocía dónde se hallaba. Cerró los ojos y enseguida procuró acompasar la respiración en un afán por evitar que los jadeos le delatasen. Pronto se hizo el silencio en el bosque, y tras conseguir recuperarse un tanto, intentó aguzar el oído.

Más silencio. Todo parecía dormido salvo los árboles, que oscilaban por el viento que soplaba arriba en sus copas. No oía voces, ni ramas al romperse, ni bailoteos de hojas movidas, ni pisadas sobre la tierra. Nada.

Resolvió aguantar un poco más, inmóvil entre los zarzales, esperando ese crujido, ese susurro que delatara a los franceses. Pero todo seguía en calma. Al cabo de unos minutos se levantó, miró alrededor y tras no ver nada sospechoso terminó de cruzar el bosque. Lo más probable, pensó, era que los soldados no se hubieran internado en el pinar. Ningún francés en toda España se atrevía a hacerlo si no era con un fuerte contingente a sus espaldas. Pero Julián no se relajó, cabía la posibilidad de que lo estuvieran rodeando.

Salió del bosquecillo. Según su orientación, el pueblo de los padres de Pascual debía de estar en aquella dirección. Volvió a surcar campos esquilmados, secos y fríos. Pronto comprobó que estaba en lo cierto. Tras subir una pequeña loma sin pelaje alguno, desembocó en el camino que unía Madrid con el pueblo. La vía se empezaba a iluminar por el amanecer y cruzaba como una fina línea blanquecina los campos convertidos en manos muertas. Caminó a la sombra del borde, gracias al amparo de una acequia que discurría paralela al camino.

Pronto divisó el pueblo. Cuando se introdujo entre sus casas procuró hacerlo con cautela, con cuidado de que nadie le viera.

Tocó en la puerta de sus amigos y estos lo recibieron con las ojeras de una noche en vela. Teresa temblaba con un rosario entre las manos y Pascual estaba muy blanco. Miriam permanecía acurrucada en los brazos de su abuela con los ojos abiertos como platos.

—¡Tienes la ropa chamuscada! —exclamó Pascual—. ¿Qué demonios ha pasado?

Miró a sus amigos durante largo rato; el joven tenía el rostro contrariado y los ojos muy brillantes, aunque algo extraviados. Tardó en reaccionar, como si le costara asimilar lo que había sucedido. Finalmente pareció negar con la cabeza y bajó la mirada. Aquel gesto fue suficiente para que todos callaran. Teresa comenzó a rezar con voz temblorosa. Pascual lo miraba con preocupación. Entonces Julián cruzó la estancia en dirección a la huerta del otro lado, donde pastaban los caballos.

—Estando aquí os pongo en peligro —dijo—. He de irme.

Su amigo lo siguió afuera.

—¡Atiza!, Julián. ¿Qué cojones has hecho?

El joven no respondió. Preparó sus alforjas y ató las de Roman al lomo de *Lur*. Después miró dentro de ellas y rebuscó entre unos papeles. Sacó un sobre y se lo metió dentro de la camisa.

—Quedaos la montura de Roman. Os vendrá bien. Podéis venderla si queréis.

Pascual lo miraba sin comprender.

—No conseguiste entrar en la cárcel.

Julián le contestó sin mirarle a la cara.

—Sí que lo hice, pero fue demasiado tarde.

La tranquilidad del amanecer sumía al poblado en el silencio. Por eso, cuando se empezó a oír un vago rumor acercarse desde lejos, la inquietud se apoderó de sus casas. Pronto aquel murmullo se hizo más nítido y más intenso; pronto se empezaron a distinguir las decenas de pasos que retumbaban en el pueblo. Pascual abrió mucho sus ojos azules, asustado y confundido. Fue a decir algo, pero los zarandeos de los uniformes y los chasquidos de las botas al formar en el camino del otro lado lo acallaron. Enseguida llegaron las voces en francés. Los ojos del labriego parecían estar a punto de salirse de sus órbitas.

—Julián... ¿qué diablos ha pasado?

El joven se volvió hacia él y lo miró a los ojos. Su mirada brillaba con una extraña intensidad. En su cara tiznada por el humo se distinguían regueros de lágrimas.

—He quemado la cárcel y he liberado a los presos.

Pascual se llevó las manos a la cabeza.

—Por el amor de Dios...

Entonces los primeros golpes estremecieron la puerta de la casa. Las voces extranjeras del otro lado instaban a que abrieran. Pascual reaccionó de inmediato y agarró a Julián de la mano. Lo condujo hasta el almacén y retiró la alfombrilla que escondía el sótano. Abrió la trampilla y le indicó que bajase. El joven fue a decir algo pero el otro lo silenció con la mano.

—¡No me jodas...! ¡Baja!

Nuevos golpes, esta vez más fuertes, sacudieron la puerta. Teresa abrazaba a su hija y a Caridad. Las tres permanecían sentadas tras la mesa, con las miradas clavadas en la hoja de madera. En su estado brumoso, Julián comprendió que no podía seguir poniéndoles en peligro y aceptó esconderse en el sótano. Tras el cierre de la trampilla, todo se volvió oscuro y dejó de oír lo que sucedía en la superficie. La inquietud comenzó a carcomerle las entrañas.

Pascual corrió hacia la puerta y tras santiguarse tres veces la abrió con el corazón en un puño. Los severos rostros de varios soldados irrumpieron en la casa tras apartarlo de un empujón. Se cayó al suelo. Portaban los fusiles con las bayonetas caladas y se plantaron en la estancia con actitud amenazante. Sus enormes botas de campaña llenas de barro hicieron crujir el suelo de madera, las puntas afiladas de sus bayonetas amenazaban con rajar el techo. Pascual se reincorporó y corrió a interponerse entre los franceses y su familia. El campesino parecía diminuto ante los recién llegados.

Miró a sus tres tesoros; su hija, su mujer y su madre. Se abrazaban con fuerza, como si de ello dependiera protegerse del mal que las acechaba. Eran lo que más quería en el mundo. Significaban toda su existencia. Sin ellas, carecía de sentido vivir. Las vio tan frágiles y desprotegidas ante los imponentes uniformes extranjeros que al pobre labriego se le cayó el alma a los pies.

Tragó saliva e hizo una breve inclinación.

—Señores... en qué puedo ayudarles.

El más alto y corpulento movió su denso bigote castaño bajo el barboquejo de su chacó.

—Buscamos a un fugitivo que huyó hacia este pueblo —chapurreó en castellano—. Sabemos que ustedes alojan a dos forasteros. Sus vecinos les han delatado.

Pascual sentía el miedo comprimiéndole el pecho. Las palabras luchaban por no salir temblorosas. Respiró hondo.

—Pueden registrar la casa. Es muy sencillo, consta de dos habitaciones.

El zarpazo le cruzó la cara y lo hizo caer al suelo con el sabor de la sangre inundándole la boca. Teresa emitió un grito ahogado de terror y Miriam comenzó a llorar. Pascual estaba aturdido y no pudo remediar las fuertes manos del francés agarrándole de la camisa y sacudiendo su huesudo cuerpo.

Ante el maltrato que estaba recibiendo su padre, Miriam se zafó de los brazos de su madre. No comprendía por qué aquel hombre le pegaba, él no había hecho nada malo. Corrió hacia el francés, apenas le llegaba hasta la cintura. Le agarró del cinturón con sus delgadas manos e intentó en vano apartarlo de su padre.

—¡Déjale en paz!

El hombre, contrariado ante la nueva molestia, soltó su mano izquierda instintivamente y con mucha violencia impactó sobre la cabeza de Miriam. El frágil y ligero cuerpo de la muchacha apenas pudo hacer nada ante el brutal golpe de la enorme mano y salió despedido cayendo al suelo como un muñeco de trapo. Se levantaron motas de polvo que envolvieron su cuerpo y quedaron suspendidas como las almas de todos los presentes. Fue Teresa la primera en reaccionar, corriendo escandalizada al socorro de su hija. Gritaba de impotencia y de miedo.

El francés había posado su mirada en el cuerpecillo de la niña. Sus facciones parecieron ablandarse y sus manazas se abrieron, liberando a Pascual de su yugo. El padre corrió desesperado hacia su hija.

La muchacha no se movía cuando el piquete abandonó la estancia. El último en salir fue el del bigote castaño. Antes de hacerlo se detuvo en el umbral. Por un momento pareció que iba a volverse, pero acabó por cerrar la puerta y seguir a los demás.

Cuando Caridad le abrió la trampilla, Julián salió de un salto y enseguida supo que algo no iba bien. Tras la mesa del comedor distinguió un diminuto cuerpo tendido en el suelo. Apartó una silla de su paso y se acercó con la respiración entrecortada.

Era Miriam y no se movía.

No se movía.

Tenía un hematoma en un costado de la frente y un hilillo de sangre salía de él. Tenía los ojos cerrados y su rostro permanecía inmóvil en un gesto angelical, pacífico. Estaba ahí, tendido sobre la tarima de madera, su cuerpecillo pequeño y frágil. Teresa le limpiaba la blanca frente con un paño mojado. No paraba de llorar. Pascual permanecía muy quieto, con un tremendo golpe en el pómulo derecho y con la mirada descolocada en algún punto de la dulce cara de su hija. Gracias a Dios, su pecho pareció moverse débilmente, respiraba. Al ver que Miriam seguía viva, Teresa se santiguó repetidamente.

—Virgen María... gracias, gracias...

Julián respiró. Pero la visión del cuerpecillo de su amiga inerte en el suelo había hecho que algo comenzara a aullar dentro de él con una fuerza inusitada. Clara y Roman habían muerto y Miriam había estado a punto de hacerlo. Sintió que se quemaba por dentro. Un súbito y repentino descontrol comenzó a apoderarse de él. La sangre le empezó a batir en la cabeza y le retumbaba como un tambor de guerra, de venganza, haciendo que se le obstruyeran los pensamientos. Las palabras emanaron solas, excepcionalmente serenas para la situación.

—Iré tras ellos.

Volvió a la huerta y cargó su rifle y todos los pistolones de los que disponía. Se colgó el cinturón y comprobó con experimentados movimientos que los doce cartuchos estaban cebados con los papeles encerados de las balas de plomo. Después se colgó el sable y montó sobre *Lur*. Antes de hacerlo, una mano lo detuvo. Se volvió.

Era Pascual. Tenía la mano extendida.

—Dame el fusil de Roman.

Julián fue a negarse, convencido de que debía permanecer cuidando a su hija hasta que esta despertara. Pero algo en la mirada de su amigo le hizo cambiar de opinión. Jamás había visto esos ojos en él; unos ojos hundidos y oscuros, temblando por un sentimiento tan viejo como el mundo.

Sus ojos temblaban de odio.

Le señaló al frisón negro de Roman, sobre cuya silla de montar asomaba la barnizada madera del viejo rifle.

Salieron del poblado por la huerta, espoleando a los caballos salvajemente, clavando espuelas en los flancos. Cabalgaron veloces como flechas, cruzando los campos que bordeaban el camino que conducía a Madrid. Al galope, el cielo y la tierra se habían tornado en manchas difusas, como llamas en movimiento. El viento les golpeaba las caras, aturdiéndolas y sumiéndolas en un estado de embriaguez. Las monturas desprendían salivas blancas y piafaban desbocadas.

Pronto avistaron las figuras de los diez infantes que habían estado en su casa marchando por el camino de vuelta a su guarnición, levantando nubes de polvo a su paso. Los adelantaron camuflados en los aún oscuros campos dejando una distancia prudencial para no ser vistos, y cabalgaron un poco más, adelantándose un tramo para disponer de tiempo para preparar la emboscada. Se detuvieron tras los árboles de una vereda que crecía cerca del camino.

Julián descabalgó de *Lur* y le acarició el hocico, respiraba con fuerza. Después, contempló sus grandes ojos, los cuales le respondieron con intensidad. Un sentimiento profundo, portador de una ancestral amistad plagada de lealtad, complicidad y amor cruzó entre las miradas de ambos. Tras unos momentos de emotivo silencio, lo tomó de las riendas y lo encaminó de vuelta al pueblo.

—Vuelve a casa y espéranos allí.

Lur relinchó y piafó, contrariado, pero enseguida levantó las patas delanteras y cabalgó por los campos. El frisón negro de Roman hizo lo mismo y Julián vio cómo ambos se perdían en la lejanía de aquellos parajes yermos y faltos de vida.

Volvieron la vista al camino que discurría a unos cincuenta pasos de donde estaban. Se agazaparon entre los árboles y observaron cómo los infantes llegaban a su altura. Julián comprobó que tenía la cazoleta cebada. Pascual había hecho lo mismo con su fusil y se le había adelantado con gran rapidez, tumbándose sobre la tierra y apuntando. Julián se posicionó junto a él. Los observaron marchar impasibles, frente a ellos. Ambos aguardaron en silencio, con las yemas de los dedos índice rozando el gatillo.

Ninguna de las dos yemas temblaba.

El primero en disparar fue Pascual. El estruendo se alzó sobre los cielos y la nube de humo le cegó por momentos. Julián vio cómo el piquete se estremecía, confuso, mirando a todos los lados con gestos contrariados. Una figura cayó desplomada. Apuntó al infante que parecía lucir más galones. Disparó. El impacto dio en el objetivo.

En ningún momento pensó que se trataba del primer hombre que mataba en su vida.

Todo lo que vino a continuación careció de nitidez. Sus mentes habían quedado rezagadas en algún lugar del camino recorrido hasta allí. Los pensamientos habían dejado de existir, la sangre les batía en la cabeza y les retumbaba en las sienes, obstruyendo todo sentimiento. Solo existían sus brazos, sus armas y los franceses que los esperaban con las bayonetas caladas.

Julián aulló desesperado, acompañado por el grito de guerra de Pascual. Ambos salieron de su escondite y corrieron por el campo, con el sable desenvainado en una mano y el pistolón en la otra, las gargantas ardiendo y el corazón latiendo desbocado en todo el cuerpo mientras se abalanzaban sobre los franceses.

El último recuerdo nítido que guardó Julián de aquel día fue la imagen de su amigo, corriendo junto a él, con el cuchillo de cocina de dos palmos en la mano, aullando como un descosido.

A partir de entonces, un velo rojo de cólera le nubló la visión y los pensamientos.

37

De no ser por los diminutos agujeros que perforaban la caja de madera, sus respiraderos, aquello estaría completamente oscuro. Apenas tenía espacio para moverse y el agobio había empezado a apoderarse de ella en forma de opresión en el pecho. Las voces y los lamentos parecían haber remitido al otro lado y todo volvía a estar en calma.

Las bocanadas de aire eran cada vez más desesperadas; necesitaba salir. Una voz la hizo tranquilizarse:

—Tranquila, señora. Enseguida la sacamos...

La señal de alerta que le indicó su acompañante la sacó de sus recuerdos. El camino se estrechaba y la espesura de la vegetación aumentaba por momentos. A ambos lados del camino, disimulados entre hojas caídas y zarzales espinosos, vieron los bultos de varios cadáveres. Franceses, pensó, aunque les habían despojado de sus uniformes. Estaban completamente desnudos y en extrañas posiciones, como marionetas que hubieran sido arrojadas desde el camino.

La tierra que pisaban las monturas estaba revuelta, con centenares de pisadas de herradura. También había manchas oscuras salpicándola por doquier.

El hombre desmontó del caballo y observó atentamente las huellas.

—Una escaramuza —dijo—. Esta misma mañana.

Ella lo observaba desde la altura que le proporcionaba su montura.

—Una más —le contestó.

Llevaban un mes cruzando los caminos de aquel país en guerra y no era la primera vez que veían signos de un enfrentamiento. Los campos y las montañas estaban infestados de partidas guerrilleras y cada vez eran más comunes las emboscadas y los ataques a convoyes, correos y destacamentos franceses. Tres días antes habían presenciado uno desde la lejanía y la altura de una colina. No había durado mucho; una ofensiva sorpresa, con ventaja numérica por parte de los guerrilleros. Tras concluir habían desvalijado los cuerpos y los habían escondido, llevándose todo lo demás, desde los caballos hasta los dientes de oro de las dentaduras.

El hombre volvió a montar a lomos de su caballo. Llevaba un sombrero de ala, unas polainas de becerro, una canana llena de cartuchos, una escopeta y un cuchillo de monte. De no ser por la insignia clerical que lucía, hubiera pasado por un cazador o un sublevado más.

—Si todos los hombres abandonan sus pueblos para luchar contra el francés —comentó el clérigo al reanudar la marcha—. ¿Quién protegerá a las familias que se quedan en ellos?

—Un pastor debería proteger a su rebaño —soltó ella con un cierto deje provocativo.

—Y a veces salir a por los lobos —contestó él con una sonrisa.

Ella hizo trotar al caballo y se adelantó unos pasos irguiéndose sobre la silla de montar. Vestía como un hombre y también cargaba con una escopeta. Llevaba el pelo corto, meciéndose con gracia sobre su cuello. Su voz se alzó, como si fuera una proclama.

—Si al igual que los hombres, las mujeres de este país salieran a guerrear, todo esto habría concluido con el francés huyendo con el rabo entre las piernas.

El clérigo soltó una carcajada.

—No todas las mujeres son como tú, Clara.

—Pues deberían serlo, Simón.

—Para ello deberían haber cometido una locura semejante a la tuya —comentó él.

Por un momento se hizo el silencio y enseguida ambos comenzaron a reír.

Simón estaba en lo cierto. Clara había protagonizado una locura difícil hasta de llegar a concebirse. Pero había sido la única vía para escapar, la única manera de poder huir del cautiverio y del infierno que durante meses la había aprisionado. La paliza de su marido había supuesto la culminación de unas vivencias insostenibles para ella. Y las heroicidades de la guerrera Agustina de Zaragoza, la fuente de su extravagante inspiración.

Cuando las fiebres que la asolaban comenzaron a remitir y la mente se le fue despejando, los días postrados en cama sirvieron para concebir el plan de huida. Tras comentárselo a Simón, este no cabía en sí de asombro, pero ante la insistencia y la firmeza de las ideas de Clara, no había podido negarse a ayudarla.

—Dios sabe que tendré que comparecer ante Él por dejarme convencer... —había dicho.

La actuación del servicio de la casa había sido clave para perpetrar el engaño. No había sido difícil convencerles del plan, puesto que todos odiaban al general francés. Julieta había estado magnífica con sus lloros y también Trinidad, el ama de llaves, evitando que su esposo entrara a ver a Clara a sus aposentos cuando ya había superado las fiebres y solo fingía. El cochero había hecho un gran trabajo jugándose su puesto al mentirle con el viaje del doctor Lemaitre a la ciudad de Burgos. Todo el servicio había protagonizado una actuación sobresaliente, armando el jaleo y el caos de la noche de su supuesta muerte. La obra de teatro había sido todo un éxito, su marido había picado el anzuelo.

El funeral había sido fugaz y discreto, celebrado sin dar demasiada pompa al asunto. Simón se había encargado de contratar a los enterradores, dos jóvenes afines a la causa patriótica dispuestos a reírse de un francés, y estos le habían preparado un ataúd por el que podía respirar. Su marido ni siquiera acudió a la ceremonia porque, tras su supuesta muerte, marchó a Madrid para atender los asuntos que tan ocupado lo habían tenido. Ese detalle lo había hecho todo mucho más fácil.

Lo más duro había sido mantener a sus padres engañados durante un tiempo. Mientras Clara esperaba en la oscuridad de su ataúd a que terminara la ceremonia, había sufrido mucho por ellos. En dos ocasiones había tenido que luchar contra el impulso de salir de aquella horrorosa caja para abrazarles y decirles que todo había sido un engaño. A pesar de ello, en aquellos momentos, mientras cabalgaba junto a Simón, podía respirar aliviada. Sus padres conocían la verdad; les había escrito una carta en la que lo explicaba todo. Ella podría haber planeado su huida prescindiendo de aquel embuste. Pero temía que, en tal caso, los tratos firmados entre su padre y el general Louis Le Duc cayeran por la borda y los problemas económicos volvieran a asolar a su familia.

Cuando la sacaron del ataúd, ya no quedaba nadie en el cementerio que no fuera cómplice. Se despidió de Julieta con un abrazo muy emotivo. A las afueras del camposanto, en un bosquecillo de chopos, les esperaban dos caballos. Según lo previsto, Simón la acompañaría en su aventura.

Y allí estaban, cruzando el país, en algún punto de la meseta castellana. Avanzaban en silencio y Clara miraba más allá del camino tortuoso que volvía a ensancharse. Pensaba en Julián y se imaginaba su reencuentro. ¿Dónde estaría? ¿Conseguiría encontrarle? La joven no podía apartar la mirada del frente. Toda aquella locura no habría sucedido de no ser por aquella fuerza interior capaz de mover montañas. Pese a la incertidumbre de lo que pudiera depararle el porvenir, en aquel momento se sentía orgullosa y feliz. Como Agustina de Zaragoza, perseguía un sueño y había encontrado un sendero diferente al que le habían marcado.

Rodearon un pequeño robledal que se interponía en el recorrido. Era un día claro y azul, frío y seco como todos los días despejados en el invierno de la meseta castellana. La luz se colaba por las ramas desnudas de los árboles e iluminaba el camino.

Junto a este y al amparo de los robles, divisaron una vieja construcción de madera.

Parecía una posada. Constaba de dos pisos y estaba rodeada por una tapia de piedra de no más de cinco pies de altura, con una abertura que hacía las veces de entrada. Penetraron en el recinto y en un extremo del murete vieron una zona cubierta que albergaba un pequeño establo. Había dos caballos con el hocico metido en sendos forrajes. No se veía a nadie y no apreciaron signos de que hubiera ningún mozo de cuadra por los aledaños, por lo que dejaron sus monturas en el cobertizo y les acercaron dos tinajas de agua.

Andar por los caminos no era cosa fácil, y a Clara le había costado llegar a acostumbrarse. A veces había que acampar en duros suelos y dormir sin haber probado bocado alguno. En aquel momento, ambos sentían cómo rugían sus tripas; necesitaban refrescar las gargantas y llenar los estómagos.

Cruzaron el patio de entrada y abrieron la chirriante puerta de la posada.

El calor de la chimenea los reconfortó al instante. La estancia consistía en un espacio bastante amplio, aunque lúgubre y sombrío. Había media docena de bastas mesas de madera tenuemente iluminadas por velas de cera posadas sobre ellas. Al fondo había una escalera que supusieron conduciría a las habitaciones del piso superior. En la barra estaba el posadero, conversando con sus dos únicos clientes. Se despojaron de sus abrigos y se acercaron hacia ellos por el gastado suelo de madera.

El posadero era calvo y de tez morena, y estaba inclinado sobre la barra, escuchando con atención la conversación que mantenían sus dos clientes. Tenía el rostro congestionado y colorado, como si acabara de hacer un gran esfuerzo físico, lo cual parecía distar mucho de ser cierto, por lo que Clara supuso sería su estado natural. Interrumpió su conversación para atenderles.

—Bienvenidos a la Venta del Hambre, ¿en qué puedo servirles?

Tomaron asiento en unos taburetes altos.

—Bastará con algo con que acallar nuestros estómagos, buen hombre —contestó Simón de buena gana.

El posadero les lanzó una mirada curiosa. No debía ser habitual ver a una joven ataviada con ropajes varoniles y a un clérigo cruzar los caminos.

—Aún nos quedan patatas con tocino en la olla —dijo finalmente con el ceño fruncido.

Ambos asintieron, cualquier cosa con tal de acallar los estómagos.

El posadero desapareció por una puerta trasera y se quedaron esperando en la barra, junto a los otros dos clientes. Los forasteros vestían ropas oscuras y llenas de polvo, bebían aguardiente y hablaban en voz baja, como si estuvieran compartiendo rumores peligrosos. Mientras esperaban la comida, Clara no pudo evitar aguzar el oído y escuchar lo que estaban diciendo.

—... te lo aseguro, fue él solo, no le ayudó nadie —comentaba uno—. Dicen que apareció como un fantasma y los liberó a todos.

—¿Y cómo burló a la guardia?

—Escaló el edificio y se coló por una ventana. Lo vieron aparecer entre las llamas, dicen que le rozaban la piel y no le quemaban, como si fuera parte de ellas.

—Tú y tus fantasmas, Pedro. Eso solo son habladurías.

—¡Que no! ¡Que el amigo de mi primo era uno de los presos liberados y él mismo dijo haberlo visto en persona! Dicen que lo capturaron más tarde, tras haberse cargado a un regimiento entero él solo con su sable. Ese Julián se convertirá en un mártir, ya verás.

Clara se quedó sin respiración. ¿Había dicho Julián? No, se dijo. Era demasiada casualidad, sabía que podía haber muchos con ese nombre. Pero no pudo contenerse. Se levantó del taburete y se acercó a los dos forasteros.

—Disculpen, caballeros. No he podido evitar oírles. ¿Han mencionado el nombre de Julián?

Los forasteros arquearon las cejas, sorprendidos ante la incursión de una joven hermosa en su conversación. No estaban habituados a sorpresas tan agradables y pronto se intuyó en sus rostros complacidos.

—Sí —contestó uno de ellos mientras se alisaba su descuidado bigote en un pretendido afán seductor—, Julián de Aldecoa dicen que se llamaba, el fantasma que liberó a los presos de una de las cárceles de Madrid. Si me permite invitarla a una copa, señorita, le cuento la historia al completo, detalles incluidos.

Clara estuvo a punto de gritar de emoción.

—¿Sabe dónde se encuentra en estos momentos?

El hombre arrugó la frente, confuso.

—¿No lo ve? Estoy aquí, frente a usted. Me llamó Pedro Sotomayor, a su servicio...

—¡No! —exclamó Clara, emocionada—. Me refiero a Julián, ¡Julián de Aldecoa!

—Ah... —El hombre pareció desilusionarse—. Está preso, en Madrid, y parece que van a ejecutarlo.

Cuando el posadero salió de la cocina cargado con el puchero, solo quedaban los dos forasteros en la posada, sentados frente a la botella de aguardiente y con gestos confundidos.

38

El general Louis Le Duc cruzaba la silenciosa calle erguido sobre su soberbia montura. La ciudad estaba teñida de un gris apagado. Los vecinos no se paraban a charlar cuando se encontraban, apenas se oían las risas de los niños jugando, ni las voces de los vendedores, ni los murmullos sordos de las tabernas.

Pese a la decadencia que mostraba la vida allí, al menos la ciudad era un lugar seguro para las tropas. Los transeúntes estaban obligados a llevar la capa al hombro para que no escondieran armas bajo la faja y las patrullas imperiales paseaban por doquier controlando cada barrio y cada zona conflictiva.

El francés cabalgaba acompañado de sus dos principales hombres y una pequeña escolta de cuatro cazadores a caballo. Cruzaban la zona de Lavapiés, al sur de la ciudad. Se dirigían hacia un antiguo almacén de carbón de las afueras, antes del paseo de las Delicias, donde habían trasladado a los prisioneros capturados tras el incendio de la cárcel antigua.

La noticia de la liberación de los presos y el incendio de la cárcel cinco noches antes se había extendido tanto que había cruzado las murallas de la capital y había alcanzado otros rincones del país. Muchos campesinos, artesanos y sublevados habían oído hablar de ella. El suceso desprestigiaba la hegemonía de los imperiales y ponía en entredicho su capacidad de controlar a la población sublevada. Animaba a los pavorosos a alzarse e invitaba a la revuelta general.

El responsable había sido el joven Julián de Aldecoa Giesler. Lo habían capturado junto a otro individuo unas horas más tarde del incendio; al parecer debía de estar fuera de sí, gritando como un endemoniado y dando sablazos implacablemente certeros tras emboscar a un piquete del quinto pelotón del II de Infantería Ligera. Ocho bajas. Era eso lo que había provocado entre los sorprendidos soldados antes de que consiguieran reducirlo. Una verdadera hazaña que ya se oía por doquier.

«Una víctima más de esta maldita guerra», pensó el general cuando detuvo a su escolta en una plazoleta que se abría en un lateral de la calle. La contienda se estaba alargando más de lo debido. Las intenciones de José I de reconducir a aquella atrasada nación se habían visto truncadas por la resistencia nativa y el frente aliado en Portugal.

Louis Le Duc descabalgó para llenar la cantimplora en la fuente de la plaza. Abrió el tapón y dejó que el agua aumentara el peso del recipiente. Pensaba en el joven Giesler. Tantas muertes, tantas vidas destrozadas, no hacían más que aumentar el odio entre los luchadores, no hacían más que engrosar de efectivos sedientos de sangre las filas de las guerrillas. El dolor que provocaba aquella guerra cegaba la vista y oxidaba los sentimientos, dejando el cuerpo desnudo y frágil, débil para caer en la locura.

Sabía de eso cuando pensaba en el joven. Era él el responsable de su desdicha, pero se trataba de gajes del oficio, de medios sucios para conseguir un fin. Y él ya tenía las manos muy sucias como para intentar limpiárselas; la porquería se le había adherido a la piel como una costra. «Pero como a casi todos en esta guerra», pensó.

El acto cometido por el joven Giesler estaba condenado con la muerte, pero él, Louis Le Duc, que tenía la responsabilidad sobre el destino del preso, había resuelto que la soga no fuera su final. Tampoco pensaba liberarlo, desde luego. No debía. No después de lo que había demostrado ser capaz de hacer, era un verdadero peligro dejarlo libre. Sabía lo que hacían los guerrilleros con los franceses capturados y emboscados. Él mismo frecuentaba con asiduidad los caminos y no podía arriesgarse a que alguien que deseaba matarle pudiera esperarle en alguno de ellos.

Si no lo ejecutaban tampoco podían dejarlo en la cárcel de Madrid y correr el riesgo de que hubiera otra fuga. Además, su hazaña había corrido como la pólvora y muchos lo conocían ya como un afamado guerrillero. Era peligroso tener a alguien así en la nación. En caso de no penarle debían llevarle lejos, a algún lugar del que fuera difícil regresar, al menos mientras durara aquella contienda.

Había llenado la cantimplora y se sorprendió a sí mismo con el sable desenvainado y su punta hurgando entre la tierra de la plaza. Sus hombres le esperaban sin bajar de sus monturas. Un chiquillo de no más de doce años pasó por la calle voceando las nuevas de *La Gaceta*.

El general ya las conocía. Tras la derrota de los franceses después de la incursión aliada en las inmediaciones de Cádiz a manos de Graham y Lapeña, la ciudad gaditana había respirado del asedio. Pero solo había sido un alivio momentáneo para la ciudad. El general español Lapeña había cometido un error no persiguiendo a los imperiales que huían y, en vez de eso, había emprendido el regreso a los muros de Cádiz. Los ingleses, al no disponer del apoyo español, habían tenido que hacer lo mismo, y los franceses habían recuperado el terreno perdido, asediando de nuevo la ciudad. Pese a ello, se habían generado diversos reductos a lo largo de la costa bajo dominio aliado. Puertos y pueblos costeros donde se habían llevado a los prisioneros franceses capturados en el ataque.

Una mueca desconcertante asomó al rostro del francés. No le eran desconocidos los rumores acerca de lo que los aliados hacían con los prisioneros franceses. De adónde los llevaban.

El joven húsar Marcel Roland observaba a su superior mientras llenaba la cantimplora. Durante los últimos meses el general había adelgazado y su rostro se mostraba demacrado. Evidenciaba profundas ojeras y una mirada agotada delatora de la falta de largas horas de sueño.

Marcel lo podía comprender. Tras la fatídica misión al inicio de la guerra en la que estuvieron cerca de atrapar al Gran Maestre antes de que se quitara la vida, surgían espejismos de conseguir algo pero siempre quedaban en nada. Con la Cúpula protegida en Cádiz, era imposible intentar desmantelarla. De no ser por las exigencias que tenía el emperador Napoleón con las guerras en el frente del este, hacía tiempo que habría acudido a España para relegarlo de su misión.

Su cometido especial, al igual que la guerra, se estaba alargando demasiado, hasta el punto de robar el sueño y la paciencia. Marcel se sentía desconcertado. Ellos acataban las órdenes de su superior y actuaban muchas veces a ciegas. Tenía la sensación de que el general jugaba una partida y ellos eran los peones; de que solo él conocía las reglas y los movimientos que pensaba hacer. Sus actos, a veces incompresibles, parecían estar seriamente premeditados, portadores de algún sentido en la oscura y retorcida mente de su superior. Pero hacía tiempo que la frustración acosaba al general. La partida le estaba obligando a cambiar sus movimientos.

Mantenía una fuente fiable infiltrada en la hermandad que parecía acertar en sus informes y había vaticinado correctamente la llegada de los dos últimos descendientes del Gran Maestre a la capital. Pero ninguno de estos sabía nada y ahora debían esperar nuevos informes desde Cádiz.

Marcel callaba, pero hacía tiempo que se cuestionaba muchas cosas. Con el paso de los meses, e incluso años, todos parecían haber olvidado la noche en que se inició aquella trama. La noche que concluyó con la extraña muerte de Franz Giesler. No se había vuelto a hablar de ella, pero para el joven húsar tenía algunos interrogantes sin resolver. Cuando sorprendieron a la hermandad tres años antes en aquella reunión clandestina en la capital, encontraron al Gran Maestre suicidado en el piso de arriba. No hallaron ningún rastro de los documentos que buscaban. Supusieron que se los había entregado a su hijo antes de que saliera. Cuando al día siguiente encontraron el cadáver de este desprovisto de todo objeto que pudiera arrojarles alguna luz, Marcel dio por hecho que no eran los únicos que andaban tras ellos. Alguien lo había matado y le había robado lo que llevaba. Pero ¿quién demonios andaba operando a escondidas? Sin embargo, cuanto más tiempo pasaba, más claro parecía que nadie, salvo ellos, andaba tras la hermandad y, por lo tanto, menos sentido adquiría su muerte.

Las nuevas de *La Gaceta* que voceaba el muchacho desviaron sus pensamientos. Las últimas noches había soñado continuamente con la tortura a Roman Giesler. Veía a Croix golpeándole una y otra vez. Saltaba sangre y, cuando se despertaba, creía verse cubierto por ella. Sentía que aquella guerra estaba haciendo mella en él. En ocasiones deseaba huir lejos de allí; dejar atrás aquel mundo en el que diariamente se sucedían muertes sin sentido, recibidas con la naturaleza y la serenidad de quien recibe un hecho cotidiano. Ya no veía conciencia en las tropas; hasta los soldados más jóvenes que al inicio de la guerra se mostraban pavorosos ante cualquier enfrentamiento, eran capaces ahora de rajar cuellos sin pestañear. Él no quería acabar así, y cerraba los ojos buscando recuerdos del pasado, anteriores a la guerra.

Recordaba a su padre, antiguo coronel de caballería, cuando le hablaba con ardor del honor de servir a la patria, de defender la nación y el hogar, de alcanzar la gloria en el campo de batalla, de convertirse en un hombre respetado. Sin embargo, aquellas palabras enardecidas eran acompañadas siempre por una mirada melancólica que Marcel no entendía entonces.

Pero en aquel momento, mientras el chiquillo pasaba corriendo y

Marcel era conocedor de los horripilantes secretos de una guerra, empezaba a comprender el significado de aquellos ojos tristes. La guerra no era ese campo de batalla idílico que él había imaginado, esa carga al galope en busca de la gloria y el honor. La guerra era un infierno sucio y cruel que manchaba las limpias mentes de todo individuo con el rojo de la sangre.

Marcel observaba al general mientras removía la tierra con la punta de su sable. Entonces levantó la lámina de acero e hizo una señal para que sus dos hombres se acercaran. Descendieron de sus monturas.

—¿A qué esperamos, *mesié*? —preguntó Croix una vez que se acercaron—. ¿No vamos a por el chico?

Louis Le Duc volvió a posar la punta de su arma sobre la seca tierra. Un resplandor momentáneo les cegó la vista.

—Procederemos —ordenó.

Croix soltó una risa malévola y Marcel se temió lo peor.

—Pero no habrá interrogatorio —añadió el general—. Esta vez no le torturaremos.

El soldado francés cambió su semblante, de pronto parecía un perro rabioso al que le habían arrebatado su hueso. Julián era su verdadera presa, el artífice del tajo que le desfiguraba el rostro. Farfulló algo ininteligible.

Marcel respiró aliviado, no habría más torturas. Al menos su superior razonaba con un mínimo de decencia. Pese a ello, sabía que la pena capital era inevitable. Julián de Aldecoa y su compañero labriego eran los responsables de las muertes de ocho soldados.

—Tampoco se le ejecutará —dijo entonces el general; tenía la mirada desviada hacia los balcones y tenderetes que rodeaban la plaza.

Marcel no pudo evitar una exclamación de sorpresa. Aquello no se lo esperaba.

—¡Eso va contra las reglas, mi general! —exclamó Croix—. Ha matado a sangre fría a ocho infantes; ¡un acto semejante se castiga con la muerte!

—Ese joven es propiedad mía y yo decido qué hacer con él —le cortó con autoridad en la voz—. Nuestra misión está por encima de la justicia. —El francés calló un momento y se hizo un silencio expectante—. Pero tampoco podemos dejarlo libre. No después de lo que ha sido capaz de hacer.

Marcel sentía una curiosidad extrema por las secretas intenciones de su superior.

—Entonces, mi general, ¿qué debemos hacer con él? —preguntó.

Su superior envainó el sable y paseó de nuevo la mirada por la plaza.

—Si le dejamos aquí, el riesgo de que escape es alto. Debemos alejarlo de nosotros.

Marcel arqueó una ceja. Le sorprendía la repentina piedad de su superior, pero la idea de que Julián de Aldecoa pudiera vivir lo alegraba. Un buen acto en aquella tierra brillaba como un diamante entre montones de carbón.

—¿Se refiere a enviarlo con los deportados a las Américas? —insistió.

—No pensaba exactamente en eso... —murmuró Le Duc entornando los ojos. Su semblante se oscureció—. Había pensado en la isla de Cabrera.

Marcel se quedó muy quieto. El infierno de Cabrera, la isla maldita. Había oído hablar de ella. Los rumores de lo que hacían allí con los prisioneros franceses eran desoladores. Aquello era peor que la muerte. Pero había algo que no encajaba.

—Disculpe, mi general, pero... —balbuceó—. Eso es imposible... allí llevan a nuestros compatriotas prisioneros, esa isla es territorio español y tras la quema de la cárcel, Julián de Aldecoa es un héroe entre los sublevados. ¿Cómo pretende conseguir que lo lleven allí? No tiene sentido.

—Sí que lo tiene —le cortó su superior con un aire misterioso—. Sí, con un poco de ingenio y dinero.

39

Julián despertó. Al ver que se encontraba en el mismo lugar que los días anteriores, deseó no haberlo hecho. El diminuto habitáculo estaba encajonado entre dos tabiques de barro y una puerta de barrotes. El suelo era de tierra con paja aprisionada, preparada para asumir todo tipo de inmundicias y necesidades humanas. Al menos el techo estaba alto, a unos veinte pies, y reducía la sensación de ahogo. Llevaban cinco días prisioneros en aquel antiguo almacén en el que se habían dispuesto decenas de nichos y celdas como la que ocupaba.

Se desperezó a regañadientes, apoyando la espalda sobre la húmeda pared. Se llevó la mano a la cabeza con una mueca de dolor; aún persistían los síntomas del brutal golpe que le dieron en la nuca. La herida se le había solidificado, y cada vez que se hurgaba en ella, salía con una costra de sangre seca en la yema de los dedos.

Pascual pareció moverse junto a él, pero no se despertó. Julián se alegraba de que hubiera sobrevivido.

Contempló el diminuto y desagradable mundo que le rodeaba y envidió a su compañero por seguir dormido, al amparo de sus sueños. Cerró los ojos, pero entonces las imágenes volvieron a su cabeza como tantas veces habían hecho en aquellos interminables días. Le pinchaban como afiladas agujas de cristal, eran nítidas y coloridas, y aparecían salteadas, como la luz de los truenos en una tormenta de verano. Veía sangre por todas partes, gritos de dolor; veía el rostro desencajado de un hombre con las manos en su estómago, el terror clavado en los ojos de otro, suplicándole clemencia; se veía a sí mismo, arremetiendo como un loco contra toda sombra que se moviera a su alrededor, soltando sablazos.

Deseaba con toda su alma que se tratara de una pesadilla, que el profundo arrepentimiento que sentía consiguiera aliviar su dolor. Pero era un vano intento. Se miró las manos, parecían las mismas de siempre, curtidas y encallecidas por el trabajo en el campo. ¿Cómo habían sido capaces de hacer aquello?

Tras un gran esfuerzo, consiguió mantener la mente en blanco, construyendo un muro protector ante todo pensamiento que tratara de invadirla. Creyó volver a conciliar el sueño cuando oyó abrirse el portón del edificio y los pasos de varias personas cruzando el pasillo que separaba las dos hileras de nichos. Fue entonces cuando varias figuras se detuvieron ante su celda.

Y fue entonces cuando creyó que volvía a estar soñando.

Un hermoso rostro lo contemplaba desde el otro lado de los barrotes; sus facciones eran frescas, suaves y perfectas, y el blanco de su tez resplandecía tanto en aquel oscuro antro que Julián creyó que contemplaba a un ángel. Sus labios eran rojos, increíblemente rojos; ante los embrujados ojos del joven preso, aquella boca se arqueó tímidamente, dibujando una sonrisa dulce y tranquilizante.

Fue como nacer y contemplar el mundo por primera vez, como abrir los ojos a la vida, como respirar de nuevo. Julián se levantó, apoyándose en unas piernas tambaleantes. Se acercó a los barrotes, se acercó a aquella hermosura que no dejaba de contemplarle. Sus manos traspasaron la barrera que los separaba para acariciar aquella piel. Sus ojos se humedecieron, al igual que los de Clara. Ambos se miraron durante un tiempo que no existió, no para ellos. Después vino el abrazo, con los barrotes de por medio, y más tarde las palabras susurradas al oído, unas palabras que hicieron desaparecer todo lo demás y por fin llenaron a Julián por dentro.

Pascual lloraba como un bebé, arrodillado y pegado a la verja, abrazando a su mujer y a su hija como buenamente podía. No se soltaba de ellas y no paraba de decirles que las quería y que jamás las abandonaría. No dejaba de comprobar que la cabecita de Miriam seguía bien, y que su herida había suturado ya. Tenía el alivio posado en la mirada y en sus huesudas mejillas bañadas en lágrimas. Volvió a abrazar a su hija con más fuerza, hasta el punto que esta se asustó y tuvo que soltarla porque le hacía daño. Teresa no paraba de decirle que pronto saldrían de allí, que volverían a casa.

—Vas a salvarte, cariño, ya verás...

Pero Pascual hacía caso omiso a sus palabras y solo se centraba en el rostro de su mujer.

—Dios bendito... qué bonita eres cariño —le decía con la felicidad desbordándose en su voz—. No sabéis qué suerte la mía con esta mujer.

Julián contemplaba la escena sin soltarse de Clara y ambos volvieron a mirarse. En aquel momento no se dijeron nada, pero por sus mentes cruzó el mismo pensamiento. Era ese el amor que buscaban, la fuente de sus sueños y su felicidad, los cimientos de su esperanza. El que vieron en el abrazo de aquella familia.

Cuando todo se hubo calmado, Simón, que hasta entonces había permanecido un tanto apartado respetando los ansiados reencuentros, se acercó y con gesto serio, habló en voz baja a los dos presos.

—Hemos tenido muchas dificultades para encontrarles. No querían revelarnos dónde los tenían presos. Quiero que sepan que no será nada fácil sacarlos de aquí... Pero les prometo que haremos lo imposible por conseguirlo.

Todos callaron, nadie quería pensar en lo realmente difícil que sería liberarlos después de lo que habían hecho. Asintieron en silencio, confiando en que las convincentes palabras de Simón lo fueran realmente. Preferían disfrutar de aquel momento, un instante de felicidad que insuflaba sentido a meses de sufrimiento.

Los guardias aparecieron poco después, comunicándoles que debían irse.

—Mañana por la mañana volveremos y barajaremos nuestras posibilidades, aguanten un poco más —les dijo Simón en un afán por darles esperanza.

Julián sujetó a Clara de las manos y las acarició sin dejar de contemplarlas. No quería separarse de aquello.

—Escapé de allí —le susurró Clara con rapidez antes de que les apartaran—. No podía seguir viviendo aquella vida. Comprendí que tenía que buscarte. Aquel día debí irme contigo, Julián. Debí hacerlo.

—¿Qué sucedió? Me dijeron que habías muerto...

—Solo se trató de una artimaña para poder huir... Te lo contaré todo.

No tuvieron tiempo para hablar más. Julián le apretó con fuerza ambas manos y la miró con intensidad antes de que se la llevaran.

Cuando ambos presos se quedaron a solas, la celda volvió a estar tan oscura como siempre. Pero algo dentro de ellos había cambiado. Solo en aquel momento, Julián se atrevió a pensar en lo terrible que hubiera sido no volver a ver a Clara. Solo en aquel momento tuvo valor para afrontar el significado de no volver a contemplarla sonreír, de no sentir su calor, su presencia cerca, de no sentir el roce de su cabello, de no oler su perfume de rosas. Solo en aquel momento, cuando sabía que ella vivía, se atrevió a pensarlo. Durante los días anteriores lo había evitado, por temor a caer en la locura, a derrumbarse y rendirse.

Fue entonces cuando le atrapó el recuerdo de Roman, sentado junto a él sobre aquel murete, con Madrid posado en el horizonte. Recordó sus palabras de esperanza, y comprendió que tal vez tuviera razón.

Palpó la carta que había cogido de las alforjas de su tío a través de la lana del bolsillo de su chaleco. Aún no había llegado el momento de leerla.

Una lágrima cruzó su rostro, deteniéndose por un momento en el abismo de la curvatura de su mandíbula, en un vano intento de no desprenderse y caer al vacío.

Lo echaba de menos.

Todo estaba negro cuando unas manos violentas los despertaron en mitad de la noche. Apenas pudieron ofrecer resistencia pues los maniataron enseguida. Fue tan rápido que no tuvieron tiempo de pensar en lo que estaba sucediendo. Los sacaron a empujones de la celda y los condujeron por el pasillo.

—¡Demonios! ¿¡Adónde nos llevan!? —gritó Pascual.

Alguien a sus espaldas soltó una carcajada.

—Al infierno, señores. A un infierno llamado Cabrera.

40

No se veía nada y apenas entraban los dos en aquel diminuto habitáculo de madera.

El traqueteo por el tortuoso camino y los oxidados ejes del carruaje hacían que fuera imposible conciliar el sueño. Para entonces habían perdido la noción del tiempo. Desconocían cuántos días habían pasado desde que les metieran en aquel oscuro cubo de madera, cuyas juntas estaban reforzadas con remaches de hierro que no dejaban de clavárseles en el cuerpo.

—Carajo, Julián. Estoy harto de esta mierda —farfulló Pascual a escasos dos palmos de él.

Este no dijo nada. Él también estaba cansado de no ver la luz. Pero lo peor era desconocer adónde demonios les conducían. ¿Por qué les habían sacado de la cárcel? Uno de los guardias había dicho que les llevaban al infierno. En aquel momento había temido que fueran a ejecutarlos. Pero de ser así, hacía tiempo que lo habrían hecho.

La incertidumbre les carcomía las entrañas, pero apenas podían hacer nada. Al menos aliviaban su impotencia manteniendo conversaciones animadas. Después de la terrible emboscada cada uno había estado inmerso en la oscuridad de sus pensamientos y no habían cruzado palabras. Pero tras el encuentro con su familia y con Clara en la cárcel, algo había cambiado en el humor de ambos. Sus ojos volvían a brillar cuando hablaban. Rememoraban tiempos pasados entre risas y suspiros, e incluso se atrevían a hablar de futuros proyectos.

En la intimidad, Julián lamentaba que, en el preciso momento en que volvía a saborear la felicidad, en el instante en que sentía acariciarla con la yema de los dedos, volvían a alejarle de ella. Aquellos instantes de pura vida siempre sucedían de la misma manera, no percibías su enorme valor hasta que su encanto había pasado. Pero Clara seguía viva, y aquello era lo único que importaba. Ese deseo estaba ahí, existiendo en aquel mundo, esperándole en algún lugar.

Y él tenía que vivir, para volver a por él.

Desconocía lo que iba a ser de ellos a partir de entonces. Le hubiera gustado que aquella marcha no se hubiera producido de manera tan repentina. Hubiera querido asegurarse de que cuidaran bien de *Lur* y de que guardaran sus cosas. Apenas llevaba nada encima, solo sus ropajes sucios y gastados y algo de dinero escondido en un pequeño bolsillo cosido en el interior de la camisa.

El carruaje se detuvo y dejó de zarandearles. Debía de ser de noche, porque solo se oía el intenso canto de los grillos a ambos lados del camino. Se oyeron las voces de los conductores, dos franceses que se pasaban el día entero discutiendo sobre banalidades y tonterías sin sentido.

—¡... diantre, Franceaux!, ¿era aquí o no?

—¡Claro que sí! Nos dijeron que en el cruce de caminos. ¡Nunca te enteras de nada, cabeza hueca!

—Mira, ahí vienen...

Se hizo el silencio y más tarde comenzaron a oírse unos pasos que se detuvieron a su altura.

—Les traemos la carga —oyeron decir al tal Franceaux en un renqueante castellano—. De aquí en adelante es responsabilidad suya.

—Es un placer hacer negocios con ustedes —dijo una nueva voz en castellano nativo. Tenía un marcado acento del sur, muy parecido al que Julián había oído en las gentes de Andalucía.

De pronto, sintieron cómo los ejes del carruaje se elevaban al aligerarse de peso; al parecer los dos conductores acababan de descender. Pero enseguida volvieron a hundirse cuando alguien subió. Tras unos instantes de silencio en los que ambos presos se miraron en la oscuridad del cubículo sin comprender nada, oyeron cómo dos nuevas voces animaban a los caballos del carruaje. Entonces las ruedas comenzaron a girar, haciendo que sus cuerpos volvieran a zarandearse dentro del habitáculo.

No llevaban mucho tiempo cuando los nuevos conductores comenzaron a hablar:

—¿Qué harás con el dinero?

—Vino y mujeres lo más seguro. ¿Y tú?

—Echo de menos el juego... aunque no sé si debería.

Julián sintió cómo Pascual se revolvía dentro del carruaje.

—¡Estos dos no son franceses! —exclamó, y antes de que Julián pudiera hacer nada, alzó la voz—: ¡Eh!, señores, nos han tendido una trampa, ¡somos españoles!

Los dos conductores dejaron de hablar y tras una pausa se abrió una trampilla de no más de un palmo por lado. La luz de un farol los dejó sin visión.

—Callaos, malditas sabandijas —dijo el sureño—. Como si sois el mismísimo Godoy y su bastardo el rey Fernando. Esos franceses nos han pagado de lo lindo... A partir de ahora no sois más que unos asquerosos traidores afrancesados...

La trampilla volvió a cerrarse con un brusco golpazo. El aliento del sureño lo había inundado todo con un fuerte olor a ginebra.

—¿Afrancesados? —balbuceó Pascual.

Julián suspiró en la oscuridad del carruaje. Esos hombres habían sido sobornados, no entendía para qué. Entonces recordó aquella sonrisa de dientes amarillos, aquel enorme tajo en la cara, mientras se llevaban preso a su tío. Sabía quiénes andaban detrás de todo aquello. Por su mente pasó un nombre: Louis Le Duc.

—Me pregunto por qué no me han interrogado como hicieron con Roman... —murmuró para sí mismo.

—¿Cómo dices? —La voz de su amigo lo sorprendió en la oscuridad. No se había percatado de que había hablado en voz alta.

Julián restó importancia a su comentario con un ademán de la mano, pero enseguida comprendió que Pascual no lo podía ver en la oscuridad.

—Nada... —dijo entonces—. Es extraño todo esto. No sé qué pretenden hacer con nosotros.

Pascual se tomó un tiempo para contestar. Podía oír su respiración cerca de él.

—Deduzco que seguíais tras los pasos de tu padre... ¿verdad?

Hubo un silencio.

—Así es.

Pascual pareció revolverse.

—Franz era mi amigo, pero nunca hablaba demasiado de eso que hacía... —calló un momento—. Siento lo de Roman... sabes que estoy para lo que sea.

El cubículo seguía zarandeándose con violencia. El joven tardó en responder.

—Lo sé —murmuró—. Gracias, Pascual.

—No hay de qué.

Habían transcurrido varias horas cuando el carruaje volvió a detenerse. En aquella ocasión la luz que les cegó era mucho más intensa que la de un farol, y entraba a raudales por un orificio mucho más grande que la trampilla.

Era el portón, que se había abierto.

Los sacaron a empujones y cayeron de rodillas sobre tierra seca. Cuando sus ojos se acostumbraron a la luz cenital comprobaron que se encontraban en mitad de un paisaje desértico que se extendía hasta el horizonte. El camino era polvoriento y a ambos lados apenas crecían arbustos y plantas de escasa exuberancia. Pascual emitió una exclamación de terror y señaló hacia su izquierda, por donde el camino continuaba.

—Dios Santo...

Julián miró hacia allí.

Una larga cola de personas se arrastraba por el polvoriento camino. Iban custodiadas por soldados a caballo que de vez en cuando las azuzaban con varas como si de mulas se tratara.

—Son prisioneros... —murmuró Pascual, aún arrodillado sobre la tierra.

Decenas de ellos, caminando bajo el abrasante sol de aquel páramo desértico. Vestían ropajes del Ejército Imperial, aunque iban sin sombrero ni sable. Los más afortunados llevaban la casaca abierta y el chaleco desabrochado a la altura del pecho, pero la gran mayoría apenas conservaban la camisa y los pantalones. Sin duda alguna eran prisioneros franceses. Avanzaban descalzos y en filas de a dos, cabizbajos y mudos. La cola era tan larga que apenas podían ver su inicio, velado tras nubes de polvo.

Julián intentó tragar saliva pero tenía la garganta seca y no pudo. Supo ver la jugada en el momento en que los dos sureños que los habían conducido hasta allí los empujaron hacia los guardias a caballo que custodiaban a los prisioneros del final de la cola.

—Aquí tenéis dos ejemplares más —soltó uno de los sobornados—. Estos son de los que hay que vigilar. Unos malditos traidores.

Uno de los guardias que montaba una yegua e iba armado con un trabuco, se rascó la oreja al tiempo que escupía hacia un lado. Los miró como si fueran dos ratas callejeras.

—¡A la cola! —gritó.

Los dos presos se quedaron de pie, muy quietos, sin comprender. Otro guardia a caballo se acercó; portaba una vara y le sacudió con ella a Pascual. El latigazo le rasgó la camisa por la espalda. El labriego emitió un alarido de dolor y se cayó de rodillas.

—¡A la cola hemos dicho! ¡Maldita sea!

Julián no tuvo más remedio que levantar a su amigo del hombro y cargar con él hasta llegar a la altura de la cola. Pascual jadeaba del dolor y no dejaba de maldecir por lo bajo. El guardia del trabuco agitó sus riendas y se puso a su altura. Tenía la piel muy morena y la barba desaliñada.

—Si os salís de la cola más de un paso, latigazo en la espalda. Si pisáis el borde del camino se considera intento de fuga y en ese caso habrá balazo en el pecho y comida para los cuervos. ¿Estamos?

Avanzaron durante varias leguas por aquella ruta desolada. El sol había alcanzado su cenit y les abrasaba la piel desde su altura privilegiada. La cola avanzaba en silencio y constantemente eran azuzados por los guardias a caballo para que fueran más deprisa. Pascual caminaba sin la ayuda de Julián y solo de vez en cuando emitía alguna mueca de dolor.

Ansiaban beber agua. Miraban con envidia las cantimploras o las calabazas que bailoteaban colgadas de las sillas de montar de los guardias. Anhelaban solo un trago, solo mojar los labios que ya empezaban a agrietarse ante el viento seco. Por los rostros del resto de los prisioneros, el sufrimiento era común.

Uno de ellos se desplomó en mitad del camino, algo más adelante. Nadie se volvió para levantarlo, ni siquiera los guardias hicieron amago de ello. El cuerpo se quedó inmóvil, sorteado por las pisadas. Pese a ser francés, Julián lo miró con lástima. No podían dejarle ahí abandonado, tal vez con un trago de agua se recuperase.

Apenas se desvió de la columna un palmo y el de la vara se le acercó.

—Es el quinto que cae en lo que va de día —le escupió—. Si te acercas a él serás el sexto.

Pronto se adentraron en una zona más poblada, en la que pequeñas aldeas de casitas blancas que se arremolinaban unas junto a otras para protegerse del calor se alternaban con campos de labranza. Cuando las gentes de aquellas tierras comenzaron a salir de sus casas para verles pasar, Julián empezó a sentirse inquieto. Caminaban como si fueran dos franceses más y ellos ansiaban echarlos de allí tanto como los habitantes de ese pueblo.

Les empezaron a gritar y a insultar al paso por sus hogares. Las mujeres y los niños les arrojaban frutas podridas e incluso piedras. Julián y Pascual tragaron con todo sabiendo que no se lo merecían.

Deseaban explicar a aquellas gentes quiénes eran realmente, que no eran afrancesados, que odiaban al francés por el daño que les estaba causando, que ellos también eran víctimas de la invasión; pero sabían que habría sido en vano.

Al pasar por una de las callejuelas estrechas de aquellos asentamientos, un joven esquelético de mirada intensa y calzones enormes se quedó mirando a Julián fijamente. Luego desvió la mirada hacia Pascual y observó a ambos mientras pasaban ante él con el ceño fruncido. No llevaban uniforme francés pero estaban en la fila. Finalmente, los ojos se le abrieron como platos y su rostro adquirió una horrible mueca de ira. Les señaló con un dedo acusatorio.

—¡Afrancesados!

El grito atrajo la atención del resto del pueblo y la multitud se abalanzó sobre ellos dos como una jauría de perros enrabietados.

—¡A los traidores! ¡Muerte a los traidores!

En el último momento los guardias se interpusieron y detuvieron a los exaltados amenazándoles con las armas.

No respiraron tranquilos hasta que dejaron el pueblo atrás.

Cuando la calma volvió a la cola, uno de los prisioneros franceses que caminaban delante se dirigió hacia ellos sin apartar la vista del frente.

—Solo hay un individuo al que el pueblo odia más que al francés: y ese es el traidor —dijo en el idioma galo—. Estas tierras estaban bajo nuestro dominio hasta que hace un mes las tomaron los aliados con su incursión sorpresa. No estaremos muy lejos de Tarifa.

Julián notaba su corazón aún latiendo con fuerza. Ninguno de los dos respondió al soldado.

Media legua después de abandonar el poblado, el terreno cambió bruscamente y ante ellos se abrió el vacío. Se asomaron a una especie de balcón natural, que volaba sobre los riscos escarpados de un acantilado.

Julián lo sintió cuando aquella brisa suave le acarició la cara. Cerró los ojos y respiró aliviado. Era el mar.

La vasta extensión azul asomaba ante ellos, con su sosegado y embriagador movimiento, ajeno a todo lo que pasaba en el interior de sus costas. El sonido de sus olas llegaba lejano, relajante. Por un momento, se dejó llevar por aquella calma que arrancó un instante de paz en mitad de aquella locura. Fue como recobrar fuerzas, como humedecer la garganta que ardía desde hacía tiempo. El mar era una de esas maravillas que nunca dejaban de sorprender; era como los rojizos colores otoñales año tras año o como los mágicos atardeceres día tras día. El mar albergaba esa habilidad especial de sorprenderte con su belleza aunque ya fueras conocedor de ella. Pocas cosas en el mundo eran capaces de conseguir aquello.

La cola reanudó la marcha y descendieron por la pendiente. La ruta serpenteaba entre rocas y riscos imponentes, escalonada en su mayor parte. Tenían que andar con cuidado porque un mínimo traspié podía llegar a ser fatal.

Abajo, divisaron una cala que se abría al mar, aislada entre las afiladas rocas. Era una lengua de arena en la que había cuatro edificaciones pesqueras y un muelle. Ancladas junto a él, se balanceaban una serie de embarcaciones menores de pesca y un barco de dos mástiles y un puente de cañones.

—¿Adónde nos llevan? —preguntó Pascual.

El francés que iba delante le contestó en su idioma, aunque por lo que vieron, entendía el castellano.

—¿Ven esa embarcación de ahí? —Les señaló hacia el barco—. Ahí nos llevan.

Julián se temió lo peor.

—¿Con qué intención? —preguntó con el corazón en la boca.

El francés le contestó sin volverse, ya que el camino no permitía apartar la mirada.

—¿No han oído hablar de los pontones? —preguntó con cierta sorpresa—. ¿De los barcos prisión?

El silencio fue la respuesta.

—Pues, amigos míos... —comenzó el soldado—. Van a sufrir la realidad del prisionero francés. Van a ver lo que sus compatriotas los españoles hacen con los prisioneros de guerra. Nos hacinarán en la bodega de ese barco y nos tendrán metidos ahí, sin ver la luz del día a saber durante cuánto tiempo.

Julián sintió que el miedo le paralizaba los músculos y a punto estuvo de tropezar. Miró a Pascual, que caminaba tras él, y por su cara dedujo que estaba aterrado.

—A nosotros nos hicieron prisioneros cerca de Cádiz con la incursión de Lapeña y Graham —continuó el francés, mezclando ambos idiomas—. Por lo que me han dicho, tras la derrota de Bailén hace dos años, miles de mis compatriotas fueron capturados y metidos en pontones como ese. Estuvieron fondeados durante meses en los escasos puertos pesqueros que, como este, seguían bajo dominio español. Dicen que los pescadores veían diariamente arrojar cuerpos al mar.

Cadáveres en estado deplorable, esqueléticos. —El francés hablaba con la indiferencia que da la impotencia bien asumida. Julián la había visto en otras ocasiones en hombres resignados que habían perdido toda ilusión por la vida—. Más tarde —continuó el galo—, los barcos zarparon y debieron de desaparecer durante varias semanas. Cuando volvieron estaban vacíos.

—¿Y los prisioneros? —preguntó—. ¿Qué hicieron con ellos?

Uno de los guardias que iba a pie oyó la conversación y se acercó abriéndose paso a empujones. Los hizo callar amenazándoles con la vara.

Al descender a la cala, pisaron la humedecida arena de la playa. El mar se adentraba acariciando la costa con suavidad. Según se acercaban a los muelles, el agua fresca pronto alivió sus pies. Algunos se dejaron caer para que les refrescara el cuerpo entero, otros bebieron con desesperación, pero la mayoría resistieron la tentación. Sabían que el agua salada los deshidrataría aún más.

Subieron al muelle de madera y lo cruzaron en lento avance hacia las entrañas del barco. Sus cascos crujían con el suave vaivén de las olas. Olía a salitre y a algas. La humedad de sus maderas refrescaba el ambiente.

Los pescadores que descargaban la carga de las barcazas detuvieron su tarea para contemplar la larga hilera de condenados entrar en el pontón. A diferencia de los aldeanos de los pueblos que habían cruzado, en las miradas laceradas de aquellos hombres no veían odio ni ira, sino un sincero sentimiento de compasión.

Los hicieron subir a la embarcación por una estrecha pasarela de madera.

En la cubierta del barco los marineros trabajaban soltando o amarrando cabos, había algunos subidos a los palos, desplegando las amarillentas velas que ya empezaban a ondear suavemente con el soplar del viento, otros restregaban fuertemente la desgastada madera de la cubierta con estropajos de púas.

La mayoría detuvo su trabajo para verlos pasar y bajar a las bodegas inferiores. Antes de hacerlo, un mono esquelético que se colgaba de uno de los cientos de cabos que flotaban sobre ellos, le enseñó los dientes a Julián. Su sonrisa era diabólica. El joven se detuvo ante el espeluznante animal y uno de los guardias lo empujó por una trampilla a la cubierta inferior.

—¡Vamos, desgraciado, tu lugar está abajo!

Al descender fue golpeado por un intenso olor fétido que a punto estuvo de hacerle vomitar. Todo estaba negro como la boca del lobo. Le empujaron por detrás y se vio obligado a avanzar a ciegas. Comenzó a dar pasos pequeños, con cuidado de dónde pisaba. El suelo parecía húmedo y pegajoso. Según se fue acostumbrando a la falta de luz, sus ojos le enseñaron una estrecha pasarela que se perdía en la oscuridad. El techo estaba muy bajo, apenas medio palmo por encima de su cabeza. A ambos lados de la pasarela se extendían una serie de plataformas de madera de no más de cinco palmos de ancho y a dos diferentes alturas: una a ras del suelo y la otra a la altura de su pecho. En ellas, Julián acertó a ver decenas de figuras pegadas unas a otras. No se oía ni una sola voz. Solo alguna tos aislada.

Sintió estremecerse a Pascual.

—Diantre, Julián... ¿Qué demonios es esto? ¿Piensan dejarnos aquí?

—Cierra el pico —dijo una voz delante de ellos.

Provenía de un hombre que, con el torso al descubierto y la mirada felina, les esperaba en mitad del pasillo. Cuando volvió a hablar, su boca mostró una gran escasez de dientes.

—Vosotros dos —añadió, señalándolos—, derecha, estante de arriba, en ese hueco. —Su mano se desvió hacia un estrecho vacío que quedaba entre la fila de hombres del estante superior.

Los dos amigos compartieron una mirada cargada de temor. Sin mediar palabra, se subieron y se apelotonaron como bien pudieron.

En cuanto Julián se quedó quieto en su hueco, supo que aquello iba a ser un infierno. Apenas tenía margen de movimiento, sentía el contacto pegajoso de Pascual y del soldado de la izquierda, el cual apestaba a orina y heces. Al final del pasillo, distinguió el único mobiliario de la bodega: una caja de madera con un agujero en la parte superior. Debían de ser los orinales. Aunque por lo que dedujo de su compañero de la izquierda, no siempre eran usados.

—Que Dios nos pille confesados... —murmuró Pascual con temblor en la voz. Y acto seguido, empezó a rezar un padrenuestro.

Julián nunca había rezado demasiado fuera de misa. Pero en aquella ocasión lo consideró oportuno.

La isla de Cabrera

Primavera de 1811 – Invierno de 1811

41

Hacinado en aquella lúgubre bodega del pontón, Julián tiritaba a causa de la fiebre. Tenía el cuerpo débil, pesado como un saco de patatas. Los pulmones silbaban con cada respiración, asfixiados en aquel ambiente enrarecido. Se sentía sucio y asqueado, impotente como un animal herido.

El barco se zarandeaba con el vaivén de las olas y aquello no hacía más que empeorar la situación. Poco después de que les metieran en aquel antro, la embarcación había partido, adentrándose en el mar y enfrentándose a sus duras inclemencias. Habían sufrido una tormenta, en la que los presos se habían golpeado continuamente unos contra otros, cayéndose, en ocasiones, de los estantes al suelo. También habían sufrido la monotonía del mar en calma y sus interminables horas.

La noche y el día habían dejado de existir en la oscuridad de aquel infierno. Desconocían adónde eran llevados, ni cuánto tardarían en llegar a su destino. Lo peor era esa sensación de agobio, esa humedad, ese calor asfixiante que daban decenas de prisioneros amontonados en el casco de un barco. La mayoría se encontraban en un estado lamentable. El olor a bordo era nauseabundo, las ropas estaban hechas guiñapos, muchos de los presos tenían pústulas infectas que generaban un pus pestilente.

Las enfermedades pronto habían empezado a hacer estragos, habiendo diariamente algún desafortunado que fallecía. Sus cuerpos eran retirados sin prisas. A veces, incluso tardaban varios días en recoger los cadáveres. El compañero que estaba a la izquierda de Julián había muerto al día siguiente de iniciar la travesía y solo lo retiraron cuando él y algunos otros se quejaron del insoportable hedor.

Las raciones eran mínimas: un plato de gachas de avena y un sorbo de agua diarios. En la aldea, Julián había aprendido a sobrevivir con la cantidad de comida justa, pero jamás había imaginado lo duro que era pasar tanta hambre. Aunque lo realmente mortificante era la sed. Al contrario que la comida, jamás les había faltado agua en sus lluviosas tierras del norte y a eso no estaba acostumbrado.

Junto a él yacía Pascual, encogido como un animal asustado. Apenas se había movido durante todo el viaje y aquello le preocupaba. Tenía el rostro hundido y sus costillas se marcaban cada vez más bajo su desarrapada camisa. La mayor parte del tiempo sus ojos permanecían cerrados y a veces Julián lo zarandeaba, temeroso de que hubiera fallecido.

Pese a su destrozado y magullado cuerpo, mantenía la mente lúcida. Durante aquel interminable tiempo sin noche ni día, cada vez había cobrado más fuerza dentro de él la idea de que aquello era un castigo, un castigo de Dios, o del destino tal vez, por lo que habían hecho Pascual y él con aquel pelotón de franceses. Había procurado no pensar en ello, pero se había tenido que rendir ante el peso de aquellos recuerdos. «Si he de sufrir esto por lo que hice, que así sea», se decía constantemente en un intento por hallar el alivio ante el sufrimiento de estar preso. Aquella frase, susurrada infinidad de veces por sus encallecidos labios dentro de aquel pontón, había sido su principal arma para mantener la cordura.

Las voces de cubierta se intensificaron. Julián alzó la cabeza que tenía apoyada en los tablones del casco y aguzó el oído.

—¡Veinte brazas, capitán!

—¡Arena y restos de concha!

Los marineros solían gritar para darse las órdenes entre ellos y aquello se había convertido en el único entretenimiento para los presos. Julián había aprendido algunos términos navales, sabía los pasos necesarios para desplegar una vela, para tensar los cabos o para adecuarse a los virajes del viento.

Pese a ello, era la primera vez que oía palabras como aquellas en boca de los marineros.

En la oscuridad de la bodega, los presos comenzaron a moverse y a murmurar, inquietos ante las voces que venían desde arriba. Pascual pareció salir de su somnolencia y se incorporó débilmente sobre su brazo derecho.

—¡Tierra a la vista! —se escuchó.

Los murmullos se intensificaron. La mayoría secundados por la emoción y el entusiasmo ante la idea de poder salir de allí. Julián decidió mantenerse cauto y aguardó, aunque en el fondo también comenzaba a emocionarse. Tal vez los iban a sacar por fin de aquel lugar miserable.

Poco después bajó el Aleta Rota, el desdentado carcelero que se había ocupado de ellos durante la travesía. Los hizo descender de los estantes y, lentamente, fueron saliendo en fila de a uno hacia el exterior.

Fue una luz cegadora que le llegó a hacer daño. Se protegió con las manos y, a medida que sus ojos se acostumbraban, sintió que se encontraba en el cielo. La luz y la brisa del mar que flotaba sobre la cubierta fueron como un bálsamo divino. Aspiró profundamente y sintió cómo los pulmones revivían.

—Qué aire más puro —suspiró.

—El mismo de siempre —le respondió un marinero que se afanaba junto a otros en tirar de varios cabos que sujetaban una barcaza. Tendría unos diez pasos de largo por tres de ancho y, junto a ella, la mayoría de los prisioneros se acercaban a babor y señalaban hacia el horizonte.

Y allí la vio.

Asomaba entre el oleaje con una inquietante timidez.

La silueta de una isla.

Julián entornó los ojos. Había algo siniestro en ella. Yacía gris y solitaria, recortando un horizonte perfecto que oscilaba ante el vaivén del barco, y velada por una suave llovizna que cubría el mar como una fina cortina.

Según el barco se acercaba, comprobaron que la isla no era muy grande, y cuando estuvieron a la distancia adecuada, la tripulación soltó la barcaza sobre el agua. Los guardias que había en el barco les empujaron a la borda, obligándoles a descender por el casco del pontón amarrados a una red. Los presos estaban débiles y muchos perdieron el equilibrio, cayendo al mar.

Cuando hubieron montado en la barcaza, cuatro marineros escoltados por dos guardias que habían bajado primero, comenzaron a remar hacia la isla. Pese a la fina lluvia, el oleaje era suave y favorecía la marcha. Se acercaron a gran velocidad.

El silencio en la barcaza era sepulcral. Todos creían saber qué iban a hacer con ellos, pero nadie se atrevía a decir nada. Pronto divisaron una playa hacia la que iban directos; estaba rodeada de montes que verdeaban y de afilados acantilados. Parecía que la isla era una enorme roca que había surgido, solitaria, de las profundidades del mar.

Los obligaron a bajar cerca de la orilla y avanzaron con el agua cubriéndoles hasta la cintura. Algunos se negaron a dejar la barca, pero los guardias los empujaron al mar.

—¡No quiero morir! —gritaba uno que se amarraba al bote con desesperación—. ¡Por favor, tengan piedad! ¡No nos dejen aquí!

Al llegar a la playa encontraron un paraje que, velado por la lluvia, parecía inhóspito y salvaje. A pesar de ello, distaba mucho de estar desierto. Julián tragó saliva. A lo largo de la gran lengua de arena, camufladas en ella, se extendían rudimentarias chozas y cabañas construidas con ramas y hojas. Había muchísimas, arracimadas, sin apenas dejar hueco entre ellas. La mayoría estaban casi derruidas.

De su interior y de las laderas de los altos boscosos y de los riscos de la isla, empezaron a salir cientos de seres harapientos, hombres escuálidos, con las ropas podridas y las pieles quemadas.

Julián sintió una punzada de temor sacudiendo su vacío estómago. Pascual permanecía junto a otros presos un tanto más rezagados, sin atreverse a salir de la orilla, mientras la barcaza se alejaba mar adentro, abandonándolos a su suerte.

Tuvieron que internarse en la playa, cautelosos ante los esqueléticos hombres que, con miradas ausentes, les observaban. Algunos de los salidos de las cabañas más próximas se les acercaron. Les pedían de comer y se agarraban a sus ropas. No se soltaban hasta que, exhaustos y sin fuerzas, quedaban tendidos en la arena. Un preso que había desembarcado junto a ellos vomitó mareado las pocas gachas que habían consumido poco antes de abandonar el barco, y Julián vio horrorizado cómo media docena de aquellos hombres desesperados se abalanzaban sobre el vómito acabando con su contenido en apenas unos instantes.

Había algunos que, con la mirada extraviada, se les abalanzaban preguntándoles por la situación de la guerra.

—¿Cuánto queda? ¿Terminará pronto? ¿Saben si nos sacarán de aquí?

Pese a estar al aire libre, poder respirar aire fresco y sentir la luz del día, Julián sintió miedo. Mucho más del que había sentido en la oscura bodega del pontón.

La lluvia se había intensificado y les golpeaba de costado. Según avanzaban por la playa y al ver que no traían comida, los prisioneros de aquella isla dejaban de prestarles atención y volvían a la oscuridad de sus refugios, aunque algunos de los que habían descendido de las laderas se mostraron hostiles y les arrojaron alguna piedra. Era lógico, cuantas más bocas hambrientas, más difícil la supervivencia.

A pesar de ello, los presos que les habían acompañado durante la travesía encontraban conocidos entre los refugios y se quedaban por el camino. Solo se oían voces en francés.

—Esto es una prisión de franceses... —murmuró Pascual junto a él. Su voz salió quebrada—. Solo hay gabachos, malditos gabachos... No saldremos de esta, Julián... no saldremos de esta...

El joven Giesler guardó silencio. «Si es esto lo que he de vivir para redimir mis pecados, que así sea», se repitió a sí mismo.

Pronto llegaron al final de la playa, donde unos afilados riscos llenos de vegetación les cortaban el paso. Solo quedaban ellos dos, el resto habían hallado refugio. Al amparo de la pared de roca, había una cabaña a dos aguas, construida con palos de no más de cinco palmos de longitud. Había un joven sentado junto a la choza que se afanaba en quitar hojas de unas ramitas para después apilarlas por separado en dos pequeños montones. Tenía la cabeza inclinada, apretujada entre sus dos rodillas. Parecía totalmente concentrado, tratando de llevar a cabo su tarea con suma delicadeza.

Cuando se detuvieron frente a la cabaña, el joven alzó la cabeza y los miró sorprendido con unos ojos saltones. Tenía la mirada algo extraviada, aunque no parecía haber maldad en ella. Julián habló en francés.

—Buenos días. Acabamos de llegar con el nuevo pontón y buscamos refugio.

El muchacho los miró un rato sin llegar a responder. Después su rostro se transformó y asomó una sonrisa de oreja a oreja.

—¡Oh! —exclamó, levantándose emocionado—. Claro, ¡los recién llegados! —Tenía mucosidad en la nariz y se la restregó, limpiándose después en la manga y tendiéndoles la mano. Hablaba bastante rápido y de manera atropellada, pero su francés era claro y le pudo entender bien—. ¡Es un placer! Me llamo Henri. ¡No os preocupéis, en la cabaña tenemos sitio para dos más! —El joven señaló sus dos montoncitos—. Mirad, estoy separando las ramas de las hojas... las ramas son las mejores para hacer fuego, las encontré yo por primera vez, en aquellos montes. ¡Y lo mejor es que las hojas se pueden comer! ¡Ahora, venid!

Los condujo al interior de la cabaña, que estaba oscura como la boca del lobo. Cuando se acostumbraron a la falta de luz, pudieron apreciar la estructura, que se sostenía por dos mástiles alineados y unidos por un tronco nudoso, que dejaban caer la cubierta a ambos lados. En su punto más alto la cabaña apenas tenía la altura de un hombre. El suelo era de arena y en medio había una pequeña fogata, cuyos humos salían por un pequeño orificio que había sobre ella en la cubierta.

—Como el día es lluvioso, es importante avivar la hoguera —dijo Henri, sentándose junto al fuego.

Había dos hombres más junto a la hoguera y otras dos siluetas fuera del círculo de luz, apoyadas en dos extremos de la pared de la cabaña. Esta era amplia, y Julián calculó que podría albergar a diez o más personas.

—¿No nos presentas a los nuevos, Henri? —dijo uno de los hombres que había junto al fuego.

El joven tenía la mirada puesta en las llamas y abrió mucho los ojos.

—¡Ah! ¡Por supuesto! Estos son... —se quedó sin terminar la frase. No les había preguntado los nombres.

Julián habló por los dos, presentándose. Pascual no dominaba el francés aunque lo entendía y se le veía incómodo entre los extranjeros.

—No parecéis franceses —dijo después uno de los hombres de la fogata.

—Es evidente que no lo son, Climent —terció el que estaba junto a él—. ¿Sois afrancesados?

Julián negó con la cabeza.

—Es algo más complicado —contestó—. Ni siquiera nosotros sabemos la razón por la que estamos aquí.

—Nadie en esta maldita isla sabe la razón por la que estamos aquí... —Un hilo de voz salió desde el límite del haz de luz de la hoguera.

«Estáis aquí por la matanza que protagonizáis día tras día con mi pueblo», murmuró Julián para sí al tiempo que entrecerraba los ojos y escrutaba la silueta que acababa de hablar. El hombre estaba apoyado en las maderas de la cabaña. Su pose parecía relajada, con una pierna estirada sobre la arena y la otra recogida. A la luz oscilante de la hoguera, el francés tenía una mirada cansada, casi melancólica.

—Estamos aquí porque somos prisioneros de guerra, por qué va a ser si no —comentó Climent.

—Armand se refería a por qué nos dejaron aquí tirados, dejados de la mano de Dios. Podrían habernos tratado como prisioneros normales y dejarnos en un barracón civilizado, o repatriarnos. A veces no escuchas, Climent —intervino el otro individuo de la hoguera. Hablaba con un tono de voz muy agudo, casi cómico, y se encogía de hombros continuamente.

—Siempre reprochándome todo lo que digo, Quentin —farfulló Climent con aire enojado—. Un día de estos me acabaré hartando y tendremos algo más que palabras.

Quentin agachó la cabeza maldiciendo por lo bajo y se quedó hurgando en la arena con un palillo.

—¿Cuándo tiempo llevan aquí? —preguntó Julián en francés. Pascual permanecía callado.

—¿En qué año estamos? —preguntó Climent.

Julián dudó unos instantes, haciendo cálculos.

—A principios de 1811 —contestó.

El francés suspiró.

—Llevamos más de dos años.

—¿Cómo acabaron aquí? —continuó Julián.

El tal Armand soltó una carcajada desde el fondo de la cabaña.

—Eso sí que es complicado... —murmuró.

—A la mayoría de los que estamos aquí nos hicieron prisioneros tras la derrota de Bailén —aclaró Climent—. Nos llevaron a la costa de Cádiz y nos metieron en las bodegas de esas malditas embarcaciones. A partir de ahí, vosotros ya conocéis la historia.

—¿Y cómo sobreviven aquí? Hemos visto que son bastantes y la isla no parece muy grande.

—Al principio reinó el caos —relató Climent—. Éramos miles y nos tuvimos que cobijar donde pudimos: los más afortunados en cuevas o entre los riscos, los menos en la playa sobre la arena y al raso. Los primeros días deambulábamos por la isla; había algunas cabras pero enseguida las exterminamos.

—De ahí su nombre —intervino Henri con una sonrisa—. La isla de Cabrera.

—Al cabo de varios días vimos un bergantín a lo lejos y una barcaza nos trajo víveres —continuó Climent—. Nos proporcionaron pan mohoso, habas y algo de aceite. A partir de ahí comenzamos a organizarnos y construimos refugios, aunque hubo algunos que decidieron abstraerse de los trabajos y se refugiaron en los montes. Son esos que os han tirado piedras. En la playa tenemos problemas con ellos, ya que a veces bajan y nos roban.

»Desde entonces ha pasado ya mucho tiempo... Y quedamos menos de la mitad. En esta isla hay cadáveres para llenar dos barcos, por lo que os aconsejo os hagáis a esta idea: miles de prisioneros hacinados en una isla diminuta. Aquí, el hambre, la sed y las fiebres altas son fieles compañeras.

Climent guardó silencio con la mirada fija en la hoguera. Aquellos hombres parecían haber sido olvidados, como si de instrumentos de guerra obsoletos se tratara.

—Ahora estamos bien jodidos —añadió Quentin—. En la última entrega de víveres, varios de los refugiados en los montes atacaron a la barcaza y se hicieron con ella, tratando de huir de la isla. Pero el bergantín encaró sus cañones y los hundieron cuando apenas se habían alejado media legua. Desde entonces habrá pasado más de un mes y no hemos vuelto a recibir comida. Aquí, si no se raciona bien, te vas consumiendo poco a poco hasta sucumbir.

El crepitar del fuego luchaba por imponerse al rugir de la lluvia que caía fuera del refugio.

—Lo que sucede en esta isla es una carnicería. —La voz de Armand emanó desde su sombría esquina—. Lo único que la hace diferente a una guerra es que no se desenvainan sables ni se cargan rifles.

Julián no pudo reprimir un impulso por dar su opinión.

—Con carnicería, supongo que se refiere a lo que hacen en la península... —objetó con firmeza en la voz, aunque con el suficiente respeto como para no resultar demasiado ofensivo.

—Con lo que hacemos... —murmuró Armand.

La tensión hizo que el silencio se adueñara de la cabaña. Julián fue a abrir la boca, pero no dijo nada. No estaba en condiciones de ofender a nadie ni provocar una pelea, puesto que todos en aquella isla eran franceses salvo ellos dos. Además, les habían proporcionado cobijo.

Henri, que se había levantado y había estado revolviendo en el fondo de la cabaña, donde había sacos semivacíos y algunos útiles hechos con palos y conchas, se volvió y se acercó a la hoguera. Llevaba siete trozos de carne, cada uno atravesado por un palito. Tendió una ración a cada uno. Julián aceptó la suya de buen grado, agradecido ante el detalle del francés.

—Somos afortunados —dijo Henri con emoción—. Hoy es un día especial. ¡Tenemos carne!

Avivó la lumbre y extendieron los palitos para que la carne se hiciera.

—Pues no parecen estar tan mal... —comentó Pascual en voz baja con los ojos abiertos como platos ante la idea de probar la carne.

—¿De dónde la han sacado? —preguntó Julián en francés—. ¿No acabaron con todo animal que había en la isla?

Nadie contestó al instante y todos mantuvieron la mirada fija en el crepitar del fuego. Las sombras oscilaban sobre sus avergonzados rostros. Julián se preguntó a qué se debería ese silencio. Al contrario que sus compañeros, Henri había comenzado a dar buena cuenta de su trozo de carne y cuando vio que nadie contestaba, dijo con la boca llena:

—Es de Franceaux; el pobre viejo no aguantó la tormenta.

La lluvia cesó.

Clara se sentía extraña en aquel lugar que parecía no pertenecer al mismo país del que provenían. Llevaba años sin sentir aquel sosiego al salir a la calle. La ciudad de Cádiz se alzaba resplandeciente y orgullosa, ajena a la guerra que asolaba el otro lado de sus murallas. La temperatura era agradable, el día soleado y el viento flotaba en sus calles con amabilidad, al igual que sus gentes, que caminaban relajadas y sonrientes.

Simón preguntó a un transeúnte por la Posada del Marinero Tuerto y este les indicó que se encontraba en la plaza San Antonio y que desembocarían en ella a unos doscientos pasos.

Teresa, que caminaba junto a ellos de la mano de su hija, había oído comentar a Roman el nombre de la posada donde estuvieron alojados. Ambas, madre e hija, caminaban embelesadas por la belleza de la ciudad. Muchos de los muros de los edificios eran de mármol blanco y brillante, y había decenas de torres con cúpulas doradas alzándose sobre ellas, como centinelas que aseguraban la paz de los habitantes.

Clara estaba emocionada y preocupada al mismo tiempo. Al día siguiente de reencontrarse con Julián en la cárcel, habían acudido de nuevo a su encuentro. La sorpresa fue mayúscula cuando se toparon con la celda vacía y los guardias les dijeron que habían sido trasladados. La información era confidencial y no les ofrecieron más detalles. Sin embargo, antes de abandonar el lugar, un preso le había silbado a Clara, haciéndole señas para que se acercara. Ella lo hizo, arrodillándose frente a los barrotes para ponerse a su altura. El hombre tenía una barba larga y gris, consumido en carnes tostadas.

—Se los han llevado a Cabrera —susurró.

—¿Cabrera? —se extrañó Clara—. ¿Qué es eso?

—No lo sé —se apresuró a contestar el preso con temor de que los guardias le descubrieran—. Pero no es la primera vez que lo he oído. Antes de que me apresaran estuve un tiempo pescando en Cádiz, y en una de las tabernas de su zona portuaria oí a dos marineros mencionar esa palabra.

Siguiendo aquella pista, habían llegado a la ciudad sureña. Adentrarse en ella no era tarea sencilla, pero gracias al porte de la joven y a una suma considerable del dinero que se había llevado consigo del palacio de su esposo, consiguieron entrar en la barcaza de un contrabandista.

Para entonces sabía con certeza lo que albergaba en sus sueños, y en ellos se veía con Julián. Por primera vez se sentía sincera consigo misma y aquello la hacía feliz. Pero el temor de perderlo ensombrecía sus sentimientos. Solo de pensarlo sentía que el abismo se abría bajo sus pies, vaticinando su caída al vacío.

Salió de sus pensamientos cuando llegaron a la posada. El establecimiento se encontraba en la esquina de una plaza y tras esperar a que salieran de él cuatro forasteros que hablaban en inglés, entraron.

Un fuerte olor a marisco en el interior hizo que Clara experimentara una súbita arcada, pero dominó la necesidad incipiente de vomitar.

Preguntaron por el dueño del lugar a una muchacha que fregaba el suelo. La joven desapareció por detrás del mostrador y poco después regresó acompañada del posadero. Nada más mencionar los nombres de Julián de Aldecoa y Roman Giesler, el hombre carraspeó, inquieto.

—Se alojaron aquí hace unos meses, en otoño. Sus gastos corrieron a cargo de Stephen Hebert.

—¿Stephen Hebert?

El hombre asintió con un brusco movimiento de cabeza.

—Convive con la señora Eulalia Alcalá Galiano. Una reconocida comerciante de la ciudad que posee una de las flotas más grandes que amarran en Cádiz.

—¿Una comerciante? —le cortó Clara. Estaba sumamente sorprendida porque una mujer poseyera una gran flota de barcos que cruzaban los mares.

El posadero asintió.

—Sí, una gran mujer, y muy respetada en la ciudad. Su casona está en la zona de San Juan de Dios, con vistas a la Puerta del Mar. Lo reconocerán al instante, es un pequeño palacete con dos torres en sus esquinas.

El posadero no quiso comentar nada más y ellos tampoco insistieron. Ya sabían dónde debían dirigirse.

La joven seguía fregando, pero en aquella ocasión lo hacía fuera, en el empedrado de la entrada a la posada. Clara se acercó a ella.

—Disculpe, señorita, ¿le importa que le haga una pregunta?

La joven se encogió de hombros y pareció asentir.

—¿Qué sabe de la comerciante Eulalia Alcalá Galiano?

La expresión de ella se relajó y arqueó mucho las cejas, sorprendida. Dejó el cepillo.

—¿No sabe quién es? —exclamó, levantándose—. Se nota que acaban de llegar...

—¿Qué sabe de ella? —insistió Clara.

La joven se inclinó sobre ella dando a entender que le iba a contar un chismorreo.

—Últimamente, la señora Alcalá Galiano ha sido la comidilla de Cádiz. Es la viuda de un antiguo comerciante de la ciudad. Cuando su marido murió, ella se hizo cargo de sus negocios y, gracias a su habilidad, los ha convertido en un verdadero imperio económico. Domina los mares y el movimiento de mercancías. Dicen que posee una flota de más de veinte barcos yendo y viniendo de las Américas.

—¿Y lo ha hecho ella sola? —preguntó Clara, sorprendida.

—¡Por supuesto! —exclamó la joven—. Es una de las comerciantes más respetadas de la ciudad.

Clara abrió mucho los ojos.

—¿Es que hay más?

La otra le obsequió con una sonrisa.

—Esto es Cádiz, señorita. El puente al Nuevo Mundo. Aquí disponemos de más libertades que en la península.

Clara miró a la joven con el asombro clavado en el rostro. ¿Acaso las mujeres negociaban de tú a tú con los hombres? ¿Acaso gozaban de los mismos derechos? ¿Dónde estaban las arraigadas tradiciones con las que ella había crecido? Intentó dominar su emoción.

—¿Y por qué ha dicho que es la comidilla de la ciudad? —acabó preguntando.

—Ah... porque vive desde hace años con un inglés con el que no ha contraído matrimonio. —El rostro de la joven se ensombreció y adquirió un aire enigmático—. Hay un misterio en torno a ese hombre. Suele organizar charlas y tertulias en su palacete, que están abiertas a todo el mundo. Mi hermana fue el año pasado y les debieron obsequiar con un pequeño tentempié.

Sin añadir nada más, la muchacha se arrodilló de nuevo y mojando el cepillo, retomó su tarea. Clara asintió y le dio las gracias por la información. Cuando se volvió para seguir a sus compañeros, sintió un débil mareo que la obligó a apoyarse en el guardacantón de la esquina. Enseguida remitió.

La casa era señorial y se alzaba con tres plantas y seis balcones. Había dos torres secundándola en las esquinas, como vigías de lo que acontecía en el mar. Un mayordomo les recibió con amabilidad y les hizo pasar a un patio interior. Mientras esperaban, Miriam observaba la construcción maravillada. Las losetas del patio eran de mármol y el jardín lucía exuberante y verde, con olivos y naranjos creciendo entre las plantas. Una fragancia de diferentes flores inundaba el lugar y embriagaba sus sentidos. Al fondo, amortiguado entre hojas y troncos, les llegaba el sonido de una fuente.

Enseguida se abrió el portón de la entrada principal y subieron por las monumentales escaleras que conducían al interior. Desembocaron en una estancia de doble altura sobre la que colgaba una enorme araña de cristal.

—Por aquí, por favor. —El mayordomo, de unos cincuenta años, de buen porte y vestido de librea, les indicaba que le siguieran por una puerta lateral.

Entraron a un saloncito elegantemente amueblado con alfombras exóticas, sillones tapizados y suntuosas maderas talladas cubriendo las paredes. En el otro extremo de la estancia, una mujer y un hombre descansaban sentados en un sofá. El mayordomo les condujo por el salón hasta ellos.

El caballero, un hombre de unos cuarenta años, vestido a la inglesa y sentado con las piernas cruzadas y pose relajada, les indicó el sofá situado frente a él.

—Siéntense, por favor. —Sus lentes brillaban a la luz del sol que entraba por las vidrieras del salón; esbozó una sonrisa amplia—. Así que preguntan por Julián de Aldecoa Giesler... ¿De qué se conocen?

—Somos de la misma tierra del norte —contestó Clara y, sin poder contener más aquello que le aprisionaba el corazón, continuó sin apenas tomar el aire—. Julián cayó preso de los franceses, y también el marido de esta mujer —añadió, señalando a Teresa.

El rostro del hombre se contrajo, al igual que el de su esposa.

—¿Preso? ¿Dónde está? —preguntó—. ¿Y Roman?

—Roman falleció en la cárcel... —dijo Clara con un hilo de voz.

La pose del inglés abandonó toda relajación y su mirada se ensombreció por momentos, quedando velada tras una bruma de tristeza. La mujer lo rodeó con el brazo en un afán por consolarle. Clara se fijó en ella, la mencionada Eulalia Alcalá Galiano. Se mostraba altanera, con la barbilla ligeramente erguida. Lucía un hermoso cabello, en el que asomaban algunas canas, recogido en una cofia de cintas violeta, y llevaba unos pendientes de color azabache que a Clara le parecieron preciosos. Cuando el inglés recuperó la compostura, la joven se percató de que la señora Alcalá la observaba en silencio.

—De acuerdo —reanudó Stephen Hebert—. ¿Dónde está Julián?

—En Cabrera —contestó Clara.

El inglés frunció el entrecejo y se inclinó sobre ellos

—¿En Cabrera? Eso es imposible.

—Es lo que nos han dicho.

—Tiene que tratarse de una equivocación...

—Y eso, ¿por qué?

—Porque Cabrera es una isla donde llevan a los prisioneros franceses, y Julián no lo es.

—Entonces —reflexionó Clara—, Cabrera es una prisión.

El inglés se miró las manos y paseó la mirada por el salón.

—No exactamente —acabó diciendo. Por un momento a Clara le pareció que vacilaba. El caballero los observó y, tras reflexionar unos instantes, continuó—: Verán, tras la inesperada victoria del general Castaños sobre los franceses en la batalla de Bailén, se hicieron muchísimos prisioneros galos, casi diez mil. Se les llevó a Sanlúcar de Barrameda, un pequeño puerto que hay más al este de Cádiz. Entonces era territorio aliado, luego pasó a manos de los franceses y ahora vuelve a ser nuestro. Por aquel entonces, la falta de recintos adecuados para albergar tantos prisioneros hizo que se les alojara en pontones, unos barcos convertidos en prisión amarrados en los puertos.

El caballero prosiguió:

—Allí los tuvieron durante meses, a la espera de que las autoridades tomaran una decisión de qué hacer con ellos. Siguiendo el pacto de caballeros de la guerra, lo lógico hubiera sido devolverlos a Francia, con la condición de que no volvieran a ser destinados a tierras españolas, pero todos sabemos que estos acuerdos se quedan en papel mojado, más si vemos lo sangrienta que está siendo esta maldita guerra.

»Pronto, la manutención de los prisioneros se convirtió en un verdadero problema para el menguado Gobierno español que se protegía en Cádiz. Si los ciudadanos apenas tenían para comer, ¿cómo iban a mantener a unos prisioneros que tanto daño les habían hecho?

»En un afán por mermar la moral de los franceses, los dirigentes aliados resolvieron proceder de un modo... digamos inmoral. El gobernador de Cádiz decidió no cumplir lo pactado y en vez de enviar los barcos prisión de vuelta a Francia, el 9 de abril de 1809 decidió llevarlos a una remota isla desierta del Mediterráneo, la isla de Cabrera.

Durante el relato, Clara había sentido cómo se iba creando un nudo de temor en su estómago. El inglés parecía avergonzado con la información que estaba dando. Se tomó un respiro y eligió con cuidado las palabras que iba a decir.

—Allí, rodeados de mar, llevan dos años hacinados miles de soldados franceses, abandonados, dejados de la mano de Dios. —Se inclinó aún más y miró fijamente a Clara, sus ojos asomaron inquietos tras el brillo de sus lentes—. La cárcel es la isla en sí, jovencita. Un cementerio, más bien.

Teresa, que hasta ese momento había permanecido muy callada, no pudo evitar derrumbarse en un mar de lágrimas. Miriam estaba inmóvil, pero al ver a su madre en ese estado empezó a asustarse. Simón la cogió del brazo y la sacó al jardín por una puerta que se abría en las vidrieras del salón. Consiguió que se entretuviera con los pececillos de un estanque, y después, volvió.

Clara había mantenido la compostura hasta que Miriam hubo salido, pero cuando ya no podía escucharla explotó.

—¡Han obrado una verdadera atrocidad! —exclamó, dolida y aterrada—. Cómo han podido permitirlo. ¡Son miles de vidas humanas!

El inglés volvió a recostarse sobre el sofá.

—Hay hechos que no se pueden evitar... querida.

Clara sentía las manos temblando sobre su regazo. La señora Eulalia la observaba con atención y, avergonzada, hubo de esconderlas.

—¿Hay alguna manera de sacarlos de allí? —preguntó Simón, con los ojos entornados, sentado en un sillón.

El inglés volvió a cruzarse de piernas.

—Siento comunicárselo, pero eso es imposible. Allí no va nadie, solo un bergantín español que sale de la isla de Mallorca y lleva víveres cada varios días. Tendrán que esperar a que termine la guerra y rezar por que ambos hombres aguanten con vida... Lo siento mucho.

Clara estaba aterrada ante la perspectiva de perder a Julián muerto de hambre en una isla remota. Había luchado mucho para llegar hasta allí y no podía permitir que eso sucediera.

—¿No pueden hacer nada en las Cortes? —preguntó, agarrándose a la única posibilidad que se le ocurría—. ¿No pueden proponer una solución ante los diputados para detener esta atrocidad?

—Soy inglés —sentenció Hebert—, no tengo ni voz ni voto en las Cortes.

—Pero sí tienes influencias —le cortó su mujer. Había hablado por primera vez en toda la conversación. El inglés la miró desconcertado, le había puesto en evidencia ante los invitados. En una situación normal, que la mujer se hubiera mostrado contraria al marido en público hubiera supuesto una insolencia, pero él no pareció mostrarse enojado. Clara se quedó sorprendida, Eulalia parecía disponer de autoridad frente a su marido, o acompañante, o lo que fuera.

—Las Cortes tienen asuntos más importantes que tratar —terció Stephen Hebert a la defensiva—. Esos prisioneros no son los únicos que se mueren de hambre, antes está media España en la misma situación. Para empezar, debería ser Napoleón el que enviara un barco a rescatarlos. Lo siento mucho por ellos, créanme, pero salvarles significa salvar diez mil vidas y eso supone mucho esfuerzo.

Clara sentía que le faltaba el aire. Cerró los ojos e intentó dominar su ansiedad.

La exquisita voz de la señora Alcalá Galiano le hizo abrirlos.

—Si lo desean, pueden alojarse en nuestra casa mientras dure su estancia en Cádiz.

Simón se levantó e hizo una breve reverencia.

—Se lo agradecemos, señora.

Cuando volvió el mayordomo para conducirles a su lugar de alojo, Eulalia se acercó a Clara y la tomó del brazo. Bajó la voz.

—¿Querrá compartir un café conmigo esta tarde?

Clara estaba abatida, aunque consiguió componer una sonrisa.

—Será un placer.

La presencia de la señora Alcalá Galiano era imponente. Por primera vez en mucho tiempo, Clara hubiera deseado lucir uno de sus preciosos vestidos y su hermoso cabello largo, en vez del aspecto de hombre que presentaba en aquel momento. Afortunadamente, sabía cómo manejarse en una situación como aquella. Tras dar un pequeño sorbo al humeante café, lo posó con sutileza sobre el platillo de cerámica.

—La he citado aquí porque deseo ayudarla —comenzó a decir

doña Eulalia, sentada en un sillón tapizado de color granate, frente a ella—. Quiero ayudarla a sacar a su amado de allí.

Un ramalazo de esperanza le liberó el pecho y redujo un tanto su angustia.

—Se lo agradecería en el alma, señora...

Doña Eulalia tomó un sorbo de su taza.

—La única manera de acceder a esa isla es con una embarcación... Y si no la tiene usted, habrá de contratar a alguien que sí que la tenga. —La mujer hablaba en voz baja, pero sus palabras se posaban serenas en el ambiente del salón, con autoridad—. Verá, llevo muchos años en este negocio y conozco a gente que podría serle de utilidad. Pero se trata de individuos de dudosa fe... Uno de ellos me debe un favor y si acude a él en mi nombre, tal vez acceda a ayudarla. Le llaman Patanegra, capitán Patanegra.

Clara se cruzó de piernas.

—¿Qué tipo de hombre es?

—Es el tipo de hombre que gobierna un barco, pero... digamos que lo hace desde la ilegalidad.

—¿Se refiere a un pirata? —preguntó Clara, escandalizada.

Los labios de doña Eulalia esbozaron una sutil sonrisa.

—En esta guerra han adquirido otro nombre, querida. Los llaman corsarios, y sí, piratean bajo la bandera de un país siempre que sea en favor de sus intereses. Piratean con patente de corso.

—¿Y dónde lo puedo encontrar? —preguntó Clara, decidida a tratar con quien fuera.

La mirada de su anfitriona se ensombreció.

—Si acude esta noche a la playa de la Caleta tal vez lo encuentre allí —contestó con cierta reserva—. El lugar se encuentra bajo las murallas de Cádiz, junto al castillo de Santa Catalina. No vaya sola, que la acompañe el clérigo. La playa de la Caleta es un lugar donde se mezclan gentes de toda clase que no atienden a lealtades ni a pactos, salvo los que albergan consigo mismas.

Clara asintió. No sabía cómo agradecérselo, aquella mujer la estaba ayudando sin ninguna obligación de hacerlo.

—Está siendo usted muy amable, no sabré cómo devolverle el favor...

La mujer hizo un ademán con la mano para restarle importancia.

—No se preocupe, entre nosotras hemos de ayudarnos siempre.

Sus últimas palabras animaron a Clara a formular una pregunta que ansiaba salir de sus labios.

—Disculpe, señora... —musitó—, tal vez esté cometiendo una indiscreción pero hay algo que desearía preguntarle...

Los ojos de doña Eulalia se clavaron en ella, interesados. La joven vaciló, pero continuó.

—¿Cómo ha conseguido ganarse el respeto?

—¿Perdone?

—Me refiero a qué es lo que ha hecho para gozar de la misma independencia que un hombre.

Doña Eulalia mantuvo sus ojos posados sobre ella, después pareció asentir y desvió la mirada hacia las vidrieras del salón.

—Basta con creer en ti misma, en tus posibilidades y en tus armas... y en no querer ser como ellos.

—En mi tierra no existe tal posibilidad. Allí solo servimos para contentar a los hombres, vestir y comportarnos como princesas, hablar de temas banales y mover el abanico con soltura, traer hijos al mundo y cuidar de ellos y de la casa. El destino de nuestras vidas no abarca más allá...

Clara podía notar la intensidad de los ojos inteligentes de doña Eulalia clavados en ella. Después, el gesto de la dama se transformó en una sonrisa cariñosa, llena de ternura.

—Pronto eso cambiará, hija mía... —susurró. Volvió a desviar la mirada hacia las vidrieras, hacia el sol que ya descendía con sosiego—. Diría que es el mar —comentó entonces—. El mar trae nuevas brisas que airean esta Europa marchita, anclada en tiempos pasados, arcaicos y obsoletos. Por eso Cádiz es diferente. Porque pertenece más a ese desconocido mundo azul, que es infinito y quién sabe los secretos que guarda.

Los ojos de Clara brillaban como dos perlas preciosas.

—Es algo maravilloso —musitó.

—Cádiz es la avanzadilla del mundo. Lo que aquí suceda primero, sucederá después en el interior.

Cuando poco después Clara se hubo levantado para despedirse, Eulalia la tomó de la mano.

—No dejes que los demás decidan tus pasos. Confía en esa sincera sensación que te dice que puedes. Sácala y demuéstratelo a ti misma y a los demás.

Clara sintió que los ojos se le humedecían.

—Gracias —dijo de corazón.

Era de noche, y la playa de la Caleta era un hervidero de conversaciones ruidosas, hombres bebiendo y cantando canciones marineras, peleas por desencuentros del juego y todo tipo de comportamientos al margen de la ley. La presencia de Clara y de Simón allí estaba más desubicada que un labriego en un barco pesquero.

Se acercaron a uno de los puestos cubiertos por una vela marina, donde un botero llenaba varias cervezas de los barriles. Tras preguntarle por el capitán Patanegra, el botero les señaló hacia un grupo que bebía en una mesa cercana disfrutando de las notas arrancadas a una guitarra.

Clara no pudo evitar sentir cierto temor al acercarse a aquel grupo de hombres curtidos y brutos, que fácilmente podían convertirse en gente peligrosa con una botella de más en sus gaznates. Agradeció sumamente la presencia de Simón cerca, aunque supo que debía mostrarse confiada y dura. De lo contrario esos hombres se la comerían.

Cuando alcanzó la mesa varios de los marineros se volvieron para mirarla de arriba abajo. Algunos silbaron y admiraron su cuerpo, otros alabaron sus andares con grosería y comentarios obscenos. Lejos de sentirse incómoda, Clara vio una oportunidad inmejorable en hacer uso de su condición femenina para ganarse a aquellos hombres. Se paseó alrededor de la mesa exhibiéndose más de lo que hubiera hecho en una situación normal.

—¡Mueve ese culo, prenda!

Clara consideró que ya había sido suficiente y se sentó en uno de los taburetes vacíos. Endureció su voz todo lo que pudo.

—¿Quién de ustedes es el capitán Patanegra? —preguntó con brusquedad.

Todas las miradas se centraron en un hombre de rostro endurecido por la sal y el viento que bebía con tranquilidad un vaso de aguardiente. El pirata enseguida alzó la vista y la miró. Tenía dos aros colgándole de las orejas y sus ojos, rodeados de infinidad de cicatrices, se posaron en ella con una indiferencia que la intranquilizó sumamente; era esa la mirada de un hombre aparentemente inofensivo, pero que en realidad escondía una personalidad peligrosa.

Su ojos no se alteraron lo más mínimo cuando su boca se movió.

—¿Y quién lo pregunta?

—Clara Díaz de Heredia.

—¿Y para qué lo pregunta?

La joven hizo acopio de su valor para que la voz no le temblara.

—Deseo contratar sus servicios.

El capitán dejó de atenderla y se centró en su vaso para observar, ensimismado, su contenido.

—Eso no es posible —dijo con desgana.

El silencio se había adueñado de la mesa, los hombres escuchaban la conversación con atención. Clara sabía que no iba a ser fácil y por eso se inclinó hacia delante sin apartar la mirada del capitán Patanegra. Notaba cómo el corazón le latía alocado, pero no podía dejarse dominar por el miedo.

—Vengo en nombre de la señora Alcalá Galiano. Me ha informado de que le debe usted un favor —dijo con severidad.

Se oyó un murmullo entre los hombres que, sin duda, debían conocer a la comerciante. Si el capitán Patanegra se sorprendió, si algo lo hizo estremecerse, no se notó. Pero sí terminó su bebida de un solo trago. El culo del vaso hizo un ruido sordo al impactar con violencia contra la humedecida tabla de madera.

—¿Y qué desea la señora que haga? —preguntó con fastidio.

Con el rabillo del ojo, Clara vio cómo Simón le hacía un gesto para indicarle que iba por el buen camino. Aquello hizo que se inflara de confianza.

—Quiero rescatar a unos prisioneros de la isla de Cabrera —dijo con una serenidad de la que ella misma se sorprendió.

Los marineros parecieron ponerse muy nerviosos, algunos escupieron para ahuyentar los malos augurios.

—Nadie se ha acercado jamás a esa isla. —La voz del capitán se alzó entre los intranquilos hombres—. Dicen que está maldita y que solo la habitan los destinados a morir en ella. Ha de haber una buena razón para que acerque mi barco a esas endemoniadas orillas. ¿Cuál es la suya, señora?

Clara dudó unos instantes. Temía que se rieran de ella y que perdiera toda la credibilidad que creía haberse ganado. Sin embargo, de su madre había aprendido que cuando uno pretende comprometerse con alguien para compartir algo en el porvenir, siempre es mejor llevar la verdad por delante y ahorrarse disgustos posteriores.

—El amor —acabó diciendo.

La palabra se posó sobre la mesa como una brisa fugaz proveniente del mar. De esas que afloran a las llamas de las velas e iluminan, por un momento, los rostros de los conversadores.

Hubo alguna risilla tímida, alguna gracia dicha por lo bajo, pero la mayoría de los rostros se quedaron quietos, en silencio. Aquellos hombres parecían supersticiosos. El capitán Patanegra se mostró muy serio.

—¿Cómo se llama el afortunado? —preguntó.

—Julián de Aldecoa Giesler.

Volvieron a oírse murmullos entre los marineros. Uno que se hallaba de pie con una jarra vacía en la mano alzó la voz.

—¿No es ese el que incendió la cárcel de Madrid?

—¿Y el que acabó con un regimiento entero a base de sablazos? —preguntó otro.

Clara tuvo que contener una pequeña sonrisa.

—El mismo —confirmó.

Un viejo de barba blanca y aspecto demacrado, que estaba sentado junto al capitán Patanegra, habló con una voz gruesa y profunda.

—Mi hijo escapó gracias a él —dijo muy despacio. Después se levantó con ciertas dificultades y sacó un bastón de debajo de la mesa para apoyarse en él—. Ese hombre merece ser salvado y yo mismo le serviría con sumo gusto si pudiera, señora. —Hizo una breve inclinación.

La mayoría de los presentes, muchos de los cuales se habían acercado de otras mesas, bebieron en honor a las palabras del viejo.

—Un verdadero defensor de la patria... —se oyó decir a uno.

—Y con los huevos bien puestos... —dijo otro.

Todos asintieron en silencio. Por primera vez en toda la conversación, el capitán Patanegra esbozó una sonrisa dirigida hacia Clara.

—Se ven pocas como usted por estos mares...

Cuando abandonaron la playa de la Caleta, Clara estaba tan ilusionada con lo que acababa de lograr que se sorprendió al sufrir un nuevo mareo. Por un momento temió estar enfermando y se detuvo en mitad de una calle mal iluminada para sujetarse en Simón.

—¿Qué te sucede? —se preocupó su tío—. No es la primera vez en estos días que te veo palidecer el rostro.

Clara sufrió una arcada.

—Volvamos al palacio. Tengo ganas de vomitar.

La tina era lo suficientemente grande y Clara no tuvo problemas para desahogarse en ella. Lo hizo en el cuarto de servicio, adyacente a los aposentos que Eulalia les había cedido. Al volver al dormitorio, Miriam ya se había dormido en una de las dos camas de que disponían. La otra la compartirían Teresa y ella, mientras Simón se alojaba en la habitación contigua.

Su amiga estaba sentada junto al balcón de la habitación mientras remendaba una de las blusas de su hija con el hilo de coser que les había dejado el servicio de la casa. Miró a Clara con gesto preocupado.

—Hija mía, llevas con mareos desde que salimos de Madrid. No creas que se me ha pasado por alto.

Clara abrió las puertas del balcón para dejar que el aire fresco de la noche entrara en la habitación.

—No te preocupes, Teresa. Me encuentro mejor.

—Yo también me sentía igual cuando me tocó...

Clara se volvió hacia la mujer y vio cómo esta acompañaba sus palabras señalando con la cabeza a Miriam. Sintió una punzada de calor en el estómago que se le extendió al cuerpo entero.

—¿A qué te refieres? —preguntó con un hilo de voz.

Teresa dejó sus remiendos con un suspiro, se levantó y se acercó a ella. La cogió de ambas manos y la miró a los ojos.

—Estás embarazada, Clara.

42

Los días transcurrían eternos en aquella isla remota. Era una tortura lenta, que consumía sin prisas pero con una determinación implacable. Los días pasaban y el bergantín de los víveres continuaba sin aparecer. Los estómagos aullaban hambrientos y alocados, y las mentes vagaban cegadas por la desesperación.

Julián y Pascual no habían tardado mucho en languidecer como los demás en la profunda letanía de aquella mísera vida. El sol les abrasaba durante el día, y por las noches el frío y la humedad les entumecían los huesos y muchas veces tenían que mantener el fuego para calentarse. En los días ventosos las rachas eran muy fuertes en la playa, y las cabañas se zarandeaban violentamente obligándoles a permanecer en vela. Lo habitual era pasarse los días tirados bajo las rudimentarias tejavanas, guardando las pocas fuerzas que tenían. La única diversión era jugar a los dados, lo que hacían durante horas, ya por inercia, en un estado casi letárgico. Los días más animados organizaban pequeñas cacerías por la isla, donde la captura de alguna lagartija o pequeño roedor era festejada con júbilo.

Pese a ello, se podían considerar afortunados. Ellos sobrevivían a base de plantas comestibles y migajas de pan que los prisioneros franceses de su refugio habían conseguido racionar. En otras cabañas, algunos habían empezado a desprenderse de las pocas ropas raídas que tenían, del cuero de sus cinturones o los cordones de sus botas, para cocinarse caldos. Cualquier zapato, hebilla o cinturón servía como moneda de cambio. Pero lo peor era la escasez de agua. En la isla no parecía haber manantiales y los recipientes que tenían se estaban agotando tras muchos días sin lluvia.

Durante los últimos años de guerra, Julián había visto cómo la gente pasaba mucha hambre; incluso él la había tenido en ocasiones. Pero jamás había llegado a concebir cuán cruel y despiadada podía ser esta realmente. Desgarraba la mente y consumía el cuerpo. Nadie merecía semejante tortura, ni el más villano de los seres humanos.

Una mañana en la que el sol se alzaba con fuerza, quemando las pieles y secando las bocas, Julián vagaba por la orilla de la playa, dejando que sus delgados pies gozaran de la frescura del agua. La luz se reflejaba con intensidad en la arena blanca y en el agua turquesa, haciendo que entornara los ojos mientras observaba lo que precedía sus pasos en el ondear de las olas. «Ojalá pudiera mojar los labios...», pensó.

De pronto le pareció ver una sombra serpenteando bajo el agua. Tensó músculos y se adentró en ella, cauto y atento, con la precisión que daba la experiencia de haber cazado en los bosques de la Llanada. Se detuvo cuando estaba cubierto hasta la cintura y observó. No llevaba la lanza, pero tal vez pudiera atrapar a su presa con las manos. Estuvo un buen rato mirando entre sus pies, con la esperanza de ver al pececillo, pero este parecía haberse esfumado. Desanimado, retrocedió a la orilla.

Al salir, vio a Pascual vagando cerca de allí, con el ceño fruncido y la vista puesta en el fondo marino. No eran muchos los que salían de los refugios para intentar pescar algo; el paso de los días desanimaba y sabían que volverían exhaustos y con las manos vacías.

Cuando su amigo alzó la vista y le vio se encogió de hombros, asomando en él una sonrisa cómplice. Julián le devolvió el saludo y volvió a concentrarse en el agua, pero enseguida notó que le abandonaban las fuerzas y desistió. Fue entonces cuando Pascual, que se le había acercado por detrás, le pasó una mano por el hombro. Sus ojos, antaño saltones y vivos, estaban más hundidos que nunca. A pesar de ello, jamás desaparecía la sonrisa de su boca.

—¡Atiza!, Julián, alegra esa cara. Esto no durará siempre.

Julián sonrió.

—Por supuesto que no.

—Aunque un poco de agua no vendría mal... —añadió Pascual, señalando al mar.

Su broma hizo que ambos rieran.

Después, paralelos a la orilla y al sonido del mar, acabaron retomando el camino a la cabaña envueltos en aquel silencio al que ya se habían acostumbrado. En la isla, la mayoría de las conversaciones se daban en soledad, dentro de uno mismo.

Julián volvió a pensar en Clara; desde que estaban en aquella isla no dejaba de hacerlo. A veces, tenía la sensación de que le aliviaba el hambre, como si soñar con ella sustituyera a la comida. A menudo se quedaba largas horas sentado en la arena con la vista perdida en el horizonte, y se imaginaba junto a ella. Recurría a aquello con asiduidad, como si perderse en la infinidad del mar fuera lo único que le hiciera sentir mejor.

Aquello le ayudaba a dormir y a levantarse cada día con fuerza para seguir buscando peces en la orilla. Si Pascual le sonreía como siempre y le acompañaba en sus frustradas pescas, era porque también encontraba alivio en sus silencios. Mientras caminaban de vuelta a la cabaña, Julián le miró de reojo. Se alegraba de tenerlo a su lado.

Cuando entraron en el refugio, Henri los recibió con su habitual buen humor. A él no parecía afectarle la falta de comida, al menos no a su actitud, porque cierto era que su cuerpecillo cada vez menguaba más. «Henri es un poco corto de luces», les había dicho Climent en tono confidencial días después de llegar a la isla.

Como de costumbre estaban también los otros cuatro, tirados o sentados en la arena, al amparo del refugio. Quentin y Climent parecían estar enzarzados en otra de sus frecuentes discusiones. Siempre acababan de la misma manera, aunque Julián sabía que en el fondo se apreciaban.

Armand permanecía en su posición habitual, sentado y sumido en sus pensamientos, con los ojos en sombra bajo el sombrero inclinado. No era muy hablador, aunque parecía tenerse ganado el respeto en el grupo, porque cuando decía algo todos callaban y solían darle la razón. Parecía mucho mayor de lo que realmente era. Su mirada, cansada y melancólica, revelaba la indiferencia de alguien que ya no quiere ver más.

Por último estaba el anciano mudo: *L'Ancien Meditant*, el Viejo Pensante le llamaban todos. Nadie sabía su verdadero nombre porque casi nunca hablaba. Julián apenas le había oído pronunciar tres palabras desde su llegada. Permanecía apoyado sobre la pared de listones, con sus largas y esqueléticas piernas cruzadas. Su barba era larga y blanca como la espuma del mar. Sus ojos, azules y sabios, parecían guardar muchas cosas, todas las que su boca callaba.

Cuando se sentaron en sus sitios habituales, un tanto apartados del resto de los franceses, Henri les enseñó con entusiasmo su nueva obra. Le gustaba construir piezas y objetos sin demasiado sentido. Pero aquella vez sí que parecía tenerlo. Sostenía una tabla de madera en la que había dibujado una trama de rectángulos. Era un tablero de ajedrez.

—¡Mirad lo que estoy haciendo!

Le podían haber felicitado por la obra, pero no lo hicieron.

—¿Y los objetos? —preguntó Pascual en francés. Sus recursos eran limitados pero estaba aprendiendo algunas palabras. Se acompañó con gestos de las manos simulando las piezas de ajedrez.

—Pronto las tendré listas —contestó Henri cuando le hubo entendido.

No le hicieron demasiado caso y, finalmente, Henri buscó acomodo en otro lugar.

La relación con los franceses no era sencilla para los dos labriegos. Al oírles hablar en el idioma galo no podían evitar imaginarles con un uniforme azul y el correaje blanco cruzado en el pecho. No era fácil olvidar lo que sucedía en la península, dejar atrás el dolor causado por aquellos hombres que les habían invadido, entrando en sus casas, robándoles la comida, violando a sus mujeres. Aunque aquellos cinco prisioneros les trataran con camaradería e igualdad, había una herida abierta que les separaba.

En aquel momento, sin embargo, mientras Julián observaba cómo Henri se entretenía con el tallo de una de las piezas, le costó imaginárselo con un rifle en las manos.

Poco después de la hora de comer en la que no hubo comida, se oyeron unas voces que provenían del exterior. Al salir, vieron a un hombre que acababa de llegar al campamento, exhausto y jadeando tras haber corrido.

—¡Han encontrado agua! —exclamaba entre sudores—. En lo alto del monte, ¡entre las rocas! —Señaló hacia las alturas.

A medida que la noticia se extendía, la gente en la playa estallaba de alegría; todos dejaron lo que estaban haciendo y subieron por las pendientes de los montes, caminando por una estrecha senda de arena que conducía hacia las alturas, donde los árboles dejaban paso a calveros de hierba alta.

Al llegar al lugar, lo que vieron fue un enorme risco que se alzaba sobre un claro. Cientos de hombres cadavéricos ya esperaban su turno formando una enorme cola de más de doscientos pasos de longitud para llegar a la mole de roca. Julián y Pascual se unieron impacientes al resto, detrás de sus compañeros de cabaña.

—Tanto tiempo en la isla y no la habíamos visto —comentó Quentin.

—¿Si no salimos de las cabañas cómo vamos a encontrarla? —le contestó Climent—. Nunca piensas antes de hablar y por eso dices tantas tonterías, Quentin.

Julián dejó que siguieran discutiendo y cerró los ojos. Se acarició la barba y los labios, profundamente agrietados por el sol y el viento. Empezó a imaginarse el agua dulce deslizándose por ellos.

Esperaron durante varias horas. Pese a ello, la emoción no menguó en ningún momento, la gente en la cola charlaba animada como no lo había hecho en días. Hasta que no se hubieron acercado lo suficiente, no descubrieron la razón de tanta demora. Entre las centenarias rocas, caía un pequeño reguero de agua pegado a la pared. Era tan insignificante que la única manera de obtenerla era lamiendo la roca. La gente se demoraba en ello intentando obtener lo máximo posible. A algunos era difícil despegarlos de allí.

Quedaban pocos hombres por delante cuando alguien señaló hacia lo alto del monte, más arriba.

—Mirad, hacia la colina.

Todos volvieron la vista hacia allí. Julián entornó los ojos. No se apreciaba demasiado bien, pero en la cresta del alto, recortadas por los rayos solares que se proyectaban del otro lado, se veían unas pequeñas siluetas, demasiado definidas para ser rocas o arbustos. Durante unos instantes todos guardaron silencio, esperando, hasta que una de aquellas siluetas se movió.

—¡Son cabras! —gritó uno.

La cola se desmoronó en cuestión de un suspiro. La gente salió corriendo en estampida. Los dos amigos se miraron.

—El agua siempre estará ahí, volveremos —dijo Julián.

Pascual se mostró dubitativo, mirando alternativamente al reguero y a la colina.

Salieron corriendo, viéndose, de pronto, a la carrera entre cientos de hombres que gritaban hambrientos, en persecución de las cabras. Cuando remontaron la colina, los animales se asustaron y huyeron hasta el extremo de la cresta, al borde del acantilado. Al otro lado las paredes caían en el abismo, donde el mar golpeaba con fuerza.

Consiguieron acercarse a ellas y rodearlas. Eran una docena, y no tenían escapatoria. ¿Cómo se habían podido esconder durante tanto tiempo? Tras ellas, el precipicio caía tan bruscamente que ni siquiera las cabras, tan hábiles en terrenos inhóspitos, serían capaces de descender por él. Desde ahí, podían oír cómo las olas rugían imponentes al embestir contra los riscos.

Julián sintió su hambriento estómago gruñir ante la posibilidad de conseguir carne fresca. Lo mismo veía en los ojos de los demás hombres que gritaban y acorralaban encolerizados a las pobres cabras. Nadie les podía arrebatar su comida. En aquel momento, aquellos hombres eran capaces de hacer cualquier cosa por conseguir el preciado manjar.

Pero las cabras, por puro instinto y aterrorizadas ante los enloquecidos hombres que las amenazaban, huyeron por la única salida que les quedaba.

Se tiraron al vacío.

Los impotentes hambrientos vieron cómo desaparecían entre las olas que rompían con violencia contra los peñascos.

En la isla el hambre continuaba extendiéndose como una sombra fatal, entrando silenciosa en las cabañas, de la mano de la muerte.

Pese a la nueva fuente de agua, había pasado una semana desde el suceso de las cabras y los víveres continuaban sin llegar. No era extraño ver a hombres caminando por la playa con la mirada extraviada y murmurando frases ininteligibles. Cada vez aparecían más cadáveres muertos por inanición, semidesnudos, tirados en la arena.

Julián pensó que si algo no cambiaba, pronto no quedaría alma con vida en aquella isla.

Afortunadamente, en la cabaña aún les quedaban restos para hacer un caldo aguado por día. Y pese al sufrimiento, aquella noche el buen humor surgió junto a la hoguera, alimentado más bien por un estómago caliente que lleno. Climent contaba una de sus historias. Era un buen orador, aunque un tanto bravucón y Julián dudaba de que fueran siempre verdad. Pese a ello resultaban divertidas y todos reían. Incluso el Viejo Pensante esbozaba alguna sonrisa de vez en cuando.

Pascual atendía, entusiasmado, comprendiendo cada vez mejor el idioma.

Cuando la historia comenzó a desvariar y las bromas verdes tomaron protagonismo, Julián se levantó y salió al exterior. Necesitaba tomar el aire, algo dentro de él le preocupaba y no podía dejarlo de lado.

Respiró la brisilla que traía el mar. La noche era agradable y la playa estaba en calma. La luna colgaba en su plenitud, llena, enorme en mitad de la bóveda celeste. Su reflejo ondulaba en el lejano oleaje.

Parecía mentira que en un lugar tan bello pudieran estar muriéndose de hambre. A veces la belleza hacía sangrar. Mientras contemplaba el vaivén del inhóspito mar, sentía un gran temor. No quería morir allí. Él quería volver a casa.

La luz de la luna era tan intensa que uno podría llegar a leer. Entonces, por primera vez desde que Roman muriera, se sintió preparado para abrir su carta. Volvió al interior de la cabaña. Climent continuaba con su historia, dando detalles carentes de tapujos de cómo había cortejado a la primera mujer con la que hizo el amor. Julián se acercó al hueco donde dormía y rebuscó entre sus escasas pertenencias. El chaleco de su padre estaba cuidadosamente doblado sobre la arena. Extrajo de su bolsillo la carta de Roman.

Tras salir de nuevo, se acercó a la orilla y se sentó sobre la arena. Podía oír la voz de Climent y las risas de los demás a lo lejos, pero se sintió en la intimidad. Mientras la suavidad de las olas le acariciaba los pies, abrió el sobre. La blanca luz de la luna le reveló una letra pulcra y cuidada.

Para Julián, algún día en tu porvenir.

Sé que, si lees esto, será debido a que no he podido contártelo yo mismo y ya no estoy contigo. Espero que nuestra despedida no haya sido demasiado dramática.

Estas letras las estoy escribiendo durante nuestra estancia en Cádiz. Es necesario poner en orden algunos pensamientos que me rondan desde hace meses. Llevo tiempo pensando en que mereces saber quién soy y de dónde vengo. Durante nuestra convivencia he conocido tus pensamientos más íntimos y tus mayores temores y no he ofrecido nada a cambio.

Antes de nada, deseo que sepas que me has ayudado a ver algunas cosas con claridad, ciertas verdades olvidadas desde hacía mucho tiempo.

Para que comprendas de qué te estoy hablando, comenzaré desde el principio.

Esta es mi historia, Julián.

Como ya sabrás, cuando tu padre y yo cumplimos la edad mínima para ir a la universidad, Gaspard nos envió a París. Yo estudié Derecho, y tu padre, Filosofía. Desde el principio me apliqué en mis estudios con entusiasmo y pasión. Pero Franz hizo todo lo contrario, él tenía otras ideas en la cabeza. Para desgracia de nuestro padre, no duró mucho entre los libros y las clases diarias. Enseguida dejó sus estudios y se dedicó a viajar.

Al principio, nuestro padre estuvo muy disgustado con él.

—La vida no tiene sentido sin sacrificio —le decía—. No puedes dejar que pase sin hacer nada con ella.

—Confía en mí, padre, solo busco algo por lo que merezca la pena luchar —le contestaba Franz.

Tiempo después, apareció anunciando que había contraído matrimonio con una campesina en unas desconocidas tierras al sur de los Pirineos. Era tu madre, por supuesto. Tu preciosa madre. Nos dijo que tenían una casita a los pies de unas montañas y que se iba a dedicar a trabajar sus tierras. Para mi sorpresa, tu abuelo apoyó su decisión. Ni él ni yo reprochamos nada a tu padre, él ya había elegido.

Para entonces yo casi había concluido mis estudios de Derecho. Al acabar, pude presumir de un brillante expediente, pero había estado tan volcado y concentrado en el estudio de las leyes que ni siquiera me había parado a pensar si de verdad me satisfacía. La mayoría de la gente ni siquiera se plantea estos dilemas, y menos alguien que puede ejercer de abogado y tener una vida acomodada. Pero tu abuelo nos había enseñado a ser sinceros con nosotros mismos. Nos había enseñado a mirar en nuestro interior sin dejarnos influenciar en exceso por lo externo.

Cuando regresé licenciado al castillo de Valberg, Gaspard ya me había colocado en un afamado gabinete de abogados en Berlín. Sin embargo, tras haber visto la valentía con que Franz había encarado su vida, dejándolo todo en pos de sus sueños, y asolado yo mismo por las dudas, rechacé el trabajo. Tras años de duro estudio, creía haberme ganado el derecho a decidir mis próximos pasos.

Y, curiosamente, era el pasado el que acudía a mi mente con asiduidad, recordándome que de niño buscaba la aventura, el ejercicio físico en la naturaleza, la emoción que da la caza de una ardilla o de un conejo tras haber descubierto su madriguera, el cosquilleo en el estómago al ser sorprendido por un animal más grande.

Aquello que había sido aparcado en un rincón de mi memoria comenzaba de nuevo a aflorar y me convenció de que necesitaba una vida alejada de la seguridad que me proporcionaría un bufete de abogados.

Por aquel entonces mi padre ya había empezado a planear en la clandestinidad la creación de la Orden de los Dos Caminos y procedí a ayudarle en aquellos primeros meses. Acudí a los primeros encuentros entre los maestros y colaboré en la redacción de las leyes.

Un día tu abuelo recibió la visita de un oficial del ejército prusiano. Mi padre me lo presentó, era el duque de Maschuitz, un aristócrata del norte de Sajonia, general y veterano del ejército. Pese a ostentar un alto cargo en la cúpula del gobierno del rey Federico Guillermo II, era un hombre de ideas liberales, amigo de mi padre y afín a su ideales revolucionarios. Iba a colaborar con nosotros, y su posición elevada nos podía servir de gran ayuda.

—Les podré ayudar desde el Gobierno alemán, pero la verdadera amenaza para el pueblo no reside en el absolutismo del rey Federico, reside en Francia, y en su nuevo líder, Napoleón —nos reveló—. El rey Federico sabe el peligro que supone compartir fronteras con Francia y por eso Prusia no ha participado en la Segunda Coalición que hará frente a los franceses, manteniendo su neutralidad. Pero la situación actual de paz no se demorará mucho, pues Napoleón pretende conquistar Europa entera. No hay ejército que pueda hacerle frente. Si en algún lugar necesitamos hombres que trabajen para la Orden es en París.

—Somos conscientes de ello —respondió Gaspard—. Por ello estamos esforzándonos con denuedo en las logias de Francia, pero desgraciadamente no contamos con hombres infiltrados en la cúpula de su gobierno.

—Pues es precisamente eso lo que se necesita. Hablo de alguien que coordine a las logias francesas desde la corte parisina —terció el duque.

—Para ello deberíamos infiltrar a un hombre, un informador —dijo tu abuelo.

—Un espía —dije yo.

—En efecto, un espía. Nosotros disponemos de hombres capacitados para ello en el ejército, pero el problema es que ninguno pertenece a la Orden y mucho menos es miembro del tercer grado.

En aquel momento, frente a mi padre y el veterano de guerra, sentí cómo una puerta se abría ante mí. Fue un impulso, una llamada. Los instintos que habían permanecido dormidos durante mis estudios despertaron de su letargo.

—Lo haré yo —acabé diciendo. Ambos me miraron sorprendidos.

—Es un puesto peligroso, Roman —se preocupó mi padre—. Estamos hablando de años de dedicación. Es un trabajo sucio y sacrificado.

—Lo haré yo, padre —insistí—. Domino el francés, con mis

estudios y tus contactos puedo optar a un cargo importante en París.

Al contrario que Gaspard, el duque de Maschuitz parecía entusiasmado con mi idea.

—Solo necesitarías entrenarte para convertirte en un verdadero informador —comentó—. El Gobierno alemán prepara a este tipo de hombres. Podrías trabajar para nuestro gobierno y para la Orden al mismo tiempo.

Los años posteriores transcurrieron determinados por aquel pensamiento fugaz que atravesó mi mente mientras mi padre y el duque hablaban. Fue una chispa que apenas duró un segundo pero que hizo abrir mi boca y selló mi destino. Es un gran misterio conocer el origen de nuestras decisiones, a veces me asusto al pensar en ello.

La semana siguiente me encontraba en Pforzheim, una villa al sur de Alemania, junto a los frondosos bosques de la Selva Negra.

Allí me prepararon durante dos años. Fueron meses de entrenamiento en condiciones extremadamente duras. Nos instruyeron en técnicas de combate, convirtiéndonos en verdaderas bestias del combate cuerpo a cuerpo y en precisos francotiradores. Nos enseñaron a sobrevivir en la Selva Negra durante días enteros, con solo un cuchillo y una cantimplora. También teníamos interminables clases teóricas, sobre política y tácticas militares, mucho más duras que las que recibía en la carrera de Derecho. Acabamos conociendo los entresijos del funcionamiento de un país moderno, desde las decisiones de un alto cargo hasta las consecuencias de estas en el pueblo.

Pese a la dureza y el sacrificio, había encontrado un lugar que me satisfacía. Mis instintos básicos volvían a resurgir con fuerza.

De veinte que comenzamos la instrucción, solo acabamos tres. La mayoría habían abandonado, otros tuvieron que ser hospitalizados tras accidentes en los entrenamientos o tras ser socorridos en los bosques de la Selva. Solo los hombres más fuertes tanto física como mentalmente conseguimos terminar la instrucción. Éramos la élite del ejército prusiano.

En el año de gracia de 1801 estaba en París, trabajando como funcionario en la Fiscalía. Al principio fue emocionante. Ejercía mi falso trabajo con disciplina pero sin esforzarme demasiado, solo lo suficiente para no levantar sospechas. Reservaba mis esfuerzos para coordinar las logias francesas y mientras tanto conocer gente interesante, gente que trabajaba cerca del mando militar francés.

Me codeé con oficiales, secretarios de altos cargos, mensajeros y hasta con empleados de la limpieza de los edificios militares y administrativos. Me relacionaba con ellos y mientras tanto analizaba con sutileza sus ideales y tendencias políticas. Desechaba a los afines a los ideales napoleónicos, y me afanaba con los que me parecía que dudaban.

Realizaba misiones de espionaje. Robé documentos importantes e incluso llegué a desbaratar un ataque sorpresa francés sobre un fuerte alemán en la frontera del Rhin, al detener al correo que transportaba las órdenes desde París. Era un verdadero profesional, me habían preparado para ello.

Pero no creas que todo era sacrificio. También tuve tiempo para enamorarme. Y lo hice perdidamente. Se llamaba Emelie Briand y la conocí en un pequeño pueblecito a las afueras de París. Trabajaba en la tienda de sus padres, que tenían una humilde sastrería.

Aquel mes pagué cuatro trajes distintos que no necesitaba. Al fin, tras mucho insistir, llegando incluso a hacer el ridículo en varias ocasiones con mi intocable orgullo arrastrado por los suelos, conseguí conquistarla y nos casamos en la iglesia del pueblo. Tenías que verla con aquel vestido, su pelo rojizo recogido en trenzas y aquellos ojos azules. Dios mío, cómo me miraban aquellos ojos azules rodeados de pequeñas pecas... Aquel día no paraba de sonreírme. Era maravillosa. Dejé mi pequeña vivienda en el centro de París y me mudé al pueblo.

A lo largo de los años siguientes tuvimos tres hijas. Igual de preciosas que su madre. La mayor se llamaba Danielle y tenía su misma sonrisa. Las dos más pequeñas eran mellizas y se llamaban Gwen y Julie, ambas con el pelo rojizo.

Tal vez no llegué a pensarlo demasiado entonces, pero mientras escribo esto sé con claridad que aquella fue la época más feliz de mi vida. Tal vez durante aquellos años debiera haberme parado a pensar más en esto último. Pero son lamentaciones de viejo que se dan con el tiempo, cuando ya solo quedan los recuerdos.

Con los años la doble vida que llevaba comenzó a hacer mella en mí. No quería involucrar a mi familia y sufría por no poder hablarles de ciertas cosas, por dar excusas, por mentir a Emelie acerca de mis ausencias de casa para comunicar cierta información o acudir a algún encuentro. Pronto decidí que no podía continuar así. No podía.

Jamás he hablado de lo que sucedió a continuación. Durante muchos años me ha faltado valor para mirar atrás.

En el año 1805 la situación en Europa cambió drásticamente y mi seguridad en París también. A finales del año anterior, Napoleón se coronó emperador de Francia, fundando así un imperio que pretendería conquistar el mundo entero. En el año 1806 se formó la IV Coalición entre Prusia, Sajonia y Rusia contra el Imperio francés y entraron en guerra. En septiembre de aquel año Napoleón lanzó todas sus fuerzas sobre el Rhin aniquilando al ejército prusiano en la batalla de Austerlitz.

Por otro lado, empezaron a correr rumores de alemanes residentes en París que habían sido detenidos e interrogados. Mis compañeros de trabajo me miraban con recelo. Para entonces yo ya llevaba meses intentando desvincularme de mi doble vida; mi intención era dejar el trabajo en la Fiscalía y ayudar a Emelie en la sastrería. Estaba deseando volcarme en una vida segura y feliz junto a mi mujer y mis tres hijas, lejos de las mentiras.

Así pues, al día siguiente del ataque de Napoleón acudí al trabajo dispuesto a anunciar mi dimisión. Hablaría con mi superior, le comunicaría mis deseos y me iría. Quería regresar a casa para la hora de comer, ya que ese día Danielle cumplía cinco años y queríamos celebrarlo. Sin embargo, cuando entré en el despacho del señor Beaumont, con él había dos hombres vestidos de negro a los que reconocí al instante. Eran de la Guardia Secreta francesa.

Beaumont me miró con preocupación.

—Estos hombres han venido preguntando por usted. Desean hacerle unas preguntas.

Me llevaron a un edificio que parecía abandonado pero que estaba habilitado para interrogatorios que parecían alargarse durante días. Me golpearon, me amenazaron con la vida de mi familia y me llegaron a torturar. En mi instrucción había sido preparado para aquello y pude soportarlo todo sin abrir la boca. Pensé que no iba a salir de allí con vida, pero, finalmente, me soltaron.

Pese a las heridas y al dolor, corrí. Corrí sin detenerme, rumbo a casa. Apenas entré en el pueblo cuando vi el humo. Me arrastré entre las callejuelas y entonces fue cuando mi mayor temor se hizo realidad.

Nuestra casita estaba en llamas.

Los vecinos del pueblo intentaban en vano sofocar el incendio con cubos de agua, pero era demasiado tarde, la casa se estaba desmoronando, aunque a mí eso no me importó. Entré a buscar a mi familia. Recorrí entre las llamas todas las estancias del piso inferior. No encontré nada. Subí a las habitaciones.

Y allí las encontré. Primero a mis hijas, pequeñas y frágiles, cada una en su cama con los ojos cerrados como si disfrutaran de un plácido sueño. Y luego a mi mujer, tendida en nuestro lecho con los brazos cruzados sobre el pecho.

No puedo recordar con claridad lo que hice entonces. Las imágenes se amontonan borrosas. Recuerdo que me tumbé junto a mi mujer, llorando. La abracé y me quedé en aquella posición. Me daban igual las llamas. Me daba igual la muerte. Yo solo quería abrazarla y quedarme junto a ella.

No sé cuánto tiempo estuve así, tal vez solo fueran unos minutos o unos segundos. Recuerdo que entraron dos jóvenes del pueblo, dos mozos de la herrería. Al verme vivo me agarraron por los brazos para sacarme de allí. Yo pataleaba como un niño, suplicándoles que me dejaran morir con mi familia. Pero ellos me sacaron.

Los meses siguientes los pasé sumido en la locura. No era yo mismo. Huí de allí aquella misma noche y crucé el frente francés hasta llegar a los campamentos de las tropas prusianas. Me alisté y durante los siguientes días luché en el frente con desesperación, exponiéndome a la muerte constantemente, buscándola. Pero no llegó.

Intenté saciar en vano mis ansias de venganza llevándome por delante a decenas de soldados franceses antes de que perdiéramos la batalla de Jena. Días más tarde Napoleón entraba en Berlín. Desde entonces y durante meses, estuve perdido, vagando por el país, hasta que regresé al castillo de Valberg. Mis ilusiones se habían esfumado, ya no encontraba un sentido a mi vida. Cuando Napoleón invadió España poco después, tu abuelo acudió a los encuentros en Madrid, pero yo me quedé en Valberg. Estuve encerrado entre sus frías y oscuras paredes de piedra, sumido en el delirio, dejándome llevar como un despojo. Apenas comía, no salía y pasaba las noches en vela sentado en el sillón del salón principal, con la vista fija en algún rincón oscuro que nada tenía que decirme.

Entonces recibí la carta de tu padre pidiendo ayuda y hablándome de ti. Recuerdo haber sostenido aquel papel entre mis manos durante horas. Me gustaría decir que lo medité, pero apenas pensaba en nada. Aquella noche dormí por primera vez en mucho tiempo y a la mañana siguiente me desperté temprano, preparé las alforjas y monté a *Tairón*.

Nunca sabes qué es lo que en realidad te hace levantar del sillón. De algún modo imperan cosas que desconoces, como el día en que decidí convertirme en espía. Ahora creo que, en el fondo, aún conservaba la esperanza de encontrar la paz perdida. Pero no me atrevía a amarrarme a ella. La carta de tu padre sirvió de excusa para una mente que quería respirar pero se empeñaba en no hacerlo.

Cuando te conocí acababas de perderlo todo y el dolor te había nublado la mente. Venía sacudido por un mundo cruel y al principio pensé que debías afrontarlo tú solo, tal y como yo estaba haciendo. Pero con el tiempo empecé a verme reflejado en ti, y llegó un momento en que me sorprendí pensando más en tu dolor que en el mío propio.

Intenté ayudarte a afrontar los pensamientos sombríos y pronto descubrí que en realidad me ayudaba a mí mismo. Entonces supe que aquel atisbo de esperanza era real. Siempre lo será, hasta en el abismo más profundo, hasta en la frontera con la muerte.

Ahora puedo escribir esto y por primera vez en mucho tiempo soy capaz de pensar en mi mujer y en mis hijas. Y me siento más cerca de ellas. Encontrar la paz está en la búsqueda de los buenos pensamientos y en asumir que estos conviven con los sombríos.

Sé que en algún lugar ellas me esperan, y algún día volveré a abrazarlas.

No pierdas la esperanza de recobrar tu verdadero camino, Julián.

Cádiz, octubre de 1810

Julián dobló la carta con sumo cuidado. Las manos le temblaban. Las lágrimas llevaban tiempo recorriéndole las mejillas.

Volvió el sonido de las olas y la luz de la luna. Volvió la arena de la playa y volvió el hambre.

Pero algo había cambiado en su interior. Algo estaba volviendo a su ser. Una tibia fuerza salía de su escondite para avivar su mente.

Era el deseo de vivir.

43

El horizonte, esa franja perfecta tan inhóspita y lejana, era la puerta al mundo, la escapatoria de la isla, el puente al hogar. Por eso los prisioneros lo contemplaban durante horas, día tras día, con un brillo en los ojos que solo aparecía en aquel momento, cuando se sentaban en la arena de cara a la orilla y hablaban en silencio.

El día en que el mar decidió sonreír, los gritos se sucedieron a lo largo de la playa como una cadena de arrieros vociferando sus mercancías.

—¡Barco a la vista!

Cuando Julián y sus compañeros del refugio salieron para ver llegar al bergantín, la playa estaba repleta de gente que aplaudía y vitoreaba la llegada de los víveres.

Armand indicó a Quentin y Climent que acudieran al desembarco para cargar con la parte que les correspondía. Todos estaban de muy buen humor; Climent le dio una palmada en la espalda a Julián cuando se marcharon hacia el centro de la cala; incluso Armand, que siempre tenía esa mirada dura y resignada del soldado que ha visto mucho, pareció relajar las facciones de su rostro ante la buena noticia. Henri no paraba de dar vueltas alrededor de ellos, dando saltos de alegría y cantando:

—*Yo quiero un pan, con bien de miga, para ir al catre, ¡con una buena barriga!*

Julián apretó el hombro de un Pascual emocionado.

—Por fin dejaremos que los pececillos de la orilla descansen —le dijo en tono relajado.

—Solo por una semana —contestó él. Después sonrió—. Dios nos oiga y así sea, Julián.

El bergantín se detuvo a una distancia prudencial y por su casco bajaron la barcaza. Mientras esta se acercaba, vieron cómo el barco se encaraba a ellos, con las trampillas abiertas y los cañones prestos para evitar un altercado como el que debió de suceder la anterior vez. La barcaza de los víveres iba fuertemente reforzada por cuatro soldados de aspecto serio y fusiles con bayonetas caladas.

Julián observaba el desembarco con los ojos muy abiertos y la mente lúcida por la expectación. Temía cualquier incidente que los relegara a la misma desdicha vivida hasta entonces. Los marineros comenzaron a descargar los víveres escoltados por dos de los soldados. Los otros se habían quedado protegiendo la barcaza, tensos como velas, uno con las manos firmemente apretadas en torno al rifle y el otro sujetando el timón. Después de que se repartiera todo, se sucedieron los habituales negocios y artimañas entre algunos de los prisioneros, habitualmente ex oficiales, y los marineros españoles.

Muchos en la isla guardaban algo de dinero, especialmente los que eran de alto rango. En su mayoría se trataba de monedas de gran valor, escondidas durante toda la odisea desde que los hicieran prisioneros. Julián también guardaba varias monedas pesadas de las que había dejado Roman, pero hasta ese momento no las había empleado. Se mostraba reticente a gastar a la ligera, cuando desconocía lo que le podía deparar el porvenir y cuán bien podrían venirle algún día.

Frunció el ceño, mientras observaba cómo los descargadores y alguno de los soldados españoles se ganaban bastante más que su jornal abusando de la situación desesperada de aquellos oficiales, dándoles un poco de pan extra por al menos veinte veces su valor real. Pero la gente estaba tan desesperada por aliviar su estómago que podía llegar a pagar lo que fuera.

Al ver las hogazas de pan que corrían entre las manos, Julián se vio tentado de pagar por una. La comerían entre los siete de la cabaña y el placer apenas duraría unos minutos. Después volverían a tener que racionar con rigurosidad para soportar los días hasta la próxima oleada de víveres, rogando para que estos no se demoraran demasiado.

No le agradaba la dependencia que tenían respecto al dichoso bergantín; en la aldea siempre se las habían apañado para sobrevivir con lo que les daba la tierra...

Sintió un chispazo, como un relámpago fugaz cayendo sobre el mar. La mente se le iluminó, y después los ojos. «Tal vez funcione...», murmuró para sus adentros. Para cuando quiso darse cuenta, el corazón le latía alocado y sus pasos le conducían con decisión hacia los descargadores.

Uno de los marineros lo vio acercarse y torció el gesto en un aspecto burlesco.

—Mirad lo que tenemos aquí —comentó, atrapando la atención de los soldados—, un españolito traidor. ¿Te pillaron lamiendo el culo a los franceses? No te quejarás entonces, estás en el paraíso de los gabachos...

—Vengo a negociar —dijo Julián muy serio, con la mano en el bolsillo interior de su camisa, rozando con la yema de los dedos las dos monedas pesadas que guardaba en él.

El rostro del marinero se aseveró un tanto.

—¿Cuánto tienes, amigo? Nos ha sobrado algo de pan.

—No me interesa el pan —contestó Julián. Sus labios agrietados dibujaron una sutil sonrisa—. Quiero semillas.

El rostro del marinero se contrajo con una mueca de extrañeza.

—¿Has dicho semillas? ¿De las de plantar? ¿Acaso nos ves con caras de labriegos hambrientos? —Se sacudió los bolsillos—. Crees que llevo unas cuantas aquí, ¿verdad? Por si las moscas, ya sabes, no vaya a ser que se me ocurra plantar en la cubierta del barco...

Todos rieron su gracia, pero Julián se mantuvo firme. Sacó sus dos monedas con un gesto aparentemente desinteresado. Las mantuvo en alto y brillaron doradas a la luz del sol. Los ojos de los descargadores se alzaron y brillaron de la misma manera. Aquello era mucho dinero, todo el que llevaba Roman consigo.

—Os daré una de estas ahora y la otra cuando volváis —dijo—. Me traeréis lechugas, maíz, habas, tomates, cebollas, patatas... todo el grano que encontréis. Desconozco cuáles podrán funcionar en el clima de esta isla... ¡Ah! —añadió con una indiferencia actuada—, y un pico.

El descargador pareció pensárselo durante unos momentos. Después desvió la mirada hacia su compañero y este asintió de inmediato. Ya no reían ni hacían gracias.

—Está bien —cedió—. Traeremos semillas, pero lo del pico no será posible. Después del ataque no os daremos armas.

Julián asintió y les tendió una de las monedas; había conseguido uno de sus objetivos.

Cuando se dio media vuelta para volver a la cabaña, se topó con Pascual. Se había acercado tras él y había escuchado la conversación. Le miraba con gesto cómplice.

—Has estado muy hábil, Julián. Ni el viejo Etxábarri jugando a los bolos... —Le dio una palmadita en la espalda—. ¿Crees que las conseguiremos?

Julián suspiró con incertidumbre.

—Ojalá las traigan —dijo—. Lo que me preocupa es el pico. Lo necesitamos.

Disponían de dos semanas como mínimo para la vuelta de los españoles. Tenían trabajo que hacer, debían inspeccionar la isla en busca de un terreno adecuado para la plantación de las semillas. Estaba emocionado, si la idea funcionaba podrían llegar a autoabastecerse, como hacían en la aldea. En aquel momento quiso dejar de lado la gran cantidad de cosas que podían salir mal.

Los días siguientes los pasaron recorriendo la isla. La tierra era más seca que la del norte y no había demasiada vegetación; los únicos bosques que encontraron eran pinares, el resto eran arbustos y matorrales. Pascual y él inspeccionaron las zonas altas, desconocidas para la mayoría de los prisioneros porque ya no albergaban animales. Encontraron varios calveros entre pinares que podían ser adecuados para la siembra. Eran franjas de tierras extensas y llanas, orientadas al sur y libres de la sombra de los árboles cercanos. Pese a ello tenían una ardua tarea por hacer antes de plantar, pues debían limpiarlas de matorrales y piedras.

Sin embargo, el principal problema era la obtención de agua. En la isla no llovía mucho y al ser la tierra tan seca, deberían regar los campos con asiduidad.

Hasta que no tuvieran las semillas decidieron no comentar nada a sus compañeros de cabaña, temiendo que al no ofrecerles algo real los trataran de locos.

Esperaron con ansiedad la llegada de los víveres. Aquellos fueron los días que más velozmente transcurrieron para los dos labriegos, depositadas sus esperanzas en semillas de oro.

El bergantín volvió tres semanas después. Mientras observaban cómo bajaban la barcaza a lo lejos, Julián sentía el corazón retumbar nervioso en su pecho. Cuando se acercaron comprobó que los descargadores eran los mismos que la vez anterior, lo cual era buena señal. Durante la descarga, uno de los soldados vigilaba fusil en mano y el otro sujetaba el timón, dejando su arma con la bayoneta calada apoyada sobre la popa, a su espalda. Aquellas eran las posiciones que habían previsto los dos prisioneros.

Cruzó la playa y se acercó. Mientras lo hacía, desvió la mirada con disimulo hacia el mar. A pocos pasos de la orilla, camuflada entre el oleaje, asomaba la cabeza de Pascual. Sonrió para sus adentros, orgulloso de su amigo. Estaban llevando a cabo el plan previsto a la perfección.

Cuando llegó a la altura de los marineros, tenía el corazón en la boca pero supo disimular bien su nerviosismo. El descargador le hizo una señal y le tendió un saco que tenía entre sus piernas.

—Aquí tienes la carga que nos pediste. —Se detuvo y extendió la mano libre—. Pero antes, el dinero.

Julián no se iba a dejar engañar.

—Quiero verlas —dijo.

El hombre puso los ojos en blanco y abrió el saco. Al ver las semillas, el joven sintió un gran alivio y asintió con agrado. Extrajo la única moneda que le quedaba y se la tendió. Mientras lo hacía lanzó una mirada discreta y fugaz hacia la popa de la barcaza. El fusil del soldado que sostenía el timón seguía apoyado, pero le faltaba la bayoneta.

Julián no pudo evitar una amplia sonrisa de satisfacción.

Se fue a dar la vuelta cuando la voz del marinero lo detuvo. Por un momento temió que los hubieran descubierto.

—No conseguiréis plantar nada —le espetó.

Julián ni siquiera se volvió para mirarle.

—Ya lo veremos —sentenció.

Y retomó el camino hacia la cabaña.

Dentro de esta le esperaba un Pascual con la desarrapada ropa chorreando. Sostenía la bayoneta en la mano con aspecto triunfal. Ya tenían el pico que necesitaban.

—¡Pan comido! —exclamó, victorioso.

Sus compañeros estaban dentro del refugio, mirándolos sin comprender. En aquel momento ya tenían las semillas con ellos y la idea de Julián podía parecer más real, por lo que decidieron revelarles su plan.

Mientras les explicaban sus intenciones no pudieron evitar una cierta desilusión al ver las caras de indiferencia que mostraban sus compañeros. Cuando hubieron terminado, fue Climent el primero en hablar.

—Estamos débiles, Yulien —nadie pronunciaba bien su nombre allí—. No podemos ponernos a trabajar.

Julián comprendía su punto de vista. Eran soldados y no labriegos, y tal vez les fuera más difícil ver la oportunidad. A pesar de ello se negaba a darse por vencido.

—Cuantos más trabajemos menos duro será —intentó convencerlos, agitando el saco de las semillas con entusiasmo—. ¡Con esto podremos asegurarnos la supervivencia!

—¿Y de verdad creéis que nacerá algo? —preguntó Quentin.

—Aún no lo sabemos con... ¿seguridad? —contestó Pascual en francés. Julián asintió ante su duda.

Armand se revolvió en su habitual sitio. Hasta el momento había permanecido en silencio.

—No podemos permitirnos trabajar bajo el sol. Supondrá mucho esfuerzo limpiar esas tierras que habéis encontrado —intervino. Parecía saber de lo que hablaba—. Además no tenemos agua, y no sabemos si esas plantas se adecuarán bien al clima de aquí...

Julián lamentó las palabras del francés de inmediato, podían significar la sentencia para ellos, complicando sumamente el apoyo de los demás. Vio cómo Henri les miraba con la boca abierta, con duda en los ojos. Lo intentó una vez más, con convencimiento.

—Nosotros venimos del campo y hemos sobrevivido gracias a la tierra. Jamás nos ha dado la espalda, debemos confiar en ella. ¡Intentémoslo!

—Con los víveres tenemos suficiente —terció Armand—. Lo otro es arriesgarse por algo que no es seguro.

Julián cerró los ojos, su respiración se aceleró. No entendía cómo no eran capaces de verlo.

—¡Con los víveres no es suficiente! —exclamó de pronto—. Yo no confío en ellos, cualquier día pueden dejar de venir, pueden olvidarse de nosotros y nadie les dirá nada —Hizo una pausa, todos se mostraban cabizbajos—. No quiero morir aquí —sentenció.

Nadie dijo nada.

Julián y Pascual comenzaron solos. Se levantaban muy temprano para trabajar antes de que el sol alcanzara su cenit, descansaban durante las horas centrales y volvían a la carga cuando el sol sangraba en el horizonte. Fueron días duros de ardua limpieza de piedras y hierbas.

Al cabo de una semana comenzaron a sentir la presencia de alguien que les observaba trabajar. De vez en cuando veían su figura agazapada entre unos arbustos en el límite de los campos. Pronto supieron de quién se trataba y un día Julián se le acercó.

—¿Quieres ayudar? —preguntó.

Henri tenía el pelo revuelto y lleno de agujas de pino. Sonrió con timidez y asintió con la cabeza.

Tras haber concluido el agotador trabajo de limpiar el suelo, llegaba el momento de preparar la tierra para la plantación de las semillas. Con la ayuda de Henri construyeron con ramas gruesas varias herramientas que les serían de gran utilidad. Además, el joven francés les fabricó un pico muy resistente con la bayoneta que habían robado al soldado.

Gracias a él, consiguieron levantar la tierra y formaron los canteros en línea recta. Aquellos montones de tierra alargados les organizarían la plantación de las semillas. Entre ellos fueron dejando franjas de tierra apisonada de unos dos pies de ancho que servirían para caminar entre los canteros donde iban a crecer las plantas y así poder manipularlas sin llegar a pisarlas.

Mientras trabajaban, Henri preguntaba constantemente a Pascual y este parecía disfrutar con la enseñanza, porque a veces se explayaba con anécdotas y experiencias del pasado. Henri atendía con entusiasmo y parecía quedarse con todas las explicaciones, complaciendo al viejo labriego como buen aprendiz. Su interés se vio reflejado en las aptitudes que fue mostrando, necesarias para el cultivo de la tierra. Su sutileza y paciencia le hizo ganarse la responsabilidad de labores importantes que aligeraban de trabajo a los dos veteranos labriegos.

Tras la preparación del terreno llegó el momento culminante. Lo sembraron. Hicieron unos surcos en los canteros para las semillas más pequeñas, y después unos agujeros para las más grandes. Julián sabía que para algunas plantas el clima y la estación en la que se encontraban no eran los más adecuados, pero confiaba en que pudieran sacar algo.

Tras la siembra llegó la espera y con ella las labores de cuidado.

—Que Dios se apiade de nosotros y nos traiga lluvia —recitó Pascual cuando hubieron concluido.

Aquella noche, mientras todos dormían, Julián se levantó de su hueco. Salió de la cabaña sosteniendo el pico fabricado por Henri en su mano. Desde el principio había sabido lo imprescindible de aquel útil, pero no expresamente para levantar la tierra y formar los canteros como habían hecho. Aquello se podía hacer con estacas o ramas gruesas de madera. El cometido del pico era otro. Mucho más importante.

Subió por uno de los senderos que conducían al risco del que caía el reguero de agua. A su cabaña le correspondía abastecerse de agua a mitad de la tarde, porque era cuando más pegaba el sol y el momento en que menos gente había haciendo cola. Pero a aquellas horas de la noche no había nadie.

Cuando alcanzó la cima, se acercó a la pared y dio un buen sorbo de agua. La subida siempre traía sed. Bebió tanto como le permitió el reguero y necesitó de varios minutos antes de saciarse.

Desde allí las vistas embrujaban los sentidos. El inmenso paisaje estaba teñido de un azul oscuro, roto por el brillo de las olas al romper sobre la playa. Solo se oía el sonido del mar rodeándolo todo desde la lejanía y el débil y tenue cantar del reguero que correteaba por la roca. Ante la templada brisilla que soplaba, las hierbas altas se movían y silbaban con la armonía de un manto ondulado, cubriéndole los pies hasta las rodillas. Todo lo demás estaba en silencio, en profunda calma.

Julián palpó la pared en la oscuridad y como había hecho el día anterior, volvió a comprobar que se desprendían trocitos de piedra. El risco era quebradizo. Entonces suspiró. Había llegado el momento de saber si aquello podía funcionar.

Alzó el pico y clavó su punta entre dos salientes, justo donde caía el reguero de agua. Entonces hizo palanca y se oyó un chasquido metálico...

A la mañana siguiente un Julián ojeroso despertó a sus compañeros. Todos maldijeron y farfullaron ante el repentino despertar, pero él los obligó a levantarse instándolos a que le siguieran. Pese a su aspecto fatigado, parecía emocionado

—Venid, debéis ver algo.

Cuando los condujo a la fuente del risco, todos se quedaron con la boca abierta.

Un chorro de agua caía en el mismo lugar donde antes solo descendía un hilillo pegado a la pared. Se había producido una gran cavidad en la roca, que hacía que el agua cayera libre como una cascada.

—Jesús, María y José —rezó Pascual con los ojos muy abiertos—. Madre del amor hermoso, Virgen de todos los Santos...

Los demás no cabían en su asombro. Henri se acercó al agua y dejó que esta le refrescara la cabeza y la nuca. Acabó saliendo empapado, pero con una sonrisa de oreja a oreja.

—¡Hacía tiempo que no tenía la tripa tan llena! —exclamó—. ¡Seguro que mearé enseguida!

Julián hubiera dado muchas de las dos monedas pesadas que se dejó por las semillas con tal de ver las caras que mostraban sus compañeros.

—Ahora podremos llenar los cántaros y regar la tierra —les dijo.

—Y limpiar nuestras ropas sin que la sal del mar las pudra —añadió Quentin.

—Podremos hacer muchas cosas... —murmuró Armand. Él tampoco disimulaba su asombro. Por un momento Julián pudo ver un atisbo de emoción brillando en su mirada.

A partir de aquel día, todos en la isla pudieron disfrutar de la nueva fuente. La formación de la cavidad fue todo un misterio y se dieron infinidad de explicaciones; se dijo que un ángel les había visitado y les había hecho aquel regalo, también se comentó que se había producido por un rayo misericordioso lanzado por Dios...

El secreto estaba firmemente guardado entre los siete compañeros del refugio.

Todos en la cabaña colaboraron en las nuevas labores.

Los dos labriegos les enseñaban a mantener la tierra húmeda y limpia y a vigilar que las raíces estuvieran bien cubiertas, pues en ocasiones el viento las dejaba a la vista. La proximidad de la fuente hacía que pudieran regar con asiduidad sin tener que cargar con los cántaros largas distancias.

Pascual y él observaban alegres cómo sus compañeros se esforzaban en aprender; incluso el Viejo Pensante les acompañaba en las labores, siempre inmerso en su mudez extrema.

Quentin y Climent eran los que más torpeza mostraban, y en muchas ocasiones acababan enzarzados en sus habituales peleas, cuando uno pisaba uno de los canteros porque supuestamente el otro le había empujado.

Armand parecía albergar cierta experiencia y trabajaba en silencio, pero siempre lo hacía de manera muy eficaz. Julián creía ver en él las manos de un antiguo labrador, pero él jamás se mostraba demasiado dado a la palabra y apenas sabía nada de su pasado.

Por otro lado, Pascual cada vez hablaba mejor el idioma de los franceses y desde que Henri se uniera a ellos en las labores del campo, parecía haberle cogido una simpatía especial.

—Ese chiquillo tiene un don —le decía a Julián en la intimidad—. Habla con las plantas, te lo digo yo. De buena gana lo llevaba a la Llanada, que seguro que nos sacaba cosechas de oro.

Los meses calurosos del verano fueron cediendo y pronto vientos frescos del norte anunciaron la inminente llegada del otoño. Fue entonces cuando los primeros brotes verdes comenzaron a asomar, convirtiéndose enseguida en relucientes y exuberantes lechugas, tomates, hortalizas y acelgas que hicieron estallar de alegría a los siete compañeros de refugio.

El triunfo se celebró por todo lo alto dentro de la cabaña y aquella noche cenaron un caldo caliente hecho con algunas de las hortalizas recogidas. Con la euforia contagiada y el calor de la cena en el estómago, Julián afirmó que se trataba del mejor caldo que jamás había probado. Al amparo de la hoguera, acabaron cantando y riendo. Después dejaron paso a Climent, que hizo gala una vez más de su habilidad como orador de fantasías verdes.

El paso del tiempo había formado una amistad silenciosa entre los compañeros de la cabaña. Parecían haber olvidado lo que sucedía al otro lado del mar, los colores, la lengua, el abismo de muerte que allí les separaba. En ocasiones como aquella, cuando todos charlaban y bromeaban frente al fuego, Julián se sorprendía riendo con alegría. En la isla no existía abismo, todos compartían la misma tierra, el mismo hogar. Allí importaban las personas, el resto no existía.

Y así, aquella noche, mientras veía los rostros felices de sus amigos iluminados por el fuego, sonrió por dentro. Aquellos hombres hablaban, cantaban, reían, farfullaban e incluso lloraban por las noches cuando creían que nadie los oía; añoraban a sus mujeres, novias o familias que los esperaban en sus hogares. Sus rostros brillaban de alegría cuando llegaban los escasos víveres o se sumían en el silencio de la tristeza cuando se retrasaban. Eran individuos que hablaban otro idioma y vestían otro uniforme, pero al igual que ellos estaban hechos de carne y hueso, de corazón y alma, como Julián y como Pascual, como sus familias y seres queridos.

44

La calma lo inundaba todo.

La noche se posaba sobre el mar manso, agotado tras la tormenta. El barco avanzaba lentamente, abriéndose paso entre las caricias de aquellas aguas oscuras, perdido en algún punto de la inmensidad del océano.

Las sensaciones sobre la cubierta del *Orionis* se amontonaban entre sí con suavidad y dulzura. El silencio no era completo. Se veía turbado por el suave murmullo del oleaje lejano, tenue como la luz de la luna reflejada en sus ondulaciones; por el crujir de las cuadernas y de los mástiles, y el sonido del viento desplegando las lonas que colgaban en lo alto. Sobre ella.

Clara cerraba los ojos y se dejaba acariciar por la brisa que provenía de la oscuridad, de algún lugar lejano, escondido tras las sombras de la noche marina.

Sus pies se balanceaban lentamente sobre la cubierta humedecida de proa. Tenía las manos apoyadas en el nacimiento del palo bauprés. Tras ella se movían las siluetas de los marinos, trabajando a la luz de la luna, con sus voces y susurros, entre cabos y velas.

La *Orionis* era una balandra, una embarcación menor de origen mercantil que disponía de doce bocas de cañón. El capitán Patanegra se había demorado seis meses en cumplir su acuerdo; pero finalmente y tras mucho insistir, Clara había conseguido que embarcaran rumbo a la isla de Cabrera.

Lograrlo había supuesto una verdadera odisea. Durante esos meses, había recorrido la mitad de las tabernas pesqueras de Cádiz en busca de una tripulación para la *Orionis*. Para ello, se había ayudado de la experiencia y los consejos de la señora Eulalia Alcalá Galiano. Su influencia dentro del mundo mercantil le había allanado el camino. La contratación de los marinos había corrido a cuenta de Clara. Ese era el acuerdo con el capitán Patanegra. Él saldaba la deuda con Eulalia ayudándola, pero a cambio ella debía pagar los sueldos de la tripulación. Con las pagas, Clara se había dejado la mitad del dinero con el que abandonó el palacio del general Louis Le Duc.

Sin embargo, dentro de la *Orionis* no todos eran marineros asalariados. También había quienes se habían prestado voluntarios, patriotas que habían oído hablar de las hazañas de Julián y querían ayudar a salvarle del cautiverio. Muchos deseaban que volviera a la península para que guerreara de nuevo contra el francés, para que formara una guerrilla y se echara a los montes. Clara no había podido negarse ante el entusiasmo de aquellos hombres que querían servir a su amado.

Se sentía orgullosa de lo que había hecho para llegar hasta allí. Había tenido que abrirse paso en un mundo banal, brutalizado e incivilizado, dominado por unos hombres duros que pasaban la mitad de sus días perdidos en el mar. Había tenido que ganarse el respeto de aquella gente para lograr lo que pretendía.

Levar anclas en Cádiz había sido lo más sencillo. Dos días después de poner rumbo a la isla de Cabrera, perdida en algún punto del Mediterráneo, habían tenido que atracar en un pequeño pueblo pesquero al sur de Valencia debido al mal tiempo. Allí habían esperado cuatro días hasta que las condiciones del mar mejoraron. Después habían vuelto a internarse en el mar rumbo noreste. Y allí estaban, bajo aquella centelleante bóveda celeste, cruzando aguas tranquilas.

Clara se acarició el vientre con la yema de los dedos. Estos siguieron con delicadeza la amplia curva en la que se había transformado tras siete meses de embarazo. De pronto sintió aquel temor nuevamente, emergiendo como un vaticinio de tormenta en el horizonte.

¿Qué iba a pensar Julián cuando la viera?

Desde que los síntomas no dejaran duda sobre ello, Clara había tenido que lidiar con el conocimiento de que una vida nueva asomaba dentro de ella. Solo podía haber un padre. Cuando Teresa le hizo abrir los ojos en el palacio de Eulalia Alcalá Galiano, enseguida la embargó un recuerdo terrorífico. La imagen del general Louis Le Duc abofeteándola y forzándola. «No puede ser...», se había dicho una y mil veces con las manos cubriendo su rostro, conteniendo las lágrimas que lo recorrían.

Durante mucho tiempo había aborrecido al bebé que crecía dentro de ella, había aborrecido al general francés que un día aceptó como esposo, se había aborrecido ella misma por no haber hecho nada por evitarlo. Pero aquello era obra del pasado y ya no había nada que hacer. Y cuando asomaron las primeras patadas dentro de ella algo en su mente cambió. Se imaginaba una nueva vida crecer a su amparo, inocente, ajena a todas las maldades y horrores que había en el mundo. ¿Cómo podía odiar tal belleza? ¿Qué esperanza quedaría en el mundo en tal caso?

Pronto su corazón se ablandó tanto que sus ilusiones crecieron como las de cualquier madre. No importaba quién fuera el padre, ella acariciaba su tripa imaginándose si sería niño o niña, pensando qué nombre le pondría, de qué color tendría el pelo y los ojos.

La única sombra que empañaba esa felicidad era el temor a lo que Julián pudiera llegar a pensar. Tenía miedo de que él la rechazara, que no reconociera al hijo. Que no estuviera dispuesto a compartir la vida junto a ella con el vástago de alguien que no era él como invitado. Cualquier hombre hubiera estado en su derecho de rechazarla por eso, pero Julián era diferente al resto de los hombres, y por eso Clara guardaba esperanza. A pesar de ello, en momentos de calma como aquel, el temor pesaba más en su corazón.

Oyó una voz tras ella que se alzó sobre los susurros de los marineros.

—¡Quince brazas y bajando, señor!

No pasó mucho tiempo hasta que la misma voz se volvió a alzar.

—Arena y restos de conchas. Diez brazas y bajando.

Finalmente, se oyó otra voz y Clara vio la silueta.

Se recortaba en el horizonte, más oscura que el cielo estrellado, emergiendo del mar.

Una isla.

45

Desde que comenzaran a crecer las plantas, habían construido un refugio junto a los campos, en los altos de la isla. Se trataba de una medida de seguridad; muchos de los demás prisioneros sabían de sus plantaciones y era arriesgado no tenerlas vigiladas.

La nueva cabaña era más espaciosa, construida con ramas gruesas de los pinares de la zona. Su cubierta presentaba menos orificios y les protegía más durante las noches de lluvia. Levantaron un pequeño cobertizo adosado al refugio, similar a las bordas que tenían las casas de la Llanada pero más rudimentario. En él guardaban los alimentos que les iban proporcionando las cosechas.

Con la llegada del otoño las tormentas en la isla eran habituales y cada vez que les azotaba una rezaban por que no destruyera la cosecha. En aquella ocasión, la tormenta había arrasado un cuarto del campo, el más expuesto a los vientos del norte. Afortunadamente, el resto había sobrevivido gracias al amparo de la hendidura que formaba el terreno y al pinar que lo rodeaba por el oeste. Aquel día se dedicaron a revisar los daños y a limpiar las zonas afectadas hasta que el sol se ocultó.

Con la noche volvió la calma. Los vientos parecían haberse amansado y acariciaban la cabaña templados, con una dulzura que nada tenía que ver con las rachas de la noche anterior, como si se arrepintieran de su estallido en ira y quisieran recompensarlo.

Julián estaba apoyado en la pared del refugio, en el hueco donde dormía, mientras observaba la partida de ajedrez entre Quentin y Henri en el tablero improvisado. Los demás también descansaban en sus respectivos huecos, a la luz de la hoguera. Tras el trabajo en el campo, lo habitual era no gastar demasiadas fuerzas. Los alimentos de las cosechas y de los víveres eran suficientes para sobrevivir pero no para hacer demasiados alardes.

Julián se había acostumbrado al hambre. Y notaba sus estragos en el cuerpo. La camisa con la que llegó en primavera le quedaba enorme. Notaba sus mejillas hundidas, sus pómulos salientes, las marcas de las costillas. La escasez de comida había sido una obsesión al principio del cautiverio, pero con el tiempo se había hecho a ella. Si un soldado perdía un brazo en batalla, al principio no sabría cómo apañárselas, pero con el tiempo empezaría a aprender a vivir sin él, haciéndolo todo con su mano sana, con la ayuda de sus dientes u otras técnicas. Con el hambre en la isla pasaba lo mismo. Uno se acababa acostumbrando.

—¡Maldita sea! —soltó Quentin con impotencia—. ¡Otra! ¡Otra!

Era la quinta partida que jugaban, la quinta que ganaba Henri con abrumadora superioridad.

—Si quieres quito una de mis torres —sugería un sonriente Henri—, así será más igualado...

—¡Al carajo con ventajas! ¡Te ganaré como Dios manda!

Julián rio.

—¡Tus peones caen como moscas, Quentin!

—¡Ya veremos esta vez!

Armand también rio la gracia.

—¡No querría tenerte como coronel de mi batallón! ¡Estaríamos criando malvas con tus decisiones!

Quentin soltó un improperio y Pascual, que dormitaba en su hueco, pareció desvelarse. El Viejo Pensante permanecía como siempre, cruzado de piernas y con los ojos cerrados. Julián se dirigió a Armand en voz baja.

—Menuda faena sería tener a Quentin dando órdenes en una batalla...

Armand suspiró y se llevó un palillo a la boca. Siempre se entretenía carcomiendo alguna cosa.

—Los he visto peores, créeme —murmuró—. Y no jugando con trocitos de madera, sino con personas. Así es la guerra. Alguien tiene que dirigir.

—¿Cómo puedes confiar en alguien que sabes que es un inepto? —preguntó Julián.

Armand tardó un rato en responderle, su mirada absorta en las llamas de la hoguera.

—Cuando eres un soldado confías en tu compañero, en el que lucha hombro con hombro contigo. Si ves que él confía en los que mandan, tú también lo haces.

—¿Y qué es lo que hace que tu compañero confíe en los que mandan?

Armand pareció sonreír en una mueca forzada.

—Le sucede lo mismo. Él confía porque te ve confiar a ti.

Julián había salido fuera y contemplaba la luna llena. Desconocía que a varias leguas de distancia, alguien disfrutaba de ella en la proa de un barco.

Era tarde y todos dormían en el refugio. Se sentó en una piedra y soñó despierto, como hacía siempre antes de irse a dormir. Pensó en la Llanada, en sus seres queridos, en *Lur*, en Clara. Con el tiempo había dejado de imaginarse cosas nuevas y acababa deleitándose siempre con las mismas, con las que más le gustaban.

Se volvió al oír unos pasos. No pudo esconder su sorpresa cuando contempló al Viejo Pensante detenerse a su lado con una sonrisa asomando en su barba blanca.

—Cuando contemplas la luna —dijo con una voz profunda y oxidada—, es bonito pensar que alguien al que añoras la contempla en el mismo instante que tú. La luna tiene brazos que unen a la gente.

Julián no sabía qué decir, era la primera vez que le oía pronunciar tantas palabras seguidas. El Viejo Pensante se sentó junto a él, alzó la vista y suspiró.

—Os he oído hablar antes. A Armand y a ti.

Julián asintió.

—Bromeábamos con Quentin.

El viejo tenía los ojos cerrados, dejando que la brisa le acariciase la curtida piel.

—Armand no quería alistarse a esta guerra —dijo de pronto—. Lo obligaron. Cuando entró en mi pelotón era solo un crío que lloraba por las noches. Ahora, míralo.

—¿Luchasteis juntos?

El Viejo asintió. Sus mechones le salían de la nariz y las orejas como llamaradas blancas. Estaba muy delgado, sus carnes colgaban marcando los huesos, cansadas ya de mantenerse firmes.

—Yo le vi crecer como soldado. Él no dice nada, pero tiene a una joven esperándole en su pueblo. Hace cinco años que no la ve. —El anciano se volvió hacia Julián y lo miró serio—. Antes habéis hablado de la confianza en el compañero.

Julián afirmó.

—Cuando Armand entró en el ejército era el más joven del pelotón —comentó el Viejo mientras alzaba la vista al cielo—. Pronto entabló amistad con otro joven como él, Fiedrich se llamaba. Al principio apenas sabían levantar el arma y cuando había que apuntar a alguien temblaban de cuerpo entero. Pronto eso quedó atrás y con el tiempo no tuvieron más remedio que aprender a sobrevivir como hacíamos todos, matando a otros. Tras varios años de continuas guerras por Europa, poco antes de que nos capturaran en Bailén, Fiedrich fue herido de gravedad en una emboscada. Armand cargó con él hasta el hospital de campaña más próximo. Cuando consiguió encontrar a un cirujano, su amigo había perdido mucha sangre. Recuerdo que el médico andaba muy atareado con los demás heridos de la emboscada y apenas le lanzó una mirada. «Espere, antes he de terminar mi trabajo aquí. Su amigo no es el único soldado herido.» Armand, el mismo que años antes lloraba por las noches en el barracón del batallón, tenía la cara manchada de sangre y agarró por la camisa al cirujano, suplicándole y entorpeciendo su tarea. Este le hizo caso omiso y, entonces, con la naturalidad de quien se fuma un cigarro, Armand sacó una navaja y se la puso en el cuello al cirujano. El otro se quedó inmóvil y cambió su semblante. Cuando atendió a Fiedrich, este había muerto.

El Viejo Pensante calló un momento, su barba brillaba ante la luz blanca de la luna.

—Jamás olvidaré la mirada de Armand cuando amenazó al cirujano —dijo entonces—. La tenía manchada de sangre, fresca y vieja. Sé que lo hubiera matado sin pestañear.

Julián había bajado la mirada, pensativo. Sabía de lo que hablaba.

—¿Por qué sucede esto? ¿Por qué nos matamos unos a otros?

El Viejo se acarició la barba.

—Confiamos por naturaleza, Yulien —respondió—. Somos animales que se dejan guiar por la manada. Cuando Napoleón llegó al poder todos le alababan; era el hombre que iba a unir Europa con las ideas de la Ilustración, iba a acabar con el yugo de las monarquías. Yo le seguí como los demás en sus guerras para derrocar a los reyes de Europa. Creí que luchaba por un bien común, por el bien de la gente, y pensé que los que se enfrentaban a nosotros lo hacían porque estaban engañados. Después de años de matar y ver morir, después de que me hicieran prisionero y me abandonaran en esta isla, me he dado cuenta de que solo soy un peón en el tablero, como los hombres cuyas vidas he arrebatado. Y como nuestros antepasados, he jugado la partida de la Historia.

La brisilla de la noche acariciaba sus rostros, en contraste absoluto con las palabras afiladas del viejo.

—Si hubieras nacido en el pueblecito de Armand —continuó él—, es posible que tu historia fuera la misma que la suya.

Julián había permanecido en silencio hasta entonces y contestó con la voz apagada.

—Es posible que ya la sea.

Permanecieron largo rato callados. Había nubes aisladas colgando entre las estrellas. Se movían con lentitud.

—¿Crees que Armand sigue siendo el mismo de antes de la guerra? —preguntó entonces Julián.

El Viejo pareció meditar la respuesta.

—La isla se ha encargado de ello —dijo de pronto, y miró a Julián con una sonrisa enigmática—. ¿Para qué estamos aquí entonces?

El Viejo Pensante se había retirado a dormir y Julián volvía a estar solo. Pensaba en lo último que había dicho el francés. Y aquel no era un pensamiento nuevo en él, los largos meses en la isla le habían dado tiempo para meditar sobre ello.

A menudo, mientras soñaba con volver a casa, se preguntaba si tal vez aquella isla no fuera solo una prisión. Si tal vez albergara otra cara oculta, una mucho más amable y rica, de la que se pudieran extraer cosas que al otro lado del mar no existían. Allí la belleza parecía tener doble filo; consumía quitando carnes y viejas costras de la gente, hasta dejar solo el alma.

Los sonidos frágiles de un arbusto al temblar se confundieron con el suave silbido de la brisa. Julián lanzó una ojeada hacia el origen del sonido pero solo vio sombras inmóviles entre los zarzales que había tras la cabaña. De nuevo el mismo zarandeo de hojas y tras él una silueta apareció de entre la maleza. Caminaba agachada y se detuvo a cierta distancia, contemplándole.

Julián se extrañó un tanto, pero no lo suficiente para ponerse nervioso. Alguien de la playa se había aventurado hasta allí, tal vez con la intención de robar algo. Al verle se iría.

El hombre seguía quieto y empezó a hacerle señas para que se acercase. Julián se levantó con cautela y se acercó no demasiado confiado. Pronto comprobó que tras él había otro individuo, agachado y escondido entre la maleza.

—¿Qué quieren? —preguntó—. Estas horas son para dormir...

El hombre vestía una camisa raída parecida a la de los presos, pero de sus orejas colgaban dos aros grandes, como solían llevar los marinos. Entonces habló con un leve murmullo.

—¿Es usted Julián de Aldecoa Giesler?

La sorpresa se apoderó del joven. Aquel hombre no era francés, su acento le había delatado. Era norteño, aunque más del oeste, de Galicia tal vez.

—¿De dónde demonios han salido?

El hombre miró al derredor con tensión y nervios. Parecía tener prisa.

—¿Entonces, nos confirma que es el señor de Aldecoa Giesler? —Esta vez no preguntó en francés.

Julián asintió y el hombre habló con impaciencia.

—Mire, nos la hemos jugado preguntando por usted en la playa y nos han dicho que estaba aquí. Mi francés no da para tanto y para mí que los de abajo están extrañados. Nos pueden descubrir. Así que vayámonos cagando leches.

Julián arrugó la frente, confundido.

—Perdone, ¿a qué diablos se refiere?

El hombre lanzó un suspiro de desesperación.

—Hay un barco fondeado al otro lado de la cala, escondido tras los riscos —le reveló con prisa—. Hemos venido a salvarle. La señorita Díaz de Heredia le espera en la cubierta. Ella ha movido los hilos.

El corazón le dio un vuelco enorme, amenazando con atravesar su fina piel.

—¿Clara? —exclamó exaltado.

El hombre asintió.

—Sí, su amada. Ella le quiere mucho y todo eso... pero nos vamos ya.

Le invadió una alegría inmensa, era demasiado perfecto para ser cierto. Sonrió ante los hombres y sintió deseos de abrazarlos.

—Esperen —dijo, emocionado, los latidos eran tan fuertes que apenas le dejaban respirar—. Avisaré a mis compañeros de refugio.

El hombre lo detuvo agarrándole del brazo.

—No. Solo a su amigo Pascual.

Su fugaz felicidad se desinfló. No podía abandonar a sus compañeros.

—No puedo irme y dejar aquí a todos.

—Lo hará. En la barcaza solo hay sitio para dos más.

Julián se plantó con las piernas abiertas y firmes al suelo, de pie, junto al marino.

—Pues entonces no me moveré de aquí —dijo con firmeza.

El gallego lanzó un suspiro y se levantó, era bajo y fornido, de brazos fuertes y tostados.

—No me venga con estupideces —le espetó con saña—. Su señora ha movido tierra y mar para venir aquí esta noche. Con ella viaja una tripulación y hombres que la siguen solo por las acciones que usted protagonizó en el pasado. La gente ha hecho un gran esfuerzo solo por usted, para sacarlo de aquí. Y ahora me encuentro a un niñato que patalea y me chantajea cuando me he jugado el cuello subiendo hasta esta maldita colina para encontrarle. Si nos rechaza, nos estará insultando a todos. Así que no me toque los Santísimos. ¿Recoge sus cosas y nos vamos ya?

Julián seguía muy quieto y fulminó con la mirada a aquel hombre con la cabeza rapada y pendientes de pirata. Pese a su impasibilidad, las palabras del marino habían hecho mella en él y pronto comprendió que tenía razón. Si era cierto lo que decía, Clara no se merecía lo que Julián había pensado hacer. Se estaba comportando como un necio, pero abandonar a sus compañeros en aquella isla... le dolía en el corazón.

El marino seguía contemplándolo con la mandíbula tensionada, parecía a punto de agarrarle y sacarle de allí a rastras. Entonces él bajó la mirada.

—Volveré enseguida —suspiró.

Cuando entró en la cabaña, sabía perfectamente que no se iba a quedar de brazos cruzados. Nada más llegar al barco obligaría al capitán a volver para rescatar a sus amigos.

Dentro todo estaba oscuro y se quedó muy quieto, contemplando los bultos inmóviles que dormían plácidamente.

Entonces se acercó a Pascual y le despertó. Este se desperezó, legañoso.

—¿Qué... qué diablos pasa?

Julián lo hizo callar llevándose el dedo a la boca y le hizo señas para que recogiera sus cosas. Después, ambos salieron al exterior. El joven no quiso mirar atrás, no quiso saber si alguien se había despertado y miraba cómo se iban, puesto que jamás lo hubiera olvidado.

Después de explicar a Pascual lo que estaba sucediendo, después de que este tardara incluso más que Julián en comprender y en hacerse a la idea, y después de que le obligaran a callar cuando comenzó a gritar de alegría, bajaron por un sendero estrecho que conducía más al norte de la playa. La maleza era más espesa en aquella zona y no vieron el mar hasta que descendieron a la orilla.

Una barcaza les esperaba amarrada en la arena pedregosa. El marino tenía razón, era pequeña, para cuatro personas.

Pascual no paraba de rezar y de dar gracias a Dios continuamente. Alzaba las manos al cielo.

—Oh... alabado sea el Señor...

—¡Vamos! —los espetó el marino.

Cuando subieron a la insegura barcaza, Julián posó la vista en el horizonte. Y entonces la vio, balanceándose en la noche.

La silueta de un barco.

46

Clara aguardaba en la toldilla de la balandra, con las manos apoyadas en la barandilla, junto al palo mesana. Desde la altura de popa, observaba cómo los marineros se asomaban a la borda de cubierta y tiraban de los cabos para subir a los dos liberados.

Sus ojos permanecieron fijos en aquel punto, expectantes, aguardando el momento en que la cabeza de su amado, la tan ansiada imagen, asomara por la borda. Las emociones se le agolpaban caóticas, revoloteando en su interior, pinchándola e inquietándola. Expectación, nerviosismo, alegría, temor... Tanto revuelo y confusión tenía una consecuencia sencilla en ella: el corazón retumbando, cada vez más fuerte, y las manos blancas apretadas en torno a la barandilla de madera. Todo mientras sus ojos se agrandaban esperando a que Julián apareciera.

Y entonces lo hizo.

Los marinos le ayudaron a subir a cubierta. Tras él apareció Pascual y los dos hombres que habían ido a rescatarlos. Julián aún no la había visto; nada más aparecer cruzó varias palabras con el guardiamarina y este le señaló al capitán Patanegra. Clara no podía verlos con claridad ya que la cubierta estaba sumida en la oscuridad para que no se hiciera demasiado visible desde la isla. Sí pudo apreciar cómo Julián y el corsario parecían enzarzarse en una ardua discusión. Uno negaba con la cabeza mientras el otro alzaba la voz.

—¡... no podemos dejarlos ahí!

—... lo siento, no volveré a arriesgar a mis hombres...

La discusión se demoró ante la resistencia tenaz de Julián, que parecía muy indignado. Clara contemplaba todo eso y se percató de que estaba arañando la madera con las uñas y las astillas le empezaban a hacer sangre. Tras unas duras palabras y gritos de ofensa, el capitán dejó a Julián cabizbajo y abatido, y comenzó a lanzar órdenes por la cubierta para desplegar lonas y salir de allí cuanto antes. Se armó alboroto entre los marineros, que corrían de un lado para otro, tiraban de cabos y subían a liberar las velas de los palos.

Clara sintió de nuevo acelerarse su corazón cuando Julián se dio la vuelta entristecido tras la discusión con el capitán. De pronto, pensó en su prominente barriga y la invadió un temor incontrolable.

Intentó mantener la compostura y adquirir una pose erguida, de dama o princesa, con el mentón alzado, sobre la barandilla de la balandra. Esta disimulaba su embarazo, pero cuando Julián subiera se daría cuenta de todo.

El joven cruzó la cubierta y entonces, por primera vez, pudo verlo con nitidez a la tenue luz del farol que colgaba del alcázar. Se llevó la mano a la boca, aterrada. Julián se encontraba en un estado lamentable, casi cadavérico. Sus ojos aparecían ensombrecidos y las mejillas se le hundían en el rostro y le marcaban los pómulos. Tenía una barba poblada y enmarañada, y vestía una camisa sucia y harapienta que le colgaba como un camisón. Los pantalones estaban hechos jirones e iba descalzo, con los pies negros. Su vigor y fiereza de antaño parecían haber desaparecido. Por un momento, Clara creyó no reconocerlo y se sintió terriblemente turbada. Las lágrimas empezaron a asomar a sus ojos. Le dolía mucho verlo en aquel estado.

Entonces, él alzó la vista y sus miradas se cruzaron.

Los hundidos ojos de Julián se iluminaron con intensidad, como un farol en la noche más cerrada, y se revelaron apasionados y salvajes, como antaño. Fue en aquel fugaz instante, cuando Clara lo reconoció.

Era él, la persona que amaba.

Las lágrimas acabaron asaltándola, imparables. Eran lágrimas de alegría, de emoción contenida. Olvidó toda pose seductora; olvidó su embarazo, la barandilla que lo escondía, y corrió escaleras abajo, hasta fundirse en un abrazo con él.

Antes de hacerlo, puedo ver cómo él tenía los ojos humedecidos de felicidad. La rodeó con unos brazos frágiles y delgados, pero Clara reconoció esa fuerza que tanto añoraba y que tan segura la hacía sentir. Se quedaría así, acurrucada en sus brazos, toda la vida.

Pronto la balandra dejó de existir y los murmullos de los marineros quedaron lejos; solo había calor y ternura, silencio y amor. Un momento tan ansiado, tan esperado, tan idealizado siempre corría el riesgo de no estar a la altura. Pero aquel lo estuvo, al menos durante el tiempo que duró el abrazo.

Cuando este se intensificó y la abultada barriga de Clara oprimió el vientre liso y duro de Julián, el lazo que los unía se soltó y los brazos de él aflojaron su presión. Ella despegó la cabeza de su pecho y la alzó para mirarle a los ojos. Estos pasaban del arrobo del amor a la confusión de la sorpresa. Julián se apartó ligeramente y descendió la mirada para confirmar lo que temía.

La curvatura de la barriga de Clara. Su embarazo.

Se quedó muy quieto, contemplando lo que ella no podía esconder. Clara contuvo la respiración, esperando una reacción. Sentía que se ahogaba.

Julián no emitió sonido alguno, tampoco preguntó ni pidió explicaciones. Su rostro afilado y barbudo no reveló a simple vista gran reacción. Pero Clara pudo ver cómo sus ojos se volvían a hundir, perdiendo la intensidad y el brillo que había visto renacer en ellos poco antes.

Transcurrían las horas con una lentitud exasperante y continuaba sin tener noticias suyas. Clara estaba en su camarote, dando vueltas, caminando de un extremo a otro del estrecho habitáculo. Empezaba a hartarse de aquel desesperante y continuo vaivén; en la ida apenas le había molestado, pero en aquel momento suponía una tortura.

Las cuadernas crujían, el suelo se movía, los candiles colgaban y su luz jamás estaba quieta. No podía dejar un vaso sobre la mesa porque acabaría por derramarse su contenido. No podía mantener la vista fija en un punto, porque las sombras oscilaban y la ponían más nerviosa. Por suerte, las arcadas y los mareos de los primeros meses de embarazo hacía tiempo que habían desaparecido, de lo contrario, aquella travesía habría sido un auténtico infierno.

El barco estaba de vuelta, rumbo a las costas españolas de la península. El capitán Patanegra había dicho que llegarían al día siguiente cerca del mediodía.

Los dos amigos rescatados se habían retirado a otro de los camarotes para descansar y recuperar fuerzas. En otra situación, Clara habría acompañado a Julián en su descanso. Lo estaba deseando, ella quería volver con él. Pero no se atrevía.

¿Qué habría pasado por su cabeza al descubrir su estado? ¿Qué estaría pensando en aquel preciso momento? ¿Y si pensaba abandonarla? ¿Y si no estaba dispuesto a compartir la vida juntos con un hijo que no fuera suyo?

Las preguntas y los temores se amontonaban en su cabeza, torturándola con agudas punzadas que no podía obviar. Pese a su impaciencia, comprendía que Julián necesitaría un tiempo para asimilarlo. Y ella debía dejarle respirar para que asumiera la nueva realidad. Temía que si se mostraba demasiado insistente, acabaría abocando su relación al desastre. Si no lo había hecho ya.

Angustiada, no podía evitar sentirse embargada por un terror atroz. No contemplaba un mundo sin él, no después de todo lo que había pasado, después del infierno de su matrimonio con el general francés, después de su paliza, después de huir y de luchar todo lo que había luchado por volver junto a su verdadero amor. No podía perderlo.

Intentó tranquilizarse pensando en que ella misma también había odiado al bebé y a todo lo que tenía que ver con él, pero con los meses aquel oscuro sentimiento se había esfumado y en aquel momento amaba a la vida que se desarrollaba en su vientre. Esperaba que a Julián le sucediera lo mismo y con el tiempo lo acabara aceptando.

Hubiera deseado tener a Simón consigo para que la tranquilizase, pero se había quedado en tierra, cuidando de Teresa y Miriam y de todo lo que habían dejado allí. Ella debiera de haber hecho lo mismo, más en el estado avanzado en que se encontraba su embarazo, pero se había negado con rotundidad.

Asfixiada por las dudas y los temores, decidió salir del camarote y cruzar el pasillo. Subió a cubierta en busca de aire y con la remota esperanza de encontrar allí a Julián.

El barco navegaba por las tranquilas aguas. Uno de los grumetes más jóvenes paseaba por cubierta en su turno de guardia. Aparte de él y el timonel, no se veía a nadie más. El cielo se estaba tiñendo de un azul violáceo en el horizonte, revelando el amanecer cercano. Clara preguntó al timonel y este le dijo que tanto Julián como Pascual descansaban en sus camarotes y no habían salido durante toda la noche.

Suspiró, no sabía si por alivio o por desesperación.

Finalmente, regresó a su camarote y resolvió tumbarse en el jergón, más por descansar que con la esperanza de dormir. Sin embargo, su mente la protegió del dolor y recurrió a la mejor coraza que tenía, el sueño.

El alboroto despertó a Clara de un sueño profundo. Los sonidos se sucedían con pronunciado revuelo: pies descalzos que corrían por la cubierta, voces, órdenes y gritos de los marineros, graznidos de gaviotas revoloteando sobre el barco, ondear de banderas y velas.

Pronto alguien llamó a su puerta y ella se levantó con brío, recomponiéndose de inmediato y airada.

—¡Adelante!

El segundo de a bordo asomó por la puerta. Clara respiró, no se trataba de Julián.

—Enseguida llegamos, señorita. Prepárese. —El marino posó una taza de café sobre la mesita del camarote.

Clara le dio las gracias y cuando se hubo quedado sola, la tomó de dos sorbos.

Debía prepararse para la llegada. Desembarcarían en un pueblecito pesquero que se escondía entre acantilados unas veinte leguas al sur de Barcelona. Allí no había guarnición francesa y según el plan, debían estar esperándoles Simón, Teresa y Miriam.

Seguía teniendo un nudo en el estómago, pero no era solo debido a su embarazo y su porvenir con Julián, aunque sí tenía que ver con él.

Desde el asalto que protagonizó a la cárcel de Madrid y la posterior emboscada a un pelotón imperial, Julián se había convertido en una leyenda. Había incendiado la cárcel, había liberado a más de ochenta presos, la mayoría guerrilleros, y según se decía había acabado él mismo a golpe de espada con ocho infantes franceses antes de que lo apresaran. Sus hazañas se habían propagado como la pólvora entre el pueblo, su figura se había mitificado por toda la nación, entre los sublevados, desfigurándose hasta el punto de que algunos creían que no era humano, que se trataba de un siervo enviado por Dios para liberarles del yugo invasor.

Cuando Clara comenzó a organizar su rescate, muchos hombres se le habían unido queriendo salvar al héroe sublevado para después poder servirle en una partida guerrillera capitaneada por él.

Las cosas habían cambiado para Julián. Había gente aguardando su vuelta, esperando de él a un líder que les condujera en busca de la libertad, luchando frente al invasor en la guerrilla. Temía que no estuviera preparado para semejante responsabilidad, pero ella no era capaz de hallar otra solución. Los héroes guerrilleros, que cada vez vencían más al francés por toda la nación, no podían negarse ante la responsabilidad que tenían de salvar al pueblo. No podían defraudar a toda esa gente que, escondida y aterrada en sus empobrecidas casas, aún albergaba esperanzas de que un día la guerra pudiera acabar gracias a la labor que ellos ejercían.

Julián debía saber eso y Clara tenía que explicárselo.

Cuando desembarcaron en el estrecho muelle del pueblo todo en él parecía estar tranquilo. La enmohecida pasarela de madera desembocaba en una placita donde en tiempos mejores debía de hacerse el mercado. Las casas se apartaban para apiñarse entre ellas, dejando un espacio ancho que podría albergar más de diez puestos. Pero, en aquel momento, como en casi todos los poblados de la nación, aparecía desierta.

Clara cruzó el muelle y vio a sus amigos esperando junto a la fuente que se alzaba en el centro de la plaza. Se fundió en un abrazo con ellos. Durante aquellos meses había cogido un inmenso cariño a Teresa y su hija. Ella era una mujer encantadora que la había ayudado durante su embarazo, cuidándola con el amor y la ternura de una madre. Su hija, a la que Clara quería con locura, era como un narciso en primavera, siempre alegre y feliz.

Miriam enseguida se liberó y echó a correr hacia el muelle. Por él venía Pascual, tan delgado como Julián, pero sin que a él se le notara tanto porque siempre había tenido esa constitución. Cuando vio a su hija correr hacia él, gritó de alegría y la abrazó con intensidad. Teresa había ido tras ella y se unió al encuentro. Pascual las comía a besos, loco de felicidad.

Clara se había emocionado al ver el amor que desprendía la familia y deseó con todas sus fuerzas poder gozar en su vida con algún momento así. De pronto, la invadió una profunda desesperanza; para conseguir eso, primero Julián había de aceptarla y amarla, y después debían terminar con aquella guerra, saliendo indemnes de ella. Sintió cómo Simón, que se había quedado junto a ella sujetando del ronzal a un *Lur* impaciente, le acariciaba la creciente barriga con ternura. Su tío siempre estaría ahí, acompañándola en los momentos en los que se sentía sola.

—¿Cómo ha ido, querida? —le preguntó.

Clara desvió la mirada hacia el muelle, esperando ver a Julián. Lanzó un suspiro de apatía.

—No muy bien... —musitó—. No sé cómo se lo ha tomado.

Simón asintió con la cabeza.

—Dale su tiempo —la tranquilizó—. ¿Sabe todo el resto? —añadió señalando hacia la boca de la plaza. Clara miró hacia allí y vio media docena de hombres aguardando de pie junto a sus monturas. Los conocía a todos. Iban armados con rifles, escopetas, navajas y sables adquiridos al francés en emboscadas. La mayoría portaba un pañuelo coloreado anudado a la cabeza que caía por su espalda con aire *negligé*, otros se protegían con sombreros redondos de fieltro de color pardo o gris. Iban con chaquetillas oscuras y fajas anchas de terciopelo, calzones cortos y polainas para protegerse de las nevadas y los caminos embarrados.

Los estaban esperando.

Clara negó con la cabeza.

—Aún no se lo he contado.

Julián acabó cruzando la estrecha pasarela que unía el barco con el muelle. Su aspecto había cambiado un tanto. Vestía ropas nuevas que no le quedaban tan holgadas y se había afeitado. Lo cual le dotaba de un aspecto más pulcro, pero, contrariamente, acentuaba aún más la delgadez de su rostro. Llevaba un macuto pequeño, donde habría guardado sus escasas pertenencias. Sus ojos no se cruzaron con los de Clara y se centraron en Miriam y Teresa. Tras los recibimientos, las sonrisas y los abrazos, Simón soltó a *Lur* del ronzal y dejó que se acercase a su dueño.

Todos dejaron un momento de intimidad para que compartieran ambos amigos. Julián acarició el lomo y el hocico de su montura, lo rodeó con los brazos y le susurró palabras al oído. Clara vio amor y ternura en sus gestos y en su sonrisa y deseó recuperar eso, lo quería para ella. Tras un largo momento en que les dejaron a solas, Julián se acercó a ellos.

Estrechó la mano a Simón y con ciertas dudas en sus movimientos renqueantes, saludó a Clara con un leve gesto de cabeza, como si fuera una desconocida. Ella apenas pudo mantener la compostura para no estallar en lágrimas y huir de allí. Después, los ojos de Julián se quedaron fijos en ella durante un instante, revelando cierta confusión. Pero inmediatamente se desviaron hacia los hombres que aguardaban al final de la plaza.

—¿Quiénes son? —preguntó.

Simón miró a Clara y al ver que esta no reaccionaba tomó las riendas de la situación.

—Hay varias cosas que has de saber... —comenzó.

—Nos dijeron que te habían llevado a Cabrera... —La voz de Clara se alzó sobre la de su tío. Había dolor contenido en su expresión—.

Necesitábamos buscar ayuda para sacarte de allí y acabé encontrando a un corsario que nos podía llevar. Mientras buscaba tripulación en Cádiz, empezaron a correr rumores de que seguías vivo y que estabas preso en esa isla. La gente había oído hablar de ti, de lo que hiciste en Madrid.

—No me enorgullezco de eso —cortó Julián.

—Pero la gente sí —le contestó Clara, tajante—. Cuando se supo que contratábamos tripulación para poder rescatarte muchos se nos unieron. —La joven miró a los hombres armados que los aguardaban—. Muchos lo han perdido todo y solo quieren matar franceses. Otros dejaron las casas para unirse a la lucha, también hay quienes vinieron con sus familias, sus mujeres e hijos porque no tenían dónde vivir. Todos ellos acudieron a mí atraídos por tu nombre.

—¿Por mi nombre? —había cierto enojo en la voz de Julián.

—Quieren que lideres una partida, Julián —le dijo ella. La sorpresa tensó el rostro curtido y delgado del joven—. Son veinte, treinta contando a las familias, y me han seguido a mí durante tu ausencia. Mientras esperábamos a embarcar y ante mi inexperiencia, decidí unir nuestras fuerzas a una partida mayor. La del viejo Rodrigo de Urturi. Su partida cuenta con más de treinta hombres y opera al sur de nuestras tierras vascas cortando convoyes, correos y realizando emboscadas cerca del Camino Real por la zona de La Puebla. Tienen su guarida en lugar seguro, en una zona pastoril entre los reinos de Álava y Navarra. Desde allí inician y organizan todas sus incursiones. Es como un poblado. Pero... —Clara tomó aire, ya todo estaba dicho— tus hombres te seguirán a ti, no a Rodrigo de Urturi.

Julián tenía un surco de incomprensión que atravesaba su tostada frente.

—¿Por qué han de seguirme? ¿Qué demonios he hecho yo para que eso sea así?

Clara se encogió de hombros y suspiró.

—Esos hombres servirán bajo tus órdenes y harán lo que les digas. Te seguirán hasta la muerte si es preciso.

—Yo no quiero llevar a nadie hasta la muerte. Ya ha habido suficiente en mi vida.

Clara respiró hondo, sabía que no iba a ser fácil. Ablandó su voz e intentó que Julián la comprendiera.

—Julián... —murmuró con delicadeza—. Las cosas han cambiado desde que te fuiste... no solo para ti, para todos. Esos hombres y toda la nación albergan la esperanza de que esto pueda terminar gracias a la labor de la guerrilla y del ejército aliado en el frente portugués. —Se acercó un tanto a él y se centró en sus ojos, Julián pareció turbarse—. Estamos más cerca de conseguirlo... Los franceses son cada vez más débiles, solo hay que arrimar el hombro y luchar por la causa.

El rostro de él se mostraba duro como una roca.

—Esta guerra no tiene sentido —dijo—. Matar franceses, matar guerrilleros... ¿Por qué?

—Porque de alguna manera hay que terminar algo que carece de sentido —intervino Simón.

Julián se volvió a él sorprendido, como si se hubiera olvidado de su presencia y sus palabras hubieran resquebrajado algo en su firmeza.

—La gente quiere volver a vivir —insistió Clara con la esperanza de convencerlo—. Las mujeres quieren que sus maridos e hijos vuelvan a casa. El pueblo quiere volver a sentirse libre, quiere volver a crecer y seguir con sus vidas y sus sueños. —Clara se acercó aún más y abrió los ojos queriendo gritar con ellos: «Como nosotros, Julián. ¡Como nosotros!»

—Y la esperanza de poder hacerlo reside en individuos como tú —añadió Simón—. Sé que no lo has elegido, Julián, pero creo que el destino así lo ha decidido. Hay que terminar con esta guerra.

—Solo así podremos seguir con nuestro camino... —terminó murmurando Clara.

El rostro de Julián se contrajo. Algo en su dureza parecía estar tambaleándose; tenía los puños apretados y la mirada desviada hacia algún punto de la nada, absorto en sus propios pensamientos. Permaneció así durante unos instantes que se demoraron en la eternidad, como si todo se hubiera detenido para él y solo existiera su propio mundo interior, donde se intuía una lucha encarnizada entre dos bandos opuestos por naturaleza. De pronto su rostro se ablandó.

—De acuerdo.

Sus ojos volvieron y miraron a Clara.

La Orden de los Dos Caminos

Principios de 1812 – Verano de 1813

47

La luz del amanecer reveló un paisaje helado, cubiertos sus valles por un manto blanco de nieve. Las nubes que encapotaban el cielo también se tornaban blancas, y de ellas caían copos ligeros y flotantes que velaban las cumbres más lejanas.

Estaban agazapados a los pies de la colina, escondidos tras unos arbustos y matojos. Se protegían con las capas de tabardo mientras cargaban los fusiles en silencio, con movimientos mecánicos y expertos.

Julián buscó un cartucho en la canana, mordió el papel encerado, metió la bala y la pólvora en su rifle Baker, cogió la baqueta y lo aprisionó todo al fondo del cañón. Después suspiró y se acomodó sobre la mullida nieve. Entornó los ojos con la vista puesta en lo alto del cerro. Allí, asomando débilmente entre miles de copos que caían, yacían las casetas fuertemente custodiadas que dominaban el paisaje circundante.

Se trataba de una guarnición francesa.

Habían sido informados a través de unos arrieros de lana merina que se dirigían a los puertos de la costa. El Camino Real discurría dos leguas hacia el oeste y desde allí los mercaderes veían la guarnición cada vez que pasaban. «Subimos a comerciar con ellos. Es una guardia muy pequeña, menos de diez», les habían dicho.

Julián apretó los dientes bajo su capa, empezaba a tener frío. Había algo inquietante en aquella mañana. El paisaje aparecía excesivamente tranquilo, sin viento, en silencio, con el suave y embriagante caer de la nieve, muda y gélida. Los árboles del bosque que los secundaba yacían sin hojas y estaban blancos, los pajarillos se escondían en sus refugios y no cantaban, las aguas de los ríos estaban heladas y no bailoteaban saltarinas. Todo parecía descansar en una extraña calma, ajeno a lo que estaba a punto de acontecer.

—No me fío demasiado de esos mercaderes... —farfulló el Algodones agazapado junto a él. Era el más viejo de la guerrilla, apodado así por la blancura de sus patillas—. Esto no tiene buena pinta, no me creo que solo haya media docena, fíjate en las barricadas y en aquella tapia. Parece un fuerte.

—A los franceses les interesa aparentar solidez defensiva para que no nos acerquemos. No sería de extrañar que dentro solo encontremos cuatro gatos —oyeron murmurar al barbero Tres Palmos tras ellos. Casi todos en la partida tenían un apodo. Decían que el suyo era por la enorme navaja de afeitar que escondía en la faja pero, según las malas lenguas, en realidad hacía mención a algún miembro de la constitución de su portador que decían ostentaba semejante tamaño.

—A mi señal —dijo Rodrigo de Urturi, el jefe de la partida. Julián lo miró y vio cómo su semblante se agudizaba. Rodrigo era un hombre de mediana edad, grande y robusto. Tenía una barba rojiza muy poblada y pese a su aspecto bruto y tosco, era un hombre muy inteligente que sabía bien cuándo y dónde atacar, y en qué momento había que retirarse. Era respetado por todos los hombres y Julián había decidido unir su partida a la de él y luchar bajo sus órdenes. En aquella ocasión lo vio excesivamente inquieto, más que otras veces.

Los treinta y cinco hombres que componían la partida aquel día se despojaron de las capas y abrigos, tensos y prestos con sus fusiles y navajas. Julián oyó la inconfundible voz de Pascual rezando dos filas por detrás de él. Teresa y Miriam se habían quedado junto a Clara, las demás familias y los hombres heridos en la guarida que la partida tenía a un día de viaje de allí.

El invierno de 1812 languidecía con aquella última nevada. Para entonces, llevaban dos meses recorriendo los valles y las llanuras cubiertas de viñedos que bañaban aquellas tierras. Como centenares de partidas a lo largo del país, atravesaban montes y bosques nevados, interceptaban correos y convoyes. La guerrilla se había convertido en la mayor preocupación de los ejércitos napoleónicos. Cada día había más bandas recorriendo la nación, cada día estaban mejor organizadas y se nutrían de más hombres. Ofrecían una guerra diferente, una guerra de desgaste que impedía a los imperiales moverse con facilidad, obligándoles a incorporar grandes escoltas y vigilantes en los correos para poder comunicarse, e impidiéndoles concentrar grandes contingentes en puntos clave del territorio porque cada zona del país se consideraba peligrosa y objeto obligado de vigilancia. Mantenían las tropas desperdigadas, no pudiendo enviar gran número de hombres para hacer frente al grueso de los ejércitos aliados que presentaban batalla a los franceses en la frontera con Portugal.

Gracias a la labor de la guerrilla, desde que Julián volviera de Cabrera se respiraban otros aires de guerra. Los franceses, tras cuatro años de ocupación, estaban agotados; la guerra continuaba y Napoleón aún no había conseguido doblegar a la nación. Las tropas del inglés Wellesley notaban la debilidad cada vez más acuciante de su enemigo, y ya no solo se limitaban a defender la frontera lusa, también se habían empezado a aventurar en territorio español.

Pocas semanas antes habían llegado noticias de las conquistas aliadas de las dos llaves occidentales de la península: Ciudad Rodrigo y Badajoz. Por primera vez en cuatro años, la corte del rey José I en la capital temblaba. Se decía que los franceses estaban haciendo un gran esfuerzo debilitando fuertes y guarniciones para reunir tropas que pudieran detener el nuevo avance de los ingleses. Todos hablaban de una inminente batalla en la meseta castellana. Si esta se resolvía a favor de los aliados, tendrían el camino libre hacia Madrid y la corte francesa debería trasladarse al norte.

Bajo aquella inquietante nevada, Julián tragó saliva. Se levantó con cautela y dio unos pasos para salir de los arbustos. Los calzones cortos de terciopelo le quedaban libres por la rodilla y debía protegerse con polainas de cuero que iban por encima de las sandalias, reforzadas por los tobillos para las grandes marchas que habían protagonizado. Pese a su grueso calzado, tenía los pies mojados y ateridos. Sintió un escalofrío recorrerle la espalda y se estremeció. Volvió a apretar los dientes.

Comenzaron a avanzar agazapados por la pendiente del cerro. Julián iba en primera posición, a la altura de Rodrigo. Los hombres les seguían en silencio con los fusiles cargados. Acarició el pomo de su sable; hasta el momento no había vuelto a matar a nadie, ya que las incursiones habían sido de poco calado y no se había visto en la necesidad. ¿Tendría que hacerlo aquel día?

Se detuvieron tras unos árboles, a escasos cincuenta pasos del caserío. Según sus informadores, no había otra guarnición en varias leguas a la redonda, y dada su cercanía al Camino Real, transitado por columnas francesas, servía de polvorín y de abastecimiento al paso de estas.

Las observaron detenidamente, mientras los halos de vapor de sus alientos se perdían en el aire blanco. Eran tres casetas; un viejo caserío, un gallinero y un almacén. Habían aprovechado una antigua tapia de piedras para crear un parapeto entre las construcciones. Pese a la hora temprana, pronto comprobaron que no toda la guarnición dormía.

La tenue luz amarillenta de un farol reflejó la silueta móvil de un guardia. Solo la vieron un momento, caminando entre dos casas, y enseguida desapareció tras el velo de la nevada.

Rodrigo hizo una señal a varios de los guerrilleros y tres hombres subieron con suma cautela hasta detenerse frente a la tapia. Con el corazón en un puño, todos vieron cómo la avanzadilla saltaba al otro lado del muro. Aguardaron unos momentos que se hicieron interminables, tensos e impacientes como estaban por entrar en acción. Si hubo algún forcejeo no se oyó nada. Entonces asomó la cabeza de uno de los guerrilleros tras el muro y les hizo la señal para que avanzasen todos.

Corrieron en silencio, sin gritar ni dar órdenes, hasta alcanzar la tapia y sortearla con cuidado de no derramar piedras. Entraron en el polvorín. Entre las casas no había nadie, al menos vivo, porque el cuerpo del centinela que habían visto era llevado a rastras por los tres guerrilleros de la avanzadilla hasta unos zarzales junto al muro. Rodrigo dio la orden para que se dividieran en tres grupos y entraran en todas las casas a la vez. Julián organizó un grupo de diez hombres que se ocuparon de la más oriental, el almacén. Se movieron con absoluto sigilo, evitando toses y ruidos inoportunos.

Las tres puertas fueron embestidas en el mismo momento y las casas asaltadas por sorpresa, entrando los guerrilleros en estampida. Julián lo hizo primero y tras él sus hombres gritando como locos. El pajar tenía otro almacén en el piso superior, en el que encontraron a dos franceses durmiendo en unos catres. Se sobresaltaron al verlos y con el pavor reflejado en sus rostros, se rindieron sin oponer resistencia. Julián suspiró, aliviado. No había corrido más sangre.

—Apresadlos y sacadlos fuera —ordenó a dos guerrilleros de aspecto curtido—. ¡Con vida!

Su acción se había saldado limpia y sin incidentes, pero los disparos y los gritos que salieron de otra de las casas indicaron que en ella el asalto no había ido tan bien.

Cuando salieron al exterior, comprobó con alivio que Pascual y Simón permanecían indemnes junto a los hombres que habían atacado la casa occidental. Entonces todos vieron cómo sacaban el cuerpo sin vida de Rodrigo de Urturi.

Julián se quedó congelado bajo la nieve que caía, como todos los presentes. Depositaron el cadáver en la explanada del polvorín y lo cubrieron con una manta. Era un verdadero golpe de mala suerte. Un desastre.

El silencio se había adueñado de los guerrilleros, el asalto se había saldado con éxito, pero la muerte del jefe apartó toda alegría posible. Algunos comenzaron a maldecir, otros inclinaron la cabeza, rezando por el alma de Rodrigo. Hubo un grupo que montó en cólera y la tomó con los cinco prisioneros que habían hecho, los cuales formaban en fila, arrodillados y con las cabezas gachas, muertos de miedo.

Uno de ellos, conocido como el Buitre y segundo al mando de la partida de Rodrigo, golpeó en la boca a uno de los franceses con extrema brutalidad, derribándolo al suelo y haciendo que saltaran sangre y dientes. Después, con la mirada ida y las venas hinchadas en su cuello, ordenó alinearse a cinco de los guerrilleros frente a los prisioneros arrodillados con la intención de fusilarlos.

Julián se vio con la responsabilidad de actuar y dio un paso al frente.

—¡Deteneos!

Los hombres lo miraron con caras de sorpresa. El Buitre se volvió hacia él con su aspecto carroñero y blasfemó fastidiado. Era el hombre de confianza de Rodrigo y se ocupaba de realizar los trabajos sucios; dos semanas antes habían apresado un convoy francés y lo había visto en plena acción degollar sin miramientos a un joven soldado que pedía clemencia a gritos y lloraba como un bebé.

El Buitre lo fulminó con aquella mirada suya, felina y acechante, peligrosa.

—No te metas en esto —le escupió con la voz fría y ronca.

Julián vaciló un momento, pero no se detuvo. Se acercó a los cinco guerrilleros que apuntaban a los prisioneros y les apartó las armas.

—Son prisioneros y se han rendido —les dijo, mirándolos uno a uno a los ojos.

—En esta guerra no se hacen prisioneros —terció el Buitre mientras se detenía ante él y le cortaba el paso. Eran parecidos de altura y pudo oler su aliento a pólvora. Tendría alrededor de treinta años y su rostro estaba encallecido y lleno de cicatrices. No era muy robusto, pero sí estaba musculado y fibroso. Julián temía ese contraste entre su aparente frialdad y el comportamiento cruel y bárbaro que se desataba en él durante las emboscadas. Pese a ello, permaneció sereno.

—Hay muchas maneras de hacer la guerra y en esta no se matan prisioneros —le dijo, manteniéndole la mirada.

La mandíbula del Buitre se contrajo, y sus ojos adquirieron una brillantez inquietante. Ambos se mantuvieron en pie uno frente al otro, mirándose. Julián apretó la mano sobre el pomo de su sable, preparado ante cualquier movimiento extraño. Lamentó no tener una navaja corta a mano; si el hombre que tenía frente a él sacaba la suya, tardaría menos y sería más rápido. Tras una espera tensa, el Buitre acabó parpadeando. Sonrió y se apartó, dejándole pasar. Julián lo hizo de inmediato, aunque procurando no revelar su profundo alivio.

Intentó concentrarse en lo que tenían que hacer de ahí en adelante. Rodrigo yacía tumbado y tapado por la manta que empezaba a cubrirse de un fino manto de nieve. Ahora debía de ser él el que tomara el mando, aunque sabía que entre los hombres de la partida del difunto Rodrigo había quienes apoyarían a su segundo. Podían producirse problemas entre los dos bandos, y más después de la desavenencia que acababa de suceder.

—Coged todo lo que podáis —ordenó a la partida con toda la firmeza en la voz de la que fue capaz—. Armas, munición, víveres, todo lo que se pueda cargar en las alforjas. Y soltad a esos hombres —añadió—, dejad que se marchen.

Los guerrilleros se pusieron manos a la obra; hubo murmullos a su alrededor, algunos a favor, otros en contra, que acentuaron la tensión entre los hombres. Sabía que a muchos no les agradaba su última orden de liberar franceses, pero no estaba dispuesto a doblegarse.

Finalmente, dejaron que los prisioneros se marcharan, corriendo colina abajo.

Julián resopló y se alejó un tanto del fragor que se estaba dando con el saqueo. Se caló el abrigo que uno de los muchachos más jóvenes había subido del pie de la colina. Una vez solo, se apoyó en la tapia que rodeaba al polvorín y observó el paisaje circundante. Un viento frío alejó las voces de los hombres. Aún se le hacía extraño dar órdenes. Jamás lo había hecho y no eran pocas las veces que le asolaban las dudas y los temores. ¿Quién era él para guiar a otros hombres? La mayoría eran mayores que él, habían visto más y tenían más vida a sus espaldas. Durante aquellos meses se había fijado en el modo de comportarse del difunto Rodrigo de Urturi. Él actuaba. Mostraba seguridad aunque estuviera muerto de miedo. En ocasiones, Julián desconocía la mejor manera de obrar, pero tenía que decidir.

El destino a la vuelta de Cabrera le había recibido con aquel deber.

Ayudar a alejar la guerra de aquellas tierras marchitas y consumidas. Debía tener el valor de asumir esa responsabilidad y no darle la espalda. Pero lo haría a su manera. La isla le había cambiado, le había hecho abrir los ojos. «El destino no tiene forma, no si nosotros no queremos», le había dicho Roman. Pensó en sus amigos de Cabrera, que había dejado atrás. Él no sembraría más odio y maldad en un mundo que ya languidecía.

La nieve remitió un tanto y el viento se intensificó, haciendo que le quemaran las mejillas y la frente. Vio una neblina blanquecina elevarse a unas dos leguas, tras una colina. La mancha parecía crecer en línea recta con suma rapidez, como si la asolaran fuertes rachas de viento. Algo hizo que Julián se extrañase y entornara los ojos en la ventisca. Aquella neblina no parecía natural, se elevaba como si fuera polvo. Entonces un recuerdo se posó en su mente con la misma desganada serenidad con la que los copos de nieve habían cubierto el paisaje: las enseñanzas de Roman.

Al recordarlas, Julián abrió los ojos y sintió cómo el corazón se le aceleraba. Saltó la tapia hacia el otro lado del polvorín. Se arrodilló y retiró con manos apresuradas la capa de nieve que cubría el suelo. Cuando cavó un pequeño agujero de un palmo por lado y la tierra húmeda asomó, posó el oído sobre ella.

Entonces, esperó.

Al principio solo había silencio. Pero cuando se hubo acostumbrado a él, un retumbar lejano fue surgiendo, cada vez más intenso, constante.

Era caballería. Y se acercaba hacia allí.

Se levantó de un brinco y volvió a saltar el muro, gritando a sus hombres.

—¡Un escuadrón de caballería! —exclamó—. A una legua y acercándose, ¡tenemos que irnos!

Los hombres se alarmaron al oírle y se apresuraron. Cargaron con todo lo que pudieron y bajaron la colina por el lado contrario al del Camino Real, para que los franceses no los vieran. Alcanzaron el pequeño hayedo donde habían dejado las monturas anudadas a los árboles y cargaron las alforjas. Mientras lo hacían, Julián oyó cómo dos hombres farfullaban por lo bajo.

—... ha sido un error liberar a los prisioneros... Habrán bajado al camino alertando al primer escuadrón de jinetes que hayan visto pasar...

Se hicieron con pescado en salazón, carne conservada en manteca, harina, cuatro gallinas, algunos huevos y varios cuartillos de vino. Se habían llevado celemines de cebada y unas cinco libras de aceite; mantas, coberteras, pistolas y mosquetones, algún rifle, barricas con cartuchos, varios quintales de pólvora y unos dos centenares de piedras de chispa.

—No es una mala cosecha —dijo Pascual a su lado.

La columna avanzaba en fila de a dos, todos a caballo. Ya no nevaba y el sol aparecía con timidez. El camino estaba cubierto por una fina capa de hielo, y las patas de las cabalgaduras crujían a su paso. Se habían adentrado en un terreno boscoso no demasiado transitado.

Julián llevaba las riendas sueltas y asintió.

—Aun así no tenemos suficientes víveres para los dos próximos meses.

Lo dijo de mala gana, puesto que sabía lo que eso significaba. Si no tenían suficientes alimentos para volver a la guarida, debían pasar por algunas de las aldeas que poblaban aquellas tierras y requisar a sus pobladores lo que necesitaran. Y eso se disponían a hacer. Se dirigían al pueblo de Tarmanda, a unas diez leguas de allí. No sería la primera vez que entraran en aquel pueblo, y el proceder en la anterior ocasión no había sido del agrado de Julián. Habían requisado hasta en las casas más pobres, arrebatándoles hasta el último grano. Aquel día, el recuerdo de los forrajeros entrando en su aldea cuatro años atrás se había hecho vivo.

La guerra la costeaba el pueblo, por el bien de cualquier patria, de cualquier color y lengua. Era una ley no escrita, utilizada por los fuertes, los que tenían las armas, y sufrida por los labradores, ganaderos, pastores y artesanos. Era una ley que adquiría sus peores tintes cuando caía en manos de malhechores, bandidos y delincuentes que usaban las contiendas para esconderse bajo algún estandarte y dar rienda suelta a sus necesidades más mundanas y crueles. En la guerrilla y en el ejército regular no todos eran hombres de honor, también había muchos de esos que no atendían a principios.

—Tendrás que andar ojo avizor, Julián —la preocupada voz de Pascual lo sacó de sus pensamientos. Cuando miró a su amigo, este señalaba con la cabeza varias filas más adelante, donde cabalgaba el Buitre. Bajó la voz—. De momento, has cogido tú el mando... pero muchos le apoyan a él y todos sabemos que desea comandar. Si sucede eso, la partida se convertirá en una banda de asesinos y no podemos dejar que eso suceda.

Julián le dedicó una mirada cómplice, en apariencia segura de sí misma. Aún se le hacía curioso verlo junto a él, montando una yegua parda, vestido de cazador, con polainas de becerro y una casaca vieja, sombrero de tres picos y una escopeta de caza colgada al hombro. Los dos últimos meses le había visto comportarse con valentía, siempre tras él, pegado como una lapa, protegiéndole las espaldas.

—¡Un jinete! —gritó uno de los guerrilleros, varias filas por delante—. ¡A vanguardia!

Como tantas otras veces, todos se hicieron a un lado del camino, conduciendo sus monturas a la sombra del bosque. Si había algún movimiento en concreto que la banda hiciera realmente bien, era esconderse junto a los caminos y observar.

Amparados por las sombras de los árboles aguardaron a que el jinete se acercara, y cuando llegó a su altura, varios hombres de la partida le cortaron el paso. El viajero detuvo su montura de un brusco tirón de riendas, deslizándose sobre el suelo helado y haciendo rebrincar a la bestia. Era un hombre de mediana edad, enjuto y con cara de asustado. Llevaba ropas de labriego.

—Qué hace un hombre como tú con un caballo como este y cruzando los caminos al galope... —murmuró uno de los hombres mientras sujetaba al caballo por el ronzal. El hombre parecía aterrado, y vieron cómo una gota de sudor le recorría la frente cuando todos salieron al camino y comprobó que eran más de treinta.

No dijo nada. Solo temblaba.

Dos de los guerrilleros le agarraron de los calzones y lo bajaron de la montura. No era la primera vez que la partida detenía a un sospechoso de ser informador de los franceses. Estos se valían de los paisanos para transportar correos o informar de posibles guaridas de sublevados.

Le hicieron despojarse de todas sus ropas y le mantuvieron allí, desnudo, de pie en mitad del camino, con las manos tapándose sus partes íntimas, temblando como un pollito.

Le empujaron y le tumbaron en el suelo boca abajo. Uno de los hombres se agachó y le metió la mano entre las dos nalgas. El pobre emitió un alarido de dolor y comenzó a sollozar como un niño. Julián sintió lástima por él cuando el guerrillero soltó una exclamación de triunfo.

—¡Lo tengo! —gritó. Y acto seguido sacó la mano y la alzó para que todos la vieran bien. Entre sus dedos índice y pulgar sostenía una diminuta bola de cera. Los guerrilleros aplaudieron y animaron a su compañero. Aquel era el sistema habitual que usaban los franceses para enviarse mensajes importantes. Envolvían en cera una tira de papel y usaban a paisanos para transportarlas.

El hombrecillo se había acurrucado en el suelo, completamente helado en posición fetal.

El Buitre alzó la voz desde su montura:

—Ahora toca decidir qué hacer con él —exclamó—. Yo voto por dejarle en cueros atado a un árbol bien dentro del bosque. ¡Con este frío no durará mucho!

Muchos lo secundaron y rieron. Julián se temió lo peor. No podía hacer nada por impedir aquello; aquel hombre era un traidor y no había nadie al que los sublevados odiaran más. En el caso de que le defendiera, muchos en la guerrilla se le echarían encima y la tensa situación distaba mucho de ser propicia para eso.

El pobre desgraciado se arrodilló ante ellos con el cuerpo manchado de barro y nieve y comenzó a pedir clemencia. Tenía la piel de gallina y los genitales encogidos.

—¡No tenía otra opción! —balbuceó entre sollozos—. ¡Me amenazaron con matar a mi familia si no lo hacía! Tened piedad, por el amor de Dios...

El barbero Tres Palmos señaló al hombrecillo con los ojos muy abiertos.

—Yo te conozco —exclamó—. ¡Tú eres el hijo del molinero de Kuartango!

El informador dejó de respirar y su cara se contrajo en una mueca de terror. No solo su vida estaba en peligro por ser un traidor, también la de su familia. En aquella repentina nueva Julián creyó ver una oportunidad de evitar derramamientos de sangre.

—Si te unes a nosotros salvarás la vida —dijo bien alto para que todos lo oyeran.

El silencio se hizo entre los guerrilleros y todos se volvieron hacia él sin comprender. Julián vio cómo el Buitre se quedaba absorto. El hombrecillo levantó la mirada, y con los ojos humedecidos y abiertos como platos, lo miró con la esperanza de salvar la vida.

—Ve y dile a los franceses que lo has hecho —continuó Julián—. Sigue trabajando para ellos, pero nos informarás a nosotros de todo lo que hagas.

El pobre hombre asintió de inmediato, con lágrimas en los ojos.

—¡Sí, sí! ¡Lo haré! —gritó con desesperación. Aún temblando, se arrastró hacia él y le empezó a besar los pies mientras le agradecía en el alma lo que acababa de hacer. Julián no quiso demostrarse demasiado piadoso ante sus hombres y se apartó.

—¡Ese hombre nos traicionará!

—¡Cometes un error!

Muchos de los hombres que secundaban al Buitre se opusieron a aquel trato. Julián miró a Pascual y este le devolvió una mirada seria. La expresión de Simón, que estaba tras él, era similar. Supo que se estaba exponiendo como líder con aquella decisión, tanta piedad podía significar síntoma de debilidad. Debía solucionarlo.

—Sabemos quién eres —le dijo al hombrecillo con su voz más dura y fría—. Si nos traicionas, iremos a tu pueblo y quemaremos tu casa y el molino de tu padre.

La voz había amagado con temblarle.

Acamparon a dos leguas de Tarmanda. Los hombres preparaban el campamento, iban a buscar leña y hacían fuego para calentar el puchero de la cena. Normalmente, aquel era el momento de contar historias y canciones en torno a la hoguera, pero las diferencias entre los dos bandos se habían agudizado tanto que el silencio aquella noche era sepulcral.

Se habían adentrado en el congelado bosque lo suficiente para que la luz de la fogata no se viera desde el camino. El cielo estaba despejado y las estrellas iluminaban los centenarios árboles cubiertos de nieve. Julián se alejó del campamento hasta un claro donde los caballos pastaban. Se acercó a *Lur*, le despojó de las alforjas y limpió la silla de montar y los arreos de cuero. Después cepilló a su montura debidamente, mientras intentaba entrar en calor tarareando una vieja canción que cantaba su padre. Siempre lo hacía cuando limpiaba a su amigo, le ponía de buen humor y le relajaba. Le peinó los cortos y suaves pelos del lomo.

Tras terminar con la crin y la cola, cogió un paño limpio de una de las alforjas y lo mojó un poco en el agua de la cantimplora. Extrajo el rifle de la funda de cuero que le había regalado Roman y empezó a limpiarlo con suavidad. «Si quieres que te responda cuando lo necesites, habrás de cuidarlo», solía repetirle una y otra vez. Julián sonrió para sí mismo recordando sus palabras. Lanzó una mirada hacia el campamento y vio que los hombres se estaban sentando alrededor de la hoguera. Se dio su tiempo para pasar el paño por toda la superficie de madera, abrir la cazoleta y limpiarla con esmero. Finalmente, rasgó un trozo del paño y poniéndolo en la punta de la baqueta, lo internó hasta el fondo del cañón, limpiando así su interior.

Aquella noche cenaron caliente, un caldo hecho con la carne conservada en manteca que habían cogido en el asalto. Julián hacía tiempo que había recobrado el apetito y dio buena cuenta de la comida. Desde que llegara de Cabrera le había costado recomponerse; pese a tener hambre, su estómago se había encogido y se saciaba con suma facilidad. Pero con el tiempo había recuperado su constitución normal gracias a la exigente vida en la guerrilla. Su rostro volvía a vestirse de vitalidad, retomando sus formas del pasado.

Cuando hubieron terminado de cenar y los hombres conversaban al calor del fuego, Julián pidió una piedra esmeril. A los ojos de todos, sacó su sable y extrajo la hoja de acero de la vaina. Sintió una ligera emoción al recordar la suavidad con que salía la hoja, emitiendo un bajo susurro electrizante. Estaba limpia pero necesitaba ser afilada. Le trajeron la piedra y comenzó a deslizarla con esmero a la luz de la hoguera. Las inscripciones grabadas bajo la empuñadura brillaban con intensidad ante los haces de la luz rojiza.

No alzó la cabeza, pero podía sentir cómo las miradas de muchos de los hombres que yacían en torno a la hoguera estaban puestas en él. Sabía qué pasaba por sus cabezas cuando lo veían afilar su sable. Todos allí eran supersticiosos y creían las historias que hablaban de lo que había sido capaz de hacer con aquella lámina de acero.

El joven líder sabía eso y no se dio prisa en concluir. Cuando hubo terminado, se levantó con un bostezo y se fue a dormir con toda la parsimonia que sus dotes de actuación le permitieron.

Antes del siguiente amanecer levantaron el campamento, apagaron los fuegos y cargaron a oscuras las cosas en las alforjas. Entre macutos, zurrones y alforjas, Julián calculaba que cada uno podía cargar con más de treinta libras. Llevaban mosquetones, rifles o escopetas, munición, la manta para dormir llena de cardos y malas hierbas que no paraban de quitar, comida y agua. Se decía que los infantes franceses que iban a pie cargaban con más de sesenta libras lo cual le parecía imposible porque ellos iban a caballo y a veces sufrían el exceso de peso.

Entre vahos de alientos, toses y murmullos en la oscuridad, desayunaron de pie pan seco de hogaza y un trago de vino de una bota común que rellenaban en las tabernas y las posadas que encontraban por el camino. Después, montaron a lomos de sus caballos y salieron del bosque.

Clareaba cuando retomaron el camino. A lo lejos se veían picos nevados y de ellos provenía una suave brisa fría. Pronto se oyó el canto de algún gallo en la lejanía y el despertar de los grajos.

Solo los ladridos de los perros les dieron la bienvenida al pueblo de Tarmanda. Alguien debía de haber dado el aviso porque no se veía alma con vida. Se adentraron en la población hasta la desierta plaza de la iglesia, donde los guerrilleros descendieron de sus monturas. Julián alzó la voz para que todos le pudieran oír bien.

—Aguardad a que me reúna con el alcalde y negociemos las aportaciones del pueblo.

Muchos guerrilleros le miraron con asombro. La anterior vez se habían dispersado por las casas con libertad. El Buitre anudó su bestia a un árbol y dio un paso al frente.

—Eso no servirá de nada —dijo con su aspecto carroñero—. No habrá negociaciones, nos llevaremos lo que nos pertenece.

—No te equivoques —le espetó Julián—. Aquí no hay nada que nos pertenezca. Son aportaciones del pueblo. Ahora, esperadme.

Le dio la espalda negándole así la oportunidad para objetar nada más. La casa del alcalde se alzaba frente a la plaza y tras unos golpes que resonaron como campanas en el pueblo silencioso, su criada abrió el portón de inmediato. Lo condujo al piso superior, donde había un amplio salón con una gran mesa en el centro. Aparte de eso, la estancia estaba casi vacía, exenta de mobiliario; Julián supuso que allí debían de hacerse las reuniones vecinales.

El alcalde estaba sentado en una silla de respaldo alto. Era un hombre de unos cincuenta años, corpulento, de abundante barba canosa y aspecto imponente. Su rostro aparecía enmarcado por un mar de arrugas, síntoma de numerosas preocupaciones y desmanes en cuatro años de guerra.

—Vaya por Dios... —murmuró con cierta indiferencia en la voz—. A usted no le conozco. Es muy joven para ser el jefe de una pandilla de bandidos.

No le había ofrecido asiento y Julián se mantuvo en pie, con el mentón alzado y muy erguido.

—Sé que su pueblo ha sufrido numerosos desmanes a manos de algunos de mis hombres... —comenzó.

—Sus hombres llevan viniendo año y medio —le cortó el alcalde con enojo en la voz; estaba ligeramente recostado en su silla y lo fulminaba con la mirada—. Entran en las casas y arramplan todo lo que encuentran, abusan de las jóvenes y roban el ganado. Algunos son peores que los franceses.

Julián negó con la cabeza.

—Eso era antes —objetó—. Ahora las cosas cambiarán. Le doy mi palabra de honor.

El alcalde se levantó y dio un golpe sobre la mesa.

—¡Su palabra de bandido no vale un carajo! —le escupió. Después se volvió a sentar, recomponiendo la compostura de inmediato—. ¿Quién diablos se cree usted que es? —le preguntó algo más relajado—. ¿Acaso cree que puede cambiar algo?

Julián se mantuvo firme.

—Le aseguro que a partir de ahora ustedes gozarán de nuestra seguridad, pero a cambio le debo pedir un favor. —Hizo una pausa, el alcalde parecía escucharle, aunque con cierto escepticismo en su mirada—. Usted es consciente de que dejando de lado los desmanes que pueda provocar determinada gente, la misión de todas las partidas guerrilleras que operan en la nación consiste en echar a los invasores de nuestras tierras. Luchamos por la libertad de todos, por la mía, por la de mis hombres, por la suya y la de su familia, y por la del pueblo. Espero que usted sea consciente de que nuestra subsistencia depende del apoyo de las aldeas, tanto logístico como de abastecimiento. Sin esa ayuda no existiría resistencia ni posibilidad de ganar esta maldita guerra.

Hizo otra pausa y contempló al alcalde. Su atención parecía haberse acentuado del mismo modo que su rostro se había ablandado.

—Se acabaron los saqueos en este pueblo —continuó—. Lo haremos como ha de hacerse. Usted conoce a los vecinos, sé que no todos corren la misma suerte y algunos viven mejor que otros. Me gustaría que me hiciera una lista de los pobladores que se puedan permitir pagar alguna contribución. Les pediremos lo que sean capaces de dar.

El alcalde lo miró durante largo rato, como queriendo escrutar en su interior, como queriendo saber de dónde demonios había salido aquel joven que quería cambiar los procedimientos de cuatro años de guerra.

Poco después Julián salía de la casa consistorial con una lista de diez contribuyentes que se podían permitir pagar. Estaba emocionado y satisfecho por lo que acababa de conseguir. Había demostrado que era posible hacer las cosas con cabeza, sin contribuir a sembrar el terror.

Sin embargo, mientras cruzaba la plaza se percató de que algo no iba bien.

Los hombres no se habían quedado junto a los caballos y se habían desplazado a un lateral, frente a la entrada de una casa. Vio a Pascual salirse del corro para hacerle señas de que se acercara con apremio. Entonces oyó los sollozos de una mujer y los gritos de clemencia de un hombre.

Corrió hacia el tumulto y apartó a los hombres, que, pasmados, contemplaban la escena. Se quedó inmóvil, demasiado sorprendido para reaccionar.

El Buitre forzaba a una joven campesina mientras el marido de esta yacía amordazado e inmovilizado, obligado a contemplarlo todo y retenido por dos de los guerrilleros afines a él.

El resto de los hombres permanecían en pie en torno a la escena, mudos y temerosos de intervenir. Simón se había llevado la mano a su navaja y apretaba las mandíbulas, conteniéndose.

Algo en la mente de Julián rugió. Sintió un chasquido y los antiguos recuerdos de Clementina a punto de ser violada le pincharon como escarpias. Lejos de la impotencia de entonces, una furia incontenible se apoderó de él y le hizo desenvainar el sable.

Cruzó la distancia que le separaba del Buitre en apenas cuatro zancadas. Con la mano derecha portaba el sable y con la izquierda lo agarró del cuello por detrás. Tiró de él con fuerza y lo lanzó a un lado, apartándolo de la joven. Después, soltó su brazo derecho y todos vieron cómo la bruñida lámina de acero rasgaba el aire con un siseo espeluznante. Su punta se acabó posando en el cuello del Buitre con suma delicadeza. Los ojos del malvado guerrillero mostraron sorpresa y después cierto temor. Se quedó inmóvil, observando la hoja que le amenazaba la garganta.

Todo temblaba dentro de Julián, de miedo, de temor, de furia. Pero su brazo se mantuvo firme como una roca y su sable siguió pinchando el cuello del Buitre, aumentando la presión mientras los ojos del guerrillero se abrían pavorosos.

Una gota de sangre emanó y mojó el acero, y el recuerdo de Croix amenazándole en su propio hogar surcó su mente como un relámpago. Ahora era él el que pinchaba. Aturdido, despertó de sus pensamientos con los gritos de clemencia del guerrillero, que no había podido soportarlo y suplicaba piedad. Julián aflojó la presión y se sorprendió con una voz fría y resonante, como la hoja de su sable al cortar el aire.

—Te irás de aquí. Lejos. Y no volveré a verte.

Se volvió hacia el resto de los hombres.

—Quien no esté dispuesto a seguirme, puede irse también.

Nadie dijo nada y el silencio volvió a adueñarse de la plaza, solo roto por los sollozos de la joven que ahora era consolada por su esposo. Julián sentía sus piernas temblar descontroladamente. Ninguno de sus hombres pareció percatarse.

Cuando poco después el Buitre abandonaba el pueblo desarmado y a pie, iba solo. Nadie lo siguió.

48

Las cuatro sillas tapizadas en cuero que había en la sala estaban ocupadas. Las nubes de humo de los cigarros y las pipas se elevaban hacia el techo y se enredaban en las arañas de cristal. Mientras tanto, los cuatro oficiales del Ejército Imperial conversaban en una de sus rutinarias tertulias. Todos ellos engalanados con sus típicos bordados en los cuellos, solapas y bocamangas de las casacas reluciendo ante la luz de las velas.

—¡Son fantasmas! —exclamaba el coronel Marlón mientras extraía del bolsillo de su casaca un cigarro habano—. Es imposible alejarse de nuestros campamentos o de las columnas, caballeros. ¡Imposible! —Su rostro se había congestionado tras cuatro copazos seguidos de coñac—. Esos *brigants* aparecen en la oscuridad, por sorpresa, siembran el terror en nuestras tropas y vuelven a desaparecer como fantasmas. Se esconden en los bosques y los montes, tras la niebla... desde los más jóvenes hasta los más viejos son todos nuestros enemigos... Háganme caso, señores, es terrorífico, terrorífico...

El general Romanovski asentía en silencio mientras contemplaba ensimismado el contenido de su copa. Era un militar apuesto y serio, de mirada ausente y veterano de Austerlitz, con buena fama entre la tropa.

—Lo que está claro es que todo soldado francés que pierda contacto con su unidad es hombre muerto —reflexionó—. Hasta las más altas jerarquías militares se están viendo amenazadas. El mariscal Massenne estuvo a punto de perecer en una emboscada.

—Hemos de vigilar mejor la ruta de Madrid a Francia —insistió el teniente coronel Lapierre—. Concretamente en los montes y valles del norte, el collado de Arlabán y los desfiladeros de Pancorbo. Allí los correos y los convoyes son apresados continuamente. Las escoltas que se proporcionan no son suficientes.

—Un convoy cualquiera no puede plantearse el desplazamiento sin al menos mil doscientas bayonetas —mantuvo Romanovski—. Debemos hacernos a la idea de que lo que puede ser recorrido en tres días, habrá que hacerlo en diez o más.

—Ese es un apunte importante a añadir en la próxima reunión del Estado Mayor —le secundó Lapierre—. El rey lo aceptará.

Romanovski había vuelto a concentrarse en el contenido de su copa, como si vislumbrara alguna respuesta en el denso líquido. Frunció el ceño.

—Sin embargo, a mí no es eso lo que más me preocupa, señores —comentó—. Ya saben las nuevas de la campaña en Rusia que está librando nuestro emperador. Retirada tras el incendio en Moscú provocado por los sublevados, y en pleno invierno. Los rusos han quemado todos los campos y nuestras tropas no encuentran nada para comer en el interminable camino de vuelta; además, son objeto de continuas emboscadas. Me temo que las últimas noticias son desoladoras, miles de hombres muertos de hambre y congelados por el frío. Medio ejército de la *Grande Armée* perdido en las nieves del este.

El silencio se hizo entre los conversadores. Había un cuarto hombre que no había pronunciado palabra alguna. Al contrario que sus compañeros, vestía completamente de negro; su casaca, sus pantalones de montar y sus botas de ternera, negras como su mirada.

El general Louis Le Duc se incorporó en su sillón y recuperó el cigarro del cenicero, le dio una larga calada y se recostó de nuevo. Su voz sonó fría e indiferente.

—Temo decirles, caballeros, que el éxito del tipo de guerra que presentan los sublevados aquí está sirviendo de ejemplo para otros pueblos europeos en la lucha contra el imperio —lo dijo con apatía y desgana, como si no le importara lo más mínimo—. Y no solo sucede en Rusia. En Prusia están adiestrando a un ejército para operar como lo hacen los de aquí. La guerrilla está cambiando la estructura de la guerra y lo pagaremos con creces.

Marlón se revolvió en su asiento.

—No diga sandeces, mi general, aún somos la potencia militar en este mundo.

Mesié Le Duc se mantuvo en silencio y desvió la mirada con el cigarro de nuevo en la boca. El humo veló su rostro, protegiéndolo de las miradas de los demás tertulianos. Plantearse la posibilidad de que Francia no ganase la guerra en la península no era ninguna estupidez. La resistencia de las guerrillas era cada vez mayor y las incursiones de los ingleses en tierras castellanas, cada vez más osadas, amenazando seriamente la corte y la capital.

Los ejércitos del emperador estaban recibiendo serios reveses por toda Europa y su hegemonía antaño incuestionable estaba quedando en entredicho. Los problemas del frente en el este habían desviado la atención de Napoleón y del Servicio Secreto del ministro Fouché, haciendo que la presión sobre el general francés cediese los últimos meses.

Louis Le Duc sabía que si el imperio caía, el Servicio Secreto dejaría de operar, concluyendo así su misión allí y la posibilidad de acceder a sus secretas aspiraciones de futuro. Llevaba cuatro largos años enfrascado en aquella tarea que parecía no tener fin y había tenido tiempo para prever los diferentes escenarios que se pudieran dar. La caída del imperio era uno de ellos, pero él no estaba dispuesto a dejarse arrastrar a la tumba y había planificado posibles vías alternativas. Muchos de los países liberados instaurarían sus propios gobiernos, y en ese cambio radical del mapa europeo, él había vislumbrado un abanico de posibilidades enorme.

Para entonces era incuestionable la gran red de influencias que albergaba la Orden de los Dos Caminos en Europa, especialmente en la redacción de la revolucionaria Constitución recién firmada en Cádiz. Sus tentáculos eran tan extensos que alcanzaban las altas esferas de muchos gobiernos, con miembros de identidad desconocida infiltrados en ellas. Muchos habían oído hablar de los secretos ocultos del desaparecido creador de la hermandad, algunos de los cuales hablaban de un legado con poder para controlarla o destruirla en su totalidad. Los informes de los agentes siempre habían incidido en lo mismo: «Aquel que pretenda gobernar sin peligros ni conspiraciones habrá de acabar con ella.» Y la única manera de hacerlo era encontrando ese legado oculto.

Aquella amenaza había sido la principal preocupación de Napoleón durante mucho tiempo —antes de que peligros más inminentes como batallas perdidas y tropas en retirada desviaran su atención—, y lo sería para cualquier rey o dirigente que pretendiera gobernar un país.

Si el general Le Duc conseguía desentramar el misterio del legado del Gran Maestro, tendría entre sus manos la llave para atraer el interés de los personajes más poderosos del Viejo Mundo. Una moneda de cambio perfecta. Y él no pensaba casarse con nadie.

Mientras conversaban en el salón principal del palacete donde se alojaba en sus viajes a Madrid, aguardaba noticias. Los informes de su infiltrado en Cádiz habían arrojado serias luces las últimas semanas, y sus consecuencias debían estar dando resultados en aquel preciso instante. Sus hombres interrogaban al escolta personal del maestro Giesler. Su nombre: Antón Reiter.

Los oficiales seguían enzarzados en la misma conversación cuando el joven húsar Marcel Roland los sorprendió irrumpiendo en la sala con aspecto preocupado. Se inclinó haciendo el saludo militar.

—Si me disculpan, caballeros —se dirigió a su superior—. Mi general, ¿podría hablar con usted?

Este se excusó ante sus conversadores y salió al vestíbulo tras Marcel. El húsar le relató los resultados del interrogatorio.

—Croix no ha podido sacarle nada, señor... —musitó.

El general abrió los ojos, sorprendido.

—¿Cómo que no ha podido sacarle nada? —exclamó—. ¡Que siga intentándolo!

Marcel agachó la cabeza y negó con ella.

—Lo ha intentado por todos los medios y, finalmente, se le ha ido la mano...

La voz del general retumbó en toda la casa.

—¿Qué? —exclamó con la mirada a punto de estallar—. ¿Antón Reiter ha muerto?

Por un momento, Marcel miró a su superior, sorprendido tras verlo alzar la voz, siempre fría e inalterable. Después asintió, cabizbajo.

—No sé cómo lo ha aguantado, señor. No respondía a nuestras preguntas, y encima se reía de nosotros. Admitía conocer lo que buscamos, que existía, pero daba igual lo que le hiciéramos, no lo revelaba. Ese hombre parecía buscar la muerte, señor...

Fue a añadir algo más, pero pareció dudar y calló.

—¿Hay algo más? —preguntó el general.

Marcel desvió la mirada. Su frente seguía perlada de sudor y su aspecto marcial se descompuso un tanto.

—¿Hay algo más? —volvió a gritar.

El húsar acabó hablando.

—Ese hombre dijo que ya se lo había contado a quien se lo tenía que contar...

Louis Le Duc se quedó inmóvil, con la mirada ardiendo, a punto de explotar.

—¡Los Giesler! ¡Se lo contó a los Giesler! —acabó exclamando—. ¡Roman Giesler lo sabía cuando le interrogamos!

Marcel asintió.

—¡Y Julián de Aldecoa también! —gritó, sin poder controlar la rabia—. ¡Y yo lo envié a Cabrera!

Marcel cerró los ojos, un dilema se reflejaba en su rostro contrariado.

—Julián de Aldecoa ha vuelto, señor.

El silencio se hizo en el vestíbulo.

—¿Cómo dices?

—Eso me han dicho esta mañana en el cuartel general, señor. Hay rumores de que ha vuelto y embosca con una partida en la zona de La Puebla. En las tierras al sur del reino de Álava.

Tras conocer la noticia, el general había ordenado a sus hombres partir con él de inmediato hacia Vitoria. No había mencionado detalle alguno de sus intenciones y tres horas después, rumiaba por lo bajo en la oscuridad de su berlinga, que marchaba con brío por el Camino Real en dirección al norte, escoltada por un nutrido escuadrón de húsares.

Habían transcurrido siete meses desde que enviara al joven Julián de Aldecoa a la isla de Cabrera. Había cometido un grave error, pero en su momento lo había considerado la decisión más apropiada, porque quería tenerlo lejos. Sabía que si el joven Giesler descubría los secretos de su familia y del asesinato de su padre, no pararía hasta dar con él y acabar con su vida.

Lo había visto en la reacción de Roman cuando le enseñó su gran secreto mientras se calcinaba aquella cárcel donde acabaría por morir. Había visto cómo se arrastraba en vano para avisar a su sobrino. Aquella noche había necesitado sentir la satisfacción de enseñarlo... El recuerdo de aquel momento había perdurado nublado en su memoria, al igual que el recuerdo del día en que no encontró su reloj de latón en el cajón de la mesilla que tenía en su cuarto privado. En ambas ocasiones había perdido los estribos, viéndose dominado por una extraña sensación desconocida para él. Desde que perdiera su reloj lo había buscado por todas partes sin éxito. Su pérdida le hacía sentir una inseguridad extraña; aquel amuleto le había acompañado desde el principio, recordándole cuáles eran sus verdaderos orígenes. Gracias a él había mantenido la cordura desde que heredara con diecinueve años la fortuna de su tío y comenzara a extender su imperio de negocios.

Los habitantes de Nantes quedaron confusos cuando uno de los hombres más poderosos de la ciudad, que daba trabajo a cientos de vecinos, falleció sin descendencia y un joven desconocido lo heredó todo. La vida de Louis Le Duc hasta entonces era un completo misterio, nadie sabía nada de su pasado. Lo único que había aparecido junto a él, lo único que le quedaba de su infancia, era aquel reloj de latón.

Después de aquello, su recorrido había sido una firme ascensión hasta el cargo y la responsabilidad que ostentaba en aquella guerra. Muchos recordarían sus inicios, en los que fue creciendo hasta convertirse en el mayor productor de hierro de Francia, dando de comer a medio Nantes con sus hornos, controlando y protegiendo las calles, los talleres y comercios de la ciudad a cambio de un porcentaje de los ingresos que se daban. Pese al temor que le profesaban algunos, él había conseguido instaurar el orden cívico en Nantes, al contrario del caos que reinaba en otras villas.

Recordaba cuando comenzó a subir escalones en la alta sociedad francesa, convirtiéndose en imprescindible en los principales encuentros de la capital parisina. Todos querían tenerlo de su lado y hacer negocios con él. Fue entonces cuando sus nuevos lazos sociales le llevaron a integrarse en una de las múltiples sociedades masónicas que abundaban entre los aristócratas franceses, participando en la logia del Gran Oriente, conocida por reunir a personajes ilustres, entre ellos el mismo Napoleón Bonaparte. Y fue allí donde conoció al emperador.

Poco después llegó a sus oídos la existencia de otra logia de similares características a las masónicas que operaba en Nantes. Pero a diferencia de la de Gran Oriente, corrían rumores de que en esta se cometían ciertas irregularidades de carácter revolucionario. Gracias a un suculento soborno, creó un contacto en aquella logia que le informó de que en ella se instaba a la gente a alzarse contra el gobierno, y lo que era peor, muchos vecinos de Nantes habían entrado en contacto con ella. Más tarde supo que aquella extraña logia disponía de varias gemelas en otras ciudades del país.

Louis Le Duc, consciente de la gravedad de la situación, elaboró un informe detallado y lo hizo enviar por correo a la corte parisina, haciéndoselo saber al emperador. La respuesta llegó dos semanas después, y en ella se le ordenaba que acudiera de inmediato a la capital al encuentro del Ilustre.

Fue entonces cuando le hablaron de la Orden de los Dos Caminos y de los alarmantes informes que agentes del Servicio Secreto del Estado Mayor llevaban meses enviando desde toda Europa. Fue integrado en el Servicio Secreto, y gracias a la inestimable ayuda de las redes de que disponía en su ciudad, estuvieron a punto de desmantelar la logia de Nantes, pero fueron descubiertos antes de conseguir hacerlo. Después, se firmó el Tratado de Fontainebleau y vino la incursión de las tropas imperiales en territorio español. Los informes hablaban de una gran actividad de la Orden en la península, y pronto pudieron saber las identidades de algunos de sus miembros principales. Más tarde, alguien informó de los rumores que corrían acerca de los documentos secretos del maestro de la hermandad. Alguien dijo que aquellos legajos, el conocido legado secreto del profesor Gaspard Giesler von Valberg, podían ser la clave para la destrucción de la misma. El servicio al mando del ministro Fouché temía que la existencia de aquella organización secreta pudiera generar revueltas de carácter global frente al nuevo gobierno que Napoleón quería instaurar en España.

Tras aquellas informaciones, Bonaparte lo asignó para la misión: acudiría a territorio enemigo y acabaría con la hermandad atacando en su corazón, en su Cúpula. Napoleón era conocedor de la fama que atesoraba el joven empresario. Jamás había fracasado en sus propósitos y hablaba el castellano con fluidez, pese a que nadie recordara que en alguna ocasión hubiera estado en el país vecino.

A cambio, Louis Le Duc exigió un ducado y cien mil acres de tierra en la provincia que él gustase de la península. Por eso había adquirido un palacio en Vitoria, por eso había pretendido casarse con una joven local. Nantes no era suficiente, él quería más.

Años después, en la primavera de 1812, el escenario en Europa estaba cambiando. Pero él no pensaba hundirse con el imperio; guardaba la última carta de la baraja, una carta que todos desconocían y que le iba a llevar a conseguir su verdadero propósito.

El joven húsar Marcel Roland desensilló su brioso tordo blanco en los establos del palacio. Se ocupó él mismo de retirarle el ronzal y los arreos y después se los ofreció al mozo de cuadra que se le acercó. Se cercioró de que le dieran suficiente forraje y en vez de subir a su dormitorio a refrescarse y descansar, salió de los jardines y cruzó la verja que limitaba los dominios del palacio del general.

Tenía la garganta seca y el cuerpo magullado por el largo y repentino viaje, pero ello no impidió que caminara en dirección a las murallas de la villa. Mientras lo hacía, siguió repasando en su mente diversos acontecimientos ocurridos desde que entrara al servicio del general Louis Le Duc.

Habían transcurrido cuatro años desde entonces, desde aquella fallida misión de desmantelamiento de la Cúpula de la hermandad. Los últimos meses los habían pasado en la capital, punto de enlace que el general empleaba para sus encuentros con su infiltrado en la Orden.

Y ahora ese regreso repentino a Vitoria al revelarle, tras ardua lucha interior, que Julián de Aldecoa Giesler había conseguido escapar de la isla de Cabrera. Los interrogantes seguían amontonándose en su cabeza y con el tiempo se habían agrandado hasta el punto de conducirlo al hartazgo.

Por otro lado, el asesinato de Franz Giesler continuaba siendo un misterio para él, pero al general parecía no importarle y todos lo habían olvidado. Recordaba con claridad aquella noche invernal de principios de 1808. El general les había comunicado la celebración de la reunión clandestina de la hermandad con dos días de antelación; eso significaba que su hombre ya trabajaba inmerso en la Orden por aquel entonces.

El comportamiento de su superior había cambiado con el tiempo. Sufría continuos altibajos en su temperamento, pasando de una impasibilidad de hielo a rozar la más enardecida histeria; de pronto ordenaba actuar con una crueldad carente de escrúpulos como se veía invadido por un remanso de piedad. Marcel sabía que les ocultaba cosas y mientras cruzaba las murallas de Vitoria por el Portal del Norte, había decidido hallar las respuestas por sí mismo.

Para entonces ya se había informado sobre el pasado de su superior. Sabía lo que había hecho en la ciudad de Nantes y sabía por qué le habían asignado aquella misión. Pero todas las informaciones recibidas coincidían en lo mismo: una laguna en su pasado. Nadie sabía nada de su vida antes de que heredara la fortuna de su tío.

Tras investigar en secreto, había sabido de la existencia de un joven granadero guarnicionado en Vitoria y que procedía de Nantes. Por lo que le habían dicho, lo encontraría en uno de cafés de la calle Nueva Dentro que más frecuentaba la oficialidad francesa. Se trataba de uno de esos numerosos locales de ambiente nocturno con mujeres de dudosa reputación que habían sido transformados al estilo de la capital francesa.

Cuando entró, el ambiente parecía relajado, y solo había varias mesas ocupadas por oficiales de caballería, dragones y cazadores en su mayoría, y soldados del Ligero. Enseguida percibió a varios granaderos jugando en un billar del fondo del local. Marcel cruzó la taberna tras saludar a los oficiales de caballería y se acercó a los granaderos. Los altos gorros de piel de oso que habían depositado en unas sillas próximas le habían ayudado a distinguirlos. Aquellos sombreros eran propios de los granaderos, aunque se decía que pronto los iban a sustituir por los chacós del resto de la infantería.

Los soldados, todos de inferior rango al suyo, lo recibieron con el saludo militar.

—¿Alguno de ustedes es Dominique Boyer? —preguntó.

Un joven delgado de rostro colorado y pelo rojizo levantó la mano.

—Soy yo, señor.

El joven tenía la casaca abierta y la camisa remangada, y por la congestión de su nariz, parecía haber bebido.

—¿Le importaría que habláramos en privado?

El joven granadero lo miró con extrañeza, pero al ver la seriedad en el rostro del húsar, dejó el palo de billar sobre la mesa y le siguió de mala gana.

Se sentaron en una de las mesas más alejadas. El muchacho pidió una cerveza. Marcel no quiso nada y fue directamente al grano.

—¿Es usted natural de Nantes?

El joven soldado dio un largo trago al contenido de su jarra y asintió, de buen grado.

—Sí, señor. Nací y me crie allí.

Volvió a dar otro trago. Marcel no estaba allí para perder el tiempo.

—¿Conoce al general Louis Le Duc?

Al oír aquello el granadero se atragantó y derramó cerveza sobre la mesa.

—¿Perdone?

—¿Qué sabe de él?

El joven soldado pareció vacilar, miró en derredor y se inclinó sobre la mesa con los ojos entornados. Su voz, orgullosa, airada y juvenil, se convirtió en un leve susurro temeroso.

—En Nantes no conviene hablar de él... —murmuró.

—Pero no estamos en Nantes —terció Marcel—. Dígame, ¿qué dicen allí los rumores sobre él? Me refiero a los chismes que se rumorean en voz baja en las tabernas.

El granadero parecía haberse relajado un tanto, aunque aún mantenía la mirada barriendo la taberna.

—En fin... —musitó—. Algunos dicen que ha ayudado al crecimiento de la ciudad, pero harto conocidas son las desapariciones de civiles que han obrado en contra suya... Lo controla todo allí... Ya me entiende.

—Eso lo saben todos en Nantes. Pero, dígame, ¿qué se sabe de su pasado? ¿De dónde procedía cuando heredó el imperio de su tío?

El muchacho suspiró.

—Nadie sabe eso, señor.

—Pero algo se dirá...

El joven soldado tragó saliva. La luz de los candiles les iluminaba tenuemente y junto al velo de humo, podría considerarse que estaban hablando al margen de oídos indiscretos.

—Verá —acabó diciendo—, se han llegado a decir muchas cosas. Pero la que más fuerza cogió en su momento era la de que se trataba de un fugitivo.

—¿Un fugitivo? —exclamó Marcel.

—Por favor, baje la voz... Sí, un fugitivo. Dicen que mató al verdadero heredero, un sobrino lejano que jamás había pisado Nantes. Él adquirió su identidad y así huyó de las autoridades. De ahí su temperamento cruel y atroz.

—Eso es una locura —murmuró Marcel.

—Oiga, teniente, yo solo le cuento lo que se dice por ahí, nada más.

—De acuerdo. ¿Qué más sabe?

El granadero volvió a dar un trago de lo que le quedaba de cerveza.

—Ese hombre es un lunático —terció, más animado—. Se decía que de noche recorría él mismo las calles de Nantes para cerciorarse de que todo estuviera en completo orden. Se decía que lo hacía disfrazado para no ser reconocido.

Marcel abrió mucho los ojos.

—¿Disfrazado?

El soldado asintió.

—Eso mismo. A la mañana siguiente, si en alguna taberna alguien había hablado mal de él, sus hombres lo despertaban en su propio lecho y se lo llevaban. Días después, su cuerpo aparecía al margen de algún camino, devorado por los cuervos.

Cuando Marcel abandonó el café ya no había nada que pudiera detenerlo. Salió de la ciudad con pasos apresurados. La noche se hacía en las calles y los faroles empezaban a iluminar las esquinas. Cruzó el portal de la muralla y recorrió el ancho camino de tierra que conducía al norte. Al poco se desvió y alcanzó las verjas de la casa señorial del general.

Un lacayo le abrió la puerta y cruzó el jardín a grandes zancadas. Cuando llegó al piso superior, se plantó ante el estudio de Louis Le Duc. Tocó a la puerta.

Tras esperar unos segundos, entró.

El general permanecía sentado tras su mesa. Tenía un cigarro humeando entre sus dedos y disfrutaba de un té. Por alguna extraña razón y pese a su aspecto fatigado, le pareció más joven que nunca. Incluso se atrevería a decir que no era mucho mayor que él, tal vez no alcanzara los treinta años. El general lo miró con cierta molestia.

—¿Qué desea, Marcel?

El joven húsar no lo dudó ni un instante.

—Le ruego me disculpe, señor. Me gustaría hacerle una pregunta que asola mi mente desde hace tiempo.

Su superior se levantó sin contestarle, y comenzó a recorrer la sala con las manos unidas atrás y el cigarrillo en una de ellas. Se detuvo y lo escrutó con la mirada durante unos segundos que se hicieron eternos para el húsar. Finalmente, accedió, con los ojos entornados tras su velo de humo.

—Adelante —dijo, volviéndose de espaldas a él para acercarse a la ventana.

Por un momento, Marcel vaciló, pero se repuso. Era hora de conocer la verdad, llevaba cuatro años trabajando a ciegas.

—Señor... —musitó—, si el asesinato de Franz Giesler no lo cometimos nosotros, ¿quién lo hizo?

Fue directo. Todo lo que pudo, y a juzgar por la respuesta corporal del general, había hecho mella. Este se había detenido en seco, de espaldas a él y de cara al ventanal. Marcel no le vio la cara, aquella que pocas veces se alteraba, pero habría jurado que en ese momento lo hizo.

Creyó que iba a ser despachado de inmediato; sin embargo, se volvió con lentitud y sus ojos negros e inexpresivos se clavaron en él.

—¿A qué se refiere? —Apenas un murmullo, pero fuerte y seco. Una interrogación en toda regla.

Marcel no se iba a amedrentar ante la inquietante presencia de su superior, pero las palabras recién escuchadas del granadero retumbaron en sus oídos haciendo tambalear su determinación: «Ese hombre es un lunático...» Al final consiguió hacer acopio de su valor y habló con firmeza.

—Hay algo que no me termina de encajar... mi general. En este juego solo nos veo a nosotros y a los miembros de la Orden de los Dos Caminos... —Lo miraba fijamente, sin inmutarse—. Si es así, entonces, ¿quién demonios cometió aquel asesinato?, ¿quién demonios posee los documentos que debió de darle el maestro a su hijo?

—Fue mi hombre.

Marcel se quedó de piedra.

—¿Perdone? —Apenas podía creérselo—. ¿Fue su infiltrado en la Orden?, ¿él cometió el asesinato?

Louis Le Duc ni se inmutó. Dio una lenta y exasperante calada a su cigarro.

—En efecto —dijo—. Pero desgraciadamente no encontró nada, por eso sigue en activo.

Marcel no daba crédito a lo que estaba escuchando.

—¿Y por qué no nos informó de ello en su momento? —preguntó, aturdido.

—Debía preservar su anonimato.

Marcel se quedó pensativo. Ahora encontraba sentido a algunas cosas. De ahí el silencio del general aquel día cuando le informaron del asesinato de Franz Giesler. De ahí muchos de sus silencios. Él lo había sabido todo el tiempo, pero no les había dicho nada. Había jugado con ellos, como si fueran peones en una partida de ajedrez. A pesar de ello, seguía habiendo cosas extrañas. Tenía tantas preguntas... Sin embargo, el general no le dio tiempo a formularle más.

—Ahora, si no le importa, retírese. Estoy agotado del viaje.

Cuando el general se quedó a solas en su despacho, aplastó el cigarrillo en el cenicero. No le importaba en absoluto haberle revelado aquella información a Marcel. Tarde o temprano lo acabaría sabiendo. Mientras la verdadera identidad de *su hombre* se mantuviera en el anonimato no habría problemas.

Recogió las alforjas que había subido nada más llegar del viaje y que había depositado sobre la mesa. Con ellas en la mano, se inclinó y abrió el cajón superior de la derecha. Extrajo de él una llave. Después cogió el quinqué encendido, rodeó la mesa y se detuvo ante la segunda puerta que había en la estancia. La que daba a su cuarto privado.

Lo abrió y lo iluminó con el quinqué. En la estancia había solo dos muebles: una mesa y un armario.

Posó el quinqué sobre la mesa y abrió el primer cajón. Extrajo un cartapacio de cuero salpicado de sangre al que apenas hizo caso. En él estaban los documentos que llevaba Franz Giesler el día en que murió, los que había encontrado *su hombre* en sus alforjas cuando lo mató. Lo había mantenido escondido en aquel cajón desde el día del asesinato. Lo que contenía aquel cartapacio manchado de sangre y barro era lo que le había dado Gaspard a su hijo en el último momento antes de que sus hombres derribaran la puerta. Pero esos no eran los documentos que buscaban, no era el legado secreto del maestro, aquel baúl del que hablaban.

Eran veinticinco papeles ininteligibles, escritos mediante un código. No le había costado demasiado descifrar su contenido, empleando un sencillo sistema de codificación de sustitución de letras. Tras la traducción, descubrió que el documento no hablaba del paradero del legado que buscaba. Se trataba de la redacción de Valberg, la Declaración de la Orden de los Dos Caminos, firmada por los doce hermanos principales cuando se originó la hermandad en el castillo de Valberg, en diciembre de 1799.

Apenas hizo caso a los papeles, lacados con el sello rojo de la hermandad, donde un camino llegaba hasta un árbol bajo el cual aparecía una persona sentada, y los volvió a guardar en el cajón.

Entonces su atención se centró en la cajita de latón. No la sacó del cajón abierto. Se limitó a acariciarla con la yema de los dedos, sin llegar a abrirla. Se imaginó las agujas de coser, los hilos de colores, aquel pequeño bordado... y su reloj de latón con el grabado. El grabado... No quería volver a ver que faltaba en su interior. No quería. Prefería imaginarse que seguía ahí.

Sus ojos negros brillaron en la oscuridad. Tal vez fue un brillo de emoción.

Se dirigió al armario con las alforjas en la mano y abrió sus puertas. Estaba vacío. Como tantas otras veces, se disponía a guardar el contenido de las alforjas en él, pero en el último momento, con las puertas abiertas y la bolsa en la mano, pareció vacilar. Una mueca diabólica, una especie de sonrisa histérica, asomó a su rostro. Salió del cuarto a su estudio y, con movimientos mecánicos, se desnudó ante el espejo que tenía junto a la mesa. Contempló su cuerpo.

Y, entonces, abrió las alforjas.

Comenzó a sacar unos bultos. Era ropa, ropa oscura. Primero una capa negra de lana gruesa. Luego una camisa y un pañuelo también negros. Después extrajo un pequeño talego de lona, y de él, unos objetos. Comenzó a vestirse.

Lo hizo despacio, disfrutando de la operación. Primero, los pantalones, las botas, la camisa, el pañuelo... Después, las lentes, la peluca, las cejas, el bigote y la perilla larga... Sacó un pequeño frasco que contenía un adhesivo especial, el mejor que había encontrado, usado por actores de obras de teatro.

En pocos minutos la transformación se había completado. Aquella que tantas veces había llevado a cabo.

—Por algo me eligieron para esto. Porque soy capaz de hacer cualquier cosa —exclamó—. ¡Mi Gran Obra! ¡Mi carta ganadora!

El hombre admiró su nuevo reflejo en el espejo. Hizo una reverencia, como si estuviera delante de un público, como si cientos de personas le observaran en aquel momento. Bajo sus cejas pobladas, sus lentes brillaron. Alzó la voz.

—¡Mi transformación! —gritó; era una voz diferente, más aguda—. ¡Soy yo! ¡Siempre lo he sido...! —Paseó la mirada por el estudio, como si estuviera en un escenario—. Y ahora se inicia mi verdadero truco de magia, damas y caballeros...

Soltó una carcajada propia de un loco.

Ante el espejo había un hombre diferente. Vail Gauthier.

49

Desde el incidente con el Buitre la tensión entre los hombres había disminuido. Los más afines al exiliado ya no se mostraban tan rebeldes y acataban las órdenes sin protestar. La partida parecía unirse poco a poco, reduciendo las diferencias que existían entre hombres de principios muy dispares.

Julián sabía que, entre los treinta y cuatro hombres que lo acompañaban, había algunos con dudosos antecedentes. Eran contrabandistas, desertores, bandidos y salteadores de caminos, que, echándose al monte, habían podido dar rienda suelta a su espíritu delictivo. De esa manera, se camuflaban entre labradores, artesanos, herreros, armeros, soldados veteranos, clérigos e incluso estudiantes, cuyas razones para guerrear presentaban principios más honorables.

Aunque continuara habiendo ciertas desavenencias entre unos y otros, Julián quería ver la guerrilla como un instrumento para reconducir el comportamiento de esos hombres. Además, él creía haberse ganado el respeto, y eso era lo que se necesitaba para mantener al grupo unido, alguien en quien confiaran.

Después de cargar con los víveres suficientes en el pueblo de Tarmanda, habían recorrido durante dos semanas los márgenes de los caminos principales, esperando encontrar convoyes o columnas imperiales a los que pudieran emboscar con garantías de éxito, pero sin demasiada suerte. Aquel día de principios de primavera volvían a la guarida, mientras a su alrededor las nieves terminaban de derretirse y los pastos comenzaban a florecer.

Desde su llegada de Cabrera, Julián aún no había visto el pequeño poblado de la guerrilla y había dormido en campamentos improvisados, inmerso en la vida nómada de la partida. Pese a que se había acostumbrado a dormir bajo el cielo raso sobre suelos húmedos y duros, echaba de menos un jergón mullido y un techo bajo el que guarecerse.

Pensaba tomarse varios días de descanso y cuando las cosas estuvieran asentadas en el campamento, se ausentaría varios días para viajar al monasterio donde se recluía la orden clerical del hermano Agustín, «el guardián de vuestro legado», como decía Franz en su carta.

Calculaba que desde allí habría medio día a caballo, pero no estaba seguro porque jamás había estado en el monasterio. Aunque por las indicaciones que había recibido el día en que llegaron a la casa torre tres años antes, creía saber dónde se encontraba: cinco leguas al norte del valle de Haritzarre, siguiendo una estrecha senda que subía a los picos que lo rodeaban.

Al volver a la península, se había percatado de que apenas había pensado en aquello durante los meses de cautiverio en la isla. Apenas había pensado en la Orden, en los documentos, en el asesinato de su padre, en Le Duc, en Croix... Su mente se había alimentado de otros pensamientos, más livianos y luminosos, en forma de sueños viejos y atemporales. Los tormentos de la isla le habían ayudado a encontrar ese alivio.

El campamento de la guerrilla se escondía en una cuenca formada por montañas bajas en su perímetro y tapizada por verdes bosques y tierras pastoriles en su interior. En mitad de todo eso se abría un claro, y ahí se asentaba la guarida.

El sendero que recorrían salió de un robledal y enseguida pudieron verla.

Habían aprovechado un antiguo refugio de pastores para construir el campamento; aunque, en realidad, aquello parecía un fortín. Se acercaron por el camino embarrado, el cual se había ensanchado lo suficiente para que entrara una carreta. Cruzaron un pequeño foso que rodeaba el recinto, cuya tierra excavada se había amontonado al otro lado, formando un cerco alrededor del poblado. Aprovechando la altura que daba la tierra, se había reforzado con una pequeña empalizada de madera que alcanzaba la altura de un hombre.

Las puertas estaban abiertas, y cuando las cruzaron, las familias acudieron a recibir a los fatigados guerrilleros. Muchos hombres desmontaron de sus caballos, sucios y mugrientos, para fundirse en abrazos con sus mujeres e hijos. Otros, los que no tenían a nadie esperando, se limitaron a descargar los enseres.

Julián observó el interior del campamento. Todo estaba embarrado por las pisadas de la gente y de los caballos. En el centro había un refugio de piedra que supuso que sería el original de los pastores. Alrededor, se habían aprovechado las buenas maderas del bosque que rodeaba el claro para construir media docena de edificaciones. Eran sencillas, con un apilamiento de piedras en la base para protegerlas de humedades y unos tejados construidos en madera y cubiertos por paja y helechos grandes. Al parecer habían construido chimeneas en sus interiores, porque emanaban varias columnas de humo de los huecos que se abrían en las cubiertas. También había cinco tiendas de campaña de lona robadas a los franceses. Aquellas y las casuchas debían de ser las viviendas de los guerrilleros. Por el bullicio que generaban hombres y mujeres cargados de macutos entrando en el refugio de piedra, Julián supuso que sería el almacén de los enseres y la munición. Adosadas a sus muros de piedra, distinguió varias bordas de uso común, como una cuadra, un retrete y una pequeña capilla.

Desmontó de *Lur* y se dispuso a conducirlo a la cuadra cuando vio acercarse a Teresa y Miriam. Pascual, que había entrado junto a Simón, bajó de su montura y dejó que sus dos joyas se abalanzaran sobre él para abrazarlas con fuerza.

Entonces apareció Clara, caminando hacia ellos desde el almacén con una sonrisa en la cara.

Julián tuvo un momento para contemplarla. Había cambiado. Lucía una blusa que le quedaba holgada y que disimulaba su embarazo, aunque no podía esconder una barriga cada vez más prominente. Su cuerpo era algo más voluptuoso, aunque seguía conservando sus estrechas caderas y sus finas y largas piernas. Tenía las mejillas más enrojecidas y llenas de vitalidad, y debía de haber estado realizando alguna tarea porque se le había manchado la cara de barro. Ella no se había dado cuenta de ello, y en contraste con sus movimientos gráciles y elegantes, la dotaba de un encanto que turbó por momentos a Julián. Sintió deseos de abrazarla.

Pero no hizo nada. Se quedó quieto y se limitó a devolverle la sonrisa.

Ella abrazó a Simón, el cual le limpió la cara con un gesto cariñoso. Mientras contemplaba la escena, Julián se sentía un completo estúpido. Él quería acercarse a ella y acariciarle la tripa, preguntarle qué tal se encontraba y darle un beso; pero sus pies no sabían cómo conducirlo y su boca no sabía qué decir.

Desde el reencuentro en el *Orionis* y tras los dos meses de emboscadas sin verse, parecía que se había alzado una muralla entre ellos dos, enfriando sus palabras y sus miradas. Era normal que, tras meses de matrimonio, Clara estuviera embarazada. Pero Julián la había visto antes de irse a Cabrera y no tenía el vientre hinchado. Se habían abrazado y besado, se habían prometido no volver a separarse. Había sido demasiado perfecto y después, tras soñar día y noche con ella en la isla, la sorpresa a la vuelta lo había aturdido tanto que no había sido capaz de mostrarle el cariño que ella se merecía.

Cuando, poco después, Simón le relató las vivencias de Clara, el abuso de su marido, las palizas, la huida desesperada y la sorpresa de su embarazo, Julián no pudo sentirse peor. Y en aquel momento, cuando más deseaba solucionar las cosas, no sabía cómo hacerlo.

Tras dejar los caballos en la cuadra y los enseres en el almacén, les enseñaron la casucha donde dormían. Era de una sola estancia, apenas con espacio para los jergones. Allí se habían alojado las tres mujeres durante los dos meses que habían durado las emboscadas. Teresa tenía la blusa remangada y el ceño fruncido, parecía haberlo organizado todo.

—Simón, usted dormirá en aquel jergón de allí. Lo he limpiado esta misma mañana —dijo, nada más entrar en la casa. Después se dirigió a Pascual y le señaló el jergón que tenían al lado—. Cariño, nosotras dormimos en este de aquí, así que ya sabes, toca arrimarse.

Finalmente, se volvió hacia Julián y lo miró a los ojos.

—En ese de ahí dormiréis Clara y tú.

Julián miró el estrecho jergón arrinconado en un extremo de la estancia, junto al único ventanuco que había. Asintió sin decir nada.

Aquella noche se acostaron temprano y Julián fue el primero en tumbarse. Cuando Clara se acomodó junto a él no se movió ni un ápice; se quedó quieto, tenso como una rama helada. Pronto se apagó la vela que los iluminaba y no pasó mucho tiempo hasta que los primeros ronquidos de Pascual acabaron con el silencio. Julián continuaba sin moverse y a su lado sentía cómo Clara se había acomodado en una posición más relajada. Podía notar el calor de su cuerpo y su respiración ligera cerca de él.

Por un momento se percató de que estaba en la situación que había soñado durante años. Ella le amaba y estaba junto a él. ¿Qué había cambiado? ¿Por qué no estaba rodeándola con sus brazos?

Abrió los ojos en mitad de la oscuridad. La tenue luz de la luna se colaba por la ventana, pero estaba creciente y aún no iluminaba con fuerza. Pese a ello, pronto se empezaron a dibujar las formas oscuras que había en la casa. Julián ladeó la cabeza ligeramente. Clara estaba de espaldas a él, de costado, y pudo apreciar las curvas de sus caderas, la caída de su cabello abierto en dos cascadas que enseñaban la finura de su hombro. Le hubiera gustado verle el rostro, bello hasta en la oscuridad de la noche, hasta en los sueños. Quiso deslizar las yemas de sus dedos por su piel, recorrer las líneas de su cuerpo, acariciarlo.

Cerró los ojos con fuerza. No pudo hacerlo.

Los días en el campamento transcurrieron agradables. Los despertares eran tardíos y perezosos, cuando el sol ya entraba por la ventana y la luz calentaba sus cuerpos. Al salir afuera, eran recibidos por mañanas frescas y llenas de vitalidad. Los pájaros cantaban y el valle iniciaba el nuevo día con una sonrisa.

Las comidas eran calientes. Se preparaban en ollas enormes sobre un gran fuego que había junto al refugio de piedra. Se reunían todos alrededor de él, sentados en taburetes y sillas de madera. Comían caldos y sopas de carne conservada, pescado en salazón, guisos de patatas y cada noche se repartían varias calabazas con una pinta de vino para compartir.

Las historias y los cuentos eran frecuentes, normalmente al anochecer, tras la cena. La presencia de niños hacía que su contenido fuera restringido, pero no evitaba que el ambiente fuera entrañable.

El mayor animador de las veladas era Pascual, quien hacía reír a Miriam y a los otros niños. Precedido por su nariz aguileña y su sonrisa, gesticulaba y no dejaba de saltar y de mover los brazos en el centro junto a la hoguera. Un día, cogió un trapo y se confeccionó un sombrero de dos picos muy al estilo de un general francés, y comenzó a imitar a Napoleón. Nadie había visto jamás al emperador de los franceses, pero por lo que se decía de él, todos se habían hecho una idea de cómo era y las actuaciones de Pascual obtuvieron mucho éxito. Cantó unas coplas de cosecha propia que dejaban bastante que desear, aunque hicieron reír a todos:

> Y ahí estaba mi buen Napoleón,
> ¡jugando al ajedrez con un español!
> Y entonces dijo Napoleón:
> ¡Caray! ¡Esto es pan comido!
> ¡Pero el pan estaba muy podrido y el cuerpo le dejó muy
>   molido!

Una noche la conversación se animó cuando la única mujer que había participado en las emboscadas tomó la palabra. Era una mujer fuerte y robusta, de facciones redondas y conocida como Ilebeltza, que significaba «la del pelo negro». Había sido apodada con ese nombre por su revoltoso pelo negro que crecía en lugares poco habituales para una mujer, lo cual a veces era motivo de burla entre los hombres.

—¡Doña Encarna, que le ha salido una sombra en el morro!

Por mucha burla y mofa que pudiera haber, Ilebeltza se había ganado el respeto entre los hombres siendo más valiente que la mayoría de ellos. Cuando entraba en combate, Julián la había visto ponerse hecha una fiera, gritando como una endemoniada. Aquella noche criticó al resto de las mujeres que había por no participar en las emboscadas.

—Escuchadme, habéis de saber que tenéis el mismo derecho que los hombres a luchar por nuestra libertad —en su tono había ofensa—. No os dejéis embaucar por vuestros maridos, que os quieren aquí formalitas y quietecitas para cuando vuelvan.

—¿Y quién cuidará de nuestros hijos? —preguntó una mujer.

—Turnaos con vuestros maridos, que se queden ellos a cuidarlos —contestó Ilebeltza, airada.

—¡Por los clavos de Cristo, doña Encarna! —dijo Tres Palmos—. No les meta pájaros en la cabeza.

La conversación derivó en una pequeña disputa que no llevó a ningún lado. Entonces, Clara habló. Estaba sentada junto a Julián y lo hizo en voz baja. Parecía que estuviera hablando para ella misma, pero Julián enseguida comprendió que se estaba dirigiendo a él.

—Las mujeres son las que más sufren... Ellas son violadas por regimientos enteros. Ellas son las que sufren en silencio en sus casas, rezando por que sus maridos e hijos no mueran en el campo de batalla...

Sus palabras, frías y duras, habían fluido acompañadas de una mirada perdida en la hoguera.

—Al marido de doña Encarna lo colgaron de un árbol en Santo Domingo —continuó ella—. Al día siguiente aparecieron tres franceses degollados y ella había huido del pueblo... —Dio un largo suspiro—. Después de eso, ¿crees que es justo arrebatarle su derecho a luchar?

Julián miró a Clara, parecía emocionada. Era la primera vez en aquellas semanas que hablaban de algo que no fuera una banalidad. Le costó responder.

—Doña Encarna es más valiente que la mayoría de los hombres...

Se volvió a hacer el silencio entre los dos. Alrededor de la hoguera la gente parecía haberse animado y el Algodones cantaba una copla:

> Ya viene por la ronda,
> José Primero,
> con un ojo postizo y el otro huero.
> Ya se fue por las Ventas,
> el rey Pepino,
> con un par de botellas para el camino.

Julián sentía cómo el sudor le recorría la espalda lentamente. Clara había dado un primer paso hacia él hablando de algo que le hacía humedecer los ojos. Ahora era su turno, sabía que ella estaba aguardando que le dijera algo. Se miró las manos, después se volvió.

—Dentro de dos días habré de irme. He de terminar con algo que comencé hace años —dijo.

Los ojos de Clara se desviaron del fuego para clavarse en él. Su rostro mostraba suma sorpresa.

—¿Te vuelves a ir? —le preguntó, contrariada.

—Solo será para unos días.

Las facciones de Clara se relajaron un tanto.

—Es por lo de tu padre, ¿verdad? —le preguntó—. Sigues queriendo buscar respuestas...

Julián volvió a mirarse las manos.

—Algo así... —murmuró.

Hubo un silencio que se hizo eterno para ambos. Julián no movió la cabeza y se refugió en su restringido ángulo de visión que se limitaba a sus manos y poco más. La coraza que formaba ante sus hombres se desvanecía en el aire ante la presencia de Clara. Vio cómo ella paseaba la mirada por las caras iluminadas de los congregados en la hoguera. Todos reían y cantaban, animados por las coplas satíricas y burlescas.

—Podría acompañarte —dijo al fin—. Si quieres.

Julián alzó la cabeza y la miró. Sus ojos se desviaron por un momento hacia su tripa. «No sé si deberías», pensó en decirle. Pero su rostro estaba tan serio que no se atrevió a contradecirla.

—Sería un placer.

Después de eso y, animado por el avance, pasó a relatarle su historia. Le habló de la aventura que había vivido desde que ella le viera por última vez saltar por la ventana el día de su boda, años atrás. Le habló de Roman, de sus enseñanzas, de su amistad. Le habló de la guerra, de Cádiz, de la isla de Cabrera y de sus amigos que aún seguían atrapados en ella. Le contó todo sobre la Orden de los Dos Caminos; hablándole de su papel imprescindible en la confección de las leyes de las Cortes en Cádiz, de su funcionamiento, de los cientos de logias que albergaba en todo el mundo. Le habló de la reunión que mantuvieron con el maestro Stephen Hebert, del encuentro con Antón Reiter. Después le contó lo de las cartas de Franz y le enseñó la lista que aún guardaba en el papel doblado. «Mi padre sabía que estaba en peligro y por eso escribió aquella carta —le explicó—. Creo que ya conocía la existencia de un traidor dentro de la Orden.» También le habló del legado de Gaspard, de los rumores que corrían acerca de los secretos que su famoso baúl albergaba, del poder que representaban esos documentos, aunque nadie supiera qué contenían.

Clara escuchó en silencio durante más de dos horas. Cuando terminó de hablar, solo quedaban ellos dos junto a la hoguera. La gente se había retirado a dormir.

—Entonces, por fin descubrirás qué contienen esos documentos.

Julián asintió.

—El legado de mi abuelo.

—Es curioso —reflexionó Clara con una sonrisa enigmática—. Todos ansían buscarlos, incluso el mismísimo Napoleón teme por ellos.

—Por eso envió al general Louis Le Duc —respondió Julián—. Para encontrarlos y destruirlos. Dicen que es la única manera de controlar el poder de la Orden.

—Ya... —Clara se golpeaba los labios con la yema del dedo índice, pensativa—. ¿Jamás te has parado a pensar que todo esto no tiene demasiado sentido?

Julián frunció el entrecejo.

—¿A qué te refieres?

—No lo sé... —murmuró Clara—, es solo que me parece extraño que tanta gente ansíe buscar algo que escondía tu abuelo. Algo que, como tú has dicho, proporciona el control sobre la Orden y la llave para poder destruirla. Me desconcierta que todos parezcáis tan seguros de eso cuando realmente nadie conoce el verdadero contenido de esos documentos. Nadie, salvo tu abuelo o quizá tu padre, los ha visto jamás. Si es así, ¿cómo podéis estar tan seguros de que lo que se puede guardar dentro de un baúl pueda llegar a albergar semejante poder? ¿Solo por unos rumores?

Julián volvió a mirarse las manos. Fue a decir algo pero solo le salió un débil balbuceo.

—Ya...

Las últimas llamas de la hoguera acabaron por extinguirse. Solo quedaron las brasas.

Como todas las mañanas, Julián cepillaba a *Lur* en los establos cuando se le acercó uno de sus hombres. Era Tiburcio Pernas, un soldado valiente, de rasgos anchos y patillas enormes.

—Señor —le saludó, no terminaba de acostumbrarse a que le llamaran así—. Alguien ha llegado al campamento. Pregunta por usted.

Julián se extrañó.

—¿Ha dicho su nombre?

—No, señor.

Cuando cruzó la explanada del centro del campamento, enseguida distinguió la silueta de un hombre aguardando junto a su montura, en el umbral de la entrada. Dos guerrilleros lo custodiaban sin dejarle pasar. El jinete vestía completamente de negro, con una capa oscura cubierta de polvo colocada de lado de modo que le cubría el brazo izquierdo.

Al llegar a su altura, el extraño se retiró el sombrero de ala que le cubría la cabeza. Una mata de pelo le cayó por la frente y las sienes. Sus pobladas cejas y su perilla eran acompañadas por unas lentes que escondían unos rasgos afilados y sombríos.

Julián esbozó una sonrisa al instante, se trataba de un rostro inconfundible. El hermano Vail Gauthier.

—Bienvenido seas —lo saludó.

Se estrecharon la mano efusivamente.

—Me alegro de volver a verte, Julián.

Él también se alegraba. Ver a un miembro de la Orden, viejo compañero y amigo de su padre, siempre era agradable. Llevaba tiempo sin estar con alguien que compartiera el secreto de la hermandad y los recuerdos oscuros del asesinato de su padre. La mayoría de la gente con la que había tratado los últimos meses solo conocían al Julián de las emboscadas.

El hermano Gauthier paseó su mirada negra por el campamento.

—Supongo que acogerás a un viejo amigo.

Julián asintió de buena gana.

—Supongo que me informarás de la razón de tu estancia aquí.

Vail esbozó una mueca que podría haber sido una sonrisa.

—Desde luego.

—El pasado diecinueve de marzo, entre el clamor popular y el atronar de las salvas de ordenanza en la ciudad libre de Cádiz, quedó aprobada la nueva Constitución.

Las palabras de Vail Gauthier generaron un murmullo entre los presentes. Pese a que hablara el castellano a la perfección, tenía un ligero deje de acento francés, pero a nadie en la guerrilla parecía molestarle.

—Por consiguiente —alzó la voz, para que todos alrededor de la hoguera escucharan lo que tenía que decir—, las Cortes han ordenado la jura de la Constitución en todas las villas libres. Algunos nos hemos ofrecido voluntarios para portar este mensaje y hacer que se jure la nueva redacción. Son unas leyes que defienden al pueblo, unas leyes que os apoyan en vuestra lucha. Dicho esto, mañana procederemos al juramento. Gracias.

Se oyeron vítores y exclamaciones de apoyo entre los guerrilleros. Vail volvió a sentarse sobre su taburete y esta vez habló en voz baja, para Julián.

—La Orden ha hecho todo lo posible por conseguir que las leyes redactadas apoyen al máximo los derechos y libertades civiles del pueblo. La Declaración de Valberg ha tenido una gran influencia y podemos considerarlo un éxito. Aun así, no han podido evitar que los absolutistas se salgan con la suya. En caso de que se gane la guerra, el legítimo heredero al trono, Fernando el Deseado, tomará las riendas de la nueva nación.

—Entonces apenas se ha avanzado —inquirió Julián.

—Desde luego que se ha avanzado —terció Vail—. El rey no será el único soberano, compartirá poder con el pueblo. Se han aprobado libertades que antes no había.

—Confiemos en el rey, pues —musitó Clara. Estaba sentada junto a Julián y el modo despectivo en que había pronunciado la palabra «rey», dejó muy clara su opinión al respecto.

Julián temía que la solución tomada por las Cortes pudiera generar desavenencias en el futuro. El rey y el pueblo, absolutistas y liberales, dos fuerzas, dos dirigentes... Recordó la confusión que se generó tras la Revolución Francesa entre los jacobinos y girondinos, y que acabó en una dictadura militar. ¿Acaso estaban ante la misma historia?

Vail entornó los ojos, escondidos tras sus robustas cejas.

—Pero hay algo más —añadió. Se movió ligeramente y sus lentes emitieron un destello rojizo—. Las Cortes de Cádiz no solo han escrito y aprobado una nueva ley, también están operando para ganar la guerra al francés porque es la única manera de validar la redacción. ¿Sabéis lo acontecido en Arapiles?

Julián asintió. Pocas semanas antes habían recibido noticias de que el ejército aliado anglo-hispano-portugués, al mando del general sir Arthur Wellesley, había derrotado a las tropas francesas al mando del mariscal Auguste Marmont, en una sangrienta batalla al sur de Salamanca, en las colinas de Arapiles. Se decía que los aliados habían sufrido más de cinco mil bajas, y los franceses, doce mil. La contienda había resultado fundamental, porque había abierto paso franco a la meseta castellana y a Madrid. El ejército napoleónico y la corte del rey José habían abandonado la capital y se habían dirigido al norte, a defender Burgos y la línea del río Ebro. Allí habían reunido un numeroso ejército que había protagonizado una gran ofensiva, haciendo retirarse a las tropas de Wellesley al frente portugués y recuperando de nuevo la capital.

—Tras la batalla de Arapiles —continuó Vail—, los aliados demostraron que se puede vencer en campo abierto a las tropas francesas. Por ello, las Cortes de Cádiz han nombrado comandante del ejército nacional al general inglés Wellesley, recientemente nombrado duque de Wellington. Tanto él como las Cortes saben de la indiscutible labor que está efectuando la guerrilla hostigando al francés. Por ello se ha decidido incorporarlos al ejército regular. Seguiréis operando por vuestra cuenta, pero recibiréis órdenes de los aliados para ayudarles en la campaña que tienen previsto iniciar tras el invierno próximo. Será la definitiva y necesitarán de vuestra labor de hostigamiento más que nunca.

—¿Y cómo habremos de proceder? —preguntó Julián.

—Según las instrucciones que recibí en Cádiz, vuestra partida operará bajo las órdenes del recién nombrado general Francisco Longa Anchía. Mantendréis correspondencia con él y os uniréis a su División de Iberia cuando sea necesario.

Julián asintió. Se alegraba de que Cádiz mandara órdenes para que las fuerzas se unieran por un bien común. Eso significaba que todo aquello parecía estar cerca de ver su final.

No era la primera vez que oía hablar del guerrillero Longa. Las boscosas y montañosas tierras del norte eran propicias para emboscar y esconder partidas y bandas de la resistencia. Por eso las guerrillas allí eran muy numerosas y estaban muy bien organizadas. Su dominio en el campo era tal, que Vitoria y las demás villas del norte estaban incomunicadas. Las partidas recibían la ayuda de las Juntas de la Resistencia, que, bajo órdenes de las Cortes de Cádiz, operaban a escondidas en reuniones clandestinas y servían de enlace entre Inglaterra y la guerrilla. Londres había llegado a enviar más de diez mil fusiles para las tropas irregulares vascas. Era tal la importancia y el grado de oficialidad que habían adquirido las bandas en el norte que hacía tiempo estaban integradas en el ejército regular. La División de Iberia era la más conocida; había sido en sus orígenes una partida guerrillera y estaba formada por los jefes guerrilleros Francisco Longa, Sebastián Fernández de Leceta, *Dos Pelos*, y Eustaquio Salcedo, que habían unido sus bandas para operar juntos. A veces también unían fuerzas con las partidas navarras de Javier Mina. La división tenía una muy reconocida importancia militar, estaba compuesta por más de cuatro mil hombres perfectamente equipados, armados, adiestrados y disciplinados, y se dividía en varias partidas para operar en todo el reino de Álava y sus inmediaciones. Pero mantenían contacto directo y continuo, uniéndose para ayudar a las fuerzas del ejército regular de Wellington, algunas de las veces para batallar en campo abierto.

Lo que Cádiz pretendía de la partida de Julián era unirse al contingente cuando este lo requiriera. Y en vísperas de una posible campaña decisiva, las tropas regulares necesitaban todo el apoyo necesario.

Se había quedado sumergido en sus pensamientos cuando la voz de Vail lo extrajo a la superficie.

—Supe lo de Roman —mencionó—. Te presento mis condolencias.

Julián hizo una breve inclinación de cabeza en señal de agradecimiento. A su derecha, Clara permanecía callada, pero notó cómo se revolvía en su asiento, inquieta.

Vail permanecía envuelto en su capa, demasiado abrigado para la agradable temperatura que tenían aquella noche. Tenía la mirada posada en algún punto de la gente congregada en torno a la hoguera, que conversaba alegre y despreocupada.

—Espero que hayas descubierto la verdad sobre tu padre.

Julián no pensó en su respuesta, simplemente habló.

—Creo estar cerca de hallar respuestas. Sé dónde buscar.

Vail se había quedado inmóvil, con la mirada clavada en dos chiquillos que correteaban alrededor del fuego.

—Te deseo el mejor de los porvenires... —musitó.

—Hermano Gauthier. —La voz de Clara los sorprendió a ambos—. Si no es mucha indiscreción, tengo curiosidad por saber cómo ha conseguido encontrar nuestro campamento.

Vail movió sus ojos oscuros y los clavó en ella. Por un momento se desviaron hacia su vientre, quedando absortos en él. A Julián le pasó desapercibido, pero un destello que no provenía de la fogata brilló, fugaz, en la mirada del francés. Clara sintió un escalofrío recorrerle la espalda. Cuando Vail alzó de nuevo la mirada, su semblante, impasible como un bloque de hielo, esbozó de pronto una mueca que no llegó a sonrisa. Introdujo la mano dentro de su capa y extrajo un cartapacio de cuero. De él sacó una hoja de papel, rematada con un sello.

—La Constitución —dijo, alzándola—. Recuerda que recorro los pueblos haciendo que la juren. Con este documento, cuando preguntaba por vosotros en las villas de estas tierras, era fácil que me respondieran la verdad.

A la mañana siguiente, tras la jura de la Constitución en la explanada central del campamento, despidieron a Vail.

—Te deseo un buen viaje —le dijo Julián con un fuerte apretón de manos.

—Lo mismo te deseo yo a ti —respondió Vail, al tiempo que lanzaba una mirada a Clara, la cual se mantenía a cierta distancia con las manos sobre su vientre hinchado, como protegiéndolo.

El hombre se caló su sombrero de ala y lo inclinó hacia ella sin obtener respuesta; después montó sobre su caballo. Julián le sujetó del ronzal mientras tanto, y aprovechó para acariciar el hocico del semental. Algo en él le resultó familiar, era de la misma raza que *Lur*.

—Un buen ejemplar —observó.

Vail tiró de las riendas para encarar la puerta.

—¡Me lo cedió un viejo amigo! —gritó antes de irse.

Clavó espuelas y salió al galope. Pedazos de tierra volaron tras su estela.

El francés se inclinó sobre su montura mientras la espoleaba. Nadie veía su rostro ya. Se quitó las lentes y relajó la garganta, forzada ante el cambio de voz. Su actuación había concluido. Entonces, sabiéndose a distancia, un grito desgarrado brotó de sus entrañas, quedándose ahogado en el surcar del viento. La había visto, seguía viva, con un bebé creciendo en su vientre. Su hijo.

Mientras cerraban las puertas del campamento, Clara se acercó a Julián y le agarró de la mano con fuerza.

—No me gusta ese hombre —le dijo con la voz encogida. Sus ojos mostraban temor.

Julián, sorprendido ante el repentino contacto de Clara, posó su mano sobre la de ella, en un afán por tranquilizarla.

—Confío en él. Ayudó a mi padre.

Ella no pareció relajarse y agachó la mirada. Julián le rozó el mentón y se lo levantó para poder contemplarla.

—Saldremos mañana —le susurró—. Antes del amanecer.

50

Las monturas avanzaban relajadas, bañadas por la luz rojiza de un sol que se mostraba en el horizonte despejado. Clara iba delante, muy erguida sobre *Roy*, su caballo andaluz.

Habían partido de noche, cuando el campamento aún yacía en completo silencio. Los bosques y los pastos habían quedado atrás, dejando paso a los viñedos que atravesaban en aquel momento, cerca del Camino Real. Pronto se adentrarían en la Llanada por el boquete de la Puebla de Arganzón, y después girarían hacia el noroeste, hacia el laberinto de valles y montañas que escondían Haritzarre.

Desde atrás, Julián contemplaba el hermoso cabello de Clara ondular ante el viento, suave e infinito, tornándose en ocasiones rojizo bajo la temprana luz. Vestía una blusa blanca, holgada en el vientre. Por un momento su cabello se abrió, desvelando la punta de la oreja y los inicios del cuello, perfectamente definidos por una línea brillante de luz. Julián se quedó absorto ante la despreocupada belleza de aquella visión, más compleja y profunda que una mirada provocadora, que un sutil ardid femenino.

Poco después del mediodía alcanzaron las tierras boscosas que rodeaban el valle de Haritzarre. Pronto avistaron a lo lejos los picos escarpados que buscaban; el cielo estaba inmenso y azul pero sus cumbres permanecían cubiertas por nubes bajas y aisladas.

—Creo que es allí —dijo Julián.

El camino los condujo hasta los pies de las montañas, donde se tornaba tortuoso a medida que la pendiente se inclinaba, serpenteando entre rocas y pinares, perdiéndose en las alturas. Enseguida las paredes de piedra fueron haciéndose verticales y los árboles pasaron a ser arbustos aislados. En cuanto fueron ganando altura, la niebla les rodeó con rapidez y se calaron los abrigos para protegerse de la humedad.

En el momento en que desaparecieron en el océano montañoso, alguien los observaba desde la lejanía, tras las lentes de un catalejo.

La ruta era lo suficientemente ancha para un carro, pero estaba en mal estado, con piedra suelta y grandes surcos. En ocasiones se exponía demasiado a una caída fatal y había que pegarse a la pared para no correr peligro.

Tras media hora de subida, comenzaron a avistar unas formas entre la neblina, camufladas en las paredes verticales de piedra blanca. Las trazas sombrías de unos arcos en punta, la silueta de un muro de sillería. Pronto asomaron a una terraza natural que se formaba en la pared. Y entonces las formas se definieron, revelando el monasterio que buscaban.

Estaba construido con la piedra blanca de las paredes de la montaña, como si fuera una extensión de la misma y emanara de sus entrañas. Se rodeaba por un muro ciego que solo disponía de una abertura: un portón de madera en forma de arco apuntado.

Había un silencio absoluto, inquietante. No se veía a nadie. Aquel lugar parecía apartado del mundo, escondido en las alturas nubladas.

Desmontaron de los caballos y los condujeron de las bridas con cautela. Cuando tocaron a la madera del portón, ennegrecida por la humedad y el tiempo, ambos viajeros se miraron con incertidumbre.

Les abrió un pequeño individuo con la cabeza rapada. Era un monje, enjuto y joven, tal vez un novicio. Los miró de arriba abajo con desconfianza, sin atreverse a abrir el portón completamente.

Julián se inclinó, reverente, para saludarlo.

—Buenos días, venimos a visitar al hermano Agustín.

El monje los escrutó con una mirada nerviosa y, con un movimiento brusco, les cerró la puerta en las narices. Sorprendidos, decidieron esperar. Finalmente, la puerta volvió a abrirse. En esta ocasión la cara que se asomó fue conocida.

—¡Me alegro de verte, joven Julián Giesler! —Lo saludó emocionado. Pese a ello, sus palabras no rompieron la calma que reinaba en aquel lugar.

Agustín abrió la puerta y les invitó a pasar con amabilidad.

—Disculpad al hermano Isidro —dijo—, son tiempos oscuros los que corren y no nos fiamos de los forasteros. —Miró a Clara con una sonrisa cariñosa—. Vaya, estás a punto. Enhorabuena a ambos.

Julián guardó silencio, pero Clara le devolvió la sonrisa.

—Gracias.

Entraron en el claustro. En el centro había un jardín con una fuente blanca y una huerta provista de algunos tomates y lechugas. El claustro estaba compuesto en tres de sus lados por arcos apuntados y capiteles decorados con motivos vegetales. En el lado que daba a la pared del risco había una capilla pequeña que parecía fundirse con la roca del monte. Era de sillería y de sus juntas asomaban brotes de musgo, cubriendo en algunas zonas gran parte de los muros. Sus escasas aberturas, estrechas y alargadas, terminaban en punta. La construcción era austera y humilde, de formas sencillas pero elegantes y bellas, en perfecta armonía con la extraña paz que flotaba en el lugar.

Julián se imaginó allí a su abuelo, meditando entre aquellos muros durante días. Aparte de las celdas que debían de abrirse alrededor del claustro y la capilla, no había más construcciones. ¿Dónde habría escondido su legado?

Los monjes caminaban por el claustro, solos o en compañía. Algunos se volvieron para mirarles, pero sin prestarles excesiva atención. Dos novicios se acercaron para hacerse cargo de los caballos.

Agustín los miró con una sonrisa.

—Lo notáis, ¿verdad?

Julián respiró hondo y llenó sus pulmones.

—Es una paz extraña la que se respira en este lugar —observó, relajado.

El monje alzó las manos.

—Nuestros antepasados los benedictinos construyeron el monasterio hace muchos siglos —les relató—. Cuando se accede a nuestra comunidad se abandona el mundo al aceptar los votos de pobreza, obediencia y castidad, ya que las Reglas de San Benito establecen la clausura como modo de preservar la integridad moral.

—Entonces tienen poco contacto con el exterior —reflexionó Clara, igual de embriagada que Julián.

—Apenas —respondió Agustín—. Solo con los huéspedes como vosotros, los peregrinos y los novicios. Tenemos todo lo que necesitamos, el agua que emana de la fuente y proviene de un manantial de las montañas, las huertas del claustro y otras que trabajamos pendiente abajo, y el molino que hay junto al riachuelo que corretea a los pies de la montaña.

El monje les invitó a seguirle y cruzaron el patio lentamente, contemplándolo.

—Ninguno de nosotros sabe exactamente los orígenes de nuestra casa —mencionó mientras caminaban—. Los escritos que guardamos de nuestros antepasados no hablan demasiado de ello. Al parecer, desde los comienzos del cristianismo en estas tierras era frecuente que personas de toda condición abandonasen sus pueblos y ciudades para refugiarse en bosques y montañas en busca de una vida retirada de carácter espiritual. Muchos huían del avance del islam, proveniente del sur. Creemos que un grupo de benedictinos se ocultó entre estas montañas y construyó el monasterio.

—Tuvo que ser una tarea realmente difícil, construirlo aquí —observó Julián.

—Aquellos hombres encontraron este balcón en el precipicio, y aquí hallaron la piedra para construir nuestra casa —respondió el monje—. Dios les proporcionó lo que necesitaban.

Entraron a la capilla. Era el lugar santo, y estaba coronada por una bóveda de crucería. Algunos monjes oraban en silencio y Julián bajó la voz.

—Hermano Agustín, ha dicho que guardan escritos pasados. Aparte de las celdas en los laterales del claustro y la capilla no asoma ninguna otra construcción. ¿Dónde está la biblioteca?

La boca del monje dibujó una sonrisa enigmática.

—Tú mismo lo has dicho, joven Giesler. No asoma ninguna otra construcción. —Acabó emitiendo una risita juvenil, como la de un niño—. Este es un monasterio humilde, pero con sorpresas. Seguidme.

Se encaramaron por un estrecho hueco que surgía de uno de los laterales de la capilla. Todo estaba oscuro, y la temperatura bajó considerablemente. Cruzaron el espacio, estrecho y claustrofóbico, que aparecía tenuemente iluminado por la luz de varias antorchas adosadas en las paredes.

Salieron a una estancia mayor, iluminada en el centro con solemnidad. Las alturas permanecían envueltas en tinieblas y no podían percibir la amplitud del espacio.

—¿Dónde estamos? —preguntó Clara.

La voz de Agustín se alzó, rompiendo el silencio sepulcral de aquella sala.

—Dentro de la montaña.

Les miró, divertido.

—Como bien habéis mencionado —continuó—, nuestra casa asoma de la montaña, nace de ella. Si Dios y su naturaleza nos dejaron refugiarnos aquí, lo hicieron con una condición, que formáramos parte de este lugar, que nos fundiéramos con él. —Alzó las manos y señaló con ellas todo lo que les rodeaba, con la satisfacción en el rostro—. Y eso es lo que hicimos.

Agustín se detuvo y clavó la mirada en la de Julián. Por un momento este se sintió intimidado por la sinceridad de los ojos grises del monje.

—Has tardado en venir más de lo que pensaba, joven Giesler. Pero lo que importa es que ya estás aquí. Ahora, os guiaré por el interior de la montaña hasta el lugar que buscáis.

Julián sintió un vuelco sacudiéndole el estómago, por un momento le pareció que los suelos de aquel lugar temblaban. Aquel hombre le había estado esperando. Sabía que iba a venir. ¿Se lo habría vaticinado Gaspard?

Entonces, notó cómo Clara se aferraba a él y se apoyaba en su brazo derecho. Se volvió hacia ella y vio cómo emitía una ligera mueca de dolor.

—¿Qué te sucede? —se preocupó.

Ella recuperó la compostura al instante.

—Nada —dijo, esbozando una sonrisa y llevándose las manos al vientre—. Una pequeña patada.

El monje los condujo por otra estrecha apertura hacia unas escaleras que bajaban hasta lo más profundo de la montaña. Julián no soltó a Clara de la mano. Sintió un ligero estremecimiento cuando se imaginó la inmensidad de la mole de roca que tenían encima. Si se desprendía quedarían atrapados hasta el fin de los tiempos, nadie les encontraría jamás.

Desembocaron en un largo pasillo. A ambos lados se abrían decenas de puertas.

—Nuestra biblioteca —dijo Agustín, orgulloso—. Cada puerta da a una de las celdas. En ellas guardamos nuestro bien más preciado. La escritura, la voz de Dios.

Agustín avanzó unos pasos y se detuvo frente a la cuarta puerta. Extrajo un manojo de llaves de su hábito blanco y la abrió. La hoja emitió un profundo chirrido, propio del engranaje que lleva tiempo sin abrirse.

Miró a ambos señalando hacia el interior.

—Todo vuestro —terminó añadiendo—. Gaspard me dijo en su día que solo abriera esta puerta cuando un Giesler me lo pidiera.

Julián y Clara avanzaron con pasos dubitativos hasta plantarse frente a la puerta. El monje cogió uno de los faroles que colgaban de las paredes y se lo tendió a Julián con una sonrisa.

—Espero que halles lo que buscas.

Después se fue, dejándoles en las tinieblas de los pasillos.

Julián alzó el farol y precedidos por él, se internaron en la celda. Cuando el haz de luz iluminó las paredes desnudas, arrebatadas a las entrañas de la montaña, descubrieron que solo había un objeto esperándoles en mitad del habitáculo.

Un baúl, un enorme baúl de madera oscura.

Los oxidados goznes de hierro chirriaron cuando el baúl se abrió. Su interior, sumido en la oscuridad durante años, se vio iluminado por la luz del farol. Julián contuvo la respiración. Por fin había llegado el momento. Abrió mucho los ojos al ver lo que contenía.

Papeles, decenas, cientos de ellos. Estaban amontonados, sueltos, encuadernados, sellados, enrollados o metidos en sobres. Julián posó el farol sobre el suelo y dirigió la mano hacia lo que más llamó su atención. Extrajo un tubo enorme de cuero negro y lo contempló durante unos instantes. Era sencillo, sin inscripciones ni ornamentaciones grabadas. Le quitó la tapa y miró al interior. Parecía contener un lienzo enrollado. Lo sacó con extremo cuidado y lo extendió sobre el suelo, dejando que la luz del farol lo iluminara.

Era enorme, debía de tener al menos siete palmos de largo por tres o cuatro de ancho. El lienzo había adquirido un tono ocre, reflejo del paso de los años. Julián acercó el farol y la luz reveló un mapa gigante. Era un mapamundi. Estaba dibujado a tinta negra. Salpicados sobre las trazas del mapa, vio cientos de puntitos marcados en tinta roja. Se acercó más, y entonces descubrió que los puntos eran en realidad cruces. Había muchísimas, cientos de ellas. Parecían expandirse como las ondas del agua, con el centro en el Viejo Mundo, donde había más.

Julián escrutó el contenido del mapa y observó una de las cruces, dibujada en el norte de España. Junto a ella había una nota escrita con una refinada letra cursiva que enseguida reconoció. Esbozó una sonrisa. Era la letra de Gaspard. Pero lo que allí ponía no se entendía. No parecía pertenecer a ningún idioma

—No entiendo lo que pone —dijo Clara a su lado.

Julián no dejó de sonreír.

—Yo sí.

Cogió el papel y el lápiz que guardaba siempre en uno de los bolsillos interiores de su abrigo y empezó a copiar lo que ponía bajo aquella cruz, luego empezó a jugar con las letras y volvió a esbozar una sonrisa. Alzó el papel.

—«Vitoria, España, fundada en septiembre de 1802, por Franz Giesler» —recitó. Y miró a Clara—. Cuando mi abuelo nos visitaba y yo era pequeño, siempre me traía algún libro y en él una carta escrita con un idioma que solo nosotros dos conocíamos. En realidad estaba escrita en nuestra lengua, pero desfigurada por un código. Es muy sencillo, consiste en la sustitución de letras. Solo hay que conocer el patrón. Había que descifrarlo y para mí era muy divertido, me lo tomaba como un juego. Y por lo que veo, no solo era un juego entre los dos...

—Tal vez él te preparó para esto —observó Clara.

Julián la miró.

—¿Para qué?

—Para que fueras el único que pudiera descifrarlo.

Julián reflexionó durante unos instantes y se dispuso a descifrar alguna otra cruz: Angers, Francia, marzo 1803, Fabien Villeneuve; Salamanca, enero 1804, Francisco de Torres.

—Hay muchísimas, fíjate, ¡hasta en la India!

Julián desvió su atención y se centró en lo que contenía el resto del baúl. Había infinidad de cartas, amontonadas unas sobre otras. Cogió una al azar. No estaba codificada, sino escrita en inglés y se la tendió a Clara, puesto que ella había aprendido algo del idioma durante sus años en Barcelona.

Tradujo parte del escrito.

—Fechada a 12 de enero de 1804 por un tal George Mackenzie, de Edimburgo, Escocia, dirigida a Gaspard Giesler von Valberg, Valberg, Baja Sajonia: «... nuestros esfuerzos están dando sus frutos y cada vez vienen más. Sobre todo jóvenes con el corazón caliente de fuerzas e ilusión... Mi hermano se encarga de la administración, varios de los miembros aportan ayudas económicas y hemos podido alquilar un local en las afueras de la ciudad. Las reuniones van bien encaminadas, tenemos treinta y cinco jóvenes en el primer grado y cuarenta y uno en el segundo. Y además hay varios afiliados diputados en el congreso. Uno de ellos es amigo mío de la infancia, sir John Pollock, lleva junto a mí desde que fundamos la logia. Acaba de contraer matrimonio y se va a trasladar a Glasgow, me parece una oportunidad única para revelarle el tercer grado. Pido permiso para fundar una nueva logia en Glasgow...»

Mientras Clara traducía, Julián abrió algunas más. Vladimir Karpeichick de Moscú, Teodoros Papadopoulos de Atenas, Milos Patocka de Praga... Muchas no las entendía, pero intuyó que la mayoría hablaban de sus respectivas logias. Algunas eran en respuesta a invitaciones de Gaspard a reuniones en el castillo de Valberg.

Había una de un tal Simone Bertoldo escrita en alemán de la que Julián pudo entender algo: «En respuesta a su petición, acudiré a Valberg en representación de las dos logias de Roma, la de Pescara, Nápoles y Florencia. He contactado con sus fundadores y les he informado. Comprendo su situación. Seríamos demasiados allí en su castillo...»

Poco a poco, Julián comenzó a comprender. Gaspard era el único que conocía la verdadera extensión de la hermandad. Él era el punto de unión, el engranaje de la Orden.

Gaspard había diseñado la estructura de la hermandad de manera que las logias jamás se relacionaran entre sí, preservando la autonomía de cada una de ellas. De esa manera si una caía o era descubierta, no habría pruebas contra otras y la seguridad de la hermandad estaría asegurada. Julián admiró el plan. Solo él sabía la verdadera extensión. Ese era su legado; conocer el cuerpo entero de la Orden, sus órganos vitales, su tronco y sus extremidades. Allí estaba lo que tantos hombres buscaban, la historia de la hermandad; un puñado de papeles, metidos en un baúl.

A medida que lo revisaban todo, descubrieron toda la documentación que había recopilado Gaspard desde que la Orden de los Dos Caminos comenzara a operar. Había correspondencias entre miembros de las logias donde se hablaba de los progresos de estas, de sus secretos y objetivos. Había diarios en los que Gaspard divagaba sobre sus pensamientos y preocupaciones; además de mapas y listas de las logias que operaban, información sobre ellas, libros de cuentas, apuntes... Cada logia disponía de un cuaderno con listas enormes de sus miembros, desde los hombres de confianza miembros del tercer grado que las controlaban bajo las órdenes de Gaspard, hasta los meros integrantes del primer y segundo grado que desconocían de Valberg y de otras logias.

—Ahora entiendo la relevancia que tiene todo esto... —musitó Julián—. Es la única llave para acceder al control de la Orden, aquí está toda la información. La única manera de poder destruirla.

—De ahí las persecuciones de las que hablaste —le contestó Clara—. De ahí el interés del imperio por encontrar esto.

—El interés de muchos —dijo Julián, señalando el mapa—. De cualquiera que pretenda gobernar sin peligros ni conspiraciones.

Tras un largo silencio de refugio en los pensamientos, Clara volvió a hablar.

—¿Crees que la Orden lo está consiguiendo? —preguntó.

—¿Conseguir el qué?

—Unir a la gente. Inculcar esas ideas, como si fuera una escuela.

Julián calló y desvió la mirada hacia algún punto del mar de papeles que estaban extendidos por el suelo. No era la primera vez que pensaba en ello.

—Las palabras provocan diferentes reacciones en cada uno —dijo de pronto—. Es la libertad del pensamiento... Gaspard decía que jamás podrá contemplarse en el mundo poder más grande que el del pueblo unido. Pero es tan inmenso que se fisura constantemente.

Había cierta resignación en sus palabras, como si el final de toda historia ya estuviera escrito.

—Estoy seguro de que mi padre acudía aquí cuando lo mataron... —musitó Julián entonces, absorto en sus pensamientos—. Gaspard le debió de confiar algo en el último momento antes de que les sorprendieran. Seguro que debía guardarlo en este baúl, con el resto de cosas.

Clara no le contestó y alzó la mirada para observarla. Estaba de pie, tras él, y sostenía una carta entre sus manos.

—Está cifrada con el mismo código que el mapa. La he encontrado apartada del resto. —Enseñó un sobre que sujetaba en la mano izquierda—. Están sellados en placa.

Julián se levantó y contempló la carta. El sello tenía una forma circular y era de cera roja, con un dibujo grabado en el centro. En él aparecía un camino junto a un árbol, bajo cuya sombra yacía alguien sentado.

—Es el símbolo de la Orden —dijo.

Clara arrugó la frente y entornó los ojos.

—Me resulta familiar... pero desconozco de qué.

Tendió la carta a Julián y se llevó la mano al vientre, dando un pequeño saltito.

—¡Una nueva patada! —exclamó con la respiración entrecortada. Después sonrió, airada—. Te espero fuera, este lugar me hace sentir encerrada.

Julián asintió y se quedó observando el contenido de la carta. Intentó comenzar a descifrarla mentalmente, sin la ayuda del lápiz. Estaba escrita por Gaspard y le recordó a las cartas que le escribía cuando era pequeño. Por un momento pensó que tal vez aquella también fuera dirigida a él, tal vez le había estado esperando allí, en aquel baúl, durante esos años.

El grito lo sacó bruscamente de sus pensamientos. Procedía del pasillo. Julián salió con el corazón en la boca y cuando vio a Clara apoyada en la pared de piedra este amagó con salírsele.

—¡Clara!

Corrió hacia ella y la sujetó de los brazos. Clara respiraba entrecortadamente y tenía los ojos cerrados. Se dejó caer, mareada. Cuando la sostuvo, Julián comprobó, aterrorizado, que su falda estaba mojada.

—¿Qué te pasa? —Ella no respondía—. Clara, Clara, responde. Responde, ¡por favor!

Emitió una mueca de dolor y abrió los ojos. Había terror en ellos, un terror que contempló a Julián.

—Creo que he roto aguas.

Algo en su manera de pronunciar esas palabras hizo que Julián sintiera como la montaña al completo se les caía encima. Las había dicho con la voz compungida, asustada, como una niña mientras se aferra a la falda de su madre. Y sus ojos la habían acompañado mirándole desesperados, con la triste insistencia de quien se aferra a la única salvación que le queda. Se le partió el corazón.

Ya era de noche y los monjes se afanaban en preparar el carromato. Uno de los hermanos dispuso una manta sobre la tablazón de madera mientras dos novicios ataban el mástil del carromato a los ronzales de *Lur* y *Roy*.

Julián tendió a Clara sobre la manta con suma delicadeza. Dejó que dos hermanos la abrigaran bien con una manta y se subió inmediatamente a los lomos de *Lur*. Agustín le dio las últimas indicaciones.

—¡Recuérdalo, Julián! Al descender, toma el camino de la izquierda. A media legua encontrarás la granja.

Asintió y sin detenerse ni un instante más, tiró de las riendas y salió del monasterio. Los monjes le habían informado de que en las faldas de la montaña había un caserío en el que vivía una familia numerosa. La madre había tenido cuatro hijos y les sería de gran ayuda.

Condujo el carromato por las escarpadas pendientes del camino. Era la única manera de bajar a Clara y estaba agradecido de que los monjes se lo hubieran cedido. Aun así, no era fácil manejarlo. Pese a que la noche era despejada y las estrellas alumbraban en todo su esplendor, no era suficiente y no veía con claridad los socavones del camino. Las ruedas crujían ante el pedregal y el vaivén era violento. Tenía que avanzar con sumo cuidado, si se dejaba llevar por las prisas y la angustia, podía forzar a los caballos y estos trastabillarse sobre sus patas delanteras, lo cual haría que cayeran imparables hasta el borde del camino, y de ahí, al abismo.

En más de una ocasión tuvo que hacer un esfuerzo para controlar el temblor de sus manos. Miró atrás y contempló a Clara. Se retorcía bajo la manta, soportando las contracciones que cada vez eran más frecuentes. Julián estaba aterrado y no paraba de rezar y murmurar por lo bajo.

Pronto los gemidos de Clara se intensificaron. Julián cedió en su templanza y azuzó más a los caballos. *Roy* estuvo a punto de tropezar. Por momentos, creyó perder el control.

Volvió a mirar atrás. Aterrado.

—Aguanta, cariño. —Hizo un esfuerzo inmenso para que no le temblara la voz—. Ya falta poco.

En realidad no tenía ni idea de cuánto faltaba. Y la palabra «cariño» le había salido natural. Clara no contestó, pero, entre muecas de dolor, esbozó una pequeña sonrisa.

Se internaron en el pinar cuando el grito de Clara desgarró el silencio de la noche.

Julián no pudo más y detuvo el carro. Bajó de *Lur* y saltó sobre la tablazón de madera. Clara jadeaba. Sintió cómo ella le agarraba de la mano con fuerza, desesperada.

—¡Dios mío! —gritó, alzando la cabeza y abriendo muchos los ojos. Julián la inmovilizó—. Dios mío, Julián. ¡Creo que ya viene!

Se temió lo peor. No tenía idea alguna de cómo traer un bebé al mundo.

Con una serenidad que le pareció admirable, Clara le condujo la mano hacia su muslo.

—Tendrás que ayudar a que el niño salga —le dijo—. Ábreme las piernas.

Aterrorizado y con movimientos torpes, Julián hizo lo que ella le indicaba y se arrodilló entre sus piernas. Le retiró la falda y los calzones. Estaban empapados en un líquido oscuro.

—¿Cómo lo ves? —le preguntó Clara.

Julián estaba aturdido.

—¿El qué?

Clara emitió un nuevo gemido.

—Mi entrepierna —suspiró.

Por un momento se vio dominado por el miedo. Miró a Clara y vio que esta permanecía con los ojos cerrados y la cabeza ligeramente echada hacia atrás, estremeciéndose ante las contracciones. Ella tenía suficiente con aguantar el dolor.

Miró entre sus piernas y se asustó. La apertura por donde debía salir el niño estaba rodeada de un espeso vello oscuro. Julián no tenía excesiva experiencia al respecto, pero le pareció que estaba muy dilatada.

—Está bastante...

El grito de Clara fue desgarrador. Se estremeció echando la cabeza hacia atrás, tensándose los tendones de su cuello. Empezó a jadear de manera constante, con rápidos y breves suspiros. Su frente brillaba de sudor. Sus ojos se clavaron en los de él.

—Estoy asustada —dijo con un hilo de voz.

Julián estiró su mano y sujetó con fuerza la de ella.

—Estoy contigo —le susurró—. Todo saldrá bien.

Clara sonrió y entonces volvió a cerrar los ojos, intentando acompasar la respiración, con jadeos breves y rápidos. Julián miraba al lugar por donde debía aparecer el bebé y todavía solo veía oscuridad. Preocupado, volvió a fijarse en Clara, en su rostro contraído, concentrado en respirar. Estaba blanco y tenue a la luz de las estrellas. Se fijó en la suavidad de sus facciones, en la perfección de su piel. Qué bella era.

Entonces lo asoló una emoción tan fuerte que le dieron ganas de llorar. La amaba. La amaba cada vez que la veía, cada vez que se la imaginaba, e incluso cuando no pensaba en ella.

No pudo evitarlo; no supo por qué, tal vez porque estaba aterrado, tal vez porque temía perderla, pero le dijo todo lo que sentía. En aquel momento, mientras ella daba a luz en mitad de la noche y en medio del bosque, él le dijo que la quería, que sentía lo de los últimos días. Le habló de cómo su imagen le había insuflado esperanzas en la isla, de cómo le había iluminado, como si de un faro se tratase. Le intentó explicar con palabras todo lo que afloraba en su interior, pero fue en vano. Ni el mejor de los poetas hubiera sido capaz.

Pero para ella pareció ser suficiente. Empezó a llorar y no fue de dolor. Fue de felicidad.

Los gemidos volvieron y levantó la falda en el momento en que Clara comenzaba a empujar. La apertura de su entrepierna se abrió aún más. Y la cabeza del bebé empezó a asomar. Julián adelantó sus dos manos trémulas, a la espera de que este saliera. Cuando la cabeza hubo emergido al completo, la sostuvo con su mano derecha. Instintivamente, la sujetó y giró suavemente para ayudarlo a salir. Se percató entonces de la enorme mano que tenía o de lo pequeña que era la cabeza del bebé.

—¡Vamos, Clara, ya casi está! —la animó.

Ella se tomó un respiro y volvió a empujar, contrayendo el rostro y gimiendo desesperadamente.

Emergieron los hombros. Después, el resto del cuerpecillo salió precipitadamente, resbalándose y cayendo sobre las manos de Julián. Su piel estaba arrugada y envuelta en un líquido viscoso. Sus ojos permanecían cerrados. Era tan pequeño que cabía en sus encallecidas manos. Lo alzó en lo alto y lo contempló a la luz de las estrellas.

—¡Es un niño! —exclamó.

Clara alzó la mirada y contempló a la criatura. Intentó reincorporarse.

—¿Por qué no llora? —preguntó angustiada al tiempo que otra contracción arrojaba fuera la placenta.

La sonrisa orgullosa de Julián desapareció. Se quedó contrariado, con el niño entre sus manos.

—¿Por qué no llora? —volvió a preguntar ella.

Clara alzó una mano, con los ojos muy abiertos.

—¡Mira si respira!

Julián acercó el oído al diminuto pecho del niño. Esperó impaciente. El bebé no se movía. No había latidos.

No había.

Separó el oído del pecho del niño y lo contempló horrorizado. Lo agitó en el aire, lo golpeó con suavidad deseoso de que reaccionara. La angustiada voz de Clara lo sacó de su ensimismamiento.

—¡Julián! ¡Dime qué sucede!

Este no supo qué decir y miró a Clara con el bebé entre sus manos. Ella negó con la cabeza.

—No... no puede ser. —Alzó ambas manos con desesperación—. ¡Dámelo!

Julián le devolvió el niño y Clara lo sostuvo entre sus brazos. Lo contempló con lágrimas en los ojos y lo envolvió con la manta.

—Mi niño... —sollozó.

51

El hermano Agustín se frotaba las manos vigorosamente en su afán por entrar en calor. Las noches en la montaña siempre eran frías. Sus ojos miraban hacia abajo, escrutando la oscuridad del bosque que se cernía bajo él, a los pies de la montaña. Pensaba en el joven Julián Giesler y su bella acompañante.

Suspiró y volvió a iniciar los rezos por el alma de la joven forastera. Pedía a Dios que hubieran llegado a tiempo al caserío de los Elexalde. De ser así, tal vez el parto hubiera gozado de un buen desenlace. En el monasterio, ningún hermano tenía conocimientos para traer niños al mundo, y por ello, habían decidido enviarlos en busca de ayuda experta.

Realizó la señal de la cruz a la luz de las estrellas y se encaminó hacia los muros del monasterio. Debía dormir porque al día siguiente habían de madrugar para maitines, pero sabía que su inquietud se lo impediría.

Sus sandalias de esparto crujieron sobre la piedra dura del balcón y le impidieron oír las pisadas que asomaron tras él, desde la maleza. Se disponía a cerrar los portones cuando una mano enorme sujetó con fuerza la robusta hoja de madera y le impidió cerrarla. El monje trastabilló y cayó de espaldas.

Ante él asomó el desfigurado rostro de un hombre barbudo. Tenía una enorme cicatriz que le cruzaba del mentón a la frente. Sus dientes, puntiagudos, brillaron a la luz de las estrellas. Agustín, tendido sobre la tierra del patio, se quedó paralizado.

—Gracias por dejarnos entrar, fraile —dijo el hombre con un marcado acento francés.

Tras él aparecieron dos hombres más, armados con fusiles, y se posicionaron a ambos lados de la entrada. Finalmente, entró un tercero, de uniforme negro y manos cruzadas a la espalda, caminando con aire relajado y una pose de superioridad. Sus ojos, más oscuros que la misma noche, se posaron en el monje.

—Buenas noches, hermano.

Agustín permaneció mudo. Oyó voces tras él y comprobó cómo el resto de los hermanos salían de las celdas al patio portando faroles y alertados por los ruidos. El abad hizo un ademán desesperado con la mano para que no se acercaran, pero los monjes no parecieron percibirlo y llegaron a su altura.

—¿Han recibido a dos forasteros en el día de hoy? —La pregunta se la había hecho el hombre de negro. De pronto pareció percatarse de algo—. ¡Oh!, permítame. —El hombre le tendió la mano y le ayudó a levantarse—. Disculpe nuestra entrada tan brusca.

Agustín permaneció muy quieto y encorvado. El francés era más alto que él.

—No sé si me ha oído bien —insistió—. Se lo repetiré: ¿han recibido a dos forasteros en el día de hoy?

El monje no dijo nada y desvió la mirada. El labio inferior le temblaba.

El francés lo escrutó durante unos instantes y después alzó la mano derecha. El hombre de la cicatriz que estaba tras él asintió con un bufido y, con pasos agigantados, se acercó a uno de los novicios más jóvenes. Ante los ojos atónitos de todos, le empujó con extrema violencia y le hizo caer al suelo. Después, lo agarró de la capucha del hábito y lo arrastró como si fuera un saco por la tierra del patio. El joven apenas pudo mostrar resistencia y pataleó impotente. A continuación lo hizo arrodillarse frente a Agustín y este pudo ver el rostro del novicio a escasos dos palmos de él. Las lágrimas le recorrían las mejillas.

El brutalizado francés cogió ambas manos del joven novicio y las alzó sobre su cabeza, sujetándolas en lo alto. Agustín miró la escena, confundido.

—Ahora bien —dijo el hombre de negro mientras su secuaz esperaba—. Se lo preguntaré por última vez. ¿Han recibido a dos forasteros en el día de hoy?

Agustín abrió mucho los ojos. Miró al muchacho que seguía de rodillas y con las manos en alto, llorando desconsoladamente. La presión pudo con el monje.

—¡Sí! —acabó exclamando—. Han venido dos jóvenes. ¡Pero ya se han ido!

—¿Qué buscaban? —lo interrogó el francés.

El monje hundió la mirada en la parte baja de su hábito.

—Algo de comida... —respondió con un hilo de voz—. Para continuar con su viaje.

No sabía mentir y el francés lo notó. Hizo un nuevo ademán con la mano dirigido al barbudo de la cicatriz. Este sonrió y con sus enormes manos apretando las del novicio aprisionó aún más.

Se oyeron varios chasquidos y los alaridos del joven monje rasgaron la noche. Agustín no pudo evitar un grito ahogado. Le había dislocado los dedos de la mano.

El novicio pareció desmayarse por el dolor, pero el francés le dio unos cachetes en la cara para que permaneciera despierto.

El abad se arrodilló frente al hombre de negro y le suplicó que parase aquella tortura. El francés lo miró unos instantes y por un momento Agustín vio la duda asomando en sus fríos ojos.

Un nuevo grito le hizo volverse hacia el novicio. El barbudo le tiraba del brazo.

—Lo siguiente serán los brazos. Y después el cuello.

El hermano Agustín se volvió al francés al mando y le suplicó que detuviera aquello. El hombre permaneció impasible.

—¿Donde están los documentos?

El monje se quedó de piedra.

—Lléveme hasta los documentos personales del maestro Gaspard Giesler o le juro que lo matamos. Y después lo quemamos todo.

Unas lágrimas de impotencia asomaron a los ojos del abad. Desesperado, lanzó una última mirada de súplica, pero la respuesta del francés fue dura y fría. El monje dejó caer los brazos, abatido, aún de rodillas sobre el patio.

—Síganme... —Y se levantó.

Los asaltantes cargaban el pesado baúl sobre el último carromato con que contaban en el monasterio. Agustín permanecía de pie, con los puños apretados y el rostro lívido, contemplando la escena. El novicio herido estaba siendo atendido por uno de los monjes con más conocimientos medicinales. El resto de los hermanos permanecían de pie, tras él.

Terminaron de asegurar la carga sobre el carro con unas cuerdas bien tensadas, montaron en sus caballos y abandonaron el lugar. El francés de negro fue el último en dejar el patio del monasterio y antes de cruzar el umbral del portón se detuvo, dándose la vuelta. Se llevó la mano derecha al interior de su casaca y extrajo de ella una bolsa de piel. La tiró a los pies de Agustín. Se oyó un sonido metálico de tintineo de monedas.

Miró al monje.

—Por el dolor causado.

Y se dio la vuelta. Antes de desaparecer tras los muros, Agustín cogió la bolsa de dinero y dio un paso al frente. Su voz se alzó en el cielo nocturno, como una plegaria a Dios.

—¡El oro jamás redimirá sus pecados!

El francés se alejaba ya y echó un último vistazo. Su mirada se cruzó con la del monje. No vio odio en ella. Vio compasión.

La señora Elexalde abrió las contraventanas y dejó que la fresca brisa de la mañana inundase la habitación. Se oyó griterío de golondrinas sobrevolando el caserío.

—Le traeré sopa caliente, señorita.

—Gracias de nuevo, doña Marina.

La mujer abandonó la habitación con una sonrisa, y los dejó solos. Clara descansaba en el humilde camastro, sobre el jergón de lana apelmazada que había limpiado la señora de la casa expresamente para ella. Había una jofaina con agua limpia y un pequeño lienzo para secarse.

Julián estaba sentado junto a ella y no le soltaba la mano.

—Me encuentro mucho mejor —dijo Clara.

Él le acarició la frente y le retiró una mata de pelo, despejándosela. Era el segundo día que pasaban en el caserío de los Elexalde. Habían llegado en mitad de la noche, despertando a la familia. Clara estaba muy conmovida tras el terrible suceso y acabó por desmayarse al entrar al caserío; había perdido mucha sangre y tuvieron que atenderla de inmediato. La familia se había comportado de manera ejemplar; nada más llegar, subieron a Clara a la habitación principal, donde dormía el matrimonio, y Marina la cuidó durante toda la noche.

Mientras esperaba, Julián había recogido el pequeño bulto que yacía envuelto en una manta sobre el carromato y lo había enterrado. Había sido en mitad de la noche, al amparo de un roble que había cerca del caserío, el más bello que había encontrado. Al ver las formas de su pequeño cuerpecito envueltas en la manta los ojos se le habían humedecido; eran sus propias manos las que habían sostenido al niño en su entrada al mundo, y aquello lo había unido a él de manera irremediable, como si de su propio hijo se tratara.

Para su sorpresa, Clara estaba haciendo gala de una fuerza ejemplar y, pese a momentos en los que la tristeza se reflejaba en su rostro, parecía estar recuperándose de tan desgraciado suceso.

Estaba seguro de que la alegría que se respiraba en aquella casa les había contagiado. El matrimonio Elexalde tenía cuatro hijos: dos niños de diez y siete años y dos mellizas pequeñas. La vivienda era humilde, con un corral con varias gallinas, cuatro cabras y dos cerdos. Tenían dos fanegas en las que plantaban maíz y alubia verde, además de una huerta. Los chiquillos correteaban continuamente y sus risas inundaban cada rincón de la casa. Había un profundo amor que unía a aquella familia. Julián lo había visto durante las comidas; en la vibración de sus miradas, en las palabras que se dedicaban entre doña Marina y don Pedro. Lo había visto cuando el padre les contaba cuentos a los niños y toda la familia callaba y escuchaba, cuando les reñía por mancharse de aceite o por derramar el puchero. Al ver aquello, Julián no había podido evitar deslizarse por sus recuerdos más antiguos, y ver las risas de sus padres, incluso de su hermano Miguel, iluminar su hogar y su memoria.

La señora Elexalde entró en la habitación con una sopa humeante. Era una mujer robusta, con facciones redondeadas y mirada bondadosa. Tras ella aparecieron sus dos hijos mayores; uno portaba un plato en el que había un trozo de queso y unos cuantos higos. Lo posó en el regazo de Clara con delicadeza.

—Para la señorita —dijo.

Clara pareció emocionarse ante el detalle del niño.

—Gracias —musitó.

Sin soltar la sopa, doña Marina se dirigió a sus niños.

—¡Anda! Arreando que padre os espera en el campo.

—Madre, ¿podemos coger más higos de la higuera? Para el almuerzo... —insistió el pequeño.

La madre le revolvió el cabello.

—Pero no más de media docena. —Le dio una palmadita en el trasero—. ¡Que no me entere yo!

Las caritas de los niños se iluminaron ante el permiso de su madre y salieron corriendo.

Ella suspiró.

—Estos hijos míos...

—Son preciosos —dijo Clara, con los ojos vidriosos.

Doña Marina le dedicó una sonrisa llena de ternura.

—Tuve uno antes de que vinieran ellos, pero no salió bien... —Su sonrisa se amplió—. Y mira ahora. ¡Me tienen loca estos chiquillos!

Todos rieron, y el semblante de Clara se iluminó. Julián se alegró de verla sonreír y le apretó con fuerza la mano. Pensó en decirle que la quería, pero ella le miró y ambos se contemplaron.

No eran necesarias las palabras.

Tras varios días de descanso con la familia Elexalde, Clara y Julián subían por las pendientes que conducían al monasterio. Tenían que devolver a los monjes el carromato.

—Algún día podríamos volver y visitarles —comentó Clara, sentada en el carromato.

—Claro que sí —respondió Julián.

Cuando llegaron al monasterio el día se había tornado gris. Un cielo encapotado vaticinaba lluvia. Al ver la seriedad en el rostro del monje que les abrió, supieron de inmediato que algo no iba bien.

Agustín les recibió en el centro del patio. Su habitual sonrisa y hospitalidad habían sido sustituidas por un semblante ojeroso y apenado.

El monje se preocupó por Clara y, después, pasó a relatarles lo ocurrido mientras hacía un esfuerzo inmenso por evitar las lágrimas.

—No tuve otra opción, no tuve otra opción... —repetía una y otra vez—. Ellos me obligaron... ¡Oh, Dios mío! —Alzaba las manos y miraba al cielo—. Viejo amigo, ¡te he traicionado!

Julián intentó calmarle y una vez que consiguió acompasar la respiración, el monje les describió el aspecto de los asaltantes.

—El primero que entró tenía una enorme cicatriz que le cruzaba el rostro... —Agustín trazó una línea con el dedo índice que recorría desde el mentón hasta la frente.

Al oír aquello Julián se temió lo peor.

—El que parecía al mando vestía completamente de negro y su mirada... —las manos del abad temblaban—... su mirada reflejaba lo más oscuro de la noche.

Julián vio cómo Clara se estremecía al oír aquello. Ella también se había percatado.

—Louis Le Duc... —murmuró.

La mente de Julián comenzó a cabalgar muy deprisa. ¿Cómo había podido encontrar el monasterio? De pronto su concentración se vio bloqueada cuando alcanzó a comprender la extrema gravedad de la situación. Que los documentos de Gaspard estuvieran en manos del francés significaba el principio del fin de la Orden de los Dos Caminos. El trabajo de años, la dedicación y la ilusión de mucha gente podía venirse abajo en cuestión de meses. Si aquel baúl llegaba a manos de Napoleón, las órdenes de represalias se sucederían por toda Europa y no habría quién pudiera detener aquella sangría. Todas las logias que se habían creado serían arrasadas hasta los cimientos, y sus miembros principales serían apresados y ejecutados por traición sin juicio previo.

Sintió que le asolaba un vértigo profundo. Apretó las mandíbulas y tragó saliva, no podía vacilar. Había que impedir que aquel desastre sucediera. A costa de todo, con cualquier medio.

—¿Cuánto hace que se fueron? —le preguntó a Agustín.

—La noche en que os fuisteis... —respondió el monje.

Julián maldijo por lo bajo, les llevaban varios días de ventaja.

Se volvió hacia Clara.

—Tenemos que partir... ¿Qué te sucede?

Clara estaba con el ceño fruncido y los ojos tensos, como si estuviera recordando algo.

—Ahora lo entiendo... —balbuceó. Entonces miró a Julián—. Era ese sello que vimos en el baúl... el de la cera roja —comenzó a asentir para sí misma. Su voz se alzó—. ¡Me resultaba familiar! ¡Y ahora sé de qué! Sabía que lo había visto antes, pero no sabía dónde. Encontré un cartapacio de cuero y un reloj de latón con la imagen de una mujer entre las pertenencias de Le Duc. Dentro del cartapacio había unos papeles con el mismo sello. ¡Estaban salpicados de barro! ¡Y de sangre!

—¿Qué?

Clara abrió los ojos como platos y se llevó la mano a la boca, como si hubiera dicho una blasfemia.

—Fue él...

Julián sintió una sacudida en el estómago. Le dieron ganas de vomitar.

—... él mató a mi padre...

Clara se le acercó con suma preocupación en el rostro. Lo rodeó con sus brazos.

—Eran los documentos que llevaba tu padre el día en que murió... lo siento, Julián.

Y lo abrazó con fuerza.

52

Acamparon en las inmediaciones del Camino Real, a tres leguas de las murallas de Vitoria. Desensillaron los caballos en un prado cubierto de un exuberante manto verde, tras la protección de un pequeño bosquecillo.

El cielo se teñía de un rojo intenso en el horizonte y bañaba los campos con su último suspiro. Anochecía y continuar por el camino se tornaba peligroso. Pensaban pasar allí la noche y despertar antes del amanecer. La casa señorial en la que vivía el general Louis Le Duc no estaba lejos y el favor que tenía Clara sobre el servicio de la casa les serviría de gran ayuda.

—Julieta era mi mejor amiga —había dicho ella—. Si han metido el baúl en la casa a nadie le habrá pasado desapercibido. Bastan unos ojos para que el servicio entero lo sepa. Si han visto algo extraño, ella nos lo dirá.

La muchacha madrugaba todos los días para acudir al lavadero. Esperarían en el camino y la interceptarían para hablar.

Julián despojó a *Lur* de sus arreos y se quedó absorto junto a su montura, acariciándole el lomo suavemente mientras tarareaba una vieja canción de labradores. Después de lo sucedido, ambas cosas ejercían sobre él un efecto tranquilizador. Acabaron dejando las alforjas y el macuto en un calvero y se adentraron en el bosquecillo en busca de algo de leña.

Clara parecía cansada pero lo disimulaba bien. No se había quejado durante todo el viaje y Julián admiraba su gran recuperación en apenas unos días. Cuando volvieron al prado, cavaron un hoyo e hicieron fuego. Cenaron como reyes, puesto que los monjes les habían preparado una tartera con guiso de patatas y carne de cordero. Mientras cenaban hablaron de cosas sin importancia, nombraron algunas estrellas, y dibujaron las líneas de las constelaciones. Hubo un momento en que Clara descendió la mirada del cielo y puso sus ojos en los de Julián.

—¿Qué tal estás? —le preguntó con preocupación.

Para su sorpresa, él sonrió, y lo hizo con sinceridad.

—Estoy bien —contestó, y le acarició el pelo con ternura.

La verdad era que por dentro sentía una extraña calma. Acababa de descubrir al asesino de su padre y no sentía rabia, ni odio. Solo miraba al cielo y notaba cómo sus pulmones respiraban, abriéndose a aquel espacio infinito, poblado de estrellas y sueños.

—Solo quiero recuperar los documentos y conocer la verdad.

Clara sabía a qué se refería y pareció continuar su frase.

—Hablar con él y preguntarle por qué lo hizo.

Julián asintió.

—Y mirarle a los ojos cuando responda. Quiero mirarle a los ojos.

Se apoyaron en el tronco de una encina, los dos juntos, acurrucados bajo una manta. Permanecieron abrazados, hasta que Julián metió la mano en el bolsillo de su chaleco y extrajo un sobre doblado. Miró a Clara y sonrió.

—Me lo he quedado.

Era la carta escrita con el código de Gaspard. Había empezado a leerla cuando los gritos de ella en el pasillo lo detuvieron. Entonces se la había llevado consigo.

A la luz de la hoguera, juntos empezaron a descifrarla. Los recuerdos se intensificaron y Julián se vio a sí mismo con diez años, en la mesilla de su habitación, leyendo con entusiasmo una carta de su abuelo, afanándose en descubrir el contenido de cada palabra codificada. Entonces comprendió que aquella carta solo podía ir dirigida a él. «Será nuestro idioma secreto», le había dicho Gaspard años antes.

Pronto las letras comenzaron a ordenarse, revelando palabras y frases:

Estas serán las últimas líneas que leas escritas de mi puño. No dejes que nuestro pequeño juego concluya aquí; el árbol crece y tú has de crear tu propia rama.

Habrás recorrido un largo viaje para llegar hasta este pedazo de papel y supongo que habrás descubierto algunas cosas. Desearía extenderme y hablarte de muchas de ellas pero sé que, en tal caso, lo que realmente quiero hacerte saber quedaría camuflado.

A menudo te habrás preguntado cuál es el verdadero significado de la Orden de los Dos Caminos. Pues yo te diré que puede significar muchas cosas, y cada uno habrá de encontrar la suya propia.

Se refiere al bien y al mal; al amor y al odio; a las batallas entre ejércitos y a las batallas íntimas del día a día; a la revolución universal o la constitución del pueblo y a la búsqueda de la felicidad.

Para mí, el verdadero fin de la Orden no es el que todos creen. No es la conspiración, la trama oculta que pretende devolver al pueblo sus derechos. Creo que un alzamiento en masa jamás triunfará en su totalidad; cierto es que se pueden dar victorias aisladas en lugares concretos, pero la naturaleza siempre vuelve a su ser, retornando a su lugar de origen en un recorrido cerrado.

Para mí, el verdadero fin son las logias, el encuentro entre vecinos. Es lo que tú viviste en la aldea, y no lo que has descubierto después. Son esos momentos compartidos frente a la mesa, donde el día a día se detiene, donde los sueños fluyen en palabras y se miran de frente, donde se ríe, se come y se bebe, y se forman recuerdos felices.

Mientras la rueda gire, esos momentos existirán y será suficiente.

Has descubierto mi legado. Sabes que su existencia alimenta la sed de codicia y hace correr la sangre. Tal vez lo mejor sería hacerlo desaparecer.

Julián se mantuvo en silencio, contemplando la carta; al final la dobló con sumo cuidado y la introdujo en el sobre. Después la guardó en su bolsillo.

—Quiere que lo destruyamos.

Clara lo miraba emocionada, con una fina línea arqueada en sus labios.

—¿Puedes sacar la lista en la que reuniste las palabras de tu padre? —le preguntó. Las sombras que lanzaba la hoguera oscilaban en su rostro, pero la luz que bailoteaba le dotaba de una calidez acogedora.

Julián la extrajo del mismo bolsillo donde había guardado el sobre y se la tendió. Ella la abrió a la luz de la hoguera y escrutó el contenido de sus palabras.

—«No te alejes del camino...» —murmuró.

Julián fue a decir algo pero Clara continuó.

—Me dijiste que tu padre quería algo de ti. —Sus manos sostenían con firmeza el papel, viejo y arrugado, de un ocre transparente bajo los haces amarillentos de luz—. Creía que con esto se refería a que no te derrumbaras, a que avanzaras firme en la misión que te había encomendado. Creía que se refería a que descubrieras los documentos y el secreto de la Orden, a que descubrieras a su asesino e hicieras justicia.

Hizo una pausa.

Julián asintió, sabía lo que ella iba a decir.

—Ahora no creo que se refiriera a eso. Lo que quería decirte era que no te alejaras de tus sueños. Aquellos que aprendiste de él y guardaste en tu interior cuando eras un niño.

Aguardaban agazapados tras la tapia de una era, al margen del sendero. Julieta debía de estar al llegar. El lavadero quedaba a pocos pasos de allí, en el río Zadorra, donde unas piedras amplias y llanas permitían realizar el duro trabajo en sus orillas.

En la aldea de Julián disponían de una pequeña construcción que recogía las aguas de los manantiales de las montañas. El lavadero solía ser la única edificación que había en los pueblos destinada únicamente a las mujeres. Recordaba cuando acompañaba a su madre de pequeño. En invierno, cuando el agua bajaba helada, las manos de su madre se enrojecían como las amapolas y se entumecían tanto que apenas podían sujetar el cepillo con el que restregaba la ropa.

Clara lo agarró de la muñeca en señal de alerta. Julián asomó la cabeza por el borde de la tapia y pudo ver una silueta acercándose por el sendero. Distinguió una blusa blanca con lorzas, el *gerriko* en la cintura y un chaleco atado con cuerdas cruzadas. La joven se protegía con un pañuelo de cuadros y portaba una cesta llena de ropa.

—Es ella —susurró Clara.

Cuando asomaron de la tapia, Julieta estuvo a punto de emitir un grito. Después reconoció a Clara y se llevó las manos a la boca; las lágrimas le empezaron a brotar por los ojos.

—Dios mío... —murmuró.

Clara extendió los brazos y la abrazó con fuerza.

El reencuentro estuvo lleno de emoción y Julián dejó que ambas mujeres tuvieran un momento de intimidad.

Después, cuando Clara recordó la razón por la que estaba allí, su voz se tornó seria.

—Julieta, he de pedirte un favor muy importante.

—Lo que sea, señorita. —La criada se enjugaba las lágrimas con un pañuelo.

—¿Alguien del servicio ha visto a los hombres de Le Duc introducir un pesado baúl en la casa?

Julieta arrugó el entrecejo y negó con la cabeza. Julián maldijo por lo bajo.

—No, señorita —respondió—. No he visto nada de eso.

—¿Sabes de algún correo que pretenda enviar el señor de la casa? —le preguntó él.

Entonces Julieta pareció recordar algo.

—¡Ah, sí! —exclamó—. Ayer llegó a Vitoria una fuerte escolta que custodia un gran convoy. Viene desde Burgos y se dirige a Francia. El señor Le Duc mandó al cochero entregar un correo a los mensajeros del convoy.

—¿Con dirección a Francia? —insistió Julián.

La criada asintió.

—Eso creo.

—¿Cuándo partirá el convoy?

—Mañana, a primera hora. Si no me equivoco, cruzarán por el paso de Arlabán.

Arlabán era un puerto que unía la Llanada con los valles del norte. Desde Vitoria había dos vías que conducían a Francia. Una seguía el Camino Real e iba a Pamplona. Era la más segura porque no tenía pasos estrechos donde pudieran realizarse emboscadas; pero también era mucho más larga. La otra era corta y rápida, y salía hacia el noreste dirección al puerto de Arlabán. Al final del alto había un fortín francés en el que descansaban los convoyes y recargaban víveres. Los inicios del puerto eran muy boscosos y habían sido objeto de diversas emboscadas durante la guerra.

Julián sintió una idea emerger en su mente.

Podía ser peligroso, pero era la única solución que veía para conseguir detener ese convoy. Si Le Duc enviaba un correo a Francia nada más hacerse con los documentos, lo más probable era que estuviera dirigido a Napoleón. El general francés había actuado de manera inteligente y no se había arriesgado a llevar el baúl a su casa, a la vista de todos. Lo habría escondido en algún otro lugar. Si interceptaban ese correo, tal vez supieran dónde.

Se dirigió a Clara.

—Debemos volver al campamento cuanto antes y poner a los hombres en marcha.

Un ligero estremecimiento recorrió el rostro de ella. Sabía lo que pasaba por la cabeza de Julián.

—Vamos a emboscar ese convoy, ¿verdad?

Julián le acarició la mejilla con ternura. Sonreía con tristeza. Asintió.

53

Aún era de noche. El brillo de un relámpago resplandeció en la lejanía y por un instante, iluminó las perfiladas sombras que se agazapaban entre los árboles y la maleza que rodeaban el camino. Después vino el trueno y alguno de los guerrilleros se estremeció.

Aguardaban escondidos en la maleza, tensos y cansados. De vez en cuando se oían toses, silbidos para comunicarse en la oscuridad, o conversaciones en voz queda. Pero la mayoría permanecían en silencio, inmersos en sus propios pensamientos y temores.

Clara permanecía inmóvil, apoyada en el tronco de un árbol y con las manos firmemente apretadas en torno al mosquete Charleville que le habían dejado. El robledal que les escondía era denso, tupía las faldas de aquellos montes y se cernía inquietante sobre la estrecha ruta. Clara no apartaba la mirada de aquel camino envuelto en tinieblas que apenas distaba a cincuenta pasos. El paso de Arlabán era propicio para sorpresas y había sido objeto de otras emboscadas en el pasado. Por eso los convoyes estaban avisados del posible peligro y los franceses habían tomado medidas al respecto. Media legua más abajo, en los inicios del puerto, habían construido un blocao, junto al caserío de Ventaberri. Y en lo alto del puerto, un fortín guarnecía el paso de la aduana. Pero entre medias, la ruta carecía de vigilancia.

El plan era sencillo; uno de los hombres, el de más abajo a la derecha de Clara, el primero que componía la larga línea de guerrilleros que esperaban paralelos al trazo del camino, efectuaría un disparo en el momento en que el último francés rebasara su posición. Entonces vendría una sola descarga cerrada propiciada por la línea entera y finalmente, la carga a la bayoneta.

Se imaginó a sí misma cargando con el fusil calado, gritando como el resto de los hombres y embistiendo a uno de los soldados que hubiera sobrevivido a la descarga inicial. Pensó en los años que llevarían sirviendo a la patria aquellos soldados franceses a los que debían atacar, la veteranía que habrían adquirido, los hombres que hubieran fusilado o acuchillado, las atrocidades que hubieran presenciado; se los imaginó altos y fuertes, con las manos encallecidas de sujetar el fusil, las pantorrillas endurecidas de las largas caminatas y los brazos fortalecidos del duro trabajo como infante imperial. Sintió una repentina punzada en el estómago, y el sabor del miedo acudió a su boca imparable, paralizándola por momentos.

Entonces pensó en doña Encarna, *Ilebeltza*, y en Agustina de Zaragoza; ellas habían colaborado en la causa, habían luchado contra el francés y les habían vencido. Si aquellas mujeres habían podido, ¿por qué ella no iba a intentarlo? Recordó las palabras de la comerciante doña Eulalia Alcalá Galiano. Debía creer en sí misma, no debía dudar, su grado de determinación debía ser firme como la montaña en la que estaban afincados.

Tras la punzada de nerviosismo vino el vacío en el estómago. Las tripas le rugieron y se percató de que estaba hambrienta. Y desde luego, tenía razón para ello. Habían llegado dos horas antes, tras una interminable caminata de más de treinta leguas por senderos de montañas. Por el camino se les habían unido algunas partidas que habían nutrido el grueso de hombres que atacarían. Julián había ordenado enviar un mensajero en busca de los hombres del guerrillero Dos Pelos, pero dudaba de que llegaran a tiempo.

Habían alcanzado la población de Ullibarri Gamboa poco antes del anochecer y los vecinos de la localidad les habían conducido por las faldas del monte, ayudándoles a disponerse en los puntos más aventajados.

Mientras introducía la mano en el morral, y extraía un mendrugo de pan y la onza que le quedaba de chocolate, vio sombras moverse entre las tinieblas de las pendientes boscosas del otro lado del camino. La partida estaba dividida en dos frentes, para atacar al convoy por ambos lados y rodearles.

Vio a su tío Simón pasar por delante, agachado entre los matorrales. Le saludó con la mano y el clérigo le dedicó su mejor sonrisa. No pudo detenerse, tenía trabajo que hacer. Recorría la línea de hombres oficiando la misa habitual antes de entablar combate. Clara se sintió aliviada al ver la serenidad con que le había sonreído su tío, le proporcionó la tranquilidad que necesitaba.

Pensó en Julián. Apenas había contenido las lágrimas al separarse de él nada más llegar a Ullibarri Gamboa. Ella se encontraba en el centro de la línea, él un poco más arriba, junto a los últimos hombres de la línea, para atacar a la vanguardia del convoy.

Las campanas repiquetearon en la lejanía, y rompieron el silencio de la noche en el monte. La inquietud cruzó el cielo nocturno, haciendo que los guerrilleros se estremecieran bajo sus mantas. Era la señal. Los vecinos de Ullibarri les avisaban de que el convoy había dejado el pueblo y comenzaba a ascender el puerto.

La espera se hizo interminable. Algunos de los hombres que aguardaban junto a Clara comenzaron a rezar en voz baja. Otros mascullaban entre dientes o maldecían por lo bajo.

Pronto comenzó a oírse un rumor lejano. Al principio era insignificante, pero a medida que pasaba el tiempo, fue en aumento. Enseguida se tornó en sonidos reconocibles, espeluznantes. El resonar de los cascos de los caballos, la marcha de cientos de pisadas efectuadas al unísono, el redoble de los tambores. Jirones de neblina reptaron por las copas de los árboles, despejando el camino, asustadas.

Una enorme sombra oscura comenzó a perfilarse en el camino, a la izquierda de ella. La mancha avanzaba, y se extendía larga, como una serpiente, hasta perderse en las tinieblas del fondo. A medida que se acercaba, comenzaron a adivinarse movimientos de siluetas que conformaban la sombra, leves resplandores plateados de cascos y bayonetas, uniformes que empezaban a adquirir color, perfiles cada vez más nítidos de infantes y jinetes. La columna alcanzó su altura con un avance ensordecedor que inundó el bosque. Pudo ver con claridad las miradas de los hombres, impasibles y marciales, enmarcadas por barboquejos dorados, marchar en perfecta e imponente armonía.

Oyó los chasquidos de los percutores; con el rabillo del ojo atisbó cómo los hombres se tumbaban o se arrodillaban para apuntar mejor. Ella se reincorporó y, recordando las enseñanzas de Julián, se arrodilló apoyando el costado sobre el tronco del árbol, para equilibrarse.

Alzó el fusil y apuntó.

El corazón le latía con extrema fuerza, aguardando el instante en que el disparo de vanguardia rasgara el aire y diera la orden de la descarga.

Entonces la columna francesa se detuvo; y el corazón de Clara también. Del rugir imponente de la marcha, del redoble de los tambores, pasaron a un inquietante silencio que congeló al bosque entero, y con él, a los cientos de hombres que aguardaban entre las tinieblas de sus nudosos árboles.

Clara oyó cómo alguno de los guerrilleros maldecía entre dientes.

—¿Qué demonios pasa? —murmuró uno.

—No lo sé, algo sucede en vanguardia... ¡Mirad!

Miró hacia donde decían. Algo había detenido a los franceses.

—Por los clavos de Cristo... ¿Quién demonios es ese? ¡Lo está jodiendo todo!

—Voto a Dios que le volaré la cabeza cuando esto termine...

Clara escrutó los inicios de la columna. Frente a su primera línea, había una silueta plantada en mitad del camino, cortándoles el paso.

El mundo se le vino encima cuando lo reconoció. A punto estuvo de emitir un grito ahogado.

Julián había aguardado junto al resto de los hombres la subida de la columna francesa. Su inquietud había aumentado cuando vieron aparecer la vanguardia del convoy. Le acompañaba como una sombra desde el momento en que había decidido tender la emboscada; martirizándole durante el camino de vuelta al campamento, durante los preparativos y la partida, y durante la larga marcha hasta llegar a las faldas de aquella montaña. Sabía que debía detener aquel convoy para interceptar el correo del general Louis Le Duc y recuperar el legado de Gaspard. Si no lo hacía las represalias sobre las logias serían terribles. Pero también era consciente de que ponía en peligro la vida de sus hombres y condenaba la de los franceses que custodiaban el convoy.

Las dudas punzaban en sus principios como agudas escarpias. Él solo quería terminar con todo aquello, y quería hacerlo bien. Hasta el momento había conseguido lidiar con las situaciones que se le habían presentado, pero aquella emboscada superaba todas las anteriores. Su dilema se incrementó cuando la vanguardia de la columna se acercó a su posición.

Vio los rostros de los primeros soldados; correas blancas cruzadas sobre las casacas azules, fusiles terciados a la espalda, chacós negros cubriendo miradas cansadas, algunas juveniles, otras veteranas. Pensó en esos hombres, en sus vidas; custodiaban aquel convoy y lo más probable sería que volvieran a casa tras cuatro interminables años de guerra. Cruzaban el país desde Madrid. Seguro que durante días de caminata, de castañeo de dientes, de hambre y de dolor de piernas, el pensamiento de aquellos hombres había pasado constantemente por la idea de volver a sus hogares, por besar a sus mujeres, por abrazar a sus hijos, padres y madres. Entre ellos podían hallarse personas como Henri, como Quentin y Climent, como Armand o el Viejo Pensante.

Entonces pensó en el enjambre mortífero que estaba cerca de caer sobre ellos. Y pensó en Clara, que debía de estar aguardando como él, tragando saliva y con el corazón en la boca. Ella iba a estar en medio de la refriega, arriesgando su vida como el resto de los hombres. Por un momento le pasó por la cabeza la posibilidad de perderla.

Aquel último pensamiento fue lo que prendió la chispa dentro de él e hizo que saltase de los arbustos cuando apenas faltaban veinte pasos para que la vanguardia llegase a su altura, fue lo que hizo que saliera al camino y se detuviera frente a los franceses.

El que iba a la cabeza parecía un oficial, montaba a lomos de un tordo rodado, con el vistoso uniforme de la Guardia Imperial. Sus ojos se abrieron como platos cuando vio asomar a Julián. Dio un brusco tirón de riendas y a punto estuvo de hacer trastabillar al caballo.

La columna se detuvo, su marcha y sus tambores dejaron de resonar. El silencio se adueñó del monte como un manto de inquietud. Julián permaneció de pie, con las piernas abiertas y el fusil levantado en la mano derecha. Sentía el corazón retumbando en su pecho. El sudor recorriéndole la frente. El temblor de piernas a un paso de asomar. Los soldados de la primera fila le apuntaban con sus rifles, cautos y desconfiados. El oficial lo escrutó con la mirada desde la altura que le confería su cabalgadura.

—¡Quién vive! —exclamó en francés.

Julián alzó más los brazos, en un afán de no mostrarse hostil.

—Alguien que pretende que hoy no se derrame sangre.

Lo dijo bien alto, para que todos le oyeran. Sabía que, en aquel preciso instante, tenía acaparada la atención de cientos de hombres; tanto los que se hallaban en el camino, como los que aguardaban confusos e inquietos en el bosque. Estaba seguro de que muchos de ellos estarían jurando y maldiciendo en su contra.

—Muéstrese y dígame qué razón le ha llevado a detener al ejército de su emperador.

Julián agachó la mirada con las manos aún en alto. Se mostró sumiso, no debía retar al oficial, no si quería convencerlo.

—Vengo a ofrecerle un trato, señor.

El rostro del oficial, rodeado del colbac de piel de oso y el barboquejo de su casco plateado, iluminado por alguna antorcha lejana que emanaba de la columna, se contrajo.

—¿Qué clase de trato? —preguntó.

—Me interesa un correo que porta en su convoy. Entréguemelo y hoy no se derramará sangre.

La mirada del oficial se encendió.

—¿Es una amenaza?

Julián suspiró y alzó la cabeza. Miró al francés y su voz se tornó dura.

—Hay cientos de hombres apuntándoles en este preciso instante, desde los árboles. A mi orden efectuarán una descarga cerrada. ¿Desea que sus hombres mueran?

Por un momento los ojos del oficial revelaron temor. Miró alrededor, hacia los árboles. Los soldados dejaron de apuntar a Julián y centraron sus fusiles en las tinieblas del bosque, poniéndose tensos y prietos entre ellos, como queriendo protegerse de un enemigo invisible que los rodeaba.

El oficial escondió cualquier pavor y volvió a centrarse en Julián con el semblante impasible, marcial.

—Es un farol —dijo.

El joven Giesler se temió lo peor. Hizo un último intento.

—Debería rendirse...

El oficial arrugó la frente bajo su resplandeciente casco y sus ojos se llenaron de ira.

—¡Jamás!

Se llevó la mano al pomo de su sable y lo desenvainó. La hoja de acero se alzó sobre todos y brilló tenuemente.

Aquel gesto fue suficiente para que todo se desatara.

Primero se oyó el estruendo de un disparo, después una columna de humo negra emanando del bosque. Hubo un grito desgarrador y un francés cayó en la columna. En cuestión de segundos, el ruido se volvió ensordecedor, y la tenue claridad del amanecer que asomaba en el horizonte se vio oscurecida por un denso manto de humo. Entonces surgieron más disparos, gritos y redoble de tambores.

Cuando Julián vio su vida peligrar, expuesto en mitad del camino y frente a cientos de enemigos, una fuerza primitiva se adueñó de él. Su mente se abrió y dejó escapar todo pensamiento, sus brazos levantaron el fusil hacia el manto de humo que rodeaba la columna. Sus ojos trataron en vano de ver al oficial. Disparó a ciegas.

Después lo tiró al borde del camino, entre la maleza y desenvainó el sable. Oyó cientos de gritos de guerra asomar desde el bosque y caer sobre el camino, como una estampida. Él también gritó, no de rabia, ni de odio, sino de miedo, de puro terror. Se adentró en las tinieblas del manto de humo con el sable en alto, dispuesto a asestar un golpe al primero que se le echara encima. Se vio inmerso en un caos de siluetas de hombres que le rodeaban luchando entre sí, acuchillando, disparando y aullando con desesperación.

Había soldados de dientes blancos y rostros cubiertos de pólvora que se le abalanzaban como fieras. Él soltó sablazos a diestro y siniestro, fuera de sí, extasiado, gritando como un energúmeno. Llegó a empujar, a dar patadas, puñetazos, a patalear como un niño cuando un soldado se le echó encima y lo retuvo presionándolo, mordió carne hasta que notó el sabor de la sangre. Después se reincorporó, con el sable en la mano y luchó sin parar, sin pensar en lo que cortaba, en lo que hacía.

De pronto se vio lanzando mandobles al aire, sin ningún enemigo que los detuviera, y paró. Había un vacío, no tenía nadie alrededor, nadie que se le abalanzara, solo había un enjambre de cuerpos tendidos en el suelo. Cuando bajó los brazos, sintió que le pesaban como moles de piedra; le costaba levantar el sable y tenía un pitido intenso asolándole los oídos. Intentó decir algo, pero su voz sonó ronca.

Estaba exhausto y caminó arrastrando los pies, aún en guardia. Pero nadie le atacó.

El humo se fue disipando y pronto pudo tener una visión clara de lo que le rodeaba. Se sorprendió al ver que había amanecido. Junto a él, había cadáveres y heridos, hombres que se reincorporaban y se recuperaban del esfuerzo. Pronto comprobó que la guerrilla había tomado el convoy. Aliviado, se percató de que la lucha había sido más sencilla en otros puntos de la columna. Al parecer, el peor encuentro había sido en su zona, en la vanguardia, allí era donde más muertes se habían dado. En el resto de la línea, la mayoría de los soldados franceses se habían rendido y no habían plantado cara.

A medida que recorría el escenario de la batalla, los pensamientos comenzaron a recobrar su mente y entonces empezó a sentir cómo la ansiedad aumentaba en su pecho. Sus pasos se apresuraron, su mirada se avivó, recorriendo con desesperación los rostros de todos los supervivientes. Sintió miedo.

Y entonces la vio, hablando con Simón y Pascual junto a uno de los carruajes capturados.

Estaba viva, estaban vivos.

Fue como si las tinieblas de la contienda se disiparan, dejando que los rayos del sol las atravesasen. Fue como si Dios los iluminara desde el cielo con la vida; con la vida puesta en juego por una causa que nadie entendía.

Pascual tenía la casaca destrozada y la cara tiznada de pólvora. Se llevó la mano a la calva.

—Maldita sea, he perdido el sombrero.

Simón le tendió uno que tenía en la mano, pero Pascual se negó al ofrecimiento.

—Haga el favor de no reírse, fray Simón. Con eso me fusilaban a las primeras de cambio. Líbreme Dios.

El clérigo rio, era un chacó francés.

Tras el recuento, supieron que la partida había sufrido cinco bajas y diez heridos. Entre los franceses, en cambio, había más víctimas, pero la mayoría se habían rendido y prestaban fila, desarmados y custodiados por algunos guerrilleros.

Mientras Pascual y Simón bromeaban sobre sombreros, Clara y Julián revisaban los carruajes y las berlingas que viajaban con el convoy. Revolvieron entre tesoros, joyas, obras de arte y dinero robado de los museos y las iglesias de la península.

—Francia se lleva toda la riqueza que le queda al país —mencionó Clara.

Revisaron decenas de cartas, muchas de ellas de personajes importantes del Ejército Imperial, generales y mariscales de campo, que escribían a sus familias y mujeres. Finalmente Clara alzó una de ellas.

—¡La he encontrado!

Julián se acercó cuando ella abría el sobre elegantemente sellado con el símbolo del águila imperial.

—Estaba en ese cofre de ahí —señaló al interior de uno de los carruajes que según Clara, mejor custodiados estaban durante el ataque—, entre las correspondencias personales de varios miembros del Estado Mayor francés. He visto alguna carta firmada por el rey José.

En el reverso estaba escrito el nombre de Napoleón Bonaparte, emperador de los franceses. Cuando la abrieron, se encontraron con un texto escueto, letra pulcra y muy cuidada. Sus sospechas se reafirmaron al comprobar que estaba firmada por el general Louis Le Duc.

Estaba escrita en francés, pero ello no impidió que los ojos de Julián trazasen las líneas con impaciente rapidez. Cuando hubo terminado se quedó aturdido y confuso. Pestañeó varias veces y volvió a leer la carta. Negó con la cabeza, confundido.

—No era lo que esperaba... —musitó.

Clara reafirmó su impresión.

—No menciona dónde se encuentran los documentos.

Era cierto, no lo decía. Pero sí hablaba de los documentos, y lo hacía de una manera extraña. No le revelaba que los hubiera encontrado, en su lugar, decía que creía estar a punto de encontrarlos. Y que tenía la completa seguridad de que hallarlos daría pie a la destrucción completa de la hermandad. Le pedía tiempo.

—No lo entiendo, le está mintiendo —reflexionó Julián, pensativo—. No le dice la verdad. Le oculta el haberlos encontrado.

—Pero le asegura que los encontrará pronto y confirma que son la llave para acabar con la Orden —añadió Clara.

—Lo confirma porque ya sabe lo que contienen —terció Julián.

—¿Por qué se lo estará ocultando?

El joven Giesler se golpeó varias veces el labio inferior con el dedo índice.

—Parece estar esperando algo... —reflexionó—. Tal vez a que acabe la guerra.

—¿Y por qué haría eso?

Julián tenía el ceño fruncido.

—Porque es posible que los franceses no la acaben ganando —sentenció—. Los ingleses cada vez son más fuertes y saben cómo vencer a las tropas imperiales. Pronto habrá una gran batalla que sea decisiva. Pretenderá esperar a su desenlace.

Clara asentía, como para sí misma.

—Lo que quieres decir es...

—Lo que quiero decir es que Napoleón puede ser derrotado. Y si es así, no tendría sentido para Le Duc entregarle los documentos, porque el emperador no podría proporcionarle poder alguno a cambio de ellos. Tal vez esté aguardando para ver quién acaba haciéndose con el poder de la nación. Y... tal vez negociar con él.

—Pero los documentos no solo se ciñen a España —dijo Clara—. ¡Hay logias por toda Europa! Napoleón puede perder la península, pero su imperio seguirá dominando en el resto del Viejo Mundo.

Julián asintió.

—Tienes razón... pero desconocemos realmente cómo le van las cosas en el frente ruso. Quién sabe, tal vez su imperio se esté derrumbando.

Sus palabras se vieron interrumpidas por el ruido de cascos de caballos.

Venían desde abajo, remontando la pendiente. Todos miraron hacia allí y vieron tres jinetes acercarse. Su uniforme distinguido hizo que les reconocieran rápidamente; llevaban sombrero de copa con escarapelas rojas y las casacas de color pardo. Pertenecían a la división alavesa de Sebastián Fernández de Leceta, conocido como Dos Pelos.

Detuvieron sus cabalgaduras y contemplaron el escenario de la batalla. Parecían mensajeros y Julián enseguida reconoció a uno de ellos. Tendría unos cincuenta años y lucía un rostro curtido, cubierto por anchas patillas de pelo enmarañado. Era el alguacil Roca. Uno de los hombres que persiguieron a su hermano Miguel, hacía quince años.

Pese a ello, el alguacil siempre los había tratado bien, era un hombre amable. La última vez que lo vio se había unido a una partida de bandoleros, cuando se los toparon Roman y él de camino al valle de Haritzarre. Gracias a su intervención, habían salido indemnes.

El hombre lo había visto y lo saludó con la mano. Julián se le acercó.

—Me alegro de volver a verlo, Julián de Aldecoa.

—Lo mismo digo. —Señaló a su uniforme—. Viste los colores de la División Alavesa. Por lo que veo decidió abandonar aquella partida de bandidos.

El antiguo alguacil sonrió y paseó la mirada por los alrededores.

—Parece que ha habido buen botín...

Julián no dijo nada al respecto y se limitó a asentir de buena gana. Entonces el semblante del hombre se tornó serio.

—Traigo nuevas importantes —dijo.

—Las tropas de Napoleón han sufrido una gran derrota en Rusia. —La noticia del antiguo alguacil sobrecogió a todos los presentes, congregados en torno a la hoguera que habían encendido a las afueras de un pequeño pueblo en las faldas de Arlabán, tras limpiar el camino del puerto y hacerse con el botín.

»El invierno ruso ha sido muy crudo y ha conseguido doblegar a los franceses —continuó Roca—. La retirada en masa de la debilitada *Grande Armée* está reavivando el espíritu de lucha de las naciones aliadas en contra del Imperio francés. Dicen que Prusia y Austria se preparan para aprovechar la situación y que por eso Napoleón está retirando tropas de la península, para que acudan a reforzar a las que se retiran de Rusia y que se ven amenazadas.

—Entonces, el contingente francés en España cada vez está más débil —dijo Julián.

El antiguo alguacil asintió.

—Y por ello, creemos que José I habrá de abandonar pronto su corte en Madrid, volviendo a retirarse hacia el norte.

—Y en ese caso...

—En ese caso las tropas aliadas al mando del inglés Wellesley que aguardan en la frontera de Portugal aprovecharán la ocasión para intervenir —sentenció Roca—. Los franceses se replegarán en el norte y con menos tropas. Y pronto habrá un enfrentamiento masivo. Una batalla final que decida el futuro de la nación. —El alguacil hizo una pausa y añadió—: Y ese es el propósito de mi visita aquí. El ejército aliado necesitará de toda la ayuda disponible a partir de ahora. Traigo órdenes directas del alto mando aliado, para que os unáis a la División de Iberia al mando de Francisco Longa Anchía. Deberéis operar como apoyo del grueso del ejército aliado cuando inicie su inminente campaña. Y luchar en la batalla que se avecina.

Cuando, poco después, los guerrilleros se fueron a dormir, Julián se quedó solo frente a la hoguera, con la mirada absorta en el continuo crepitar del fuego. Clara se le acercó por detrás y le dio un beso.

—Me retiro a dormir —le susurró al oído—. Estoy agotada.

Él pestañeó varias veces, como si hubiera vuelto de un pensamiento lejano. La miró y le sonrió.

—Iré enseguida.

Clara le dejó a solas y cruzó el campamento hasta donde *Roy* pastaba. Habían elegido un lugar llano y libre de raíces para dormir. Mientras desenrollaba su manta de la silla de montar de *Roy* y la extendía junto a la de Julián, Simón se le acercó.

Clara se volvió hacia él mientras este se detenía junto a ella y desviaba la mirada hacia la silueta de Julián, recortada por el resplandor del fuego.

—Acto honorable el suyo... —murmuró el clérigo. Se refería a la sorpresa que había protagonizado Julián en la emboscada de aquel día. Nadie había comentado nada al respecto después de la contienda, pero todos habían pensado en ello.

Clara suspiró mientras contemplaba la silueta de su amado.

—La muerte se ha llevado muchas vidas que él apreciaba. Por eso quiere evitarla...

Simón asintió, en la oscuridad de la noche.

—Aún recuerdo el escándalo de su hermano —dijo—. Su huida sacudió toda la Llanada. ¿Cómo se llamaba?

—Miguel —respondió Clara, y se apresuró a añadir de inmediato—: no mató a aquel fraile, fue un accidente. Julián me lo contó.

—He reconocido al hombre que ha venido hoy con las nuevas del frente —comentó Simón—. Por aquel entonces era uno de los alguaciles que persiguió al pobre muchacho. Dijeron que se cayó por las sierras del sur. Dio mucho que hablar aquel asunto.

Cuando el clérigo terminó de hablar, vio cómo su sobrina contemplaba la silueta recortada de Julián. *Lur* se le había acercado y estaba junto a él, mordisqueando una galleta que le había tendido su jinete.

—Le amas, ¿verdad?

Clara se volvió hacia su tío.

—Con toda mi alma.

Simón sonrió.

—Me alegro. Al parecer, has encontrado el atajo del que hablamos.

54

Veía a un niño en el regazo de su madre mientras esta acariciaba su cabello. El niño era feliz bajo la seguridad de su madre. No había nada que le preocupase, el mundo no era más que ese instante puro de felicidad. Pero de pronto el rostro de su madre desaparecía, se convertía en una sombra oscura y el niño empezaba a llorar...

Y entonces los traqueteos del camino lo despertaron de golpe. Louis Le Duc estaba sudando y respiraba entrecortadamente. Otra vez... Extrajo un pañuelo de la casaca y se lo pasó por la frente.

—Maldita sea —murmuró.

Se sorprendió con los ojos húmedos y se apresuró a serenar su semblante. Siempre terminaba del mismo modo. Llevaba tiempo teniendo aquel maldito sueño, desde que perdiera su reloj de latón con la imagen de su madre. Aquel amuleto era lo único que le quedaba; lo que le hacía mantener la cordura, recordándole que, durante un tiempo, también había sabido reír.

La trampilla de la berlinga se abrió y apareció el rostro del teniente de la escolta de dragones que lo acompañaba.

—Ya casi estamos, *mesié*.

Le Duc intentó serenarse. Llevaba cinco días de viaje en aquel desesperante carro, deteniéndose solo para dormir en posadas de fría comida y camas con piojos. Se dirigían al castillo de Valençay, situado a medio camino entre la frontera de los Pirineos y París, sobre una colina al sur del valle Cher. El castillo había sido adquirido por el mismísimo Napoleón diez años antes, y desde entonces se había convertido en la propiedad del príncipe Talleyrand, ministro de Asuntos Exteriores, que lo utilizaba para recibir fastuosamente a los dignatarios del imperio.

Pero aquel día la visita de *mesié* Le Duc no iba a tener nada de fastuoso. Iba a ser lo más discreta posible y no con el ministro Talleyrand, sino con uno de sus huéspedes: Fernando, el príncipe de Asturias.

El heredero Borbón a la corona de España llevaba siendo el principal huésped en Vallencay desde los inicios de la guerra. Tras la abdicación de Bayona había conseguido la lujosa hospedería en el castillo francés más cuatrocientos mil francos de renta alimenticia y otros seiscientos mil para sus dudosas aficiones. Todo a cambio de ceder la corona de su país a los franceses. Mientras el pueblo le aclamaba como el *Príncipe Deseado*, mientras la gente moría en España al último grito de «¡Viva Fernando!», él se pasaba los días en su retiro de oro, tocando la guitarra, bebiendo y comiendo como un rey.

En España la gente creía de él que vivía cautivo, en lamentables condiciones, bajo la crueldad del endemoniado emperador de los franceses. Le Duc sabía que, incluso en las Cortes, tanto los absolutistas como los de la rama liberal, tenían de él una grata imagen. Lo querían como representante de la nación al término de la guerra, si es que los aliados la acababan ganando. La mayoría de los liberales y de los miembros de la Orden veían la Constitución acoplada a la presencia de un rey con poderes limitados como la solución a las diferencias ideológicas que había con gran parte del pueblo y el resto de los miembros de las Cortes, aún atrasados y tradicionalistas en sus ideas, fieles a la imagen del rey.

Pero ellos desconocían la verdadera realidad del *Príncipe Deseado*. El general francés sabía de buena mano de las cartas de apoyo y sumisión que había enviado desde su retiro dorado en Vallencay a Napoleón e incluso al mismo rey José I durante el transcurso de la guerra. Mientras el pueblo español moría por él, Fernando apoyaba a su propio enemigo. Era un perfecto cobarde, desleal y vendido.

Ese era el hombre que apoyaban y deseaban que volviera a su patria, como un héroe cautivo. Le Duc jamás lo había visto en persona, pero lo aborrecía sumamente. Por lo que sabía de él, se trataba de un hombre débil, corto de luces y cobarde; aficionado a frecuentar prostíbulos de alta y baja condición. Al parecer, presentaba un perfil perfectamente opuesto al que debía de acompañar a un rey.

Pero al general francés aquello le traía sin cuidado.

Hacía ya varios meses que había conseguido los documentos de la hermandad. Inmediatamente había escrito al emperador, sin decirle la verdad al completo, en un afán por ganar tiempo y ver quién acababa venciendo la guerra. Pronto le habían llegado noticias de la emboscada del puerto Arlabán, su correo había sido interceptado. En el segundo intento había decidido enviar a un jinete solitario, vestido de paisano, con el que albergaba la esperanza de que no fuera detenido por las partidas rebeldes. Aún no había recibido respuesta del emperador, lo cual le parecía normal, puesto que se hallaba inmerso en la defensa del frente en el este.

El traslado de tropas de la península hacia allí estaba aventurando a los aliados en Portugal para hacer la incursión definitiva, y con ello, la llegada de una batalla decisiva se aceleraba. Si los aliados vencían, el imperio se tambalearía; todo francés afín a las causas napoleónicas estaría en peligro y Le Duc debería encontrar una vía de escape.

Fernando, el príncipe de Asturias, era esa vía.

Todos en España, diputados liberales, absolutistas, guerrilleros y el mismo pueblo, esperaban de Fernando que a su vuelta abrazara y jurara la nueva Constitución que las Cortes habían dictado. Era la culminación del inmenso esfuerzo de los que se habían quedado a ofrecer resistencia, de los que habían dado su vida por defender sus tierras, por conseguir que un día el *Príncipe Deseado* pudiera retornar a su país.

Pero Louis Le Duc sabía que las intenciones del Borbón eran otras. Y ahí entraba él.

El carruaje se detuvo y él preparó su aspecto y cambió su estado de ánimo, cada vez más afectado por las pesadillas que le acosaban. Sin embargo, tenía el don de saber actuar. Lo había hecho en Nantes, cada vez que se disfrazaba de labriego, herrero o carbonero y se paseaba por las tabernas de noche para vigilar el comportamiento de su gente, además de cuando creó el personaje de Vail Gauthier, y engañó a todos en la Orden durante años. Aquello le permitía observar sin ser visto. Era su gran diversión.

Pronto sus sudores habían remitido, su cabello negro volvía a estar perfectamente alineado, su casaca y su cuello, erguidos y calados. Cuando la puerta de la berlina se abrió, un Le Duc frío, altanero y desafiante descendió ante la residencia del ministro Talleyrand.

El castillo estaba presidido por un torreón de proporciones monumentales encaramado en la esquina occidental. Adosado a la torre por un volumen rectangular, había un cuerpo de similares dimensiones en la parte central, con mezcla armoniosa de estilos, renacentistas y clásicos. Alrededor del edificio, se extendía un inmenso jardín. Se trataba del típico jardín francés, con sus cuidados parterres, dameros de flores campestres, terrazas enormes y parques con gamos y otros animales.

Le Duc había enviado un mensajero a caballo por delante de él, anunciando su llegada. Cuando alzó la mirada sobre los monumentales escalones de la entrada a la residencia, vio a un hombre robusto, más bien obeso, de aspecto poco agraciado. Sostenía un cigarro en la mano derecha al que no paraba de dar ansiadas caladas.

El hombre había observado su llegada y bajó la escalera con pasos que pretendían ser apresurados pero que se quedaban en torpes.

—¿El general Louis Le Duc? —preguntó. Sudaba y respiraba con cierta dificultad.

El francés asintió. Creía saber quién era aquel hombre, decidió mostrarse respetuoso y tratarle como si de un rey se tratara, aunque por carácter ni siquiera asomara a serlo.

—Y si no me equivoco, vos sois...

—Soy Fernando —le cortó el príncipe. Miraba alrededor, mientras fumaba con nerviosismo—. Será mejor que no entremos en palacio. Paseemos por el jardín.

Le Duc se inclinó y dibujó una pronunciada reverencia, exagerada hasta el punto de resultar cómica, dado el personaje que tenía ante él.

—Como vos gustéis —dijo.

Se internaron en los amplios jardines que se extendían a los pies del palacio. Era un día fresco y raso, de principios de primavera. Que Fernando hubiera decidido entrevistarse allí, al amparo de miradas y oídos indiscretos, decía mucho de sus secretas intenciones. Tenía cosas que ocultar. Aquello podía ser una buena señal.

—He recibido su carta —fue Fernando el primero en hablar. Parecía algo más relajado entre los parterres.

—Sabréis, pues, lo que tengo entre manos —dejó caer Le Duc.

Fernando exhaló varias bocanadas de humo hasta consumir el cigarro. No dijo nada. Aquel hombre parecía transparente como un niño y Le Duc vio la posibilidad de hacerse dueño de la situación.

—Es posible que Francia pierda la guerra —añadió—. Y en ese caso... vos pasaréis a gobernar en España.

Fernando tiró el cigarro.

—Antes habré de ser aceptado en la nueva nación.

—Lo seréis —le aseguró Le Duc—. Os aclaman y os desean.

—Pero han jurado una nueva Constitución que limitará mi poder —acabó admitiendo el príncipe. Le Duc comprobó con satisfacción que se estaba revelando—. Si me niego a prestarle juramento —continuó el borbón—, los liberales se me echarán encima. Y tienen el poder militar. Las guerrillas son el ejército de España ahora, y todas ellas han luchado por las Cortes de Cádiz.

—Yo no creo que suceda eso —lo interrumpió Le Duc—. Cuando recuperéis el trono, toda conspiración que puedan tramar los liberales en contra vuestra podrá ser detenida si vos y yo cerramos un trato.

Fernando se detuvo y lo miró con su afeado rostro arrugado en el entrecejo.

—Se refiere a esos documentos, ¿verdad? A esa conspiración que preocupa al emperador.

Le Duc asintió. Su voz se tornó convincente, cercana.

—Si vos ansiáis recobrar el poder absoluto, el que por derecho divino merece un rey legítimo, deberéis eliminar a todo aquel que pueda oponerse. Deberéis iniciar una serie de persecuciones que no serían posibles sin la ayuda que yo os puedo proporcionar.

El príncipe pareció aterrarse ante sus palabras, pero después se dibujó una débil sonrisa en su rostro. Se cruzó de manos y reanudaron el paseo. Le Duc esbozó una mueca de satisfacción; ya lo tenía.

Fernando lo acompañó hasta el carruaje.

—En el caso de que usted acabe prestándome sus servicios... —comentó con disimulo—, supongo que deseará algo a cambio.

Le Duc volvió a inclinarse para hacer una reverencia. No le miró cuando respondió.

—Poder, su majestad. Deseo poder.

Fernando bajó la voz.

—Eso si Francia pierde la guerra, claro...

Le Duc volvió a erguirse y lo miró con sus oscuros ojos.

—Que así sea, pues.

Marcel guiaba su montura por las calles de Vitoria. Apenas había transeúntes caminando por sus empedrados y por eso debía mantener una distancia mayor, arrimándose a los muros de las fachadas para no mostrarse demasiado. La silueta del jinete al que seguía avanzaba unas cincuenta varas por delante y en ocasiones, cuando la calle viraba demasiado para adecuarse a las pendientes del cerro, la perdía de vista. Pero debía de ser cauto y mantener la sangre fría; no podía descubrirle.

El jinete estaba cruzando la ciudad de norte a sur, y acabó saliendo de esta por el Portal de Zapatería, dando a plaza de la Virgen Blanca, fuera de las murallas. Después se internó en uno de los arrabales que rodeaban la ciudad por el sur y Marcel fue tras sus pasos.

El hombre al que seguía era su superior, el general Louis Le Duc.

Había pasado una semana desde que volviera de su último viaje. Marcel había observado la llegada en su berlinga, envuelta ella y sus monturas en polvo de los caminos, escoltada por una nutrida guardia de dragones a caballo. La ausencia de su superior había durado diez días y el joven húsar estaba convencido de que tenía algo que ver con los documentos recién adquiridos de la Orden.

Desconocía dónde estaba ese baúl. Su superior lo había escondido en algún lugar que solo él conocía. El húsar sabía que una batalla inminente se acercaba, una batalla que decidiría el porvenir de las naciones. Sabía que todo aquello pronto iba a terminar. Había pasado cinco años de su vida viviendo en una tierra envuelta en sangre y muerte, en odio y venganza. Había servido en una empresa que ni siquiera entendía, bajo la batuta de un general cuyos actos eran un misterio. Habían sido cinco años en los que mantener la cordura ante el enloquecimiento que le rodeaba había sido su mayor reto.

Desde la llegada de su último viaje, el joven húsar había observado cada movimiento de su superior, cada ida y venida del palacio. Entonces se había percatado de un hecho curioso; todas las tardes, dos o tres horas antes del anochecer, salía a caballo de los establos en dirección a la ciudad.

Tras preguntar a uno de los mozos de la cuadra, este le había revelado que aquellas salidas se venían repitiendo con frecuencia desde que el general adquiriera las tierras de los Díaz de Heredia, cinco años antes. Siempre a la misma hora.

La intensa luz del atardecer se colaba entre las casuchas del arrabal, surcando el camino con franjas rojizas. Le Duc salió de la población y se dirigió al sur, hacia la extensión de campos de la Llanada. La ancha senda continuaba recta media legua, desviándose después para sortear varias colinas suaves y bajas. Marcel podía contemplar las siluetas de las montañas del sur tras la figura de su superior. Decidió dejar más distancia, ya que en aquel lugar ya no había gente ni casas tras las que camuflarse.

Se fueron acercando a los pies de las montañas y pronto, entre colinas y pequeños bosquecillos, llegaron a una aldea.

De algunas chimeneas emanaban finas columnas de humo y la silueta de la iglesia se alzaba entre todas ellas. Había huertas y bordas, y más allá, campos de labranza. Marcel enseguida reconoció aquel lugar.

Aquella era la aldea de Julián de Aldecoa Giesler.

Se preguntó qué diablos hacía su superior allí. ¿Por qué acudía a aquel lugar? ¿Qué buscaba? ¿Acaso tenía los documentos de la Orden allí escondidos? El húsar lo vio adentrarse en la pequeña población. Todo estaba en calma, no se veía ningún lugareño. Lo siguió por la aldea hasta llegar al final de sus casas, donde las mismas faldas de las montañas amenazaban con echárseles encima. Fue entonces cuando sus sospechas se hicieron realidad. Al final del camino, entre tupidos árboles cuyas retorcidas y nudosas ramas lo envolvían, asomó la casa de los Giesler.

En su entrada estaba el caballo de Le Duc, anudadas sus riendas al pomo de la puerta. Su superior había entrado al interior de la casa.

Marcel desmontó de su caballo, a cierta distancia, y permaneció allí, de pie y aguardando.

Se hizo la noche; el cielo se tornó negro y las estrellas brillaron con intensidad sobre él. Los sonidos de los bosques de las montañas lo inundaron todo con una fuerza que Marcel pocas veces había visto en su vida. La naturaleza que allí acampaba lo hacía con la seguridad de saber que no había nadie que la molestara.

Se había encendido una luz en la casa. El haz amarillento se colaba por un ventanuco de la planta superior. Y así permaneció, iluminada durante toda la noche, hasta que el joven húsar, helado de frío, decidió marcharse de allí.

55

Desde la altura que proporcionaba la sierra de Badaya, Julián contemplaba el paisaje de la Llanada. Toda ella estaba salpicada de pequeñas colinas, bosques, aldeas y sus columnas de humo, ríos y campos de labranza. En el centro, ligeramente velada, podía divisar la silueta de las murallas de Vitoria, sobre un cerro. A la derecha, vigilantes sobre la tierra llana, se hallaban las montañas y los picos que protegían la Llanada por el sur. A su izquierda, hacia el norte, el ancho valle se extendía con ondulaciones hasta dar con otras montañas, algo más lejanas. En aquel lado, se veía una hilera de doble arbolado que venía desde el fondo hasta las faldas de las sierras donde se encontraban ellos; era el río Zadorra, que bajaba desde el lado norte de Vitoria, cruzando cada varias leguas por puentes de piedra.

Julián estaba sobre el lomo de *Lur* y dio suaves tirones de las riendas para que su cabalgadura no mordisquease la hierba rala que crecía en lo alto de aquella sierra. Lo hizo sin desviar la mirada del espectáculo que mostraba el ancho valle que lo había visto nacer.

Sus ojos habrían mostrado una emoción sana, propia de la nostalgia, de no ser por la gran cicatriz que surcaba la Llanada en ese momento. Era una extensa masa oscura, que vibraba a su paso por el Camino Real, retorciéndose sobre sí misma como una larga serpiente y cruzando el paisaje de oeste a este. Emanaba enormes nubes de polvareda a su paso, quedando suspendidas en el aire, inmóviles, velando los inicios de la negra masa, ya en la lejanía del horizonte.

Julián suspiró, sus ojos mostraban tristeza y temor.

Se trataba del gran convoy francés que huía a Francia, siguiendo los pasos del rey José I y su ejército. Una larga columna formada por miles de carruajes, berlingas y vehículos de transporte; soldados, caballos, familias enteras de franceses con niños y ancianos; había también españoles afines a la causa francesa, que huían temerosos de que su apoyo al francés durante la guerra pudiera arrojarles duras represalias por parte del pueblo. El convoy se extendía bajo ellos y a lo largo de la Llanada más de diez leguas. Era un espectáculo digno de ver, pero que iba cargado de ese halo sombrío propio de una huida, vaticinio inminente de la celebración de una gran batalla.

En los aledaños de las murallas de Vitoria, veladas por la polvareda del convoy, Julián pudo distinguir miles de tiendas de campaña del Ejército Imperial. Estaban aguardando el ataque aliado.

Sir Arthur Wellesley, recientemente nombrado duque de Wellington, llevaba días amenazando el flanco imperial, sin atacar frontalmente. Tras el desastre de la *Grande Armée* de Napoleón en el invierno ruso y el envío de tropas de la península al frente del este, José I hubo de abandonar Madrid. Lo seguía aquel gran convoy, lleno de tesoros, dinero, joyas y patrimonio robado en las iglesias. Un gran botín.

Desde entonces, todas las tropas francesas desperdigadas por la península habían intentado replegarse en el norte, escoltando al convoy y a su majestad. Estaban teniendo grandes dificultades para ello, puesto que las guerrillas interrumpían las comunicaciones y hostigaban los movimientos con continuos ataques. Pese a ello, los franceses habían conseguido reunir un fuerte contingente en la Llanada.

El traslado de la corte francesa al norte del río Ebro había sido la señal que Wellington estaba esperando. Decidió no bajar hasta la capital y condujo sus tropas directamente hacia los Pirineos, a cortar la retirada francesa. Estos habían previsto el ataque aliado en la zona de Burgos, pero se habían equivocado. Wellington había flanqueado la ciudad castellana por el norte, reteniendo a las tropas imperiales y al convoy contra el río Ebro y empujándoles en una sola dirección; la retirada en masa hacia el noreste, hacia Vitoria y el camino a Francia.

Al atardecer de aquel 19 de junio de 1813, las tropas aliadas se encontraban tan cerca del convoy, que los soldados imperiales debieron acampar en la Llanada, replegándose y preparando una batalla inminente.

Julián se percató de la tensión que acumulaba en su interior por el sobresalto que le causó la voz de Clara.

—El alto mando aliado está reunido cerca de aquí, algo más abajo. Tal vez debiéramos ir.

Se volvió hacia ella. La preocupación también se reflejaba en su rostro. Llevaban toda la primavera apoyando a las tropas aliadas, unidos a la División de Iberia de Francisco Longa Anchía.

Tiró de las riendas de *Lur* y se dieron la vuelta, remontando sobre el terreno y colocándose al frente de su columna de hombres. Cabalgaron siguiendo la ladera de la sierra, por un camino rodeado de arbustos, sin perder de vista la Llanada en ningún momento.

Las faldas de la sierra eran un ir y venir de avanzadillas de infantería de línea inglesa, conocidas como *salmonetes*, por sus cruzados blancos y sus casacas rojas, acudiendo a los campamentos donde se alojaban sus compañías. Se cruzaron con batidores que, al galope, cabalgaban enviando órdenes de los generales a las unidades. Uno de los mensajeros les informó de que el Estado Mayor aliado se encontraba a unos cincuenta pasos ladera abajo.

Siguiendo sus indicaciones, llegaron a un pequeño mirador donde se había detenido el alto mando del ejército aliado para observar el escenario de la futura batalla. Allí se encontraban los máximos responsables de decenas de miles de vidas, hombres de carne y hueso cuyas decisiones podrían tener una relevancia enorme en la consecución de una guerra que ya duraba más de cinco años. No eran más de diez, además de los ayudantes y mensajeros que, un poco más apartados, aguardaban de pie junto a sus caballos la misión de enviar nuevos despachos.

La mayoría de los generales vestían uniforme inglés, con la casaca roja y los relucientes bordados de oro en el cuello, las solapas y las bocamangas de la camisa. Todos atendían las indicaciones de un general de patillas finas y negras que iba vestido con casaca azul oscuro propia de los ejércitos españoles. Señalaba con sus guantes de cuero diferentes lugares de la Llanada mientras daba informaciones en un inglés muy depurado. Julián lo reconoció al instante. Se trataba del general don Miguel Ricardo de Álava y Esquível, lo había conocido en la fiesta que celebraron los Díaz de Heredia.

Distinguió también a Longa, este, al verlo llegar, le hizo una señal discreta para que se acercara. Julián detuvo su columna a una distancia prudencial y descabalgó.

Sus hombres aguardaron sobre sus monturas y cuando él se acercó a la reunión que mantenían los generales, Clara, que había descabalgado tras él, le detuvo del brazo.

—¿Acaso sabes algo de inglés, mi querido salmonete?

Julián dibujó una sonrisa nerviosa.

—Tienes razón.

Se acercaron al grupo y se detuvieron a cierta distancia, de modo que las traducciones de Clara no molestaran a los demás. El general Álava les estaba explicando los secretos del terreno de la Llanada. Los ingleses atendían en silencio, mirando hacia donde el alavés señalaba. Adelantado sobre el balcón junto al general Álava, uno de los ingleses escuchaba muy serio, con el ceño fruncido y observando con detenimiento el escenario de la batalla próxima. Julián se fijó en él, se erguía con la espalda muy tiesa, el cuello rodeado de un pañuelo blanco y el mentón ligeramente elevado. Su estampa era imponente, con las manos unidas a la espalda y las piernas ligeramente abiertas, en silencio.

Cuando el general Álava concluyó, todos miraron al inglés, expectantes.

Julián lo reconoció, debía de ser el famoso sir Arthur Wellesley, duque de Wellington, comandante en jefe de todas las tropas aliadas.

Realizó una serie de preguntas sobre detalles que a cualquiera se le hubieran pasado por alto y que parecían nimiedades, pero que, tras pensarlo mejor, podían significar factores relevantes para el desenlace de la batalla.

—Los campos se encuentran rodeados de tapias, ¿verdad? —preguntó Wellington.

—Sí, mi general.

—Hay muchos bosques... —Todos escuchaban en silencio—. Ha llovido los últimos días... —El general parecía cavilar, murmurando para sí mismo cosas ininteligibles mientras paseaba la vista con experto detenimiento. Se quitó el sombrero y se secó la frente con la bocamanga dorada. Resopló—. Los *rifles* irán a la vanguardia, reconocerán lo que hay tras los bosques y las tapias, y hostigarán a todo francés que encuentren. El grueso de la infantería avanzará detrás y será la que tome los pueblos. No tenemos buen terreno para la caballería, por lo que solo actuará de apoyo. Lo hará por los flancos, y solo cargará cuando esté claro el terreno. No quiero catástrofes.

Los ayudantes comenzaron a tomar apuntes, preparando los despachos para los batidores que aguardaban impacientes junto a sus monturas.

Wellington hablaba de una manera adusta y seca, pero con gran serenidad. Sus ojos azules hicieron que los temores de Julián remitieran un tanto; aquel hombre revelaba seguridad, era un profesional de la guerra, un verdadero estratega. Si alguien en aquel arrasado país estaba capacitado para manejar la enorme carga de semejante responsabilidad, sin duda era él.

Wellington miró hacia las montañas del sur, luego sus ojos descendieron hasta sus faldas. Cerca de allí, amparada entre bosques, se encontraba la aldea de Julián.

—El terreno que rodea esas poblaciones que hay a los pies de las montañas no parece tan llano. ¿No es así, don Ricardo?

—Cierto, *sir* —le contestó el general Álava—. Se trata de un terreno ondulado, formado por colinas que no se aprecian, asciende hacia las montañas más de lo que parece.

—Ascendente para los franceses, descendente para nosotros —reflexionó Wellington—. Las tropas de Hill serán las primeras en atacar esos montes. Que lo hagan desde La Puebla, tomando sus alturas desde el otro lado. Ha de tratarse de la primera ofensiva, al amanecer. Es de vital importancia que atrapen a las defensas de esos montes por sorpresa. Estoy seguro de que los franceses defenderán esos altos con ahínco, y enviarán refuerzos si es necesario. Pero díganles que insistan. Una vez que lo tomen, los franceses no podrán retomarlo subiendo por ese terreno. Cuando lo hayan hecho, aprovecharemos su apoyo desde el flanco derecho y daremos la orden de atacar con el grueso de las tropas desde donde estamos nosotros, frontalmente, hacia Vitoria.

Las deliberaciones se extendieron algo más. Julián comprendió enseguida la estrategia propuesta. Se dispusieron tres frentes de ataque, el central y las dos alas del sur y del norte que, a modo de tenaza atraparían al enemigo contra la ciudad. Cuanto más lo pensaba, más brillante le parecía el plan. La ofensiva se iniciaría con la toma de las montañas del sur, al mando de sir Rowland Hill y las tropas españolas de Morillo. Una vez tomaran los montes, podrían dar apoyo al verdadero ataque frontal, que efectuaría Wellington desde aquellos montes del oeste. El objetivo de este era cruzar la Llanada hasta Vitoria, avanzando bajo fuego de artillería enemiga.

La otra ala sería la del norte, venida desde el camino a Bilbao. Allí se hallaban las tropas inglesas al mando de sir Thomas Graham, un conocido general inglés, dicharachero y algo mayor para andar comandando tropas, pero muy querido por el ejército. Comandaba varias divisiones inglesas, alemanas y portuguesas, además de la VI División española, la de Iberia, al mando de Longa. A ese contingente debía unirse la partida de Julián.

—Los del ala norte tendrán una misión de vital importancia

—dijo Wellington—. Deberán tomar los pueblos al norte de Vitoria. Están situados a orillas del río Zadorra y poseen los únicos puentes que lo cruzan. Den por hecho que los franceses los defenderán fuertemente. La toma de esos puentes será un aspecto clave; nos dará acceso al Camino Real que sale por el otro lado de la ciudad, directo a Francia. Podremos cortar la retirada enemiga.

Julián sintió un ligero estremecimiento recorrerle las venas. El objetivo de su partida era ayudar a cortar la retirada, detendrían el convoy y a todo francés que huyera con él. Sabía que tendría la posibilidad de encontrar al general Louis Le Duc. No podía dejar que huyera.

Tragó saliva, mentalizándose para presentar una ardua batalla, para volver a luchar contra franceses. «Será la última —se dijo a sí mismo—. Todo por que esto termine.»

—¿Y qué pasará con la ciudad?

Las palabras de Clara sorprendieron a todos, Julián incluido. Los generales se volvieron para mirarla. Wellington salió de su ensimismamiento bélico y la miró sorprendido, de arriba abajo. La belleza de la joven, unida a sus ropajes de soldado, hizo que el semblante contraído del general se ablandara al instante.

—Disculpe, señorita, aún no nos han presentado —dijo con caballerosidad—. ¿Su nombre, por favor?

—Clara Díaz de Heredia, *sir*, de la infantería ligera, División de Iberia.

Los hombros de Wellington se relajaron un tanto, su aspecto adusto mostró una ligera sonrisa de relucientes dientes blancos.

—¿Es usted de aquí, *lady Claire*?

Clara se mantuvo erguida, acostumbrada a que los hombres la miraran.

—En efecto, *sir*... Le ruego disculpe mi intromisión y perdone mi atrevimiento, pero no he podido evitarlo. Preguntaba por la ciudad porque aún tengo en mi memoria lo que sucedió en Badajoz. Me refiero al saqueo que protagonizaron sus tropas, *sir*...

Las palabras de Clara hicieron que la tensión de la batalla inminente se concentrara en aquel punto, entre ella y el general inglés. Todos sabían lo que había pasado en Badajoz; los desmanes y el pillaje que habían provocado las tropas inglesas cuando tomaron la ciudad. Había sido un saqueo horrible.

Aquella guerra se había alargado demasiado, y era un hecho habitual que los salarios de los soldados se retrasasen hasta desaparecer. Con esto, el hambre se adueñaba en los campamentos y el verdadero sustento pasaba a radicar en los botines de las victorias, donde uno podía llegar a hacerse rico. Se trataba de un pacto silencioso entre dirigentes y tropas que evitaba posibles motines y se unía al sufrimiento que estas, ya vistieran de azul, rojo o pardo, provocaban en el pueblo. Las batallas podían terminar con una guerra, pero no dejaban de ser sucesos aislados en la inmensidad del paso de los días, donde una triste y cruel convivencia marcaba las vidas de civiles y tropas.

Para sorpresa de todos, las palabras de Clara hicieron que el general Wellington ablandara su semblante marcial y por primera vez agachara la mirada, encogiéndose ligeramente de hombros.

—Badajoz... —murmuró. Alzó la mirada y se volvió a erguir—. Soy el máximo responsable de este ejército, y lo que hagan mis hombres me salpica a mí directamente. —Sus ojos estaban clavados en los de Clara—. Por lo cual, le pido disculpas por lo sucedido en Badajoz.

Lo dijo sinceramente. Entonces se volvió hacia las vistas de la Llanada, dando por concluida la conversación. Pero Clara insistió.

—¿Harán algo por impedir que vuelva a suceder?

Wellington se mantuvo unos instantes en silencio, con las manos unidas atrás, su sombrero de dos picos nítidamente recortado sobre el cielo, mirando al horizonte.

—Haremos lo posible por que nuestros soldados no cometan desmanes con la población civil —dijo sin volverse—. Pero no le aseguro nada. Esto es una guerra, y la noche posterior a una batalla pocos soldados son los que obedecen —añadió. Su voz quedó sesgada por el aire, pero todos distinguieron su firmeza.

Los generales volvieron a los pormenores de la batalla. Julián vio en el semblante del general Álava una mayor preocupación que en el de los demás. Era normal, él también era de allí. Se iba a luchar en su tierra, en las mismas puertas del hogar que le vio nacer.

Cuando terminaron de dar las órdenes y se redactaron los despachos, media docena de batidores clavaron espuelas en dirección a sus unidades asignadas. El Estado Mayor se disolvió, y los generales montaron en sus briosos corceles, poniendo rumbo a los respectivos campamentos de sus divisiones.

Francisco Longa se acercó a Julián, montado en un enorme semental pardo, el cual manejaba con suma facilidad. Era un hombre robusto, de anchas y negras patillas. Pese a tener fama de ser de corazón caliente, albergaba un toque de calma que revelaba una inteligencia y una seguridad en sí mismo y en sus propias tropas. Decían de él que era muy hábil, inteligente y audaz. Cuando empezó la guerra, regentaba una herrería en la Puebla de Arganzón. Veía y sufría desmanes y abusos de los franceses sobre la población todos los días y decidió echarse al monte en cuanto tuvo la oportunidad. Sus actividades guerrilleras se habían extendido a todas las provincias limítrofes, llegando su prestigio a la altura de los generales aliados. Fruto de eso, se le había encomendado la unión de todas las partidas del norte en la División de Iberia, siendo nombrado coronel y jefe de todas ellas.

Longa sujetó el bufido de su gran montura con un tirón de riendas.

—Reúna a sus hombres. Partimos de inmediato hacia el norte. Graham nos espera. Pasado mañana presentaremos batalla.

Julián asintió.

—A sus órdenes, mi coronel.

Se reunió con sus hombres que aguardaban un poco más arriba y les dio las órdenes del alto mando. Antes de partir, revisó las herraduras de *Lur* y comprobó que se encontraban bien. Clara hizo lo mismo con *Roy*. Estaban montando a lomos de sus cabalgaduras cuando el general Álava se acercó cabalgando hacia ellos.

Saludó a Julián con la cabeza y se detuvo junto a Clara, mirándola fijamente. Sus ojos permanecieron fríos y serenos cuando habló.

—No se preocupen por Vitoria. Cuando la hayamos tomado, me ocuparé de cerrar las puertas de nuestra ciudad para que no entren las tropas. Ustedes céntrense en cortar esa retirada.

56

Era noche profunda. Miles de perfiles de mosquetes se zarandeaban ante el tenue resplandor rojizo de algún incendio en la lejanía.
Bajo ellos, una sombra uniforme, conformada por sombreros y rostros envueltos en tinieblas, avanzaba muda.

El silencio habría sido absoluto de no ser por las pisadas que se
hundían en la tierra húmeda, resonando en intimidante rumor, todas
a una. Los cuatro mil hombres de la División de Iberia conformaban
una sombra compacta que cruzaba la quietud de la noche. Se trataba
del único elemento que parecía moverse a lo largo del camino, en mitad de aquel laberinto de tinieblas.

La noche que les rodeaba era causa de temor. Los soldados lanzaban miradas de soslayo a ambos lados y al frente, imaginando en sus
mentes la presencia cercana de casacas azules aguardando el momento
oportuno para abrirles fuego a bocajarro. De allí, de los árboles y los
campos que los rodeaban, no provenía sonido alguno, ni el más leve
rumor.

La única seguridad a la que se aferraban era la que les proporcionaban las avanzadillas amigas que exploraban el terreno delante de
ellos, en algún punto desconocido de la oscuridad. Se trataban de las
unidades de hostigamiento, infantería ligera que se extendía por la
vanguardia para comprobar las inmediaciones e informar al grueso de
las tropas.

Julián avanzaba al frente, en el lado izquierdo de la columna,
montado sobre su fiel cabalgadura al igual que el resto de los oficiales,
con el uniforme pardo de la división. Junto a él y sobre *Roy*, iba Clara.
Se había anudado un pañuelo a la cabeza, y de no ser por la suavidad

de su bello rostro, hubiera podido pasar perfectamente por un hombre. No era la única mujer que conformaba el regimiento. Julián volvió la cabeza y dos filas más atrás, vio los rostros impasibles de Pascual y Simón. No había nadie en una guerra que se librara de las inquietudes y los temores previos a la batalla.

Se alegraba de tener a Clara junto a él, no pensaba alejarse de ella en ningún momento. Aquel debía ser un gran día, el día en que aquella tierra dejaría de ser testigo desgraciado de la masiva matanza entre seres humanos. En su fuero interno, Julián no dejaba de pensar en los pasos a dar cuando tomaran uno de los pueblos y cortaran el camino a Francia por Arlabán. Después de eso, debía escabullirse de alguna manera y acudir al encuentro del inmenso convoy que se habría desviado por el otro camino, el más seguro y el más largo, el que acudía a Pamplona. Solo allí tendría posibilidades de encontrar a Louis Le Duc.

Pero, pese a todos esos pensamientos, su principal preocupación consistía en mantener con vida a sus seres queridos. En no dejar que *Lur* fuera alcanzado por una bala; en proteger a Clara hasta con el último suspiro. Hubiera deseado que ella avanzase en retaguardia, pero no se había aventurado a proponérselo, porque sabía que habría sido en vano y que ella se hubiera mostrado ofendida.

Se habían encontrado con el grueso de las tropas de la División de Iberia al atardecer del día anterior, cerca del pueblo de Murguía. Apenas habían tenido tiempo para descansar unas horas, en las que había desplegado las mantas para dormitar un poco. Después habían reiniciado la marcha por el camino de Bilbao en dirección a Vitoria, unidos a la división. Y así llevaban toda la noche.

El lejano incendio que iluminaba el horizonte se hacía cada vez más intenso, remarcando las siluetas oscuras del terreno que les rodeaba, con abundantes lomas, oteros, campos de labranza y colinas cubiertas de bosques. Julián, sujetando con la mano izquierda las riendas de *Lur*, se apoyó con la derecha en su grupa y volvió la vista atrás. Desde la altura que daba su caballo la imagen se mostraba espectacular. Cuatro mil mosquetes balanceándose al vaivén del avance de los hombres, como un bosque bajo el viento, como un oleaje nocturno, brillando sus cañones de hierro ante el resplandor rojizo de aquel incendio, extendiéndose, cada vez más pequeños y lejanos, a lo largo de la oscura serpiente que se retorcía y se perdía en las tinieblas del fondo.

Varias descargas de fusilería rasgaron la noche. Fueron en la vanguardia, no muy lejos, a lo sumo media legua. Los hombres se estremecieron y el coronel Longa, montado sobre su brioso corcel, a la derecha de Julián y en el centro de la columna, mandó detener el avance de la división. A su lado, los sargentos repitieron la orden, que se fue extendiendo a lo largo de toda la columna; también se hallaban los alféreces y los tambores, sin desplegar aún sus estandartes.

La columna se quedó inmóvil, en mitad de la noche.

En aquella ocasión, el silencio entre los hombres sí era absoluto. Aguzaron los oídos. Se oyeron varios disparos más de mosquetería, pero fueron aislados y pronto los dejó de haber. Comenzó a extenderse un murmullo de inquietud entre las filas.

De pronto, se oyó el retumbar de los cascos de un caballo asomar en la oscuridad. Enseguida apareció la silueta del jinete, como un fantasma espectral, deteniéndose frente al regimiento. Comprobaron que era un batidor, e informó a Longa.

—Las avanzadillas se han topado con infantería ligera francesa. Pero han conseguido hacerles retroceder.

Sobre los lomos de su caballo, Longa asintió.

—Informe al general Graham. Nos mantendremos a la espera.

El batidor clavó espuelas y se alejó. Las tropas inglesas avanzaban tras ellos. La misión de la División de Iberia consistía en guiarles hasta los pueblos que protegían los puentes. Y una vez allí, se separarían, cada uno atacando una de las poblaciones que componían la línea defensiva francesa al norte de Vitoria.

Los hombres recibieron órdenes de descansar. Muchos se quedaron de pie, apoyados sobre sus rifles, conversando entre ellos. Otros simplemente se sentaron sobre la tierra húmeda, desplegando capotes y tratando de echar una cabezada. Julián y Clara se hicieron a un lado del camino, descabalgaron de sus monturas y desenrollaron sus mantas. Buscaron un lugar protegido tras unos arbustos, al otro lado. Frente a ellos parecía extenderse un prado y dejaron que los caballos pastaran en él. Se tumbaron y se quedaron abrazados.

Permanecieron así durante largo rato. Clara parecía haberse dormido, pero Julián, pese al cansancio de las largas caminatas de los últimos días, no pegó ojo. La noche se estaba haciendo muy larga y él estaba impaciente por entrar en acción. No era por deseos y ansias de luchar, sino porque, a sabiendas de que tenía que hacerlo, deseaba acabar con ello cuanto antes.

Pronto se oyó la llegada de otro batidor desde la retaguardia, donde estaban los ingleses. Traía órdenes de Graham de avanzar.

La columna volvió a organizarse y enseguida marcharon. A su izquierda, tras las suaves lomas del horizonte, el cielo empezaba a clarear. Amanecía.

Y con las primeras luces, los estruendos de la artillería rasgaron la calma del amanecer. Comenzaron a oírse a lo lejos, hacia el suroeste. Julián miró hacia allí y pudo apreciar las siluetas oscuras de las montañas del sur. El plan de Wellington se ponía en marcha, la ofensiva a los montes comenzaba.

Los hombres en la columna se estremecieron ante el retumbar de los cañones. La inquietud aumentó. Cada uno llevaba la mirada fija en la espalda del que iba delante, envueltos todos en sus propios pensamientos, temerosos ante el desconocimiento de lo que les depararía el día, centrados en los recuerdos de sus seres queridos, de sus mujeres e hijos que les esperaban en casa.

Ninguno quería morir aquel día.

Con la claridad del amanecer, se percataron de que una ligera neblina los rodeaba. Entonces comenzó la lluvia. Era débil, pero suficiente para comenzar a calarles las hombreras y los muslos, partes más expuestas al cielo. Julián tenía la visión enmarcada por su sombrero de ala, del que empezaban a caer gotas salteadas. Debajo llevaba un pañuelo anudado. La temperatura de aquel 21 de junio de 1813 no era baja. Pese a ello, sintió un escalofrío recorrerle la espalda. Sucedió en cuanto su mente divagó en torno a los puebluchos que les aguardaban en algún punto tras aquel manto gris. Se los imaginó envueltos en silencio, inmóviles; aparentemente inofensivos de no ser por las barricadas que debían de taponar sus entradas, delatoras del enemigo que les esperaba tras las tapias y los ventanucos de las casas.

A medida que avanzaban, los bramidos de los cañones se hicieron más intensos. A ellos se añadieron leves murmullos que llegaban más amortiguados; Julián los reconoció al instante, era el sonido de cientos de mosquetes abriendo fuego en algún lugar lejano de la Llanada.

Pronto la niebla se empezó a disipar y con ella dejó de llover. Entonces, por primera vez, pudieron apreciar el panorama que les rodeaba. A su alrededor, más próximas, había colinas tupidas de bosquecillos. Tras ellas, a lo lejos, se cernían nubes grises, inmóviles y suspendidas en el aire. No eran nubes, era humo, de la batalla que en otro punto de la Llanada se estaba librando.

Julián se sintió impaciente. En otro lugar se estaba combatiendo. Ellos aún continuaban marchando entre colinas, sin saber a cuánto distaba el río Zadorra con sus puentes de piedra. El camino atravesaba varios altos de la gran loma de Araca, serpenteando entre trochas, veredas y bosquecillos. Divisaron, tendidos en el embarrado camino, las siluetas inertes de varios cuerpos, víctimas del tiroteo que se había producido poco antes. Tras ellos, vieron el perfil de un caserío derruido de cuyo interior emanaba una nube de humo, triste resquicio del incendio que les había guiado durante la noche.

Los vientos soplaban hacia el norte y pronto la nube de humo que habían visto a lo lejos comenzó a cernirse sobre ellos. Al parecer, por los estruendos más cercanos que se oían a su derecha, las montañas del sur ya se habían tomado y Wellington iniciaba su ataque frontal desde los altos del oeste.

A media mañana alcanzaron un cruce de caminos. El de la derecha conducía al pueblo de Gamarra Mayor, que distaba una legua. Allí debían ir las tropas inglesas que venían tras ellos. La División de Iberia tomó el de la izquierda, que conducía al pueblo de Durana, en el extremo izquierdo del frente francés.

Avanzaron durante media legua cuando divisaron otro caserío.

—Es ese, el caserío de Gamarra Menor —se oyó entre los hombres.

Estaba solitario en mitad de un trigal, velado por el humo. Junto a él, se apreciaba un puente, que cruzaba una extensa cicatriz que se hundía en el terreno, el río Zadorra. Al otro lado del río y paralelo a este, estaba uno de los dos caminos que conducían a Francia, el de Arlabán. Era el más directo para la huida de las tropas francesas. Si lo cortaban, no tendrían más remedio que poner pies en polvorosa por donde lo hacía el gran convoy, el camino a Pamplona.

Longa mandó detener la columna. Julián frenó a *Lur* con un suave tirón de riendas. Al parar, el cosquilleo que tenía en el estómago se acentuó. Los hombres destaparon las bocas de sus mosquetes con expertos movimientos. Sobre su montura, Julián desabrochó la funda de arzón que cubría su rifle Baker y retiró el paño encerado que cubría la cazoleta. Ya estaba cargada. Comprobó su canana de cartuchos. Acarició el pomo de su sable, asegurándose de que siguiera ahí, en su sitio, listo para ser desenvainado cuando la situación lo requiriera.

En el centro de la columna, a su derecha, los alféreces desenfundaron los estandartes de la división. Al principio se desplegaron arrugados, pero pronto los bordados pendieron orgullosos. Las palabras escritas en el estandarte ondearon sobre sus cabezas, rezando el emblema de la división: «Vencer o morir.»

Aquellos estandartes eran el símbolo de resistencia de la división.

Si estos caían, significaba que la tropa había caído. Siempre debía haber alguien que los mantuviera en alto, arengando y motivando a los hombres.

Uno de los sargentos que también iba a caballo se adelantó.

—¡Calen bayonetas!

Miles de afiladas cuchillas brillaron juntas, en perfecta armonía al alzarse y colocarse en la punta de los cañones, produciendo chasquidos de encaje.

Julián observó el caserío. Permanecía en completo silencio, inmóvil, como si estuviera detenido en el tiempo, con una neblina de humo negro escondiendo lo que pudiera haber detrás. No vio movimiento alguno. No parecía haber nadie junto al puente. Se preguntaba dónde demonios estaría el enemigo. Tal vez se concentrara todo él en el pueblo de Durana, que debía de estar a unos doscientos pasos detrás del río y del camino, tras la nube de humo.

Julián sintió una mano acariciarle la suya, miró a su derecha y vio a Clara. Le sonreía con emoción contenida. En un mar de incertidumbre y temor, sus ojos buscaron la seguridad el uno en el otro, era el momento anhelado, el final de la guerra.

Longa se dirigió al sargento.

—¡Despliegue la línea de tiradores!

El sargento dio la orden y varias docenas de hombres se desplegaron por el terreno, avanzando agachados y cautos, fusil en mano. Después, Longa adelantó su caballo y alzó la mano. A la vista de la columna, ordenó avanzar.

Los tambores comenzaron a redoblar y su sonido despertó los corazones de los combatientes.

La compacta masa de hombres comenzó a avanzar con las bayonetas caladas y los mosquetes cargados. El trigal, erizado e intacto, era pisoteado hasta quedar plano. Los tiradores avanzaban delante de ellos, escrutando el caserío y sus alrededores. Los bramidos de los cañones continuaban rasgando la Llanada aunque venían de fondo, amortiguados por el imponente retumbar de los tambores.

El ritmo se aceleró.

El paso fue aumentando a medida que se acercaban. El caserío fue agrandándose, sus formas se perfilaban más nítidas. Aparecía gris y sombrío. Julián lo observaba desde su caballo. La tensión aumentaba dentro de él, el corazón empezaba a contraerse en un puño, ante la presión de la incertidumbre. Escrutaba la casa, el puente, el puente y la casa. Esperando el fogonazo inminente. Pero no llegaba.

Los hombres comenzaron a correr, se oían las afanadas respiraciones, algún leve griterío de guerra, pero sin llegar a despegar al no ver enemigo alguno. Julián no dejaba de observar de reojo a Clara. Cabalgaba impasible junto a él, en el flanco izquierdo de la formación. Veía los ronzales de ambos caballos, sacudirse juntos, piafando nerviosos. El tambor llegaba a su clímax cuando se detuvo. Los hombres también lo hicieron. Habían llegado al amparo de los muros de la casa. Muchos respiraron tranquilos, aunque la confusión se había adueñado de la mayoría.

—¿Dónde diablos están esos franchutes?

Longa se afanó en reorganizar la columna. Desenvainó el sable y lo alzó.

—¡A mi señal! ¡Avanzad hacia el puente!

La columna se replegó, encaramándose hacia el puente. Julián vio a Pascual y a Simón, varias filas detrás de él. Mostraban las facciones en tensión y las manos apretadas en torno al fusil, como si les fuera la vida en ello.

En el momento en que Longa señaló con el sable hacia su objetivo, Julián sintió una aguda punzada de temor. Los hombres avanzaron cautos, hombro con hombro y con dentaduras apretadas bajo los sombreros. No se oía nada, solo el leve murmullo de pisadas y chasquidos. El puente yacía gris y solitario. Tras él, el camino a Francia, neblina, y un silencio inquietante, sobrecogedor. Alcanzaron el paso y los cascos de *Lur* resonaron en el empedrado, oyéndose en la lejanía y rompiendo la quietud que congelaba aquel lugar.

Se vieron dos luces, una detrás de otra, asomar un instante entre la neblina. Después vinieron los estruendos, y el fuego de artillería levantó montones de tierra junto al puente. Apenas tuvieron tiempo para reaccionar. Se hallaban en mitad del paso cuando centenares de fogonazos iluminaron fugazmente el manto de niebla. Julián vio la muerte partir hacia ellos. Las balas de mosquetería pasaron silbando. Y entonces se oyeron los primeros gritos, los primeros quejidos roncos de los hombres que eran sacudidos y derribados por las pesadas balas de plomo. Las arengas y los chillidos lo inundaron todo. La columna se agitó en mitad del puente. El caos se hizo entre los hombres.

Julián se inclinó sobre su montura y enseguida comprendió la jugada de los franceses. Habían aguardado agazapados en Durana. El puente era el cebo y pretendían convertirlo en un cementerio.

El estandarte pareció descender, pero se mantuvo en lo alto. Varios hombres devolvieron los disparos, abriendo fuego a ciegas. Apenas cabían diez de ellos a lo ancho del puente, y Julián y Clara se encontraban en primera fila, a caballo como el resto de oficiales. Longa levantó el sable y señaló hacia el frente.

—¡Adelante! ¡Cargad! ¡Cargad!

Miles de gargantas bramaron el grito de «¡Vencer o morir!» y Julián sintió cómo se le erizaba la piel. Secundando a Longa y al resto de los oficiales, clavó espuelas y *Lur* salió disparado. Percibió a Clara hacer lo mismo junto a él, y la columna corrió hacia el origen del fuego. El instinto de supervivencia dictaba dos opciones: huir o correr hacia el enemigo. Pero nunca detenerse.

El retumbar de los cascos resonó en la tierra húmeda y se unió al griterío de los hombres que cargaban tras ellos bayoneta en alto.

Julián espoleaba a *Lur* salvajemente, haciéndole emanar espuma del bocado. Sentía el corazón resonar en su cabeza. La sangre afluir a sus extremidades. Una fuerza inaudita le vibraba en los brazos y en la mente y le hizo desenvainar el sable y agitarlo en lo alto. Sus ojos se abrieron desorbitados, deseando alcanzar el pueblo que debía esconderse al otro lado y refugiarse en el primer parapeto, libre de toda bala.

Pronto empezaron a percibirse las sombras de las primeras casas. Distaban a cien pasos. Julián comprendió que no tendrían tiempo de llegar a los muros antes de que una nueva descarga los barriera. Apretó el pomo de su sable con extrema fuerza.

Volvió a mirar a Clara cabalgar a su altura. Tenía el miedo reflejado en el rostro, como todos los hombres, pero su actitud sobre su cabalgadura era decidida, valiente. Frente a ellos, las casas estaban más cerca, la descarga francesa también.

El terror se adueñó por un instante de su cuerpo. Sentir a Clara junto a él en la vanguardia hacía que la desesperación le ofuscara la mente. Estaba demasiado expuesta. No podía contemplar la idea de que le alcanzara una bala. Espoleó a *Lur* clavando espuelas con ahínco, hasta el punto de que le hizo sangrar en los flancos, y se posicionó delante de Clara, protegiéndola de cualquier disparo. No miró atrás, sabía lo que ella estaba pensando. Pero no podía remediarlo.

Entonces volvieron los fogonazos de una nueva descarga. Y llegaron los silbidos. Y los gritos. Julián pudo sentir cómo algo extremadamente caliente rozaba su mejilla. Se oyeron los relinchos de los caballos alcanzados. A su izquierda pasó un semental andaluz cabalgar sin jinete, con las bridas sueltas. El alma se le vino a los pies cuando creyó que se trataba de *Roy*. Miró atrás con el grito en la boca y el alivio se tradujo en la visión de Clara, intacta cabalgando sobre su montura, inclinada, mano izquierda en las riendas, derecha en el sable.

Volvió la vista al frente. Era el momento. Treinta pasos. Los franceses cargaban tras las tapias de piedra. Vio un callejón adentrarse en el interior del pueblo, y una barricada compuesta por un carro tirado, taponando el callejón. Los chacós de los franceses asomaban tras las maderas amontonadas, agazapados, destapando cartuchos y cebando cazoletas.

Alcanzó el muro de la primera casa. Se percató de que era el primero de toda la división en alcanzar el pueblo. *Lur* había surcado el campo como una flecha. Tiró bruscamente de las riendas y su fiel amigo rebrincó, levantándose de patas.

Clara alcanzó el muro poco después que él. Tenía la cara tiznada de pólvora y su dentadura brillaba más que nunca.

—¡Lo hemos conseguido! —exclamó extasiada. Tenía la voz ronca de haber gritado durante la carga.

Varios centenares de hombres consiguieron alcanzar los parapetos. El resto no habían conseguido cruzar el puente y se protegían tras el caserío de Gamarra Menor, ofreciéndoles fuego de cobertura. Julián vio a Longa junto al estandarte, a los pies de la fachada de una casa que distaba a cincuenta pasos de él. Vio a Pascual y a Simón, aprisionados contra los muros, como el resto de los hombres.

Longa le hizo una señal para que avanzasen por el callejón. Debían tomar la barricada y adentrarse en el pueblo. Julián respiró hondo y se afanó en organizar a la veintena de soldados que se agazapaban junto a él a los pies del muro. Los hombres le miraron pavorosos con caras manchadas de pólvora y los ojos brillantes. Una descarga partió solitaria de un ventanuco, pero no fue dirigida a ellos. Señaló a varios hombres.

—Vosotros, ¡fuego de cobertura a la barricada!

Los guerrilleros se irguieron y se arrimaron a la esquina del callejón, dispuestos a reducir la presión de los soldados que se parapetaban tras la barricada para facilitar la carga hacia ella.

Señaló al resto con el sable.

—El resto, ¡a mi señal de carga!

Julián, Clara y el resto de los hombres se posicionaron detrás del pelotón que ofrecería fuego de cobertura.

Dos de ellos cruzaron la calle y varios fogonazos la iluminaron.

Entonces los hombres asomaron con sus fusiles y dispararon a discreción. La respuesta vino a modo de bramidos espeluznantes del otro lado. El callejón se sumió en una densa nube de humo negro que los envolvió por completo. No se veía nada y Julián vio la ocasión para adentrarse en él.

—¡Carguen!

El clamor salvaje de los hombres gritando invadió el pueblo. La visión era nula, el olor de la pólvora quemada inundaba los pulmones y hacía sentir un éxtasis extremo muy cercano a la euforia. Corrían al parapeto. Dos fogonazos y uno de los proyectiles hizo sacudirse a uno de los hombres. Alcanzaron la barricada pero no se detuvieron. Julián gritó como un poseso y las patas delanteras de *Lur* saltaron la empalizada.

De pronto se vio rodeado de rostros que no conocía, rostros que lo miraban pavorosos y aterrados, rostros que se crisparon y se le abalanzaron en un bosque de bayonetas. Julián temió por su vida y por la de su caballo. Tiró de las riendas para no exponer su delantera y situarse de costado, enfrentándose él a los hombres que le intentaban acuchillar. Asestó sablazos, una y otra vez, subiendo y bajando, cortando y salpicando sangre. Había pólvora en su rostro y su boca, había manos amarradas a sus estribos intentando arrojarle, relinchos de *Lur*, continuo rugir de su garganta en profunda desesperación por salvar la vida. Quería terminar ya, quería tomar el pueblo, cada asestada parecía que era la última, la última de su vida.

El brazo empezó a pesar como si fuera plomo, la mente le pedía rapidez pero sus fuerzas no respondían. El corazón le gritaba basta. Pero él no podía detenerse. Cada vez eran más y más enemigos los que le rodeaban. Iba a sucumbir.

Los bramidos de sus compañeros asomaron por encima de la barricada en forma de rostros encolerizados y se abalanzaron sobre los hombres que le rodeaban. El combate cuerpo a cuerpo se volvió ensordecedor. Los hombres gritaban fuera de sí, con los ojos desorbitados y brillando en sus caras negras. Hubo revolcones en el suelo, acuchilladas, sablazos y bayonetazos. El combate fue atroz e intenso y apenas duró un suspiro; varios franceses se rindieron, otros huyeron corriendo hacia el otro lado.

Solo entonces Julián se percató del uniforme que presentaban aquellos soldados. La casaca era blanca. Uno de los hombres estaba arrodillado pidiendo clemencia con lágrimas en los ojos y desesperación en la voz. Su castellano era perfecto, no había rastro de acento francés. Julián descabalgó de *Lur*, que parecía no tener heridas, y se acercó a él.

—¿De dónde eres? —su voz sonó ronca.

El hombre lo miró con los ojos muy abiertos y las manos juntas delante.

—De Toledo, señor.

Julián no pudo esconder su asombro.

—¿De Toledo?

El soldado asintió.

—¿Qué división defiende el pueblo? —le preguntó Julián.

—La división española del marqués de Casa Palacio, señor.

Varios hombres soltaron exclamaciones de sorpresa.

—¡Una unidad de afrancesados! ¡Los muy traidores!

Julián dio órdenes de juntar a todos los prisioneros y se alejó del tumulto. Desconocía que el Ejército Imperial dispusiera de unidades formadas por españoles. Clara le esperaba un poco más allá, con el rostro crispado, pero intacta. Se abrazaron.

—¿Cómo hemos podido matarnos entre nosotros? —le susurró ella.

—Ellos estaban a un lado del río y nosotros al otro.

No dijo nada más, se sentía confuso y dolido. El destino había unido en aquel poblado a hombres que se podían conocer, que podían ser primos o cuñados, para matarse unos a otros.

El pueblo fue tomado en poco tiempo. La división afrancesada de Casa Palacio no presentó excesiva resistencia e hicieron muchos prisioneros. Aunque la mayoría huyeron retirándose a Escalmendi, un pueblo que distaba algo más de media legua. El camino a Francia por Arlabán había sido tomado y la misión se daba por concluida a la espera de órdenes.

Julián presentaba varios rasguños en el brazo derecho y en los muslos, además de una mordedura en la pantorrilla. También tenía una quemadura en la mejilla izquierda de la bala que le había rozado. Pascual estaba sonriente y aliviado de haber sobrevivido. Había vuelto a perder su sombrero y tenía la casaca destrozada y la cara tiznada de pólvora. Simón aparecía impoluto de no ser por las gotas rojizas que le salpicaban las mangas.

Todos estaban exhaustos, pero el día distaba mucho de haber terminado. Los hombres de Longa pasaron a intercambiar fuego con las tropas refugiadas en Escalmendi y el combate se estabilizó. El coronel lo tenía claro, no arriesgaría de nuevo a sus hombres cargando contra un pueblo que no disponía de relevancia estratégica. Habían conseguido su objetivo.

Julián vio su oportunidad. Era casi mediodía. La enorme nube de humo que había cubierto la Llanada durante toda la mañana parecía deshacerse en jirones y el sol se colaba por los huecos, revelando un cielo azul. El bramido de los cañones parecía haber remitido. Se preguntaba qué habría pasado en otros puntos del combate y si los ingleses habrían tomado Gamarra Mayor, si habrían cruzado el río Zadorra. El fragor de la batalla parecía haberse reducido y desconocía a favor de quién.

Avisó a Clara. Pascual y Simón también les acompañarían y se hicieron con dos caballos que pululaban sin jinete por el pueblo. Iban a interceptar el convoy que huía por el camino a Pamplona. Si realmente los franceses estaban siendo derrotados, Le Duc y sus pertenencias debían de ir en el convoy. Solo tenían que encontrar sus carruajes.

Se ausentaron del pueblo con permiso de Longa.

Cabalgaron durante dos leguas, atravesando campos verdes y húmedos. Un terreno muy inestable para los cascos de las cabalgaduras, donde sus patas se hundían, presas de tierra blanda y fangosa. Se trataba del terreno pantanoso de las balsas de Zurbano. Finalmente, pisaron suelo firme y remontaron una gran colina que los separaba del camino a Francia.

Alcanzaron el cerro y la larga serpiente de carruajes se presentó ante ellos.

Discurría bajo la colina, eterna, perdiéndose sus inicios en la lejanía del horizonte. Julián respiró hondo; allí, entre la confusa mezcolanza del convoy, debía hallarse su objetivo. Bajaron por las pendientes y se integraron entre centenares de carros y berlingas, cargadas de pertenencias de las familias españolas y francesas que huían de la guerra. La mayoría de la gente caminaba arrastrando el desgastado calzado junto a sus carros. Los más afortunados montaban caballos. Vieron hombres, mujeres, niños, ancianos, sirvientes, bagajeros, cantineras, funcionarios e incluso altos mandos del Gobierno josefino. Todos se volvían hacia ellos, temerosos ante su presencia. También había soldados franceses, con los rostros fatigados y semblantes de derrota. No se presentaron en actitud amenazante. Simplemente, los observaron pasar.

Avanzaron por el convoy, el cual marchaba con dificultad por el camino tortuoso y embarrado, repleto de piedras por las lluvias de aquella noche y de los días anteriores. El piso de la tierra estaba esculpido por las rodadas de los carros agrícolas de un ancho menor entre las ruedas que los vehículos de transporte y berlingas de aquel convoy, por lo que no podían hacer uso de las rodadas. A ello había que añadir los canales de desagüe, anchos y profundos que corrían paralelos al camino, en el que ya habían visto un carro hundido.

Los movimientos del convoy parecían medianamente ordenados, pese a las caras de agobio y miedo de los civiles. Llevaban toda la marcha estremeciéndose ante los estruendos de la artillería. Tras ellos, el fragor del combate proveniente del otro lado de la ciudad había dejado de ser un murmullo constante; pero de pronto un leve rumor comenzó a intensificarse. La gente se estremeció, aterrorizada.

Aparecieron varios soldados franceses, adelantando a la gente y arrastrando a dos heridos con caras ensangrentadas. Portaban semblantes de extremo cansancio y los uniformes manchados de barro. Venían de combatir. Uno de ellos alzó la voz.

—¡La caballería inglesa! ¡Ya están aquí! ¡Hemos perdido!

Entonces cundió el pánico. Se sucedieron los gritos y lamentos de terror. La estampa que ofrecía la retirada comenzó a tornarse en un completo caos. La gente, acuciada por el pánico, dejó a un lado toda precaución y la locura comenzó: apelotonamientos por el ansioso empuje sobre las bestias, choques de vehículos, vuelcos de carros, roturas de ruedas, caballos heridos. Todos sabían lo que sucedería si llegaba la caballería inglesa: saqueo, bandidaje, robos y abusos.

Julián y sus amigos avanzaban sorteando los accidentes. Ante los rugidos del fragor de la batalla que se acercaba, ante la continua bandada de soldados retirándose sin armas, los civiles se lamentaban desesperados y angustiados, dudando si echar a correr y abandonar todos sus bienes o quedarse y rezar por que no les asaltasen. Algunos cortaron los tiros de los carruajes y huyeron a caballo.

—¡Están al caer! ¡Huid!

No había llegado la caballería inglesa cuando Julián los vio, en mitad de los amontonamientos. Eran tres carruajes, uno detrás de otro, custodiados por media docena de soldados que no sabían si poner pies en polvorosa. Los reconoció por el robusto soldado que arengaba a las monturas que tiraban de los carros. Su rostro estaba horriblemente mutilado con una enorme cicatriz que se lo cruzaba de abajo arriba y le deformaba la boca en una mueca repugnante. El corazón saltó dentro de él. Era Croix.

El francés lo vio antes de que Julián saltara del caballo con el sable desenvainado en su mano derecha. Su sonrisa lobuna apareció tras su barba descuidada y bajó del carruaje extrayendo su espada con un chasquido espeluznante. Volvían a encontrarse.

—¡Por fin un rival digno de matar! —exclamó extasiado. Sus brazos eran enormes, el doble de anchos que los de Julián.

La voz de Clara sonó tras él, pidiéndole que volviera, que no se expusiera a la muerte ante semejante rival. Pero Julián no escuchó sus palabras. Era ese el hombre que había torturado a su tío, el que lo había golpeado cuando no se podía defender, destrozándolo por dentro, hasta morir.

Las láminas de acero chocaron, emitiendo un chasquido que resonó en medio del caos. Resplandecieron bajo el sol que gobernaba en lo alto, sobre ellos. El mundo alrededor dejó de existir, la locura del convoy desapareció. Solo existían las escasas fuerzas que quedaban, el brazo y el pomo del sable, la mente en blanco y los movimientos del oponente.

Tras el primer contacto, Julián procuró retomar su frialdad particular y se sumió en *su control de las tres partes*. Tanteó con varias estocadas la defensa del rival, sin ser demasiado arriesgadas y sin descuidar su propio cuerpo. Pero Croix no picaba el anzuelo. Él también aguardaba, agazapado con la espada por delante, enseñando sus dientes amarillos.

Parecía haber aprendido de la anterior vez. Le sonreía.

—Recuerdo a tu tío —murmuró—. Lloró y gritó como una mujer violada.

Julián escuchó sus palabras y apretó la mandíbula. No debía dejarse llevar. Se mantuvo quieto y fintó hacia la izquierda, amagando en tercera y atacando en vertical.

—Disfruté mucho con él. Fue una velada magnífica que terminó como había de hacerlo.

Aquellas palabras hacían daño. Julián sentía la sangre retumbar en sus sienes. *El control de sus tres partes* se estaba viendo ofuscado en su mente, intentó retomarlo, pero el francés seguía diciendo cosas duras sobre su tío. Notó cómo las lágrimas asomaban. No podía llorar.

—Era una maza repleta de púas que le hacían sangrar...

»Pensar en ti me ayudaba a pegarle más fuerte...

Se abalanzó sobre Croix como un poseso. Lanzó tres sablazos seguidos que le hicieron retroceder. Aunque su rival aguardaba tal reacción, no pudo reprimir un gesto de asombro al ver el obstinado ímpetu del joven. Croix bloqueó con fuerza, pero un tesón animal jamás visto se había apoderado de Julián y le hizo trastabillar.

Aun así, el francés pareció reincorporarse. Su sonrisa había desaparecido y por una vez la sombra del miedo oscureció sus ojos. Enseguida se volvieron a iluminar en un intenso brillo de ira.

Los mandobles del francés fueron brutales; redujeron a Julián y le hicieron retroceder varios pasos. El joven Giesler intentó hacer acopio de todas sus fuerzas, pero de pronto el vacío se apoderó de él. Las largas caminatas, la falta de sueño, la carga desesperada al pueblo, el grito de guerra, el combate encarnizado en el callejón, todo se abalanzó sobre él como un peso muerto. Había llegado al límite de sus fuerzas con el último ataque desesperado. Apenas podía levantar el sable.

Vio cómo la muerte se mostraba ante él en el semblante de su oponente. Consiguió bloquear el último sablazo, pero fue tan fuerte que le hizo caer al suelo.

Croix se plantó sobre él y gritó, sus ojos se abrieron como platos, alzó el sable con ambas manos, en imparable sentencia. El acero llegó a lo alto, el sol perfilaba su figura que ya bajaba, centrada toda la fuerza en el tajo que se dirigía directo al pecho de Julián.

Se oyó el grito de Clara. Una bala que debía de ser de alguno de sus amigos pasó rozando el hombro de Croix. Pero su sable seguía bajando.

Entonces algo lo detuvo. Su cuerpo se sacudió por un instante y se quedó inmóvil. Su rostro mutilado se contrajo, mostró asombro y acabó inclinándose sobre su pecho. Una punta de acero perforaba su casaca, asomando en un baño de sangre.

Croix se derrumbó. Y tras él, apareció la figura de uno de los soldados.

Era un francés, de ojos azules y trenzas rubias cayéndole desde las sienes. Limpió su sable de la sangre de Croix, con su cadáver inmóvil a sus pies. Julián volvió a respirar, su cuerpo temblaba. Seguía vivo.

Reconocía al hombre que le acababa de salvar la vida. Lo vio por primera vez el día en que le arrebataron su hogar. Recordaba que le había tratado con amabilidad.

—¡Por Dios! —Clara gritó tras ellos. Julián sintió sus brazos rodeándolo por detrás. Entonces volvió a percibir el entorno que le rodeaba. El caos en el convoy, los civiles que corrían en estampida.

Hizo caso omiso de todo aquello y se centró en el hombre que le había salvado. El francés se inclinó con un gesto de cabeza y se mantuvo erguido, en pose marcial.

Julián se reincorporó. No sabía cómo darle las gracias.

—Me ha salvado la vida, señor...

—Marcel Roland. —Clara terminó por él.

Marcel asintió con una nueva inclinación de cabeza. Envainó su sable y posó sus ojos en los de Julián.

—Debí hacerlo hace tiempo.

Julián fue a decir algo pero el húsar francés lo interrumpió.

—No encontrarán los documentos de la Orden aquí —dijo, parecía haberles leído los pensamientos—. Permanecen escondidos en algún lugar, pero desconozco dónde.

Julián agradeció la información. No sabía cómo recompensar la ayuda que le estaba ofreciendo aquel hombre.

—¿Y el general Le Duc? —preguntó.

—La última vez le vi junto al rey José I y su Estado Mayor —respondió Marcel—, observando los pormenores de la batalla desde los altos de Júndiz. Pero creo que los carruajes del rey se encuentran más adelante, huyendo ya hacia Francia.

Julián se inclinó ante el francés y lo miró fijamente, con emoción, a los ojos.

—No sé cómo agradecérselo...

—No —le cortó Marcel, su rostro marcial se había ablandado—. Usted no tiene que agradecerme nada. Soy yo el que ha de disculparse por permitir que le hayan hecho tanto daño.

Los ojos de Julián volvieron a humedecerse.

—El daño ha sido mutuo.

El francés los observó un instante, contrariado, y al final asintió, contagiado de la emoción. Entonces se estrecharon las manos en un fuerte apretón.

Aquel pudo ser el inicio de un acercamiento, de la cicatrización de una herida.

La caballería inglesa asomaba a lo lejos, desperdigándose entre el botín del convoy. Julián tuvo que luchar para convencer a Clara de que, de ahí en adelante, debía de partir él solo. Ella se resistió, pero acabó cediendo al comprender que aquel era su camino, el que había iniciado años atrás, y debía terminarlo él solo. Debía buscar al asesino de su padre, Louis Le Duc, y hallar las respuestas que le permitieran, por fin, descansar en paz.

—He de cumplir mi promesa, Clara. Quiero saber por qué lo hizo.

Clara se abrazó a él.

—Por el amor de Dios, Julián. Ten cuidado.

Tras despedirse y prometerse que volverían a verse al final del día, Julián montó sobre *Lur* y clavó espuelas. Después, desapareció entre la multitud.

Clara se quedó inmóvil, con la vista puesta en el punto donde él se había perdido. Deseaba que aquel día concluyera y volvieran a estar todos juntos. Jamás permitiría que se volvieran a separar. Estaba harta de arriesgar la vida, cansada de temer por la de los demás. Solo quería empezar un nuevo camino, y Julián debía de estar junto a ella.

El fragor de la caballería y el saqueo fueron aumentando. Los dragones ingleses aparecieron entre los carruajes, abriéndolos y haciéndose con el botín que sus interiores ofrecían.

Simón le gritó desde su cabalgadura.

—¡Será mejor que nos vayamos!

La gente corría despavorida y entre el caos de la multitud Clara vio un rostro conocido. El hombre montaba un tordo rodado, muy parecido a *Lur*. Vestía una capa negra, tenía guantes de cuero sobre las riendas, lentes de cristal en el rostro y sus características cejas pobladas.

Era Vail Gauthier.

Se acercó a ella intentando controlar los tirones de su caballo que relinchaba nervioso en medio del fragor, levantando sus cuartos delanteros. Los ojos de él se clavaron en los suyos. Eran negros como sus ropajes. Negros como el azabache. Clara sintió un intenso estremecimiento recorrerle la espalda. Había algo en aquel hombre que la aterraba. Pero no conseguía saber qué.

Vail le gritó desde la altura de la cabalgadura, en medio del caos.

—¿Dónde está Julián?

Pese a la extraña desconfianza que producía aquel hombre en ella, Julián lo apreciaba. No lo pensó ni un momento. Señaló en la dirección en la que él había partido.

—¡Se ha ido por ahí! ¡Hace no mucho!

Vail Gauthier asintió mientras su caballo caracoleaba inquieto. Antes de partir, volvió a mirar a Clara, hacia su vientre liso. Por un momento pareció emanar de él una voz diferente.

—¿Qué fue del bebé?

Sorprendida ante la pregunta, le costó responder.

—No salió bien...

Los ojos de Vail parecieron hundirse bajo sus pobladas cejas. No dijo nada y encaramó su montura en la dirección señalada. Espoleó sus flancos con violencia, saliendo disparado entre la muchedumbre.

Clara lo vio alejarse. No dejaba de pensar en la mirada de aquel hombre, sus ojos parecían seguir perforándola...

De pronto recordó algo. Y el alma se le vino a los pies.

57

Julián tiraba de las riendas de *Lur*, apretando sus manos crispadas, en un afán por evitar que el animal rebrincara entre tanto caos. Hacía tiempo que había perdido su sombrero y llevaba las mangas de la casaca manchadas en sangre. Notaba la garganta desgarrada, la cara tiznada de pólvora, y el cuerpo entumecido y pesado como el plomo.

El aspecto a lo largo del camino a Navarra era desolador. Había decenas de carros volcados, desparramado su contenido por las inmediaciones, pisoteado por el continuo paso de los escuadrones de la caballería inglesa. Centenares de familias, españolas y francesas, lloraban junto a sus pertenencias, impotentes mientras veían cómo se llevaban todos sus bienes. Los soldados vencedores venían con el ardor de la batalla en la boca, en sus mentes extasiadas y desesperadas. Lo saqueaban todo; abrían cajas y cofres caídos de los carros, a reventar de oro y plata, joyas y objetos robados durante cinco años de ocupación en las iglesias y los palacios, cortaban cuadros al óleo de sus marcos, con violencia, para ser enrollados y transportados. Con un ansia voraz de saber que se convertían en ricos, arramblaban con todo, metiéndolo en los bolsillos, en los forros de las chaquetas y en el hueco de los calzones atados hasta las rodillas, hasta que ya no podían más.

Preguntaba a la gente por el séquito real y un hombre calvo de unos sesenta años, que permanecía sentado junto a su mujer encima de su desparramado equipaje, le dijo que el carruaje real les había adelantado poco antes y que no distaría a más de media legua.

Tras darle las gracias, Julián apretó flancos sobre *Lur* y salió al galope. Mientras centraba su vista en el horizonte, esperando distinguir un carruaje con gran escolta, se preguntó qué haría cuando le diera alcance. ¿Cómo detendría al general Le Duc? ¿Cómo lo separaría de la escolta? ¿Derribándole del caballo? Si cabalgaba junto al rey, la guardia debería ser muy nutrida y sería difícil acceder a él.

De pronto, una voz nítida y clara se alzó sobre el caos de gritos, tras él.

—¡Julián!

Este tiró de las riendas y detuvo a su caballo levantando una pequeña polvareda. Se volvió.

Vail Gauthier conducía a su montura a pocos pasos detrás de él, sorteando obstáculos y gentes mientras le instaba con la mano a que lo esperase. Julián no pudo evitar una cara de asombro al verlo allí.

—¡No esperaba hallarte aquí!

El francés consiguió llegar a su altura entre jadeos y bufidos de su caballo.

—¡Acabo de estar con Clara! —le dijo en medio del caos—. Me ha dicho que ibas en busca del séquito real.

Julián asintió mientras trataba de que *Lur* no caracolease nervioso. Vail lo escrutó con la mirada desde su montura.

—¿Qué buscas en él? —le preguntó.

Julián vaciló unos instantes antes de responderle.

—Busco al general Louis Le Duc —dijo al fin entre el fragor—. Me han dicho que huye junto a la escolta del rey.

Vail lo observaba con suma atención en mitad del fragor que les rodeaba. Tras sus pobladas cejas y sus lentes, se escondía una mirada intensa que parecía capaz de leer en la mente de Julián.

—Fue él, ¿verdad? —le dijo al fin—. Fue él quien mató a tu padre.

Julián se sorprendió ante la perspicacia de aquel hombre; acabó asintiendo.

—Sí, fue él.

—Puedo ayudarte a encontrarle —le sugirió entonces Vail. Señaló hacia el norte del camino, hacia unas lomas tupidas de trigo que se elevaban a media legua de distancia—. Me acaban de decir que la escolta real se separó del convoy y huyó por allí, entre esas colinas y trigales, cuando los dragones ingleses estaban a punto de darles alcance.

Julián miró hacia donde él le señalaba. No vio polvaredas ni signos de cabalgadas; pero, tras sopesarlo unos instantes, pensó que tenía sentido. La caballería inglesa había avanzado mucho a lo largo del convoy, el rey no podía arriesgarse a quedarse en él. Habría dejado la berlinga abandonada poco más adelante, poniendo pies en polvorosa al galope.

—Gracias, Vail.

Encaramó su montura hacia las colinas y se dispuso para salir del camino cuando la voz del francés lo detuvo.

—¿No necesitas ayuda?

Julián tiró de las riendas para volverse. Miró al francés.

—Esto he de hacerlo yo solo —le dijo muy serio—. Agradezco tu ofrecimiento.

—¿Has pensado cómo detener a esa escolta? —lo interrogó el otro—. Serán más de veinte, y todos de la guardia real. ¿Cómo vas a sacarle de ahí?

Julián desvió la mirada, conocía ese problema.

—Primero habré de darles alcance.

Vail se llevó la mano al costado y se retiró su capa negra. De la oscuridad de sus ropas, asomó el pomo de un sable gris.

—Dos aceros son más que uno —le dijo con una extraña mueca—. Podríamos actuar de noche, cuando acampen.

Julián pareció dudar. El problema que le presentaba el francés llevaba un rato preocupándole. Este continuó.

—Te ayudaría a sacarlo de ahí y entonces te dejaría solo con él... —parecía haber un sombrío deje burlesco en su voz, pero Julián lo pasó por alto. Vail tenía razón, su presencia le sería de gran ayuda. Además, parecía tener un plan para conseguirlo.

—De acuerdo —cedió al fin—. Pero ¡no perdamos más tiempo!

Ambas monturas se impulsaron sobre sus patas traseras para levantar la tierra del camino y salir disparadas. El convoy quedó atrás.

Atravesaban mantos de trigales que se estremecían a su paso con sus espigas rozando las grupas de los caballos. El cereal emitía un zumbido cada vez que lo arrancaban de la tierra y la estela de su cabalgada quedaba reflejada en forma de surco en las inmaculadas plantaciones doradas.

Julián espoleaba a *Lur* tras la figura de Vail. Los ropajes oscuros del hombre ondeaban al viento, delante de él, y sus relucientes botas negras se apretaban a los lomos de su bestia, cuyos cascos retumbaban como un tambor en plena carga, alcanzando una velocidad que *Lur*, agotado, apenas podía seguir. Aquello le sorprendía, pocas veces había visto caballos más veloces que el suyo.

Remontaban las colinas que había señalado Vail desde el camino. Julián no veía señales del paso de un numeroso contingente de caballos; de ser así, el trigal les hubiera precedido aplastado. Miró atrás y vio cómo el convoy se convertía en una cicatriz oscura y difusa, que se retorcía y se convulsionaba en el camino, lejos de ellos.

Alcanzaron el alto de la primera loma, la cual tenía una cima llana y ancha de unos cincuenta pasos por lado. Vail redujo la marcha al paso y cuando estaban en mitad del alto, se detuvo. Julián no comprendía por qué se paraban, de ese modo jamás alcanzarían a Le Duc.

—¿Hay algún problema? —preguntó.

El francés permaneció de espaldas a él, su figura perfilada ante las montañas que cerraban la Llanada más allá, en el norte. Su caballo mantenía las patas inmersas en el bosque de trigo. No se movió. Tampoco contestó. Julián no entendía qué le sucedía.

—¡No podemos demorarnos, Vail! —se impacientó—. ¡Louis Le Duc nos sacará más ventaja!

Vail Gauthier tiró de las riendas de su caballo y se volvió. Julián se extrañó. Su sombrío rostro mostraba una sonrisa, le estaba mirando. Entonces se percató de que jamás lo había visto sonreír, siempre esbozaba una extraña mueca, arrugando la parte derecha de la boca.

El francés descendió de su montura y, sujetándola del ronzal, se acercó a Julián sin dejar de sonreírle, cubriendo la distancia que les separaba con el trigal por los muslos. A lomos de su montura, el joven no entendía nada.

—¿Qué diablos haces? —le preguntó cuando llegó a su altura. Sin responderle, el francés dispuso la cabeza de su montura junto a la de *Lur*. Julián sintió un estremecimiento. Estaba muy cerca de él, mirándole y sonriéndole; pudo ver cómo su fino bigote se curvaba encima de sus labios, cómo su mirada negra parecía arder bajo el reflejo del trigo en el cristal de sus lentes.

Julián asió las riendas de *Lur* con fuerza.

—Míralo —le dijo entonces Vail.

—¿Qué?

El francés señaló con la cabeza a su caballo.

—Míralo —repitió—. Mira su pelaje, y sus poderosas patas, y sus ojos. Mírale y compáralo con tu caballo. —Amplió su sonrisa, blanca y perfecta, de afilados dientes—. ¿No lo reconoces?

Julián empezaba a pensar que Vail se había vuelto loco. Ante su insistencia, hizo lo que le pedía y se fijó en su caballo. Era un tordo pardo, como *Lur*, aunque de un tono más claro. Tenía calcetines blancos y, cierto era que las patas mostraban el mismo arqueo que las de *Lur*, y la misma musculatura fibrosa, fuerte y ligera... cierto era que sus cabezas alcanzaban la misma altura, y que por los ojos del caballo del francés, parecía mirarlo el reflejo de *Lur*...

Tuvo un sobresalto. Se acordó del hermano de *Lur*, *Haize*, el caballo de su padre. Desapareció el día de su muerte...

—Se parece mucho a...

—Al caballo de tu padre —le cortó Vail.

El corazón terminó por golpearle el pecho, esta vez con fuerza. Julián abrió mucho los ojos y tiró de las riendas de *Lur* para separarse de aquel hombre.

—No puede ser... —murmuró.

No dejaba de mirar el caballo del francés... ¿De verdad era *Haize*? Por un momento se detuvo en sus calcetines blancos; intentó recordar... aquello era muy poco común en los caballos de aquella raza. Claro que sí, se dijo. *Haize* los tenía, ¡los tenía blancos!

—¿Dónde lo encontraste? —le preguntó con el corazón en la boca.

El francés hizo un gesto de indiferencia actuada.

—Muy sencillo —dijo sonriente.

A continuación, con una extraña reverencia que resultó fuera de lugar, se separó de su caballo y se hizo a un lado.

Y, entonces, ante los atónitos ojos de Julián, se quitó las lentes. Su mirada negra brilló y quedó desnuda. Al verla, el joven Giesler sintió un escalofrío recorrerle la espalda. ¿Qué demonios estaba pasando? ¿De qué le sonaban aquellas pupilas negras?

—Se lo arrebaté a tu padre el día en que todo cambió para ti...

Las palabras del francés golpearon a Julián y lo dejaron aturdido, perdido bajo un manto de incomprensión. Apenas tuvo tiempo para reaccionar. El otro se llevó las manos a su largo cabello enmarañado y tiró de él. Aterrado, Julián vio cómo su cabellera se desprendía de una sola pieza y dejaba bajo ella otra capa de pelo. El francés no dejaba de mirarle y, entonces, con la naturalidad de alguien que repite algo por enésima vez, se despojó de unas cejas postizas, de una perilla... Se alisó su negro cabello. Se perfiló su fino bigote.

Sus afiladas facciones cortaron las venas de Julián con la eficacia de una navaja. Ante él, se desabrochó los botones de su capa y se la abrió desplegándola con fuerza. Salió volando, como una manta, como un cuervo, hasta caer tras su figura. Apareció una casaca negra, sin distinción alguna, y unos bordados plateados...

Su sonrisa se esfumó y su mirada se clavó en la de Julián, imperturbable, heladora.

Este se quedó mudo, no pudo articular palabra alguna.

—Roman puso la misma cara cuando se lo enseñé en la cárcel, después de que tú te fueras... —La voz del francés había cambiado, era fría y profunda. Ya no había indicios del hermano Vail Gauthier—. Intentó salir de allí para avisarte, pero apenas podía mantenerse en pie...

Julián se imaginó aquella escena, intentó mover los labios, solo le salió un hilo de voz.

—Has sido tú... todo este tiempo...

Le Duc estaba de pie, con su uniforme oscuro y a varios pasos de él, con las piernas abiertas sobre el trigal y el mentón erguido. Asintió con suma satisfacción, hasta el punto de que pareció contener una pequeña sonrisa.

Julián lo observaba incrédulo. Desde luego que era él, aquella era su postura, la postura impasible del general Le Duc. Ya no había indicios de Vail Gauthier, el cual se mantenía más encorvado y con menos aires de autoridad. Se había transformado. Le había engañado.

Su cabeza empezó a recordar, a atar cabos.

—Tú eras el traidor... —murmuró—, tú estuviste en aquella reunión y esperaste a mi padre... Sabías que llevaba algo consigo...

Le Duc lo miraba divertido; de pronto, su seriedad soldadesca parecía haber desaparecido, como si se hubiera despojado de una máscara, y aparentaba ser un niño divirtiéndose con un juego. A Julián aquello le hizo arder de furia.

—Me engañaste desde el principio... —dijo, conteniéndose.

Le Duc negó con la cabeza y acabó soltando una sonora carcajada, sin contención.

—No, Julián... No te equivoques. ¡Os engañé a todos!

No pudo soportarlo. Sintió que *Lur* se estremecía cuando descendió de él, abalanzándose sobre Le Duc con las manos por delante. Lo tiró al suelo y agarró al francés por el cuello. Este reía y aquello le enfureció aún más. Le pegó en la cara, pero el francés, lejos de aturdirse, consiguió escabullirse y se revolcaron como animales sobre el trigo. Volaron puños y manotazos, rápidos como centellas, algunos impactaron sobre hueso y carne, otros se quedaron en el aire. Se pegaron con desesperada fuerza, se arañaron y se mordieron, cubriéndose de polvo y espigas, con los pulmones contenidos, pero la ira desatada. Pronto los movimientos se ralentizaron; el sudor comenzaba a bañar sus cuerpos maltrechos y los descansos para tomar aire se hicieron cada vez más frecuentes. Lanzaron unos últimos golpes que apenas llegaron a su objetivo, hasta que, exhaustos, quedaron tirados en el suelo, con la vista en el cielo.

Julián estaba mareado. Oía la respiración afanosa de su contrincante a pocos pasos de él.

—Siempre eras tú... —murmuró entre muecas de dolor—: el día en que nos conocimos, en el poblado abandonado de Artaze, en la reunión de la Orden, en el campamento de la partida... Siempre. Actuabas.

—Eso es... —oyó decir a Le Duc entre jadeos—. Desde mucho antes de que comenzara esta guerra. Cuando me integré en la Orden de los Dos Caminos y formé la logia de Nantes.

Julián abrió mucho los ojos y se reincorporó. Vio al francés, que también se levantaba.

—Entonces... cuando dieron el chivatazo de tu logia. Fuiste tú. ¡Te traicionaste a ti mismo!

El francés volvió a asentir, de pie sobre el trigal, aunque algo encorvado. Extrajo un cigarro y unas cerillas del bolsillo derecho de su casaca. Se lo encendió.

—Jugué a dos bandas. —Tosió al aspirar el humo—. Así mantenía mis dos personajes en activo. Me convertí en un héroe para los franceses y para los miembros de la Orden al mismo tiempo. Con unos era Louis Le Duc y con los otros, Vail. —Había satisfacción en sus palabras—. Era la única manera de conseguir mi objetivo. La única manera de que Napoleón me asignara esta misión y acudiera aquí, a encontraros a vosotros. A cumplir mi verdadero propósito...

—¿Tu verdadero propósito?

Le Duc lo miró y volvió a esbozar una sonrisa, esta vez más enigmática. No le respondió a la pregunta. En su lugar volvió a dar una calada a su cigarro y miró al cielo en el que lucía el sol.

—Actuar... —suspiró divertido—. Siempre me ha gustado, ¿sabes?

Julián oyó cómo *Lur* piafaba inquieto, y se acercó para calmarle. Le dolía todo el cuerpo y su ira se había esfumado, solo tenía fuerzas para hablar. Miró al general.

—¿Cómo pudiste hacerlo?

El francés contuvo una bocanada.

—¿A qué te refieres? —exhaló.

Desde su distancia, Julián intentó apreciar un signo de cordura en lo más hondo de los ojos de aquel hombre, un signo de humanidad. Ahora que lo veía tal y como era, había algo en ellos que le resultaba cercano.

—¿Cómo pudiste engañar a tanta gente durante tanto tiempo? —le preguntó. Sentía cómo le temblaba la voz pero pudo contenerse—. ¿Cómo pudiste compartir amistad con mi padre, compartir sonrisas y complicidades y en el fondo estar pensando en matarle? ¿Cómo pudiste hacer todo eso?

La sonrisa divertida del francés desapareció. Se quedó con la mirada entornada, entre halos de humo.

—Uno aprende a hacerlo con el tiempo... —respondió con aspereza. Desvió la mirada.

Julián intentó pensar con agudeza. Aquel hombre les había engañado a todos durante años con su personaje de Vail Gauthier. Era un profesional de la actuación; lo acababa de ver, se había transformado ante él. Sus gestos, su mirada, su voz, su manera de estar... todo era diferente. Pero incluso en aquel momento, cuando sabía que se trataba del general Louis Le Duc, parecía abandonar por momentos su semblante imperturbable por una personalidad más retorcida y débil. Aquel hombre forjaba fachadas que cubrían su verdadera manera de ser.

Si quería saber por qué lo había hecho, si quería hallar la verdadera respuesta de por qué había matado a su padre, debería desmantelar todo disfraz que pudiera contener y llegar a lo más hondo de su persona.

—Te habrá resultado difícil mantener la cordura... —mencionó—. Tanto tiempo fingiendo ser otra persona... Uno tiene que perder el norte, tiene que olvidar quién es realmente, el origen de su verdadera vida.

No miró al francés pero al instante supo que había hecho mella en él. Sus palabras fueron seguidas por un profundo silencio. Los halos de humo se habían quedado suspendidos en torno al rostro de Le Duc, envolviéndolo en una nube sombría que permaneció inmóvil en mitad de aquella loma dorada, en mitad de aquella tarde soleada.

—Qué sabrás tú de eso... —pareció murmurar al fin.

El joven pensó que había dado en el clavo y decidió insistir.

—¿Qué razones pueden llevar a un hombre a asesinar a un amigo? ¿Qué pensamientos cuerdos pueden hallarse tras un acto tan frío?, ¿tan despiadado? —Le dolía hablar de aquella forma, le dolía pensar que aquel hombre había matado a su padre—. ¿Qué sentimientos pueden quedar en alguien así? —Sin darse cuenta, había alzado la voz y sentía como las últimas palabras habían emanado temblorosas.

El general Louis Le Duc permaneció inmóvil, observando con el rostro contraído a Julián, pero con la mirada perdida más allá de la figura del joven. No dijo nada.

Julián se sentía embargado por una profunda emoción.

—¿Por qué lo hiciste? —acabó preguntando. En esta ocasión no pudo esconder su dolor y su voz se tambaleó.

Las facciones del general parecieron crisparse. Sus puños y sus mandíbulas se contrajeron. Sus ojos se tornaron vidriosos y miraron a Julián con intensa furia. Este se sobresaltó, pero sentía el corazón palpitar en su pecho, resonar en sus sienes. Sentía la garganta atenazada por la emoción. No pudo contenerse más y gritó.

—¿Por qué mataste a mi padre?

—¡Porque él me descubrió!

El general Louis Le Duc había explotado. Respiraba con afán ante él. La frente le brillaba de sudor y había dado unos pasos hacia Julián. Tenía los puños cerrados bajo las bocamangas plateadas de su casaca y el cigarro estaba en el suelo. Había gritado.

—¿Te descubrió? —Julián negó con la cabeza—. No tiene sentido... los dos erais miembros de la Orden... ya os conocíais.

Le Duc había bajado la mirada y parecía intentar calmarse. Suspiró.

—No lo entiendes, Julián... —Alzó la cabeza y posó sus ojos en los del joven—. Él me reconoció.

Un viento suave empezó a soplar.

—¿Qué?

Le Duc pareció asentir, sin dejar de mirarlo. Parecía que una nueva máscara, un nuevo disfraz, se hubiera desprendido de él, dejándolo desnudo.

—Tras tantos años... —murmuró—, me reconoció. Cuando le alcancé aquella noche, lo derribé del caballo y me acerqué a él, me descubrió al instante. Supo verlo en mis ojos... —Le Duc parecía hablar para sí mismo—. Pude apreciarlo en la sorpresa de su rostro... en el temor de su última mirada... Tuve que clavarle el puñal.

Julián había dado unos pasos hacia atrás, no comprendía lo que estaba oyendo.

—No... no lo entiendo... —musitó, aturdido.

Le Duc alzó una extraña voz que resultó sentenciadora.

—Un hombre jamás olvida los ojos de la mujer a la que ha amado... Y Franz no lo había hecho. —Le Duc hizo una pausa para respirar hondo—. Yo porto la mirada de mi madre, Julián.

Al joven se le heló la sangre. Aquella voz era nueva en Le Duc, y parecía salir de lo más profundo de su ser. Le resultaba terriblemente familiar.

El francés se le había acercado.

—¿No me recuerdas, Julián?

El joven sintió un dolor atroz en el pecho.

—¿No recuerdas a tu propio hermano?

Sintió cómo el corazón se le detenía, cómo los pulmones se le cerraban y se quedaba sin aliento.

—Miguel...

Aquel hombre se había detenido a escasos tres pasos. Ante los atónitos ojos de Julián sacó una navaja del cinturón y se la llevó al rostro. Con un delicado movimiento, se rasuró el fino bigote que le cubría el labio. Los pelos negros cayeron, flotando como una pluma antes de perderse en el trigal.

De pronto pareció varios años más joven. Julián no podía creerse lo que estaba viendo. No podía ser su hermano. No podía.

—No puede ser... Miguel murió.

El hombre lo miraba con una ligera sonrisa en la cara.

—Eso pensasteis todos...

Julián negaba con la cabeza, ladeándola con fiereza, como si de esa forma eliminase la realidad que le asolaba.

—Murió... —murmuró—, ¡cayó por los acantilados cuando los alguaciles lo tenían acorralado!

—No, Julián. —El hombre estaba tan cerca que el joven se quedó inmóvil, aterrado. Pudo ver sus ojos... brillantes... negros. Había una nueva belleza en ellos que provocaba en Julián sentimientos contrariados... Por el amor de Dios, ¿eran los ojos de su madre? ¡Los ojos de Isabel!

El hombre siguió hablando con aquella nueva voz.

—Miguel murió el día en que su familia le abandonó. El día en que su familia le dejó en manos de un monje que abusaba de él...

Tras aquellas palabras, había vuelto la frialdad al rostro de aquel hombre, la impasibilidad, la dureza en sus facciones.

Julián negaba.

—No...

—Miguel murió el día en que mató a aquel monje, el día en que escapó de aquel maldito monasterio. El día en que huyó por los montes, con los ladridos de los perros que le perseguían amenazándole por las pendientes...

El hombre hizo una pausa y Julián descubrió que le estaba contemplando con los ojos muy abiertos.

—Ese día —prosiguió—, Miguel encontró a un hombre cazando en mitad del bosque. El hombre tenía el campamento cerca y le invitó a cenar. Pero Miguel se negó porque sabía que los alguaciles llegarían enseguida y, por lo tanto, siguió huyendo, dejando al cazador solo. Pronto descubrió el asentamiento del hombre, con una hoguera encendida, dos caballos y un carruaje. Pronto oyó los disparos entre los alguaciles y el hombre que cazaba. Entonces comprendió que entre la espesa maleza del bosque sus perseguidores habían confundido a aquel pobre desgraciado con él. Y fue en aquel momento cuando la vida de Miguel cambió para siempre. No lo pensó dos veces. Huyó. Pero esta vez lo hizo con un carruaje y dos caballos. Y con una carta que descubrió en el interior del vehículo, bajo una manta. Una carta en la que se anunciaba la muerte de un familiar. Un familiar lejano del hombre al que acababa de robar el carruaje. Un familiar que poseía altos hornos de hierro en la ciudad francesa de Nantes. Un familiar que poseía una inmensa fortuna. Aquel hombre, el pobre desgraciado al que había robado, viajaba para heredar aquella fortuna...

Se hizo el silencio, una suave brisa les sopló del oeste, el sol descendía y les calentaba los rostros.

—Y, entonces, aquel día, murió Miguel. Y nació Louis Le Duc.

El mundo se había detenido y Julián permanecía en el centro de él, amarrado al suelo como las raíces de un árbol, sin poder moverse, sin poder hablar. Solo existía la visión de su hermano en pie, ante él, observándolo entre las espigas doradas. Era su hermano, Miguel de Aldecoa Giesler. Aquel que había desaparecido de sus vidas catorce años antes.

La suave brisa acarició su rostro y Julián sintió el frescor de sus lágrimas recorriéndole la piel. Fue entonces cuando volvió a su ser, cuando descubrió que se podía mover, que podía hablar.

—Mataste a nuestro propio padre...

En su voz había tristeza, había ira, había incomprensión.

Miguel apretó la mandíbula. No se inmutó.

—Me lo arrebataste todo... destrozaste mi vida... ¡la de tu familia!

—Mi familia desapareció para mí el día en que me abandonaron.

Julián negó con la cabeza con el rostro crispado por la intensa emoción, había dado unos pasos hacia su hermano.

—¡Nuestro padre solo quería lo mejor para ti! ¡Se equivocó! ¡Todo hombre tiene derecho a errar!

Miguel parecía estar conteniéndose, volvió a negar y bajó la cabeza.

—Nuestra madre había muerto... y me dejasteis solo. Aquel monje me obligaba a hacer cosas que no te llegas a imaginar... No tienes ni idea...

Aquellas últimas palabras fueron arrastradas por un odio espeluznante. Pero Julián no se dejó afectar. Miró al cielo y cerró los ojos conteniendo su ira.

—Qué pensará madre de esto...

Al oír aquello, los ojos de Miguel se abrieron como platos. Su voz se quebró.

—¡Ella jamás me abandonó...!

Julián continuaba con la rabia ardiéndole en la lengua.

—Se sentirá defraudada ante lo que su hijo ha hecho.

Los ojos de Miguel volvieron a estallar. Las venas de sus sienes se hincharon de ira. De pronto, sin que Julián tuviera tiempo a reaccionar, se abalanzó sobre él como una fiera. Le empujó con desesperación, tumbándole en el suelo. Las espigas de trigo les rodearon. Su hermano estaba fuera de sí y le propinó un puñetazo en la boca. Julián sintió el sabor de la sangre.

—¡Todo era perfecto! ¡Mi vida era perfecta!

Miguel gritaba sobre él. Le volvió a pegar.

—Mi madre me quería, mi padre me quería... ¡Todo hasta que apareciste tú! ¡Todo hasta que padre abandonó a madre cuando se fue de casa para irse con el abuelo, cuando ella languidecía en su lecho! ¡Tenía que haberla cuidado!

Un nuevo puñetazo cayó sobre el pómulo derecho de Julián. Sintió cómo se le hinchaba al instante. Su hermano estaba desatado. *Lur* se había puesto nervioso y se había acercado levantando las patas delanteras, amenazándole.

—¡Padre me arrebató a madre! ¡Y luego me abandonasteis! ¡Tuve que hallar mi propia vida!

Julián permanecía inmovilizado por su hermano y escupió sangre cuando habló.

—¿Y por qué volviste?

Ante la pregunta, Miguel se quedó inmóvil, callado, con la respiración entrecortada y las venas hinchadas. Permaneció sobre Julián con el puño derecho alzado. Tardó en responder.

—Porque tú te quedaste con mi parte cuando me echasteis, y era el momento de recuperar lo que era mío. Mi parte de nuestra casa, mi parte de nuestra tierra, mi parte de nuestra vida. Era el momento de demostraros en quién me había convertido. Alguien poderoso... Alguien que venía para controlaros, para daros una lección.

Julián comenzó a comprenderlo.

—Por eso amenazaste al padre de Clara, para hacerte con la casa... —Abrió los ojos—. Por eso te casaste con ella, para demostrar tu poder... para alejarme de ella. Todo lo que has hecho ha sido una venganza...

Miguel no dijo nada, permanecía sobre él, había bajado el puño. Julián pareció recordar algo.

—¿Y por qué no me mataste cuando tuviste la ocasión? —Se revolvió pero apenas podía moverse, le tenía bien amarrado—. ¿Por qué me enviaste a la isla de Cabrera en lugar de dejar que me ejecutaran?

Su hermano no dijo nada y se levantó, liberándole de su peso. Dio unos pasos alrededor de él, pensativo.

—¿Y por qué perseguir a la Orden? —insistió Julián—. ¿Si tu verdadera intención era la venganza?

Miguel lo miró con intensidad.

—Porque quería acabar con ella para demostraros lo que puedo hacer. Porque era la única manera de volver aquí y de conseguir que Napoleón me otorgara un ducado y las tierras que quisiera cuando conquistara España. Yo iba a dominar en este reino, iba a dominar en la Llanada, os iba a dominar a todos. —Hizo una pausa y, por un instante, se hizo el silencio—. Y porque la Orden apartó a nuestro padre de nuestra madre, impidiéndole cuidarla.

Una repentina desazón cruzó el pecho de Julián, bajo la piel, al oír aquello. Intentó recomponerse.

—Y ahora se te han truncado los planes... —dijo—. Perdéis la guerra.

Miguel negó con la cabeza.

—No, hermano.

—Capturamos tu correo —terció Julián—. Tarde o temprano Napoleón caerá en Europa también. No te sirven de nada los documentos. Dime dónde están para que los pueda destruir.

—Veo que no lo entiendes... —lo cortó Miguel—. Esos documentos son muy valiosos. Napoleón no es el único que está dispuesto a negociar conmigo por conseguirlos. Hay otras opciones...

Julián frunció el ceño. Sabía de lo que hablaba, se lo había temido.

—Fernando el Deseado... —murmuró con resignación.

Miguel sonrió y asintió. Julián comprendió la gravedad de la situación. Se reincorporó con la cara magullada pinchándole en el pómulo y la boca.

—Piensa en lo que haces... —le dijo con desesperación—. Habrá persecuciones, morirá gente, lo que han construido los liberales será destruido, la esperanza del pueblo...

Miguel negó con la cabeza.

—Nunca ha habido esperanza para el pueblo —lo atajó con frialdad—. La Orden está condenada a fracasar. Y eso ya lo sabes.

Julián se irguió ante las palabras de su hermano. La carta de Gaspard vino a su mente.

—Siempre la habrá —respondió—. La esperanza no solo se ciñe a leyes y derechos. Ese no es el verdadero cometido de la Orden. Tarde o temprano te darás cuenta.

Miguel entornó los ojos y se quedó callado. Poco después, volvió a hablar.

—¿Cómo murió el bebé?

Julián sintió cómo se formaba un nudo en su estómago. No había caído en la cuenta. Le invadió una intensa sensación de desasosiego.

—En el parto...

Miró de reojo a su hermano y lo vio con la mirada absorta en algún punto del horizonte. Se hizo el silencio entre ambos. La situación se había convertido en extraña; las palabras se habían vuelto serenas, reflexivas.

—¿Cómo supiste que fui yo el que mató a Franz?

Julián se sorprendió ante la pregunta.

—Clara reconoció el sello de la Orden cuando fuimos al monasterio. Lo relacionó con los documentos que guardabas en tu estudio. Estaban manchados de barro y sangre. Supimos al instante que se trataban de los que portaba Franz cuando le mataste.

Miguel había ido abriendo la boca a medida que Julián hablaba.

—¿Clara entró en mi cuarto privado? —preguntó con la voz crispada.

Julián asintió.

El semblante de su hermano se congestionó, sus facciones volvían a temblar tensionadas.

—¿Ella me arrebató el reloj de mi madre? —gritó—. ¿Fue ella al final?

—¿Te llevaste el reloj de madre?

Miguel parecía fuera de sí. No le hizo caso.

—¡Ella me lo robó! —se dirigió a Julián con la mirada perdida—. ¿Dónde está? ¿Dónde lo tiene?

—Lo guardó en el vestidor de su alcoba. Lo dejó ahí cuando huyó del palacio.

Miguel gritó.

—¡No!

Y, entonces, ante los atónitos ojos de Julián, su hermano se volvió y corrió hacia el caballo. Se montó en él y dominado por una desesperación inhumana espoleó los flancos hasta hacerles sangre.

Salió disparado colina abajo. Hacia la ciudad.

Julián se inclinaba bajo el cuello de *Lur* y lo obligaba a cabalgar más deprisa agitando las riendas con desesperación.

La silueta de su hermano se estaba alejando y no quería perderla de vista.

Se acercaban a la ciudad de Vitoria por el este, cruzando los bosques de las balsas de Zurbano. Sus cuatro torres aparecían recortadas ante la intensa luz rojiza del atardecer. Sus murallas parecían haber sido cerradas para salvarla del saqueo de las tropas inglesas. Sintió alivio, el general Álava había cumplido su promesa.

Miguel fustigaba a su montura con una vara, giró a la derecha unos doscientos pasos antes de alcanzar la ciudad, y la rodeó por el norte, siguiendo el curso del río Zadorra. La batalla había terminado y en las zonas de combate más encarnizado el paisaje aparecía desolador; campos destruidos, pequeñas humaredas e incendios, restos humanos, gritos y lamentos aislados. Se veían por doquier pelotones desperdigados de ingleses acudir hacia el convoy, todos en busca de algo que saquear. Algunos habitantes de la zona se habían aventurado a los campos para buscar entre los cuerpos que yacían tendidos en ellos. Allí todo se saqueaba; en días como aquel, se destrozaban vidas y se hacían fortunas.

Julián no tardó mucho en descubrir adónde se dirigía. El pueblo donde se asentaba su palacio apareció delante de ellos tras dejar atrás un pequeño bosquecillo de chopos que crecían a las orillas del río. Vio cómo el jinete se adentraba en él al galope. Entonces supo lo que estaba haciendo, buscaba el reloj de Isabel, donde estaba el único grabado que conservaban de ella.

Mientras recortaba la distancia al pueblo, pudo ver como una inmensa columna de humo emanaba de él. Espoleó a su montura.

—¡Vamos, *Lur*! ¡Con brío! ¡Cien pasos!

Su amigo cabeceaba y resoplaba. Estaba extenuado. Alcanzaron las primeras calles del pueblo y las atravesaron a toda velocidad. Se cruzaron con pelotones de soldados ingleses que salían de la población cargados de oro. Se cruzaron con lugareños que gritaban emocionados.

—¡Han quemado la casa del francés! ¡Los ingleses la han quemado! ¡Hemos ganado la guerra!

Desembocó en la plaza principal, donde se alzaba la torre de la iglesia. Y junto a ella, como única construcción que competía en altura con el edificio santo, estaba el palacio de Louis Le Duc, el palacio de Miguel, de su hermano.

Ardía.

Donde una vez hubo ventanales, ahora había huecos oscuros, de cuyo interior emanaban enormes masas de humo negro, acompañadas de llamas infernales. El rugir del incendio era sobrecogedor. La gente contemplaba desde la plaza cómo el edificio se derruía. Alrededor de los jardines, cuyas verjas estaban derribadas, soldados ingleses se repartían entre risas el botín adquirido.

La habían desvalijado por completo. Los restos del mobiliario yacían esparcidos por el suelo de tierra.

Julián vio la silueta de su hermano, de pie junto a *Haize* y en medio de la plaza, contemplando cómo su casa ardía. Su figura era recortada por las llamas. Su uniforme negro, que lo salvaba de que le reconocieran como francés, parecía derretirse ante la intensidad del fuego.

Descabalgó de *Lur* y se dirigió hacia él.

A medida que se acercaba comenzó a verse embargado por una profunda tristeza. ¿Cómo habían podido terminar así? ¿Cómo había podido suceder todo aquello? ¡Era su hermano! ¡Creían que estaba muerto!

Miguel permanecía inmóvil, de cara al incendio. Cuando Julián llegó a su altura y se detuvo junto a él, contempló su rostro.

Tenía las mejillas bañadas en lágrimas.

Algo en él había cambiado. Algo se había amansado. Ya no había frialdad en su mirada, ya no había dureza en sus facciones. Solo quedaba el semblante de un hombre abatido. Perdido.

Julián permaneció junto a él. En silencio.

—Era lo único que me quedaba de ella...

Las palabras habían salido de su hermano. Contemplaba las llamas con los ojos vidriosos. Eran unos ojos bellos, que brillaban como en su día lo hicieran los de una madre que los dos añoraban. Que los dos amaban en silencio.

—Lo único que me recordaba quién era yo...

Julián se quedó callado. Las palabras de su hermano le afligían. Bajó la mirada y pareció dudar. Volvió a alzarla.

—Nunca es tarde —le dijo entonces—. Siempre habrá esperanza.

Su hermano cerró los ojos y nuevas lágrimas brotaron.

—Nunca es tarde para cambiar de camino.

Miguel se dio la vuelta sin decir nada, y puso los pies en los estribos de su montura. Se alzó sobre ella y fue entonces cuando miró a su hermano.

—No pensaba hacerlo... —musitó, bañada su cara por las lágrimas—. El terror me invadió cuando él me descubrió y... le clavé el puñal... no quise hacerlo...

Con el rostro abatido, Miguel tiró de las riendas de su montura y se encaró hacia la salida del pueblo. Antes de partir, miró por última vez a su hermano. No había odio en sus ojos. Había una triste complicidad.

Jinete y caballo se perdieron de vista.

58

Era uno de esos atardeceres de verano. Cuando el sol descendía y solo calentaban sus resquicios amansados, mucho más suaves y agradables. Cuando una brisa templada les acariciaba los rostros y mecía los árboles. Cuando el paisaje y el tiempo se aliaban, y los envolvían con un manto de tranquilidad. Solo había un momento en el año en el que uno podía sentir esa sensación, y era en los atardeceres de verano.

Julián y Clara caminaban de la mano. Los seguían *Lur* y *Roy*, libres de ataduras y sillas de montar. Volvían a la casa de la aldea, después de haber dado un paseo hasta el monte Olárizu.

Habían pasado dos meses desde la batalla de Vitoria. Los ingleses habían vencido haciendo retirarse a las tropas imperiales por el camino a Francia. La ciudad se había liberado de saqueos gracias al general Álava, que había cerrado las puertas de la muralla.

La guerra había terminado y la tierra respiraba después de cinco largos años llenos de oscuridad. Empezaba una nueva época, las gentes volverían a sonreír con el tiempo, volverían a charlar y pasear con tranquilidad por las calles.

En la aldea ya no había temor a forrajeros, ni a guerrilleros, ni a requisas sorpresa. Aún consumidos y silenciosos por los resquicios recientes de la guerra, comenzaban a mirar con esperanza hacia los años venideros, en los que el trabajo en el campo volvería a su ser, sin preocupaciones que empañaran las labores, sin el hambre gritando en sus estómagos. Pronto harían carboneras en los altos de las montañas, y las historias del viejo Etxábarri volverían a foguear sus imaginaciones, siempre acompañadas por el aire fanfarrón y cascarrabias de su narrador.

Pascual, Teresa y Miriam habían vuelto a su humilde morada, recuperando la fanega comunal que les habían arrebatado.

Clara y Julián vivían juntos en la casa de la aldea. Para su sorpresa, la habían encontrado intacta y limpia, como si el tiempo no hubiera pasado en ella. Los muebles estaban en su sitio, la mesa y las sillas de la cocina, reparadas. Los jarrones de su madre, aquellos que había destrozado Croix hacía cinco años, reconstruidos. Los vecinos aseguraban que había estado vacía, pero Julián supo de inmediato que no siempre había sido así.

Había pensado mucho en su hermano y se preguntaba qué habría sido de él. El día de la batalla lo había reconocido, había visto en su mirada un amarre a su pasado y a su familia. Tras su máscara, había encontrado a un hombre perdido, pero tal vez aún no fuera demasiado tarde.

Pese a ello, el legado de Gaspard continuaba en sus manos y temía que hiciera uso de él. La Constitución había sido aprobada y aceptada y el nuevo Gobierno liberal esperaba la vuelta de Fernando para que jurara la nueva ley. Todos tenían ilusión en la nueva etapa que estaba por llegar, pero Julián tenía la triste sensación de que no era mucho lo que iba a cambiar.

Mientras recorrían el camino de vuelta a casa, se fijó en el paisaje que les rodeaba. El sol se posaba en el horizonte, a su derecha, y sus rayos atravesaban los campos rozándolos y bañándolos de luz dorada. Había árboles al margen del camino, y sus hojas susurraban dulces melodías, dándoles la bienvenida a casa.

Clara caminaba junto a él, con un vestido blanco ondeando con suavidad. Tenía el rostro mirando al frente, relajado y sonriente.

«La Orden de los Dos Caminos...», murmuró Julián para sí. Los Dos Caminos... «Cada uno ha de encontrar el suyo», oyó en su mente. Pensó en la aventura vivida. Habían sido tiempos difíciles, tiempos en los que había sufrido y en los que había visto sufrir. La oscuridad había envuelto a todos con las maldades de una guerra. Durante aquellos años, el mundo había presentado su peor cara.

Pero sus labios sonreían cuando pensaba en los buenos recuerdos: en la amistad de Roman, en el eco de sus consejos, de sus palabras y sus silencios, de sus miradas cargadas de complicidad. Recordaba sus enseñanzas en el valle de Haritzarre y la carta con su historia que guardaba en el baúl de su dormitorio.

Recordaba al boticario Zadornín, que perpetuó las palabras de su padre, el compañerismo de Pascual durante su encarcelamiento, la amistad de Armand, de Henri, de Quentin y Climent, de Laurent. Su preocupación por estos últimos lo había llevado a escribir una carta al maestro Stephen Hebert, con la esperanza de que sus lazos sociales en el Gobierno le arrojaran alguna luz sobre la situación de sus amigos. Por el momento no había recibido respuesta.

Recordaba a *Lur*, siempre junto a él, incansable, inseparable, fiel hasta la médula.

Era uno de esos atardeceres de verano, cuando la Tierra se relaja, y deja un poso de tranquilidad, sabiendo que es el momento para que las almas que la habitan puedan sentirse en paz.

Mientras andaban por el camino de vuelta a casa, Julián observó a Clara. Su cabello había vuelto a crecer, y se agitaba ante la suave brisa, brillante ante la luz del sol. Sus suaves facciones irradiaban belleza en cada poro. Aquella maravillosa visión, acompañada del pensamiento de que volvían juntos a casa, de que compartirían cena en la mesa de la era y a la luz de las estrellas, de que compartirían lecho y amor, de que despertarían juntos, hizo que Julián se sintiera feliz.

Hay caminos que llegan a un destino, pero también los hay en los que lo importante no es el final, sino el propio camino. Esos jamás terminan.

Y él ya había encontrado el suyo.

Epílogo

La habitación está vacía.

Solo hay un escritorio de nácar en el centro, con varios cartapacios de cuero perfectamente ordenados, con un cenicero, una caja de cigarrillos, un candil, un tintero y una araña de cristal como pisapapeles. Solo hay un sillón tapizado, una alfombra exótica, dos vitrinas llenas de objetos de oro y plata, varios cuadros y una escultura de origen griego. Solo hay cuatro paredes, iluminadas por candelabros y cubiertas por un cortinaje y un frisón de madera tallada.

Solo hay un hombre, sentado sobre el sillón tapizado y con un cigarro humeando en la mano.

Solo hay un hombre, con el rostro oscuro, envuelto en tinieblas, velado por halos de humo que se suspenden en el aire. Solo hay un hombre, un hombre que vaga a la deriva, un hombre que cree haber perdido el alma.

Sus ojos, antaño intensos y bellos, carecen de brillo, y yacen hundidos en el abismo de la desesperanza. Su mirada busca un anhelo, y se posa en la luz de un candil cercano, en un extremo de la mesa. Sus haces amarillentos parecen aliviar su mente, envolviéndola en un manto cálido y haciéndola viajar en el tiempo, muchos años antes, al origen de sus recuerdos, los recuerdos de la historia que lo ha llevado a una habitación vacía...

Sus ojos parpadean y vuelven a su ser. Pero algo parece haber cambiado en ellos. Un extraño brillo ha aflorado en sus pupilas, iluminándolos con luz propia, con la serenidad de una estrella al hacerse la noche.

El hombre parece aturdido y mira a su alrededor. Desconoce cuánto tiempo ha pasado. Se levanta y su espalda cruje. Se acerca al cortinaje y lo descorre, dejando que la luz del amanecer ilumine la habitación.

En la puerta suenan unos sutiles golpeteos.

Tras dar su permiso, una criada asoma en la estancia.

—Señor Le Duc, el carruaje le espera. Su equipaje está listo.

Louis Le Duc no se mueve, permaneciendo junto a las vidrieras.

—Gracias, Melinda.

La puerta se vuelve a cerrar. Su mirada recorre la ciudad que se despierta, dejando que el sol, que gobierna sobre la maraña de tejados y chimeneas encendidas, penetre bien en su interior. Respira hondo.

Corre el año de gracia de 1819 y la ciudad de Madrid habita bajo el reinado de Fernando VII. Han pasado cinco años desde que el rey volviera al país, cinco años desde que aboliera la Constitución engendrada por las Cortes de Cádiz, desde que desechara toda posibilidad de nación liberal por el dominio y el yugo de un único hombre, el hombre elegido por Dios para sentarse en el trono. El rey, el soberano.

Desde entonces han sido veintisiete las logias de la Orden de los Dos Caminos que han sido descubiertas y desmanteladas. Quince de ellas ya no operaban desde los inicios de la guerra, pero sus principales miembros han sido capturados por ser potencialmente peligrosos para el nuevo Gobierno borbónico.

Y Le Duc, principal causante de las persecuciones engendradas, ha coordinado y desarrollado toda operación, siempre bajo la absoluta confianza del rey. Ha sido su mano derecha en la eliminación de las malas hierbas que pudieran amenazar su reinado. Y la recompensa por ello han sido tierras, oro, plata, respeto, temor, bienes...

Han sido cinco años donde las sublevaciones y los intentos de revolución por parte de los liberales no capturados se han sucedido de manera aislada e inútil. Intentos vanos, en su mayoría realizados y comandados por antiguos guerrilleros, que no han tenido más extensión que su propio grito de alzamiento. Revoluciones que se han quedado en meros intentos de asalto de villas y en conspiraciones fallidas engendradas para asesinar al rey.

Ninguno de ellos ha encontrado el respaldo necesario. Sus cabecillas liberales han sido traicionados, delatados por sus propios hombres o apresados por el pueblo, quien ha actuado así por lealtad al rey, por temor a las represalias en caso de que el alzamiento no funcione, o por la recompensa de capturar al sublevado. También los hay que callan y aguardan en sus casas sin hacer nada. Esos son muchos y tal vez en el pasado tuvieran contacto con las reuniones de la Orden. Sienten aún el calor de la esperanza y la libertad con la que soñaron durante la guerra, pero no se atreven a salir afuera y unirse al grito. No quieren hacer peligrar sus vidas y las de su familia. Con su mermado puchero ya tienen suficiente.

Mientras mira por la ventana y piensa en los últimos cinco años, recuerda que la mitad del contenido de aquel baúl que perteneció al maestro fue quemado. No se lo entregó al rey. Piensa que aún quedará gente que se reúna de manera discreta para hablar de sueños y esperanzas, desconocedora de que en otra ciudad, en otro pueblo o en otra casa, otros hacen lo mismo. Le Duc esboza una sonrisa. Porque nunca se sabe.

Con su reflejo en el cristal, vuelve a suspirar.

A veces aún le asola esa sensación de vacío. Y los últimos dos años se ha intensificado, tanto que estuvo a punto de colgar su cuello de una soga cuatro meses antes. Comenzó cuando se vio en lo más alto, cuando descubrió que lo había conseguido todo, que ya no podía optar a más.

Posee un ducado y amplias extensiones de tierras ricas en frutos, varias residencias de campo y ese palacete en el centro de la capital. Solo la familia real está por encima de él. Su entorno irradia poder, ese poder que tanto ha ansiado durante su existencia, hasta convertirse en lo único que ha llenado su mente. Ese poder que le ha engañado, enseñándole un camino bello que termina en un precipicio. Ese del que empezó a sospechar mucho antes, pero del que jamás se había podido desprender, quién sabe por qué.

El día en que decidió quitarse la vida, se subió a una silla en el centro de la habitación, colgando la soga de una lámpara que después quitó. Ese día, cuando la soga le envolvió el cuello, los recuerdos de su vida pasaron delante de él. Lloró. Apenas vio pasar unos cuantos años, porque se detuvo en la imagen de una familia feliz y cerró los ojos con fuerza. No quería continuar, quería quedarse ahí.

«Nunca es tarde», palabras de su memoria detuvieron el llanto. Sus manos temblorosas acabaron retirando la soga, liberando el cuello.

Le Duc sale de la habitación pensando en aquel día. Al otro lado de la puerta, en la antesala, se cubre los hombros con una capa, se cala un elegante sombrero de copa y coge un bastón. Apoyándose en él, cruza el ostentoso pasillo, baja por la escalinata imperial y sale al exterior por el portón de su palacio, cuyas gruesas puertas son sujetadas por dos criados.

La bulliciosa calle del centro de Madrid le recibe soleada y amable. La gente cruza el empedrado envuelta en sus quehaceres. Un carruaje negro, tirado por dos preciosos sementales de raza andaluza, le aguarda. Los criados de la casa le esperan para despedirse de él. Son diez, y Le Duc aprecia caras de tristeza en sus rostros.

Una de las criadas más jóvenes, por la que Le Duc siente mayor aprecio, se le acerca e inclina la cabeza.

—Le deseo un feliz viaje, señor Le Duc.

Él sonríe y le hace alzar la cabeza rozándole el mentón con su guante de cuero. Se va para no volver. Se trata de una decisión que tomó el día que quitó la lámpara de su habitación, el día que quemó la soga que por un momento había rodeado su cuello.

Sonríe y le habla a la joven criada.

—Arriba tenéis un documento con la cesión de mis bienes.

Ella asiente. Desconoce que sus bienes van legados a ella y al resto del servicio. Han sido su única familia los últimos años, los únicos que le han acompañado en su solitario camino al abismo.

Cuando Le Duc se apoya en el primer escalón del carruaje, se da la vuelta y mira a la joven criada.

—Por cierto, me llamo Miguel. Recuérdame como tal.

Pronto las ruedas del carro comienzan a girar y los cascos de las monturas a resonar. Se dirigen a la costa, a tomar un barco que surcará los mares y los océanos y le llevará a una nueva tierra donde quiere volver a empezar. Una tierra lejana donde pueda encontrar aquello de lo que una vez le hablaron y llegó a olvidar.

Miguel solo lleva una pequeña maleta. Con algo de dinero y ropa. Lo suficiente para retomar el camino.

Nota del autor sobre los personajes y hechos históricos de *La mujer del reloj*

Los hechos relatados en *La mujer del reloj*, ya pertenezcan a la ficción o a acontecimientos históricos, se inician en febrero de 1808 (tres meses después de que las primeras tropas francesas entraran en la península) y concluyen el 21 de junio de 1813 con la celebración de la batalla de Vitoria, contienda relevante en la expulsión final de las tropas josefinas.

La primera etapa de la novela, «Tierras del norte», (principios de 1808-verano de 1810), transcurre en la Llanada alavesa en su mayor parte. Vitoria es el centro del escenario, y alrededor de la ciudad se asientan innumerables pueblos a uno o dos kilómetros entre ellos, unidos por una compleja red de caminos interconectados entre sí.

La Llanada es descrita según el aspecto estimado de aquella época. Es origen de una vida rural, basada en la agricultura y la ganadería, y tapizada por numerosos campos de labranza delimitados por sus correspondientes tapias y cruzados por acequias de riego a flor de tierra. Al contrario que hoy en día, había, por aquel entonces, gran cantidad de zonas boscosas comunales donde la caza mayor alimentaba a los lugareños.

La aldea de Julián es fruto de la invención del autor, aunque la zona donde se asienta, en las faldas de las montañas de Vitoria al sur de la ciudad, es descrita según la realidad, encajándose la pequeña población en la trama de asentamientos que componían entonces (y componen hoy en día sin cambios relevantes) el paisaje de la provincia. La descripción de la aldea se basa en la fisonomía de las poblaciones del lugar; generalmente congregaciones de apenas doce casas agrupadas en torno a una iglesia, la mayoría de origen humilde, aunque algunas fueran auténticos palacios. El trabajo en el campo se describe según las herramientas y técnicas usadas en el lugar y la época, así como el trabajo en las carboneras.

Los personajes que viven en la aldea son todos ficticios. Las entradas de los diferentes ejércitos franceses que se realizaron en esta época en tierras alavesas son descritas según el orden y las fechas en las que sucedieron. Cuando Julián acude al mercado de Vitoria, la gran presencia militar extranjera que se describe está basada en los más de ocho mil efectivos que, al mando del conde Verdier, debían colonizar los alrededores. Teniendo en cuenta que Vitoria contaba con apenas seis mil habitantes, cabe imaginarse cuál sería la llamativa situación. La ocupación francesa cambió radicalmente la vida cotidiana alavesa. La situación relatada hace referencia a las iglesias, conventos y hospitales de la ciudad que fueron convertidos en cuarteles, almacenes, parques para armamento e incluso cuadras. La marcha de los franciscanos sucedió realmente, pero en fecha diferente a la relatada por el autor. Concretamente fue el 18 de agosto de 1809 cuando se disolvieron las tres comunidades de religiosos que había en Vitoria: recoletos de San Antonio, dominicos y franciscanos, desapareciendo más de cien sacerdotes.

El boticario Zadornín es fruto de la invención del autor. Su botica se asienta en lugar conocido, en los corredores que discurrían entre las traseras de las viviendas de la calle Nueva Dentro, antigua Judería y las murallas.

La familia Díaz de Heredia la componen personajes no históricos. Su palacio es ficticio y se asienta en la urbe alta, lugar donde se encontraban la mayoría de las casas señoriales de la ciudad. El edificio está basado en el palacio Escoriaza Esquível, situado junto a la catedral de Santa María. La fiesta que celebran el día del santo de don Alfredo, representa una triste situación que se dio en la ciudad, con mayor asiduidad algo más adelante, con la guerra avanzada y José I en el trono español. Los militares de altos cargos, los altos funcionarios, los afrancesados y la joven aristocracia local vivían una vida basada en fiestas, banquetes, bailes y corridas de toros, muy alejada de las verdaderas penurias que acontecían en las calles en el trato que las tropas francesas daban al pueblo llano de Vitoria. Durante la tertulia, aparecen personajes históricos como don Miguel Ricardo de Álava y Esquível, conocido militar alavés, por aquel entonces capitán de fragata y diputado en el Ayuntamiento, más tarde estrecho colaborador de

Wellington durante sus campañas y el hombre que cerró las puertas de Vitoria en la decisiva batalla de 1813, evitando así el saqueo inglés. También aparecen el marqués de Narrós, aristócrata local, el alcalde de Vitoria, Francisco Javier de Urbina, conocido como el marqués de Alameda, y el marqués de Montehermoso, conocido afrancesado cuya mujer, María del Pilar de Acebedo y Sarriá, protagonizó la gran mayoría de las celebraciones de la época en su suntuoso palacio, manteniendo una estrecha relación amorosa con el rey José I.

El general Louis Le Duc y sus ayudantes son personajes ficticios. El palacio que adquiere no existe, aunque está basado en la construcción señorial de Francisco de Gamarra, enfrentada a la iglesia de Gamarra Mayor. El pueblo donde supuestamente se asienta es real, Arriaga, situado al norte de la ciudad, cerca de las murallas.

La multiplicación de las derramas y los impuestos al pueblo por el tradicional reparto por *hoja de Hermandad* y posteriormente la medida tomada como *contribución única* (todo debido al mantenimiento de las tropas francesas en territorio español), son reales y sus fechas coinciden con las de la novela. El escrito de la *Gaceta* que Louis Le Duc enseña a Alfredo Díaz de Heredia es uno de la gran cantidad de empréstitos que se decretaron a lo largo de la ocupación, para cubrir las exigencias de la Diputación, cuyas arcas estaban bajo mínimos al no dar abasto con el mantenimiento de las tropas extranjeras. Las subastas de bienes concejiles sucedieron realmente como medida última para paliar la situación, por lo que la pérdida de la fanega de trigo que trabajan Pascual y su familia no es un hecho aislado.

Los temidos forrajeros existieron, término empleado por los aldeanos para referirse a los soldados que salían de la ciudad en busca de alimentos. Aunque sus misiones de recolecta fueron convirtiéndose en más peligrosas a medida que la guerrilla aumentaba sus dominios fuera de las murallas, siendo claro ejemplo de ello el apresamiento de quince forrajeros en el barrio de San Cristóbal, en el año 1811.

Los acontecimientos históricos del año 1808 que se describen en la novela, el motín de Aranjuez, el encarcelamiento de Godoy, la coronación de Fernando VII, la trama de Bayona, el 2 de mayo, la entrada del nuevo rey José I en España y las revueltas de algunas provincias y creaciones de las primeras partidas guerrilleras coinciden en fecha con el argumento de la novela. Como describe Clara, Fernando VII hizo parada en Vitoria en abril de 1808; a este respecto, las reuniones que mantiene con las autoridades locales y el motín generado el día de su marcha sucedieron realmente. Después, el recién coronado José I hizo su entrada en Vitoria el 12 de julio de 1808. Su llegada es descrita según lo sucedido, con vítores aislados de la soldadesca. Las presiones sufridas por las autoridades locales son reales, siendo apresados los diputados por orden del general Merlín y obligados, después, a rendir homenaje al nuevo rey.

El valle de Haritzarre es lugar ficticio, cuya inspiración y posible asentamiento se sitúa en los valles alaveses al oeste de la provincia, cerca de tierras cántabras. La casa torre tiene su origen en el siglo XIV. La existencia de este tipo de construcciones en tierras vascas se debe a las guerras banderizas que se dieron al final de la Edad Media, en las que participaron los principales clanes vascos aglutinados en dos bandos conocidos como los *gamboínos* y los *oñacinos*. Normalmente las familias más importantes de cada linaje habitaban en casas torres como la descrita, constituyendo en su época un símbolo defensivo por excelencia de las guerras banderizas, y construyéndose en lugares estratégicos como en las orillas de los ríos, a pie de los caminos principales o en las entradas de las villas. La reforma realizada por los monjes homenajea a las habituales transformaciones que han recibido muchos de estos edificios, siendo reconvertidos en viviendas, caseríos o edificios públicos según el requerimiento de la época.

Roman Giesler es personaje ficticio y sus enseñanzas se basan en técnicas de armamento de la época. El procedimiento de agujerear la cazoleta y golpear en la culata era usado por los soldados veteranos y aligeraba considerablemente el tiempo de carga. La técnica de acercar el oído al suelo para reconocer sonidos procedentes de la caballería o la infantería fue usada de manera asidua por las guerrillas que lucharon en la contienda. El aprendizaje de la esgrima y los términos empleados se basan en la escuela francesa (con cierta libertad del autor para modificarlos y añadir términos nuevos como *el control de tus tres partes*), muy en auge en la época, concretamente en el maestro de origen italiano Angelo, quien publicó en 1763 su obra cumbre *L'Ecole des Armes*, que se convirtió en el tratado de esgrima por excelencia durante todo el periodo napoleónico.

El poblado abandonado de Artaze es fruto de la invención del autor, y tiene su asentamiento en la zona de Trespuentes, a orillas del río Zadorra.

La emboscada que presencian Julián y Roman se basa en el proceder habitual de las partidas guerrilleras de la época, atacando siempre en superioridad en zonas boscosas, desvalijando a los emboscados y escondiendo sus cadáveres.

Tras la batalla de Bailén, Napoleón Bonaparte hizo su entrada en Vitoria el 5 de noviembre de 1808, y como se describe en la novela, en lugar de alojarse junto a su hermano en el palacio Montehermoso, lo hizo en la casa del banquero José Perfecto Fernández de la Cuesta, a las afueras de Vitoria en el Camino Real en dirección a Castilla, permaneciendo allí hasta el día 9. La reunión que se celebra durante la espera de Louis Le Duc en la antesala de la casa fue una de las varias que celebró el Consejo del Estado Mayor del emperador durante aquellos días para reconducir la situación. El séquito descrito y el mameluco paje imperial Roustan son reales y estuvieron allí. La reunión celebrada entre Le Duc y el Ilustre es ficticia.

La campaña de Napoleón al mando de la *Grande Armée* arrolló las resistencias españolas e inglesas, empujando a unos a Cádiz, y a otros, de vuelta a las islas británicas.

La segunda etapa de la novela, «Dos ciudades. Dos mundos» (otoño de 1810-principios de 1811), comienza con el viaje a Cádiz. La situación descrita durante el camino hace referencia al estado de las vías de comunicación, siempre bajo amenaza de emboscadas, y la vida en los pueblos, claramente afectada por dos años de guerra. La aldea cuya iglesia se ha derrumbado y los personajes que aparecen en ella son ficticios, pero el suceso acontecido tiene claras influencias reales; para entonces, la guerra se había extendido por toda la península con una siembra de actos brutales. La ejecución del chivato se basa en la atrocidad que se cometió en Villafranca en agosto de 1810, las mismas fechas que en la novela, en la que una banda de guerrilleros, posiblemente un destacamento del Empecinado, entró en la villa capturando a quince soldados acuartelados en la misma, junto a una mujer de la localidad que había cometido el error de casarse con un soldado francés. Las ejecuciones fueron presididas por una crueldad igual o mayor a la referida en la novela.

La situación de Cádiz descrita en la novela hace referencia al sitio que sufrió la ciudad desde el 5 de febrero de 1810 hasta el 24 de agosto de 1812. Las grandes dificultades que existían para adentrarse entre sus murallas eran reales, limitándose al contrabando de personas la mayoría de las entradas. Roman y Julián optan por atravesar las fortificaciones francesas y el caño de Sancti Petri, lo cual no era común por el gran peligro que suponía exponerse de tal forma. En la novela se opta por esta vía de entrada por razones de interés argumental.

El salinero Fermín Castro y su familia son de origen ficticio, aunque existieron grupos formados por los lugareños de las salinas que hicieron la guerrilla en la zona. Respecto a la población de la Isla, se opta por denominarla con su nombre actual, San Fernando, a pesar de que en la época era conocida como San Carlos.

La impresión que causa la ciudad de Cádiz en Julián debía de ser la habitual en alguien que provenía de una península hundida en la miseria. La ciudad, pese a estar abarrotada de refugiados, era el símbolo de lo que España pudo llegar a ser. Amparada por la entrada libre de barcos mercantiles, era la cuna de una vida moderna, burguesa y liberal, con élites comerciantes y mujeres que hablaban inglés, leían periódicos y, en casos como Eulalia Alcalá Galiano, llevaban sus propios negocios.

Las sesiones de las Cortes comenzaron celebrándose en el teatro de la Isla de León el 24 de septiembre de 1810, cambiando de sede en febrero de 1811, cuando los continuos bombardeos que recibía la Isla impulsaron el traslado de escenario al Oratorio de San Felipe, al amparo de las murallas gaditanas. Julián y Roman acuden a una de las sesiones de la primera etapa, concretamente a la sesión del día 16 de octubre de 1810 (*Diario de sesiones de las Cortes Generales y Extraordinarias*, número 22, pág. 47), en la que se debate el proyecto de la libertad de imprenta. Por lo tanto, la descripción del escenario y los diputados que toman la palabra son reales, adaptando sus palabras al lenguaje de la novela.

La Orden de los Dos Caminos, los personajes que provienen de ella, sus escenarios y la trama que gira en torno a la hermandad son de origen ficticio. El personaje de Gaspard Giesler von Valberg tiene su influencia directa en pensadores ilustrados de la época como el barón de Montesquieu, quien desarrolló las ideas de John Locke, siendo uno de los precursores del liberalismo y artífice de la teoría de la separación de poderes, Whilelm von Humboldt, Gottfried Leibniz (quien también quedó huérfano pronto y heredó la biblioteca de su padre), y revolucionarios como Rousseau, D'Alembert, Voltarie o Robespierre. El pensamiento que desarrolla en la Declaración de la hermandad, se basa en la *Declaración de los Derechos del Hombre y del Ciudadano*, aprobada en la Asamblea revolucionaria el 26 de agosto de 1789, texto que proclamaba que los hombres son libres e iguales, con los mismos derechos naturales como la propiedad, la seguridad y la resistencia a la opresión.

Por lo tanto, la relación que se establece en la novela entre los miembros de la hermandad y los diputados liberales de las Cortes bien pudo darse realmente, puesto que coincidían en pensamientos e ideales. De hecho, la figura de Álvaro Florez Estrada ha servido como claro ejemplo del miembro prototipo de la hermandad. Gran protagonista de la revolución liberal española de principios del XIX, afín a las sociedades secretas y las conspiraciones, impulsó el alzamiento ante la ocupación francesa, ayudando a crear el Gobierno nacional, constituido en Cortes para iniciar el camino a una nueva Constitución, versión adaptada y española de los Estados Generales de 1789.

Pese a que la Orden tiene su influencia en las logias masónicas, se ha tratado de mantener una clara diferenciación entre ambas organizaciones durante todo el relato. Bien es cierto que también ha servido de inspiración la Orden de los Iluminados de Baviera, fundada en 1776 por Adam Weishaupt y cuyo modo de funcionamiento y crecimiento de logias fue similar al relatado en la novela. A pesar de la falta de claridad que existe en torno a esta organización, no sabiéndose qué pertenece a la realidad y qué a la ficción, en 1797 el jesuita francés Agustín Barruel desarrolló en su obra *Memoria para servir a la historia del jacobinismo* una tesis conspirativa que achacaba la Revolución Francesa a una trama urgida por los Iluminados, quienes según él, pretendieron infiltrarse en la masonería a fin de manipularla contra la Iglesia y la realeza. Sea como fuere, la trama presentada en la novela pretende no guardar relación con tales hechos, limitándose a recibir inspiración ya sea de hechos históricos o meros rumores.

La incursión aliada que realizan los acantonados en Cádiz cuando Julián y Roman la abandonan sucedió realmente en fechas que coinciden con la novela, febrero de 1811.

Los sucesos que acontecen en Madrid y sus inmediaciones son ficticios. No así el aspecto que ofrece la ciudad, claro contraste con la ciudad de Cádiz y símbolo de la España que se moría. Entre 1811 y 1812 la península sufrió una de las peores hambrunas de la historia. La capital, que entonces tenía cerca de 175.000 habitantes, perdió casi 25.000 por falta de alimentos y enfermedades. El origen se remonta a la crisis de las cosechas que sufrió el país entre 1803 y 1806, y al estallido de la guerra, que afectó a los cultivos y a la ganadería, y generó una terrible falta de mano de obra.

Las medidas tomadas por el Gobierno josefino sucedieron realmente, así como los bienes que el rey empeñó para ayudar a los más necesitados. El pan de munición que se reparte en la plaza Mayor era el que se suministraba a los reclusos. Este alimento no hizo sino acrecentar los males de la malnutrición, puesto que contenía almorta, portadora de neurotoxinas, cuya continua ingesta podía provocar una enfermedad conocida como latirismo, que podía atacar a los huesos y al sistema nervioso central, causando parálisis crónica en las extremidades. Esta última medida comenzó a darse en noviembre de 1811, meses después a la relatada en la novela.

La enfermedad que sufre Clara tiene su origen en una epidemia de tifus que asoló la ciudad de Vitoria en el año 1808; al personaje le sucede dos años después, sin bien es cierto que la enfermedad persistió en las calles durante toda la ocupación. Muchos fueron los damnificados, principalmente soldados franceses, aunque también alaveses. Dado esto, la costumbre local de enterrar a los muertos en las iglesias, como se hacía hasta entonces, se consideró antihigiénica y dio origen al primer camposanto de la ciudad, el de Santa Isabel, a las afueras de esta.

En esta etapa, el general Louis Le Duc hace referencia a un coñac Courvousier del año doce (1804). La fecha proviene del calendario republicano francés, empleado desde 1792 y abolido por Napoleón en 1806, recién autoproclamado emperador, como una manera oportuna de eliminar los signos de la democracia republicana.

En la tercera etapa, «La isla de Cabrera» (primavera de 1811-invierno 1811), Julián y Pascual son enviados a la terrible prisión de los soldados franceses. En la acción que protagoniza Louis Le Duc enviando a Julián a la isla, el autor se permite ciertas modificaciones históricas para adaptarlas al hilo argumental. Pese a la reciente incursión de Lapeña y Graham, no hay constancia de que nuevos prisioneros franceses fueron enviados a la prisión aquel año.

Esta isla, lugar de cautiverio para la mayoría de los prisioneros franceses hechos en la batalla de Bailén, fue el primer campo de concentración conocido de la historia. Los prisioneros corrieron diversa suerte; los de mayor graduación fueron devueltos a Francia, un contingente de unos 4.000 marinos fueron enviados a las islas Canarias, y el grueso de soldados a las Baleares. Pero el temor al contagio debido a las enfermedades engendradas en las pésimas condiciones dadas en los pontones, hizo que estos últimos fueran desembarcados en la isla de Cabrera. El 20 de abril de 1809 alcanzaron la isla una expedición de veinte velas, bajo el mando del almirante británico Collingwood. Se calcula que en un principio fueron 4.500 los desafortunados que poblaron la isla, aunque a lo largo de la contienda fueron 11.831 los soldados que pasaron por ella. Cuando en mayo de 1814 fueron liberados y embarcaron de vuelta a su país de origen, los supervivientes apenas ascendían a los 3.500.

Las condiciones descritas en la novela (tanto el viaje en los pontones, como la organización de las cabañas, el suceso de las cabras, el retraso del bergantín y el descubrimiento de agua potable) se basan en la obra de los periodistas franceses Pierre Pellisier y Jeróme Phelipeau, *Les grognards de Cabrera 1809-1814*, que combinan documentación de archivo con memorias escritas por los soldados franceses supervivientes. La plantación de semillas llevada a cabo por Julián y sus compañeros de la isla (personajes ficticios) es invención del autor, aunque se influye en testimonios que hacen referencia a que posteriormente a la estancia del protagonista de la novela en la isla, las condiciones de vida mejoraron. Se plantaron semillas y se llegaron a organizar actividades de entretenimiento como representaciones teatrales. La ilustración adjunta del mapa de la isla es una versión del autor que no contempla modificaciones del original: dibujado por el cabo francés Luis Francois Gille, quien escribió sus vivencias en *Memorias de un recluta de 1808*, obra en la que detalla sus seis años de cautiverio en la isla. En el mapa se pueden apreciar indicios de la vida de los presos, incluso alusiones a elementos que aparecen en la novela.

Hoy en día, diversos estudios arqueológicos apuntan a la existencia en ocasiones prehistórica y cavernaria de aquellos prisioneros, los cuales trabajaron la piedra, la madera y el mimbre para fabricar enseres necesarios para la vida cotidiana. En la sierra del Mig de la isla hay erigido un obelisco de siete metros de altura, en memoria a los que dejaron la vida en ella.

La cuarta y última etapa, «La Orden de los Dos Caminos» (principios de 1812-verano de 1813), relata las vivencias de Julián luchando en la guerrilla. La partida de la que forma parte, así como sus personajes, son de origen ficticio. Pero las acciones y el modo de actuar que se describen representan en la medida de lo posible el combatir que ejercieron las guerrillas al final de la contienda. Es cierto que existieron desavenencias entre los combatientes del mismo bando, debidas al origen y los principios que cada individuo poseía. También es cierto que muchas poblaciones llegaron a temer más los desmanes de las guerrillas que los del propio ejército de ocupación, lo cual no representa un estado general ni mucho menos. El suceso del chivato que porta un mensaje envuelto en cera solía ser común en la época, empleado con asiduidad por los franceses para transportar mensajes.

La guarida es de origen ficticio, aunque la mayoría de las partidas guerrilleras que poblaron la península tuvieron un lugar donde asentarse y desde el que operar.

El monasterio de las Montañas Nubladas es fruto de la invención del autor y está inspirado en el monasterio viejo de San Juan de la Peña, situado en las sierras exteriores del Pirineo Central, cercano a Jaca. Su excepcional integración con el entorno natural, adosado a las paredes de la montaña, su capilla gótica y su claustro románico, así como la Regla de San Benito, norma fundamental en la Europa medieval, que introdujo Sancho el Mayor, han sido las principales fuentes.

Como se menciona en la novela, el destino de la mayoría de las partidas guerrilleras del norte de la península estuvo en la II División Ibérica, integrada en el VII Ejército del general Mendizábal y en conjunción con la División Navarra de Espoz y Mina.

La emboscada de Arlabán que se describe pertenece a la ficción. A pesar de ello, el puerto había sido escenario de multitud de emboscadas a convoyes franceses antes de la acontecida en la novela; siendo la más famosa la que denominan la emboscada perfecta, en la que en mayo de 1811, unos 3.000 guerrilleros (4.500 según otras fuentes) pertenecientes a las bandas de Dos Pelos y Espoz y Mina, apresaron un convoy valorado en más de cuatro millones de reales y escoltado por unos 1.600 soldados imperiales.

La descripción de la batalla de Vitoria trata de reproducir con la mayor fidelidad posible que permite una novela de ficción los hechos históricos acontecidos, basándose en el extenso trabajo que Emilio Larreina ha obrado sobre la materia. Pese a que no existen constancias sobre ello, el general Wellington y su Estado Mayor perfectamente pudieron permanecer en las alturas de la sierra de Badaya estudiando las posiciones enemigas el 19 de junio de 1813, como se describe en la novela. Don Miguel Ricardo de Álava, oficial de enlace de la Junta Suprema con el mando británico, estuvo allí y, siendo natural de Vitoria, puede imaginarse que fuera él, que dominaba el inglés con fluidez, quien describiera la situación del escenario para la batalla.

En la novela se relata parte de la lucha que protagonizó el flanco izquierdo del ejército aliado. Cabe señalar que se trata de un hecho aislado, pero no por ello importante en la magnitud de la batalla, la cual abarcó más de 23 kilómetros. Se podría decir que esta se desarrolló en tres puntos, el flanco derecho, donde los combates se iniciaron a las 7 horas, el centro, y el izquierdo, donde no entraron en contacto con el enemigo hasta el mediodía. Las funciones que adquiere la división de Longa durante la batalla son reales hasta el momento en que se separan del grueso aliado. Acercándose a Vitoria desde el camino a Bilbao, guiaron a las tropas del general Graham hasta los pueblos que orillaban con el Zadorra. Situaron a las divisiones angloportuguesas a 2 kilómetros de Gamarra Mayor y se dirigieron a Gamarra Menor y Durana, directos a cortar el camino a Francia. En este punto el autor realiza una serie de modificaciones respecto a los sucesos reales. El caserío de Gamarra Menor no existió y el pueblo de Durana no dista a cien metros del puente como se describe en la novela, sino que se sitúa junto a él. La división de Longa alcanzó el pueblo de Gamarra Menor y desalojó a un pequeño destacamento josefino que se retiró a Durana. Después atacó el puente con decisión, el cual estaba fuertemente defendido (al contrario que en la novela, donde el paso está desierto y las tropas enemigas se atrincheran en el pueblo), y lo tomó a punta de bayoneta.

Es cierto que la división española luchó contra sus compatriotas de la división josefina del marqués de Casa Palacio, haciendo 300 prisioneros y compartiendo después un tiroteo inane con los supervivientes que se habían retirado al puente de Escalmendi.

La batalla se resolvió con victoria aliada y el ejército francés en retirada hacia la frontera, quedando en el campo unos 1.550 muertos y aproximadamente 8.000 heridos.

La retirada francesa no solo fue militar y política, sino que incluyó un botín de dimensiones extraordinarias. El convoy estaba formado por más de 5.000 vehículos en los que, aparte del personal militar, se encontraban como mínimo 6.000 civiles que trataban de huir. Es cierto que el rey José abandonó su berlinga real y su séquito amenazado por la caballería inglesa, marchando al galope protegido por su Guardia Real y las tropas de Reille. El equipaje del rey José constaba de innumerables riquezas expoliadas al patrimonio español durante la ocupación. Se estima que solamente los furgones de Paga albergaban 3,5 millones de francos, una cantidad descomunal para la época. Tal botín motivó el saqueo por parte de los vencedores y la población civil en una acción que permitió salvar la retirada francesa, capaz de presentar batalla de nuevo en las batallas de San Marcial y Roncesvalles.

A pesar de ello, la batalla de Vitoria fue el principio del fin. Su desenlace atrajo las miradas de todas las naciones europeas. Por primera vez en mucho tiempo, Francia iba a ser invadida.

La reunión que mantienen el general Louis Le Duc y el príncipe Fernando es ficticia. Sí que es cierto que el Borbón se alojaba por entonces en el castillo de Vallencay, y también es cierto que debía de albergar gran interés en abolir la Constitución engendrada por la resistencia, puesto que lo hizo poco después de entrar en territorio español al concluir la guerra. El admirable esfuerzo en la redacción de la Constitución aprobada en 1812, en el que se impulsaba la justicia y la modernización de una España anacrónica, no tuvo su respaldo en una gran parte del pueblo, cuyas costumbres difícilmente se iban a cambiar mediante un decreto. En lamentable sentencia, el futuro rey dispuso del apoyo popular, clerical y militar suficiente para rechazar las limitaciones impuestas por la Constitución de Cádiz e imponer su régimen absolutista. Lo cual hizo mediante Decreto Real, el 4 de mayo de 1814.

También es cierto que, a partir de entonces, se sucedieron una serie de fallidos pronunciamientos en pro de la Constitución, tales como los intentos fallidos de Juan Díaz Porlier *el Marquesito*, de Espoz y Mina en el asalto de Pamplona (quien solo reconoció y apoyó la defensa de la Constitución cuando el rey Fernando VII disolvió su división), la conspiración del Triángulo, y otras tantas tramas más con el objetivo de derrocar al rey. Con tal de impedirlo, a lo largo de varios años, este ordenó gran cantidad de persecuciones contra los conocidos afines a las ideas liberales, personajes potencialmente peligrosos por colaborar en conspiraciones contra la corona. Es aquí donde, en la ficción de la novela, entra la figura del general Louis Le Duc como estrecho colaborador del rey.

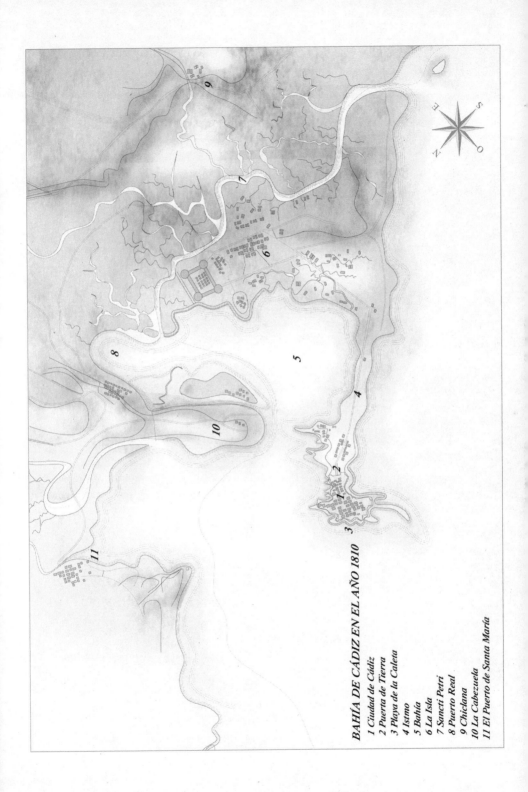

BAHÍA DE CÁDIZ EN EL AÑO 1810

1 Ciudad de Cádiz
2 Puerta de Tierra
3 Playa de la Caleta
4 Istmo
5 Bahía
6 La Isla
7 Sancti Petri
8 Puerto Real
9 Chiclana
10 La Cabezuela
11 El Puerto de Santa María

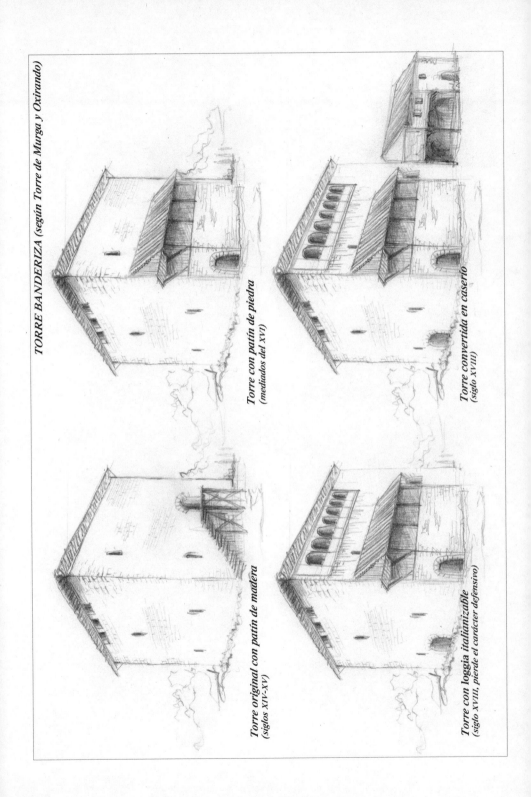

TORRE BANDERIZA *(según Torre de Murga y Oxirando)*

Torre original con patín de madera
(siglos XIV-XV)

Torre con patín de piedra
(mediados del XVI)

Torre con loggia italianizable
(siglo XVIII, pierde el carácter defensivo)

Torre convertida en caserío
(siglo XVIII)

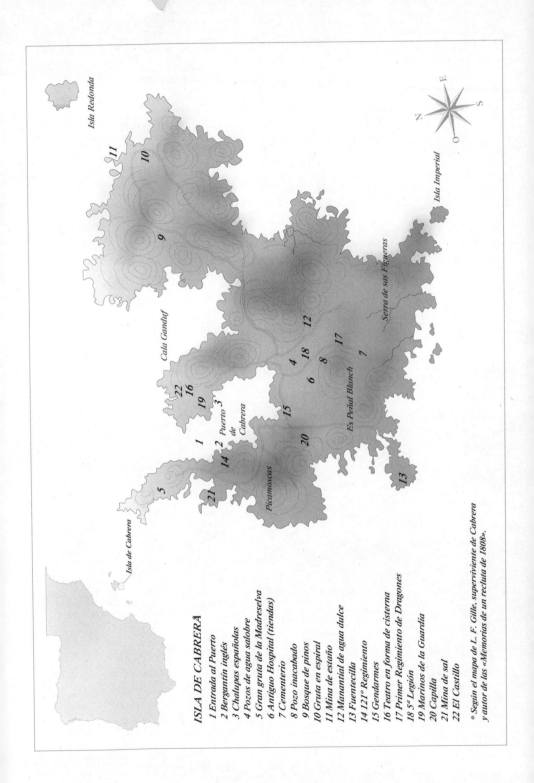

ISLA DE CABRERA *

1 Entrada al Puerto
2 Bergantín inglés
3 Chalupas españolas
4 Pozos de agua salobre
5 Gran gruta de la Madreselva
6 Antiguo Hospital (tiendas)
7 Cementerio
8 Pozo inacabado
9 Bosque de pinos
10 Gruta en espiral
11 Mina de estaño
12 Manantial de agua dulce
13 Fuentecilla
14 121° Regimiento
15 Gendarmes
16 Teatro en forma de cisterna
17 Primer Regimiento de Dragones
18 5ª Legión
19 Marinos de la Guardia
20 Capilla
21 Mina de sal
22 El Castillo

* Según el mapa de L. F. Gille, superviviente de Cabrera
y autor de las «Memorias de un recluta de 1808».

Isla Redonda

Isla Imperial

Cala Ganduf

Serra de sas Figueras

Es Penal Blanch

Picamoscas

Puerto
de
Cabrera

Isla de Cabrera